내 잔이 넘치나이다

내 잔이 넘치나이다

정연희 전작장편소설 7

■ 머리말

《내 잔이 넘치나이다》를
다시 세상으로 보내며

　34년 만에 《내 잔이 넘치나이다》가 다시 세상으로 나간다. 무슨 뜻일까. 묵상 가운데 에스겔서 9장의 말씀이 선명하게 떠올랐다. "…내가 본즉 여섯 사람이 북향한 윗문(門)길로 좇아오는데 각 사람의 손에 살육(殺戮)하는 기계를 잡았고, 그중의 한 사람은 가는 베옷을 입고 허리에 서기관(書記官)의 먹 그릇을 찼더라… 여호와께서 서기관의 먹 그릇을 찬 사람을 불러 이르시되, 너는 예루살렘 성읍(城邑) 중에 순행(巡行)하여, 그 가운데서 행하는 모든 가증(可憎)한 일로 인하여 탄식하며 우는 자의 이마에 표(票)하라 하시고… 그 남은 자에게 이르시되, 너희는 그 뒤를 좇아 성읍 중에 순행하며, 아껴 보지도 말며 긍휼을 베풀지도 말고 쳐서, 늙은 자와 젊은 자와 처녀와 어린아이와 부녀를 다 죽이되, 이마에 표(票) 있는 자에게는 가까이 말라, 내 성소(聖所)에서 시작할지니라… 그들에게 이르시되 너희는 성전을 더럽힌 시체로 모든 뜰을 채우라… 그들이 칠 때에, 내가(에스겔) 홀로 있는지라. 엎드리어 부르짖어 가로되, 오호라 주 여호와여 예루살렘을 향하여 분노를 쏟으시오니 이스라엘에 남은 자를 모두 멸하려 하시나이까. 그가 내게 이르시되 이스라엘과 유다족속의 죄악이 심히 중(重)하여, 그 땅에 피가 가득하며, 그 성읍에 불법(不法)이 찼나니… 내가 그들을 아껴보지 아니하며 긍휼을 베풀지 아니하고, 그 행위대로 그 머리에 갚으리라 하시더라."(에스

겔 9장 2~12)

　일본제국주의 강점(强占), 세계사에 유례가 없는 6·25 이념전쟁을 겪은 우리나라가, 반세기만에 기적을 이룩한 나라로 우뚝 섰는데, 이제는 대형교회목회자의 영적(靈的)간음에다, 한 가닥 생각이 다르다는 이유로 서로 물고 뜯는 대책 없는 백성이 되었으니, 여호와께서 이 나라 이 백성에게 분노를 쏟으실 때에 이르지 않았을까. 이때에, 하나님께서는, 오직 탄식과 눈물로 하나님의 나라를 바라보며 26년 9개월의 생애를 헌신한 맹의순(孟義淳)을 우리 앞에 다시 세워주시고, 그 이마에 찍혀있는 표(票)를 확인하라 하심은 아닐까.

　그런데 34년 전, 그 글을 썼던 나는 어디로 갔나. 이 소설은, 이 땅에 태어나 27년 동안, 하나님이 사랑이심을, 몸을 불태워 증언하며 살았던 맹의순, 그 하나의 의인(義人)을 보시고, 이 나라를 멸망에서 구원해 주셨던 주께서, 맹의순을 세상에 보내주신 소설이다. 그리고 이제 다시 맹의순을 세상에 보내주심은, 남아 있는 몇 사람에게서, 이 땅에서 벌어지고 있는 가증한 일들 때문에 탄식하며 우는 사람을 찾으시려고 이 소설을 다시 세상으로 보내신다.

"너희는 예수살렘 거리로 빨리 왕래하며 그 넓은 거리에서 찾아보고 알라. 너희가 만일, 공의(公義)를 행하며 진리를 구하는 자를 한 사람이라도 찾으면 내가 이 성(城)을 사(赦)하리라."(예레미야 5:1)

"우리가 스스로 행위를 조사(調査)하여 여호와께로 돌아가자. 마음과 손을 아울러 하늘에 계신 하나님께 들자."(예레미야 애가 3:40) "처녀 시온의 성곽(城郭)아 너는 밤낮으로 눈물을 강처럼 흘릴지어다.… 밤 초경(初更)에 일어나 부르짖을지어다. 네 마음을 주의 얼굴 앞에 물 쏟듯 할지어다."(예레미야 애가 3:18-19) "우리를 주께로 돌이키소서. 그리하시면 우리가 주께로 돌아가겠사오니 우리의 날을 다시 새롭게 하옵소서."(예레미야 애가 5:21)

우리는 지금, 이 고난의 민족에게 베풀어주셨던 하나님의 은혜를 잊었고 잃었다. 하나님께서 역사(役事)하시어 기적(奇績)의 산을 이룩하신 대한민국에게서, 하나님의 백성으로 세계 표상(表象)을 삼으려 하셨던 뜻을 거두려 하신다. 출애굽 하여 자유를 안겨 주셨던 여호와의 광야(曠野)에서, 파라오의 고기 가마 곁으로 돌아가겠다고(애굽의 노예살이) 아우성을 치고 있는 우리를 버리시겠다 하신다.

나라도 국토(國土)도 없이, 2천 년을 120여 개 나라로 흩어져 살던 이스라엘 백성이, 1948년, 2천 년 만에 고토(故土)로 돌아가, 이제는 전 세계를 지배할 만큼 막강한 영향력을 행사하고 있는, 우리나라 강원도 땅만 한 좁은 국토에서, 일곱 번, 여덟 번 전쟁을 치르면서도 패배한 일이 없는 그들의 저력이 어디에 있는지 알아보자.

유대민족보다 결코 못하지 않은, 이 나라 이 백성의 지혜와 용기와 저력을 다시 일으켜 세우기 위하여, 감사와 투철한 역사의식에 눈을 뜨자. 겸손으로 무릎 꿇고 이 급변하는 지구 역사와 세계정세에서 우리 민족의 구원을 이루자. 맹의순 그분의 이마에 찍어 주신 여호와의 표(標)를 우리의 이마에도 찍어주시기를 염원하며, 맹의순의 삶을, 우리 영혼과 몸으로 받아들이자.

2017년 5월

안성 삼희동산에서

정연희

▎책을 펴내면서

씨알 하나를 싹틔우며

　1981년 해가 저물 무렵, 어느 부인으로부터 우리 집 주소를 묻는 전화를 받았다. 음성이 퍽 차분하고 예절바른 그는, 며칠 후, 캐나다 토론토에서 받아왔다는 편지 한 통을 국내 우표를 붙여 보냈다. 편지는 찬송가 작곡가로 잘 알려져 있는 박재훈(朴在勳) 선생. 놀라운 달필도 그랬지만, 더욱 가슴 뭉클하게 했던 것은, 그 편지가 소개하는 한 영혼의 순결한 빛남이었다. 그리고 조국에 대한 그의 정열(情熱)이었다. 편지는, 그해 10월호 《基督敎思想》지에서 내 글을 읽고, 3·1절을 주제로 한 오페라를 작곡할 예정인데 그 대본을 부탁한다는 내용이었다. 한두 달 곰곰이 모색해보았지만 자신이 없어 단념했다. 그리고 극작가 김자림 선생을 추천하여 연결을 시켜드렸다. 부활절주간에 다시 편지가 왔다. 그 편지에는 '친구 孟義淳의 이야기'라고 제목을 붙인 석 장의 촘촘한 자료가 첨부되어 있었다. 외출에서 돌아와 저녁 설거지까지 끝낸 뒤, 단정하게 앉아 읽기 시작한 나는 어느 사이엔가 꿇어 엎드려 울고 있었다.
　편지를 보내준 박재훈 선생도 뵌 일이 없었고, 더구나 30년 전에 세상을 떠난 맹의순 선생에 관해서는 편지 넉 장으로 만난 분이었지만, 그 두 분을 통하여 내 영혼이 새 움을 밀어내고 있었다. 그때까지 나의 내면, 어둡고 깊은 곳에서 굴러다니고 있던 씨알 하나, 무엇을 품고 있는지 알 수 없던,

꼭 다물린 씨알이 하나 있었는데, 그것이 탁 터지며 눈이 트인 사건이었다. '친구 孟義淳에 관한 이야기'는 그렇게 가슴에 담겨진 채 봄을 지내고 여름을 보냈다. 그리고 가을이 깊게 물들어 갈 무렵, 이제 그 눈이 트인 싹은 밖으로 내밀기 시작했다.

10월 하순부터 그분에 관한 자료를 찾아 나섰다. 남대문교회 교우들, 맹의순의 새어머니 나창석 권사님, 그리고 6·25 당시 남대문교회 목사로 계셨던 배명준 목사님을 두루 찾아뵙고 만났다. 어디서 솟은 열정인지, 매일 사람을 만나고 전국 곳곳을 찾아다녔다.

자료를 찾아다니던 중, 사람의 생각으로는 다 짚을 길 없는 놀라운 일들이 계속 일어났다. 찾을 수도 만날 수도 없다고 단념했던 분들이 하나 둘 놀라운 경로를 거쳐 내 앞에 나타났고, 맹 선생의 친필 편지 수십 통이 내 손에 들어왔다. 포로수용소 초기 생활, 종이도 연필도 구하기 힘들어서 수용소 병원진찰용지 뒷면에 연필로 쓴 흐릿한 편지들이었다. 그분이 부산 거제리(巨提里), 중공군 포로수용소에서 중공군환자들을 돌보다가 쓰러져 세상을 떠난 뒤에, 몇몇 수용소 친구들이 눈물과 통곡으로 쓴 추도문도 있었다.

11월에 쓰기 시작하고 부산 거제리 답사(踏査)를 끝낸 뒤, 몸살로 쓰러졌다. 10여 일간 정신없이 앓는 동안, 땅 위에서는 한없이 외로웠고, 영혼의 순례 길에서는 지상의 고통이란 고통을 모두 겪었던 맹의순 선생이 내 영혼을 찾아왔다.

*

집필 전까지 많은 사람을 만났다. 맹의순을 가슴에 품고 지금도 사랑하는 사람들이었다. 아니 맹의순은 그들과 함께 지금도 순연하게 살아 있었다.

그는 6·25 전란 중, 전운(戰雲)의 포화를 헤치고 돋았던 빛나는 별이었다. 그는 자기의 별빛을 타고 자기의 길을 갔지만, 그 별빛은 아직도 우리들 가슴으로 날아든다. 고난과 고통을, 하늘나라의 생명(生命)열매가 되게 만드는 사랑의 힘으로 우리와 함께 살아 있다.

1983년 5월

■ 개정판을 내면서

내 잔이 넘치나이다

　이 글을 쓰기 위해 무릎을 꿇고 눈을 감는다. 《내 잔이 넘치나이다》가 출간된 지 13년. 내 손을 주님께 빌려 드리고, 매일 기도하며 그 원고를 쓸 때의 나는 지금보다는 훨씬 순수하지 않았을까…. 그것은 작업이 아니라, 성령께서 맺어주신, 맹의순의 영혼과 교감하며 눈물로 드리던 예배의 기간이었다. 5개월인가 6개월쯤 걸린 그 기간에 날개를 단 것보다도 더 신비롭게 그 일을 해냈다.
　순종(順從)은 내 것이 아니라 은혜였다. 인종(忍從)이 아닌 순종의 대가(代價)는 비밀한 기쁨이었다. 하늘 문이 열린 듯, 매일매일 문장(文章)이 쏟아져 나왔다. 글을 쓰기 전에 기도하며 말씀을 읽을 때면 그날 써야 할 대목에 꼭 필요한 말씀을 열어주셨다. 새벽 2시, 3시에 일어나 기도실에 꿇어 엎드리면, 때로 중세의 구교성당에서 울리는 그레고리안 찬미와 같은 신비한 곡조가 나에게서 한없이 흘러나왔다. 땅에 머물지 않고 하늘나라로 올라가는 곡조였다. 아바 하나님께서 그 작업을 얼마나 좋아하셨는지…. 나에게 생전에 다시없을 신비의 찬미를 그때 주셨다.

　13년 전, 9월. 그 책이 출간되었을 때, 책 겉장에 내 이름이 주먹만큼 크게 인쇄되어 있는 것이 눈에 거슬리고 마음에 걸렸다. 그것은 '아무개 저

(著)'라고 이름 붙일 수 없는 책이었기 때문이다. 나는 그 책의 저자로서가 아니라 그 책을 쓰도록 부름 받은 자로서의 은혜를 간직하고 싶었을 뿐이다. 맹의순 선생님의 사랑과 고뇌를 내 가슴에 생생하게 간직한 삶을 살 수 있기만을 바랐다. 더구나 그 책을 쓰기 5년 전, 나는 끔찍한 교통사고를 저질러 사망의 골짜기에 처박혔다가 건져졌고, 그렇게 새로 태어난 나에게 그 일이 맡겨졌다는 것을 기적으로 믿었기에 더욱 그러했다.

맹의순 그분은 실존인물이었다. 그분과 함께 공부를 했거나 교회학교에서 그분께 배운 사람들이 지금은 장년이 되어 살아 있고, 지금도 그분을 가슴 깊은 곳에 모시고 지내는 분들을 만나보았다. 내가 원한 것은 그분의 성품이나 사건을 통한 행적(行蹟)을 알고자 한 것이었으나 만나는 사람마다 대답은 이상하리만치 한결같았다. "예에… 그분은 성자(聖者) 같은 분이었지요." "그럼은요…. 그분은 성자셨어요." 맹 선생님과 자별하게 지내신 분까지도 그 대답은 똑같았다. '성자 같은 분'에게서는 이야기를 끌어낼 수가 없었다. 더러는 같은 시기에 포로수용소에서 고생을 하셨다가 목회자가 된 분을 찾아내기도 했으나, 그 목회자는 당신의 과거가 알려지는 것을 원치 않는 눈치였고, 그분 또한 '맹 선생님은 그저 성자 같은 분이셨다.'는 것이 전부였다.

맹의순의 삶은 하나님의 말씀에 생명의 전신을 던져 그 말씀을 따라 순종했던 삶이었기에, 자신을 드러내거나 소리를 높였던 일이 없었을 것이다. 그래서 그 누구도 그분의 행적을 떠들썩한 말로 표현할 수가 없었는지도 모를 일이다. 오직 하나님의 말씀만을 의지하여 살았기에, 하나님만이 그를 아시고 하나님의 나라에서 그를 눈여겨보시다가, 그 사랑의 숨결을 우리에게 연결시켜 주시기 위하여, 그가 이 땅을 떠난 지 30여 년 만에 그분을 우리 앞에 세워 주신 것은 아니었을까.

그의 살아생전에 그 '이마에 찍힌 표(標)'(에스겔서 9장)를 알아본 사람이 누구였을까. 이 세상에서 일어나는 기막힌 가증(可憎)함을 겪으며 그 영혼이 한없이 탄식하며 울다가, 스물여섯 젊은 나이에 세상을 떠난 그에게 하나님이 찍어주신 '이마의 표(標)'를 평범한 인간들이 어찌 알아볼 수 있었을까.

주님은 때가 급한 이때에, 맹 선생님을 만나, 우리도 그가 받은 이마의 표적을 받으라시는 뜻으로 그를 우리에게 보내셨으리라. 다만 두려운 것은, 그분의 면모를, 그리스도의 생명으로 살았던 그의 사랑을, 있었던 그대로 그려내었는지 알 수 없어 떨린다.

14년 전, 부활절 즈음해서 생면부지의 사람에게서 날아온 편지 한 통이 《내 잔이 넘치나이다》를 낳았고, 13년 동안 이 책을 통하여 많은 사람들이 맹의순 선생님을 만나면서 각 심령에 그리스도를 심는 은혜가 넘쳤음은, 오직 주님의 뜻이 이루어진 일이었다. 맹의순의 영혼과 교감을 이루게 도우시면서 내 손을 빌려 《내 잔이 넘치나이다》를 엮어주신 주님께 감사할 뿐이다.
　그 편지를 띄워 주신 박재훈 목사님께서 이제는 은퇴 후에 작곡에 전념하고 계시니, 그 은혜의 열매를 기다리면서 하나님이 주시는 배역(配役)과, 하나님의 때는 얼마나 신비스러운지… 가슴이 설렌다.
　출산 13년 만에 개정판(改訂版)을 내면서 다시금 주님 앞에, 그리고 맹 선생님 앞에 영혼과 옷깃을 여미고, 내 영혼을 정결케 지킬 수 있도록 도와주실 것을 기도드릴 뿐이다.

　신갈 공세리 시골집에서, 가뭄 끝에 단비내리는 빗소리 들으며

1996년 6월 18일 새벽에

차례

머리말 4
책을 펴내면서 8
개정판을 내면서 11

1. 한 그루 나무가 되어 16
2. 어느 때까지니이까 135
3. 내 잔(盞)이 넘치나이다 262

1. 한그루 나무가 되어

1

　맹의순(孟義淳). 그 이름은 그를 알고 있는 사람들의 가슴속에 시들지 않는 꽃으로 피어 있는 신비한 이름이다. 그가 26년 8개월 간 이 땅에 머물러 있는 동안 불렸던 이름. 그를 알지 못하는 사람들에게는 낯설고 평범한 한 이름에 불과하겠지만, 그와 만났던 일이 있고, 그와 더불어 지낸 일이 있는 사람들에게는 그를 중심으로 했던 공동체(共同體)의 뜨거운 체온이 남겨져있는 이름이기도 하다.
　내게 있어 그 이름은, 내 생애를 인도하는 빛나는 지표(指標)와도 같다. 그 이름은, 이 땅 위에서 생긴 어떤 명예로운 것이나, 아무리 귀하다고 하는 것과도 견줄 수 없을 만큼 소중하고 빛나는 것이면서도, 이름 석 자만으로 그를 부르는 것은 어쩐지 허술하고 허전하게 느껴지게 만드는 그런 이름이

다. 그가 남긴 것은 이름이 아니다. 맹의순이라는 이름 석 자는 그가 입다가 벗어놓고 간, 그의 체취가 배어 있는 옷 한 벌 같은 것인지도 모른다. 그는 이 땅이 그에게 주었던 이름을 벗어 버리고 이 땅을 떠나, 오히려 우리와 함께하는 불멸의 영혼이다. 우리는 그 이름을 두고 이따금 그의 체취(體臭)를 맡아가며, 이 땅의 유한(有限)함이 지니는 슬픔에 잠겨 그 슬픔 속에서 인간의 인간다운 모습을 확인하기도 하지만, 그 이름으로 우리가 소망하는 영원성(永遠性)을 향한 가교(架橋)로 삼아 위로를 받기도 한다.

2

그를 처음 만난 것은 1940년, 평양(平壤)의 제2공립 중학교에 입학했을 때였다. 그는 눈에 띄는 친구가 아니었다. 한반이었지만, 일 년 가까이 그는 있는 듯 없는 듯 도무지 겉으로 나타나는 일이 없었다. 공부시간에도 그는 두드러지게 나타나는 일이 없었고 노는 시간에도 마찬가지였다.

그가 나의 관심 속으로 뛰어든 것은 2학년 겨울 학기의 어느 날이었다. 한 주일에 두 시간씩 있는 검도(劍道·日本劍術·겐도)시간이었다. 일본인 선생이 몇 번이나 그를 지적하며 박력이 없다고 악을 써댔으나 그는 좀처럼 정신이나 몸을 추스르려고 하지 않았다. 그는 중학교 2학년으로서는 키나 몸집이 작은 편이 아니었고 몸이 약한 학생도 아니었다. 선생은 독이 오른 얼굴로 최후의 경고를 그에게 던졌다.

"너 이번까지 착실하게 해내지 않으면 나하고 한판 하는 거닷!"

선생과 한판 하는 것이라면 검도라는 이름이 붙은 사형(私刑)을 받는 일이라는 것을 우리는 모두가 알고 있었다. 선생의 심상찮은 경고가 있었건만 그는 끝내 시들한 태도였다. 선생을 비웃고 있는 것처럼, 그가 걸친 검도복(劍道服)은 어색하고 우스꽝스러웠다. 머리에 뒤집어쓴 멘(일본말 · 鐵網) 속의 그의 얼굴이 일그러져 보였다.

가슴부위를 두른 도(일본말 · 胴)나, 누비 두렝이 치마 같은 하까마 하며 일본버선인 다비는 따로 놀고 있었고 죽검(竹劍 · 일본말로 시나이)은 허수아비의 손에 들린 것처럼 헐렁해 보였다. 선생은 검도에 영 시원치 않은 학생이 있으면 '한판 붙자!' 말해 놓고 학생에게 '공격하라!'고 호령한다. 그러나 감히 공격을 못하고 우물쭈물하면 그때부터 사정없이 노출 부위를 때리기 시작하는 것이다. 고통에 못 이겨 학생이 막으려 할 때는 이미 기름에 불이 붙은 뒤다. 선생은 이를 악물고 잔인하게 학생을 짓이긴다. 쇠망 속 저쪽의 얼굴이 일그러지고 눈물이 어떻게 쏟아져도 교관의 직성이 풀리기 전에는 그 사형은 끝나지 않는다.

그날은 어느 때보다도 선생의 린치가 길고 독했다. 맹의순은 애초부터 막으려고 하지도 않았다. 그것은 검도복 그 자체가 수치가 되게 만드는 무저항이었다. 때리는 자의 숨이 헉헉 차오를 정도가 되었어도 맞고 있는 학생은 도무지 무반응이었다. 드디어 선생의 분이 극에 달해 악에 받쳐 소리쳤다.

"너는 할 수 있는 자인데도 안 하고 있다! 그 이유가 무엇인가? 이유를 말하라!"

선생은 그 학생이 검도를 기피하고 있다는 것을 간파했다. 선생은 일방적으로 날뛰고 날뛰다가 지쳐서, 검도 시간을 성실하게 받아들이지 않고 있는 이유를 당자의 입으로 말만 한다면 그 한 판을 끝내겠다는 뜻 비슷했다. 그래도 맹의순의 입은 열리지 않았다.

"말하라! 너는 일부러 검도를 하지 않으려는 게 분명해. 이유를 말하라!"

그러나 맹의순은 끝내 입을 열지 않았다. 검도시간이 끝난 뒤에도 그는 반으로 돌아오지 못했다. 하학 시간이 다 되어서야 돌아온 그의 얼굴은 엉망이 되어 있었다. 일본 군화의 발등 부분을 잘라서 만든 군화슬리퍼로 무수하게 따귀를 맞은 것이 분명했다. 그는 묵묵하게 책상으로 가서 가방을 챙기기 시작했다. 나는 그가 어떻게 생각할 것인가에 대하여 상관하지 않고 그를 거들었다. 그는 부어오른 얼굴로 나를 바라보더니 빙그레 웃었다. 웃어? 그런데 그 웃음은 너무도 놀라운 평화로움이었다. 그리고 그것은 저력이었다. 선생의 사형과 폭행의 흔적이 생생한 통증이 되어 그의 육체를 몇 겹으로 묶고 있는데도 그의 정신은 형형(熒熒)하게 빛났다.

그날 우리는 피차 아무 말도 하지 않고 갈림길에서 헤어졌다. 그리고 며칠 후 방과 후에, 나는 그때까지 참고 참던 질문을 꺼냈다.

"어떻게 된 거야? 내일 또 검도 시간이 있는데, 지난번에 그 무저항, 그 일은 무슨 뜻이었어?"

"자학(自虐) 같은 거지 뭐…."

"무엇 때문에?"

"일본의 검도라는 것을 학생들에게 강요하는 것이, 인간의 인간다운 성숙을 저해하는 거라는 생각이 들었어."

"하지만 어쩔 수 없는 일 아냐."

"도저히 정신을 집중시킬 수가 없었어. 그들은 그것을 도(道)라고 하지. 그러나 그건 도(道)가 아냐. 그런 건 우리가 찾아야 할 길을 오히려 가로막는 것들이야. 더구나 일본인들이 우리에게 주입시키려고 하는 그 짓…. 그걸 무력하게 받아들이고 있는 게 괴로웠어."

"앞으로는 어떻게 할 거야?"

"비겁해지지 않을 수 있는 길만 있다면 나 자신을 달래가며 살아야지."

나는 그의 생각 그의 말을 따라가기에 숨이 찼다. 그가 지닌 갈등과 고뇌와 열기가 전이되어 오는 것을 감당할 길이 없었다. 며칠 후 우리는 다시 집단 체벌을 받았다. 감히 미국 진주만에서 미국 함대를 폭격해 불집을 건드린 일본이 이를 악물고, 어린 학생들에게까지 군사 훈련을 강제하기 시작했다. 머리를 빡빡 밀어낸 일본인 교사는 훈련 중에 툭하면 집단 체벌을 가했다. 그리고 그것을 일러 정신 무장의 길이라고 말했다. 그날도 집총의 자세가 구령에 맞지 않았다고 들들 볶기 시작한 교사는 학생 전체에게 체벌을 주기 시작했다. 엎드려뻗치게 한 뒤 돌아가며 볼기를 쳤고, 칭칭 동여맸던 각반을 풀고 똑바로 서게 만들고 종아리 때렸다. 그것이 모자라서 토끼뜀을 뛰게 했다. 모두들 누렇게 뜬 얼굴이 되거나 혀가 쭉 빠질 지경으로 지쳐 늘어져 허덕거리고 있는데, 오직 맹의순 하나만이 의연한 얼굴, 꿋꿋한 자세로 흐트러짐 없이 체벌을 감당해내고 있었다. 저마다 죽을 지경이어서 옆을 넘겨다볼 엄두도 못 낼 형편이었고 또 설혹 그의 그러한 모습을 눈여겨보았다 해도 오히려 얄밉게 보기에 십상일 젊은 나이였지만, 우연히 그 모습을 발견한 나는 힘에 겨워 쓰러지기 직전이었음에도 그때까지 경험해 본 일이 없는 기이한 감동(感動)을 받았다.

그의 그렇게 의연한 모습은 놀라운 생명력이 되어 내게 전해졌다. 그도 몹시 힘들어 하고 있었지만, 그에게는 다른 급우들에게서는 볼 수 없는 기개(氣槪)가 있었다. 나는 그를 바라보면서 새 기운을 얻었다.

학교는 당국의 지시대로 학생들에게 닝쿠단렌(忍苦鍛鍊) 구호를 외치게 하며 간단없이 괴롭혔다. 체력은 국력이다! 믿고 학생들의 체력향상에다 정신무장을 시킨다며, 교실 공부보다 맨발로 몇 십 리씩 걷게 하는 것이 일과였다.

그날의 체벌은 날이 거의 어둑해질 무렵에야 끝이 났다. 각자 풀었던 각반을 치라는 명령이 떨어졌을 때, 나는 그의 옆으로 다가갔다.

"꽤 잘 버티던데?" 그는 내 말에 빙긋 웃었다. 그렇게 웃을 뿐 말이 없는 그에게 다시 말을 걸었다. "운이 좋아서 덜 맞은 거야?"

나는 그의 바지를 치켜올렸다. 무릎을 꺾고 있어 비스듬히 드러난 그의 종아리는 짓이겨져 있었다. 각목(角木)의 모서리가 그의 희고 깨끗한 살을 터뜨려 놓았고 살갗이 뭉개져 피가 배어나온 종아리를 접고 토끼뜀으로 운동장을 몇 바퀴 도는 동안 상처는 짓이겨질 대로 짓이겨져 있었다.

"아니, 이게 웬일이야? 아니 이렇도록 맞고도…."

한번 맞았다 하면 종아리나 볼기가 먹빛이 되는 것은 보통 있는 일이었으나 그의 상처는 나를 당황하게 했다.

그는 바지를 내려 각반 칠 준비를 하며 심상하게 말했다.

"맞다 보면 그럴 수도 있지."

"이런 지경인데 어떻게 그렇게 태연하게 토끼뜀을 뛰었어?"

"찡그린다고 덜 아픈 건 아니잖아."

"그래두 아픈 건 아픈 거 아냐?"

내가 얼굴을 벌겋게 만들며 대들 듯이 말하자, 그는 각반을 차근차근 쳐 올리며 또 빙그레 웃었다.

"우리가 어른이 되면 이것보다 더 아플 일이 많을 걸…. 우린 지금 훈련을 잘 받는 거지. 그 어색한 검도복을 걸치고, 일본 정신을 주입받겠다고 인형 놀음 같은 걸 하는 것보다는 매를 맞는 편이 통쾌했어."

나는 어이가 없어서 다음 말을 잇지 못했다. 그리고 그가 훌륭하다고 생각되기보다는 와락 의심이 솟구쳤다. 이놈은 음흉한 놈이거나 꾸미기를 아주 좋아하는 놈인지도 모르지. 남모르게 감추어둔 영웅주의가 이렇게 나타나기 시작했는지도 모를 일이야. 내 감정은 그를 경계하면서 한 발짝 물러나기에 이르렀다.

각반 치기를 마친 그는 입을 한일자로 굳게 다물더니 벌떡 일어났다. 그리고 내가 각반 치는 것을 기다렸다가 내 손을 잡아 일으켜주며 입을 열었다.

"나는 증오를 참을 수가 없었던 거야. 그 증오가 너무도 엄청나서 아픈 것을 잊게 했던 거야. 나는 증오와 함께 고통의 의미를 골똘하게 생각했어. 고통의 뜻을 생각하다 보니 견딜 만했던 거지."

그의 표정은 진지했다. 어둡기 시작한 운동장 한 옆에 서 있던 그는 고통으로 자라고 있는, 그러나 인내의 덕(德)을 묵묵히 간직하고 있는 한 그루의 청청한 나무와도 같았다.

그 일이 있은 후, 그는 다시 특징 없는 한 학생이 되어 우리 학급의 어느 구석으로인가 스며들어갔다.

그가 다시 나의 관심의 표면으로 부상(浮上)한 것은 다음 해 봄의 일이었다. 일본 선생 몇몇이 합세하여 그에게 몰매를 준 사건이 일어난 것이다. 그가 교회 학교 유년부 학생들에게 한국말 성경을 가르치고 있다는 사실이 발각되었기 때문이다. 그는 입술이 터지고 눈과 귀가 찢어져 부어오른 얼굴로 풀려났다. 손등이 물크러지고 손가락이 삐뚤어질 정도로 뭇매를 맞고 풀려났다. 몇몇 급우들이 남아서 그의 책가방을 챙겨들고 기다리고 있던 교실로 그가 돌아왔을 때, 오히려 기다리고 있던 친구들이 부들부들 떨 정도로 그의 모습은 처절했다.

"아, 이 죽일 놈들!"

나는 주먹을 부르쥐고 벌벌 떨었다. 다른 친구들도 이를 갈며 원통해 했다.

"우린 언제까지 이 수모를 당하고 있어야 하나? 이게 사람인가? 이게 사람 사는 모양이야? 응?"

"우리, 저 원수들을 다 찔러 죽이고 콱 죽어 버리자우."

우리가 흘린 것은 눈물이 아니라 진하디진한 피였다. 그때 맹의순은 책가

방을 받아들고 나직이 말했다.

"미안하다."

"그게 무슨 소리야?"

"나 때문에 너희들이 이렇게 큰 상처를 입는구나."

"무엇이 어째? 너 때문에 우리가 상처를 입는다구? 이게 상처 문제야? 민족의 운명 문제야! 무슨 맥 빠진 소릴 하구 있는 거야? 우린 목숨을 걸고 저놈들 원수를 갚아야 해!"

그때 의순은 나직하게 말했다.

"이렇게 맞아 주는 게 원수를 갚는 길이야."

그의 찌그러져 부은 눈에서 눈물이 물큰 솟았다.

"아니, 맞아주는 게 원수 갚는 길이라니? 그게 무슨 미친 개소리야?"

그는 악을 쓰는 친구들을 향해 눈물 얼룩진 얼굴 그대로 대답했다.

"저들이 독을 품고 매질을 하는 동안 그들의 때는 다 차 가고 있어. 멀지 않았어. 불쌍하지."

"무어? 불쌍하다고?"

급우 하나가 맹수처럼 으르렁거렸다. 의순은 그 말을 받아 나직하게 중얼거렸다.

"우리는 저 사람들한테 감사를 드려야 해. 저들은 우리가 받을 위로(慰勞)를 벌어 주고 있는 거야."

"위로라구? 우리가 받을 위로를 벌어 주고 있다고? 그 위로를 누가 줄 건데? 그 누가, 이 힘없고 약하고 비참한 우리 민족한테 위로가 된다는 거야?"

"하나님께서 주실 위로지."

나는 부아가 치밀어서 입에 거품을 물며 덤벼들었다.

"야! 넌 위선자야! 아니면 형편없는 병신이거나!"

그는 우리를 타일렀다.

"이제 그만해. 여기서 이렇게 조선말로 떠들고 있다는 걸 알면 또 모조리 잡아다가 족칠 텐데. 어서 나가자구. 이만큼 터진 걸로는 나 하나면 족해. 그러니 이제 그만해. 누구인가 와서 엿듣고 있을지도 모르잖아."

우리는 하나씩 둘씩 흩어져 교문 밖으로 나갔다. 학교와 얼마만큼 거리를 둔 지점에서 나는 다시 그에게 다가갔다. 그는 아무 일도 없었던 것처럼 성큼성큼 걸어가고 있었다.

"그래, 교회 학교 유년부 문제는 어떻게 하기로 했어?"

"그만두겠다고 그랬어."

"매에 못 견딘 거야?"

"매도 무지했지. 하지만 목사님을 잡아 가두겠다고 위협을 하는 거야. 더구나 요즘 신사참배(神社參拜) 문제 때문에 교회들이 주목의 대상이 되고 있거든."

"그래, 그렇게 승복을 했는데 왜 이렇도록 때린 거야, 그 죽일 놈들이."

"버틸 만큼 버텼었거든. 그러다가 목사님을 붙잡아 가두겠다는 말에 내가 지고 말았어."

"그런데도 그놈들이 밉지 않단 말이야?"

"밉기야 밉지."

"그런데 감사를 드린다는 건 뭐야, 그 원수들한테."

"그들은 희생 제물 같은 존재들이거든."

"희생 제물이라니?"

"그들이 쏟아 붓는 이 핍박의 분량 몇 갑절이 위로와 사랑으로 변하여 나를 기다리고 있다는 걸 나는 믿고 있거든. 그들이 나의 죄악을 대신 사하여 주는 거야. 나는 그들을 미워할 권리가 없어. 용서도 나의 권한이 아니야. 악의 역할을 대신 해주는 그들이 희생제물이지 뭐."

"그래, 너는 네 하나님께 감사 기도를 드렸겠구나."

나는 빈정거렸다. 그러나 그는 나의 말을 곧이곧대로 받으며 충실하게 대답했다.

"그랬어. 매를 맞는 동안, 내가 때리는 역할을 하지 않게 해주신 하나님 감사합니다. 내가 맞는 역할을 담당하게 해주신 주님 감사합니다. 이들이 나의 위로를 이렇게도 많이 벌어주고 있으니 이들을 용서해 주시고 구원해 주소서 하고 기도했어."

"이거 봐."

어둡기 시작한 길모퉁이에서 나는 그를 불러 세웠다. 그가 하는 이야기의 진의(眞意)를 다시 한번 확인해 보겠다는 속셈에서였다. 그는 내가 부르는 대로 걸음을 멈추었다.

"너 정말 그런 궤변으로 우리의 이 의분(義憤)을 이렇게 농락할 거야?"

나는 정말 그가 염치없는 친구로 보여서 있는 대로 화를 냈다. 그러자 그는 어두워지기 시작한 하늘을 잠깐 올려다보았다. 여기저기 찢기고 부어 터져 일그러진 얼굴이었으나, 그 얼굴이 조금도 흉하지 않았다. 무엇을 올려다보는 것이었을까. 무엇을 찾는 것이었을까. 그는 잠시 후 나를 향해 시선을 바로잡더니 입을 열었다.

"의분도 있어야겠지. 사회정의도 구현이 되어야 옳겠지. 하지만 우리가 살고 있는 이 땅의 한편에서는 이런 일이 일어날 수밖에 없게 되어 있어. 그러나 그분은 이런 것을 없애시기 위해서 지금도 일하고 계시고 우리가 그 뜻을 똑바로 깨닫고 따라가 드리기를 원하고 계시지. 이 모든 것은 영원한 평화를 향해 가는 길의 과정이야. 이런 걸 겪지 않고는 그곳으로 갈 수 없어."

"그분이라니?"

"예수시지."

나는 입을 다물어 버리고 말았다. 그가 너무도 이상하게 보였고 그의 말들이 도무지 너무 엉뚱하게 들렸기 때문이다.

그러나 그와 헤어져 집으로 돌아온 나는 그날 밤 잠을 이루지 못하고 거의 뜬눈으로 밤을 새웠다. 한 옆에서는 일본에 대한 용광로 같은 증오가 계속 끓어올랐고, 한 옆으로는 맹의순에게서 보게 된 평화에 대한 회의가 내 머리를 쥐어뜯고 있었다. 그날 마지막 대답을 하기 직전, 하늘을 올려다 보던 그 평화롭고 고요하던 얼굴이 이따금 망막에 혹은 뇌리에 떠오르기도 했다. 그런데 이상한 것은 그 뜨겁게 타오르던 내 마음이 잠깐씩 평안함을 얻던 일이다. 그의 얼굴이 떠오를 때마다 나는 잠깐씩 증오에서 놓여날 수 있었다. 그것은 이상한 힘이었고 신비한 현상이었다. 고통 속에서 비로소 하나의 빛이 되어 드러나는 얼굴. 평소에 어떠한 일로도 두드러지는 일이 없는 그가, 엄청난 고통 속으로 몰리면서 뚜렷하게 부각되어지는 이유는 무엇이었을까.

나는 그날 밤, 뚜렷하지는 않지만 어떤 해답에 가까운 것 앞에 몇 발짝 다가간 것 같은 느낌을 얻었다. 맹의순 그에게는 무엇인가가 있다, 다른 사람들은 지니지 못한 그 어떤 표적(表迹)이 그에게는 있다, 그것은 눈으로는 볼 수 없는 것, 그러나 같은 표적을 지닌 사람들끼리는 서로 알아볼 수 있는 그런 것이 아닐까 하는 생각이 들었다.

대개는 살면서 스러져 갈 수밖에 없는 것들이, 그에게 있어서는 살아가면서 점차로 분명해지는 그 무엇을 그가 가지고 있음에 틀림없다는 결론에 도달했다. 새벽이 다 되어서야 나는 망막 속에 떠오른 그의 얼굴을 바라보며 잠이 들 수 있었다. 그것은 정녕 이상한 체험이었다. 다만 그때는 나의 인식(認識)의 세계가 그러한 사실을 사실로서 받아들이는 일에 인색해 있던 때여서, 기쁨을 동반한 체험이 될 수가 없었을 뿐이다.

다음날 그는 흉하게 일그러진 얼굴 그대로 등교했다. 학급은 그의 일로 술렁였으나 그는 아무 일도 없었던 사람처럼 심상했다. 나는 자석에게 끌리듯 그에게 다가갔다.

"견딜 만해?" 그는 대답 대신 빙긋 웃었다. 그의 상처는 내 가슴을 아프게 했다. "얼굴이 아주 삐뚤어져 버렸어. 보기가 안 좋아."

"이게 내 얼굴이 아니라는 걸 너는 알고 있잖아? 너는 내 얼굴을 알잖아? 그럼 됐지, 뭐."

나를 바라보는 그의 눈길이 따뜻했다. 내 가슴이 뭉클하면서 눈시울이 뜨거워졌다. 이번에는 그가 나를 향해 입을 열었다.

"사람의 참모습이 있어. 우리가 보고 겪은 이것이 전부가 아냐. 지금은 내 모양이 해괴하지만 본래 찢어지지 않은 온전한 내 얼굴이 있는 것처럼, 인간에게도 누구에게나 온전한 처음 것이 있는 거야. 때리고 미워하고 빼앗고 복수하는 이것만이 다가 아냐. 눈에 드러난 이것이 전부가 아니라는 걸 믿는 거야." 그는 잠깐 말을 끊고 더 깊은 눈으로 나를 바라보더니 말을 이었다. "어젯밤 너는 거의 뜬눈으로 밤을 새웠지?"

"어떻게 알아?"

"너와 함께 있었어. 너를 괴롭게 하는 분노의 불을 어떻게든 끄고 싶었어."

"그래서 네가 껐다고 믿어?"

"계속 기도했어."

나는 안으로 숨을 들이켰다. 이상한 일체감(一體感)을 느끼며 몸을 떨었다. 그 떨림은 육체로 온 것도 아니고 감정에서 전이된 것도 아니었다. 그것은 그때까지 자각해 본 일이 없는 그 어떤, 보다 깊은 곳에 간직되어져 있던 것의 처음 눈뜸 같은 것이었다. 그것은 맹의순에게 찍혀져 있는 표적을 조금 더 분명하게 볼 수 있도록 만든 사건이 아니었나 싶다.

그 표적은 누가 준 것일까. 그것은 무엇을 의미하는 것일까. 고통 속에서 고통의 분량만큼 빛을 내는 그것은 무슨 힘일까. 그 궁금증은 맹렬하게 나를 자극하기 시작했다.

3

내가 맹의순을 따라 교회를 찾아간 것은 그로부터 얼마 후의 일이었다. 교회는 맹의순을 부조(浮彫)시켜 주는 배경이었다. 교회 안에서의 그는 전혀 새로운 사람이었다. 그것은 그가 그곳에서 두드러진다는 뜻은 아니다. 그는 떠들썩하게 앞장을 서거나 나타나는 것이 아니었는데도 그가 있으므로 교회가 가득 차 있다는 느낌이 들었다. 나를 더욱 놀라게 한 것은 그의 풍금 솜씨였고, 아이들을 모아 놓고 찬송가를 가르칠 때의 그의 목소리였다. 그리고 찬송가를 부를 때의 그의 모습이었다. 그의 노래를 들으면서, 나는 그때까지 나를 묶어 놓고 있던 어떤 사슬에서 풀려나는 것 같은 자유로운 기쁨에 잠겨들었다. 나는 어디로인가 떠가고 있었다. 사춘기를 겪으면서 내 정신을 물고 늘어지던 감각의 음습한 갈등에서도 풀려나고, 일본에 대한 증오나 복수심에서도 놓여날 수 있었다. 미래에 대한 막연한 불안도 그곳에는 없었다. 어느 사이엔가 나는 울고 있었다. 내 가슴에 응어리져 있던 것들이 녹아 흐르고 있었다. 그의 노래가 끝났을 때, 나는 눈물을 닦을 생각도 하지 않고 그를 바라보았다. 그는 열일곱 살의 소년이 아니었다. 그렇다고 어른도 아니었다. 평화(平和)의 왕이라 할 수 있는 그 누가 그의 안에 들어가 그의 목소리를 빌려 노래하고 그의 손을 빌려 악기를 다루고 있다는 느낌이 들었다.

"풍금 솜씨가 놀라워. 난 네가 이렇게 음악과 함께 살고 있으리라고는 상상도 못 했는데."

"난 오히려 네가 학교에서 이따금 연습하는 피아노 솜씨에 감탄을 하고 있는데?"

그는 웃으면서 처음으로 나에 관한 관심을 드러내 보였다. 나는 그것이 기뻤다.

"그랬어? 나는 네가 내 피아노 연습을 귀 기울여 들으리라고는 생각지 못했는데."

나는 집에 피아노가 없는 상태로 음악에 열중하고 있었기 때문에 언제나 학교 피아노를 목말라 했고, 음악부에 들어 음악 선생의 심부름을 자청해가면서 피아노 사용 허가를 받는 일에 늘 마음을 쓰고 있었다. 맹의순이 그러한 나의 피아노 솜씨에 관심을 가지고 있으리라고는 상상하지 못했다. 나는 그에게 다그쳤다.

"그런데 왜 학교에서는 그렇게 내색을 하지 않았지? 그렇게 놀라운 솜씨를 가지고 있으면서."

"아냐, 내 피아노 솜씨 남 앞에 내세울 만큼 대단한 게 못 돼."

"오래된 솜씨던데. 오며 가며 익힌 것이 아니던데?"

그는 극히 조심하면서 실토를 했다.

"집에 피아노가 있거든. 누님이 피아노 전공이야. 누님 등 너머로 몰래 배운 거야. 누님은 작년에 출가를 했어. 난 요즘 누님 생각을 하면서 이따금 피아노를 치고 있지."

아, 그랬던가. 그것은 또 하나 놀라운 사실이었다. 일본이 일으킨 전쟁은 계속 승전(勝戰)소식을 물어들이고 있었지만, 먹는 것에서 입고 쓰는 물건에 이르기까지 넉넉한 것이라고는 한 가지도 없던 시절이었다. 핍박 받는 조선은 점점 졸아 들어 가난하고 또 가난해질 수밖에 없는 나라가 되어, 가난을 숙명처럼 끌어안고 살던 시절이었다. 제대로 된 밥그릇에 양껏 밥을 먹을 수 있는 집이 열 집 중에 한 집이나 있었을까. 그런 시절에, 딸을 전문학교까지 보내고 더구나 피아노를 전공하게까지 한 집안이라면 그 집의 생활수준이 어떠한 것인가를 금방 알 수 있는 일이었다.

그 후, 얼마 안 되어 그는 나를 집으로 초대했다. 나는 그의 집에 가서야 그가 맹관호(孟觀浩) 장로의 아들이라는 사실을 알고 다시 놀라지 않을 수 없었다. 그의 아버지는 장댓재[章臺峴] 교회의 기둥과 같은 장로로도 유명했지만, 평양 부자로 더 소문이 나 있는 사람이었다. 그런데 맹의순에게서는 그러한 부잣집 작은아들 같은 점이라고는 단 한구석도 찾아볼 수가 없었다. 나를 집으로 데리고 가던 맹의순의 태도는 극히 자연스러웠다. 집은 부자로 소문이 나 있는 것에 비하여 퍽 검소했다. 어머니는 쾌활한 부인이었고 아버지는 위엄이 있었지만 새로운 문물(文物)을 받아들이는 일에 판단력이 빠른 분인 듯했다. 위로 시집간 누님 말고, 전문학교 학생인 형님 하나와 밑으로 그 집의 막내인 누이동생이 있었다.

그 집안의 단란(團欒)은 퍽 이채로운 것이었다. 자유스러운 분위기 속에 질서가 있었고, 개성이 억압당하지 않는 속에 존중하는 조심성과 사랑이 있었다. 그 집의 피아노는 단박에 나를 매혹했다. 음악은 우리들 두 사람을 더욱 밀착하도록 만들어 주었다.

그 후로 나는 빈번하게 그 집을 찾아가게 되었지만, 내가 피아노를 마음 놓고 칠 수 있는 기쁨보다는 그의 연주를 듣는 즐거움이 더 컸다. 피아노를 통해서 나는 그의 영혼이 지니고 있는 표적이 또 새롭게 빛나는 것을 보았다. 그는 음악의 샘[源泉]이었다. 그의 노래는 화평(和平)의 신호였다. 그는 말했다.

"음악은 영원(永遠)이야. 시작이 따로 없지. 그리고 끝없는 기쁨이야. 눈으로 볼 수 없는 가장 큰 것에서부터 눈으로 볼 수 없는 가장 작은 것에 이르기까지 함께 움직이게 하는 힘이야. 끝없이 아름답고 선한 힘이지."

나는 그에게서 새로운 베토벤을, 새로운 모차르트를, 새로운 슈만을 배웠다. 학교의 가난한 음악실에 비치되어 있던 몇 장의 축음기판에서만 얻어듣던 낡은 소리가 아닌, 맹의순의 연주는 살아 있는 영혼의 선율로 내 영혼의 귀를 열어주었다. 연주를 하고 있을 때의 그의 눈은 무한한 천공(天空)이 열리듯 깊고 깊었다. 그리고 맑았다.

"쇼팽에게는 다분히 감상적인 데가 있지만, 그의 폴로네에즈만은 예외야. 그렇게 섬세하게만 느껴지는 그런 인물에게 그렇게 장엄한 애국심이 있었어. 폴로네에즈는 웅장하고 당당한 연주기술 없이는 안 되었겠지. 피아노곡으로서는 규모가 참 크거든. 쇼팽도 조국 폴란드를 생각할 때는 사자(獅子)의 혼으로 살아났다는 거지. 러시아에게 짓밟힌 조국을 아파하는 그 아픔 속에서 그의 혼은 더할 수 없이 빛나고 있었던 거야."

쇼팽의 폴로네에즈를 연주하고 있는 그의 모습은 한 소년이 아니라 장중한 슬픔을 안고 있는 거인이었다. 그런가 하면 슈베르트의 소품을, 가곡 중 〈방랑자〉나 〈겨울 나그네〉를 부르며 우수에 젖어들기도 했고, 슈만의 시인의 사랑을 노래하며 현실 저쪽의 가없는 세계로 혼자 흘러가기도 했다. 그는 이따금 슈베르트나 구노의 〈아베마리아〉를 불러 경건하고 아름다운 기도의 운율을 만들기도 했다. 그와 내가 함께 했던 음악의 세계는 그 누구도 넘겨다볼 수 없는 황홀한 세계였다. 그곳에는 일본 사람에 대한 분노나 증오도 없었고, 일본 선생에게서 얻어터져 뭉개진 상처도 없었다. 그것은 우리들만의 때묻지 않은 세계였다. 그것은 소년 시절에 내게 허락된 놀랍고도 아름다운 신앙이었다. 완전한 피난처요, 보장된 요새(要塞)요, 다치는 일 없던 평화였다.

그러나 우리가 만나는 음악의 요새, 그 성벽(城壁) 저쪽에는 상상할 수 없는 고통과 어둠과 절망이 허연 이빨을 드러내고 호시탐탐 이쪽의 평화를 노리고 있었다.

*

졸업반이 되어 첫 학기 이른 봄에, 출가해 살던 맹의순의 누님이 세상을 떠났다. 누님에 대한 그의 사랑이 얼마나 지극한 것이었던가. 그는 틈틈이 누님에게 편지를 띄우던 동생이었다.

"내 누님은 나의 음악이야. 누님은 내 노래의 샘물이지."

그는 누님을 그리워하면서 자주 그런 말을 했다. 누님을 잃은 그는, 내 눈에 슬픔의 렌즈를 끼워 주었다. 나는 이따금 맹의순과 헤어진 뒤, 우리 집 골방에 혼자 앉아 그의 슬픔을 울고는 했다. 그가 말없이 겪고 있는 그 슬픔은 내가 늘 보아오던 하늘의 의미를 다르게 만들었다. 만물이 새 생명으로 되살아나는 봄의 뜻도 새로워졌다. 그는 한 번도 눈물을 보이지 않았지만 아버지와 어머니의 슬픔이 덧얹어지고 죽음의 의미를 안으로 삭이기 위해서 고뇌하고 있었다.

예지(銳智)에 빛나던 그의 반듯한 이마 위에, 씻기지 않는 슬픔이 고뇌의 그늘이 되어 얼어붙어 있었다. 그는, 인간이 죽음을 시인(是認)해야만 한다는 대전제(大前提)를 끌어안고 있었으면서도, 누님이라는 육친의 죽음을 실감할 수 없는 갈등 때문에 고통당하고 있었다. 우리는 피차가 그 누님에 관한 이야기를 입에 올리지 않았다. 그것은 너무도 벅찬 슬픔이었고 시인할 수 없는 두려운 세계였기 때문이다.

어느 날 우리는 어른들이 다 출타하신 빈 집에 둘이만 남았던 일이 있었다. 그는 피아노의 뚜껑을 열더니 모차르트의 론도 A장조를 치기 시작했다.

봄날 하루해가 저물어 가고 있었다. 대지를 열고 기지개를 켜던 새싹이, 한나절의 혼곤한 햇빛을 받아 마시고 조금씩 졸기 시작하는 시간이었다.

그 곡은 얼마 전 그가 연주해 준 일이 있어 쾨헬 번호 512번이라는 것까지 기억할 수 있었다.

그것은 숨어서 흐르는 개울물이었다. 감추어져 있던 애수(哀愁)가 채송화처럼 자잘하게 피어나며 수줍게 손짓하는 안타까움이었다. 그리움이 망울망울 기쁨도 되고 슬픔도 되어 천상(天上)으로 날아가는 소리였다. 그 선율은 그의 눈물이었다. 통곡보다 더 큰 울음이었다.

"이 곡은 나의 누님이야. 내 누님의 눈물이 방울방울 떨어지는 소리야. 난 그동안 이 곡을 치고 싶었지만 부모님이 계셔서 맘 놓고 칠 수 없었어."

그는 눈물이 흠뻑 젖은 얼굴로 그 곡을 처음부터 되풀이해서 치기 시작했다. 그의 소리 없는 비탄(悲嘆)은 감상(感傷)을 허락하지 않았다. 그가 치는 피아노 선율의 애절함은 목숨을 내어놓은 항의요 항변이었다. '인간의 목숨이란 도대체 얼마만한 슬픔의 분량을 받아들이고야 목숨의 권리를 얻을 수 있는 것일까.' 나는 그때 처음으로 인간이 살아남는다는 것은 사랑하는 사람과의 이별을 감당해야 하는 슬픔과 함께해야 하는 것이라는 걸 배웠다.

*

학도병으로 끌려갔던 그의 형님의 전사 통지가 날아온 것은 그로부터 석 달 뒤의 일이었다. 도대체, 인간이 수용(受容)할 수 있는 고통의 한계가 얼마나 될까. 학교에서 그가 당하고 있는 일들을 아는 사람은 없었다. 그는 여일하게 등교를 했고, 전쟁 막바지에 이르러 갖은 방법으로 볶아대는 근로 동원을 묵묵히 감당해 냈다.

나는 단 한마디도 위로의 말을 입 밖에 낼 수가 없었다. 그리고 한동안 그의 집에도 찾아가지 못했다. 그의 어머니와 그의 아버지를 만날 용기가 나지 않았다. 학교에서 만나는 그의 얼굴은 여전히 온화했다. 그러나 나는 그의 내면이 겪고 있을 지진(地震)과 같은 혼란의 고통을 알 것 같았다.

맹의순 그의 앞에서는, 인간의 운명에다 활화산과 같은 불을 붙이는 풀무가 언제나 맹렬하게 돌아가고 있는 것 같았다. 그러나 그 풀무 앞에서 그는 언제나 잠잠했다. 그리고 그 풀무로 맹렬해진 불길 속에서 그는 새롭게 빛나기 시작했다. 그가 지닌 표적이 점점 더 선명한 빛으로 드러나기 시작한 것이다.

4

해방이 되면서 우리는 중학교를 나란히 졸업했다. 중학교를 졸업한 그에게서는 청년의 싱싱함과 함께 청결하고 기품 있는 생명의 향기가 우러났다. '나도 저와 같을까?' 그는 아름다웠다. 깊이를 알 수 없는 그의 고뇌가 기이한 힘이 되어 나를 이끌었다. 그가 혼자 간직하고 있는 슬픔의 한 가닥이 기이한 빛이 되어 나에게 손짓했다.

모든 사람이 해방의 기쁨에 들떠 있을 때 그는 종적을 감췄었다. 얼마 만에 모습을 나타낸 그에게 어디를 갔었으냐고 물으니까 처음에는 빙긋이 웃기만 했다.

"이거 봐 의순, 이렇게 벅찬 감격을 두고 어떻게 혼자 떨어져 있을 수 있었나? 너는 마치 조선사람 아닌 것 같은 얼굴을 하고 있지 않아? 이 조국의 해방이 그 정도의 의미밖에 없는 거야? 왜 그래? 네 개인의 슬픔이 되살아나서 해방의 기쁨도 빛을 잃게 했던 거야?"

나는 그와 함께 있을 수 없었던 몇날 며칠을 억울해 하면서 그에게 대들었다. 그는 대답을 서두르지 않았다. 웃음을 거둔 그의 얼굴에 어두운 그늘이 걸려 있었다. 그의 미간과 이마가 차갑게 느껴졌다. 나는 무언가 불안해져서 다그쳐 물었다.

"왜 그래? 무슨 일이 있어? 무슨 일이야?"

그는 눈길을 들어 나를 바라보았다. 그리고 무겁게 입을 열었다.

"이 땅이 겪을 고난은 정작 이제부터인지도 몰라."

"아니, 그게 무슨…."

"지난 2월에 있었던 얄타 협정(YALTA 協定)은 조선의 불행이 시작된다는 출발신호였어. 그리고 포츠담(POTSDAM)에서는 드디어 독아(毒牙)가 드러난 거야. 우리는 곧 평양을 떠나게 될 거야."

"아니? 그래 혼자 떠날 준비라도 했다는 말인가?"

"준비라면 준비지. 산으로 기도하러 갔었어."

나는 그래도 설마 했다. 조국의 불행을 미리 내다보기에는 내 피가 너무 뜨거웠고 해방의 감격이 너무 벅찼다. 나는 그가 좀 지나치지 않나 싶었다. 그러나 며칠 안 가서 우리는 정작 평양을 떠나 38선 남쪽 땅으로 옮겨가야 한다는 결론을 내렸다. 소련군들이 38선 이북을 점령해왔고 심상찮은 일들이 여기저기서 터지기 시작했다.

나는 해방의 흥분을 가라앉히고 우리나라의 역사를 알기 위해 책을 구해다 읽기 시작했다. 그리고 친구가 들려준 말들을 역사와 국제 관계에 비추어 새로운 눈으로 관찰하기 시작했다. 남한의 정세도 면밀하게 관찰했다.

남한 땅에는 '존 R. 하지' 중장(中將) 인솔 하에 미24군단이 진주했다. 9월 8일. 그들이 들어서면서 한국에서는 군정(軍政)이 실시될 것을 선언했다. 사흘 후에는 아놀드 소장(少將)이 군정장관으로 임명되어 실제로 정치적 실권을 장악했다는 소식이 들려왔다. 그러나 미군이 진주하기 이틀 전인 9월 6일, 정치 부재의 진공상태와 같은 남한 땅에서 재빨리 정권(政權)의

기선(機先)을 제압하려고 앞장선 무리가 있었다. 그들은 '건국 준비 위원회'라는 간판을 내어 걸고 전국 인민 대표라는 사람 쉰다섯 명을 모아 자기들 멋대로 국호(國號)를 조선인민 공화국으로 정하고 9월 14일 오후에 '인민공화국'을 선포하고 나섰다. 그리고 그들은 좌익 계열 중심으로 연일 회의를 하던 끝에, 그들 멋대로 조각(組閣)한 인민공화국의 내각(內閣)을 벽보(壁報)로 발표했다. 붉은 잉크의 벽보가 미친 듯이 나붙기 시작한 것이 그때였다.

좌익들의 재빠른 행동에 우익 진영이 아연 긴장하고 나선 것도 그때였다. 좌익 계열이 미친 듯이 설치고 돌아가기 시작하자, 그때까지 두 파로 나뉘어져 있던 우익 진영의 대한민주당(大韓民主黨)과 민주국민당(民主國民黨)이 민족진영의 대동단결을 표방하고 한데 합쳐 한국민주당(韓國民主黨)을 탄생시켰다.

한반도는 무엇인지 알 수 없는 것들을 있는 대로, 아무렇게나 집어 처넣고 끓이는 죽 솥 같았다. 그것이 먹을 수 있는 죽인지 먹지 못할 죽인지도 알 수 없는 상태였고, 너도 나도 걸근거리며 달려들어 끓는 죽은 어느 누구의 그릇에도 담기지 않고 사면으로 튀고 쏟아져, 더러는 데이고 더러는 더렵혀졌고 또 그 탓을 서로 상대방에게 돌려 아귀다툼을 시작했다.

침략만을 무수하게 겪은 땅. 수난(受難)의 역사를 누더기처럼 입고 있는 땅 한반도(韓半島). 벌건 살이 비죽비죽 드러나 있지만 부끄러워하는 것을 잊어버린 땅. 남의 힘으로 되찾은 자유라는 떡 덩이를 서로 그것이 자기 하나만의 것이라고 우겨 가며 상대방이 못 가지게 하기 위해 목숨을 건 싸움이 시작된 것이다.

해방의 뜻은 혼란으로 바뀌었다. 자유의 기쁨은 이기(利己)의 칼로 변했다. 누구 하나 조용히 멈추어 이 나라의 앞날을 진정한 애국충정으로 생각하고 있는 사람이 보이지 않았다.

누구나 나섰다. 웬만한 사람이면 들고 나서서 휘둘러댔다. 상대방의 말이

나 뜻에 귀를 기울이려고 하지 않았다. 목청은 점점 높아가고 주의주장은 창끝이 되어 아무나 찌르고 아무나 상처 입히기를 서슴지 않았다. 정당과 사회단체는 그 수를 헤아릴 수 없을 만큼 멋대로 생겨나고 그 속에서 국제적인 조직력과 경험을 가지고 있는 공산주의자들이 마음 놓고 판을 쳤다.

그래도 평양에 살던 우리는 그 죽 끓듯 하는 남한 땅을 향하여 떠나지 않을 수 없었다. 우리는 서울서 만나기로 하고, 각자 가족의 형편에 따라 길을 떠나기로 했다.

내가 서울에 도착한 것은 12월 초. 서울에는 우남 이승만(李承晩) 박사가 돌아와 있었고, 이 박사가 귀국한 10월 16일 후 월여가 지난 11월 23일에는 백범(白凡) 김구(金九) 선생과 김규식(金奎植) 박사를 필두로 상해(上海)의 임시정부 요인들이 다 돌아와 있었다.

그러나 그 무렵 모스크바에서 열린 미·소·영 3개국의 외상 회의에서 가결된 '한민족 신탁통치안'(信託統治案)은 우리 민족을 분노의 도가니로 일시에 몰아넣었다.

국내의 기류는 미군정(美軍政)과 손잡은 한민당이 정치와 경제권을 장악하고, 우남을 영도자로 내세우면서 상해 임시 정부 사람들이 발 디딜 곳 없는 분위기로 몰아가던 중이었고, 처음에는 거족적인 신탁(信託)반대운동을 전개하고자 나섰던 공산계열이 갑자기 태도를 표변시켜 찬성의 기치를 내세워 싸워보자고 덤벼드는 판국이 벌어지고 있었다.

맹의순과 내가 다시 만난 것은 1946년 1월, 추위가 막바지로 얼어붙은 서울에서였다. 서울은 춥고도 흉흉했다. 한국 민주당의 수석 총무로 군정청에 매일 출근하던 고하(古下) 송진우(宋鎭禹)가 자택에서 암살당한 지 얼마 안 되던 시기였다.

신탁통치 반대 운동도 파가 나뉘어 임시정부 중심의 '국민 총동원중앙위원회'와 우남 중심의 '독립촉성중앙협의회'가 따로 움직이고 있을 때였고, 이제 피 맛을 보기 시작한 테러, 암살자가 기가 나서 날뛸 기세가 역력한 살벌한 분위기 속이었다.

우리는 시퍼렇게 언 몸을 끌어안고 울었다. 젊고 젊은 두 몸뚱이는 서로 37.5도의 체온을 확인하며 몸부림쳤지만, 이 땅이 휩쓸리고 있는 급류(急流) 속에서 우리는 너무도 춥고 외로웠다. 우리는 우리의 젊음을 의탁할 곳이 없었다. 아무도 우리의 젊음을 들여다보지 않았다. 우리는 우리의 젊음을 어떻게 처리해야 하는지 알 수가 없었다. 갈 곳이 없었다. 만날 사람도 없었다. 할 이야기가 없었다. 아니, 가야 할 곳이 너무도 많아서 골라낼 수가 없었다. 만나야 할 사람이 너무도 많았고 해야 할 이야기가 너무 많아서 갈피를 잡을 수가 없었다.

*

맹의순의 가족은 빈털터리가 되어 알몸으로 서울에 들어왔다. 마침 남대문교회 교우 중 친분 있던 친구를 만나 우선 그 집에 얹혀 기거하고 있었지만 앞일이 막막한 처지였다.

"어쨌거나 이렇게 살아서 다시 만났으니 감사한 일이지. 하지만 어떻게 된 거야?"

재회의 기쁨을 아껴 가며 만나던 며칠 후 나는 그들 가족의 앞날이 걱정이 되어 그렇게 묻지 않을 수 없었다.

"38선을 넘는 일이 목숨 걸어야 할 일이었잖아. 짐까지 끌고 넘을 방법이 없었지. 그런데 월남하는 가족의 짐을 이남 땅에까지 날라다 주는 사람이 있었어. 물론 직업적인 사람이었지만… 우리도 짐을 그 사람한테 맡겼지. 맨몸으로도 넘어오기가 어려웠던 참에 얼마나 고마웠던지 짐삯까지 미리 다 주었어. 그런데 이남 땅 약속 장소에서 며칠을 기다려도 그 사람이 나타나지 않는 거야."

"아니, 그럼 짐을 맡겨 두고 그냥 떠나왔더란 말야?"

"아니지. 모두들 짐꾼하고 짐하고 함께 떠나는 거라고들 해서 떠나기야 함께 떠났었지. 그런데 중간에서 그 짐 맡은 사람이 어서 먼저들 가라는 거야. 자기가 며칠 몇 시까지 어김없이 그 장소로 갈 테니 믿고 가라잖아. 그래서 모두 맨몸으로 훨훨 걸었지 뭐. 나는 누이동생을 맡고 아버지는 어머니를 보살피시면서 별로 고생 안 하고 넘어왔어, 덕분에."

"아니, 귀중품이나마 좀 따로 간수하지 않고… 츳츳 부자(父子) 분이 그렇게 똑같이 고지식하기는…."

"뭘… 아주 없어진 게 아니니 됐지 뭐. 불이 났거나 하면 아까웠겠지만 그 사람이 잘 쓰고 있으니 이 땅 위에 그냥 있는 거 아니겠어. 그리고 그 사람이 우릴 꼭 속였다고 만도 생각할 수 없는 게, 삼팔선이라는 데가 어떤 덴 줄 알잖아? 몸 하나 챙겨 가지고 넘어오기도 어려운 일이었는데… 짐이 좀 많았었거든."

"그래, 아버지께서는 뭐라 하시던가?"

"처음에는 좀 당황해하시는 것 같았는데 서울 도착 후, 고향 사람들을 만나면서부터는 그런 일이 있었던 것 같지도 않게 밝아지셨어. 아주 막막하지는 않아, 마침 고향 사람 중에 아버지께 돈 갚아야 할 분이, 돈이 마련될 것 같다면서 얼마간 기다려 달라는 연락을 해왔다더군. 그건 그렇고, 이 북새통에 공부를 밀쳤으니 어떻게라도 공부를 시작할 방도를 찾아야 하지 않겠어?"

그가 공부 이야기를 꺼내자, 나는 야심만만한 청년답게 조국의 앞날은 제대로 된 정치가를 필요로 하고, 또 경제 발전이 어떻고 하면서 정치가의 길, 실업가의 길, 법관은 어떻겠나 종횡무진으로 꿈을 펼쳐보였다. 그는 내 이야기를 골똘하게 들어주었다. 어느 대목도 놓치는 일 없이 진지한 자세로 귀를 기울여 주었다. 그러나 끈기 있게 내 이야기를 다 듣고 난 그의 대답은 나의 의견과는 같지 않았다.

"달리 듣지 말게. 자네의 뜻이 잘못되었다는 건 아닐세. 그러나 나는 종노릇을 해야겠어. 주(主)의 종으로 살아야 할 것 같아. 좋은 정치, 기름지게 사는 일, 다 좋지. 하지만 사람이 사람 되지 않고는 아무 것도 지킬 수 있는 게 없어. 영혼이 바로 되지 않고서는 그 무엇도 참뜻을 찾을 수가 없는 거라고 생각해. 이 땅의 사람들이 참으로 살아남는 길은 그 길 한 가지뿐이라고 믿어지기 때문이야."

"글쎄…, 신앙의 힘만으로 인간들이 바로 잡아질까?"

"먼저 깨달은 사람마다 자기 자신을 죽여 끝까지 충성하면."

나는 그의 결의가 어제 오늘 다져진 것이 아니라는 것을 알았다. 며칠 후, 그는 나에게 책을 한 권 전해주었다. 토마스 아 켐피스가 쓴 《그리스도를 본받아》였다. 어찌나 낡고 헐었던지 책장 하나가 다 피어올라 낡은 무명조각처럼 된 책이었다. 〈기독성범(基督聖範)〉이라는 다른 제목을 가지고 있어, 퍽 딱딱한 느낌을 주어, 내심 한 옆으로 별로 달갑게 여겨지지 않기까지 했다.

"몇 날 며칠이 걸려도 좋으니 기도하는 마음으로 읽어야 해. 나도 이 책을 읽는 자네를 위해 오늘부터 기도하겠네."

나는 친구와의 약속 때문에 그 책을 읽지 않을 수 없었다. 그 책을 펼치기 전에 묵상을 하던 나는 그 묵상 속에서 맹의순의 온화한 얼굴과 맑은 눈빛을 만났다. 그리고 책을 읽기 시작했을 때, '듀셴돌프' 근처의 작은 마을 '켐피스'에서 출생하여 아흔두 살을 사는 동안 오직 한 분에게 그 영혼을 드리기 위하여 겸손만을 지미고 살았던 필자 토마스 앞에서 나의 영혼이 조용하게 두 발을 모으며 섰고, 그 책이 5백여 년 동안 읽히면서 그 책을 통해 영혼의 낯을 씻었을 사람들의 모든 경건을 일시에 헤아리며 무릎을 꿇지 않을 수 없었다. 나는 제1권 2장을 가까스로 읽기를 마치고 그 자리에서 고꾸라지듯 무릎을 꿇지 않을 수 없었다. 그랬다. 바로 그 책에, 맹의순 그 친구가 지니고 있는 이상한 힘의 표적이 내면의 빛으로 빛나고 있었다. '사람들이 지식을 구한다는 것은 자연스러운 일이나(아리스토텔레스의 《형이상학》 1의1) 하나님을 경외(敬畏)함이 없이 얻는 지식에 무슨 유익이 있겠습니까?

하나님을 겸손하게 섬기는 한 농부가, 별들이 움직이는 길을 알면서도 자기 영혼의 살 길은 등한히 하는(벤시락의 지혜서 19장 21절) 교만한 지식인보다 훨씬 더 하나님을 기쁘시게 합니다. 참으로 자기 자신을 아는 사람은 자기의 무가치를 알기 때문에 남의 칭찬 받는 일은 즐겨 하지 않습니다. 내가 온 세상의 지식을 다 가지고도 만일 사랑이 없으면(고린도전서 13장 12절) 나의 행함을 판단하시는 하나님 앞에서 그 지식이 유익할 것이 무엇이겠습니까? 걱정과 거짓말을 더해 주는 지식욕에 대한 절제를 가지지 않겠습니까? …. 우리 영혼의 유익을 돕는 것이 되지 못하는 어떤 것을 가질 때처럼 어리석은 일은 또 없을 것입니다…' 그 책이 지닌 표적, 그 안으로 빛나는 빛이 내 영혼의 문을 열어주었다. 나는 처음, 그 책이 분량을 눈으로 대중하면서 잘하면 하루 만에 읽어 치울 수 있는 책이겠거니 했다. 그 책을 읽기 시작한 첫날 밤, 불과 이십여 페이지를 더 읽어 내지 못하고, 그 책은 평생을 껴안고 읽어도 완전히 읽어 내기 어려운 책이라는 것을 깨달았다. 겸손에 대하여, 진리 교훈에 대하여, 행함을 삼가함에 대하여, 욕망을 제어함에 대하여, 헛된 소망과 자만을 피함에 대하여, 다변(多辯)에 대하여 등, 그 책은 신령한 생활에 대한 반성, 내면생활에 대한 반성, 내적위안, 성례전(聖禮典)에 대하여 등 네 권에다 그리스도를 본받는 길을 소상하게 열어주는 지혜서였다.

나는 사흘 동안 그 책을 불과 몇 항목밖에 읽어내지 못했다. 그것은 독서

(讀書)를 위한 책이 아니었다. 그 책을 통하여 열린 새로운 고뇌가 무시무시한 형틀이 되어 내 앞에 나타났다.

*

밖에서는 신탁통치 반대의 물결이 노도처럼 매일 끓고 있었다. 임시정부 측과 한민당이 합쳐져 '대한독립촉성국민회'로 새로 발족하여 행동 단체로 전국 애국단체 연합회를 조직하고 반탁운동을 적극적으로 추진하고 있었다.

나는 그 물결 속에 뛰어들어 내가 옳다고 생각되는 것을 위해 나를 바치고 싶었다. 그렇게 출발하면서 무엇인가가 되고 싶었다. 이 사회 속에서 버티고 설 수 있는 무엇으로 나를 만들어 보고 싶었다. 그것이 무엇인지는 알 수 없었지만 그 틀은 성공(成功)이었다. 성공한 사람, 성공한 남자로 살아야겠다는 생각을 버릴 수가 없었다.

그 길은 맹의순이 가는 길과는 같지 않았다. 그가 가겠다고 작정한 길에는 성공 같은 것은 보이지 않았다. 빛깔도 없었고 재미도 없어 보였다. 나는 그 길을 가고 싶지 않았다. 맹의순을 지극히 사랑하고 있었지만 그가 가는 길을 함께 갈 마음은 없었다.

그러나 토마스의 책을 읽으면서 부끄러움이 살아나기 시작했다. 지금까지 겪어 본 일 없는 아프고도 뼈아픈 부끄러움이 내면 깊숙한 곳에서 눈을 뜨고 일어나기 시작했다.

나는 부끄러움을 고백하기 위하여 친구를 찾아 나섰다. 우리는 그해 봄과 여름을 책 읽기와 기도생활로 보냈다.

*

반목과 싸움에는 계절도 없었다. 제각기 모두가 틀림없는 애국자였지만 뜻은 서로가 달랐다. 미·소 공동 위원회는 한국 임시정부 수립을 협의한다는 목적으로 개최되었지만, 모스크바 3상 회의에서 고작 해낸 것이라고는 한국 정당, 사회 단체들과의 협의 문제로 그쳤을 뿐, 양 대국은 제각기 제 나라에 유리한 세력의 한 끝씩을 틀어쥐고 이 땅에서 물러났다.

소련과 좌익계열의 음흉한 계략과 음모의 깊이는 한이 없어, 민족진영을 방해하던 공작은 그 시작과 끝을 알아낼 길이 없을 정도였다.

그러한 와중에서 미·소 공동 위원회의 결렬로 한반도의 분단비극은 확정되었다. 그러자, 신탁통치 반대운동을 하기 위하여 한데 뭉쳤던 대한독립촉성국민회 내부에서는 다시 깨어지는 소리가 들리기 시작했다. 그들은 공산세력을 용납하지 않는다는 것과, 오직 한국인만의 정부를 수립해야 한다는 원칙에는 합의하고 있었지만, 정부의 수립 과정과 형태에 대해서는 서로 의견을 달리하고 있었다. 우남 이승만은 남한만의 단독정부 수립이 아니고는 현실적으로 아무것도 해결될 수 없다는 주장을 고집했고, 백범 김구는 남북 협상을, 김규식은 좌우합작을 주장하고 나섰다. 백범과 김규식은 어떠한 정세 아래에서도 민족분열은 일으키지 말아야 한다는 그들 나름의 조국애를 안고 평화적인 통일성취를 위해 몸을 바치려 했으나, 소련의 음흉한 음모를 계산하는 일에는 미숙했다. 그러나 국제 정세에 비교적 눈이 밝아 남한만의 단독정부 수립을 주장하던 우남에게서도 인간적인 약점은 노출되었다. 미국에서 33년 만에 환국(還國)하던 그의 내심을 헤아릴 만한 사람은 헤아리고 있었던 것이다. 그가 돌아오기 전, 국내에서는 이미 여운형(呂運亨), 안재홍(安在鴻) 등이 건국준비 위원회를 열어 일할 준비를 하고 있다는 것을 알고 있던 우남으로서는 다소 초조한 형태의 환국을 연출하지 않을 수 없었다. '지금 외국의 관심은, 근 40년 동안이나 일본 압제에 묶여 천대를 받아 왔던 조선민족이 과연 저희들끼리 자주 독립국가를 세워 갈 수 있을까 하는 것이다….' 이것은 그가 환국하여 미군정청 제1회의실에서 귀국 성명을 발표할 때의 말이었고, '살아도 함께 살고 죽어도 함께 죽겠다는 마음을 가지고 나를 내세워 준다면 어떠한 문제든 원만히 해결할 자신이 있다'고 말한 것은 귀국 나흘 후, 연합군 환영회 단상에서 한 연설의 한 구절이다.

맹의순은 우남에 관한 뒷이야기와 기사를 읽고 한숨지었다.

"대동단결(大同團結)이란, 피차가 서로를 섬기려는 마음 안에서만 이루어지는 열매인 것을…."

"하지만 어디 인간이라는 게 그런가? 그러니 한쪽만이라도 선선히 양보를 하다 보면 질서도 잡히고 단결도 되고 하지 않을까."

내 말에 그는 어두운 얼굴로 대답했다.

"선뜻 양보한다는 것도 어렵거니와 양보를 종용하거나 기다릴 생각도 없을 거야."

"그러면?"

"끊어버리겠지."

"끊다니?"

"벌써 살인귀는 피를 보았지 않아. 피 맛을 들였으니 무섭게 날뛰면서 계속 피를 흘리겠지."

"많이 죽을까?" 그는 대답하지 않았다. 그러나 그의 어둡던 얼굴은 울고 있는 것처럼 보였다. "어디, 말 좀 해보아."

나는 그를 채근했다. 우리는 그때 삼청공원 골짜기, 물 흐르는 개울가 벚나무 아래 앉아 있었다. 나의 채근에 맹의순은 숲과 하늘을 바라보면서 말했다.

"봄은 이렇게 아름다운데… 사람들은 봄도 아랑곳 하지 않아. 아아, 끝없어. 사람들의 싸움은 끝없을 거야."

"이봐, 딴전 피우지 말어. 무슨 방법이 없을까? 이 땅에서 벌어질 피비린

내 나는 살육을 막을…."

그는 조용하게 내 얼굴을 들여다보면서 속삭이듯이 말했다.

"저렇게 제각기 앞장서서 날뛰는 사람들 중에 의인(義人) 열 사람만 있다면…."

"의인은 꼭 거기서만 찾을 일도 아니지. 우리들 중에 의인이 있기만 하다면 살육의 멸망이 보류될는지도 모르지."

우리는 어쩔 수 없이 한숨을 쉬었다.

정판사(精版社) 위조지폐(僞造紙幣) 사건이 세상을 발칵 뒤집어 놓은 것은 그 무렵이었다. 조선 정판사에 근무하던 조선 공산당원 열네 명과, 조선 공산당 간부 두 명이 일당이 되어, 남한 일대를 교란하기 위한 공작금으로 1천2백만 원이나 되는 위조지폐를 찍어낸 것이다. 조선경찰 제1관구 경찰청장 장택상(張澤相)은 이들을 일망타진했다고 공식발표했는데, 공산당을 비롯한 그들의 계열에서는 이 사건이 경찰들이 꾸민 음모라고 삐라를 뿌리거나 벽보를 붙여 가며 뒤집으려 했고, 그 사건의 재판이 있던 법정에서, 당원이 총을 쏘는 난동까지 부려 가며 소동을 계속 일으켰다.

5

가을 신학기에, 우리는 Y전문학교 신학과(神學科)에 입학했다. 그는 신과에 적을 두었고 나는 신과에 소속되어 종교 음악을 공부하기로 했다.

어지러운 정국(政局), 흉흉한 인심, 사람끼리 의견이 다르고, 또 생각 한 가닥 다르다는 한 가지로 서로를 용서하지 못했다.

학교도 안정이 보장되지 않았다. 학생들은 학생들 나름으로 무슨 운동, 무슨 파(派) 하며 이리 몰리고 저리 몰리며 쉽게 흥분했고, 교수들에게는 그들을 다잡을 힘이 없었다. 그러나 일단 학교는 학교였다. 학교 울타리 안에서 유지되고 있는 질서 속에서, 강의실과 교수와 학생들의 위치는 분명했고 그 나름의 질서에 의지할 수 있는 것이 다행이었다.

그러나 도대체 어디서부터 어떻게 불어 닥친 광포(狂暴)한 바람인가. 우리가 마음을 가다듬고 공부를 시작하려던 시월 첫날, 대구(大邱)를 휩쓴 폭동(暴動)이 어마어마한 피비린내를 풍기며 전국을 뒤흔들었다. 애당초 발단은, 우리나라 철도(鐵道) 창설 이래 처음 있는 대규모 파업이 발생한 데서 시작되었다. 철도 파업이 시작되자, 대구 노동평의회(大邱勞動評議會)라는 이름을 붙인 좌익단체가 대구 시내에 있는 40여 개의 공장을 일제히 선동하여 동정파업(同情罷業)을 일으켰다. 10월 1일 밤, 이들 수천 명의 남녀직공들은 적기가(赤旗歌)를 부르며 시위행렬을 하다가 대구역전 부근을 경계하고 있던 수백 명의 무장 경관대 쪽으로 접근했다. 그때 무장 경관대 쪽에서 예기치 않았던 한 방의 공포(空砲)가 밤하늘을 찢었고, 그것이 무슨 신호였는지 시위행렬은 사납게 흩어지며 일대는 갑자기 찌르고 쏘고 잡아 뜯는 아비규환의 도가니로 화했다. 공산당은 군중을 선동했다. 재빨리 유언비어를 퍼뜨렸다. 내막을 상세하게 알 길 없던 군중은 흥분하기 시작했다. 흥분은 흥분에다 기름을 끼얹고 불을 당겼다. 대구 시민들은 다음날 아침부터 시내를 휩쓸며 시위행진을 이어갔다. 무섭고 불안한 예감의 구름이 대구전체를 짓누르고 있었다. 경찰은 시위대를 해산시키려고 애를 썼다. 그러나 별다른 방도를 강구할 겨를도 없이, 오전 열한 시경 폭동의 불길이 솟구치기 시작했다. 폭도들 쪽에서 쏘기 시작한 총탄 앞에 무참하게 쓰러지는 경찰관의 사상자와 시체들이 길바닥에 나뒹굴고 동료들이 쓰러지는 것을 지켜본 경찰관들은 제정신을 잃고, 상대방을 향해 방아쇠를 당기기 시작했다.

대구 경찰서는 수백 명의 폭도와 학생들에게 점령당하여 무기고(武器庫)가 파괴되었고, 경찰관들의 집은 남김없이 습격당하여 가족들이 끌려갔거나 총에 맞았고 가재(家財)가 부서졌다. 폭도들의 행동은 조직적이었다. 통신시설 파괴, 수송 차량 탈취, 전단(傳單) 뿌리기, 벽보붙이기 등 눈부신 기동력이었다. 폭도들은 트럭을 탈취해 몰고 다니며 적기가(赤旗歌)를 목청껏 부르거나 관리들의 집을 찾아내어 가족을 죽이고 가옥을 파괴했다. 그날 피살된 사람들은 대구 경찰서 수사주임, 전 대구 경찰서 공안과장, 대구 서원 여섯, 달성(達成) 서원 여섯이었고 전매국장, 도경국장, 그리고 대구 경찰 수십 명이 빈사의 중상을 입고 병원으로 실려 갔다. 그런데 어떻게 된 일인지 대구 시내 병원들은 어느 곳 한군데 예외도 없이 '당장 경찰관들의 발포를 중지하지 않는 한 이들의 치료를 맡을 수가 없다'고 강경하게 거절하고 나섰다.

오후 여섯 시경, 미군 후원 부대가 출동하고 다른 도(道)의 응원경찰대가 도착하면서 폭동의 불길은 잡히기 시작했으나, 살상 현장의 대구 시내는 처참하기 이를 데 없는 전쟁터였다.

경찰 측 사망 20, 중경상자 50, 행방불명 30의 피해자 집계는 나왔으나 폭동자와 희생당한 경찰가족과 민간인 수효는 알 길이 없었다.

폭동은 거기서 끝나지 않았다. 그 불길은 달성군(達成郡) 일대에 다시 파급되었다. 폭도들은 서장(署長) 군수(郡守) 서원(署員)들을 경찰서 건물에 가둬 놓고 불을 질러 군수와 서원들 수십 명이 불에 타죽게 했다. 그 폭동의 바람은 영남일대를 한동안 무법천지로 만들었다.

우리는 그 보도(報道) 앞에서 말을 잃었다. 공부를 계속할 기력도 없었다. 이럴 수가… 세상에 이 민족이 이럴 수가… 도대체 어떤 끝장을 보아야 하겠기에 이런 꼴로 미쳐서 날뛰는가. 이것이 해방된 조국의 모습이더란 말인가. 이것이 근 사십 년 동안이나 일본한테 짓밟히다가 벗어난 민족의 갈 길이더란 말인가.

　우리는 허탈할 대로 허탈해졌다. 무엇을 바라보고 무엇에 의지하여 우리의 젊음을 이끌고 가야 하는 것인지 막막하기만 했다.

　그러나 국내에서는 새로운 사건이 계속 터지고 있었다. 이미 저질러진 사건은 그 배후나 내막을 다 알아내기도 전에 쉽게 지워지고, 한 사건의 고통이 채 가시기도 전에 새로운 사건이 정수리를 때리며 튀어나왔기 때문이다.

　그러한 와중에서도 우리의 학교교정(校庭)은 우리들의 마음을 어지간히 가라앉혀 주었다. 교통이 불편하여 서대문에서부터는 대개 걸어 다닐 수밖에 없는 형편이었지만 일단 학교로 들어서면 심신이 맑아졌고 차분해졌다. 학교는 몇 동의 건물 말고는 거의가 숲이었다. 그 숲은 청정하고 포근한 품이었다. 우리가 처음 만난 가을 숲, 화강암 건물 뒤로 깊은 숲을 이루고 있던 언덕, 떡갈나무, 도토리나무, 밤나무, 오리나무, 은사시나무 등 활엽수의 씩씩한 잎새들이 제각기 가을을 물들이며 가슴 저리도록 쏟아져 내렸다. 그곳은 세속으로부터 우리를 감싸주는 피난처였다. 미쳐서 날뛰는 자들의 피 묻은 손으로부터 우리를 지켜 주고 막아 주는 요새(要塞)였다.

　모든 것이 새로웠다. 제도(制度)는 물론이고 강의실, 교수, 학급의 분위기, 그리고 그 속에 함께 있는 나 자신이 새롭게 느껴졌다. 맹의순과 나는 학교에서 거의 함께 생활하다시피 했다. 수강과목도 거의 같았기 때문에 언제나 같은 강의실에서 함께 강의를 들었다. 그는 행복의 절정에 있는 사람처럼 보였다. 그의 가족은 서대문 근처 합동(合洞)에 집을 장만하고 자리를 잡았다. 집이 있는 곳은 그의 가족 전부가 몸을 담게 된 남대문 교회와 그가 다니는 학교의 중간 지점이 되는 동리여서 그는 새벽에는 교회에서,

그리고 교회 일이 끝나면 집에 들러 학교로 가는 일에 큰 불편 없이 움직일 수 있는 것을 감사하고 있었다.

*

　가을볕이, 잎을 떨군 나무 사이로 따뜻하게 내리비치던 어느 날 점심시간, 점심 식사를 끝낸 우리는 숲속에 나란히 앉아 있었다. 떨어져 쌓인 낙엽은 가을볕에 바싹 말라 있었고, 마른 잎의 향기가 가을볕과 함께 살갗에 스며들고 있었다. 하늘은 투명했다. 발치에 있는 찔레 덤불 열매가 선홍빛으로 아롱다롱 빛났다. 화강암 건물 학교 뒷면의 그늘 속으로 학생들 몇 쌍이 오가는 것이 내려다보였다. 우리는 문득 시간이 멎어 버린 것 같은 고요함 속에 함께 있었다. 흠 없는 완전한 평화가 내 마음에 가득 찼다. 내 가슴에 샘 줄기 하나가 열렸다. 그것이 눈물이 되어 눈시울에까지 젖어 올라왔다. 그때 천상(天上)의 소리와 같은 목소리가 들려왔다.
　'여호와는 나의 목자시니 내게 부족함이 없으리로다. 그가 나를 푸른 풀밭에 누이시며 쉴 만한 물가로 인도하시는도다… 주께서 기름으로 내 머리에 바르셨으니 내 잔이 넘치나이다. 나의 평생에 선하심과 인자하심이 정녕 나를 따르리니 내가 여호와의 집에 영원히 거하리로다.'
　가을 하늘도, 숲도, 캠퍼스도, 사람들도 내 눈물에 얹혀 신비하게 흔들리고 있었다. 그 한순간은 영원이었다. 그 하늘과 그 땅은 낙원이었다. 그 모든 것을 수용(受容)하던 영혼은 사랑이고 평화였다. 내 영혼이 주님을 바라보고 있었다.
　잠시 뒤 맹의순은 낙엽 더미 위에 몸을 눕혔다. 눈을 감고 있는 그의 얼굴에 그윽한 미소가 평화롭게 꽃처럼 피어올랐다. 그러고는 곧 잠이 들었다. 첩첩 내려앉은 낙엽을 깔고 가을볕을 이불 삼아 그 젊은 몸을 편안하게 내어 맡긴 그의 모습을 바라보며 나는 하나님의 사랑을 실감했다.

나는 그의 일과를 알고 있었다. 새벽 다섯 시, 새벽 기도에 참석한 뒤, 세브란스 병원에 들러 환자들의 아침 기도나 예배를 일일이 도와서 인도하고, 병상을 돌보다가 집에 들러 아침을 먹고는 학교로 달려간다. 나는 그에게 병원 새벽 방문을 주중(週中)에는 그만두라고 권유해 보았다. 그러자 그는 그 독특한 미소를 띠며 대답했다.

"개중에는 완쾌되어서 퇴원하는 사람들도 있지만, 그렇게 안 되고 그곳에서 세상을 떠나는 분도 있거든. 모르겠어… 이 일이 내 의지와 내 힘으로만 되는 건 아닌 것 같아. 우리 가족이 남대문 교회에 교적을 두게 된 것부터가 신기한 일이야. 원래 남대문 교회는 미국 선교사며 의사였던 알렌 박사가 구리개에 세웠던 병원 제중원(濟衆院)이었어. 병원에 입원해 있던 환자들과 그곳 직원들 중심으로 시작된 교회지. 그런데 지금 남대문 교회와 한 울타리 안에 있는 세브란스가 제중원의 후신이니까 지금의 세브란스는 남대문 교회와 한 가족인 셈이야. 40년 전에 세브란스 의료원과 갈라져 따로 예배당을 지어 나오기는 했다지만, 그게 아주 남남이 된 건 아니잖겠어? 그러니 세브란스에 입원해 있는 환자들은 신자이거나 아니거나 간에 남대문 교회 울타리에 들어와 있는 사람들이란 말이야. 내가 세브란스엘 들르는 건 새벽 기도의 열매인 셈이지. 내가 내 위주로 기도만 실컷 하고 물러나올 수는 없잖아? 기도와 말씀으로 불을 붙였으면 그 열(熱)로 움직이는 움직임이 있어야 하는 것 아니겠어?"

나는 어느 날 주일 아침, 그를 따라 새벽 기도에 참석했고 세브란스 의료원 새벽방문도 따라가 보았다. 맹의순은 남대문 교회 중등부 학생들 몇을 데리고 의료원의 새벽일을 도맡아 하고 있었다. 환자들은 그들의 찬송을 계속해서 듣고 싶어 했다. 신자가 아닌 환자들도 그의 찬송가만은 싫다고 하지 않았다. 보람 있는 일이기는 했지만 학생 신분으로 시간에 쫓기는 힘든 일일 것 같아 다시 한 번 만류했다.

"주일 아침이나 아니면 방학을 이용해서 그 기간 동안만 하는 게 어떻겠어? 너무 힘이 들 것 같아서 그래."

그는 내가 근심하는 것을 오히려 달랬다.

"이 일, 내가 하는 것 아냐. 내 안에 계신 그분이 하시는 거야. 난 그냥 이끌려 따라만 다니는 건데 뭐."

가을볕을 이불 삼아 잠들어 있는 그의 모습은 그대로가 신실한 기도였다. **'여호와는 나의 목자시니 내가 부족함이 없으리로다. 그가 나를 푸른 풀밭에 누이시며 쉴 만한 물가으로 인도하시는도다.'**

6

그러나 그들 가족 네 식구에게는 그 한 해 동안의 단란이 더는 허락되지 않았다. 이제 갓 오십 줄에 접어든, 아직도 젊다 할 그의 어머니가 뇌졸중으로 쓰러져 갑자기 돌아가셨다. 오직 망지소조(罔知所措)할 수밖에 없는 일이었다. 무슨 위로의 말이 있을 수 있으랴. 그가 겪은, 혈친의 세 번째 사별(死別)이었고, 어느 모자간의 경우하고도 비할 수 없이 극진하던 아들이 겪는 애통을 그저 말없이 옆에서 지켜볼 수밖에 없었다.

알 수 없는 일은 거기에서 끝나지 않았다. 어머니를 묻고 돌아선 지 얼마 되지 않아, 이제는 하나뿐이던 여동생이 그 어머니의 뒤를 따라 세상을 떠났다. 큰 병을 앓았던 것도 아닌데 잠깐 앓다가 운명했다. 나는 그에게서 일어나는 사건들을 두고 하나님을 의심하기 시작했다. 이럴 수가 있을까.

도무지 이런 일이 이렇게 계속해서 일어날 수가 있을까? 자비하신 하나님은 어디에 계실꼬? 공의(公義)의 하나님도 보이질 않는다. 맹의순 그의 어디가 잘못되었기에 하나님께서는 이렇게도 모질게 그를 뒤흔들며 그에게서 그렇게 많은 것을 빼앗아 가시는가? 세속 욕심의 돈도 아니고, 그가 세속 명예를 목말라 한 것도 아니고, 음욕의 그림자도 모르는 순결한 맹의순을⋯ 왜, 그에게서 이렇게 누님과 형님과 어머니와 여동생을 계속 빼앗아 가시는가. 어떻게 이럴 수가⋯ 아니, 그의 충성을 보지 못하고 계시다는 말인가. 주님을 그렇도록 사랑하는 그의 순결한 영혼이 보이지 않으시더라는 말인가? 아니 이럴 수가⋯ 정녕 이런 일이 있을 수 있더라는 말인가.

너무도 안타까운 일이었다. 친구에게 일어나고 있는 이 참혹한, 비극을 지켜보면서, 그때까지 조심조심 쌓아올려 왔던 나의 신앙이 뿌리째 흔들리기 시작했다. 아니, 아니다, 이건 하나님께서 하신 일이 아닐지도 모른다. 하나님을 그토록 사랑하는 맹의순을 뒤흔들어 보기 위하여 악마가 훼사를 놓은 일이었는지도 모른다. '이래도 너는 끝까지 하나님을 사랑하겠느냐? 이렇게 해도 너는 하나님 편에 서겠니? 보아라, 너를 사랑하신다는 하나님께서 이렇게 네가 사랑하는 사람들을 몰수해 가지 않니. 내가 이렇게 너를 모질게 쳐도, 네 하나님은 나를 막지 못하시지 않느냐. 이것이 네가 목숨과 뜻과 정성을 다하여 사랑한다는 하나님의 한계야, 한계. 알겠니? 또 설령 하나님이 너를 다 아신다 하여도, 네 정성, 네 사랑, 너의 중심을 다 아신다 해도 그렇지, 그렇게 너를 잘 아시는 분이, 네 고통을 이렇게 먼 데 두고 계시는 것을 너는 네 여호와를 위해 어떻게 변명하겠니. 모든 게 헛수고야. 괜한 짓이지. 너희가 아무리 믿음을 잘 지킨다 해도 그게 다 소용없는, 부질없는 짓이란 말이다. 어때? 다시 생각해 보아야 하지 않을까?' 의심의 독침은 계속해서 나를 찔러 왔다.

*

연거푸 두 번이나 초상을 치른 그의 집은 휘휘하기 짝이 없었다. 여섯 식구 중, 어머니와 세 남매가 거짓말처럼 그들 곁을 간단하게 떠나 버렸다. 믿음으로 건장하며 꿋꿋하던 그의 아버지 맹 장로도 허물어지기 직전처럼 피폐해 보였다.

어느 날 나는, 합동 그의 집에서 밤을 함께 지냈다. 그는 깊은 밤 한밤중에 고백하듯이 말했다.

"어머니. 어머니라는 말이 인간에게 있다는 건 구원 같은 거지. 그건 우리를 구원하는 단어야… 그것은 사실 언어가 아니라 영혼의 울림 같은 건데… 만일 내가 실어증(失語症)에 걸려 모든 말을 잃게 되는 경우가 있다 해도, 오직 어머니라는 그 말 한마디가 허락되기만 한다면 사랑의 의미 전달을 위한 수단은 다 살아 있는 것이라고 생각될 만큼 그 말 한마디의 생명은 크고도 깊어. 나는 이제 어머니를 허공을 향해 부를 수밖에 없게 되었어. 물론 어머니는 하늘나라에서 들으시고 나를 굽어보실 수 있으시겠지만."

나는 조심스럽게 나의 심정을 털어놓았다.

"사실 나는 자네에게 일어나고 있는 이 일들을 지켜보면서 심한 갈등에 빠져버렸어. 좀처럼 헤엄쳐 나올 수가 없네. 물론 우리 인간이 하나님의 경륜(經綸)을 어찌 다 알 수 있을까만 세상에 이 독실한 믿음의 가정 위에 어찌 이런 재난과 흉사가 계속 겹친다는 말인가. 자네는 당사자라고나 하지만 나는 옆에서 지켜보다가 미칠 것 같은 혼란에 빠지는 거야."

그는 한동안 대답이 없었다. 다시는 말을 하지 않을 사람처럼 무거운 침묵에 빠져 있었다. 그는 한참만에야 조심스럽게 그 침묵을 밀어올리며 말문을 열었다.

"난… 하늘이 무너지는 것 같은 슬픔을 겪으면서 욥을 생각했어. 계속해서 욥을 생각했고, 밤에 잠이 오지 않으면 욥기를 읽었어. 처음에는 도무지 조금도 위로가 되지 않는 거야. 욥은 욥이고 나는 나지… 욥은 전설 속의 인물이고 나는 지금 살아 있지 않은가 생각하니까, 욥기는 나에게 아무런 위로도 되질 않는 거야. 내 슬픔만 더 커지고 내 고통만 더 과장될 뿐이었어. 그렇게 되니까 기도도 할 수가 없게 되는 거야. 나는 그게 두려웠어. 나는 그 일을 겪으면서, 내가 하나님께 많은 것을 드리는 인간이라고 스스로 자부심을 가지고 있었다는 자각 하지 못하던 자만(自慢)이 떠올랐어. 잘못된 것도 없는 내게서 왜 이렇게 많은 것을 빼앗아 가시는 걸까 생각했던 거야. 나는 스스로 높디높은 자리에 앉아 나의 신앙행적에 아주 좋은 점수를 매기려고 했던 거야. 놀랐어. 충격이었지. 내가 세운 기준에다 하나님을 끌어넣으려고 한 거야. 내 판단에다 하나님의 뜻을 맞추어 보려고 했던 거야. 나는 몇 끼를 금식(禁食)하며 회개했어. 그럴 수밖에 없는 인간의 부끄러움과 슬픔을 고백하고 회개했어. 그러자 성령께서 내게 가르치시는 거야. 욥이 받은 고통의 의미를 향해 눈이 새롭게 뜨인 거야."

"고통의 의미… 고통의 뜻…."

나는 너무도 막막한 느낌이 들어 넋 나간 사람처럼 중얼거렸다. 욥이 겪은 고통을 어떻게 지금 살고 있는 우리에게 적용시킬 수 있다는 말인가. '욥은 순전(純全)하고 정직하여 하나님을 경외하며 악에서 떠난 사람'이라고 했다. 하나님께서는 그렇게 온전하고 완벽한 욥을 어찌나 든든히 여기시고 사랑하셨던지 '사단'에게 자랑자랑하셨다. '**네가 내 종 욥을 보았느냐. 그와 같이 순전하고 정직하여 하나님을 경외하며 악에서 떠난 자가 세상에 없느니라.**' 욥의 고난은 바로 하나님께서 자랑하시던 자랑에서 시작되었다.

사단은 어디 보십시다! 하고 욥의 재물(財物)을 건드렸다. '**욥이 어찌 까닭 없이 하나님을 경외하리이까. 주께서 그와 그 집과 그 모든 소유물을, 산울로 두르심 아니니이까. 주께서 그가 손으로 하는 바를 복되게 하사 그 소유물로**

땅에 널리게 하셨음이니이다. 이제 주의 손을 펴서 그의 모든 소유물을 치소서. 그리하시면 욥이 정녕 대면하여 주를 욕하리이다.' 이렇게 시작하여 욥의 소유물이던 칠천 마리의 양(羊)과 삼천 마리의 약대와, 오백 겨리의 소와, 암나귀 오백이 다 남의 것이 되고, 아들 일곱과 딸 셋이 삽시간에 세상을 떠나 참척(慘慽) 중에 참척을 당한 주인공이 되었다. 그러나 욥은 쓰러지지 않았다. '욥이 일어나 겉옷을 찢고 머리털을 밀고 땅에 엎드려 경배하며 말하기를, 내가 모태에서 적신(赤身)이 나왔사온즉 또한 적신이 그리로 돌아가올지라. 주신 자도 여호와시요 취하신 자도 여호와시니 여호와의 이름이 찬송을 받을지니이다.' 하며 하나님을 찬양했다. 이제 사단은 욥의 성한 몸을 시기하여 '가죽으로 가죽을 바꾸오니 사람이 그 모든 소유물로 자기의 생명을 바꾸올지라, 이제 주의 손을 펴서 그의 뼈와 살을 치소서. 그리하시면 정녕 욥이 여호와를 대면하여 욕을 하리이다.' 하고 요사를 떨었다. 사단이 욥을 쳐서 '그 발바닥에서 정수리까지 악창(惡瘡)이 나게 한지라 욥이 재 가운데 앉아서 기와 조각을 가져다가 몸을 긁고 있더니…' 욥은 까닭 모르는 중에 열 명의 자식과 동방(東方) 사람 중에 가장 '큰 자' (者) 라고 불릴 만큼 막대하던 재산을 일시에 잃어버리고, 몸은 발바닥부터 정수리까지 악창(惡瘡) 바가지가 되어 잿더미 위에 앉아 기와 조각으로 몸을 긁는 신세에 이르른 것이다. 그러한 욥의 고통을 새롭게 깨달았다니… 하나님께서 욥을 사랑하시고 욥을 든든해하시며 자랑스럽게 여기셨다 하더라도 어떻게 그가 그 지경에 이르도록 내버려 두셨더란 말인가. 나는 정신을 가다듬고 그에게 말했다.

"하나님께서 스스로 욥을 일러, 그와 같이 순전(純全)하고 정직하여 하나님을 경외하며 악에서 떠난 자가 세상에 없느니라 하셨거늘, 어떻게 그렇게 믿고 사랑하시던 욥을 사단에게 내어 주실 수가…"

"욥을 사랑하신 까닭이지…."

그의 대답은 조용했다. 나는 그것이 좀 거슬려서 목소리를 돋우었다.

"어째서 그게 사랑이지?"

"승리를 안겨 주시고 싶어 하셨던 거야. 이긴 자가 되게 하시고 싶으셨던 거지. 어떠한 악이나 고난 앞에서도 쓰러지지 않는 아들이 되기를 원하셨던 거야. 그게 사랑이 아닐까?"

"왜 꼭 이겨야만 하지?"

"그건 세상을 살고 있는 우리가 생각하거나 알고 있는 단순한 승부(勝負)와는 본질적으로 다른 게 아닐까. 세상에서 사람들이 보기에 완벽해 보이는 사람일지라도… 이를테면 신앙 안에서라도 말이지, 아무리 흠이 없어 보이는 사람일지라도 하나님 편에서 보시는 것은 다를는지도 모르지. 그러니 한 순결한 영혼이 되게 하시기 위하여 깎고 다듬고 하시는 그 경륜(經綸)을 우리가 어찌 다 알겠나? 다만 욥의 경우… 욥은 그 고난을 다 겪은 후에야 '내가 주께 대하여 귀로 듣기만 하였삽더니 이제는 눈으로 주를 뵈옵나이다. 그러므로 내가 스스로 한(恨)하고 티끌과 재 가운데서 회개(悔改)하나이다.' 하는 고백을 하고 있지 않은가? 고난만이 인간 스스로가 쌓아 놓은 인간 중심의 척도(尺度)나 벽을 허물게 하고, 비로소 그 자리에서 주를 뵈옵게 하는 선한 과정과 연장(道具)이 되는 것이 아닐까 하는 생각을 했어. 아직까지 나도 나의 영혼의 눈으로 주를 뵙고 있지 않다는 걸 알겠더군. 주님을 통하여 나를 보는 것이 아니라 나를 통하여 하나님을 뵙겠다고 한 거지. 아직은 나도 주께 대하여 귀로 듣기만 하고 있는 거야. 우리는 돌아가신 어머니나 누님, 형님, 그리고 누이동생을 생각하며 슬퍼하고 있지만, 내 곁을 떠나가신 그 분들이 천상(天上)에서 무엇을 어떻게 누리고 있는지를 몰라서 그러는게 아닐까 생각해 보기도 했어."

"그래도 이 집안의 이런 경우는 믿음 없는 사람들을 향해서도 그렇게 바람직한 일이 아니라고 생각하는데."

"그것도 사람 생각이지."

그는 미소하고 있었다. 편안하고 훈훈한 웃음이었다. 몇 년 사이에 어머니와 누님과 형과 동생을 잃어버린 사람이라고는 믿어지지 않을 만큼 평화스러운 얼굴이었다. 그러나 나는 그 미소 속에서 문득 놀라운 것을 발견했다. 고난을 향해서 두 팔을 활짝 벌리고 어떠한 고난이든 다 받을 준비가 되어 있는 사람의 동요 없는 자세를 발견한 것이다.

7

기독학생회가 모이는 아침기도 시간은 8시 20분이었다. 우리가 모이는 예배실은 북향의 구석방이었지만 아늑하고 안정감이 있어 아침기도 시간 이외에도 틈틈이 찾게 되는 조용한 방이었다. 우리는 약속을 하지 않아도 아침이면 강의시간 전에 대개 그 방에서 만날 수 있었다.

각자가 들어서는 대로 자리를 잡고 묵상(默想)하거나 성경을 읽는다. 어느 때는 인도자가 있어 찬송 몇 곡을 부르기도 하고 성경을 함께 읽기도 한다. 대표자 하나가 소리를 내어 기도할 때도 있다. 그러나 틀이 따로 정해져 있는 것이 아니었다. 기독학생회 숫자는 꽤 많은 편이었지만, 아침기도 시간에 빠지지 않고 들르는 학생은 몇 십 명 정도여서 말없이 눈 인사 만으로도 충분히 서로를 알 수 있는 사이였다.

기독학생회는 그 학교 안에서 오랜 전통을 가지고 있는 모임이었다. 원래 미국선교사의 손으로 설립된 학교요, 기독정신을 토대로 한 학교여서, 그곳에 모이는 학생은 원칙적으로 신앙인이어야 하고 그 모든 생활규범이 신앙에 어긋남이 없어야 하는 것이 교칙(校則)이었지만, '대학은 학문의 전당(殿堂)'이라는 학문 위주의 주장이 강하게 자리 잡기 시작하여 초창기의 뜻이 얼마만큼 희석되어가는 중이었고, 따라서 기독학생회에 모이는 학생들은 그렇지 않은 다수의 학생들에게 '골수분자'라는 별명으로 지적당하는 모임이기도 했다.

그 골수분자 모임에 참석하는 여학생 중 영문과 1학년 학생 하나가 우리와 가까워졌다. 그는 처음에는 기독학생회 월례 모임 정도에만 얼굴을 보였었는데, 입학 후 몇 개월이 지나자, 이따금 아침기도 시간에도 참석했다. 활달하고 발랄해서 그가 있으면 그 방 안의 공기가 갑자기 꽃빛을 띤다고 느껴질 만큼 밝은 분위기를 가진 사람이었다. 총명한 눈은 이따금 장난기 서린 웃음을 머금고 있어 상대방을 긴장에서 풀어 주었고, 이마와 콧날이 단정하여 퍽 이지적으로 보이는 인상을 함께 지니고 있는 여학생이었다.

기독학생회 크리스마스 행사 때는 반주도 잘 해내고 음악 프로그램에도 선선히 피아노 솜씨를 드러낼 만큼 매사에 자신이 있고 자연스러운 사람이었다. 책을 많이 가지고 있어, 목마른 우리들의 목을 축여 주는 일에도 부지런히 했다.

얼마 후에 안 일이지만, 큼직한 직조 공장으로 실업인이 된 Y교회 장로의 작은딸이라는 것을 알았을 때는 아하 역시… 할 만큼 그를 감싸고 있는 분위기 또한 기름지고 여유있었다.

김영주(金瑛珠). 그는 기독학생회에서 뿐만 아니라 다른 학생들 사이에서도 끊임없이 눈길을 끄는 주인공이었다. 그는 부박(浮薄)한 인상을 풍기지 않는 지혜를 가지고 여자다운 멋을 아낌없이 낼 줄 아는 학생이기도 했다. 그러한 김영주가 아침기도 시간에 자주 나타난다는 것은 화젯거리가 되지 않을 수 없는 일이었다.

추운 한겨울, 우리는 스팀이 들어오지 않는 방에서 손을 호호 불어 가며 아침 기도를 드리고는 했다. 북창 저쪽에서 서성거리는 겨울의 헐벗은 숲도 우리의 영혼에 깊게 새겨지는 그림이었다. 아침 햇빛에 갑자기 부끄럼타던 눈 덮인 언덕과 겨울새 소리. 함박눈이 목 메이게 쏟아지던 아침 시간. 그리고 얼음이 풀리며 헐벗었던 나무들이 머리를 털어 봄볕을 향해 발돋움하는 모습…, 그 모든 것이 우리들의 기도였다.

어느 날 아침, 김영주는 예배실 문을 나서는 나를 불러 세웠다.

"아침 첫 시간에는 강의가 비어 있죠?"

"어떻게 알고 있어요?"

"매주 이 시간에는 강의실로 안 가시고 도서관 쪽이던 걸요."

"아, 그랬군요."

"오늘은 도서관 대신 나하고 얘기 좀 하지 않으시겠어요?"

"그러죠."

"아, 날씨가 풀렸다면 숲에서 햇빛 쪼이며 앉아 있으면 좋을 텐데…."

밖은 아직 추웠다. 겨울 숲 나뭇가지의 우중충하던 빛이 밝은 회색으로 바뀌었고, 강추위로 삭정이를 부러뜨리던 겨울 숲이 기지개를 켜고 있었지만 땅의 냉기가 아직도 엄엄해서 앉을 자리가 마땅치 않았다.

나는 영주와 함께 걷는 동안, 이렇게 짐짓 불러낸 일이 무엇일까 궁금하여 가슴이 사뭇 활랑거릴 만큼 진정이 되지 않았다. 뜻밖에 즐거운 배역에 뽑힌 배우 같기도 했고, 또 감당하기 어려운 무엇을 맡게 되는 것 같아 약간은 두렵기도 해서 좀처럼 갈피가 잡히지 않았다. 우리는 마침 빈 강의실을 하나 발견해 내고 그곳으로 들어갔다. 영주는 자리에 앉자마자, 지금까지 어렵게 찾고 있던 것을 열어버리듯 입을 열었다.

"맹의순 씨 요즘은 어떻게 지내요?"

나는 내가 기대했던 것과는 너무나 판이한 질문에, 그리고 전혀 짐작하지 못했던 그 질문의 의도를 얼른 파악해 낼 수가 없어 잠깐 당황했다.

"두 분이 제일 가까운 사이죠?"

"그래요."

"그러면 지난번에 그 어머니께서 돌아가셨을 때하고 이번에 누이동생이 세상 떠났을 때도 옆에서 많이 도우셨겠군요."

"많이 도왔달 건 없지만 거의 함께 있었죠."

"왜 우리에겐 알리지 않으셨어요?"

"주변 친구들 몇몇에게는 알렸지만…."

"우릴 여자라고 해서 제쳐 놓으셨군요."

"그런 게 아니라…. 그 친구가 별로 원치 않아서…."

"상사(喪事)에 상주가 원하고 원치 않고 어딨어요? 더구나 믿음의 식구끼리."

"그렇게까지 생각해 주고 계시다는 걸 미처 몰랐습니다."

영주는 이른 봄 아침 창밖을 한동안 바라보더니 맥없이 중얼거리듯 말했다.

"이제 그 댁에는 단지 부자(父子)분만 남았다더군요. 누님, 형님, 어머니 그리고 누이동생까지 세상을 떠나고…."

영주의 그러한 모습은 지금까지 보아왔던 그의 얼굴에서는 상상이 되지 않던 처연(凄然)함이었다. 그 옆모습이 이상하게 내 가슴을 흔들었다. 나는 영주를 위로한다는 생각으로 대꾸를 했다.

"그 친구…, 신앙의 힘으로 잘 견디고 있습니다."

그러자 영주가 고개를 돌렸다. 그 얼굴이 노여움으로 굳어져 있었다.

"신앙의 힘으로 잘 견딘다고요? 신앙이 무언데요? 왜들 모두들 조금만 어려운 건 다 신앙, 신앙 신앙에다 떠밀어 붙이는지 모르겠네요. 인간의 슬픔은 슬픔이에요. 아픔은 아픔이에요. 두 분은 형제보다도 더 가깝게 지내신다는 얘기를 들었어요. 그런데… 그래 이제 어머니와 누이동생까지 다 빼앗기고 아버지와 아들만 달랑 남은 그분을 신앙에다가 떠밀어 버리실 셈인가요? 신앙에는 감성(感性)도 없고 무쇠같이 되는 길만 있다는 말인가요?"

그는 눈물이 글썽해져 얼굴을 빨갛게 물들이며 나에게 들이댔다. 나는 그의 격한 감정 앞에 어떻게 말문을 열어야 할지 몰라 한동안은 갑갑하게 입을 다문 채 있다가 가까스로 입을 열었다.

"그런 뜻만은 아니겠죠… 나도 다는 알 수가 없어요. 다만 그가 말하더군요. 신앙이란 사랑으로 이기는 거라고 하더군요. 하나님께서는 우리가 이기는 자가 되기를 원하신다는 거예요. 그리고 그는 실제로 그 이기는 길을 우리보다는 먼저 빨리 가고 있는 사람이라고 나는 믿고 있어요. 요 근래 나는 이따금 이상한 생각에 사로잡히고는 하지요. 그를 슬퍼해 주는 내가 참 가소롭다는 생각, 정작 가련한 것은 나 자신이 아닌가 하는 생각이 들어요. 그에게는 힘이 있어요. 내가 다 알 수 없는 힘이 있어요."

영주는 다시 창밖을 바라보고 있었다. 그리고 내가 말하고 있는 것을 중간부터는 아예 듣고 있는 것 같지 않았다. 눈의 초점을 풀어놓고 아득한 곳의 무엇을 잡으려는 듯 방황하다가 나직하게 말했다.

"이상한 일이죠. 그이가 내게 슬픔을 가르쳐 주고 있네요. 나는 지금까지 슬픔이 무엇인지를 잘 모르고 살았는데…. 그를 지켜보고 있자니까 이렇게 슬프네요. 그런데 도무지 외면을 할 수가 없는 거예요. 그가 눈에 띄지 않을 때에도 나는 그와 함께 있고 그를 늘 바라보고 있는 여자가 되어 버렸네요, 나도 나를 알 수 없는. 이상한 일이지요…."

창 밖 숲으로 봄이 내려앉고 있었다. 그리고 지금까지 단순한 한 여학생으로만 보였던 김영주의 가슴에도 전혀 새로운 세계가 태동하기 시작했다는 것이 보였다. 나는 그것을 경이(驚異)의 눈으로, 그러나 무언지 불안해지는 느낌으로 바라보았다. 그것은 옳고 그른 것에서 떠난, 좋고 나쁜 것만으로도 가려지지 않는 슬픔 쪽도 기쁨의 편도 아닌, 어떤 그 나름의 독특한 운명의 냄새를 지니고 나타난 것 같은 그런 것이었다. 그를 맹의순의 옆에 세워놓기에는 어쩐지 이질적(異質的)인 그런 사람이라고 느껴졌다. 그러나 그것을 누가 감히 말하랴. 누가 나서서 일러주리오.

*

그런데 나의 그러한 예감이 스스로 무안해질 일들이 계속해서 일어났다. 나의 예측대로 영주의 의도적인 접근이 두드러지게 나타났지만 그 어느 경우에도 부자연스럽다고 느껴지는 사태는 벌어지지 않았다. 맹의순의 앞에서 영주는 늘 종달새 같았다. 저렇게 해도 괜찮은 걸까 생각될 만큼 영주는 의순을 끊임없이 따라다녔다. 이상한 것은 맹의순이 그것을 아무렇지도 않게, 자연스럽고 친밀하게 다 받아들이는 것이었고 그것이 또 그렇게 보기에 좋았고 잘 어울리는 것이 이상했다.

영주는 드디어, 맹의순이 나가는 남대문 교회의 새벽기도에도 참석했고, 맹의순이 다니는 세브란스 위문 예배에도 꼬박꼬박 참석하는 철저한 추종자가 되었다.

나는 그 문제를 한 번도 친구에게 거론해 본 일이 없었다. 다만, 김영주 편만을 바라보면 어쩐지… 하는 생각이 들다가도 맹의순이 그와 함께하기만 하면 편하고 자연스러운 한 쌍으로 보이는 그 신기한 조화(調和)를 두고 그것이 무엇인가를 궁금하게 여겼을 뿐이다.

*

난만하던 봄이 지나가고 신록(新綠)이 숲을 찬란하게 물들일 무렵, 영주는 어느 날 나를 찾아왔다. 우리는 숲길을 한동안 걸었다. 남들이 보았으면 정염(情炎)의 남녀 한 쌍으로 보였을 그런 장면을 연출해 가며 우리는 교정 뒷산의 숲길을 계속 걸었다. 걷는 동안 나는 김영주가 짊어지고 있는 그 나름의 고뇌의 무게 같은 것을 짐작하면서 가슴이 답답해졌다.

문득 영주가 입을 열었다.

"이 학교는 이 숲 한가지만으로도 기막힌 값을 지닌 곳이죠. 참 아름답잖아요? 이 숲이 나를 키워 주고 있어요. 학문이나 무엇 다른 것이 아니고…."

나는 대답 대신 심호흡을 하며 숲을 둘러보았다. 영주는 나무 그늘 풀밭에 나붓이 치마를 접고 앉았다. 나도 그 옆에다 자리를 잡았다. 영주는 숲 너머 하늘을 올려다보며 감탄했다.

"우리 선대(先代)의 손으로 마련된 것도 아닌 자리에서 우리가 공부를 하게 되고… 그런데 그 미국 선교사들은 어쩌면 그렇게 대단한 선견지명을 가지고 있었을까요. 그 무렵이었다면 첩첩산중이었던 이런 자리에다, 그렇게 일찌감치 학교의 터를 잡다니…."

"그리스도의 사랑에서 움튼 사명감의 힘이었겠지요."

"그런데 친구 분 되시는 맹의순 씨는 이 학교를 떠나려 하고 있어요. 알고 계세요?"

영주는 다분히 원망하는 말투로 그렇게 말했다.

"떠난다니요?"

나는 나름대로 짚이는 것이 있기는 했지만 떠난다는 결정적인 말에 놀라서 그렇게 반문할 수밖에 없었다.

"이곳 신과(神科)는 신학을 전공하는 학문의 이수(履修)뿐이고 목사가 되는 길을 터주지는 못하고 있다지 않아요. 그가 그런 얘길 않던가요? 같은 신과이니까 이야기가 있었다고 믿는데요. 그는 굳이 목사로서 목회자의 길을 갈 모양이에요."

아, 그 문제였던가. 우리는 그 문제에 대해서 이야기한 일이 있었고, 맹의 순은 그 문제를 두고 마음에 걸려 하고 있다는 것을 나도 알고 있는 터였다.

그러나 나를 제쳐놓고 언제 그 문제를 두고 영주와 먼저 논의를 했던가 싶으니까 문득 섭섭한 느낌도 들었고, 게다가 영주의 입에서 먼저 그 이야기를 듣게 되는 것이 적잖이 언짢아서 좀 퉁명스러운 말이 튀어나왔다.

"그 친구, 자기 문제는 자기 혼자 알아서 하는 사람이니까요. 그리고 한번 결심한 것은 끝내 해내는 사람이고요. 그래도 그렇게 옆에서 의논이라도 해드렸다니 놀라운 일이군요."

눈치 빠르고 예민한 영주는 내 심사를 금방 꿰뚫었던지 서둘러서 다음 말을 꺼냈다.

"의논이라뇨. 아니 그렇게 오래된 친구라면서 아직도 생판 남남인 것 같은 소릴 하시네요. 그게 아녜요. 내가 그이한테 전과(轉科)를 종용했었거든요. 난 어쩐지 그이가 신학을 하고 있는 게 못마땅했거든요. 너무 아깝게 생각되는 거예요. 잘 아시잖아요. 세상에 그 좋은 머리에 그 능력을 가지고 그렇게 고리타분한 신학에 매달려 있다니… 신앙 좋다는 사람들은 무엇이든지 하나님의 영광을 위하여라고 내두르고 내세우지만 어째서 모두가 스스로 신학이나 교회에 꽁꽁 묶이는 것만이 영광이겠어요? 이 아름다운 천지, 이렇듯 싱싱한 젊음, 배우고 공부할 기회, 이런 것 다 감사하며 받아들이고 기쁘게 사는 모습은 하나님의 영광을 위하는 게 아니라는 말인가요? 그이는 문학을 해도 할 수 있는 사람 아녜요? 그가 발표하는 글들은 얼마나 감동적이냐고요?… 그이는 소설을 쓸 수도 있을 거고 시인이 될 수도 있을 거예요. 난 믿어요. 제가 그이더러 무슨 상과(商科)나 정치과(政治科)나 법과(法科) 같은 데로 전과를 하라고 한 것도 아니에요. 문과나 하다못해, 죄송합니다. 음악 전공 하시는 분 앞에서 이런 표현을 해서…, 하지만 그 놀라운 재능으로 음악이라도 택할 것을 졸랐었어요. 그랬더니 한참을 벙어리처럼 말이 없더니 몇 십 분 만에 대답한 것이 이제 이 학교를 떠날 결심이 섰다는 거였어요."

"왜 그 친구에게 그토록 열심히 전과(轉科)를 졸랐습니까?"

"저는 그이를… 신과 졸업생으로 만들고 싶지 않았어요."

"누구를 위해서였습니까, 그 생각은…."

"용서하세요, 그것이 그이를 위한 길이라고 생각했었습니다. 밝고 건강하게 스스로를 책임지며 살 수 있는 한 사회인을 나는 꿈꾸고 있었거든요. 저는 그것이 퍽 아름답고 건강한 길이라고 믿고 있거든요. 그이가 목사가 된다는 건… 내겐 참을 수 없이 부자연스러운 느낌을 주는 일이에요."

"그건… 김영주 씨 자신의 틀에다가 맹의순을 우겨 넣어 맞추려는 일 아닐까요?"

"모르겠어요, 모르겠어요!"

그는 무릎을 껴안고 있는 두 팔 위에 얼굴을 묻으며 내던지듯 말했다. 햇살이 신록의 연한 잎 위에서 미끄럽게 반짝거렸다. 새 소리가 하늘 높이 잦아들고 있었다. 나는 영주의 가냘픈 어깨를 돌아보았다. 고뇌가 무엇인지 모르고 가난이 어떤 것이지도 모르며 어려움이라는 것을 별로 구경해 본 일 없이 부유하고 넉넉하게만 자라온 한 여학생이 만난 이 일이 그에게는 적지 않은 고통일 것이라는 느낌도 들었다. 그 스스로가 맹의순에게 자기를 맞추어 가며 따르려는 각오를 할 수 없는 것이 김영주의 한계이고 보면, 영주로서는 어떻게 하든지 맹의순을 자기가 살고 있는 틀 속에 끌어들여야겠다는 것이 궁극의 목적이 될 수밖에 없었을 것이고, 그 목적을 향해 돌진하려다 보니 막상 그 대상이 끄떡도 하지 않는 산(山) 같은 존재임을 확인하고 낙담하고 있는 모양이었다. 한참만에 영주는 얼굴을 들었다. 그리고 자조(自嘲)하는 투로 내게 물었다.

"그이가 아주 유순하고 연한 사람인 줄 알고 계시겠죠? 또 웬만하면 여자에게 져줄 사람처럼 보이죠? 그동안… 관심 있는 사람들은 이렇게 생각했을 거에요. 저 용하디용하고 순해 빠진 맹의순이, 이제 응석받이 고집쟁이에다 지기 싫어하는 김영주 손아귀에 움켜쥐어졌으니 이제 꼼짝없이 코를 꿰었지… 이젠 김영주 뜻대로 굴러가고 있을 게다 하고요. 그건… 공연히 나 혼자서 설쳐댄 일이고요. 그이는… 건드릴 수 없는 아성(牙城)이었어요. 세계를 완전히 달리한 든든한 성이었어요. 내가 무어라든 무슨 짓을 하든 다 받아 주기는 했지만 그는 내가 살고 있는 세상을 단 한번도 넘겨다본 일이 없었어요." 나는 이제는 그의 이야기를 듣기만 할 수밖에 없다는 것을 알고 있었다. 그는 말을 계속했다. "사랑한다는 것이 왜 기쁨만일 수 없을까요. 왜 때때로 사랑은 그렇도록 큰 슬픔일까요. 그이가 지니고 있는 것을 고집이라고 표현할 수 없다는 것도 나는 알고 있죠. 또 그의 세계, 그이의 틀 안에다가 나를 맞추지 못하는 이기심(利己心)이 나를 괴롭게 하고 있다는 것도 알고 있으면서… 아아, 나는 정말 그이를 알 수가 없어요. 정말 알 수가 없어요. 장형진 씨는 오래된 친구니까 그이를 많이 알겠군요. 가르쳐 주세요. 내가 어떻게 해야 한다는 걸 가르쳐 주세요. 알 수 없는 일이지요…. 그이를 절대적으로 필요로 하고 있으면서, 나는 그이를 전혀 모르고 있어요. 너무 모르는 거에요. 왜 이럴까요. 그이는 아주 먼 곳, 영영 손닿지 않는 세상에 있는 사람 같아요."

그렇다면 나는 맹의순 그 친구를 다 알고 있는 친구일까. 우리는 소년기를 같이 지내며, 자라는 모습을 서로 지켜보았고, 또 나는 그에게 일어났던 참혹한 일들을 낱낱이 알고 있다. 그러나 과연 내가 그를 다 알고 있다고 자신할 수 있을까. 안다는 것이 무엇일까? 그의 무엇을 안다고 말할 수 있을까, 그의 가정, 그의 성장기, 그의 성격, 그의 취미, 그의 재능, 그의 외모, 그가 하고 있는 일들, 그리고 그가 겪은 갖가지 슬픔과 고통, 그것을 알고 있다는 것이 진정 그를 알고 있는 것이 될까?

우리 어렸을 때, 나는 그에게, 남들이 지니고 있지 않은 어떤 표적이 있다는 것을 알아보았다. 그러나 지금도 그 표적이 무엇을 의미하는 것인지 누가 그에게 준 것인지에 대해서는 아직 감감하다. 어느 때는 그 표적이 분명하게 드러나는 듯하여 이제야말로 내가 그 뜻을 알아내리라 가슴을 두근거리다 보면 그것은 다시 우리들의 일상성(日常性) 속에 잠겨 버리거나 가라앉아 버리고 말았다. 그러나 한 가지 분명한 것은, 그 표적의 의미를 분명하게 알게 될 때에 그가 누구라는 것도 알 수 있게 될 것이다. 나는 지금까지 계속해서 그를 배우고 있었지만 그는 언제나 새로웠다. 그 새로움이란 처음 만나는 새 것의 새로움이 아니라, 만났던 것이 소중한 것으로 확인되는 새로움이었다.

그의 단순성은 너무도 순순해서 어린 아기 같은가 하면 단순성 안에 숨어 있는 신비한 힘은 또 무궁무진했다. 나는 그를 다 알 것 같으면서 하나도 아는 것이 없는 것처럼 느껴질 때가 있었고, 그런가 하면 결코 낯선 사람이 아닌 나의 일부처럼 믿어지기도 했다. 그는 아무 것도 강제하는 것이 없는 친구였는데도, 나는 언제나 그에게 붙잡혀 있는 것처럼 생각되었다. 그러나 결코 그것이 나에게 부자유한 느낌을 주는 법은 없었다. 그 친구와 함께 있으면 입을 열어 말을 하지 않아도 갑갑하지 않았다. 그는 별로 말이 없는 친구였는데도, 그에 대한 생각을 하고 있거나 그와 함께 있을 때면 많은 이야기를 하고 있는 것 같은 느낌이 들었다. 그것은 언어를 빌어서 하는 이야기가 아니라 수심(水深) 그 깊은 곳에 가라앉아 있는 것들을 들여다보면서 만나게 되는, 사물(事物)과 관계에 대한 인식(認識)의 눈뜸 같은 것이었다. 그는 이상한 힘을 지니고 있었다. 아무리 오랫동안 함께 있어도 거북하게 만드는 일이 없는 것은 물론이지만, 그의 존재 자체가 투명해서, 어느 때는 함께 있어도 그를 의식할 수 없을 만큼 나에게 일치되어왔다. 그런가 하면 그가 무슨 일에 묶여 있거나 바빠서 오랫동안 만나지 못할 때 그를 생각하고 있느라면 그는 바로 옆에 있는 사람처럼 따뜻한 숨결로 다가오는 친구였다. 그를 통해서 보는 사물은 언제나 새로운 빛으로 밝게 빛났다. 그의 생각이 언어라는 옷을 입고 나타날 때면 지금까지 무의미하게 닫혀져 있던 사물들이 생기(生氣)로 숨 쉬면서 의미의 문을 열고 나타났다.

그와 함께 하는 하늘은 봄이면 봄인 대로 아름다웠고, 겨울이면 겨울인 대로 완전했다. 그가 딛고 있는 땅은 여름이면 여름인 대로 무성하고 힘찼고 가을이면 가을인 대로 풍성하고 실팍했다. 그는 완전한 남자였으나 그 어느 여자에게도 있을 것 같지 않은 섬세함이 있었다. 그의 체구는 건장하고 늠름했지만 그의 미소는 누구도 흉내 낼 수 없는 부드러움이었다. 그는 공부를 하는 한편 많은 일을 하고 있었지만, 쫓기는 모습을 보인 일은 한 번도 없었다. 어느 누구도 그가 바쁜 사람, 바빠하는 사람이라는 것을 눈치챈 일이 없었다.

그는 늘 자기의 자리를 지키며 한자리에 항상 있는 것 같으면서도, 이쪽에서 요구할 때면 언제 어디서나 함께 있을 수 있는, 어디서나 충실하게 기다리고 있어 주는 사람이었다. 이쪽의 요구를 한 번도 거절해 본 일이 없는 친구였다.

나는 그를 생각할 때면 늘 하나님을 함께 생각하게 되고는 했다. 그리고 그것은 순하고 순결한 감사(感謝)의 일념으로 이어졌다. 그 감사하는 마음은, 촛불에 불이 당겨지듯 내 영혼 한편이 조용하게 밝혀지는 기쁨으로 타올랐다. 놀라운 것은, 그 때마다 그 기도와 같은 순결한 마음자리에서 내가 지금까지 볼 수 없었던, 나 자신의 내부 어느 깊은 곳에 있었던 하나의 표적과 만난다는 사실이었다. 나는 그것이 착각이 아닐까 두려워했다. 그 친구를 지극히 좋아하고 있기 때문에, 스스로 닮았다고 믿고 싶어 하는 선망(羨望)에서 빚어진 착각이 아니었을까 불안하기도 했다.

그의 친구로서 김영주가 겪는 번민에 대해 냉담할 수는 없었다. 그러나 또 무엇을 어떻게 도와 줄 수 있겠는가. 내가 알고 있는 이 한조각의 어느 끝머리를 잡아 실마리를 풀어 줄 수 있겠는가. 또 그것이 영주에게 무슨 도움이 되겠는가.

나는 그저 영주의 이야기를 묵묵히 들어 주는 역할밖에 할 수 있는 일이라고는 아무 것도 없었다.

8

그 후, 맹의순과 김영주가 함께 있는 것을 몇 번 먼빛으로 본 일이 있었다. 더러는 교정을 함께 걸어 나가고 있는 뒷모습을, 언제인가는 점심 준비를 해온 영주에게 초대되어 숲에서 점심을 함께 하고 있는 것을, 그리고 신학관 뒷산 숲 속에 나란히 앉아 있는 것을… 보기에 좋은 한 쌍이었다. 시새움이 일어날 만큼 다정해 보였다. 저러다가 저 친구가 김영주에게 끌려 정말 김영주가 희망하는 대로 전과(轉科)를 감행하고 김영주에게 장가드는 건 아닐까 하는 생각이 드는 장면들이었다. 만일 영주의 그러한 제의(提議)를 일체 받아들일 생각이 없는 것이라면 저 친구가 왜 저렇게 영주를 터놓고 가까이 하는 걸까 불안한 느낌이 드는 장면들이기도 했다.

맹의순이 학교를 옮기겠다는 결심을 정식으로 내게 알려 온 것은 그로부터 얼마 뒤의 일이었다.

*

"꼭 옮겨야 되겠나?"

나는 공연한 소리인 줄 알면서도 한마디 했다.

"응."

그는 미안한 일을 저질러 놓은 사람처럼 쑥스러워하면서 대답했다.

"어디로 옮길 생각이지?"

"조선신학교(朝鮮神學校)."

"아니…."

그것은 충격이었다.

"그래도 어느 모로 보나 공부를 하기에는 이곳이 낫지 않을까?"

"하지만 여기 졸업장은 내가 목사가 되는 것을 도와주지 못해."

"그건 알고 있는 일이지만 꼭 그렇게 해야지만… 난 이 학교가 너무도 마음에 들어…, 이곳에서 5년 동안 함께 공부할 수 있다는 것이 그렇게 큰 기쁨이었는데…." 그렇게 말하면서도 그의 결심은 언제 누구도 돌이킬 수 없는 것임을 알아, 말머리를 돌려서 물어보았다. "그러면 새 학기에 그 곳으로 편입할 생각인가?"

"편입은 없어, 다시 시험을 보아야 해."

"그러면 일 년 동안 공부한 건 헛일이란 말인가?"

"헛일은 왜. 그것도 다 내 안에 있겠지. 이 학교의 건물, 숲, 저 감명 깊게 해준 동상들, 새로 만난 친구들, 스승이 내 가슴에 있듯이 그동안 배운 것도 남아 있겠지 뭐."

"아, 하지만 자네는 참 냉정하군. 어떻게 그렇게 간단히 결심을 하고 떠나가겠다는 건지."

나는 영주의 모습을 떠올렸다. '절대적으로 사랑하고 있지만, 알 수가 없노라 알 수가 없노라'고 괴로워하던 그녜의 가녀린 모습이 눈앞을 가로막았다. 그러나 어쩐지 영주와의 일을 물을 수가 없어서 가만히 있으려니까 그가 얼굴을 들어 하늘을 둘러보기도 하고 교정을 내려다보기도 하면서 나직하게 말했다.

"나도 여기가 좋아. 떠나고 싶지 않아. 이곳의 모든 게 하나같이 좋아. 그러나 이곳은 이미 나와 하나가 되어 있거든. 우리는 따로 헤어져 있는 것이 아냐. 이제는 늘 함께 있는 거야. 그리고 또 이 학교는 이제 내 마음에 있어…. 우리는 서로 마음을 주고 그 마음을 받기로 했어. 감추는 것 없이… 그래서 나는 여기를 떠나도 떠나는 게 아닌 거야."

그가 이 결심을 하기까지 얼마나 깊은 갈등을 겪었을까를 나는 그때 어렴풋이 알 수 있었다. 나는 그에게 용기를 주고 싶었다. 그러나 입을 열어 물은 것은 내 생각과 좀 동떨어진 엉뚱한 질문이었다.

"그렇게도 꼭, 이렇게 하면서까지 목사(牧師)가 되어야만 할까?"

그는 고개를 숙인 채 한동안 말이 없더니, 쓸쓸해진 얼굴을 들어 나를 바라보며 대답했다.

"모르겠어. 나도 다 알 수 없는 일이지… 하지만 그렇게 해야만 될 것 같은 거야."

나는 목사가 된 그의 모습을 그려 보려고 했다. 그러나 웬일인지 상상이 되지 않았다. 아무리 애를 써도 훗날의 그를 그려낼 수가 없었다. 이상한 일이었다.

*

학기말 시험을 앞둔 며칠 동안 우리는 영주를 볼 수가 없었다. 무슨 일일까 궁금해 하던 참인데 맹의순이 나를 찾아왔다. 그리고는 몹시 난처해하며 의논스럽게 입을 열었다.

"영주 아버님 되시는 김 장로님한테서 사람이 찾아왔는데…."
"아니 무슨 일로?"
"나를 좀 보자고 하셔."
"왜 그럴까?"
"글쎄…. 어른이 부르시는데 안 갈 수도 없고."
"영주는 왜 학교엘 안 나온다지?"
"궁금했지만 심부름 온 사람한테는 그것을 물을 수가 없더군. 어떡하지?"
"심부름 온 사람한테는 무어라고 했어?"
"그이가 장로님 사무실 전화번호를 주고 가면서 일단 먼저 전화를 걸어 약속을 하고 만나 뵙도록 하라는 거야."
"피할 수는 없는 일이로군. 도대체 그 어른이 왜 만나자고 하실까?"
"글쎄."
"무엇 짚이는 일도 없나?"
"영주를 통해 무슨 이야기를 들으셨는지도 모르지."
"영주가 무슨 이야기를 했을까?" 그 말에는 그냥 싱긋이 웃기만 했다. 그래도 혹시나 하는 생각이 들어 그를 떠보았다. "영주하고 그렇게 가깝게 지내더니 혹시 영주한테 무슨 약속이라도 한 거 아냐?"
"그렇게 가까이 지내는 걸로 보였어?"

그는 오히려 반문하더니 또다시 빙그레 웃는 것으로 다음 말을 막았다. 그의 그러한, 애매하다면 애매하고 그 나름으로 맑다면 맑게 보이는 태도가, 그가 영주 아버지를 만나는 일에 나까지 긴장하게 만들었다.

영주가 몹시 앓고 있어 학기말 시험조차 치를 수 없을 것이라는 소식이 들린 것은 맹의순이 김영주의 아버지를 만나고 온 다음의 일이었다. 그가 영주의 아버지를 만나러 간 날, 나는 몹시 초조해 하며 내내 그를 기다렸다. 나는 그의 집 그의 공부방에서 그를 기다렸다. 그가 돌아온 것은 여름날의 길고 긴 해도 거의 주저앉아 가던 저녁때였다. 그가 적진에서 무사히 돌아온 것만큼이나 반가웠다.
"무슨 일이었어?"
"영주가 아버지한테 떼를 쓴 거였어."
그 말뿐, 세수간에 가서 땀을 씻고 돌아오더니 그는 부엌으로 나갔다. 같은 교회 교우의 딸이라고는 하지만, 집이 너무 어려워서 야학당에 가기 위해 와 있던 소녀는 늦은 오후면 집을 나가 버린다. 의순은 곧잘 밥을 짓고 청소도 하며, 소녀를 오히려 도와 빨래까지 해주는 그 집의 든든한 주부였다. 아버지 맹 장로님의 저녁 시중을 들고 난 뒤에야 우리는 여유 있게 마주 앉았다.
"영주가 무슨 떼를 썼어? 무슨 떼를 썼기에 김 장로님까지 나서서 자네를 호출하시게 했을까?"
나는 그와 마주 앉자마자 더는 참지 못하고 냅다 물어 젖혔다.
"퍽 자상하시면서도 엄격하신 분이시던데 따님하고 똑같은 말씀을 하시더군."
"똑같은 말이라니?"
"목사 지망을 철회하라는 거야."
"아니 장로님이 그런 말씀을?"
"따님을 지극하게 사랑하고 계시더군."
"그래, 그 뜻을 굽히고 무엇을 어떻게 하라는 거였어?"
"무얼 어떻게 하라고 강압적인 말씀을 하신 게 아냐…. 영주의 마음을 그렇게도 모르겠더냐고 물으시더군. 어떻게 따님의 일에 그렇게까지 마음을 쓰시는 아버지가 계셨을까 놀라울 정도였어."
영주가 혼자서 견디다 못해 아버지께 말씀드렸을 과정이 눈에 보이는 듯 선했다. 그리고 그 동안 영주와 가까이 하면서 그가 영주에게 무엇을 심어 주었을까도 짐작이 갔다. 맹의순 자기가 영주라는 사람에게는 왜 어울리지 않는 사람이며, 자기는 왜 꼭 목회자가 되어야 하는가를 납득시키던 과정이 있었으리라는 것도 짐작이 갔다.

"그래서 자넨 무엇이라고 말씀드렸어?"

"죄인으로 자처할 수밖에 없었지 뭐."

"영주 아버지께서도 심란해 하셨겠군. 그런데 그분이 자네의 뜻을 이해는 하시던가?"

"나를 이해하시기보다는 따님을 못내 안쓰러워하시더군."

"그러나저러나 영주는 어디가 아픈 거야? 어디가 어떻게 아프길래, 학기 말 시험도 못 치르게 될 거라고 하데…." 그 말에 맹의순의 기색은 완연히 침울해졌다. 나는 그의 그러한 모습을 지켜보면서 말을 이었다. "이상한 일이지…, 에로스는 왜 힘든 대상을 통해서만 승화(昇華)를 하려고 하는지. 자네도 알 만하잖아, 이 학교 안에 김영주로 인해서 가슴앓이를 하고 있는 총각들이 얼마나 많은지를… 그런데 김영주의 고집도 고집이거니와 나는 자네의 심사도 모르겠어. 자네 쪽에서 그를 달래서 자네가 가는 길을 함께 가게 할 수도 있잖아?"

그는 고개를 천천히 가로저었다. 그 모습이 그렇게 무거워 보일 수가 없었다. 그 모습은, 김영주나 그 아버지 김 장로님이나 또 그 밖의 모든 사람의 원망(怨望)이나 오해를 있는 대로 다 받고도 변명 한마디 없이 자기 길을 묵묵하게 걸어가는 사람의 외로운 모습이었다. 그러나 내게는 정말 궁금한 것이 남아 있었다.

"자네가 굳이 영주를 떠밀어내어야 할 이유가 따로 있는 것도 아니잖아?"

"아니, 그녀가 나를 붙잡고 있게 할 수가 없어."

그는 얼굴을 들고 단호하게 잘라서 말했다.

"무슨 이유야?" 그렇게 묻다가 말고 나는 고개를 끄덕이며 혼잣말처럼 말했다. "하긴… 자네의 어머니나 누님, 그리고 누이동생과는 너무 다른 여성이긴 하지. 연한 듯 하면서도 강하고 조용하면서도 뜨거운 그런 데라고는 없지. 밝고 빠르고 총명하고 예민한 여성이니까. 영주의 성품으로는 자네를 감싸주기 어렵지."

"아니, 그런 것 때문이 아냐."

그는 안타까워하는 시선으로 나를 가로막더니 무엇인가 깊이 감추어져 있던 것을 조심스럽게 열어보듯 천천히 말했다.

"그에게는 세상 아픔을 담아낼, 그리고 보장되지 않은 이생의 아픔을 담아낼 그릇이 없는 거야."

"왜? 너무 호강을 하고 자라서? 응석받이라서?"

"아니 그런 것만도 아니지. 아픔을 담아낼 수 있는 사람과 그렇지 못한 사람이 있어. 그건 타고나는 거라고 생각해. 그런데 영주는 그런 걸 타고나지 않은 것 같아. 나는 앞으로 나에게 쏟아질 불 때문에 그가 화상(火傷)을 입는 걸 지켜보고 싶지 않은 거야."

"자네는 그동안 자네가 겪은 엄청난 불행으로 해서 자신(自信)을 잃고 있는 건지도 모르지. 하여간 우리는 하나님의 뜻 앞에서 그런 것까지도 삼가야 할 존재들은 아닐까."

"하여간 영주는 안 돼. 나는 그를 사랑해…. 그래서 그는 내 번뇌의 진원지(震源地)야, 내 사랑의 분량만큼 그는 내 고통이지. 하지만 안 돼, 안 될 일이야!"

"그건 너무 간단하게 단정 지어 버리는 것 아닐까. 사랑하는 사람들이란 서로 만나 함께하면서 서로 상대방을 다듬어 가야 하는 것 아니겠어? 평생을 두고 할 일이지 뭐."

"내게는 시간이 없어. 그럴 시간이 없는 거야."

그것은 그에게 있는 표적이 선연하게 드러나는 것 같던 순간이었다. 그는 형형하게 빛나는 눈으로 나를 바라보고 있었으나, 자기 자신에게 항거하고 있는 것으로 보였다. 그런데도 나는 이상하게 잔인해지면서 그를 옥죄이듯 날카로운 질문을 던졌다.

"시간이 없다는 건 자네가 자네 중심으로만 계산한 욕심 같은 건 아닐까? 이를테면 자네가 자네를 하나님께 드리는 일을 하기 위해서 나아가고자 할 때, 그 나머지 것은 일체가 방해거리라고 여겨지는 것 같은 그런 자기중심적인 계산 때문은 아니었을까?"

"모르겠어. 하지만 정말 내게는 시간이 없는 거야. 모르겠어. 그냥 그럴 시간이 없다고만 생각되니까…."

그는 무언가 내가 살고 있는 세계와는 전혀 다른 곳의, 우리가 알 수 없는 어떤 고통을 혼자 겪고 있는 사람처럼 외로워 보였다. 나는 이야기가 나온 김에 할 말을 다 해버려야겠다고 작정했다.

"김영주가 몹시 앓고 있다는데, 그냥 저렇게 내버려 둘 거야?"

"그건…, 내가 도울 수 있는 일이 아냐. 나는 그 일에는 전혀 무력한 존재야. 내가 도울 수 있는 일이 결코 아니지. 사실 영주는 내 도움을 필요로 하는 사람이 아니거든. 내가 정말 무릎 꿇고 도와야 할 사람들은 그런 사람들이 아니란 말이야."

"그리스도의 사랑 안에 어떻게 그런 구별이 있을 수 있어? 누구든지 다 이웃이고 이웃이 어려운 일을 겪고 있으면 계산 없이 도울 일이지."

"언제나 더 급한 일이라는 게 있지 않아?"

"저러다가 무슨 변이라도 만나면 어떻게 하겠어? 오죽 급했으면 아버지 되시는 김 장로께서 자네를 불렀을까."

"아이들도 떼를 쓰다, 쓰다 정 안 된다는 것을 알 때 툭툭 털고 일어날 줄 아는데."

"그러면 김영주가 떼를 쓰고 있다는 거야?"

"이렇게 하면서 영주도 성숙하는 거야. 이제 괜찮아질 거야. 막상 학기말 시험 때가 되면 나와서 시험을 치를 테니 두고 보라고."

그의 말은 적중했다. 영주는 놀랄 만큼 핼쑥해진 얼굴로 등교를 했지만 한 과목도 빠뜨리지 않고 시험을 치러냈다. 그러나 창백해진 사람은 김영주뿐이 아니었다. 묵묵하게 시험을 치르고 있는 맹의순의 모습도 초췌하기 이를 바 없었다. 나는 그가 너무 힘들어 하는 것 같아서, 하루는 점심을 함께 먹으며 넌지시 물어보았다.

"새 학기에 조선신학교로 입학시험 치르러 갈 사람이 무엇 하러 이렇게 힘들여 가며 학기말 시험을 치르고 그래? 더구나 이쪽 성적이나 이수 과목이 저쪽 학교에 조금도 참작이 안 된다면서… 몹시 수척해 뵈는데 좀 쉬지 그래."

"시험 때문에 그러는 게 아냐."

"그럼?"

나는 얼른 김영주를 떠올렸다. 영주를 무작정 가까이 하며 위로한다는 명목으로 자주 만날 수도 없고, 그렇다고 무슨 큰일을 저지른 사이처럼 서먹서먹하게 굴거나 외면을 할 수도 없는 난처함이 맹의순을 얼마나 괴롭히고 있을까 생각했다. 그의 미간에 서려 있는 고뇌가 투명한 슬픔이 되어 내 마음을 아프게 했다.

"영주의 문제라면 이제 그런 대로 한 고비를 넘긴 것 아니겠어?"

내 말에 그는 고개를 천천히 저었다.

"인간의 이율배반(二律背反), 모순성(矛盾性)… 그게 죄(罪)의 모습이지. 자기 자신과의 싸움처럼 힘들고 무서운 게 없어."

그는 고개를 숙이고, 마치 자기 죄를 고백하듯 침통하게 말했다. 영주를 받아들일 수 없다는 이성의 판단 뒤에 숨어서, 영주를 갈망하는 감성의 요구에서도 깨끗하게 벗어나지 못하는 갈등을 그는 지옥처럼 겪고 있을지도 모를 일이었다. 나는 할 말이 없었다. 그가 겪고 있는 영혼의 진통(陣痛) 앞에서 한 친구의 우정(友情)이 무슨 소용이 될 수 있으랴 막연하게 생각했을 뿐이다.

*

학기말 시험이 끝날 무렵, 서울 장안은 또다시 소란스러워졌다. 근로인민당(勤勞人民黨) 당수 여운형(呂運亨)이 암살당했다. 열아홉 살짜리 범인은 심문을 받으면서 오히려 당당했다.

"좌우익을 막론하고, 우리나라 독립을 위하는 길에서 정세를 혼란하게 만드는 자들은 죽여야 한다. 나라가 바로 서려면 그러한 자들을 쓸어 내어야 한다. 나는 암살자가 아니다. 나의 행위는 의거(義擧)다."

지도자라는 사람들이 이렇게 턱턱 쓰러져 갔다. 이렇게 하나, 하나 무참하게 죽어가다가 나중에는 누가 남을 건가? 친구와 나는 마주 앉아 탄식했다. 맹의순은 심각하게 근심했다.

"이렇게 흘린 피가 순하게 땅속으로 스며들지 않을 거야. 핏값을 치르고야 말겠지… 그리고 이건 시작에 불과해…. 도대체 이 민족이 어디를 향해 휩쓸리고 있는지…."

그의 처연한 말을 받아 나는 발을 굴듯 안타까워했다.

"민족지도자라는 사람들, 애국자라는 사람들…, 사방에 흩어져 혀를 깨물고 독립운동만을 일관해 왔던 사람들…, 따뜻한 밥 한 끼 편히 못 먹어 보고 편안한 잠자리에서 편히 자본 일 없이, 부모도 아내도 자식도 집안도 다 버리고 오직 나라와 민족만을 붙잡고 살았다는 사람들… 그들이 해방된 조국에 돌아와서 왜 반목(反目)해야 하는 거야? 왜 상대방을 용납하지 못하는 거야? 그리고 왜 이렇게 허무하게 죽어가야 하는 거야? 저들이 그 젊음을 바치고 자기의 전부를 바쳤던 조국 땅에서 왜 저렇게 개처럼 죽어야 하는 거야? 저들이 바쳤다는 젊음은 어디에 있어? 어디에 쓰이고 있어? 무슨 소용이 있느냐 말이야. 저 죽음이 이 민족에게 무엇을 준다는 거야? 무슨 밑거름이 된다는 거야? 서로 굶주린 늑대처럼 물고 뜯고 죽이고… 독립 운동은 어디로 갔어? 애국심은 어디에 숨었어? 개처럼 도살된 고하(古下), 몽양(夢陽), 그들의 이름은 무엇을 위해 남을 거며, 그 이름이 무엇에 쓰이겠어? 그들이 해온 일들은 이 땅 이 민족 어느 모퉁이를 지탱해 준다는 건가? 아아, 알 수 없는 일이야. 정말 알 수 없는 일이야. 이 땅에서 벌어지고 있는 이 끔찍한 살상이 무엇을 불러올 것인지."

"인간의 업적이나 명예에 영원히 선하다 할 만한 것이 있을까. 인간끼리만으로 그것이 지켜질까. 우리는 자랑할 게 아무것도 없는 존재지. 이 땅에 머문 인생이라는 게, 건강장수(健康長壽)했다 하더라도 팔십(八十)일 뿐 그 자랑은 수고와 슬픔뿐으로 신속(迅速)히 가니 날아간다(시편 90편)고 모세가 탄식하지 않았던가? 우리 인간 존재가 풀꽃 같은 거지 뭐. 해가 돋고 뜨거운 바람이 불어 풀을 말리면 꽃이 떨어져 그 모양의 아름다움이 없어지는 것처럼(야고보서 1장), 살아 있는 동안의 우리 모양이 꽃처럼 피어 있는 것이었다 할지라도 필연적으로 쇠잔(衰殘)함에 이르니, 우리가 찾을 것은 오직 쇠잔하지 않는 것이 무엇일까를 찾는 일뿐이겠지."

그때까지 내 안에 웅크리고 있던 회의(懷疑)가 황소 뿔처럼 솟아올랐다.

"과연 찾아질까?"

"결론은 이 땅에 있지 않다고 생각해, 그래서 중요한 건 과정이지."

"그래서 자네는 한사코 조선 신학교로 옮기는 거야?"

"그것도 내 영혼의 몸부림 같은 거지. 확답은 아직…."

"그러나 자네한테는 목표가 있지 않은가? 뚜렷한 목적이 … 세상을 향해 걷지 않은 목적… 그런데 나는 그 세상이라는 것, 현실이라는 것을 걷어차 버릴 힘이 아직은 없어."

"세상이라는 곳에, 현실에 무엇이 있기에? 그걸 걷어차고 말고 할 게 아니지 않을까? 자꾸만 걷어차야 한다고 생각하니까 발이 걸리는 거지. 그냥… 같이 가는 거야. 현실은 우리들의 발판인 거야. 그리고 내 그림자야. 우리는 거기에 무엇이 있다고 믿고 있기 때문에 그것을 무거워하기도 하고, 때로는 두려워하기도 하면서 또 마음이 묶이기도 하는 거지. 이곳은… 이 땅은 우리가 지향해야 할 그 영원한 것의 모형(模型)이라고 생각해. 미워할 것도 없고 집착할 것도 없는 각자의 것이 아닐까."

"하지만 우리가 태어난 이 땅이라는 게 이게 도대체 어떻게 된 곳이야? 우리가 만일, 이 나라보다도 조건이 좋은 어느 다른 나라에 태어났다면 나라 때문에 겪는 이런 갈등, 이런 고통이나 불안은 최소한 안 겪어도 되는 것 아냐?"

"그것도 내 몫일 수밖에 없어. 내 몫으로 쳐야 해. 어떤 조건 어떤 환경에 있건 그것 전부를 받아들이는 것이 중요한 일일 것 같네. 내가 왜 이 처지에 있어야 하는지를 불평의 렌즈로 들여다볼게 아니라 의미의 렌즈로 보아야 할 거야."

그는 빙그레 웃었다.
"나도 그렇게 생각하려고 애를 쓰면서 나를 달래고 있어."

*

그 가을에 맹의순은 조선신학교 입학시험을 보았고, 예과 1학년 학생이 되어 새 공부를 시작했다. 그가 학교를 옮기자 우리는 만나는 횟수가 자연 줄어들었지만 어쩌다가 한번 만나도 우리는 항상 넉넉한 사이였다. 그가 입학한 조선신학교는 서울역 근처 동자동에 있었다. 학교를 찾아가 보았을 때, 그 학교의 시설이나 규모가 너무 초라해 적잖이 실망했다. 그 눈치를 알았던지 친구는 밝게 웃으며 학교의 좋은 점을 설명했다.

"난 이제 길만 건너다니면 될 만큼 학교가 가까워서 얼마나 좋은지 몰라. 교회와 세브란스가 한울타리 안에 있지. 학교가 이렇게 가까워서 교회 일 보다가도 학교로 갈 수가 있고, 학교에서 공부를 하다가도 교회 일을 잠깐 보고 다시 올 수 있으니 얼마나 좋은지…, 그리고 또 자네도 잘 아는 나창석 권사님이 계신 영락보린원(榮樂保隣院)이 바로 등뒤에 있으니 어머니 생각이 날 때마다 아무 때고 찾아가 뵐 수 있어 모든 게 나를 위해 이렇게 꽉 짜여 있을 수가 없어. 그저 감사할 뿐이지."

그의 학교는 서울역 오른쪽인 동자동에 있었고, 남대문 교회는 서울역 건너편 세브란스와 한 울타리 안에 있었다. 그리고 그가 어머니라 부르며 자주 찾아뵙던 나창석(羅昌錫) 권사님이 일하고 계신 영락보린원은 남대문 교회 건너편 언덕에 있었다. 그의 스물네 시간은 그 네 곳을 위해서는 늘 모자랐다. 그러나 그는 언제나 한 곳을 지키고 있는 사람처럼 듬직하고 조용했다. 그는 학교와 교회 밖의 일을 위해서는 틈을 내기가 어려운 사람이었지만, 그를 만나려면 언제나 쉽게 찾아낼 수 있었다.

그는 남대문 교회의 중등부를 맡아, 한참 자라고 있는 학생들과 함께 살다시피 했다. 처음에는 별다른 기대도 관심도 받지 못하고 그저 교회 기구 중 하나로만 여겨지던 중등부는 그의 손에서 놀랄 만큼 웃자랐다. 불과 몇십 명으로 출발했던 것이, 얼마 만에 백 명이 넘었고 백 명은 다시 백오십 명을 바라보게 되었다. 성경반, 합창부, 전도반, 봉사반 하여 모두들 쉬지 않고 일을 했다.

국내 정세가 흉흉하고 사람들이 덜컥덜컥 흉탄에 쓰러지며, 곳곳에서 폭동이 일어나 떼죽음을 부르는 일이 일어날수록 그에게서는 안으로 다져지는 어떤 결의(決意)의 소리가 들리는 듯했다.

"남대문교회 중등부는 이제 장안에서도 유명해졌을 만큼 커졌더군. 다른 교회들이 대단히 부러워하던데?"

내 말에 그는 밝은 얼굴을 했다.

"아, 그래? 반가운 소리 같긴 한데 유명해진다는 건 좀 두려운 일이지."

"아니, 어떻게 남대문 교회에 모여드는 학생들이 모두 그렇게 착실하기만 한 거야? 아니면 자네의 통솔력이 특별한 거야?"

"모두들 착실해. 착하고… 깨끗하고 순수하거든."

"이런 사회가 그들을 고스란히 지켜주겠어? 미구에 물들고 그런 뒤에 그 애들까지 얽혀 들어서 진흙 밭 싸움이 더 치열해지겠지 뭐."

그는 순하게 웃었다.

"왜 그렇게 부정적인 생각만 하지? 그렇지만은 않을 거야. 우리는 물들지 않을 길을 함께 찾고 있는 거야."

'그렇다면 그 아이들이 복 있는 아이들이지.' 나는 그렇게 생각했으나 그 말을 입 밖에 내지는 않았다.

*

우리들 젊음은 낭자한 상처를 껴안고 있었지만, 우리들끼리 엄살을 부리는 일은 없었다. 우리는 그해 겨울, 크리스마스를 위한 갖가지 행사를 준비하기 위하여 자주 만났다. 김영주도 우리와 함께 활약했다. 영주는 맹의순이 Y전문학교를 떠난 뒤에도 맹의순이 하는 일마다 거의 빠지지 않고 말없이 참례했다. 여름에 치렀던 열병은 깨끗하게 가신 듯, 다시 그가 나타나는 곳마다 공기가 밝아지고 명랑해졌다. 영주도 맹의순의 앞에서는 더욱 무관하게 굴어 여름의 사건이 있었던 것 같지 않게 만들려는 것 같았다. 영주를 대하는 맹의순의 태도는 여일했다. 가까이했으나 자극적인 구석이라고는 없었고, 지극했으나 어색한 데 없이 영주를 위해 주었다.

12월로 접어든 어느 날 영주가 나를 찾아왔다. 오후에 남대문교회 중등부 학생들의 합창지도와 연극순서를 돕기로 했었기 때문에 그곳에 함께 가기로 약속이 되어 있었는데, 영주는 시간보다 훨씬 일찍 내 피아노 연습실을 찾아왔다. 날씨는 눈을 장만하는 모양인지 겨울 날씨답지 않게 포근했다.

정국(政局)은 급류를 타고 흘러가면서 제각기 춤을 추듯 여전히 위태롭게 기우뚱거리던 중, 한국의 총선거안(總選擧案)이 유엔에 상정되었고, 유엔 정치위원회에서는 격론을 벌이던 끝에 가결을 얻어 프랑스, 캐나다, 호주, 인도, 필리핀, 시리아, 엘살바도르, 중국 등 8개국 대표로 구성된 한국위원회가 활동을 시작하면서 총선거 비용으로 53만 8천 달러의 지출이 결의되었다. 그리고 국내에서는 또 한 사람이 흉탄에 쓰러졌다. 한민당(韓民黨)의 정치부장, 설산(雪山) 장덕수(張德秀)가 암살되었다. 체포된 범인은 종로경찰서 현직경사(警査)로 외근 감독이었던 박광옥(朴光玉)이라는 자였고, 한독당(韓獨黨)의 중앙위원인 김석광(金錫光)이 지시를 했다는 것이며, 그들 행동대원들의 암살 목표는 안재홍(安在鴻), 배은희(裵恩希) 등 아직도 몇 사람 더 있다는 것에 모두들 전율했다.

그러나 Y전문학교가 있는 겨울 숲은 쓸쓸한 아름다움을 조용히 껴안고 있었다. 잎을 떨구고 서 있던 헐벗은 나뭇가지들이 겨울의 흐린 날 잿빛 구름으로 몸을 감싸고, 이따금 이 둥지에서 저 둥지로 날아다니는 겨울새들의 푸득임 외에는 적요하기 이를 데 없었다.

까만 외투를 입고 자줏빛 목도리를 포근하게 감싼 영주는 옆에 사람이 있다는 것도 잊은 듯 숲길을 걷고만 있었다. 나는 잘못을 저지른 사람처럼 직수굿하게 그를 따라 걸을 수밖에 없었다. 이윽고 그가 걸음을 멈추더니 고개를 돌리며 나를 바라보았다.

"난 그이를 도저히 이해할 수가 없네요." 그는 항의하듯 말을 이었다. "하지만 사랑해요. 내가 포기한 줄 아셨겠죠? 하지만 난 그렇게 간단히 포기할 수 없어요."

그의 눈은 이글이글 불붙고 있었다. 나는 그 눈을 오래 바라볼 수가 없어 시선을 끌어 내렸다. 그는 나의 그러한 모습에 정신이 들었는지 목소리를 낮추었다.

"그이는 손에 잡혀요. 아무 때 어디에서든 내가 요구하는 것 다 들어 주고 내 시중드는 것도 마다해 본 일이 없는 사람이에요. 꼭 쥐면 쥐는 대로, 느슨하게 늦추면 늦추는 대로, 그는 아무 때고 내 손에 잡혀요. 그러나 결코 그것이 내 것일 수 없다는 것을 번번이 알게 하죠. 손에 잡히는 것만큼 그는 분명한 그의 세계 저쪽에서 혼자이더군요."

"그 친구를 바라보는 각도(角度)를 조금 바꿔 보면 어떨까요?"

"나는 그에게 인생의 보다 넓은 곳 깊은 뜻을 알려주고 싶어요. 그가 지금 가고 있는 길, 그렇게 청승맞은 신앙의 길만이 인생의 전부는 아니라고 믿고 있어요. 이상한 일이잖아요? 왜 나를 위해 희생할 순 없다는 거죠? 누더기 같은 데 가서는 희생도 헌신도 기꺼이 하면서 왜 내 고통은 외면해야 해요? 그것도 위선 아닌가요? 위선 중에도 큰 위선 아닐까요?"

"미안합니다. 나는 그의 생각을 다 알지 못합니다. 그러나 그는 영주 씨를 지극히 아끼고 있어요. 영주 씨가 그걸 모르시는 게 전 안타깝습니다."

"꼭 신학교를 거쳐 목사가 되어야만 하나님의 뜻을 따르는 것인가요? 그건 아닐 거예요. 그렇게 믿고 고집하는 것도 일종의 병든 영웅주의라고 생각해요."

"아뇨. 그는 무슨 목적이 따로 있는 게 아닌 것 같더군요. 그저 충실하자는 겁니다. 현재 자기 자신이 해야 할 일에 최선을 다하고 있는 것으로 보입니다."

"그의 숨어 있는 재능들이 너무 아까워요. 음악에 관한 것, 문학에 관한 것 등…."

"하나님께서는 결코 손해 보시는 일이 없으실 걸요? 그에게 온갖 재능을 주신 분이 하나님이시라면 그분께서는 그 재능을 남김없이 쓰실 뿐만 아니라, 더 얹어주시면서 쓰실 겁니다."

"두 분의 믿음이 가히 금상첨화로군요."

"믿음은 흉내 낼 수 있는 것이 아니기도 하지만, 나는 감히 그의 믿음을 흉내로도 내려고 생각해 본 적이 없습니다."

그는 낙엽 더미를 하릴없이 발로 뒤적이다가 얼굴을 들었다.

"중등부 아이들한테 정성을 쏟는 것도 그래요. 세상에 옆에서 지켜보려니까 이건 숫제 아이들의 노예예요. K교회의 중등부가 남대문 교회와 필적할 만하다고들 말하기에 보러 갔었어요. 분위기가 남대문 교회 중등부와는 확연하게 달랐어요. 아이들은 쪼롱쪼롱 세련이 되어 있더군요. 그곳을 거쳐 나가면 세상 어디다 내어놓아도 제몫 다 찾아 먹고 성공할 아이들로 보일 만큼 단단했어요. 그런데 맹 선생 밑에 모이는 아이들은 그들과는 정반대였어요. 한심하게 느껴질 만큼 여리기만 하더군요. 천진(天眞)한 건 열 살 이전으로 족해요. 청년이면 패기가 있어야잖아요. 강한 데라고는 없어 보였어요. 글쎄, 맹 선생은 이따금 금요일 밤에 그 아이들을 데리고 철야 기도를 한다잖아요? 세상 죄는 혼자 진 사람처럼 그게 무슨 고행(苦行)이에요?"

"그가 우리와 다른 건… 우리가 끝내 피해 갈 수 없는 어떤 것에 대하여 알고 있다는 점이죠. 그는 우리가 알지 못하고 있는 무엇을 알고 있는 사람입니다. 그건 분명해요. 그것이 무엇인지를 우리가 모르고 있을 뿐이죠."

"모르겠어요. 정말 모르겠어요. 그는 비참(悲慘)을 향해 언제나 돌진하고 있는 사람 같아요."

겨울 날씨치고는 포근한 날씨였는데 영주의 얼굴은 파랗게 얼어있었다. 문득 가슴으로 통증이 왔다. 이 사랑의 아픔을 누가 치유해 줄 것인가. 어느 쪽에도 결격(缺格) 사유가 없는 사람들이다. 또 이 경우는 짝사랑도 아니다. 그런데 맺어질 수 없다니- 영주는 과연 이 상처를 아물게 하고 자기 길을 갈 수 있을까? 그것은 언제쯤일까? 그리고 영주가 지금 앓고 있는 이 아픔은 무엇을 위해 쓰일 것인가? 이 아픔이 영주의 무엇을 도와줄 수 있을까.

나는 마음이 무거워졌다. 내가 할 수 있는 일이라면 무슨 일이든지 하여 영주를 도와주고 싶었다. 나는 내 생각을 정직하게 털어놓기로 했다.

"사람의 뜻으로는 그 친구의 결심을 돌이킬 수가 없다고 봅니다."

"그러면 누가 할 수 있을까요?"

"하나님의 뜻만이…."

영주는 피식 웃으며 말을 받았다.

"잘도 닮아 가시는군요."

"그렇게 밀어붙일 일이 아니지요. 우리 각자가 겪는 고통은 그 고통을 홀로 겪고 있을 때 퍽 지리하고 힘들어서 그것이 끝나 줄 것 같지 않은 착각에 빠지기가 쉽지만, 어차피 이 일도 언젠가는 마무리 지어지지 않을까요? 어떤 형태로든지… 그렇게 얼마만큼 세월이 지나갔을 때, 영주 씨와 나는 한 신실한 목사 친구를 얻게 되는 것이겠지요. 우리는 남다른 우정을 가지고 그가 하는 일을 도울 수도 있을 것 아닙니까?"

"그가 목사가 된다…." 영주는 무엇을 생각하는지 얼굴을 들어 숲 저쪽의 찌푸린 겨울하늘을 바라보면서 쓸쓸하게 웃었다. "날 이렇게까지 아프게 만들어놓고 자기 혼자 거룩한 목사가 되겠답니까?"

그것은 분명 농담조의 말투였는데 내 가슴은 화살에 맞은 듯 이상하게 얼얼했다. '여자의 저주는 오뉴월에도 서리가 내리게 한다.'는 속담이 언뜻 스쳐지나갔다.

9

사람들은 땅 위에다 피를 뿌리고 생명의 질서를 마구 휘젓고 있어도 절기(節氣)는 충실하게 이 땅을 찾아왔다. '빼앗긴 들에도 봄은 오는가' 시인 이상화(李相和)는 빼앗긴 땅 위에 서서 그렇게 노래했지만, 이제는 되찾은 내 땅을 딛고도 그 봄의 의미를 다 받아들이지 못하고 있는 민족의 이 모습을 두고 이제는 누가 무엇이라고 노래할 것인지.

1948년 2월 28일. 유엔 한국위원단은, 한국문제 해결에 관한 3개 방안 중에서 미국이 채택한 5·10선거 안을 31대 2라는 절대다수로 가결했다. 이것이 통과된 것으로 남한만의 단독정부 수립이 사실상 기정사실화 된 것이다.

그러나 백범 김구와, 김규식 박사는 나라 땅이 동강나는 것을 목숨을 던져서라도 막아야 한다는 뜻을 굽히지 않았다. 그 두 사람은 남북 협상을 제의한 뒤, 오직 애국 충정만을 안고 김일성을 설득시키겠다는 희망에 부풀어 있었다. 가야 한다거니, 가면 안 된다 거니, 사람들은 제각기 의논이 분분했다.

이러한 와중에, 육지에서 한가롭게 물러나 앉아있는 제주도에서 폭동이 일어났다. 4월 3일 새벽, 치밀한 계획 아래 조직적으로 움직이기 시작한 폭도들은 경찰 무기탄약고를 습격하여 무기를 탈취하고, 제주시 경찰서를 습격 방화한 것을 비롯하여 관공서를 파괴하고 곳곳에 불을 지르며 양민의 목숨을 빼앗아 갔다.

제주도의 봄은 무참하게 짓밟혔다. 제주도는 유혈의 제단(祭壇)이 되어 바다 위에 떠 있었다. 폭풍의 불길은 쉽게 잡히지 않았다. 불과 15만 명

정도가 살고 있던 조용한 섬에, 해방의 바람과 함께 일본 대판(大阪), 구주(九州) 등지 섬에서 살던 사람들이, 일본 군대 경력과 중국 팔로군 경력을 가지고 섬으로 돌아와 갑자기 인구 30만으로 불어난 섬이 된 제주도가 쑥대밭이 되었다. 섬사람들은 거의가 이렇게 얽혀 있고 저렇게 얽혀 있는 친척들이었다. 그중에 혹여 수상한 사상을 가졌거나 국법(國法)을 어긴 사람이 있다 하여도 법망을 태연하게 피할 수 있는 특수지대이기도 했다. 그 속에 침투해 들어간 것이 해방 직후 혼란기에 서울에서 마음 놓고 날뛰던 남로당(南勞黨)이었다. 그들은 마침 서북(西北) 출신 경관들이 제주도에 파견되는 것을 도민들에게 악선전했다. 단순하고 배타적인 도민들은 그들과 합세하여 반정부(反政府)봉기를 대대적으로 펼쳤다. 그들에게는 무기가 넉넉했다. 일본이 패전하면서 적지 않은 무기와 탄약을 묻어 두고 떠났던 것을 찾아내어 파냈고 경찰서를 습격하면서 탈취한 것도 적지 않았다. 더구나 한라산록의 깊은 숲과 돌담이 그들의 요새가 되어 준데다, 일본 군대가 파놓았던 방공진지가 20만 군대를 수용할 수 있을 만큼 큰 것이어서 폭도들의 게릴라전을 얼마든지 유리하게 만들어 주었다. 게릴라뿐만 아니라 도정(島政)을 맡고 있던 관리들 중에도, 거의 태반이라 할 수 있는 숫자가 좌익 계열이어서 도민들을 선동하고 통솔하는 일에 더욱 박차를 가할 수 있었다는 것이 밝혀졌다.

제주도는 완전히 남로당의 전라남도 위원회의 손속에서 좌우되고 있었다. 그들이 조직한 합동노조, 농민위원회, 민주 여성위원회와 군사부(軍事部)가 있었고, 군사부 밑에 인민해방군이라는 것이 조직되어 각 읍, 면이 중대(中隊)를 편성할 만큼 치밀했다.

그들은 경찰관과 그 가족을 닥치는 대로 죽이고 관리나 민간인을 참살한 것만도 1백여 명에 이르렀는데, 그것으로도 모자라 유격대원들에게 현상금을 내어 걸었다. 순경 하나에 1만 원, 경사 급 2만 원, 경위 이상 3만 원,

그리고 경찰 유력자를 살해하면 1백만 원이라는 식으로 현상금을 걸었다. 그리고 그들은 매일 밤 민간 부락을 습격 약탈하는 것을 일삼았다. 남단으로 빠져 외따로 떨어져 앉은 섬에서 일어나고 있는 일이었지만, 결코 강 건너 불이 아니었다. 진압 군대가 파견되었지만, 그렇게 간단하게 아물릴 수 있는 상처가 아니었다.

도대체 이러한 상처가 생겨나지 않으면 안 될 원인이 어디에 있는가. 헤아릴 수 없는 침략의 칼 끝, 유린당하고 짓밟히던 발밑에서도, 국토는 오그라들었을망정 민족이 스러진 일이 없었던 이 땅에서 이제 가까스로 일본의 독아(毒牙)에서 놓여나자, 동족끼리 찌르고 쏘고 파괴하며 피 흘리는 이 끔찍한 일들이 왜 꼬리를 물고 일어나야 하는가? 지금은 부분(部分)적으로 일어나고 있는 정도지만 이것이 장차 무엇을 불러오려는 것인가. 소련은 제주도를 본거지로 북한과 연계된 한 국가를 만들 속셈으로 일찌감치 빨치산 일당을 투입했다. 북쪽에서는 쳐내려오고, 제주도에서는 바다를 건너 육지로 치올라 한반도를 적화통일 시키려던 계략이었다. 풀뿌리 양민(良民)이 무엇을 짐작할 수 있었겠는가….

우리들 젊음은 제주도 사태로 또 한 번 일격을 맞고 시퍼렇게 멍든 마음으로 그 난만한 봄을 오히려 고통스러워했다.

삼팔선을 넘어 올라갔던 백범과 김규식 선생은 결국, 인민 공화국정부수립을 획책하고 있던 김일성에게 이용만 당하고 허명무실하게 돌아왔다. 그들은 북쪽으로부터 세 가지 공약을 받아 내었다고 했다. 첫째 북한에서 남한으로 송전(送電)을 계속한다. 둘째 연백(延白) 저수지를 개방하겠다. 셋째 조만식(曺晩植)선생의 월남(越南)을 허용하겠다는 세 가지 약속을 받아 가지고 왔다고 발표했지만, 그것이 얼마나 믿기 어려운 약속인가는 어린아이까지도 알 만한 일이었다.

해방된 조국은 가난했다. 보릿고개가 되면 고향을 떠나는 사람들이 늘어났으나 고향을 등지고도 입에 풀칠시켜 줄 곳이라고는 찾아갈 만한 곳이 있을 리 없었다.

우리는 먹고 싶은 것을 마음 놓고 배부르게 먹어 본 일이 별로 없었다. 입고 있는 것은 허름한 것뿐이었다. 그나마 전차(電車)는 사대문 안에만 다녔다. 밤에는 전기 구경을 그저 잠깐 할 뿐이요, 양초도 귀해서 등잔이나 남포를 쓰는 것이 상례였다. 하지만 우리를 더욱 비참하리만큼 허기지게 만드는 것은 나라와 민족에 대한 신념과 미래를 찾아보기 어렵던 상황이었다. 도무지 원인을 알 수 없는 그 분열(分裂)의 양상에 대한 분심이었다. 그래도 우리는 젊음을 합쳐 무엇인가를 다독거려 보자고 했다. 이따금 기독학생회끼리 모여 기도회도 가졌고, 농번기 농촌봉사, 전도, 그리고 의료반을 꾸려서 우리의 힘이 닿는 자리까지 찾아가고는 했다.

*

5월 초 어느 날, 화신 뒤쪽에 있던 태화관 근처에서 모임을 갖기로 되어 있어 시간보다 좀 일찍 나가 앉았던 나는 얼굴이 벌겋게 달아 가지고 들어서는 김영주를 보고 깜짝 놀랐다.

영주는 다른 친구들의 인사를 받는 둥 마는 둥 곧장 내게로 달려들 듯 다가왔다. 이게 또 무슨 일인가 싶어서 바짝 긴장이 되었지만, 마음속으로 아무리 급하게 둘러보아도 무엇 그럴 만한 것이 짚이지 않아, 나는 좀 어색해 하며 마주 일어났다.

"저하고 잠깐 밖으로 나가 주시겠어요?"

영주는 거두절미하고 그 총명하고 예쁜 눈을 번들번들 빛내 가며 나를 똑바로 바라보았다.

"아니, 무슨 일로… 이제 곧 약속 시간이 다 되는데… 무슨 일입니까?"

"글쎄, 잠깐이면 돼요."

너무도 서슬이 시퍼런 영주의 태도에 좀 당황스럽기도 했고 이미 와 있던 친구들에게 부끄러운 생각도 일어서 적잖이 당황하며 방 안 사람들을 둘러보았다. 그제서야 영주는 자신의 격한 태도를 좀 지나쳤다 여겼는지 애써서 숨을 가다듬으며 웃음을 띠었다.

"죄송합니다…. 그런데 저를 좀 도와주셔야 할 일이 있어서 그래요. 잠깐만 함께 나갔다가 와 주세요."

그러자 방 안에 있던 친구 하나가 소탈하게 웃으며 참견을 했다.

"거 미인이 그렇게 초청하는데 선뜻 나설 일이지 원… 왜 그렇게 사람이 굼뜨오? 냉큼 앞장서시오!"

다른 친구들은 소리 내어 따라 웃었고 영주는 앞장을 서서 나갔다. 건물 밖으로 나오자 무르익은 봄날 오후의 햇살이 무거울 만큼 이마에 얹혔다. 눈이 부셨다. 영주가 받쳐 입은 물빛 저고리가 아니었다면 그가 입고 있는 벨벳 치마가 무거워 보일 뻔했다.

"도대체 무슨 일입니까?"

나는 좀 화가 나 있었다.

"가보시면 알아요."

영주는 영주대로 조금도 양보할 기색 없이 새침해져서 말했다.

"이런 태도는 좀처럼 이해를 할 수가 없는데요? 도대체 왜 그렇게까지 화를 내고 있는 겁니까? 영문이나 알아야 무얼 어떻게 해볼 게 아닙니까?"

"가보시면 알아요. 그리고 나를 이해하시고 동정해 주실 거예요. 나는 지금 화를 내고 있는 게 아니라 슬퍼하고 있어요."

그러나 그는 그 말과는 달리 격렬하게 화가 나 있음이 분명했다. 나는 입을 다물었다. 무슨 일인지 알 수 없지만 하여간에 그가 가자는 곳엘 가보고 난 뒤에 따끔하게 따지든지 무슨 조치를 취하리라 벼르면서 묵묵하게 걸었다. 영주는 인사동 네거리에서 종로 2가 쪽으로 나 있는 남쪽 길로 걸어

내려갔다. 전차 길에 이르자 왼쪽으로 꺾어지더니 파고다 공원 안으로 들어갔다. 누구를 기다리게 해놓고 왔던 사람처럼 서슴없이 들어갔다. 공원 안에는 나무 그늘마다 사람들이 뭉쳐 앉아 있는데 웬 난데없는 북소리가 둥둥 울리고 있었다. 영주는 그 북소리 나는 쪽을 향해 걸음을 빨리 했다. 어찌나 빨리 걷던지 종종걸음으로 뒤쫓아야 했는데, 13층탑이 바라보이는 팔각정 앞에 이르자 영문도 모르고 걸음을 빨리했던 나는 한눈에 모든 것을 알아차리고 걸음을 멈추지 않을 수 없었다.

맹의순이 그곳에 있었다. 멜빵을 한 북을 목에 걸고 북채를 익숙하게 휘두르며 그는 외치고 있었다.

"회개하십시오! 천국이 가까웠습니다. 주 예수를 믿으십시오. 그리하면 당신과 당신의 집이 구원을 얻을 것입니다!"

그의 옆에는 학생들이 십여 명 둘러서 있었다. 그들은 각기 한 줌씩 되는 전도지를 들고 서서 목청껏 찬송가를 부르기 시작했다. 나는 한자리에 못 박힌 듯 서서 그들을 바라보았다. 학생들은 한 곡의 찬송가를 끝내자 전도지를 돌리기 위하여 흩어졌다. 홀로 남은 맹의순은 여전히 북을 치며 외쳤다.

"회개하십시오! 여러분, 회개하십시오. 소돔과 고모라의 멸망이 다시 이르기 전에 회개하십시오. 하나님께서는 이 땅에 복을 주시어 해방을 선물로 주셨지만 우리는 감사치도 아니하고 겸손해질 줄도 모르며 서로 죽이고 피를 흘리며 파괴만 일삼고 있습니다. 예수께서 말씀하셨습니다. 너희가 만일 회개치 아니하면 남의 제물에 피를 섞어 주게 될 것이오, 망대에 치여 죽는 사람처럼 망하리라 하셨습니다. 회개하십시오! 회개하십시오! 이 땅에서 벌어지고 있는 오늘의 이 사태를 하나님께서 용서치 않으실 것입니다. 회개하십시다, 눈물로 감사를 올리며 회개하십시다!"

5월의 눈부신 햇빛 속에 홀로 서서 북을 치는 사람. 먼지와 소음(騷音)으로 범벅이 된 도회지 한복판에 서서 홀로 외치는 사람. 철 지난 옷을 아직 무겁게 입고 땀을 흘리면서도 그의 얼굴은 단정하고 깨끗했다. 아, 그의 목소리는 어찌 그렇게 우렁차던고. 그 부드럽고 낮은 음성 어디에 저런 힘이 있었던고. 그러나 거리는 그를 외면했다. 사람들은 픽픽 웃거나 무관심했다. 그는 광야에 홀로 서 있는 사람이었다. 약대 털옷에 가죽 띠를 띠고 메뚜기와 석청(石淸)을 먹으며 외치던 요한이었다. 그때의 사람들은 예루살렘과 유대와 요단강 사방에서 몰려들어 다투어 가며 예수께 세례를 받았으나, 지금은 그의 앞으로 다가가는 사람이 없었다.

영주는 나를 돌아보았다. 영주의 눈과 마주친 순간 나는 섬뜩할 만큼 갑자기 영주가 낯설다고 느꼈다. 이 여자가 누구인가. 왜 나를 돌아다보는가. 영주는 눈물을 글썽이며 말했다.

"보셨지요? 저분이 왜 저렇게까지 하고 나서야 하나요? 저렇게까지 현실을 무시해버린 뒤에 저이에게 남는 것이 무엇일까요? 왜 스스로를 저렇게까지 묶어 끌고 가야만 하지요?"

나는 힘주어 눈을 똑바로 떴다. 그리고 분명하게 말했다.

"저것은 맹의순 그 사람이 찾은 자유입니다. 감히 누구도 쉽게 흉내 낼 수 없는 놀라운 자유입니다. 그가… 그의 길을 가도록 하십시오. 그는 그의 길을 처음부터 홀로 찾아가고 있었습니다."

나는 영주로부터 눈을 돌려 다시 북을 치고 있는 맹의순을 바라보았다.

"주 예수를 믿으십시오! 그분이 주시는 평화는 그 누구도 건드리지 못합니다. 재난이나 전쟁이나 죽음까지도 그 평화를 빼앗지는 못합니다. 주 예수를 믿으십시오!"

광야의 소리. 암살자들의 총성이 엇갈리는 광야. 살육이 자행되는 광야. 폭동과 파괴로 짓밟히는 광야. 피로 물든 광야 한복판, 서울 종로 한 길에 서서 목숨껏 외치는 요한이었다. 광야의 소리였다.

영주는 등을 돌리더니 아무 말 없이 걸었다. 우리가 모일 장소로 가는지 아니면 다른 곳으로 가는지 알 수 없었으나 나는 뒤따라갈 생각이 없었다. 맹의순이 외치고 있는 소리가 북소리보다도 더 크게 내 가슴을 쿵쿵 울리고 있을 뿐이었다.

*

남대문 교회 중등부의 노방(路傍) 전도는 화젯거리가 되었다. 맹의순의 북소리는 이곳저곳에서 울렸다.

북쪽에서 고향을 등지고 무작정 흘러 내려온 사람들이 막막한 얼굴로 당도해 있는 서울역 광장에서도 자주 울렸다. 초췌한 지게꾼들, 갈 곳이 없어 남루한 짐 보따리에 기대어 앉아 있는 사람들, 유랑민의 무리가 되어 있는 사람들, 초조해 하며 서성거리는 사람들 가운데 서서 그는 북을 치며 외쳤다.

"우리가 눈에 보이고 손에 잡히는 것만을 쫓아 달려가겠습니까. 눈에 보이고 손에 잡히는 그것은 일시적인 것입니다. 우리가 찾아야 하는 것은 눈으로 볼 수 있는 그것이 아닙니다. 지금 우리 눈에는 보이지 않지만 손에는 잡히지 않지만 예수가 우리와 함께 계시다는 것을 믿으십시오. 그 나라는 일시적인 것이 아닙니다. 지금 보이지 않지만 그 나라만이 영원한 나라인 것을 믿으십시오. 예수의 영, 예수의 눈, 예수의 손에 의지하면 영원한 그 나라로 들어갈 수가 있습니다. 해방을 선물하신 하나님을 욕되게 만드는 이 백성이 멸망을 면하려면 예수 그분의 손을 잡아야 합니다!"

사람들은 냉담했다. 굶주리고 헐벗은 사람들은 오히려 화를 냈다. "미친 놈! 예수가 밥 주나? 아마 저는 하루 밥 세 끼 꼬박꼬박 먹는 놈이겠지? 뱃속에서 쪼르륵 소리가 나봐, 예수 외칠 힘이 어디서 나는가?" 그런 소리를 들은 맹의순은, 노방 전도를 나가는 날에는 아무도 모르게 금식했다.

그는 마포강 뱃머리에 서서 사자후를 토했다. 그리고 그들은 금주(禁酒)

금연(禁煙)을 외치고 다녔다. 우리 스스로 자각하여 허리끈을 졸라매지 않으면 가난을 극복할 길이 없다는 것을 계속해서 부르짖었다. 맹의순의 노방전도는 계속되었고 그를 알고 있는 주변 사람들 사이에서 조금씩 부정적인 반응이 일기 시작했다.

'오직 성령이 너희에게 임하시면 너희가 권능(權能)을 받아 예루살렘과 온 유대와 사마리아와 땅 끝까지 이르러 내 증인이 되리라.' 하신 예수의 말씀이 이루어지고 있다고 믿는 사람은 드물었다.

"좀 지나쳐…."

"요즘 세상에서 그 방법이 통하겠나?"

"못 배운 사람도 아니고 그게 웬일이야? 길에서 북쳐가며 예수를 믿으라고 외치다니…."

"한자리에 서서 치는 줄 알아? 그들은 떼를 지어 걸으면서도 그렇게 한다네. 원 믿으려고 하던 사람들도 다 도망가겠더군."

"그 아이들은 또 웬일이야. 즈이 선생이라는 사람보다 한 술 더 뜨데?"

"밤낮 같이 살다시피 한다니까. 새벽 기도 끝나면 세브란스 환자실로 달려가고, 학교에서 끝나도 집으로 가는 애들이 별로 없대요. 교회에 모여서 성경공부하고 성가연습하고 끝이 없대요."

"매주 금요일마다 철야하는 건 어쩌구?"

"애들 부모들이 가만있나?"

"왜 가만있겠어? 펄펄 뛰는 부모도 많다더군."

"그런데도 남대문 교회 중등부는 벌써 300명두 더 넘었다는군…. 별 일이지…."

"그런데 그 맹 선생이란 사람도 대단하지. 그 힘이 다 어디서 나와? 아직도 신학생이라는데 제 공부도 하고 있을 게 아냐? 그런데 아무리 몸을 바쳤다기로서니 어떻게 그렇게 꼬박 그 일만 할 수 있을까?"

"사람은 양순해 보이더구만 끈기가 소 같은 사람인가 보데. 별로 소란한 사람이 아닌데 일을 극성스레 해내고 있잖아? 이상하게도 말이지 그 집안에서 생떼 같던 네 식구가 불과 몇 년 사이에 턱턱 쓰러졌다는데 그런 참변을 겪고도 무슨 예수전도 힘이 그렇게 솟구친다는 겐지… 하여간 괴짜야 괴짜…."

교인들까지도 그가 하는 일을 구경만 했다. 특히 지식층에서는 눈살을 찌푸렸다. '현대 사회 속의 교회가 할 역할이 그런 게 아니다.' '그런 방법으로 전도가 된다고 믿고 있다니, 꼭 자기 혼자 예수 믿는 사람 같더구먼.'

그러나 맹의순과 학생들은 더도 덜도 안하고 자기네들끼리 출발할 때부터 약속했던 것을 묵묵하게 그리고 착실하게 지키며 계속 노방 전도를 실천해 나갔다.

김영주의 태도에 변화가 왔다.

나와 마주치게 될 때에도 찬바람이 일었다. 파고다 공원 사건 이래 다시 만나서 이야기할 기회가 없었다. 아니, 그것을 영주는 피하고 있는 눈치였다. 그렇다고 내 쪽에서 만날 기회를 만들 일도 없었기에 약간은 서먹하고 꺼림한 대로 지낼 수밖에 없었다. 그러나 시간이 흐르면서 내 속에서 고개를 치켜드는 것은 '영주가 그렇게까지 충격을 받을 일이 무엇이야? 저도 크리스천이라고 자처하는 처지에. 더구나 자기 아버지는 장로요, 몇 대째 신앙을 지키는 가정이라고 내세우면서… 무슨 수치스러운 일을 저지른 사람 취급을 하는 그건 무어야? 그런 심사를 가졌으면서 그 친구를 사랑한다고? 포기할 수 없다고? 그가 맹의순의 무엇을 사랑한다는 이야기인가? 맹의순의 무엇을 아끼고 이해한다는 것이란 말인가?' 그러나 한편, 차제에 잘되었지 싶기도 했다. 어차피 어울릴 수 없는 사람들이었다면 어떤 형태로 돌아서는 것이건 그 친구는 그 친구대로 홀가분해진 일이요, 영주는 영주대로 다행스럽게 된 일이라는 생각도 들었다.

＊

　옆에서야 누가 무어라 하든 맹의순은 여일했다. 한 그루 청청한 나무와 같았다. 소리 없이 저 살 것 묵묵하게 살고 있는 나무였다. 해가 나면 나는 대로 감사하고, 비가 내리면 내리는 대로 은혜롭고, 바람이 불면 부는 대로 뿌리를 든든히 하고, 가물면 가무는 대로 견디면서, 키도 크고 가지도 뻗으며, 잎이 무성한 여름과 알몸으로 겨울을 맞는 계절에도 묵묵하게 제 몫을 살아내는 한 그루 나무였다.

　좋으면 빙그레 웃고 괴로우면 눈을 감는 것으로 전부인 사람. 그의 옆에 있을 때나 그를 생각할 때면 '눈에 보이는 것만을 사랑하려는 우리 마음을 돌이켜, 보이지 않는 곳으로 향하게 한다'는 토마스 아 캠피스의 말이 늘 떠올랐다. 그는 우리가 아직 볼 줄 모르는 그 무엇을 분명하게 바라보며 오직 그것만을 향하여 한 걸음으로 걸어가고 있는 사람임에 틀림없었다. 안타까운 것은, 그는 어떻게 그것을 볼 수 있었으며, 나는 왜 아직도 그것을 볼 수 없는가 하는 일이었다.

　'우준(愚蠢)하여 지각(知覺)이 없으며 눈이 있어도 보지 못하며 귀가 있어도 듣지 못하는 백성이여.'(예레미야 5장 21절)

　나는 예레미야서에 있는 그 말씀을 떠올리며 혼자 가슴을 쳤다. 지각이 있으면 바로 그것을 보고 들을 수 있겠는데…, 그 지각이란 무엇인가? 그 지각이 어디서부터 오는 것인가? 어디서부터 주어지는 것인가.

　토마스 아 캠피스는 그 문제에 대하여 이렇게 기록했다.

　'사실 우리는 눈이 있어도 보지 못합니다. 이는 우리의 관심을 오로지 일반적인 것과 특수한 것들에게만 두기 때문입니다. 영원한 말씀 자체이신 예수님께서 하시는 말씀을 듣는 사람에게는 분명치 못할 일이 있을 수 없습니다. '만물이 그 말씀으로부터 지음을 받았고'(요한복음 1장 3절) 또 만물은 그를 보여 주고 있습니다. 그는 만물을 지으신 창조주이시며 그분이 또 우리에게 말씀하십니다. 그분 없이는 만물을 이해할 수도 없거니와 바로 판단할 수도 없습니다. 만물이 그에게는 하나요, 만물을 그분에게 돌아가게 하시고 또한 그이를 보는 것같이 만물을 보는 분은 그 마음에 요동함이 없고 또 하나님과 화평을 가지게 됩니다.'

내 친구 맹의순이나 토마스가 보는 것은 동일한 것이리라. 그들은 곧 하나요, 시간과 공간을 초월하여 일치되는 것 안에 함께 있는 사람들일 것이다. 그런데 나는 왜 그 일치에 속하지 못하는 것일까? 그것이 안 되어 있다는 것만은 자명했으나 왜 안 되는지에 대해서는 알 길이 없었다. 나는 무엇을 보고 있는 것일까? 무엇을 좇고 있는 것일까? 내가 지금 보고 있고, 내 눈으로 확인하고 있는 그것에서 무엇을 얻고 있는가? 그것이 과연 절대적인 것이며 영원한 것이란 말인가? 아니, 도대체 영원이란 무엇인가? 인간은 왜 영원한 것을 동경하는 것인가? 영원을 동경하여 좇아가고 있는 인간들은 영원이 무엇이라는 것을 과연 분명하게 알고나 있다는 말인가?

나는 영원(永遠)이 무엇인지를 알 수가 없었다. 다만 '나'라는 것이 한 순간도 머무르는 일 없는 변화 속에 있다는 것밖에 분명한 것이 없었다. 그 끝없는 변화 속에 있다는 것밖에 분명한 것이 없었다. 그 끝없는 변화의 어느 끝 부분에 영원이라는 것은 있는 것인지…. 그런데 영원이라는 것이 무엇인지 분명하게 모르면서 왜 모두가 그것을 동경하는 것일까?

인간이 유한(有限)한 존재임을 알기 때문일까. 그런데 왜 유한해서는 안 된다는 것일까? 왜 유한함을 두려워하는 것일까? 인간이 유한해서 안 될 일도 없지 않은가? 왜 무서워하는가? 나도 그것을 무서워하고 있는가? 그랬다. 그 공포는 생명의 뒤쪽에 있었다. 생명의 뒷면이었다. 생명의 크기만 한 그림자도 함께 붙어 있었다. 무릇 생명 있는 자에게, 생명이 생명인 줄 아는 자에게 그것은 끝없는 불안이요, 공포요, 위협이었다. 그것이 바로 존재(存在)에의 실증(實證)처럼 그렇게 분명한 것이다. 인간은 그 공포를 딛고 서서 영원을 향해 발돋움한다. 그리워하면서도 동경하면서… 실은 영원이 무엇인지를 분명히 알지 못하면서도….

왜 그토록 영원을 그리워하는가. 내게는 그것이 의문이었다. 그 문제를 오래 두고 천착했다. 그러다가 내 나름으로 정리를 해보았다. 우리의 의식 속에서 인식의 힘으로 영원을 증명할 수는 없지만 인간은 원래 영원 속에 존재하던 자였으리라는 것. 그래서 인간은 그 본질이 영원을 알게 되어 있고 그래서 영원을 끊임없이 동경하게 되는 것이라는 그 본질이 영원에 있으면서도 무슨 까닭으로인지 그것이 끊어져, 인간은 지금 그 끊어진 자리의 아픔을 겪고 있으면서 그 본질적인 것을 향하여 목을 길게 늘여 빼고 하염없이 그리워하고 있는 것이 아닌가, 친구 맹의순이나 토마스 아 캠피스 같은 분이 바로 그 영원과 이어지는… 영원으로 이끌어 주는 그 무엇과의 일치를 이루고 있는 것이 아닐까. 그들은 그것이 예수라고 말하고 있다. 아니 생명을 다 바쳐 그것을 증거하고 있는 것이다.

그런데 나는 그것을 믿는다 하면서도 실상은 내가 그 안에 들어가 있는 것이 아니다. 그 사실이 내게는 어마어마한 고통이었다. 믿음이 무엇인가? 믿음이란 정말 무엇이란 말인가?

나는 믿고 있다고 하는데 과연 무엇을 믿고 있다는 말인가?

믿음이 무엇인지 알 수가 없어졌다. 드디어 그 모든 것들이 두려워지기 시작했다. 이러다가 내가 미쳐버리는 게 아닐까 겁이 났다. 맹의순은 맹의순이고 나는 나지. 토마스 아 켐피스는 또 토마스 아 켐피스일 뿐이지. 내가 어떻게 그들과 똑같아질 수 있다는 말인가? 아니 똑같아져서도 안 될 일이다. 모르겠다. 당분간 이 문제에서 좀 떠나 있어 보자.

나는 그 한여름을 신앙의 문제에서 떠나 머리를 식힌다는 명목으로 이곳저곳 떠돌아다니면서 세월을 보냈다. 학교의 기독학생회 일도 등졌고, 각

대학에서 선발된 기독청년회에도 참가하지 않았다. 농촌지도, 농촌전도, 의료봉사, 벽촌의 여름 성경학교 일 등 쌓이고 쌓여 있는 일을 전부 모르는 체했다. 친구에게 엽서를 한두 번 띄웠지만 그것도 내가 지금 어디에 있다는 정도의 성의 없는 것이었을 뿐이다. 나는 마음 붙일 곳이 없어 한없이 비감해하며 정처 없이 떠돌아 다녔다.

해방된 지 만 3년이 되어 오는 동안에 나라는 나라대로 출렁거리고 비틀거리며 끝없이 멀미를 하고 있고, '이것이다!' 하고 붙잡을 만한 줄기가 단 한 가닥도 보이지 않을 만큼 혼미할 뿐이었다. 계속해서 살상(殺傷)이 일어나고 이 땅에 피가 마를 겨를이 없는 것을 지켜보는 수밖에 우리가 할 일이 아무 것도 눈에 띄지 않았다.

*

남한(南韓)만의 총선거인 5·10선거를 치르기에 이르렀다. 무슨, 무슨 정당하며 정당 전시회처럼 무수하게 난립한 정당들이 제각기 들고 일어났다. 너도 나도 어깨 짓을 하고 나선 정치가들이 의석을 차지하는 것으로 일단락을 보았다. 유권자 788만 명 중 투표율 91%. 개표 결과, 이승만이 주도하는 대한독립촉성국민회가 247명 출마에 55명 당선, 김성수(金性洙)의 한국민주당이 100명 출마에 28명 당선, 이청천이 이끄는 대동청년단이 90명 출마에 11명 당선, 그리고 이범석의 민족청년단이 6명, 조민, 한독, 공화, 노총 등이 각각 몇 명씩 당선되었고 무소속으로 366명이 입후보하여 85석을 차지했다.

5월 31일 제헌 의회가 막을 올렸다. 7월 2일, 국회는 헌법 정부 조직법을 통과시켰다. 7월 17일에는 국호를 대한민국으로 정한 국회가 헌법을 공포했다. 7월 24일 대통령 이승만, 부통령 이시영(李始榮)으로 당선 결정, 그리고 8월 15일에는, 해방 3년 만에 대한민국 정부 수립을 세계만방에 알렸다.

10

 가을 학기가 시작되면서 학기 초의 분주스럽던 일들이 거의 자리가 잡힐 무렵이면 나뭇잎들이 푸른빛을 잃고 제각기 제 빛으로 물들기 시작한다. 그러면 한여름 더위에 잠깐씩 밀어붙였던 일들이 여기저기서 나도 나도 하며 얼굴을 들고 다가온다. 어느 날 맹의순은 그 얼굴 중의 하나가 되어 학교로 나를 찾아왔다. 그의 뜻밖의 출현이 우선 반가워서 반색을 하지 않을 수 없었다.
 "웬일이야?"
 "가을 숲이 보고 싶었어."
 "자네한테도 가을이 있었나?"
 자칫 비꼬인 내 말에 그는 빙긋이 웃으며 대답했다.
 "가을이 필요이상 많지. 너무 깊어서 혼자 감당할 수가 없을 것 같아서 좀 나누어 줄까 해서 왔지."
 우리는 오랜만에 숲으로 갔다. 다람쥐가 날쌘 몸으로 나무 등걸을 타고 오르는 것을 보면서 두 사람은 동시에 걸음을 멈추고 서서 즐겁게 웃었다. 도토리는 아직 푸른 기가 덜 가신 채 나무에 매달려 있는데 다람쥐는 무얼 찾아 먹을까? 숲에는 평화가 있었다. 순응(順應)이 있었다. 움트고, 힘차게 뻗어나고, 물들고 또 낙엽 지는 질서의 선한 아름다움이 있었다. 앉을 자리를 찾자 내가 먼저 입을 열었다.
 "요즘도 노방 전도를 여전히 다니고 있나?"
 "응."
 그의 대답은 천진했다.

"그것… 그만둘 수 없겠나?"

"왜?"

그는 놀란 얼굴로 나를 바라보았다. 그것은 어린애의 얼굴이었다.

"학교 공부도 있고 그 밖에 할 일도 많잖아? 꼭 그걸 그렇게 해야 해?"

"모르겠어. 그냥… 마음이 뜨거워. 그렇게 해야만 할 것 같아. 내가 마음을 지어먹고 하는 건 아냐… 자꾸 맘속에서 밀어내는 무엇이 있어서야. 왜? 그게 안 좋게 보여?"

"영주도 결국은 자네의 그 모습을 먼발치로 보고는 아주 돌아서버린 거라네."

그는 꾸중들은 아이 같은 얼굴이 되어 고개를 숙이더니, 누릇누릇 말라가기 시작하는 풀밭을 하릴없이 쓰다듬기만 했다. 그 순간 나는 문득 진실(眞實)이 겪지 않으면 안 되는 외로움을 보았다. 이해 받지 못하는 외로운 모습을 보았다. 내가 부당한 편에 가담하여 그를 몰아붙이고 있다는 생각도 들었다. 아, 이걸 어쩌나, 내심 당황하고 있는데 그가 천천히 고개를 들더니 맑은 시선을 내게 건넸다.

"그 일이… 그렇게 좋지 않게 보였어?"

"아니 좋지 않다기보다…, 전도(傳導)의 방법이 그것밖에 없겠느냐는 거야."

"그건 누구의 의견이야? 어느 다른 사람의 생각이야, 아니면 자네의 생각이야?"

나는 답변할 길이 없었다. 지금까지 나 자신도 다 깨닫지 못하고 있던 자신의 비겁성이 갑자기 적나라하게 튕겨져 나온 것 같아서 황망해 했을 뿐이다. 처음에 영주에게 끌려 파고다 공원에서 그의 노방전도 일행을 발견했을 때, 나는 분명 감동했었다. 그리고 그의 신앙과 실천에 대하여 부러워했었다. 그런데 그 뒤 몇몇 사람으로부터 그 일이 그다지 바람직한 일이 못 된다는 부정적인 이야기를 들으면서 어느 사이엔가 나도 슬그머니 그 쪽 자리에 끼여 앉은 꼴이 되고 만 것이다. 나는 내 몰골이 하도 초라하게 느껴져서 화가 났다. 스스로에게 화를 낸다는 것이 그를 향한 퉁명스러운 말이 되었다.

"자네야 자네 소신대로 하는 사람인데 뭘 물어? 하지만 별스럽게 구는 건 나도 반대야!"

"보기에는 좋지 않을는지 몰라도 방법이 없어. 그리고 시간도 없는 걸…. 때가 급해."

"왜 자네 혼자만이 그때가 급하다고 생각하지? 모두들 그런대로 지내고 있는데."

"나 혼자만 그렇게 생각하고 있는 건 아닐 거야. 어느 곳에서인가 누가 또 그렇게 외치고 있을 거야."

"그때라는 것이 무엇을 위한 때라는 거야?"

그는 두 손에다 얼굴을 묻으며 괴로워했다.

"몰라…, 하지만 급해. 그렇게 하지 않고는 견딜 수가 없을 뿐이야."

그는 가방에서 성경책을 꺼내더니 예레미야서 25장이 있는 곳을 펼쳐서 내게 내밀었다. '이같이 내게 이르시되 너는 내 손에서 이 진노(震怒)의 잔(盞)을 받아 가지고 내가 너를 보내는 바 그 모든 나라로 마시게 하라. 그들이 마시고 비틀거리며 미치리니 이는 내가 그들 중에 칼을 보냄을 인함이니라.

그 양(羊)의 우리를 향하여 크게 부르시며 세상 모든 거민(居民)을 대하여 포도 밟는 자같이 외치시리니 요란한 소리가 땅 끝까지 이름은 여호와께서 열국(列國)과 다투시며 모든 육체를 심판하시며 악인(惡人)을 칼에 붙이심을 인함이라 하라.

나 만군의 여호와가 말하노라. 보라 재앙(災殃)이 나서 나라에서 나라에 미칠 것이며 대풍(大風)이 땅 끝에서 일어날 것이라. 이 날에 나 여호와에게 살육(殺

戮)을 당한 자가 땅 이 끝에서 땅 저 끝에 미칠 것이나 그들이 슬퍼함을 받지 못하며, 염습(殮襲)함을 입지 못하며, 매장(埋藏)함을 얻지 못하고 지면(地面)에서 분토(糞土)가 되리로다.

　너희 목자들아, 외쳐 애곡(哀哭)하라. 너희 양떼의 인도자들아, 재에 굴라. 이는 너희 도륙(屠戮)을 당할 날과 흩음을 당할 기한(期限)이 찼음인즉 너희가 귀한 그릇의 떨어짐같이 될 것이라. 목자(牧子)들은 도망할 수 없겠고 양떼의 인도자들은 도피할 수 없으리로다. 목자들의 부르짖음과 양떼의 인도자들의 애곡하는 소리여. 나 여호와가 그들 초장(草場)으로 황폐케 함이로다. 평안한 목장들이 적막하니 이는 여호와의 진노의 연고로다. 그가 사자(獅子)같이 그 소혈(巢穴)에서 나오셨도다. 그 진멸하는 자의 진노와 그 극렬(極烈)한 분(忿)으로 인하여 그들의 땅이 황량하였도다.'

　나는 그가 지적한 대목을 다 읽고 퉁명스럽게 말했다.

　"이건 유다, 이스라엘의 역사야. 바빌로니아에게 정복당했던 유대의 역사야."

　친구는 두 손에 얼굴을 묻은 채 말했다.

　"주님은 모든 역사를 지배하셔, 요즘 이 땅에서 벌어지고 있는 일들은 하나님께서 주시는 진노의 잔을 마시기에 꼭 좋은 것들뿐이야. 기도할 때마다 널려 있는 시체가 보여… 황폐해진 땅이 보여. 아무리 지우려 해도 지워지지 않아서 두렵고 괴로워…."

　그는 그 환상을 지워 보려는 듯 두 손으로 얼굴을 감쌌다.

　나에게 잠깐 동요가 일었으나 내 속에서 엉겨 몰아가던 갈등을 빗질할 겸 마음을 가라앉히고 여유 있게 입을 열었다.

　"무언가 우리 나름으로 해낼 일이 없을까? 젊은이다운 어떤 일…. 우리가 하지 않으면 안 될 어떤 일. 우리만이 해낼, 보다 귀중한 것 말일세. 이를테면 나라를 위한, 보다 큰 어떤 정의(正義)라든가 보다 많은 사람이 잘 살

수 있는 어떤 방향을 잡는 것… 사회 정의를 위한 투쟁이라든가… 그런 것 말일세."

"정의?"

그는 두 손으로 감쌌던 얼굴을 들어올렸다. 그의 반문은 반문이 아니라 고뇌였다. 그는 얼굴을 다시 숙이고 띄엄띄엄 말했다.

"정의는 지금도 너무 여러 사람이 부르짖고 있지. 또 정의를 위해서라고 하면서 칼을 쓰고 총을 쏘며 피를 흘리고 있어. 나는 정의만을 위해 싸운다는 사람들을 볼 때 세례 요한을 자주 생각하게 되더군. 광야의 사람… 약대 털옷에 가죽 띠를 띠고 메뚜기와 석청만으로 살던 광야의 사람. 예수를 하나님의 아들인 줄 알아보았고 그에게 세례를 드렸으며, 그를 향하여 세상 죄를 지고 가는 하나님의 어린 양이라고 자신 있게 말한 사람이지. 예수님의 외가(外家) 쪽 친척에다, 주의 길을 곧게 하라고 광야에서 외치는 자의 소리가 된 사람이 요한이야. 예수를 알아본 그는 불같은 말로 예수를 증거했어. '그는 성령과 불로 너희에게 세례를 주실 것이요 손에 키를 들고 자기의 타작마당을 정(淨)하게 하사 알곡은 모아 곡간에 들이고 쭉정이는 꺼지지 않는 불에 태우시리라.' 했네. 요한이 해낸 일은 인류역사의 분기점이 되는 사건인 거야. 그뿐 아니라 하나님의 경륜 중에 쓰이게 된 인물이기도 하지. 그렇게 분명하고도 놀라운 역할을 했던 그가 무슨 일 때문에 죽게 되었는지 알잖아? 그는 계수(季嫂)하고 살고 있는 헤롯왕을 비방하다가 결국은 그 일 때문에 목숨을 잃지 않아? 윤리적인 문제, 도덕적인 문제를 지적하다가 붙잡혔던 거야. 요한은 그때 사회정의를 생각하고 있었는지도 모르지. 부정(不貞)도 용서할 수 없다, 불의(不義)도 안 된다, 옷 두 벌 있는 자는 옷 없는 자에게 나눠 줄 것이요, 먹을 것이 있는 자도 그렇게 하라고 외쳤어. 그는 사람들에게 소리쳤었지. 이미 도끼가 '나무뿌리에 놓였으니 좋은 열매 맺지 아니하는 나무마다 찍혀 불에 던지우리라.'고 했지, 얼마나 확신에 차 있던 언행이었는지…, 뇌성벽력과 같았을 거야. 아니 그건 사람의 말이 아니었어. 하나님의 사자(使者)였으니까… 그렇게 놀라운 역할을 해낸 그가, 헤롯의 부도덕을 지적하여 낯을 붉혔던 거야. 헤롯의 불륜(不倫)을 꼬집어 독설을 퍼붓고 그들을 자극했어. 그리고 옥에 갇혀 있던 중, 자기 제자들을 예수께로 보냈어. 오실 그이가 당신이냐고 묻게 한 거야. 당신이 오실 그이냐고…. 예수께 세례를 드리고 세상 죄를 지고 가는 하나님의 어린 양이라고 말한 그 사람이, 자기가 옥에 갇히자 오실 그이가 당신이냐고 물어 보라고 했어. 아니면 우리가 다른 이를 기다리오리이까 하는 야박한 질문을 제자들에게 들려 보냈어. 예수께서 대답하셨어. **'너희가 가서 보고 들은 것을 고하되 소경이 보며 앉은뱅이가 걸으며 문둥이가 깨끗함을 받으며 귀머거리가 들으며 죽은 자가 살아나며 가난한 자에게 복음이 전파된다 하라. 그리고 말씀하시기를 누구든지 나를 의심하지 않는 사람은 복된 사람이다.'** 라고 하셨어. 그 분이 요한의 처지를 모르고 계셨을까? 옥에 갇혀있다는 것을, 곧 죽게 되리라는 것을 모르고 계셨을까? 도리(道理)로 따지자면야 의리(義理)만 가지고도 그렇게 모르는 체하실 수가 없는 관계였어. 외가 쪽 친척인 데다가 당신에게 세례를 준 세례자였어. 이스라엘 사람들이 추앙해 마지않던 선지자의 한 사람이었어. 그러한 그가 옥에 갇혀, 이제 머지않아 목 베임을 당할 일만 남았고, 그 제자들이 스승의 안타까운 질문을… 어쩌면 그것은 구원을 청하는 마지막 호소였는지도 모르는데 그 답변은 그들이 가져온 질문의 차원을 뛰어넘은 거였어. '나를 의심하지 않는 사람은 복이 있다.'는 말씀이 전부였어. 사회정의를 들고 헤롯을 상대로 삿대질 하다가 헤롯의 손에 죽는 요한에 대하여 하신 말씀은 그것이 전부였어. 나를 의심하지 않는 사람은 복이 있다고…. 그래, 헤롯의 불륜을 탄핵하던 요한의 정의가 무엇을 남겼는가 생각해보아야 할 거야. 옷 두 벌 있는 자는 옷 없는 자에게 나누어 주어야 하고 먹을 것이 있는 자도 그렇게 해야 하겠지. 그러나 그 행동 이전에 있어야 할 것,

먼저 갖추어야 할 무엇이 있는 것 아닐까…. 우선순위가 되는…."

나는 그의 말에 귀를 기울이고 있었으나, 아무래도 그 내용은 현실과 동떨어진 어떤 낡은 것이 아닐까 하는 선입감을 떨쳐 버릴 수가 없었다. 어쨌거나 성경적인 해석 아니겠는가. 아무리 새롭고 새로운 해석과 새로운 힘으로 펼쳐 보인다 해도 고작 성경적인 것에서 그치는 것이겠지.

우리를 감싸고 있는 가을 숲의 아름다움과는 어울리지 않는 이야기를 하고 있구나 하는 생각이 들어, 나는 다소 늘어진 기분이 되어 별 뜻 없이 물었다.

"그것이 뭐야? 먼저 갖추어야 한다는 그게?"

"사랑이지."

"사랑?"

나는 너무 맥이 빠져 턱을 치켜들고 공허하게 웃었다.

"왜 웃나?"

그는 슬픈 얼굴로 내게 물었다. 나는 그와는 다른 뜻으로 또 슬픈 마음이 되어 대답했다.

"그건 너무 쉽고 흔하고… 또 너무 어려워서 기막히는 대답 아닌가?"

"사랑이 누구의 것이라고 생각하나?"

"물론 각자의 것이지."

"사랑이라는 말이 흔하기는 하지만, 정작, 사랑, 그건 하나님의 것이야. 먼저 그 사랑에 녹아져야 한다고…."

"어떻게 그 일이 가능해?"

"예수. 그분은 하나님 사랑의 피고, 살이고, 뼈요, 영혼이지."

"그러면 정의도 그분에게 있어?"

"그럼, 그분은, 만물이 그로 말미암아 생겼으니까… 우리가 희구하는 그 정의라는 것…, 그거야말로 사랑으로 승화되지 않으면 안 되는 거야. 정의를 자기 잣대로 내세우는 경우, 각자 자기 잇속 쪽으로만 끌고 가게 될 뿐, 그래서 그때마다 새로운 살육이 벌어지지. 사랑은… 역사의식(歷史意識)과 사회의식(社會意識)을 뛰어넘는 거야. 아니 그걸 다 품어 안고 용해시켜서 영원을 아우르는, 참 정의의 힘이 되게 하는 거야. 세상 잣대로 내세우는 정의는 결국은 상대방을 해치고 저 자신도 상처를 입게 되는 것 아닐까? 결국… 인간은 정의라는 것을 내세울 자격이 없는 존재일는지도 모르지. 인간에게 주어진 최종적 기능이란 겸손의 자리를 택하여 무릎을 꿇느냐 그것을 피해 가느냐 하는 한 가지 선택뿐이 아닌가 싶어. 꿇어 엎드리는 그 자리에서 솟아나는 비밀한 생명 샘이 있고 그걸 마실 수 있게 되는 것 아닐까… 내 경우, 아직도 무릎이 뻣뻣해, 무릎이 덜 꺾어지고, 꿇었는가 하면 다리가 금방 저려 와서 떨쳐 일어나게 되고, 의심의 갈증이 나면 다른 무엇으로 목 축일 것이 없나 두리번거리며 한눈을 팔게 되어서 이따금 한심한 상태지만….”

"그래, 노방 전도는 계속할 건가?"

"그건 내가 하는 게 아니야….”

"내가 하는 게 아니라니?"

"내 안에 계시는 분이 하시는 걸세."

나는 친구를 이상하다는 듯 바라보았다. 이 친구가 드디어 어떻게 이상해져 가고 있는 게 아닐까? 사랑하는 누님을 잃고, 형님을 일본에게 빼앗기고, 병마로 어머니와 누이동생을 잃더니 그 견디기 힘든 슬픔과 애통이 이 친구를 짓누르다가 드디어 정상적인 사고력을 잃어버린 것 아닌가? 그에게 더 이야기를 시켜서는 안 되겠어서 자리를 털고 일어났다. 그러나 나를 따라 일어난 그는 나의 어두운 생각과는 달리 편안한 얼굴로 숲을 둘러보았다. 가을 오후의 엷어진 햇살이 나뭇가지에 비껴 내리고, 연두 빛과 물기를 잃어가는 잎들이 메마르게 말려들고 있어도 숲은 아늑하고 고요했다.

그는 홀린 듯이 서서 중얼거렸다.

"자연은 참 아름다워… 그리고 아름다운 것은 모두 하나님의 사랑이야. 그런데… 이렇게 아름다운 것을 바라보고 있으면, 지극한 아름다움일수록 인간은 그 앞에서 슬픔을 만나…. 이상한 일이지."

가을 숲을 바라보고 있는 그의 눈이 눈물에 젖어 있었다.

*

여수(麗水)·순천(順天)반란 사건이 일어난 것은 시월도 하순으로 접어든 10월 20일의 일이었다. 그날, 대통령인 이승만 박사는 맥아더 사령관의 초청을 받고 동경(東京)으로 건너가 있었고, 반란군은 그 틈을 이용하여 대통령이 일본으로 도피했다고 허위 선전을 해댔다.

일단 진압되었던 제주도 반란군이, 소련의 10월 혁명 기념일에 맞추어 다시 대대적인 폭동을 일으켜, 경찰가족 군인가족이 학살당하고 양민이 시달리는 사태가 이어졌다. 세계제2차대전(大戰)말미에 곤죽이 되고 있는 곳은 한반도였다. 2차 대전이 국력대결과 식민지확보를 위한 미친 전쟁이었다면, 전쟁이 마무리 된 시점에서 꿈틀거리기 시작한 것은 이념(理念)대결이었고 한반도는 이념대결의 각축전을 예고하는 지정학적 상황에 말려들고 있었다.

남한정부는 제주도폭동을 진압하기 위하여 여수에 주둔하고 있던 국군 제14연대, 3천여 명 병력에 출동 명령을 내렸다. 그런데 출동준비를 하고 있던 14연대는, 돌연 그 총부리를 여수일대에 돌려 무차별 학살을 시작했다. 중위(中尉)계급의 김지회(金智會)가 통솔하고 있던 남로당원 40명이 군 부대에서 암약하고 있었고, 그들은 출동의 기회를 이용하여 여수시와 순천을 생지옥으로 만들었다.

19일 밤 열 시경 이미 무기고를 점령, 샅샅이 탈취한 반란군은 그 지방

공산당과 합세하여 20일 새벽부터 민가를 습격하고 경찰서에 불을 지르고, 관리들과 우익요원들을 납치해다 가두고, 시민을 상대로 거짓 선전을 했다. 38선이 열리고 개성에 인민군이 진주했다는 내용으로 당장 공산당세상이 온 것처럼 날뛰어 사병들도 그들 명령체계 안에 들어갈 수밖에 없도록 만들었고, 민간인들도 그것을 기정사실화 할 수밖에 없는 상황으로 몰려갔다. 방화, 학살, 파괴, 경찰관서마다 팔이 묶인 채 총살당한 시체가 수십 구씩 한데 얼크러져 있었고, 불탄 버스 속에도 참혹하게 타 붙은 시체들이 겹쳐져 쌓여 있었다. 수백 채의 집이 한꺼번에 길길이 불붙어 무너졌다. 10월 27일. 국방군이 진격을 끝냈을 때, 시내 번화가 중심지인 중앙동(中央洞), 교동(校洞)을 비롯한 그 일대는 2천여 호 이상이 불에 타 없어진 뒤였다.

반란(叛亂)의 비극은 그것으로 끝이 아니었다.

여순반란 사건을 미처 수습하지도 못하고 있던 11월 2일, 대구지구에 주둔하고 있던 제6연대 병영에서 또다시 참극의 난동이 벌어졌다. 남로당 신분으로 6연대에 복무하던 자들이 재영(在營)장교 7, 8명을 죽이고, 일부는 시내로 들어가 관공서 등 중요기관을 습격하고, 일부는 대구 북성로(北城路)에서 경찰부대와 교전, 나머지는 수성(壽城) 방면에서 소방자동차 석 대를 탈취, 닿는 대로 파괴 살육을 이어갔다.

반란군병력 4, 5백 명으로 추산, 반란군에 가담한 민간인 약간 명이라 했으나, 대구는 한동안 반란군의 살기충천 속에 죽어 있는 도시였다. '**난리(亂離)와 난리 소문을 듣겠으나… 민족이 민족을, 나라가 나라를 대적(對敵)하여 일어나겠고, 처처에 기근과 지진이 있으리니 이 모든 것이 재난의 시작이니라.**' (**마태복음 24장**) 해방조국 대한민국은 계속 자해행위(自害行爲)를 저지르고 있었다. 한 사건의 상처가 채 아물기도 전에 또 다른 사건이 발생하고, 그것을 수습하는 중 다시 다른 곳이 터졌다. 민족이 민족을 형제가 형제를 찌르고 죽이고 잡아 뜯는 짓을 계속하고 있었다. 왜 이렇게 되었는가? 무엇이

원인인가? 나라를 다시 찾은 자리에 와서 이게 도무지 무슨 작태(作態)란 말인가? 이렇게 악에 휘말려 비틀거리면서 어디까지 가려는 것인가?

누가 아벨이며 누가 가인인가?

이 살상(殺傷)의 피는 언제 수그러지려는가?

8 · 15는 해방이 아니었던가? 그것은 조선, 대한민국의 출애굽이 아니었던가? 노예의 사슬 풀어짐이 아니었던가? 광야 저쪽에 있는 가나안에 이르기 위하여, 우리는 서로 돕고 서로 위로하면서 가야할 길을, 출발부터 서로 치며 죽여 피 흘리고 있으니, 누가 이 땅을 망조로 몰고 가려는 계략이며, 우리는 왜 그 계략에 말려들어 우리끼리 죽이고 파괴를 일삼는가.

11

겨울이 왔다. 크리스마스 절기를 바라보며 우리는 잿빛 가슴에 파묻혀 있는 사랑의 불씨를 호호 불어 가며 헤집어 불을 붙이는 일에 몰두하기 시작했다.

어느 날, 밤이 늦어서야 나는 남대문 교회로 맹의순을 찾아갔다. 미리 연락을 한 것은 아니었지만, 으레 학생들과 함께 크리스마스 행사 준비로 늦게까지 있을 것으로 믿고 찾아갔던 길이다. 세브란스 뒤쪽 언덕에 ㄱ자로 지어진 한옥 건물은 교회라기보다 조금 큰 살림집 같아서 정겹게 느껴졌다. 기와 지붕의 처마 밑이며 툇마루를 닮은 출입구며 문틀 모두가 익숙한 것이어서 남의 집이라는 느낌이 들지 않았다.

중등부 반으로 정해진 별관 방에서는 엷은 불빛과 함께 구노의 〈아베마리아〉를 노래하는 테너가 흘러나오고 있었다. 제한송전(制限送電)으로 전등불은 이미 끊긴 뒤였다. 창문을 물들이고 있는 것은 호롱불빛이었다. 노래는 그 불빛보다도 더 따뜻하게 내 가슴으로 스며들었다. 나는 창문 밖에 멈춰 섰다. 눈을 감았다. 그것은 노래가 아니라 기도였다. 아니 포근하고 아늑한 품속이었다. 치닫는 세상을 멈추게 하여 고개를 숙이게 만드는 소리였다. 온갖 욕심과 경쟁과 증오로 이를 갈며 달리던 세상을 잠깐 숨죽이게 만드는 소리였다.

노래가 끝나면서 주위는 조용해졌다. 방 안의 불빛은 여전한데, 방은 비어 있는 것처럼 조용했다. 아마 혼자 있는 모양이지. 학생들을 모두 돌려보내고 혼자서 피아노를 치며 노래했을 친구의 모습을 떠올리며 문을 열었다. 피아노 위에 얹혀있는 등불이 외로운데 그는 건반 뚜껑을 닫은 그 위에 얼굴을 묻고 흐느끼고 있었다.

그는 혼자였다. 아이들을 돌려보낸 뒤 청소까지 혼자 끝낸 듯 청소도구가 가지런히 챙겨져 입구에 있었고, 마지막으로 피아노를 닦다가 노래를 부른 듯 피아노를 닦던 수건이 개켜져 있는 것도 보였다. 그는 문소리를 듣지 못했는지 그냥 엎드려 흐느끼고 있었다. 나는 더 다가가지 못하고 한자리에 서 있었다. 무슨 일인가. 지금까지 한 번도 볼 수 없었던 일이다. 그가 흐느껴 울다니. 도대체 무슨 일일까. 흐느끼고 있는 그 뒷모습의 너무도 큰 외로움이 나를 꼼짝도 할 수 없게 만들었다. 다가갈 수도, 물러갈 수도 없게 만들었다. 그 순간, 이 세상의 무게가 온통 슬픔이 되어 그와 나 사이를 짓눌렀다. 그것을 조심스럽게 뚫고 가듯 그에게 다가갔다. 인기척을 들었는지 그가 상체를 일으키며 앉았다. 온 얼굴을 눈물로 적신 그가 나를 알아보았다.

"무슨 일이야?"

내친 김에 근심스럽게 물으며 다가가자, 그는 눈물을 닦을 생각도 하지 않고 빙긋 웃었다.

"어머니가 보고 싶어서 그랬어."

눈물은 계속 흐르고 있었는데 그 얼굴은 어린애처럼 천진했다.

"아니…."

내가 다음 말을 잇지 못하자 그는 눈물을 계속 흘리며 말했다.

"어머니가 보고 싶어. 어머니가 보고 싶어, 어머니… 어머니…."

어머니, 어머니. 그것은 이제까지 들어 본 일이 없는 새로운 단어처럼 들렸다. 그것은 처음 듣는 구원의 종소리 같기도 했다. 이 땅 위에 이렇게도 아름다운 영혼의 언어가 있었던가. 그가 부르는 어머니는 내게도 전혀 새로운 하나의 세계였다.

"어머니…."

나도 그 말을 가만히 입 속으로 굴려보며 그를 바라보았다. 그의 두 눈은 슬프고도 아름다운 샘이었다. 이 땅의 목마름을 축여 주는 샘이었다.

"어머니… 어머니…."

그가 다시 나지하게 부르는 어머니 소리에 내 눈에서도 눈물이 흘렀다.

*

1949년 6월. 자주독립 대한민국임을 선언한 이 나라의 국회 내부에서도 소동이 벌어졌다. 소장파 국회의원들 십여 명이 공산당 남로당의 꼭두각시 노릇을 하던 것이 탄로 났다. 이 남로당 프락치 사건은 또 한 번 남한 땅을 뒤집어 놓았다.

소장파 국회의원 노일환(盧鎰換), 이문원(李文源) 두 사람은 박윤원(朴允源), 김병회(金秉會) 등 열 명을 설득하여 국회에다 외국군 철퇴안(外國軍撤退案)을 상정 통과시키기로 합의를 보고 맹렬히 활약했다. 그러나 국회 내의 정세는 그들의 뜻대로 움직여주지 않았다. 그들은 연판장(連判狀)을 돌리기로 다시 작전을 짜고 62명의 찬동자를 얻어낸 뒤, 유엔 한국 위원단 앞으로 진정서를 제출하기에 이르렀다. 명목이야 자주독립 국가에 외국군이 주둔하고 있는 것이 옳지 못하다는 것이지만, 세계정세로나 국내정세로나 철군을 들고 나설 때가 아닌 것을 번연히 알면서도 그 일을 감행한 배후가 밝혀진 것이다.

노일환을 매수한 것은 남로당원 이삼혁(李三赫)이었고, 이문원을 설득한 것은 같은 당원인 하사복(河四福)이었지만, 하사복은 박헌영의 지령대로 움직이던 이삼혁과 동일 인물이었음이 드러났다. 공산당이 남한을 완전히 교란시키고 점령할 작전을 치열하게 행사하고 있다는 사실이 드러났다. 의정(議政) 단상까지가 이 지경이었으니 시민들의 생활이 안정은 온데간데없어졌다. 그렇게 남로당 국회프락치 사건이 세상을 뒤흔들고 있는 가운데, 이 나라는 또 하나의 별을 잃었다. 큰 별이 떨어졌다.

6월 26일 일요일 한낮, 백범 김구가 흉탄에 쓰러졌다. 목숨을 오직 조국을 위한 제단 위에 내어 놓고 살았던 애국자. 오직 나라사랑과 민족사랑으로 이 백성의 살 길만을 찾아 그 평생을 내어 놓았던 선생. 오직 자주 독립, 누구의 힘도 필요로 하지 않고 꿋꿋한 민족의 길을 가자고 다짐하던 분. 외세의 간섭을 물리치고 우리끼리 해내자고 애절하게 호소하던 선생. 통일, 통일, 우리가 우리 뜻으로 합치지 않으면 길이 없다고 안타까워하던 분, 일본에게 짓밟힌 조국 땅에서 쫓겨나 나그네로 남의 나라에 몸 붙여 조국 광복을 위해 싸우며 젊음을 다 바친 그분이, 내 나라 내 땅에 돌아와서 내 나라 청년의 손에 목숨을 잃은 것이다.

더위가 시작된 서울 장안은 한동안 얼어붙어 비탄으로 자지러졌다. 모두가 할 말을 잃었다. 눈물이 눈물을 부르고 통곡이 통곡을 이끌기 시작한 것은 한동안이 지난 뒤였다. 국민장이 거행되는 7월 5일까지 이 땅은 검은 상장(喪章)으로 덮여 있었으나, 그 통곡이 무슨 소용이 있으랴. 그 비통한 눈물의 강이 무엇을 위로할 수 있으랴. 조국만을 위해 살던 그 사람을 조국이 죽였으니 무어라 입을 열어 할 말이 있으랴.

장엄한 장의 행렬은 길고 길었다. 그러나 이 행렬은 어디를 향하여 가는 행렬이며, 그 끝은 어디에서 끝날 것인가.

12

1950년 1월 초. 나에게 배달된 첫 편지는 맹의순의 편지였다.

친구 張炯眞에게.

묵은해가 가고 새해가 오는 것도 사람끼리의 약속이기는 하지만, 그 의미를 받아들이는 심정에 따라 그 한 해가 내 것이 되기도 하고 나를 떠나가 버리기도 하는 것이라고 생각하네.

무릎 꿇고 기도하며 자정을 넘긴 뒤, 자네를 생각하며 이 편지를 쓰네.

새해, 다시 첫출발을 하는 새해 첫날이 되었네. 이제 새해 첫날을 밝혀 줄 태양이 뜨겠지. 아니 우리가 그 빛나는 태양을 향해 새롭게 일어나야 하는 것이지.

그러나 어쩐지 나는 두렵네.

이제 우리 앞에 놓여 있는 이 1950년이라는 한 해가 무엇을 안고 다가오는지 알 수가 없는 걸세. 1950년, 새해인 너는 무엇을 품고 이 민족을 찾아

왔느냐?

　그러나 이 한 해의 무게는 어마어마한 중량(重量)으로 버티고 있을 뿐 도무지 그 뚜껑 속에 무엇이 있는지를 알 길이 없는 걸세. 이러한 두려움은 내가 붙잡고 있는 신앙 위에 먹구름이 되는 요소일세. 어느 때는 믿음이 조금도 없는 자처럼 그렇게 갑자기 두려워질 때도 있어. 슬픈 일이지. 부끄럽고….

　신앙인에게 있어 미래란 신앙으로 극복된 저 건너의 세계를 향한 것일 뿐, 우리가 알고 있는 이 땅의 시간과 공간에 묶여서는 안 되는 일이라지만, 때로 우리가 부딪치게 될 앞으로의 일들에 대해 생각지 않을 수가 없네. 이 땅 위에서 미래를 겪어보고 싶고, 그것이 꿈과 이어지는 아름다운 설계(設計)였으면 좋겠고, 또 나의 뜻대로 만들 수 있는 것이기를 이따금 공상하고는 하네.

　이제 해방 5년. 햇수로 6년째 접어들고 있는데 이 땅은 다시 살아난 여섯 살을 어떤 모습으로 간직하고 있을까? 꿰지고 터져서 누덕누덕 기운 이 조국. 일본이 입혀 준 상처만 해도 엄청난데, 이제 우리끼리 물고 찢어 거의 넝마가 되어가고 있으니 이것을 누가 치유해 준다는 말인가?

　1950년이라는 이 한 해가 어떤 눈으로 우리를 보고 있을까.

　새삼스럽게 수줍은 마음이 들어, 마치 촌색시처럼 수줍게 두 손 모으고 이 한 해를 향하여 기도하네. 우리…, 참 기쁨이 무엇인지를 알 수 있는 한 해가 되어 주소서. 실하고 탐스러운 한 해가 되어 주소서.

　우리 금년에는 우리들의 젊음을 점검해 보세. 아니 우리 인생을 점검하는 한 해가 되도록 하세. 자네에게 보람차고 아름다운 한 해가 되어지기를 간절한 마음으로 기도하며 이만 줄이네.

1950년 1월 ×일 맹의순

그의 달필(達筆)은 보는 사람마다 감탄을 하게 하지만, 특히 편지로 써서 보내는 그의 글씨는 글자 하나하나가 깎고 다듬은 것처럼 깨끗하고 아름다웠다. 단정하고 반듯하게 줄을 맞춘 것이며 한자(漢字) 글씨의 조화가 놀라웠다. 언제나 그랬지만 그의 편지는 많은 것을 깊이 생각하게 했다. 그 편지를 받은 나는 그를 위하여 진심으로 기도하지 않을 수 없었다.

'하나님 아버지. 의순을 사랑하시는 주님. 그와 함께 하소서. 외로운 그를 위로해 주시고, 그에게 무한 힘이 되어 주소서. 그의 믿음을 아름답게 키워 주소서. 그가 기원하는 1950년이 그에게 정녕 아름답고 보람 있는 한 해가 되게 해주소서. 우리들의 젊음이 주님을 영화롭게 하는 일에만 쓰이게 해주소서.'

*

꽝꽝 얼었던 겨울이 풀릴 무렵, 그는 어머니를 한 분 모셔왔다. 그의 아버지 맹관호 장로께서 재혼을 하신 것이라기보다는 맹의순이 어머니를 모셔다 놓았다고 할 사건이었다.

그 대상이 나창석(羅昌錫) 권사라는 것을 알게 된 사람들은 모두가 한번씩 입을 딱 벌릴 만큼 놀랐다.

영락교회에서 운영하고 있는 영락보린원에서, 양로원과 고아원을 손닿는 대로 돌보고 있던 나 권사는 결혼을 해본 일이 없는 오십 고개의 독실한 독신 신앙인이었다. 단아하고 단정한 용모에, 오직 가난한 이웃만을 위하여 몸 바쳐 온 사람에게만 스며들어 있는 온화함과, 헌신의 결단으로 중심이 꼿꼿해 보이는 분이었다.

그 결정을 보고 사람들이 놀란 것은 어떻게 나 권사의 마음을 돌이켰으며, 그가 어떻게 이제 와서 맹 씨 가문의 안주인 되는 일에 결단을 내릴 수 있었는가였다.

평양 여자신학교(당시는 평양 여자 고등 성경학교)의 사감으로 일하다가 한경직(韓景職) 목사와 함께 신의주 제이 교회로 가서 8년 가까이 전도사 직책을 수행했고, 봉직하던 교회에서 운영하는 남신의주 고아원 원모(元母)로 고아원과 젊은 보모들을 통솔하던 여성이다. 그곳에 양로원도 함께 있어서 고아원과 양로원 일을 두루 보던 중, 해방이 되면서 원장 직을 맡았었다. 해방 후, 극심한 식량난으로 원생들과 함께 초근목피로 연명하다가 서울만 가면 무슨 대책을 세울 수 있을 것 같은 생각에, 단 한 주일만 기한하고 상경했던 것이 길이 막혀 돌아가지 못했다. 그리고 북녘하늘만 바라보며 나그네처럼 영락보린원에서 일을 돌보고 있던 분이었다.

그는 평생 결혼을 생각해 본 일도 없었고, 또 북쪽에 있는 남신의주 고아원에서는 그가 돌보던 노인들과 어린애들을 합쳐서 백여 명의 가족들이 지금도 그를 기다리고 있다고 믿고 있는 처지였다. 먹을 것을 구한다고 서울로 간 원장어머니를 목 늘여 기다리는 그들의 눈망울이 밟혀 밤에도 잠을 이루지 못하는 날이 많이 있는 처지의 사람이었다. 지금도 길만 열리면 남신의주 고아원으로 곧장 가겠다고 벼르고 있는, 평생을 오직 한 걸음으로 어려운 사람들만 도우며 살고 있던 그가 맹 장로 댁 안방마님이 된 것이다.

누가 어떻게 그를 설득했을까? 누가 어떻게 그의 마음을 움직였고 그가 어떻게 결심하게 만들었을까? 맹의순의 지극한 간청, 그 변함없는 소망이나 권사님의 마음을 끝내 움직였고 그 걸음이 맹관호 장로 댁의 안방에까지 이르게 한 것이다. 나도 나 권사님을 익히 알고 있었다. 영락보린원엘 자주 들르는 의순을 따라 여러 차례 가본 일이 있었고 갈 때마다 나 권사께서 극진하게 맞아주는 대접을 받으며 그분의 따뜻함에 번번이 감탄을 하고는 했다. 부드러우나 분명하고, 따뜻하나 끊는 데가 있으며, 헌신적인 여인이었으나 공사(公私) 분별이 틀림없어, 일신상 정해놓은 당신의 뜻에서는 양보가 없던 그분이 의순의 새어머니가 되셨다. 그 외롭던 친구에게 어머니라 부를 수 있는 분이 생긴 것이다. 친구에게는 활기가 생겼다. 기쁘고 행복한 표정을 감추지 않고 맘껏 새어머니를 자랑했다.

이른 봄 어느 토요일 우리 집에서 저녁을 함께 한 그는 가슴 뿌듯해 하는 표정으로 입을 열었다.

"1950년이 내게다 무엇을 가져다 주려는가 했더니 이렇게 어머니를 안겨 주었네. 이 한 해가 내게는 정말 복된 해가 될 것 같네. 자네도 알지? 그분이 얼마나 자상하고 훌륭한 분인가를."

나는 짐짓 그를 건드려 보느라고 딴청을 부려 보았다.

"무얼 그렇게 혼자서 신이 나서 그래? 그분은 많은 사람의 어머니였잖아? 고아들의 어머니, 보모들의 어머니, 그리고 심지어는 망령 들린 노인들한테까지 어머니이던 분인데 그걸 자네가 혼자 가로챈 거야. 그 많은 사람들한테 미안해해야 마땅하지 않겠어?"

그러자 그는 정말 심각한 표정이 되어 고개를 푹 수그리고 있더니 죄인처럼 자신 없는 목소리로 나직하게 말했다.

"나도 그런 생각을 안 해본 건 아니었어. 하지만… 정말 내 욕심이 그분을 나의 어머니로 모시지 않고는 견딜 수 없는 정도였지….대신…. 내가 힘껏 주님의 연장(道具) 노릇을 할 거야…. 그런데다가 어머니는 사실 몸이 좀 불편하신 형편이야. 남들에게는 알리지 않으셨지만 심한 무릎 관절염에 신경통이 있어서 많은 일을 하실 수 없는 형편이었어. 이제는 그분을 좀 쉬시게 해드려야 했던 때였거든. 그분은 우리 집으로 희년(禧年)(구약시대 50년마다 돌아오는 복스러운 해. 종을 풀어 주고 빚도 탕감해 주었다.)을 쇠러 오신 거야. 양해해 주어."

"그러면 혼자서 그 어머니를 독차지한 턱을 톡톡하게 내야 해."

"무얼로 할까? 내가 할 수 있는 거면 무엇이든지 하지."

그는 정말 빚진 사람 같은 표정으로 나를 바라보았다.

"내가 반주를 할 테니 자네는 노래를 불러. 내가 그만 하라고 할 때까지 말이야."

"응, 그렇게 할게."

나는 베토벤의 〈아델라이데〉를 비롯하여 내가 듣고 싶은 곡으로만 골라서 슈베르트의 〈송어〉, 〈보리수〉, 멘델스존의 〈노래의 날개 위에〉 등 그의 노래를 그날 실컷 들었다. 그는 마지막 한 곡까지 정성을 다하여 노래했다. 나는 내가 반주자라는 것도 잊고 그의 노래에 흠뻑 취했다. '아, 참으로 하나님의 솜씨는 놀랍지. 어떻게 저렇게도 부드럽고 힘차고 막힘이 없는 음성을 지어 주셨을까. 사람의 목울대에서 어찌 저렇게도 절묘한 소리가 솟아나는가? 김영주가 아까워할 만도 했지. 너무 아까워서 발을 동동 구를 만도 했지.' 그의 노래를 듣고 있으면, 미친 듯 바삐 돌아가던 세상이 뜀박질을 멈추고 귀를 기울이고 있는 것처럼 세상이 고요해졌다. 판을 치던 악(惡)까지도 그 심한 짓에서 손을 떼고, 숨죽여 눈을 감고 있는 것처럼 느껴졌다.

그러나 노래하는 그 자신은 자기가 부르는 노래가 어떻게 들릴 것인지에 마음을 쓰는 일도 없이, 그는 그저 충직한 일꾼처럼 정성을 다하여 노래할 뿐이었다. 노래를 더 시키기가 미안하게 느껴질 즈음, 나는 아쉬운 마음을 달래가며 그를 쉬게 했다. 그것은 웬만한 독창회 무대의 분량이었다.

"이제 무얼 할까?"

노래를 끝내고도 무언가 다 치르지 못했다는 얼굴로 그는 물었다.

"이제 아버지 어머니의 신혼 근황을 낱낱이 보고하는 일이야. 그래 두 분, 의는 어떠하신가? 아직도 맹 장로께서는 신부를 향해 권사님이라고 부르고 계신가? 한 방을 쓰시면서도 여전히 그렇게 부르셔?"

"할 수 없지. 어머니를 모셔 오기 전에 그렇게 하시겠다고 당신께서 약속 하셨다니까."

"아니, 아무리 사전 약속이 그랬기로서니 아내는 아내지, 그래 아내 된 사람에게 권사님이 무언가?"

"호칭만 그런 게 아니라네. 정녕 깍듯이 권사님 대접해 드리고 있는 걸."

"그건 좀 부자연스럽겠는데?"

"그렇지도 않아, 우리 아버지는 원래 고지식한 분 아닌가. 그분들 편하다 하시는 대로 지내시게 하는 거지 뭐."

"아아, 하늘 아래 둘도 없는 고지식한 분들. 그 권사님에 그 장로님일세."

"그런데 우리 어머니는 정말 놀라운 분이야. 정말 여성 중에 여성이지. 아직도 참 고우시잖은가? 그런데다가 살림 또한 맵고 알뜰하게 하셔. 그런 분이 어떻게 이제껏 한 번도 혼인을 하지 않으셨는지 아깝다는 생각이 들 정도야. 그분은… 황폐해진 우리 집만을 위해 찾아오신 천사가 아닌가 싶어."

"그래… 부자(父子)만을 뎅그마니 남겨놓고 보시자니까 하나님께서도 좀 미안하셨던가 봐."

그의 아버지 맹 장로는 3대 독자요, 이제 의순에 이르러 그 집이 4대 독자가 되어 있는 것을 문득 생각하고 나는 농담을 하려다가 그만두었다.

"이제 그만 일어나야겠어."

"왜? 어머니 치마폭에 싸여 응석부리고 싶어서?"

"그것도 있지만 내일부터 매주 주일마다 부평에 있는 육군 병원엘 가야 해. 어머니를 모셨으니까 그 몫의 일을 더 하라고 주신 일 같아."

"부평에 있는 육군병원? 아니, 갑자기 육군 병원은?"

"그곳에 근무하는 육군대위 간호장교 한 분이 우리 교회 남궁 목사님께 목회자를 파견해 줄 것을 요청하더라는군. 그런데 보낼 만한 사람이 없었던 가 봐. 나더러 가라고 하셔."

"남대문 교회 일은 어떻게 하고? 중등부에 성가대에 그 많은 일은 어떻게 하고?"

"오전 중에 다 마치고, 부평 병원에서는 오후 세 시에 예배를 드리기로 했어."

"이제 점점 더 바빠지시는군. 몇 년째 그렇도록 열심히 세브란스 환자들을 위해 일을 하더니, 그게 다 이런 일을 위한 준비였었군 그래. 하나님께서는 참 틀림없으시지. 절대로 시들비들 놀며 지내게 안 하시거든. 그리고 꼭 그렇게 준비시키신단 말이야."

"어떠한 일에든 내가 쓰임 받고 있다는 것을 생각할 때면 너무 신기하고 감사할 뿐이지 뭐."

나는 그를 배웅하며 그의 뒷모습이 보이지 않을 때까지 어둠 속에 서 있었다. 그런데 그의 뒷모습을 지켜보고 있는 내 가슴에 이상하게도 찬바람이 스쳐가듯 가슴이 휘휘했다. 무얼까? 그는 지금 한창 행복한 친구인데…. 새어머니를 모셨고, 하고 싶은 공부를 하고 있으며, 교회 일에 보람과 사랑을 함께 하고, 그 위에 또 새 일이 생겼다. 그는 외롭지도 않은 사람이고 슬픈 일이 있는 사람도 아니다. 그런데 이 비감(悲感)한 여운은 어디서부터 오는 것일까? 나는 그것이 공연한 감상이겠거니 하여 애써서 지워버리려고 했다. 으레 사람의 뒷모습이란 그런 여운을 주는 것이 아닌가.

13

 봄 학기가 시작된 어느 날, 아침 예배 시간에 그동안 보이지 않던 김영주가 참석했다. '아, 내가 미처 모르고 있는 맹의순의 어떤 소식을 영주는 가지고 있나보다. 영주는 그 소식을 가지고 짐짓 나를 만나 보러 온 것이다.' 그날, 아침예배는 별 수 없이 흐트러져 버렸다. 맹의순의 일로 번번이 내게 다 화풀이를 하는 영주의 태도가 어이가 없기는 했지만, 저토록 집요하게 사람을 못 잊어 하는 저 마음이 무엇일까 새삼스럽게 궁금해지기도 했다. 첫 강의 시간 종이 울리면서 강의실 입구마다 와자하던 소음이 얼마 만에 씻은 듯 가라앉았다.
 대기(大氣)는 봄 아지랑이에 가볍게 들떠 숲이고 건물이고 그 윤곽이 좀 풀어져 보였고, 무슨 힘인가가 몸 안에서 부쩍부쩍 발돋움을 하는 것 같아 공연히 소리라도 힘껏 내뿜어 보고 싶은 아침이었다.
 영주는 생글생글 웃으면서 내게로 왔다.
 "오늘 첫 시간에 강의가 없죠? 그것을 알아내고 일부러 찾아왔어요."
 "어떻게 아셨어요?"
 "관심이죠 뭐."
 "웬 관심입니까, 새삼스럽게."
 "그만큼 나를 겪으시고도 그렇게 깜깜이세요? 다른 일에는 퍽 예민한 것처럼 보이는데."
 "영주 씨의 기발한 점은 나의 예민성 같은 걸 가볍게 뛰어넘고 있잖아요?"
 "날씨가 너무 좋은데 좀 거닐지 않으시겠어요?"
 "무슨 수로 거절을 하겠습니까?"

나는 좀체 짚이는 데가 없는 영주의 출현을 웃음으로 받으면서 건물 밖으로 나갔다. 그동안 영주가 가까이하는 사람이 생겼다는 소문도 들은 일이 있고, 더러 누구인가 남성과 함께 다닌 일도 있다는 어렴풋한 소문도 들렸지만, 그저 먼 발치로 그를 건너다보며 지냈을 뿐이다. 맹의순의 새벽기도나 병원봉사 같은 일에서는 발을 빼버린 지 오래되지만, 그가 맹의순에 대해서 지녔던 감정을 어떻게 정리했는지에 대해서도 알 길이 없는 대로 그저 스스로 제각기 저 갈 길을 갈 수 있으면 그 길로 각기 가는 것이 편한 일이지…. 정도로 생각하고 있었다. 아직 과년(瓜年)이랄 것까지는 없지만 이제 내년이면 예과 1학년까지 합친 학부 4년의 졸업생인데 여자 나이로 결혼 생각도 하지 않을 수 없을 나이이니 영주도 제 속셈을 차릴 때도 되었지 싶기도 했다. 신입생 때 보았던 첫인상의, 그 명랑 쾌활하던 모습 속 어디엔가 이제는 비밀스럽게 숨겨진 깊은 산그늘 같은 것이 있는 듯하여 귀엽게만 볼 수 없는 것은 나이 탓만도 아닌 것 같았다. 그 산 그늘 어딘가에 아직도 영주 자신이 감추고 있는 맹의순이 있는 것이 아닌가 싶기도 했다.

봄날 아침의 싱그러움이 전신으로 스며들고 있었다.

"계절이 가져다주는 변화만큼 놀라운 아름다움이 또 있을까." 영주는 숲길을 걸으면서 말했다. 본론을 짐짓 우회하고 있는 것 같아서 나는 애써 대답하려고 하지 않았다. "자연은 정말 신비하고 오묘해요. 마음만 가다듬고 곰곰 들여다보면 그 신비와 오묘함을 얼마든지 터득할 수 있어요. 참 놀라운 일이죠. 그런데 사람은 그렇지 않거든요."

"왜요? 사람도 곰곰 들여다보면, 아니 그 상대를 진정 사랑하는 마음으로 각도를 맞추면 그 영혼의 깊은 곳까지를 들여다볼 수 있지 않겠어요?"

"글쎄요… 그럴까요? 그런데 맹의순씨만은 달라요. 도무지 알 수 없는 사람이에요."

역시… 싶어서 나는 잠자코 걸었다. 한편 아직도 그 문제를 껴안고 씨름

하다니 하는 생각이 들어 민망하기도 했다. 영주는 한숨을 짧게 쉬면서 물었다.

"그이의 근황을 알고 계시죠? 몇 개월 전부터 부평에 있는 육군병원 주일 예배를 인도하러 다닌다는 것도."

"그 친구에게 직접 들어서 알고 있습니다."

"내가 좀 짓궂은 표현 좀 해볼까요? 그이는 그곳에서 님도 보고 뽕도 따고 한다더군요."

어리둥절할 수밖에 없는 이야기였다.

"아니, 님은 뭐고 뽕은 뭐예요, 갑자기?"

"하나님의 종노릇도 하고 자기 청춘사업도 개시한 것 같더라고요."

영주는 웃으면서 말하고 있었으나 그것은 웃음이 아니었다. 참기 어려운 고통과 노여움이 그의 파리해진 얼굴에 진한 그늘이 되어 내리덮여져 있었다. 영주의 너무 심각한 표정 때문에 놀라지 않을 수 없었으나, 도무지 처음 듣는 엉뚱한 소리여서 전면 부정을 하고 나서지 않을 수가 없었다.

"뭘 잘못 알고 있는 것 아닐까요? 그 친구가 무슨…, 청춘 사업에… 거 무언가 너무 엉성한 얘기 같군요."

"엉성한 이야기요? 내가 내 눈으로 보았는데두요?"

"눈으로 보다니? 무엇을?"

"같이 다니는 걸 몇 번이나 보았어요."

"같이 다니는 것만 가지고야."

"한두 번, 충무로와 명동에서 먼발치로 보았을 때는 그저 나 편할 대로 설마… 했었어요. 그런데 며칠 전 주말에 수도 극장에서 영화 '애원(愛怨)의 섬'을 보고 나오다가 눈에 띈 그 사람들은 결단코 변명의 여지가 없는 남녀 한 쌍이었어요. 그 영화 보셨어요? 얼마나 진하고 진한 에로스적인 내용인지 소문이라도 들으셨겠죠? 남녀관계란 두 사람이 아무리 최선을 다해 애써 감추려 해도 그럴수록 타인의 눈에는 두드러지게 되어 있는 법이에요."

"그 친구가 함께 다니는 사람이라면 그가 어떤 여자든 저는 무조건 안심하겠는데요."

"그 상대방 여인이 육 년이나 연상인데요?" 영주는 핏기 잃은 얼굴에다 차갑게 타는 불빛 같은 눈으로 나를 향해 말을 이었다. "그가 누군지 아세요? 부평에 있는 육군병원 간호장교 육군대위라더군요. 그렇게 눈부신 미인을 아직 한 번두 못 만나 보셨어요? 친구에게도 소개하지 않는 걸 보니 어지간히 소중하게 여기는 상대가 아닌가 보죠?"

나는 허허 웃었다. 그러나 그 웃음이 어쩔 수 없이 어색한 것이 될 수밖에 없었다.

"왜 웃으세요? 가당찮다는 말씀인가요? 그 여인은 맹의순 씨보다 육 년이 연상이고 나보다는 구 년이 더 많은 사람이니까 무엇이든지 노련하겠죠. 아마 나하고는 비교도 할 수 없이 그이한테 잘해 줄 테죠."

"영주 씨, 속단은 자신을 불행하게 만들기가 쉬워요. 더구나 그 친구가 함께 다니는 분이 연상의 여인이라면 단순하게 남녀관계로 볼 일도 아닌 것 같은데요?"

"뭐 이제 와서 불행하고 말고도 없죠."

"그렇다면 왜 그렇게 스스로를 불편하게 만들며 관심을 놓지 못합니까?" 영주는 걸음을 멈추더니 하늘을 올려다보았다.

"모르겠어요. 모를 일이에요. 그의 무엇이, 그가 무엇을 가졌길래 이렇게 포기할 수가 없는 건지…. 이제 가라앉았는가 하면 새로워지고, 이제는 정말 지워졌는가 하면 다시 뚜렷해지고 하니, 나도 모를 일이에요."

화창한 봄날 아침의 찬란한 햇살이 영주를 더욱 비참해 보이게 했다. 그는 내심으로 스스로에게 무엇을 다짐이나 하듯 고개를 천천히 가로저으며 말했다.

"나는 포기하지 않겠어요. 그이가 어디에 있든, 그가 누구하고 함께 지내든… 이젠 그것이 문제가 아닌 걸요. 단념한다는 건 말도 안 돼요. 사람에 대한 마음에 단념이라는 게 어딨어요?"

그 일 때문에 친구를 일부러 찾아간 것은 아니지만 그 후에 맹의순을 만났을 때, 영주로부터 들은 말을 담아두고 있을 수는 없었다.

"수도 극장으로 〈애원의 섬〉을 함께 보러 갔던 사람이 누구야?"

단도직입적으로 물으면서도 혹시나 하여 그렇게 여유 없이 물어버린 내 태도를 조금 후회하기도 하면서 친구의 눈치를 살폈다.

"응, 그분? 부평에 있는 육군병원 간호장교 유 선생님이야, 구경 왔었어?"

그는 조금도 구김살 없이 밝은 표정으로 선선하게 대답했다. 오히려 조금은 긴장하고 질문했던 내가 무색해질 지경이었다.

"너무 자주 같이 다닌다는 소문이던데."

"응, 그렇겠군."

"아니 뭐, 남의 얘기하듯 하지?"

"같이 다니기는 했지만, 그게 왜 소문이 되었나 해서 그래."

그는 별로 크게 놀라지도 않고 무덤덤한 얼굴에 피식 웃는 웃음을 잠깐 띠었다. 영주가 파랗게 질려서 펄펄 뛰던 것과는 너무도 대조적이었다. 내 쪽에서 갑갑해지기에 다시 물었다.

"무엇하러 그렇게 함께 다녔어? 자네같이 바쁜 사람이."

"응 바쁘긴 뭐, 그냥 또 그럴만한 시간도 있더군. 그분 유 선생님은 참 사람을 편안하게 해주시는 분이더군."

"아니, 그분 유 선생님이라니. 남들이 보기에는 애인 같더라는데 무슨 그분, 선생이 어쩌구 그래?"

친구는 좀 어이가 없다는 듯 웃었다. 그리고 탄식하듯 말했다.

"아아 참 사람들의 눈이란 이상하군. 그분은 그런 분이 아니야, 그런 분이 아니라니까…."

"자네보다 연상이라면서?"

그는 잠깐 생각하는 듯 하더니 고개를 끄덕였다.

"응, 아마 그럴 걸?"

"그럴 걸이 뭐야? 여섯 살이나 손위라던데."

그는 그제서 좀 놀랍다는 얼굴로 진지하게 내게 물었다.

"아니 왜 사람들이 그런 걸 따지고 그러지? 무엇 때문에 그래야 하는 거야? 그 일이 무엇에 필요해?"

"세상 풍속이 필요로 하는 거야."

"그분은 세상풍속 좇아서 살아갈 분이 아니야."

"어떻게 알아, 자네가?"

"우리는 인간이야, 그리고 우리 각자는 영혼을 지니고 있는 존재라는 걸 서로 알아볼 수 있잖아? 그분은 정말 그런 분이 아닐세."

"인간은 자네가 생각하는 것처럼 그렇게 간단한 존재만은 아니잖아."

"깨끗한 사람은 복잡하지 않은 거야. 그분은 너무 순수한 사람이야. 정말 신앙인이지."

"대단한 신뢰로군."

"그렇게 믿기지 않거든 나하고 한번 같이 가봐. 자네도 그분을 금방 알아볼 거야."

매듭이 한 군데도 걸리는 일 없었던 대화였다. 그리고 친구가 너무 자연스러워서, 꼬치꼬치 캐묻던 내 태도가 오히려 어색해졌다. 나는 지금까지의 내 태도가 미안해져서 표정을 바꾸었다.

"그런 분이라면 나도 만나 뵙고 싶은데? 다음 주일쯤 나도 따라가면 안 될까?"

"왜 안 돼? 좋지. 함께 가자고."

그는 진정 반가워하며 다음 주일을 약속했다.

*

그날 5월의 햇빛은 유난히 찬란했다. 우리가 탄 인천행 기차 창밖으로 스쳐 지나가는 연변 풍경은 금빛으로 살아 있는 아름다운 춤이었다.

언덕을 등지고 서 있는 육군병원 건물은 낡고 어두운 것이었지만, 그것조차 햇빛 속에서 힘을 솟구쳐 내고 있는 것 같았다. 정문 양쪽으로 늘어선 수양버들이 새 잎을 기름지게 내뿜으며 서 있었다. 등 뒤의 야산(野山)은 녹색 물감을 맘놓고 풀어낸 듯 싱싱했다. 현관까지 이르는 길에 회양목이 드문드문 심겨져 있었고, 아무렇게나 꾹꾹 박아 놓은 듯한 향나무와 사철나무가 몇 그루 있었으나 싱싱한 푸른 기운이 병원 뜰을 밝게 빛내 주고 있었다.

병원 속은 침침했다. 복도는 더욱 어두웠고 소독약과 함께 배어 있는 중환자들의 환부 냄새와 같은 껄죽한 취기(臭氣)가 잠깐 숨을 막았다. 본관을 벗어나 뒤뜰 부속 건물 안으로 들어서는 순간, 나는 눈을 크게 뜨고 그 자리에 잠깐 멈춰 서지 않을 수 없었다.

"어서 오십시오. 기다리고 있었습니다."

옆의 친구는 무어라고 그 인사를 받는 것 같았는데, 나는 그냥 우뚝 서서 우리를 맞이하는 그 사람을 바라보고만 있었다. 목련꽃 한 송이였다. 군복을 입고 있었으나 군복으로도 감추어지지 않는 아름다움과 기품을 지니고 있었다. 표정도 그랬지만 음성도 그윽했다.

그러나 내가 충격을 받은 것은 그의 미모 때문만은 아니었다. 그를 발견한 순간, 나는 커다란 슬픔의 산(山) 하나와 마주친 것 같은 그런 무거움을 느꼈기 때문이다. 그것을 언어로 표현하자니까 슬픔이라는 말을 빌리게 된 것뿐이지, 그것은 사실 슬픔이라는 한마디로 표현할 수 없는 보다 크고 무거운 운명의 어떤 것이었는지도 모른다.

그러나 상대방은 내가 받은 충격과는 상관없이 서글서글한 눈에 반가움을 넘치게 담고 우리에게로 다가왔다.

"친구분이시군요. 장형진 씨 맞죠? 잘 오셨습니다." 그는 익숙하게 아는 사이처럼 자연스럽고 부드러웠다. "예배 시간까지는 좀 시간이 남았군요. 차 끓여 드릴 테니 드시면서 좀 쉬세요. 그 동안 저는 잠깐 하던 일을 마저 하고 오겠습니다."

그는 단정한 몸매와 절도 있는 걸음으로 우리를 그의 거처로 안내하고 차를 대접해 주었다.

좀 더 밝은 방에서, 나는 그를 자세히 뜯어보았다. 덕스럽고 잘생겼다 할 미인이었다. 그런데 아까 첫 순간에 느낀 그 이상한 느낌은 무엇이었던가. 나는 별로 달갑지 않던 그 느낌을 지워버리기 위하여 맹의순에게 이것저것 묻기도 하고 말참견도 했다.

"그러면 좀 앉아들 계시지요."

방 임자가 일어나자 맹의순도 따라 일어났다.

"병실에 들르시는 것이라면 저도 따라가겠습니다. 자네도 함께 가지. 우리는 예배드리기 전에 될 수 있는 대로 중상자 병실을 먼저 들러서 가려고 해."

중상자 병실이라니 어느 정도일까. 그저 가벼운 생각으로 그들을 따라 나섰다. 진한 병원 냄새를 헤치듯이 하면서.

복도 끝 방으로 그들을 따라 들어간 나는, 침상에 누워 커다란 눈을 뜨고 창백한 얼굴로 이쪽을 바라보고 있는 젊은이와 그 옆 침대의 중년 남자를 한눈에 볼 수 있었다. 젊은이는 척추를 다친 전신불수였고, 또 한 사람은 하반신을 못 쓰고 있는 중환자라고 했다.

유 대위와 친구는 그들의 침상에 앉아 그들의 손을 잡고 기도드렸다. 그리고 찬송을 부르면서 그들의 마비된 몸을 문질러 주기 시작했다. 전신을 움직이지 못하는 젊은이의 눈은 슬픔과 절망과 공포에 절고 절어서 이제는 슬퍼하고 무서워해야 하는 기능조차 마비된듯했다. 그런데 또 한 침상의 사람은 아직도 생생한 분노로 그의 전신을 불태우고 있는 사람이었다. 그의 눈에는 평화가 없었다. 증오와 원망이 칼날로 남아 번득였다.

맹의순은 그 중년의 환자를, 유 대위는 젊은이를 맡아 체위(體位)를 바꾸어가며 마비된 몸을 문질러 주었다. 5분 혹은 10분 찬송가와 함께 열심히 성의껏 몸을 문질러 주고 있는 두 사람의 모습이 따뜻하고 자연스럽게 잘 어울렸다.

두 방을 더 돌았다. 유 대위는 땀을 닦으면서 내게 자상하게 설명했다. "젊은이는 여순 반란사건 때 총알이 척추를 관통했어요. 이제 좀 있으면 만 2년이 되어 옵니다. 욕창이 생기기 시작한 지 오래됐죠. 저 마비된 육체는 혈액 순환이 안 되거든요. 몸의 무게를 받는 돌기부, 이를테면 옥상돌기라든가 미골 같은 돌출 부위가 상해 들어가고 있어요. 저 침상 욕창이 다른 균에 감염되어 다시 창상을 일으키면 아주 위험합니다. 그래서 계속 체위를 변경시켜 주고 살을 비벼주고 해야 하는데 손이 모자라요. 그런데 저분들은 몸의 병보다 마음의 상처가 너무 깊어요. 감히 어떻게 손을 대기가 어렵죠."

기막혀라… 기가 막혀라…. 저 젊은 나이, 젊은 육신이, 제 조국, 제 나라 사람에게 총을 맞아 전신불수가 되어 죽지도 못하고 누워만 있어야 하다니… 이념(理念)이 무엇이기에. 공산주의가 무엇이기에. 어디서 굴러다니다가 쳐들어 온 악령(惡靈)이 이 젊은이를 저 지경을 만들었나? 인간의 머리통 속에 든 생각 한 줄기가 다르다고, 사람을 죽이고 마을을 불태워 초토화시키고 구원받을 길 없는 이런 비극을 초래했나? 도대체 이 악(惡)은 어디서? 누가? 왜? 이끌어 내었을까? 어디까지 그리고 언제까지 뻗어갈 악의 세력인가?

친구는 묵묵하게 예배실 쪽으로 갔다. 예배실에는 몸을 움직일 수 있는 경환자 2백여 명이 모여 예배준비 찬송을 부르고 있었다. 단상에서 설교하는 맹의순은 내가 지금까지 본 일이 없는 또 다른 한 사람이었다. 단상 위의 그에게 아우라가 둘려져있었다. 예배가 끝난 뒤, 친구는 그 중상자들의 방엘 또 들러서 다시 몸을 문질러주며 찬송했고, 우리는 그곳 식당에서 준비해 준 저녁을 환자들과 함께 먹은 뒤 그곳을 떠났다.

돌아가는 기차 안에서야 그는 내게 말했다.

"내게는 이 환자들이 누워있는 그곳이 고통스럽고 무서운 곳이야. 인간악에 대한 분노와 자기 뜻대로 죽을 수도 없는 저 전신불수의 환자를 들여다보아야 하는 절망적인 슬픔 때문에. 자네 그 얼굴을 보았지? 그는 이제 겨우 스물다섯 살이야. 그 옆의 침대의 하반신 마비 환자에게는 아이가 넷이지. 모두들 젊고 싱싱하던 사람들이야. 펄펄 날던 육체를 가졌던 사람들이야. 그런데 총 한 방으로 한순간에 저 지경이 된 거야. 그것도 무슨 명분 있던 전쟁에서나 그랬다면…. 같은 종족끼리 그랬어. 생각하는 게 다르다는 이유로 사람이 사람을 죽이는 거야. 저 지경을 만드는 거야. 그래도 저들이 나라와 민족을 위해서 싸우던 용사들이라고 그렇게 말들을 해주고 있지. 하지만 이제 저들에게 나라가 무엇을 줄 거야? 민족의 이름이 무슨 보상을 할 수 있겠다는 거야? 저들이 저렇게 된 것으로 조국이 무엇을 얻어냈다는 거지? 민족이 무슨 덕을 보았다는 거야? 이 나라가 달라진 게 무엇이 있다는 거야? 이제 저들의 삶은 삶이 아닌 거야. 저 비참 앞에서 나는 입조차 뗄 수 없고 눈을 뜨는 것조차 미안하고 부끄러워. 한없이 부끄럽고 미안해." 해가 지기 시작하는 서쪽 연변을 바라보면서 그는 하염없이 눈물을 흘리고 있었다. 그리고 계속해서 말했다. "인간들이 어울려 사는 이 사회의 구조적인 악(惡)이 우리를 전부 삼키려 하고 있어. 개인은 완전히 무력한 거야. 그 조직 앞에서는. 저 병상의 한 사람의 생(生)은 그것이 그 사람의 전부요, 다른 무엇과도 바꿀 수 없는 것이거늘, 정부 기관에서는 저들이 하나하나의 숫자로 계산되고 표기되고 있을 뿐, 나라와 민족의 이름으로 간단히 밀어붙여 놓고는 그 인생자체에 대해서는 아무도 입조차 떼지 않고 있는 거지. 하나는 여순 반란 사건 때의 총상으로, 또 한 사람은 대구 폭동 때 다친 것으로 저렇게 누워 있는데, 이제는 가족들도 지쳐서 시들해 하는 거야. 하나님께서도 그들을 외면하고 계신 것처럼 보여. 그게 괴로워. 그게 무서워. 이 사회의 구조적인 것, 어떤 제도로 인해 파괴된 한 개인의 운명과 만날 때마다 하나님으로부터 내가 떠밀리는 것 같아. 하나님 이것이 어찌된 일입니까, 왜 이렇게 되는 것입니까 하고 물을 기력조차 없어지는 거야."

낡은 기차는 심하게 덜컹거리며 달리고 있었고, 일요일 저녁 어중간한 시간에 그다지 급할 것도 없는 표정으로 앉아 있는 승객들은 웬만한 일에는 관심도 없이 무표정하거나 기차의 진동에 몸을 내어 맡긴 채 잠들어 있었다.

나는 친구를 위로했다.

"그래도 자네는 그들과 몸을 비벼 가며 그들을 위로하고 있잖은가."

"그게, 그들이 직면해서 껴안고 있는 그 참담한 운명에 무슨 도움이 되겠어? 내 기도? 내 찬송? 그게 어느 때는 속임수 같고, 너무 형편없는 위선 같아서 내가 나를 때려 부수고 뭉개버리고 싶어질 때가 있는데…."

"그래도 우리 절망하지 마세. 자네에게 주어진 역할이 따로 있다고 믿어."

그는 계속 눈물을 흘리면서 말했다.

"절망…, 절망도 사치야. 우리처럼 멀쩡한 자들만이 할 수 있는 하나의 도피구(逃避口)지. 그들에게는 절망할 여유가 없어. 절망조차 그들의 것이 아냐. 그들이 왜 그런 짐을 짊어지고 누워 있어야 하는지, 나는 정말 모르겠어. 모르겠어서 무섭기만 해."

거대한 고뇌의 산이 나를 향해 무너지려는 것 같았다. 두 개의 거봉(巨峯)

사이에 한 존재가 되어 끼어 있는 것 같은 느낌에 사로잡혔다. 하나는 내 짐작으로 그 깊이를 헤아릴 수 없는 고뇌의 산이었고, 또 하나는 끝없는 슬픔을 받아들이는 오늘 처음 만난 슬픔의 산이었다.

2. 어느 때까지니이까

1

 1950년 6월 25일 새벽은 여명(黎明)도 일출(日出)도 없었다. 사람들은 일요일 새벽잠에 깊이 빠져 있었고 굵은 빗줄기는 새벽잠을 더욱 깊이 끌어들였다.
 새벽녘 빗소리에 잠깐 잠이 깨었던 사람은 '장마가 시작되려는가 보군.' 중얼거리며 다시 잠이 들었고, 더러는 '홍수만 나지 않으면 금년 농사도 그럭저럭이겠는데….' 뒤척이다가 다시 잠에 빠졌다.
 150만 서울 시민은 새벽 비에 혼곤한 꿈을 파묻고, 맘껏 쉴 수 있는 하루를 잠자는 축복으로 채우자고 생각하며 새벽 빗소리를 들었다.
 그러나 주일, 주일예배를 위해 예배당으로 모여들기 시작한 기독교 신자들은 예배시간 전에 마주치는 사람마다 근심했다.

"소식 들으셨습니까?"

"그럼은요, 빨갱이들이 38선을 깨뜨리고 쳐내려 왔다는데. 자주 있었던 일이지만 이번에는 심상치 않은 것 같군요."

옆에서 다른 사람이 말참례를 했다.

"뭘, 또 집적거려 보는 거겠죠. 그네들의 상투적인 짓거리인 걸요. 설마 무슨 큰일이야 있을라고요? 너무 근심들 마십시오. 오히려 깊은 근심이 큰 화근을 부르는 수도 있거든요. 하나님께서 우리와 함께하시는데 무슨 그리 큰 환란이 있을라구요? 그만했으면 이 땅과 이 민족이 치를 만큼 고난을 치른 민족이 아닙니까?"

그러나 말하는 사람이나 듣는 사람들이나 뒷맛이 개운치 않기는 마찬가지였다. 그중에는 얼마 전, 북한에서 기를 쓰고 선전하던 그들의 성명서라는 것을 기억하고 떨떠름해 하는 사람도 있었다. 지난 6월 8일, 북한은 조국통일 민주전선(民主戰線) 중앙위원회의 성명서라는 것을 그들의 신문에다 일제히 발표한 일이 있었다. 중앙위원회의 최종 목표라는 것으로, 해방 5주년이 되는 1950년 8월 15일까지는 남북한 총선거를 실시하고 서울에서 국회를 소집하겠다는 결의서였다. 사람들은 '그까짓… 제멋대로 밤낮 떠벌리는 것들 무슨 소리인들 못하랴.' 하고 치지도외(置之度外)하고들 있었지만, 생각 깊은 사람들은 '무엇이 잦으면 무엇이 된다.'는 것을 알고 있어서 그들이 떠들어대는 것을 무시할 수만도 없다는 의견을 갖고 있기도 했다. 더구나 국제정세는 국제정세대로 심상치 않은 기류를 드러내고 있어, 안팎을 면밀하게 살피고 있던 사람들에게는 이 새벽의 포성(砲聲)이 가벼운 접전이 아닐는지도 모른다고 예상했다.

중국의 장개석(蔣介石) 총통은 그가 이끌던 국민당(國民黨)을 본토에서 퇴각하게 함으로 중국정부를 무너뜨리고, 중공(中共)이 본토를 붉게 물들여 군사 행동을 개시하게 만들었다. 구라파에서 연달아 터지고 있는 체코슬로 바키아, 베를린 사태도 심각한 것이었지만 공산주의자가 앞장서서 총구(銃口)를 열은 인도차이나(印度支那)의 전쟁도 간단한 것은 아니었다. 이러한 일련의 사태를 바라보면서, 허리가 잘린 남한의 좁은 땅에서 계속 서로 죽이고 깨뜨리고 불지르는 패권 장악의 욕심과 반목이 끊이지 않고 있던 중이어서, 이 새벽의 사태는 만만하게 여기지 않았다.

사람들은 혹은 근심하고 혹은 서로를 위로했지만 앞일에 대해서는 그 누구도 자신 있게 장담하고 나설 사람이 없었다.

맹의순은 빗소리를 들으며 잠에서 깨었다. 그는 잠에서 깨는 순간 언제나처럼 무릎을 꿇고 앉아 묵상했다. 비를 맞고 있는 초여름 만상(萬象)의 그 싱싱함 속에서 그는 그의 영혼이 성령께 받들려지기를 바라며 여호와께 하루가 온통 바쳐지기를 기도했다. 그리고 아버지와 어머니가 계신 방에 소리가 들릴세라 조심조심 외출 준비를 했다. 몇 개월 전까지만 해도 아버지가 혼자 계신 그 방이 그에게는 괴롭고도 무거운 숙제와도 같은 곳이었는데, 이제는 그렇게 바라보는 것이 든든하고 즐겁게 된 것에 끝없이 감사했다.

'어머니 감사합니다. 어머니 감사합니다. 이 결단이 얼마나 어려운 것이었는가를 저는 알고 있습니다. 어머니의 그 헌신을 주님께서 지켜보시며 기뻐하실 것입니다.' 마치 그의 마음의 소리를 듣기라도 한 것처럼 그의 새어머니가 아들의 방문을 나직하게 두드렸다.

"조금이라도 요기를 하고 나가야지. 이따가 부평에 갈 때까지 잘못하다가는 점심도 설치게 될 텐데. 혼자서 하는 교회 일이 너무 많아, 너무."

나 권사는 방으로 들어서며 속삭이듯이 말했다. 쟁반에는 따뜻하게 김을 올린 흰 밀가루 빵과 콩가루 미숫가루를 물에 탄 큼직한 대접이 놓여 있었다.

"아버지께서는 일어나셨어요?"

"그럼, 벌써 깨끗하게 차려 입으시구 성경 앞에 앉아 계셔."

나 권사는 그보다도 더 일찍 일어나 새벽 기도와 성경 읽기를 다 하고 이 시중을 들기 위해 부엌일을 했겠구나 생각하며 아들은 가슴이 뜨거워졌다. 미숫가루 물은 달고 시원했다.

"이 귀한 설탕을 어떻게 구하셨어요? 두었다가 두 분 잡수시지… 저는 나가 돌아다니면 설탕도 먹을 때가 있고 귀한 반찬도 먹게 될 때가 있는걸요. 다음에는 그냥 콩가루만 타주세요. 그래도 고소하고 맛있는 걸요."

"그런 걱정 말아요. 하나님께서 주신 몸을 튼튼하게 잘 가꾸는 것도 우리의 임무야. 먹을 수 있을 때 감사하며 잘 먹어야지 건강하게 일을 맡아 하지."

"어머니…."

그는 따뜻한 빵을 베어 물어 삼키면서 그렇게 불러 놓고 나 권사를 바라보았다. 방 밖으로는 빗소리가 서성거리고 방 안은 아늑했다. 그는 자기가 방금 입에 담았던 그 한마디가 따스하고 다디단 체온이 되어 전신의 혈관 구석구석에까지 스며들고 있다는 것을 알았다. 행복했다. 더없이 귀중한 것을 소유하고 있는 가장 행복한 사람이었다. 어떻게 무엇과 견줄 수 있으랴. 뜨거운 눈물이 솟았다. 앞에 앉아 있는 그의 새어머니는 그 아들의 그러한 마음을 고스란히 읽고 있었다.

"어머니…."

"응."

"제가 너무 갑자기 분에 넘치는 호강을 하는 것 같아요."

"원 무슨 그런 말을… 또 호강을 해도 주께서 내리시는 거요, 또 그렇지 않은 처지에 놓인다 해도 우리는 그저 감사할 일뿐이지."

"그래도… 어쩐지 제가 너무 제 욕심만 차린 것 같아요."

"그런 소리 말게나. 지금까지 혼자서 너무 고생이 많았지. 나 한 사람이 댁에 들어와 사는 것으로 장로님께나 의순이한테 도움이 된다면야, 내가 무얼 그리 안타깝게 나를 두고 아까워하겠나?"

"어머니, 그러면 먼저 가겠습니다. 이따가 아버님 모시고 교회로 오십시오."

빗줄기는 좀 엷어졌고 비에 씻긴 서울은 일요일 아침의 얼굴을 맑게 드러내기 시작했다.

새벽기도를 마치고 중등부 학생들 네댓 명과 함께 세브란스 위문을 거쳐 중등부 모임을 위해 다시 교회로 돌아온 아홉 시경 비는 개이기 시작했다. 말갛게 씻긴 아침 해가, 새벽을 어둡게 하던 비구름을 밀어내고 얼굴을 드러내자 천지는 새로운 빛으로 빛나기 시작했다.

그러나 아침 열 시경, 그 찬란한 햇빛이 갑자기 구겨지고 흔들리기 시작했다. 확성기로 황황한 목소리를 날리면서 국군 지프차들이 서울 장안을 질주하고 있었다. '국군 장병은 즉시 원대로 복귀하라! 국군 장병은 즉각 본대로 돌아가라! 국군장병은!….' 헌병들이 거리거리에 서서 있는 힘을 다하여 소리쳐대고 있었다. '휴가 장병, 외출 장병, 즉시 원대 복귀하라!' 지프차는 질풍같이 달리면서 계속 외쳐댔다. 그러나 한 옆으로는 초하(初夏)의 일요일. 시민들은 각자 그 일요일을 즐기기 위해 무거운 한 주일을 떨치고 거리로 나오는 길이다. 교회로 가는 사람, 고궁으로 가는 가족, 강변으로 나가는 친구들, 극장으로 나란히 걸어가는 연인들, 백화점으로 눈요기하러 가던 형제들, 모두가 경쾌하고 즐거운 하루를 만나기 위해 서두르던 시간이었다. 그들은 군인들을 불러 모으는 고함소리에 놀라서 걸음을 멈추었다. 무슨 일이야? 웬일이지? 그러나 그중의 그 누구도 지금 자기가 손에 쥐고 있는 평화로운 일요일을 빼앗기려고 하지 않았다.

"또 놈들이 집적거렸나 보다."

"아니면 여순반란 같은 게 어디서 또 터졌는지도 모르지."

사람들은 일순 긴장했지만 곧 상관하려고 하지 않았다. 중등부 예배를 끝낸 학생들이 술렁거리기 시작했다.

"맹 선생님 아무래도 심상치 않은 것 같죠? 이번 것은 단순한 접전이 아닌 것 같은데요."

"글쎄…."

"그동안 남한은 너무 방자했어요. 해방을 기적이라 믿지 않고 감사와 겸손으로 받아들이는 대신에 함부로 싸우며 짓밟고 죽이는 일로 피를 낭자하게 흘렸으니 따끔한 맛 좀 보는 것이 순서일지도 모르죠."

고등학교 3학년 졸업반이 되면서 학생회장이 된 박용기(朴容基)는 침통한 표정으로 말했다. 그러자 다른 학생이 그 말을 받았다.

"따끔한 맛을 왜 우리 남한이 맛봐야 하니? 남한을 계속해서 교란한 놈들은 저놈들인데."

회장 박용기가 커다란 눈을 부릅떴다.

"그래서 교란만 당하고 있었나 우리는? 그래서 광복운동, 독립운동했던 애국지사들을 쓰러뜨린 것도 그들이란 말인가? 어떻게 생각하세요, 맹 선생님?"

학생들로부터 질문을 받은 맹의순은 잠잠한 얼굴로 학생들을 한참 동안 바라보다가 입을 열었다.

"잘못을 저지른 사람들이 많이 있지. 지금도 저지르고 있는 사람들이 허다하지. 정치를 한다는 사람들도, 돈을 번다는 사람들도 정상배(政商輩)모리배로 불리면서도 우선은 자기 실속부터 차리는 사람들도 없는 건 아니지. 권력욕 때문에 정적(政敵)이라고 생각되는 사람을 간단히 죽이기도 하고, 돈 몇 푼 때문에 남을 망하게 만드는 경우도 허다하지. 하지만 우리는 우리 자신과의 싸움을 이겨야만 할 일이 있는 사람들이야. 우리는 그날그날 하나님 편에 서는 거야. 종말론적 시간 위에 서는 거야. 남을 바라보면서, 남의 잘못을 지적하면서 화를 내고 있을 시간이 우리에겐 없는 거야. 우리는 하나님의 뜻, 하나님의 경륜을 돌이키려고 해서는 안 되니까…. 하지만 환란

이 닥치더라도, 환란 가운데 던져지더라도 우리가 말씀을 놓치는 일이 없게 해주십사고 기도하며 나아가야겠지."

몇몇 사람이 모여서 정세(情勢)를 근심하고 있는 한 옆에서는 교회소풍을 떠날 일로 짐을 챙겨가며 잔뜩 흥분한 학생들의 무리가 있었다. 학제 변경으로 방금 고등학교 1학년이 된 여학생 하나는 잔뜩 상기한 얼굴로 그들에게 달려왔다.

"선생님, 선생님, 새벽에 비가 오기에 실망했었어요. 하필이면 그렇게 벼르던 야외예배 날짜에 그렇게 목 늘여 기다리던 비가 쏟아지는구나 하고요. 그랬더니 아침까지 그렇게 흡족한 비를 주시고 이렇게 말짱하게 해가 나지 않겠어요? 저는 반찬 준비하느라고 거의 밤잠도 못 잤거든요. 선생님께서도 부평 일을 오늘은 좀 일찍 마무리하시고 우리들한테 와 주신다면 얼마나 좋을까요. 선생님 그렇게 해주시겠어요?"

학생회에서 뚝섬으로 나가 하루를 보내자고 결정한 것은 몇 주일 전의 일이었다. 학생들이 각기 분담하여 그날 하루 함께 지낼 일을 위해 정성껏 준비를 했던 모양이다.

"섭섭하긴 하지만 자네들끼리 잘들 지내고 와. 그리고 또 김 선생님이랑 권 선생님이 함께 가시잖아? 나는 부평에서 서둘러 끝내고 와야 저녁 찬양예배 준비 시간까지 대어 올 수 있을 정도라는 것을 알고 있지 않아? 그리고 기왕 정해 놓았던 행사니까 오늘은 그냥 치러야 하겠지만, 당분간은 마음을 가다듬고 기도하며 긴장하지 않으면 안 될 것 같네. 크든 작든 지금 38선 근처에서는 젊은이들이 피를 흘리고 있어. 더러는 목숨을 버리고 있고, 우리가 지금 이렇게 안전하게 앉아 있는 것, 모여서 예배드릴 수 있는 것은 그분들의 덕이야. 사실은 여러분만 양해해 준다면 오늘 야외 모임을 중단하라고 할까 생각했었지만 모처럼 계획했던 것, 그렇게 할 수가 없어서 준비한 대로 진행하게 하는 거야. 모두들 자숙하는 자세로 다녀와야 해요. 그렇지 않아도 우리들 모임은 어디엘 가나 그리스도인이라는 옷을 입고 있는 사람들의 모임이라는 것을 잊으면 안 되겠지. 오늘부터는 각별하게 그리스도의 십자가를 묵상하며 일선에 있는 형제들을 기억해야 할 거예요."

그는 학생들을 돌려보내고 대예배에 참석했다. 비에 씻긴 날씨는 낭랑한 아름다움으로 빛났다. 맑은 하늘은 푸르렀고 나무들은 비에 씻긴 잎에서 물방울을 털며 맘껏 대기를 들이마시고 있었다. 시들었던 꽃들은 떨어져 묻히고 새 꽃들이 향기를 뿜으며 피어났다. 예배는 경건하게 진행되었다. 모두가 평화로웠다. 모두가, 모든 것이 평화롭게 빛나고 있었다. 어느 누가 있어 이 맑은 하늘과 이 평화로운 사람들의 평화로운 시간을 훼방할 수 있으랴. 찬양, 하나님 찬양의 합창은 높게 울려 퍼지고, 한 사람 한 사람 무릎 꿇어 기도하는 겸손과 겸손이 영원으로 이어지는 경건한 시간이었다.

그러나 맹의순이 부평으로 가기 위해 서울역으로 나갔을 때, 그 일대는 이미 난장판이었다. 우선 군용차들이 스피커를 내달고, '모든 군인들은 이 방송을 듣는 대로 즉시 원대 복귀하라!' '휴가 장병이나 외출 장병들은 지체 말고 귀대하라!' 성화같은 독촉이 거리를 휩쓸고, 확성기를 연결해 놓은 라디오 방송에서도 똑같은 독촉이 계속 쏟아져 나오고 있었다. 그 방송을 듣고 황황하게 뛰어가는 사병도 있었고 심각하게 굳어진 얼굴로 걸음을 빨리 하는 장교도 보였다. 즐겁고 가벼운 표정으로 웃고 이야기하며 걷던 민간인 복장의 친구 옆에서 갑자기 변한 안색을 감추지도 않고 친구와 굳은 악수를 나누는 군인이 있는가 하면, 연인의 손을 잡고 서울역 구내로 뛰어드는 장교도 있었다.

"호외요! 호외!"

소년들이 경향신문 호외를 뭉텅 뭉텅 집어 뿌렸다. 사람들은 벌떼처럼 달려들어 호외를 집어 올렸다.

〈以北 北傀軍, 오늘 새벽 네 시, 三八線 全域에 걸쳐 南侵開始. 我國軍은 卽時 敵과 交戰하여 이를 擊退中에 있다.〉

흩날리는 호외를 헤치며 지프는 계속 원대 복귀, 귀대를 외쳐댔다. 한 순간, 아니 그 방송을 듣기 한 찰나 이전까지는 태평하고 즐겁던 사람들이다. 그들에게는 이 비에 씻긴 유월의 맑은 날씨가 그들만의 것이었고, 이 청명과 향기는 축복이었다. 맘껏 쉴 수 있는 일요일 하루가 안타깝도록 아쉬웠다. 맛있는 것 찾아서 먹고, 보고 싶은 사람 찾아서 만나고, 영화 보고, 음악도 듣고, 숲으로 가서 자연을 누리며 세상 태평을 맘껏 누리려던 사람들이었다.

당황한 표정으로 기차 시간표를 올려다보던 육군소위 한 사람은 옆에 서서 오들오들 떨고 있는 연인을 굽어보며 든든한 목소리로 달래주었다.

"별일 아닐 거야. 다음 주말이면 다시 외출할 수 있을 거야. 기차 시간이 아직 삼십 분쯤 있어."

그렇게 황황해 하고 있는 사람들이 있는가 하면, 옆에서 무슨 일이 일어 났는지 오불관언 무심하기 짝이 없는 태도로 제 할 일 제 갈 길만을 찾아 바빠하는 사람들도 있었다. 사병과 장교들이 속속 서울역으로 모여들고 있었다. 더러는 청량리 쪽을 가기 위해 전차에 올라타기도 하고, 질러가는 길을 찾기 위해 군화소리도 어지럽게 이리 치닫고 저리 치달았다.

'아니, 이렇게 장병 모두가 몽땅 휴가와 외출을 나와 있었더란 말인가? 그러면 정작 지키고 있어야 할 전방에는 몇 명이 있다는 이야기인가?' 맹의순은 부평으로 가기 위해 역 구내 플랫폼에서 기차를 기다리며 잠깐 눈을 감았다. '주여, 무슨 일이 일어난 것입니까. 아바, 아버지 무엇이 우리들을 기다리고 있는 것입니까. 우리는 무엇을 어떻게 준비해야 하는 것입니까.' 마음이 몹시 산란했다.

2

　새벽 소나기 끝에 반짝 들었던 날씨는 오후로 접어들면서 다시 구름이 덮이기 시작했다. 부평 병원은 전쟁소식을 감감 모르고 있는 곳처럼 조용했다. 본관의 현관 약국 뒤쪽에 있는 봉사실에서 부인네 십여 명이 한가롭게 거즈를 접으며 한담을 하고 있었고, 그 옆에서는 탈지면을 규격대로 잘라내고 있는 것이 들여다보였다. 애국부인회에서 자원봉사로 나와 있는 아낙네들이었다.
　본관 건물을 나와 예배실 쪽으로 가는데 유정인 대위가 반색을 하며 달려왔다.
　"아, 용케 오셨군요. 서울은 어떻습니까?"
　탐스러운 흰 얼굴에 검고 큰 눈이 근심을 가득 담고 다가왔다.
　"외출, 휴가 장병을 불러 모으느라고 바쁘더군요. 방송을 듣는 즉시 모두들 급히 발길을 돌리는 것을 보며 이곳으로 왔습니다만… 저쪽의 공격기세가 어느 정도인지 어떤 형세인지 문제겠지요. 무슨 새로운 전황보도는 아직 없습니까?"
　"개성 북방, 동두천 방향, 그리고 동부전선이 한꺼번에 공략을 당하고 있는 것 같아요. 방송에서는 계속 우리 군인이 잘들 방어하고 있으니 절대 동요하지 말고 각자 자기위치를 이탈하지 말라고 하더군요. 계속 이기고 있다고 해요."
　"글쎄요, 정말 이기고 있을까요. 서울 거리의 분위기로 보아서는 우리가 기습을 당한 게 틀림없는 것 같던데, 과연 이기고 있을까요?"
　"맹 선생님, 너무 비관적으로만 생각지 마세요. 설마하니 이쪽도 군대가 있는데 그렇게 어처구니없이 당하기만 하겠어요?"

유정인 대위는 맹의순을 위로하려는 듯 밝게 웃었으나 그 웃음은 곧 스러지고 말았다. 그도 오늘 새벽, 전쟁발발의 첫 소식을 듣던 순간 어둡고 무겁던 예감으로 하여 가슴이 내려앉았던 것을 숨길 수가 없었다. 예배가 끝난 뒤 그들은 중환자실에서 한동안 함께 일을 했다. 병실을 한차례 돌고 나오면서 맹의순이 물었다.

"전황이 어떻게 되고 있는지 계속 연락은 받고 있겠죠? 아마 다급한 지경에 이르렀달 것 같으면 이 병원에도 무슨 지시가 내려질 겁니다."

"글쎄요. 아직은 아무 것도 시달된 것이 없는 걸 보면 그런대로 잘 수습이 되는 것도 같고요."

"만약에 무슨 일이 생긴달 것 같으면 이 병원은 정말 일이 많겠습니다. 저 중환자들을 안전하게 수송할 일 하며…."

유정인의 얼굴에 암울한 기색이 감돌았다. 맹의순은 그의 얼굴을 바라보면서 애써 웃었다. 그리고 쾌활하게 말했다.

"모든 것이 기우(杞憂)겠죠. 별일 없을 겝니다. 그리고 무슨 일이 생기면 그 즉시 저도 달려와서 돕겠습니다. 그러면…."

"아, 저녁을 들고 가세요. 저녁 시간이 다 되었잖아요."

"아닙니다. 서울 일이 궁금하군요. 오늘은 그대로 가겠습니다. 다음 주일에 다시… 그 안에 무슨 변동이 있으면 곧 달려오도록 하겠습니다."

"아니면… 저라도 서울로 가겠습니다. 그러면…."

그러나 맹의순은 평소처럼 가볍게 돌아서지 못했다. 유정인 그도 머뭇거리고 서서 무언가 해야 할 말이 더 있는 듯 안타까워했다. 허공에서 마주친 두 사람의 눈이 잠시 흔들리다가 젖었다. '조심하세요. 부디 보중(保重)하세요. 우리는 다시 만나야 할 사람들입니다.' 눈길은 각기 그렇게 말했다. 그리고 무슨 일이 있어도 헤어질 일이 없는 사람들임을 서로 확인하려는 듯 다시 한 번 눈길을 마주쳐 눈으로 작별을 했다.

맹의순이 서울역에 도착했을 때는 초여름 긴긴 해가 아직도 한참이나 남아 있을 무렵이었다. 장병들을 불러 모으던 아까의 소란은 일단 지나간 것 같았으나, 미국인 가족들이 황급하게 자동차에 실려 노량진 쪽으로 달려가고 있는 것이 눈에 띄었다. 미군인 가족들인 듯 지프며 스리쿼터, 더러는 승용차 안에 어린아이를 껴안고 있는 엄마들도 있었다. 짐이 넘쳐 차 지붕 위에 밧줄로 동여 맨 짐을 싣고 가는 차도 보였다. 졸지에 떠나는 길인 듯, 그들도 예상치 못한 정황에 당황해하는 피신이었다. 미국 군인들이 저 정도로 당황해 하며 피신을 하고 있다면 이 전황(戰況)은 군부(軍部)측에서조차 예기치 못한 심각함이 분명했다. '미국 군인들이 저렇게 황황하게 가족들을 피신시키는 것을 보면 아무래도 간단한 접전은 아니다.' 맹의순은 얼얼한 가슴에 손을 얹고 떠나가는 그들을 전송했다. 그들이 떠나는 남대문 일대는 휘휘했다. 부근에 모여 있던 트럭들도 전부 동원이 되었는지 한 대도 남아 있지 않았다. 맹의순은 길을 건너다 말고 계속 이어지는 미국 군인 가족들의 자동차 행렬을 다시 우두커니 지켜보았다. '저들은 미련 없이 이 땅을 떠나는구나. 뒤돌아볼 일도 없겠지. 저들은 생채기 하나 날 일이 없다면서 의기양양하게 가버리는구나. 그런데 우리는 우리끼리 쏘고 죽이고 짓밟아 가며 한사코 싸우겠다 하고…. 이 민족은, 우리는 어디로 가야 하나? 서로 찌르고 쏘고 부수고 폐허가 된 땅에서 미래가 없이 뒹굴겠지…. 아아, 우리나라 내 동포….

거리에는 아침나절의 그 활기가 간 데 없어졌다. 이따금 군인을 꾸역꾸역 실은 군용트럭이나 허름한 일반 트럭이 정신없이 달리고, 일요일 하루 휴일을 찾아 나섰던 사람들은 기대와 즐거움을 빼앗긴 황당한 걸음으로 뛰다시피 집으로 돌아가고 있었다.

교회는 저녁찬양 예배를 시간 앞당겨 드리고 일찍 헤어졌다. 그러나 몇몇 사람들은 선뜻 발길을 돌리지 못하고 머뭇거렸다. 어쩐지 헤어지는 것이 허전하여 서로서로 격려해 가며 내일을 약속했다.

"전쟁은 전쟁인가 본데, 오히려 잘됐는지도 모르지요. 아예 이 기회에 저 놈들에게 톡톡히 맛을 뵈어 주구 통일이 되었으면 좋겠네요."

"그러게나 말이외다. 우리 측에서는 그러지 않아도, 저놈들이 늘 불집만 건드려 오면 즉시 평양을 점령하고 며칠 내에 이북을 해방시키겠다고 장담해 오지 않았잖아요?"

사람들은 누구나 그 말을 믿고 싶어 했다. 그 동안 북쪽은 끊임없이 남쪽을 집적거렸다. 옹진(甕津)은 벌써 여러 차례, 개성(開城)에서, 그리고 포천(抱川) 쪽에서 자주 저들의 총을 맞았다. 그때마다 국군은 크게 다치는 일 없이 무난하게 잘 막아 냈던 일을 기억하고 있는 사람들의 희망이었다. 집으로 돌아가는 길, 맹의순은 황황해 하는 사람들의 급한 걸음 속에 휩싸였다.

"적기가 떴었어! 소련제 비행기야."

"소련 정찰기(偵察機)가 다녀갔다!"

사람들은 무엇을 어떻게 해야 좋을지 알지 못했다. 그냥 서성거리고 우왕좌왕할 뿐. 집으로 먼저 돌아와 있던 아버지 맹 장로는 라디오 옆에서 귀를 기울이고 있었다.

"전황이 어떻습니까?"

"저네들이 단단히 작심을 하고 달려든 거야. 심상치가 않구나. 옹진에서 시작해서 개성, 장단(長端), 동두천(東豆川), 포천, 춘천(春川), 강릉(江陵)에 거의 같은 시간에 불을 질렀구만. 동해안 쪽으로는 배로 밀고 들어왔다니 전면 침략이 아니고 뭐겠니? 라디오 보도로는 우리 국군이 긴급 적절한 작전으로 요격하고 있다고는 하지만, 동두천 쪽에서는 적의 전차(戰車)부대에 계속 밀리는 것 같은 느낌이 드는구나, 하지만 잘들 해주겠지. 믿어보자."
　맹 장로의 이야기를 뒷받침이나 하듯 라디오에서는 급한 목소리의 전황 보고가 계속되었다. "옹진 지구에서 격파한 전차 7대(七臺), 따발총 72, 소총 132, 기관총 5, 대포 2문(二門)을 노획했고, 괴뢰군 일개 대대를 완전히 섬멸했습니다. 삼척지구(三陟地區)에 상륙했던 공산군 연대장은 자기 부대를 인솔하고 아군(我軍)에 귀순 투항하였습니다. 그 병력과 인명 등 상세한 내용은 다시 발표하겠고, 아군은 적군을 가득 실은 군용자동차 18대를 격파하였습니다. 동해안 ○○해상에서는 무장 완료한 적군을 가득 실은 대형 군함 한 척을 격침시켰습니다." 아버지와 아들은 라디오 보도에 빨려들어 갈 것처럼 숨을 죽이고 귀를 기울였다. 아버지가 먼저 긴 숨을 내쉬었다.
　"뭐 이만하면 괜찮겠구나. 잘들 견디는 정도가 아니라 참 놀랍게 잘 싸우고들 있는데? 그러나 저러나 군인들이 많이 상하지 말아야지. 제발 후다닥 해치우고 빨리 끝내 주었으면 좋겠구나."
　"글쎄요, 이런 전과(戰果)라면 며칠 가지 않아서 끝나겠는 걸요. 오히려 저쪽이 밀려 후퇴할지도 모르겠습니다."
　"차제에 우리끼리 통일을 해낸다면 얼마나 좋겠느냐. 다소 피해가 있다 하더라도 통일만 된다면… 우리도 고향 땅에 다시 발을 디디고…."
　달이 밝았다. 저녁 무렵에 구름이 끼는 것 같더니 밤하늘은 다시 청청하게 걷히며 달빛으로 물들었다. 아버지와 아들은 불을 밝히지 않은 방에서 밤하늘을 오래도록 바라보았다.
　"그만 가서 자려무나. 내일 새벽에도 세브란스엘 들를 것 아니냐."
　"예, 안녕히 주무십시오."
　아들은 물러나왔으나 자기 방으로 돌아가서도 좀처럼 잠을 이루지 못했다.
　다음날 새벽, 새벽기도를 위해 집을 나선 맹의순은 세브란스병원 앞에서 부상병을 수송하고 있는 몇 대의 자동차를 만났다. 희끄무레하게 벗겨지기 시작한 새벽, 포근한 회색빛 여명이 눈을 뜨고 있는데, 부상병을 실은 자동차들이 숨가쁘게 밀어닥쳤다. 여명(黎明)이, 젊은이들의 몸에서 내어 뿜는 핏빛 앞에 진저리를 치고 있었다. 경상자들은 더듬더듬 자기 몸을 추슬리며 자동차에서 내리고 있었지만, 척척 겹쳐 치쌓인 채 흔들려 온 중상자들은 의식을 잃고 늘어져 있었다. 지혈(止血)붕대도 소용없었다. 둘둘 감아 맨 붕대는 오히려 피를 빨아 낸 듯 선혈을 뚝뚝 흘리고 있었다. 팔에, 다리에, 혹은 어깨에… 얼굴을 반쯤 붕대로 동여맨 사병이 있는가 하면 두 눈을 다 싸맨 장교도 있었다.

그들과 맞닥뜨린 첫 순간 맹의순은 숨을 들이켜고 굳어졌으나 곧 그들에게 달려들어 혹은 부축해서 옮겨 놓고 혹은 업어서 실내로 옮겨 냈다. 응급실이 따로 없었다. 한밤중에 불려나온 듯한 의사와 간호원들이 갈팡질팡 뛰어다니고 있었으나 손이 태부족이었다.

"어머, 맹 선생님. 잘 오셨어요. 아, 역시 하나님께서는 우리를 불쌍히 여기시는군요. 맹 선생님이 오셨으니 안심이에요. 보셨지요?"

낯익은 간호원 하나가 울상을 짓던 중에도 뛸 듯이 반가워했다. 부상병 중에 몇몇이 울면서 목이 터져라 외쳐댔다.

"아아, 탱크! 탱크! 그 탱크란 놈이 얼마나 무지막지한지 알겠어요? 소련제 티(T)34형 탱크가 어떤 놈인지 알겠어요? 못 당해요. 못 당해요…. 너무합니다 너무해요!"

다른 병사가 얼빠진 얼굴로 중얼거렸다.

"그런데 우린 전차가 없어요. 우리는 그놈의 전차가 한 대도 없는 거예요. 어휴우. 대전차지뢰(對戰車地雷) 하나 없는 맹탕 군대예요! 우리는 맨손이에요, 맨손…."

다리를 다쳐 군복 바지를 대퇴부 근처에서 찢어 내고 지혈대로 넓적다리를 동여맨 장교가 침통하게 말했다.

"탱크만 없는 게 아니에요. 우리는 대포도 얼마 없어요. 그놈들은 탱크에다 정확한 사격술을 가졌더군요. 하지만 우리에게 무기만 갖춰져 있었더라면 이런 꼴은 안 되는 건데…. 기가 막혀서… 기가 막혀…."

군인들은 그 누구도 떨어져 나간 살덩어리를 걱정하고 있지는 않았다. 장비(裝備)가 없는 것을 통분해 하고 있었다.

"탱크를 주세요. 탱크를! 포를 내어 주세요. 포를! 그러면 다시 전선으로 가겠습니다. 여기서부터라도 밀고 가겠어요! 내 친구가 죽었어요! 내 친구가 내 곁에서 그냥 숨이 끊어졌다고요!"

복도 한 옆, 모포 위에 누워 있던 병사가 울부짖고 있었다. 그러자 그 건너편 땅바닥에 웅크리고 쓰러져 있던 병사도 신음을 섞어 입을 열었다.

"우린 엠 원 소총 몇 자루 가지고 버티는 거예요. 박격포, 경기관총이 있다고 하지만 태부족이에요. 우린 속았어요. 우린 터무니없이 속은 거예요!"

컴컴한 복도에 아무렇게나 널려 있는 부상자들은 모두가 무기 없음을 통탄하고 있었다.

해가 머뭇거리는 새벽. 그들은 지옥의 밤을 거쳐 왔건만, 그 자리에도 희망이라고는 없었다. 살이 터지고 뼈가 부러지고 눈이 상하여 내던져져 있으면서도 아픔을 아파할 겨를도 없이 그저 떨고만 있었다. 어제까지 젊고 아름답던 육체였다. 싱싱함 속에서 사람을 사랑하고, 조국이 안겨준 의무를 지키며 희망을 안고 있던 육체였었다. 그런데 이제 날이 밝으면서 깨어져 못쓰게 된 육체만 남겨진 것이다. 계속 피가 쏟아지고 잘려나가고 부러지고 찌그러든 몸만 남은 것이다. 무수한 젊음이 무너지고 있었다. 무수한 목숨이 꺼져가고 있었다. 그러나 그것은 이제 시작에 불과했다.

맹의순은 두 팔을 무겁게 늘어뜨리고 침침한 복도 한가운데 우두커니 서 있었다. 아아, 무엇을 어떻게 해야 하나? 문득 두 팔이 거추장스러웠다. 육신이 무겁고 거추장스러웠다. 모두가 무너져 가는 부상당한 젊은 육체를 바라보며 자신의 육신이 거추장스러웠다.

이제 이 깨어진 젊음들은 어디로 가야 하나? 무엇을 바라볼 수 있을까? 원한(怨恨)의 정령(精靈)들처럼 눈이 퀭해서 닿지 않는 허공을 헤매듯 떠돌고 있는 이들 젊음을 무엇에다 연결시킬 수 있다는 말인가. 군인들은 무기, 무기, 무기를 달라고 외치고 있다. 그 무기로 무엇을 어쩌자는 것인가? 무엇을 구해낼 수 있으며 무슨 결론을 얻겠다는 것인지 헤아릴 필요도 없이 그저 무기가 필요하다고 외쳐 부르짖고 있다. 그 무기에 얹혀 개인이 어떻게 될 것인지에 대해서는 아무도 알려고 하지 않았다.

그러나 지금, 우리의 수중에는 그나마도 없지 않은가. 해방되던 해 십일월에 '국방 경비 사령부 조직'이 이루어졌고, 다음해 정월달에 '국방 경비대' 창설이 있어 미국으로부터 장비를 제공받아 가며 군대다운 면목을 갖추어 왔다고는 하지만, 그것은 허울과 명목만의 군대였다고 해도 과언이 아니었다. 그 무렵의 한국은 병참전술상(兵站戰術上) 최악의 상태였다. 군장비가 지급될 겨를도 없었다. 해방 직후, 극도로 쪼들리던 물자부족 현상은 군수품수송 대신, 미국의 잉여물자를 수송하는 일만을 재촉했다. 시민들에게는 일용할 식량이 없었다. 입고 쓰는 것은 둘째 문제였다. 입에 풀칠 할 것이 필요했다. 그러한 시민들의 수요(需要)를 위해 모든 수송수단이 다 동원이 되고도 모자랄 형편이었으니 무기를 갖출 겨를이 있을 리 없었다. 더구나 한국에 주둔하고 있던 미팔군은 물론, 미국정부도 한국문제에 대해서는 머리를 절레절레 흔들며 대안이 없다고 단정했다. 미국은 2차대전을 치르면서 소련을 전적으로 잘못 짚었었다. 미국이 일방적으로 흥분, 소련에 대해 갖가지 선의(善意)의 과대평가를 서슴지 않았던 실책이, 한국 땅 위에 역사적 범죄를 저지른 결과를 낳았고 이제 그 일을 두고 넌더리를 내기 시작한 즈음이었다. 미국은 그 문제를 놓고 사태를 냉철하게 직시할 냉정성을 갖출 성의도 없었다. 미래를 점쳐 볼 만한 날카로운 계산도 없었다. 그들에게, 해방 직후 졸지에 결성된 한국군이란, 나그네가 꾸려들고 들어온 허술한 보따리 같은 존재였는지도 모른다. 별로 알고 싶지도 않고 아는 체할 일도 없다는 정도의.

불과 두 주일 전, 미국의 존 포스터 덜레스가 한국일선을 시찰하고 돌아갔다. 돌아가기 전에 기자 회견 석상에서 그는 태평한 소리를 했다. '한국의 민주화를 위해 계속 경제원조를 하겠지만 전쟁위험은 없을 것 같으니 안심하라'는 내용이었다. 그때 그는 한국군의 무기보유 현황을 낱낱이 보고 받았을 것이다. 한국군 8개 사단의 무장이라는 것은 거의가 미국식 엠 원 소총이었다. 그나마 게릴라를 토벌해야 하는 토벌대가 가진 무기는 일본의 구구식(九九式) 소총뿐이었다. 미국이 한국군에게 기관총과 박격포를 나누어 주지 않은 것은 아니지만, 보병사단(步兵師團)을 지키는 야전 포대의 장비는 미국에서 이미 폐물로 내어버린 근거리 사격의 M-3형 105밀리 곡사포(曲射砲)에 불과한, 낡고 낡은 것이었다. 탱크는 물론 없었다. 중형급(重刑級) 대포도, 42인치 박격포도 없었다. 무반동총(無反動銃) 같은 것이 있을 리 없었고, 수송차량의 스페어 부분품조차 없었다. 전투기는 상상 밖의 문제였다. 미국은 국제무대의 인기(人氣) 유지를 위해 한국을 최대한 선전용으로 이용할 수밖에 없다고 작정했던 것 같았다. '미국이 돌보고 있는 한국이라는 존재는 절대적으로 비 침략지역임. 이 문제에 대해서는 추호도 염려하지 마시압.' 주한 미군사고문단과 그것을 관할하고 있는 미국국무성은 그렇게 단단히 결속하고 인기작전의 협주를 계속 신나게 해내던 중이었다.

한국의 일선시찰을 마치고, 전쟁염려가 없다는 판단을 기꺼이 천명한 덜레스가 한국 땅을 떠난 지 2주일. 〈한국전쟁 도발 위험 없음〉의 보고서를 들고 그가 워싱턴에 도착하기도 전에 삼팔선은 이북 공산당의 도전으로 무참하게 무너졌다.

　덜레스가 일선에 들렀을 때 그를 에워싸고 반가워하며 파안(破顔)의 밝은 웃음으로 웃던 천진한 한국 병사들은, 예기치 않았던 무지스러운 무기 아래, 별로 저항도 못 해보고 무더기로 쓰러져가고 있었다.

　한국군이 가지고 있는 것은 뜨거운 피와 조국애뿐이었다. 뭉클뭉클 헛되이 쏟아지고 있는 젊은 피와, 순결하고 아름다운 육체가 쓰러져 누운 땅 위로 해는 또다시 떠올랐다. 부상병은 계속 실려 오고, 좀 더 밝아진 병원은 활기를 띠며 부산스러워지기 시작했다.

　맹의순은 집에 돌아갈 생각을 접고 계속 병원에 머물렀다. 간호원 혹은 의사들의 지시를 받아 가며 부상병 치료를 도왔고 시중을 들었다. 그러면서도 틈틈이 방송에 귀를 기울였다. 이른 아침, 무쵸 주한 미국대사의 방송이 있었다. '우리는 흥분과 긴장 속에서 만 하루를 보냈다. 그러나 대한민국 군인은 그들의 자유와 위대한 독립을 위해 그 임무를 다하고 있다. 대한민국 국군의 입장과 위치는 오늘 새벽 더욱 공고하게 다져지고 있고 어제 새벽에 비하여 훌륭한 전과를 거두고 있다. 대한민국 국군은 이 나라에서 뿐만 아니라 전 세계의 격찬을 받고도 남을 만큼 용감하고 훌륭하다. 자유를 사랑하는 대한민국 국민의 정당한 목적은 달성되고야 말 것을 믿는다. 이번의 이 시련은 놀랍고 고통스러운 것이다. 중요하고 값진 것이다. 하지만 한국군의 과감한 투쟁은 이 난관을 극복하고 승리를 거둘 것이다. 우리는 승리를 획득할 때까지 단결하여 개인적으로나 집단적으로나 그 책임과 의무에 충실할 것을 약속한다.' 귀를 기울이던 사람들은 안도의 한숨을 쉬었다. 미국이 저렇게 아는 체를 하고 있는 한 우리는 외롭지 않지… 그럼, 그렇고말고!.

　시민들은 일손을 놓고 라디오 앞에만 모여 있었다. 군보도과(軍報道課) 특별발표는 라디오 방송을 계속했다. '옹진 지구에서 싸우고 있는 아군 17

연대는 해주시(海州市)를 완전 점령하고 삼팔선일대의 국군주력부대는 삼팔 이북 20킬로미터 지점에 진격 중에 있다.' 그러나 개성과 연백(延白) 일대의 전황에 대해서는 말이 없었다. '그쪽은 잘 안 되고 있는 모양이지… 하지만 옹진 지구와 다른 곳에서 잘 싸워 진격하고 있다니 다행이지….' 모두들 가슴을 졸이면서 방송에 의지하여 각자 스스로가 희망을 따라가고 있었다.

맹의순은 오후에 잠깐 학교엘 들르기 위하여 세브란스를 나섰다. 거리로 나서자 남대문 일대, 서울역 근처는 어제와 판이했다. 아니…. 웬 피란민? 사람들이 허둥지둥 한강 쪽으로 몰려가고 있었다. 그들이 황토 흙물로 얼룩진 옷이며 진흙투성이 고무신을 더러는 한 짝만 신고 달리는 사람도 보였다. 이불 봇짐을 이고 있는 아낙도 있었으나 맨손 맨몸으로 허둥허둥 달리는 사람들이 더 많았다. 늙수그레한 농부 한사람은 뎅그마니 소 한 마리를 몰고 있었다. 두려움에 쫓기고 쫓기는 사람들은 제정신 아니었다. 방송은 계속해서 좋은 전과(戰果)만을 보도하고 있었는데 이건 어찌된 노릇이란 말인가. 맹의순은 그들 사이로 들어가 함께 밀려가며 물었다.

"어떻게 된 일입니까? 어디서 오시는 거예요?"

소를 몰고 가던 농부가 한숨을 쉬었다.

"의정부 밖 이동교리 쪽에서 옵니다."

"어떻게 된 겁니까?"

"모르겠어요. 나는 어제 오후 밭에서 일하다 말고 하도 총탄이 비 오듯 해서 논두렁 밑에 엎드려 있다가 좀 뜸한 사이에, 둔덕에 풀 뜯으라고 매놓았던 소만 끌고 나왔으니까요."

"가족은 어떻게 하셨어요?"

농부는 대답하지 않았다.

"그러면 아저씨는 어디로 가시는 겁니까? 가실 데가 정해져 있습니까?"
농부는 좀 짜증스럽게 말했다.

"갈 데가 어딨겠소? 그냥 들고 뛰다보니 예까지 온 게요. 목숨이 치사하지. 처자식이 어떻게 되었는지 까맣게 모르는 채 이렇게 밀려 밀려가는 게요. 어디가 어딘지도 모르고 그냥 밀려 밀려가는 게요."

"총탄이 비 오듯 했다니 도대체 어느 쪽 총탄입니까? 전쟁이 그렇게 험하던가요? 방송에서는 잘 된다고들 계속 말하고 있던데요."

"우린 몰라요. 흙이나 파먹고 살던 우리가 무엘 알겠소? 방송이 따로 노는 게지요! 비 오듯 쏟아지는 총알은 분명 저놈들 것은 맞아요! 방송에서 떠드는 것들은 사태가 캄캄한 게지요! 빨갱이들이 서울로 쳐 들어오는 것은 불 보듯 뻔해요! 젊은이도 이것, 저것 캐묻지 말고 어서 달아나라고! 이건, 날벼락이오, 날벼락!"

절렁절렁 소방울을 울리며 따라가는 소는 주인의 걸음에 맞춰 밀려가고, 농부는 더는 귀찮다는 듯 맹의순을 외면했다. 걸음을 재촉하며 옆으로 지나가는 사람들은 소를 피해 앞으로 앞으로 달렸다. 맹의순은 농부를 따라가며 다시 조심스럽게 물었다.

"어디 가실 데가 있는 것도 아니라면서 그렇게 무작정 가시면 어떻게 하시죠?"

"어! 그 참 젊은 양반, 꽤도 질기구만! 모르겠쉬다. 그저 죽지 않겠다고 총알 피해 빠져 나왔으니 갈 곳이 어디겠소? 이 피란민들 모두 나 같을 게요, 목숨이 무언지…."

맹의순은 동자동 쪽에서 농부와 헤어졌다. 그가 찾아들어간 학교도 별 수 없었다. 교수는 교수대로 학생들은 학생들대로 이리 몰리고 저리 몰리고 수군거릴 뿐, 누구 하나 정확하게 사태 분석을 하고 행동지침을 일러주는 사람이 없었다. 그는 급우들과 후배들에게 병원 일이 급하다고 말했다.

"부상자들이 너무 많이 쏟아져 들어오고 있어. 의사와 간호원들은 물 한 모금 마실 새도 없이 뛰고 있는데도 손이 모자라. 우리라도 가서 무슨 일이든 도와야 해. 이렇게 모여 앉아서 하늘만 바라보면 더 불안하고 기운만 빠지는 법이야. 자, 다들 떨치고 일어나세!"

몇 명의 학생들이 그의 말을 따라 일어났다. 그들이 세브란스를 향해 학교 문을 벗어날 무렵 한 학생이 기겁하여 소리쳤다.

"앗 적기(敵機)야! 저건 적기야!"

그들은 그 자리에서 얼어붙어 일제히 하늘을 올려다보았다. 낯선 비행기 두 대가 그 기수를 용산 방면으로 낮게 낮추어 내려오고 있는 것이 보였다.

"아, 저건 소련의 야크 전투기야. 저기 또 한 대 날아오는군. 자, 몸을 피해 우선."

이북에서 월남한 학생 하나가 그렇게 외치면서 일행을 건물 그늘 속으로 밀어붙였다. 행인들이 물밀 듯 밀리면서 외마디를 질러댔다.

"적기다! 적기야! 소련 비행기란다. 소련 비행기!"

더러는 허둥지둥 건물속으로 몸을 피하고 더러는 별수 있겠느냐는 듯 허탈하게 서서 하늘을 멍하니 바라보고 있었다. 학생 하나가 어이없다는 투로 투덜거렸다.

"아니, 공습경보 사이렌 한 번도 울리지 않는군 그래. 우리 눈에 띈 저 비행기를 당국에서는 못 보고 있다는 말인가?"

그때, 용산 상공에 있던 비행기가 기총 소사와 함께 대낮 밝은 하늘을 쥐어뜯는 폭발음이 천지를 가득 채웠다.

"응, 기관포 대공사격(對空射擊)을 하고 있군."

그러나 그것도 별수 없는 모양이었고 이어서 아군의 것으로 보이는 비행기가 땅 위 어느 곳에서부터인가 치솟는 것 같았으나, 날렵한 야크기에 비해 움직이는 모양부터가 신통찮아 보였다.

"저건 연습기로군 그래. 아이구 저 모양을 가지고 당해 낼 재주가 있나? 이거 아무래도 생각 고쳐먹고 피난 갈 준비부터 해야 할 것 같아."

학생 하나가 반 농담처럼 말하고 있었으나 표정은 자못 심각했다. 유유하게 서울 상공을 내습한 적기는 중앙청 근방, 해군본부 근처, 용산병영 가까운 곳에 마구 기총 소사를 퍼부으며 삐라를 함께 흩뿌렸다. 어이없어 하던 학생들은 완전히 실의에 빠져, 내키지 않는 발길을 세브란스 쪽으로 옮겨 디뎠다. 맹의순은 잠깐 부평 쪽의 하늘을 바라보았다. 그쪽의 형편은 어떤지. 움직이지 못하는 중환자를 두고 그들은 이 전세(戰勢)를 어떻게 받아들이고 있을까. 유정인 대위는 집이 상도동 쪽인데 어제는 집으로 올 수 있었는지. 오늘 그는 어떻게 하려나. 할 수만 있으면 잠깐이라도 틈을 내어 상도동 주소로 찾아가 병원형편이며 두루 알아볼 수도 있으련만-

처마 밑에 좌판을 놓고 구멍가게를 보고 있는 아주머니가 헐어빠진 라디오에다 귀를 바짝 들이대고 있었다.

"방송은 뭐라고 합니까?"

학생 하나가 묻자 아주머니는 반색을 하며 고개를 치켜들었다.

"잘 싸운대. 잘들 싸우고 있다나 봐. 무슨 사단인가가 의정부 쪽을 도로 빼앗었다는군. 빨갱이들을 한꺼번에 1,500명이나 해치웠다는 게야. 그나 그뿐인가. 탱큰가 뭔가 하는 걸 58대나 쳐부쉈다는 거야. 지금 방송이 그렇게 말하고 있어요. 그 경을 칠 놈들이 무기를 잔뜩 짊어지고 쳐들어 왔다가는 다 팽개치고 도망가는 모양이야… 그저 기왕 터진 김에 삼팔선이나 싹 지워 버렸음 좀 좋아?"

천진스러운 얼굴로 전쟁 해설에 신을 내는 가겟방 아주머니 앞을 떠난 학생들은, 하나같이 글쎄… 하는 얼굴로 제각기 생각에 잠겨 길을 걸었다. 병원 입구는 더욱 목불인견이었다. 터지고 꿰져 피투성이가 된 부상자들이 누더기가 되어 첩첩이 실려 들어오고 있었다. 맹의순 일행은 충격에 빠져 멍한 얼굴로 둘러서 있었다.

"어서 부상병을 응급실 쪽으로 날러! 자, 자네는 병실 근처 어딘가에 있을 들것을 모조리 찾아다가 응급실 복도로 빨리 빨리 가져오고. 자 이리 등을 돌려. 왜 그리 넋을 놓고 있나? 이분을 어서 업고 들어가!"

맹의순은 침착하게 급우들을 지시했다. 학생 중 하나는 얼굴이 창백하게 질려 쓰러질 듯 현관 기둥에 기대어 서 있었다.

"앗, 절명했어!"

누구인가 목이 오그라붙은 듯한 목소리로 부르짖었다. 아직 체온이 따뜻한 병사의 얼굴은 평온해 보였다. 군복에서 피가 뚝뚝 떨어지고 있는 것을 보니 복부 관통상을 입었던 모양이다. 의순은 그 숨진 병사를 복도 외진 곳에 눕혀 놓고 그 앞에 무릎을 꿇었다. 그리고 아직 온기가 있는 병사의 손을 잡고 그의 영혼을 하나님께 의탁하는 기도를 드렸다. 너 누구의 아들이었더냐. 어느 어머니의 두 눈 같던 아들이었더냐. 어느 아버지의 산성(山城) 같던 아들이었더냐. 어느 누님의 동생이었으며 어느 형의 든든한 기둥 같은 동생이었더냐. 어느 동생의 믿음직하던 오빠였더냐. 아아, 그리고 어느 연인의 가슴에서 별빛으로 숨어 있던 사랑이었더냐. 이 싱싱하던 젊은 육체는 숨을 거두던 순간 무엇을 떠올렸을까. 맹의순의 뺨으로 눈물이 흘러내렸다. '하나님…, 하나님 아버지…, 어떻게 이런 일이… 어떻게 이런 일이….' 하지만 어쩌면 그 병사가 살아남은 자보다 편하게 떠났는지도 모른다.

그러나 그는 오래 울고 있을 사이도 없었다. 눈물을 들켜서도 안 되었다. 낯익은 간호원 하나가 쫓아오더니 덜미를 채듯 끌고 돌아섰다.

"맹 선생님, 맹 선생님, 수술실 일손이 대폭 부족해요. 어서 오세요! 어서요!"

수술실은 지옥이었다. 맹의순은 의사의 지시대로 기민하게 손을 놀렸다.

수술기구를 집어 올리며 '다만 한 생명이라도! 다만!' 수술실의 맹의순은 기민한 조수였다.

그는 그날 밤 늦게서야 잠깐 틈을 얻어 집엘 들렀다. 아버지 맹 장로는 여전히 라디오를 끌어안다시피 하고 당국의 보도에만 귀를 기울이고 있었다.

"아버지, 어쩐지 그 방송은 헛소리를 하고 있는 게 아닌가 싶어요. 현실은 너무 절박하고 급박합니다. 그런데 방송에서는 여전히 유리한 전황만 보고하고 있잖습니까?"

"아니다. 그래도 믿어야지. 믿어야 한다. 국민이 정부를 믿지 않고 어떻게 하겠니? 이럴 때일수록 서로 믿고 도와야지. 서로 믿고 뭉쳐야지. 국민이 믿어 주지 않는 정부가 무엇을 해낼 수 있겠니. 다시는 그런 소릴 하지 마라."

"아버지, 남대문 부근에서 서울역 그리고 용산으로 빠지는 길에는 피난민들이 수 없이 밀려가고 있습니다. 청량리 쪽에는 동두천 의정부 쪽에서 쏟아져 나온 피난민으로 발 디딜 틈이 없다고들 합니다."

"그거 다 마음이 조급한 사람들이다. 나라가 이렇게 하여라 하면 그대로 믿고 지키는 사람만이 국민이다."

아들은 아버지를 잠잠하게 바라보았다. 골격이 장대하면서 이목구비의 선이 굵직굵직한 데도 그 표정은 유화하기 이를 바 없는 어른. 뚝심이 있어 뵈어도 고지식한 점 외에는 고집이라는 것을 부려 본 일이 없는 사람. 그 아버지는 계속해서 아들을 타일렀다.

"나라가 있으니 우리가 이만큼 견디는 게다. 나라가 있으니 싸움도 싸워 주고 우리가 내 집 속에서 밤잠도 잘 수 있는 게지. 나랏일 하는 사람도 사람인 게야. 실수도 하는 때가 있고 잘못 판단하는 경우도 있는 법. 국민이 그걸 일일이 탓하고 꼬집고 한다면 거 어디 정신 차려 일할 수가 있겠느냐? 나라 고마운 줄 알아라."

"예, 잘 알겠습니다. 아버지. 그러면 병원으로 가서 부상자들을 위해 일을 계속하겠습니다. 내일도 못 돌아올는지도 모르겠어요. 염려하시지 마시고 너무 기다리지 마십시오. 어머니께서도요."

"병원이 정신없이 바쁘게 돌아간다면서 밥이나 제때에들 먹고 있는지 원."

"걱정 마세요, 어머니. 성한 몸으로 살아있는 사람들은 걱정할 게 없어요. 애국 부인회며 여자대학교 학생들이며 전부 걷어붙이고 나서서 같이 일하고 있어요."

"그래야지. 성한 사람들도 제때제때 챙겨 먹고 잠깐씩은 쉬어야 일을 더 많이 해낼 수 있을 거야."

나 권사는 대문 밖까지 아들을 따라 나오며 몇 번이나 그 듬직한 아들의 등을 쓸었다.

병원은 삶에 대한 욕구와 이미 영혼이 떠난 주검이 한데 얽혀 무겁고 침통했다. 이틀째 밤을 새우고 있는 의사와 간호원들은 기계 같았다. 겹치는 피로와 충격 때문에 그들 중 누구에게서도 감정의 편린을 찾아볼 수가 없었다. 눈은 충혈되었고 입술은 말라붙었다. 그들은 별로 말없이 일을 했는데도 목이 쉬어 있었다.

26일 자정을 넘기면서, 애써 정성껏 수술을 끝낸 부상병 중에 숨을 거두는 병사들이 늘어 갔다. 이쪽 침상에서 숨이 툭 끊어졌는가 하면 저쪽 침상에서도 힘없이 끝나는 일이 계속 벌어졌다. 맹의순은 그렇게 숨지는 병사의 머리맡에서 자기의 목숨도 털썩털썩 무너지는 것을 보았다.

복부 관통상을 입었던 앳된 병사 하나, 눈이 사슴처럼 검고 선하던 젊은 이가 눈을 아주 감았다. 서둘러 수술을 했는데도 수술 후 서너 시간 더 숨을 쉴 수 있었을 뿐이다. 의순은 일선에서 도착한 차에서 그를 안아 내릴 때부터 유난히 가슴 저리게 하던 사람이어서 수술 후에도 계속 드나들면서 그의 용태를 살폈다. 아무래도 심상치 않아 그에게 다가갔을 때, 그는 그 선한 눈을 크게 떠서 허공을 바라보며 입술을 움직였다.

"어, 어머니이, 어머니…."

그리고는 눈을 감았다. 아무도 그의 임종을 눈치채지도 못했고 또 알았다 한들 무엇을 어떻게 해줄 길도 없었다. 그의 영혼이 어머니를 만났음인가, 그의 까맣게 타 붙은 입술에 엷은 웃음이 남아있었다. 맹의순은 침상 앞에 꿇어 앉아 병사의 손을 잡고 엎드렸다. 아직도 온기가 남아 있는 손. 그는 기도할 수 없었다. '주여 이 영혼을 맡아 품어 주소서.' 하고 기도해야 했건만 주님을 찾기 전에 아직도 체온이 남아 있는 그 젊은 손이 그의 가슴을 찢어지게 했을 뿐이다. 부상병 수송차에 실려 온 그를 처음 보았을 때, 그는 커다란 눈을 뜨고 계속해서 눈물을 흘리고 있었다. 의순이 그를 안아다가 응급실 복도 담가에 뉘자 그는 의순의 소매를 잡아끌었다.

"가지 마세요. 함께 있어 주세요. 가지 마세요." 그의 손을 잡아 주자 그는 웃는 듯 입술을 말아 올리면서 말했다. "무서워요. 그리고 슬퍼요. 내 친구를 죽이던 북한군이 그리고 나에게 총을 쏘던 사람들이 우리말을 쓰고 있었어요. 우리하고 똑같은 사람들이었어요." 맹의순은 줄줄 울면서 병사의 손을 쥐고 있었다. 병사는 흐느꼈다. "내 친구… 밭고랑에 그냥두고 왔어요. 옥수수와 콩이 한참 자라는 밭에서 그는 그냥 누워 있을 거예요. 나도 거기 그와 함께 있어야 하는 건데…."

"알아요. 알고 있어요. 이제 말을 그만하세요. 수술을 받고 회복하거든 그때 더 많은 얘기를 하십시다."

병사는 고개를 끄덕이며 손에다 힘을 주었다. 그가 어머니를 부르며, 밭고랑에 누워 있는 전우(戰友)를 만나러 가기 위하여 눈을 감았다.

2. 어느 때까지지니이까 **161**

맹의순은 침상 곁을 떠나지 않을 수 없었다. 한시 바삐 보고를 해야 했고, 침상을 비워야 할 작업이 남아 있었다. 숨이 끊긴 그는, 그가 누구였건 이제부터는 시체로 처리되는 하나의 숫자에 불과했다. 그리고 생존자에게 모든 우선권을 주어야만 했다. 이 침상, 저 침상에서 시신들이 옮겨졌다. 그 일은 머뭇거림이나 미련 없이 서둘러야 했다. 그들은 숫자로 하나하나 확인되었다. 침상에 남아 있을 때와는 전혀 다른 싸늘함이 이미 모든 것을 거부하고 있었다. '육체와 영혼, 육체와 영혼' 그는 인간에게 정말 영혼이 있는 것일까 의심했다. 숨이 끊긴 육체는 무의미하고 보기 흉했다. 생명이 떠난 육체는 두려움이었다. 청결하지 않았다. 하나님께서는 왜 이런 현상을 보셔야만 하는 것일까. 생명과 육체의 분리(分離)를 보셔야만 하는 걸까. 모든 영혼의 주인이시라는 하나님께서 이렇게 뜻없이 떠난 육체를 어찌 하실 것이며 영혼을 어떻게 수습하실 것인가. 회의는 절망이었다. 그는 힘이 빠져 몸을 움직일 수가 없었다.

*

먼동이 트면서 아침이 왔다. 27일이 밝았다. 새벽 여섯 시. 뉴스는 방금 전까지 떠들어 대던 승전(勝戰) 전과를 싹 거두고, '정부와 국회가 수원으로 임시 천도(遷都)를 한다.' 방송했다. 이유는 서울 부근 외각 지대까지 적의 수중에 들게 되어 부득이하다는 것. 그리고는 국민에게 무엇을 어떻게 하라는 지시는 한 가지도 없었다. 그저 그 내용만 되풀이하여 발표할 뿐이었다. '아니 이럴 수가….' 모두들 배신감으로 떨기 전에 허탈해져서 주저앉았다.
"아니 그래 사흘을 못 버티고… 우린 어떻게 하라는 거야?"
병원에도 특별한 지시사항이나 시달이 없었다. 부상병 수송을 책임진 장교 몇 사람이 계속 부상병을 맡아 치료하라고 독려할 뿐이었다. 병원 창문으로 내다보이는 서울역 앞은 처절한 혼잡이었다. 그 혼잡을 키질하듯 대포

소리가 가깝게 들려왔다. 사람들은 대포소리에 기겁을 하며 남으로 남으로 내달았다. 한강교가 있는 용산 방면은 도도히 흘러가는 인파를 얼마든지 들이마시듯 사람들을 빨아들이고 있었다. 사람들 사이에 자동차도 있었다. 더러는 부상병을 실은 군용 트럭도 끼여 있었고, 사람들이 닥지닥지 들러붙어 사람의 산을 이룬 일반 트럭도 있었다. 나뭇가지를 꺾어 위장한 자동차도 보였다. 그러나 자동차도 제 속력을 내지 못했다. 걸어가는 사람들의 걸음에 맞춰 굴러갈 수밖에 없었다. 어쩌면 저들은 저렇게 간단히 삶의 터전을 버리고 떠날 수가 있을까, 저들은 어디로 가는 것인가. 그곳에서 무엇이 저들을 기다리고 있을까. 저들이 믿고 있는 것은 무엇인가. 수원(水原)으로 간 정부는 그곳을 끝까지 지킬 수 있을 것인가.

병원으로 들이닥치는 자동차는 계속해서 젊은 주검을 싣고 왔다. 피를 계속 쏟으면서도 병사들은 원통해 하며 몸부림을 쳤다.

"의정부 저지선이 무너졌어요. 우린 비참해요. 맨손 맨몸으로 싸우고 있어요. 아아, 수류탄도 모자라요. 수류탄만 있었다면 나도 그것을 안고 탱크 속으로 뛰어들었을 텐데. 내 친구는 한순간에 그렇게 되어 버렸어요. 수류탄을 안고 탱크 속으로 뛰어들었어요." 그는 계속 외쳐댔다. "우린 수류탄도 모자라서 탱크 위로 뛰어올라가 망치와 도끼로 뚜껑을 부수고 싸웠어요. 탱크의 기관총은 숨 쉴 틈 없이 쏟아져 왔어요."

외쳐 대고 있는 그의 눈은 공포로 얼어붙어 있었다. 가슴 속의 피는 끓어오르고 있었지만 그의 눈이 확인했던 절망과 잔혹을 그는 무서워하고 있었다.

그러나 이러한 부르짖음을 달래듯 라디오에서는 의정부 탈환!이라는 뉴스가 계속 흘러나왔다. 지쳐있던 간호원들이 환호성을 올리며 그 소식을 여기저기 알리러 다녔다.

"의정부를 다시 빼앗았대요. 의정부를 찾았대요!."

피난민 물결을 헤치고 벽보를 붙이는 사람들이 의정부 탈환 소식을 여기 저기 알리고 있었다. 그러나 대포 소리는 점점 가까워질 뿐이었다.

"이상하지. 의정부까지 다시 쫓았다는데 웬 대포소리야? 저건 아주 가까운 데서 쏘는 거 아냐?"

"이쪽에서 쏘는 거겠지. 믿어 보세."

갈피를 잡을 수가 없는 노릇이었지만 피난갈 결단을 내리지 못한 서울 사람들은 라디오의 보도를 믿고 매달렸다. 오후 세 시 반경. 라디오는 희보(喜報)를 방송했다. 내일 28일 아침 여덟 시부터 미군이 직접 전투에 참가할 것이며 맥아더사령부에 전투지휘소가 설치되어 작전이 진행 중이라 했다. 사람들은 가슴을 쓸어내렸다.

'아, 그러면 그렇지. 이제는 쫓겨 가지 않아도 되겠구나. 이제는 서울도 무사하겠구나.'

"아, 미국이 전투에 개입을 하게 되었답니다. 이제 억울한 싸움을 하며 쫓겨 가지 않아도 되겠습니다."

모두들 전쟁이 끝나기라도 한 것처럼 안심하며 기뻐했다. 맹의순은 방송을 들으며 안도의 한숨을 내쉬다가 말고 소스라쳤다. 도대체 이 무슨 당치도 않은 생각을 이렇게 당연한 것으로 받아들이고 있는 것인가. 미국, 미국은 남의 나라. 그들이 남한을 돕는 것을 어째서 당연한 것으로 알아야 하는가? 그들이 누구를 향해 총부리를 겨누며 그 총알에 죽는 것이 누구인가? 아아, 그리고 저 북쪽에서 쳐내려오며 마구 짓밟아 죽이고 이 땅을 초토화시키고 있는 저들은 누구인가? 그들은 바로 나, 나의 얼굴, 나의 핏줄, 나와 살을 함께한 사람들이건만 그들은 소련으로부터 무기를 가져다가 이렇게 동족을 참혹하게 죽이고 있다. 이 땅에 무엇이 있기에 이 땅의 사람들은 같은 민족을 다스리기 위함이라 하며 남의 나라 군대를 끌어들이고, 남의 나라 무기로 동족을 살상하는가. 이상한 땅이다. 부끄러운 땅이다. 이

나라 역사는 신라통일(新羅統一)을 자랑하며 내세우지만 신라는 백제를 통합하기 위해서 당(唐)나라를 끌어들였다. 고구려도 그 무렵에 내정(內政)이 부패해 있었다지만 신라가 당을 이끌고 가서 정복했다. 원(元)나라 앞에서 갖은 곤욕을 다 치르던 고려조(高麗朝)는 어떠했던가. 오직 애국충정으로 끝까지 원군(元軍)과 싸우겠다는 삼별초(三別抄)를 다스리기 위해 고려 왕조는 원수인 원나라 군대와 연합하여 삼별초를 진압했다. 그뿐이었던가. 순수한 민중 운동인 동학혁명(東學革命)을 쳐부수기 위해서 청(淸)나라 군인을 불러들이는 한편 일본군의 개입도 좋다고 했었다. 굶주리고 수탈당하던 내 백성을 다른 나라 군대의 총기로 죽이고 때려잡았다. 그리고 이제 와서 두 동강 난 땅을 제 뜻대로 해보겠다고 소련을 등에 업고 마구 쳐내려와 내 민족을 짓밟고 피로 물들이고 있는 것이다. 쫓겨 가던 남쪽 사람들은 미국 쪽만을 하염없이 바라보다가, 그들이 참견해 주겠다니까 살아났다고 기뻐하는 것이다. 이 땅이⋯ 어떻게 될 땅이란 말인가. 종국에 무슨 일이 일어날 땅이기에 이런 일까지 예사롭게 일어나고 있는 것일까. '나는 이 자리에서 무엇을 해야 하는가. 무엇을 어떻게 하는 것이 내가 할 일인가.'

3

날이 어두워지면서 비를 뿌리기 시작했다. 눅눅한 공간으로 대포 소리는 더욱 크게 밀려왔다. 비를 무릅쓴 피난민이 어둠을 마다하지 않고 더욱 불어났다. 어둠 속에서 흘러가는 피난민 대열은 어마어마한 유령의 행렬 같았다.
　수술 도중 외과의 하나가 과로로 쓰러지는 사태가 벌어졌다. 먹지도 마시지도 못하고 이틀 밤을 꼬박 새운 의사가 과로로 쓰러진 것이다. 한 옆으로는 목숨을 잃은 장병들의 시체가 쌓여 가기만 했다. 속속 들어오는 부상병을 감당하는 일만으로도 모든 것이 부족한 데다 그들을 어떻게 처리하라는 지시도 전혀 없었던 것이다.
　날이 어두워지며 빗발이 굵어지고 대포 소리가 가깝게 들리자 맹의순은 집의 일이 걱정되기 시작했다. 어제 저녁 집에 다녀온 것이 까마득한 옛날의 일 같았다. '어떻게 해야 하나? 아버지 어머니께 피난을 가시라고 말씀을 드려야 하나… 어떻든 오늘 밤은 일단 집으로 가서 부모님과 함께 있자.' 그는 그동안 낯을 익힌 군의관 소령과 수송 담당 대위를 만났다.
　"집이 가깝습니다. 잠깐 가서 부모님을 뵙고 새벽에 오겠습니다."
　"아, 학생 고맙소. 학생은 군인이 하는 몫의 열 배도 더 일을 해준 걸 내가 보아 알고 있소. 그렇게 해요, 집 걱정도 되겠지." 소령은 충혈된 눈으로 의순을 바라보며 미소했다. 그리고 손을 들어 등을 두드렸다. "자네는 나에게 희망을 준 사람이야. 자네가 옆에서 일 돕는 걸 보면서 나는 이 나라의 장래가 그렇게 어둡지만 않다는 걸 믿게 되었어. 가서 눈을 좀 붙이고 와야 해. 그래야 일을 계속할 수 있을 거야. 내가 잠깐 틈이 있으니, 서대문 네거리까지 데려다 주지. 비가 너무 오는 걸."
　대위는 그렇게 말하며 시계를 보았다. 새벽 한 시가 넘어 있었다 .
　"괜찮습니다. 그냥 가겠습니다."
　"지금쯤은 통행이 어떨는지 모르지만 하여간 나서 보세."
　대위는 의순을 강제로 지프차에 태웠다. 피난민 대열 위로 비가 퍼붓고 있었다. 난타하듯이 쏟아지는 빗속을 흘러가는 대열은 지옥이었다. 어디로 왜 흘러가는지 모르면서 무작정 떼 지어 가는 대열의 끝이 보이지 않았다.

자동차는 그 대열을 끊기가 어려웠다. 손수 운전을 하여 세브란스 현관을 떠났던 대위는 난감하다는 듯 혀를 찼다.

"제가 내리겠어요. 그게 오히려 빠를 것 같습니다."

대위는 손전등을 켜고 시계를 들여다보더니 고개를 끄덕였다.

"잠깐만 쉬고 돌아오게. 기다리겠네."

대위는 손을 내밀어 의순의 손을 힘있게 잡고 흔들며 웃었다. 그리고 손전등을 쳐들어 의순의 얼굴을 비쳤다.

"얼굴을 다시 보고 싶었어. 우리는 피차 뛰는 동안 얼굴을 자세히 볼 사이도 없었잖아. 아, 좋아, 좋아. 대한의 얼굴이군. 그리고 양심의 얼굴이군. 고맙네. 곧 만나세."

비는 비정하게 쏟아지고 있었다. 온몸은 물에 빠진 듯 금방 젖었다. 그는 헤엄치듯 빗속을 걸었다. 아이들의 울음소리가 여기저기서 들리고 목청껏 사람을 외쳐 부르는 소리가 엇갈려 아우성이 되고 있었다. 그러나 도도한 피난민 대열은 그 울음과 그 외쳐 부르는 소리를 휩쓸어 안고 밀려 밀려갔다. 그들은 빗물에 떠서 흐르고 있었다. 그들이 가서 닿을 자리는 정해져 있지 않았다. 오직 한강을 건너자는 일념 이외에 다른 아무 계획도 생각도 없었다.

그는 걸음을 멈추고 서서 하늘을 올려다보았다. 눈을 뜰 수가 없었다. 굵은 빗발이 사정없이 그의 얼굴을 후려 때렸다. 비, 비, 그리고 어둠뿐이었다. 어둠이 비와 함께 사정없이 쏟아져 내렸다. 그는 피난민의 물결을 거슬러 서대문까지 갔고 그곳에서 걸음을 재촉하여 집에 이르렀다. 맹 장로와 나 권사는 등불을 구석에 켜놓고 라디오 앞에 앉아 있었다.

"에구, 흠뻑 젖었구나. 자, 어서 씻어. 이 마른 수건으로 물기부터 잘 씻어내라고."

나 권사는 수돗물을 받아 놓았던 것을 대야에 퍼 담으며 아들이 돌아온 것을 반겼다.

"미국 사람들이 할 수 없이 나서게 됐다면서? 그래 병원은 어떻게 되었나?"

아들이 씻는 것을 도와주며 새어머니는 든든한 아들의 의견을 듣고 싶어했다.

"어머니, 이상하죠? 그런데 지금도 밖에는 피난민이 줄을 잇고 있어요. 이 퍼붓는 빗속을 쉬지 않고 걸어가고 있어요."

세 식구가 모여 앉았다. 좌정한 맹 장로는 꼿꼿하게 앉아 벽을 응시하고 있을 뿐 아무 말도 하지 않았다.

"피난민이 많더냐?"

한참만에 아버지는 아들에게 물었다.

"예, 이 비를 맞으며 계속 길을 메워 흘러가고 있었습니다."

"어찌될 것 같으냐?"

"잘 모르겠습니다. 상황이 여러 면으로 너무 이상하게 급변하는 것 같아요. 하지만 우리 민족이 해야 할 일 한 가지를 저버리고 있다는 생각이 듭니다."

"그게 뭐냐?"

"우리가 왜 이런 지경에 빠지게 되었는지 돌이켜 보는 일입니다. 아무리 두렵고 급해도 돌이켜 볼 일을 그냥 팽개치고 달아나서는 안 되는 것 아니겠습니까. 그저 모두가 살아남겠다고 버둥거릴 뿐, 이 일이 왜 이렇게 되었는가에 대해서는 아무도 생각지 않는 것 같습니다. 예레미야서의 말씀이 자꾸 떠오릅니다. '묵은 땅을 갈고 가시덤불 속에 파종(播種)하지 말라. **너희는 스스로 할례(割禮)를 행하여 너희 마음 가죽을 베고 나 여호와께 속하라. 그렇지 아니하면 너희 행악(行惡)으로 인하여 나의 분노가 불같이 발하여 사르리니 그것을 끌 자가 없으리라.**' 눈물의 선지자 예레미야가 우리에게 울부짖는 것 같기만 합니다."

아버지는 눈길을 내리고 다시 잠잠해졌다. 빗소리가 침묵을 짓눌렀다. 그때였다. 갑자기 어마어마한 폭음이 천지를 뒤흔들었다. 세 사람은 동시에 숨을 들이켰다. 폭탄 투하인가? 가까운 어느 곳에 원자탄이라도 떨어진 것인가? 미처 무엇이라고 입도 떼기 전에 그 무서운 굉음은 또 한 번 땅을 뒤흔들었다. 그리고는 얼마 후에 다시 잠잠해졌다. 빗소리만 어둠을 흔들어 대고 있었다.

"무슨 일일까?"

나 권사는 혼잣말처럼 나직하게 말했다.

"폭격은 폭격인가 본데 어느 쪽인지 알 수가 있어야지."

맹 장로도 답답하기만 했다. "세상이 이렇게 끝나고 말려나…. 그냥 이렇게 앉아만 있어서 되는 건지 원…."

맹 장로는 정부의 수원 천도에 적잖이 실망한 눈치였다.

"조금 눈 좀 붙이려무나. 너무 지쳐 보인다. 설마 날 밝기까지 무슨 일이야 생기겠니?"

아버지는 아들을 방에서 내보냈다. 아들은 아버지 앞을 물러나왔다. 방으로 돌아와 누웠으나 빗소리와 포성에 눌려 숨만 답답했다. 만 이틀이었는데 영겁 같은 지옥 속에 빠졌다가 벗어난 듯했다. 잠드는 일이 무섭기도 했고, 깊은 잠에 빠져 모든 것을 잊고 싶기도 했다. 무서운 갈등 속에서 허덕이던 중, 그래도 육체의 피로가 정신적인 고통을 제압했다. 그는 잠이 들었다.

얼마 만이었을까. 그는 눈부신 빛 때문에 잠에서 깨었다. 찬란한 해가 그의 방문 유리창으로 쏟아져 들어왔다. 그는 못할 짓을 하다가 들킨 사람처럼 튀어 일어났다.

"너무 곤하게 자기에 좀 더 자라고 깨우지 않았는데."

나 권사는 아들의 눈치를 보면서 조심스럽게 말했다. 그 무겁던 폭우가 거짓말이었던 것처럼 말끔히 개어 있었다.

"아, 병원 일이… 제가 그만 너무 깊이 잠이 들었었네요. 아버님께선….".

조금 전에야 눈을 붙이셨어. 좀 주무셔야겠기에 그냥 있는 거야. 무슨 일인지 새벽녘부터 방송이 끊어졌다고 하시더구만."

"정말… 포 소리가 들리지 않는군요."

밤새도록 퍼붓던 포성이 들리지 않았다. 청명하게 갠 날씨는 모든 무서운 소리와 소음까지 말끔하게 가라앉힌 듯 맑고 고요하기만 했다.

"전쟁하던 자들이 다아 물러간 게야. 그렇지?"

나 권사는 희망을 걸 듯 그렇게 말했다.

"글쎄요."

지난밤의 그 폭음과 그토록 무겁던 비는, 다시는 햇빛을 못 보게 할 것 같았다. 그런데 아무 일 없이, 이렇게 찬란한 아침 해를 보고 있다는 것이 꿈 같았다.

"다녀오겠습니다."

그는 서둘러 집을 나섰다. 밤을 새웠을 병원 의료진들을 생각하며 죄스러운 마음으로 걸음을 재촉했다. 그러나 큰 거리로 나선 그는 얼어붙었다. 낯선 전차(戰車)가 황토흙 범벅이 되어 영천(靈泉) 독립문 방면을 향해 굴러가고 있는 것이 아닌가. 전차 뚜껑을 열어젖히고 기관총 총구를 내대고 서 있는 군인은 겨자 빛 무명 군복을 입은 낯선 얼굴들이었다. 탱크의 엔진 소리에 귀가 먹먹했다. 거리 이곳, 저곳에, 빨간 헝겊으로 임시 깃발을 만들어 달고 나와 만세를 외치는 사람들이 있었다. 이것이 도대체 무엇 하자는 짓들인가? 이렇게 하고 무얼 어떻게 하겠다는 것인가? 그는 한 발짝도 떼어 놓을 수가 없었다.

그때 동리 이웃에 살던 사람이 중학교 학생아들을 데리고 지칠 대로 지친 모습으로 돌아오고 있었다. 그는 재빨리 맹의순의 등을 밀었다.

"여기 서 있지 말고 들어갑시다."

맹의순은 그에게 밀려 골목으로 들어섰다. 골목으로 들어서자 이웃집 어른이 눈물을 글썽이며 말했다.

"우린 어젯밤 피난을 간답시고 나갔지 뭐요. 피난민이 하도 많아 길을 수도 없는 길을 밀려 밀려 자정이 지난 무렵 한강에 이르렀는데 갑자기 한강 다리 위로 폭탄이 떨어졌어요. 하늘과 땅이 뒤집히는 광경이었어. 수만 명의 피난민이 건너가고 있던 다리를 폭파한 거요. 아마 서울로 쳐들어 온 인민군이 남하하는 것을 막겠다는 뜻이었겠지만… 세상에! 세상에… 어떻게 이럴 수가… 폭파되는 다리와 함께 몇 백 명이 강으로 떨어졌다네. 곧장 수중고혼이 된 게요. 폭파 전에 다행히 다리를 건너간 사람들은 그 길로 내쳐 남쪽으로 갔겠지만, 미처 다리를 건너지 못한 사람들은 우왕좌왕 서로 밀치고 자빠지고 하다가 더러는 돌아서고 더러는 북한강 쪽으로 달립디다. 우리 가족은 날 밝기를 기다려 되돌아오는데 이미 서울은 적의 수중에 떨어지지 않았겠소? 피난 떠났던 걸 알면, 저놈들이 우릴 다 쏴죽일 것 같아서 애 어미와 따로 떨어져 집으로 돌아가던 길이오. 그러니 이제 꼼짝없이 우린 죽었소. 학생도 움직이지 말고 어디에 꼭꼭 숨어요."

그도 이북이 고향인 월남인이었다. 해방 다음 해, 공산당에 진저리를 치면서 천신만고 끝에 월남해 온 사람이었다. 의순은 우선 집으로 달려갔다. 마침 잠에서 깬 맹 장로가 라디오를 듣다 말고 얼굴이 흙빛이 되어 있던 참이다.

"서울이 적의 수중에 떨어졌구나. 이게 도무지 무슨 변괴란 말인가."

"아버지, 지금 길거리에는 온통 이북 군대의 탱크가 줄을 잇고, 간간히 붉은 기를 들고 뛰어나온 사람들도 있었습니다. 그리고 지난밤에 천지를 뒤흔들었던 폭음은 한강교를 폭파해 끊었던 소리였습니다."

"이제 우리는 가지도 오지도 못하게 되었구나."

"아버지, 저는 병원엘 가보아야겠습니다. 밤사이에 어찌 되었는지, 필경 아무도 못 떠나고 그 자리에서 일을 당하고 있을 겝니다."

"괜찮겠느냐?

아버지는 아들을 따라 일어나며 어두운 얼굴로 물었다.

"무사하기야 쉽지 않겠지만 가서 함께 겪는 게 옳을 것 같습니다."

아버지는 아들의 얼굴을 침통하게 바라보았다. 부디 보중하여라. 아버지의 눈은 그렇게 당부하고 있었다. 일단 병원으로 돌아가기로 작정한 의순의 마음은 잔잔했다. 그러나 큰 길로 나서서 걷고 있는 그에게 세상 모든 것이 무력하게만 보였다. 비에 씻긴 청명한 날씨도 무력했다. 무서운 소리를 내지르며 굴러가는 탱크의 모습도 무의미했다. 붉은 깃발을 내어 걸고 뎅뎅거리며 전차가 지나가고, 무엇에 흥분하고 있는 것인지 제 세상 만났다고 날뛰는 사람들도 허깨비처럼 보였다. 날뛸 것도 없거니와 절망할 것도 없을 것 같았다. 뭐가 뭔지 알 수 없었다. 혼란혼동이었다.

서울은 사람들이 갇혀 있는 폐기(廢棄)된 도시가 되었다. 정부는 괜찮다, 괜찮다 국민을 달래는 한편, 자기들끼리 몰래 보따리를 싸가지고 달아나고, 국민이 그 뒤를 따라가려고 하니까 오직 하나 있는 다리를 비정(非情)하게 폭파했다. 그리고 서울 시민은 영문도 모를 28일 아침을 맞이한 것이다. 비가 퍼붓던 하룻밤 사이에 세상이 뒤바뀌었다.

그는 서대문 네거리를 지나고 서소문을 거쳐 서울역 쪽을 향해 걸음을 빨리 했다. 아무리 적(敵)이라고는 하지만, 그들도 사람인데 부딪혀 사정해 보면 부상병에 대한 무슨 특별한 조치가 있겠지. 그래도 희망을 가져 보았다. 그리고 새로운 결의로 다짐했다. 그러나 염충교를 지나갈 무렵, 창백한 얼굴로 달려오는 세브란스 간호원 하나와 마주쳤다.

"어딜 가시는 거예요?" 세브란스 식구들에게 맹의순은 그동안 한 가족이었다. 그 간호원은 실색을 하며 그를 돌려세웠다. "병원으로 가시는 거라면 그만두세요. 그리고 어서 피하세요. 어서요!"
"어떻게 되었습니까?"
그는 날이 밝을 때까지 잠에 빠져있던 자기 탓으로 세상이 이렇게 된 것만 같은 죄책감에 눈앞이 캄캄해졌다.
"그들이 벌써 병원을 접수했어요. 나도 새벽에 좀 쉬느라고 집으로 갔다가 조금 전에 병원까지 일단 갔던 거예요. 글쎄 그것들이, 우리 부상병들을 병원 뒷마당으로 다 끌어내고 있지 않겠어요? 총살할 준비를 하고 있더군요. 세상에…."
간호원은 말을 맺지 못하고 울었다. 맹의순은 울고 있는 간호원을 그 자리에 두고 병원을 향해 달리기 시작했다. 그러자 간호원이 그에게 매달렸다.
"소용없어요. 맹 선생님이 가보셔야 아무 소용없어요."
"그래도 가야 합니다. 우리 부상병들을 그렇게 버려둘 수는 없습니다."
간호원은 흐느끼며 만류했다.
"그렇게 뜻 없이 목숨을 버리고 싶으세요? 지금 그들 옆에 가보셔야 맹 선생님의 목숨은 총알 한 개와 맞바꿀 뿐이에요. 안 돼요. 내 말을 믿어주세요."
"그러면 먼 자리에서라도 확인하고 오겠습니다."
"나도 함께 가겠어요."
그들은 서울역 앞을 가로질러 동자동 쪽에서 길을 건넜다. 그리고 퇴계로로 꺾어지는 큰길 모퉁이에서 언덕길을 타고 숲 속으로 숨어들었다. 만상(萬象)은 아침 햇빛 아래 청명하고 눈부셨다. 밤새 비에 씻긴 숲 속이 청량했다. 아직 해는 찌는 것 같지 않았고, 먼지가 기껏 씻겨 모든 것이 청청했다. 길가에 고만고만하게 늘어선 기와집들과 이층 건물 뒤로 세브란스 병원이 보였다. 그 옆으로는 ㄱ자의 기와집인 남대문 교회가 있었고 남대문 교회와 병원 저쪽으로 뒤뜰이 있었다. 아득하게 건너다보이는 위치였지만 점령군이 무엇을 하고 있는지는 알 수 있을 만했다. 겨자 빛, 그보다 조금 어두운 황갈색 군복을 입은 사람들이 건물 안에서 부상병들을 끌어내고 있었다. 혹은 팔을 휘감아 질질 끌고, 혹은 비틀거리는 사람을 떠밀어가며 몰아내고 있었다. 그렇게 끌려나온 부상병들이 담장 가에 치쌓이듯 던져졌다.

"아니 부상병이 어쩌겠다고!"

맹의순은 주먹을 불끈 쥐었다.

"곧 몇 발의 총성이 울리겠지요. 그리고는 끝이겠지요."

간호원이 말했다.

"포로 대우라도 해야 하는 것 아닙니까? 저럴 수가!"

"저들은 자기네 부상병을 집어넣을 병원이 당장 필요할 거예요."

"지금 병원에는 국군 부상병뿐만 아니라 우리 의사와 간호원들이 그대로 있을 게 아닙니까?"

"거푸 사흘 밤을 샌 사람 몇몇을 추려서 좀 쉬었다가 오라고 돌려보냈으니까 나머지는 고스란히 저기에 있다는 얘기지요."

"그들은 어떻게 될까요?"

"감시해 가며 부려먹을 거예요."

"그런데 저 고통 중에 있는 부상병들을 저렇게 하다니…."

"저들로서는 귀찮기 이를 바 없는 존재들이겠죠. 포로 운운하며 다루기에는 복잡하고 머리 아플 거예요. 아마 저들은 두 손 들고 항복하는 사람까지도 그냥 쏘아 버릴 사람들일 텐데요. 포로한테 밥 먹이고 치다꺼리하는 것도 귀찮을 텐데 부상병을 두고 보겠어요? 누가 치료를 하게 하고요?"

"아무리 그렇기로서니…."

"그래요…, 이 맑고 찬란한 아침에…."

'아아, 하늘은 왜 이리 푸른가. 태양은 왜 이리 눈부신가.' 아무 일도 없는 듯 맑은 하늘이 원망스러웠다. 그들이 거리로 내려왔을 때, 거리의 무질서는 심했다. 영문 모르고 뛰어나왔던 시민들까지도 덤덤하게 서 있다가는 무슨 화가 닥칠지 모르겠다는 생각에서였는지 잘 올라가지 않는 두 팔을 끌어올리며 만세, 만세, 기를 쓰고 있는 모습도 섞여 있었다.

탱크가 위용을 자랑하듯 지축을 흔들며 지나가는 사이사이, 박격포 포구의 덮개를 벗긴 땅딸막한 곡사포(曲射砲), 그리고 무반동포(無反動砲)를 갖춘 대열이 계속 지나갔다.

"맹 선생님, 우리 어떻게 해서든 살아서 만나요, 네?"

간호원은 의순의 손을 잡아 흔들고는 돌아서서 사람들 틈에 섞여 제 갈 길로 달려갔다. 살아서 만나요. 살아서 만나요 네? 귓전에 남아 있는 그 소리를 다시 주워 담아 듣기나 하려는 듯 그는 고개를 숙이고 서 있었다. 살아서 만나요. 살아서… 산다는 것이 무얼까. 그건… 죽는 사람들을 제쳐 두고 남는 것 아닌가. 살아서 남는다는 것, 남는다는 건 무얼 뜻하는 것일까. 그는 돌아가신 어머니와 누님과 형과 여동생을 생각했다. 문득 다행이다 하는 생각이 들었다. 살아남는다는 것은 고통을 겪어야 한다는 이야기가 아닌가. 계속해서 겪는다는 뜻이다. '나는 무엇을 겪기 위해서 남아 있는 것인가. 무엇이 내 앞에서 나를 기다리고 있을까.' 그는 고개를 들어 하늘을 우러러보았다.

*

맹의순은 남대문 교회 부목사인 배명준 목사와 함께 정릉산 골짜기를 타고 산 깊은 곳을 찾아 올라갔다. 태양은 끓고 땅은 끝없이 목말랐다. 나무 그늘도 별로 도움이 되지 않았다. 나뭇잎마다 헐떡이고 있었다.

"아이구, 이거 더는 못 움직이겠구만. 어디 물 있을 만한 데서 좀 쉬어 볼까."

배 목사의 얼굴은 창백하게 질려 있었다. 그들은 우선 마련해 온 물통의 물을 조금씩 마셨다. 물통 뚜껑에다 물을 따르고 그것을 들이마시던 맹의순은 자기 손을 보고 쓰게 웃었다. 그리고 새어머니 나 권사의 모습을 떠올렸다.

"기도하라우. 거저 걷거나 앉거나 깨어 있거나 자거나 간에 기도하라우. 그리고 성경책을 몸에서 떼 놓디 말구. 험한 일들 당해도 주님의 뜻이니까 원망하는 맘 일디 않게 감사부터 하는 것 잊디 말구…, 그리고 손하고 얼굴을 흙으로 자꾸 문질러야 해. 그 사람들은 무조건 손부터 낚아채서 본다는 게야. 노동잔가 아닌가부터 갈라서 보겠다는 속셈이라지."

그러면서 어머니는 흙과 굵은 모래로 손등이며 손바닥을 사정없이 비벼댔다. 네 사람이 둘러앉아 예배를 드린 후 배 목사와 의순이 집을 떠날 때, 아버지 맹 장로는 그 근엄하던 얼굴에 애틋함과 슬픔을 담고 아들을 바라보았다.

"계속 기도하며 담대함과 지혜를 구하거라. 하나님께서 동행하신다."

그리고 아버지의 눈은 그런 것을 애절하게 말하고 있었다. '너는 내 아들이다. 이제 이 땅 위에 내 핏줄이라고는 너 하나뿐이다. **자식(子息)은 여호와의 주신 기업(企業)이요 태(胎)의 열매는 그의 상급(賞給)이로다.**' 말씀하신 대로 너는 하나님께서 내게 주신 기업이요 상급이 아니냐? 너는 나의 기업이다. 이 땅, 이 세상에 단 하나뿐인 핏줄이다. 부디 아비를 생각해서라도 무사해다오. 이 아비를 외톨이가 되게 하지 말아다오.' 의순의 가슴속에서 뜨거운 슬픔 한 덩어리가 핏빛 같은 아픔과 함께 뭉클 솟았다. '고마우신 어머니. 아아 하나님 아버지의 자상하심이여… 저에게 어머니를 주시어 이 어려움 속에서 서로 위로가 되게 하시고 지혜가 되게 해주셨습니다. 주여 감사합니다.' 그는 어머니가 열심히, 열심히 비벼 주던 손을 다시 들여다보며 빙긋 웃었다. 그리고 생각했다. 공산당들의 눈을 속이기 위해 흙칠을 해야만 했던 손. 참으로 이 손이 무엇을 말해 주고 있는가. 지금까지 이 손은 무엇에 쓰였었나. 무슨 일을 했던가. 생산해 낸 것이라고는 아무것도 없는 손이었다. 부드럽고 깨끗하기만 한 손, 마디가 곱고 보기 좋던 손, 사실은 부끄러운 손이었다. 양심을 찌르는 손이었다. 물론 아직까지는 학생의 신분이었으니까… 하는 변명도 있을 수 있는 일이었지만, 실로 이 손은 희생과 헌신은커녕 자급자족하는 일에조차 쓰인 일이 없던 손이라는 것을 생각하며 새삼스럽게 놀라지 않을 수 없었다. 공산당을 빌어 혼도 날 만한 일이지…. 그는 한숨을 지었다.

　물을 마신 뒤, 소나무에 등을 기대고 앉았던 배 목사는 잠깐 사이에 지친 모습으로 잠들었다. 이제 나이 사십의 배 목사. 한참 힘을 쓸 수 있는 장년의 남자다. 그러나 그도 몸을 움직여 일해 본 일은 없는 사람이다. 구령(救靈)사업에 모든 것을 던져 목회자로서 끝없는 일을 하고 있는 사람이기는 하지만, 이런 경우에 이렇게 금방 지쳐버리는 것은, … **'땅은 너로 인하여 저주를 받고 너는 종신(終身)토록 수고하여야 그 소산(所産)을 먹으리라… 네가 얼굴에 땀을 흘려야 식물(食物)을 먹고….'(창세기 3장)** 말씀대로 살지 않았다는 증거다. 모름지기 신앙인으로서 복음(福音)을 전하고 구령사업에 전념한다 하더라도 그 자신의 먹이를 위하여 인간은 각자가 그 정해진 분량의 수고를 하지 않아서는 안 되는 존재였다.

　그는 짊어지고 온 식량 보따리를 눈어림해 보았다. 나 권사가 만든 밀가루 떡 몇 덩이와 보리 미숫가루, 그리고 소금과 쌀 몇 되가 전부였다. 저것으로 며칠이나 견딜 수 있을까.

　날씨는 나날이 기승기승 끓기만 하는데 전선(戰線)소식은 계속 암담했다. 정부는 서울을 간단히 빼앗기고 물러난 지 엿새 만에 수원(水原)까지 적에게 빼앗기고, 다음 저지선(沮止線)을 설치했다고 한 것이 벌써 한 주일 전의 이야기다. 그러니 이제쯤은 또 어디까지 쫓겨 갔을까. 공산군의 방송은 부산 해방(釜山解放)이 박두했다고 떠들어댔고, 남한방송은 수원에서 퇴각한 아군이 진천, 청주, 평택을 거쳐 천안, 조치원, 대전으로까지 밀려가고 있다는 것을 발표했다. 제○사단 일부는 천안에서 온양, 예산으로, 또 일부는 청양, 홍성을 거쳐 대천까지 밀려가고 있다는 보도를 들었던 것도 오래전의 이야기다. 남한 측의 방송을 믿을 수만 있다면 적(敵)이 수원 전선의 지연작전에서부터 고전(苦戰)하고 있는 것이 사실일 것 같기도 했지만, 이 전쟁의 결과는 그 누구도 예측할 수 없었다.

*

서울 장안에는 굶주림이 퍼지기 시작했다. 거리거리마다 활기 있게 오가는 것은 따발총을 멘 겨자 빛 무명군복의 인민군과 그들의 발뒤꿈치쯤에서 갑자기 날뛰기 시작한 얼마간의 공산주의자들뿐, 나머지는 식량을 구할 길이 아득한 사람들이었다. 불을 뿜는 전선은 농번기에 한참 자라고 있을 곡식을 무자비하게 짓뭉개며 전토를 불태워 갈 것이고, 전쟁은 총알이나 폭탄으로만 사람을 죽이는 것이 아니라 식량을 짓밟는 것으로 더 손쉽게 사람을 죽여 갈 것이다.

더위, 더위, 더위는 산을 찍어 누르고 있었다. 맹의순은 그 더위를 벗어나 보려고 몸을 일으켜 세웠다. 발치 저 아래로 청수장 지붕 한 자락이 내려다 보였다. 사람들이 희끗희끗 눈에 띄기도 했다. 안신을 바라고 피신하여 집을 떠났지만 이곳이 안전지대라고 누가 보장할 것인가. '주여, 나에게 심으신 뜻이 있어 나를 아직 살게 하시는 것이라면, 이 산속이 주님의 품이 되게 해주소서.' 그들은 밤이 되면 이슬을 피해 몸을 숨겼다. 밤이면 모기의 악착같은 공격을 견뎌야 한다. 눈에 잘 보이지도 않는 미물들이 그렇게 용케 피 맛을 알다니…. 그러나 합동 집 마루 밑에 비하면 산속은 낙원이었다. 마루 밑에서 살을 파고드는 곰팡내 대신, 산속에는 별이 있었다. 곰팡내와

땀이 범벅이 되어 살이 짓무르는 고통과 달리 숲의 향기와 소리가 있었다. 북한 인구의 2할이 넘는 2백만 이상이 38선을 넘은 것에 대한 자료를 상세하게 지니고 있다는 공산당은, 작성해서 들고 온 월남한 사람들의 명단을 들고 가가호호 샅샅이 뒤지고 있다고 했다. 맹관호 장로는 합동 마루 밑에 남아 있기로 했고, 배 목사와 아들은 일단 집을 떠났던 것이다. 그들은 집을 떠나기까지 두 차례나 습격을 당했다. 수색은 잔인했다. 새벽 한 시 두 시, 그들은 야행성 동물처럼 밤을 낮처럼 쳐들어왔고 골목골목을 이 잡듯 돌아다녔다. 그들이 두 번 째 합동 집을 습격했을 때, 맹의순은 진정한 공포가 무엇이라는 것을 체험했다. 마루 밑 어둠은 공포의 심해(深海)였다. 눈을 부릅뜬 채, 익사 직전의 표류자처럼 어둠을 들이켜야 했다. 아버지를 의식하지 못했다. 목사님 생각도 할 수가 없었다. 마룻장을 딛는 무거운 군화 소리에 그의 의식이 무자비하게 짓밟혀 혼절해 갈 뿐이었다. 수색자들이 집안을 온통 짓밟고 돌아간 뒤 그는 어둠 속에서 자문(自問)했다.

이렇게까지 하면서 살아남아야 할 무슨 의미가 있는 것일까. 하나님 그분의 뜻은 어디에 있는가. 왜 그분은 이 사태를 외면하고 계실까. 이렇듯 엄청난 살육과 파괴 속에서 이렇게 숨어 모면케 하시는 뜻이 무엇일까. 도대체 무엇을 위해 숨어 있어야 하는가. 무엇을 위해서…. 그는 다시 세상을 떠난 어머니와 누님과 형님과 여동생을 떠올렸다. 그리고 세브란스 병원에서 숨을 거둔 젊은이들을 생각했다. 그들의 죽음을 두고 위로할 수 있는 길이란 한 가지뿐이었다. '의인(義人)이 죽을지라도(망할지라도) 마음에 두는 자가 없고 자비(慈悲)한 자들이(경건한 자들이) 취(取)하여 감을 입을 지라도 그 의인(義人)은 화액(禍厄) 전(前)에 취하여 감을 입은 것인 줄로 깨닫는 자가 없도다. 그는 평안(平安)에 들어갔나니 무릇 바른 길로 행(行)하는 자는 자기들의 침상에서 편히 쉬느니라.'(이사야 57장 1절 12절) 그렇다, 그들이 이 땅을 떠난 것은, 어느 때, 어떤 모습 어떤 형태로 떠났건, 그것은 하나님께서 그들을 사랑하시어 그들이 이 땅에서 화(禍)를 입기 전에 그들을 취(取)하여 가신 것이고 그들이 평안(平安)에 들어 자기들의 침상에서 편히 쉬게 하신 것이다. 그렇다면… 그렇다면 나는 정녕 무엇을 위하여 이렇게 살아남아서 숨어 있어야 하는가. 마루 밑 땅속에는 시간이라는 것이 없었다. 시간은 어둡고 습한 웅덩이 속에 빠져 썩어갔고, 견디기 어렵도록 역한 냄새를 풍겼다. 어둠 속에 웅크려 앉아 생각하고 느끼는 것도 괴로웠다. 절망이었다. '이것은 무엇을 위한 준비입니까. 이 어둠속에 어느 때까지 빠져 있어야 합니까. 앞에서 기다리는 것이 무엇인지 궁금합니다. 하나님, 저는 하나님이 사랑이시라고 믿기 전에 두렵습니다. 무엇으로 이 두려움을 지워버릴 수가 있겠는지요. **'우리가 알거니와 하나님을 사랑하는 자, 곧 그 뜻대로 부르심을 입은 자들에게는 모든 것이 합력하여 선(善)을 이루느니라**'(로마서 8:28) 하셨지만, 지금의 이 어둠이 어떠한 선(善)을 위해 필요한 것입니까. 그 선은 어떠한 선이 되겠습니까.' 마루 밑, 흙무덤은 과거도 미래도 없는 어둠뿐이었다. 보낼 것도 없고 올 것도 없는 무덤이었다.

그러나 배 목사와 함께 피신해 있는 산속의 밤은 영원을 내다볼 수 있는, 작은 창문 같은 별을 허락했다. 저 천공(天空)의 별들을 하루에 한 번씩만 올려다 볼 수 있어도 살인 같은 것은 일어나지 않을 텐데. 이렇게 악착같이 전쟁을 계속하지는 못할 텐데…. 그는 별을 바라보다가 불현듯 김영주의 얼굴을 떠올렸다. 미소, 전신으로 부딪쳐 오던 열정이 갑자기 실감으로 밀려왔다. 그러나 지금 영주는 없다. 어떻게 되었을까. Y전문학교의 숲, 그 울울한 숲 속의 새 소리, 교정(校庭), 그리고… 친구. 장형진은 서울을 벗어났을까? 그 친구도 이렇게 갇혀 있을까? 아 백모란 같은 유정인 대위. 부평에 있는 육군병원은? 그 병원에 있던 환자들은 어떻게 됐을까. 아니, 아니 그보다 세브란스에 있던 국군부상병들은 그렇게 뒷마당으로 끌려 나간 뒤에 어떻게 되었을까.

그는 어둠 속에서 무릎을 꿇었다. 6월 26일, 그리고 다음날인 27일, 일선에서 총을 맞고 뜨거운 피를 흐리며 도착하던 젊은이들의 얼굴 얼굴들이 다투어 떠올랐다. 어머니를 부르며 숨을 거두던 병사의 마지막 숨결이 뺨에 닿는 듯했다. 북한에서 내려왔다는 인민군을 아직은 만난 일이 없지만, 오직 생각 한 줄기, 사상(思想)을 달리했다고 피의 빛깔, 감성의 흐름조차 다르기야 하랴. 그들도 우리와 똑같은 얼굴, 똑같은 언어, 다를 것 없는 푸성귀 반찬에 밥을 먹으며 똑같은 옷을 입고 살아가는 사람들이 아닌가. 그러나 그들이 맡은 배역은 죽이는 역할이다. 그들 중 어머니를 마지막 부르며 숨을 거두는 병사인들 없으랴. 그들 중 이 전쟁을 억울해 하며 팔이나 다리를 잘린 젊음인들 없으랴. '나는 아직 살아 있다. 숨쉬고, 먹고, 배설하고⋯ 그리고 이렇게 허기짐 속에서 밤하늘의 별을 바라보고 있다. 왜? 무엇을 위해서인가. 이 상황을 언제까지 견뎌야 하는지 알지 못하면서 그래도 견디고 있다. 도대체 무엇을 위해서인가. 많은 사람들이 떼죽음을 하고 있는데, 나는 목숨을 부지해 보겠다고 이렇게 숨어 있다. 이 목숨을 무엇에 쓸 것인가. '**호흡(呼吸)이 있는 자마다 하나님을 찬양하라.**'(시편 150편)는 그 말씀을 실행하기 위하여? 내 영혼이, 내 영혼이 지금 하나님을 찬양하고 있는가. 그는 얼굴을 파묻고 꿇어 엎드렸다. 그러나 그의 영혼은 어둡게 닫힌 문 저쪽에 죽은 듯 숨어 있었다. 그의 영혼이 입을 열지 않았다. 하나님 아버지를 부르지 못했다. 호흡이 있는 자마다 하나님을 찬양할지어다⋯.

이 많은 죽음을 보면서, 뜨거운 강물처럼 흐르는 이 피의 흐름을 보면서 그 피의 주검을 딛고 서서 하나님을 찬양하라는 말인가. 이 떼죽음을, 이 파괴를 보라 하시는가. 죽음, 죽음, 이 젊음들이 무너지는 것을 지켜보며 하나님을 찬양하라 하시는가.' 그는 어둠 속에서 오열했다. 주먹을 부르쥐었으나 어둠은 손에 잡히지 않았다. 그러나 손에 잡히지 않는 그 어둠이 그를 포박하고 있었다.

*

하루, 이틀, 사흘, 때마다 허기만을 간신히 달래며 미숫가루를 물에 풀어 먹고 날쌀 몇 알을 씹는 것으로 때웠지만, 여름날 하루의 길이는 처량하게 길었다. 그리고 하루는 그리도 더디 가는데 식량은 허무하게 뭉턱뭉턱 줄어들었다.

배 목사의 힘들어 하는 모습이 가슴 아팠다. 아내 생각, 아이들 염려, 교회 교우들에 관한 궁금함, 배 목사는 이따금 몇 마디씩 답답하고 궁금한 생각들을 입 밖으로 내어 말하고는 했지만 낙담하는 말은 비슷하게 비치는 일도 없었다.

"축복인 줄 알아야디. 하나님께서 우리 민족을 연단하시는 거디. 이 민족을 각성시키려는 거야. 우리는 이 전쟁을 감사해야 옳다고. 다른 우방(友邦)들도 그래. 우리의 이 경우를 보구 겸손해져야 해. 그러니끼니 이북의 저 군대는 하나님께서 쓰시는 몽둥이와 막대기야. 인생 몽둥이와 사람 막대기를 쓰신다 하셨거던? 이게 환란은 환란이디. 허지만 축복에 이르기 위한 길인 줄 알아야 해. 아암. 정말이야!"

"목사님, 혼자 듣기에는 너무 아까운 말씀이네요."

"뭬 아까워, 날 살려 주시면 다음에 우리 교회 식구들 모아 놓고 말하면 되디. 이제 머지않아서 이때 니야기를 하면서 교훈 삼을 날이 있겠디. 난 믿네, 믿어!."

"저도 믿습니다."

"감사 감사할 일뿐이디. 지금 우리가 무슨 욕심이 있갔나? 돈 욕심을 가지갔나?, 권력 욕심을 가지갔나? 그 밖에 소소한 쓸데없는 근심을 하갔나? 그저 목숨 하나 놓고 우리는 그걸 딛고 서서 주님 외쳐 부르며 해산(解産)하는 고통으로 기도할 수 있는 기회거던? 이 산속에서 좀 좋은가? 주께서 우리를 기도의 처소로 인도하신 걸세. 우리는 피신 온 게 아니라 기도하러 산중에 와 있다는 걸 알아야 할 걸세."

그렇다. 공산주의자들이 그리스도인을 향해 창끝을 번쩍이는 것은, 크리스천이 크리스천 되기 위해 박해 받는 기회요 축복의 출발일지도 모른다. 그리고 이 산속을 기도의 처소로 만들어 주신 것으로 믿고 각자가 오직 단독자로서 주님을 만나야 할 자리다. 내 목숨조차도 드러내지 않고 나아가 주님을 뵙는 자리가 되어야 할 것이다. 오직, 단독자(單獨者)로서 주님 앞으로 가서 사랑을 배우며, 그 사랑 안에서 나의 실상(實相), 본질적인 자아(自我)를 찾으라 하시는 기회. 우리의 영혼을 흐려놓고 어둡고 복잡하게 만드는 일체의 불필요한 것들을 잘라내고 그분 안에 들어가라시는 기회다.

밤이슬을 피하는 일은 쉬운 일이었다. 그러나 낮의 광명 속에서 몸을 숨기는 일은 쉬운 일이 아니었다. 두 사람이 마련해 온 식량이 겨우 한 움큼씩 남아 있을 뿐, 산짐승들보다 무력한 존재로 전락해가기 시작했다. 그 식량마저 다하는 날이면 산이며 들에서 야생(野生)하는 짐승만도 못한 힘없는 존재가 될 일만 남은 것이다.

"우리 군대가 도무지 힘을 못 쓰는 모양이디? 미국이 나서고 유엔이 다 거들고 나섰다는데도 이렇게 깜깜하니 말이야."

배 목사는 몇 줌 안 남은 쌀자루를 내려다보며 힘없는 말투로 중얼거렸다.

"목사님, 그것 바닥나고 나면 그때야말로 목사님과 저는 걸리적거리는 것 없이 홀가분하게, 진정 심령(心靈)이 가난한 자가 되어 하나님께 매달리게 되겠지요? 이제까지 목사님과 저는 그 몇 줌 안 되는 식량을 믿고 의지해 왔었거든요."

그때로부터 사흘째 되던 날. 그들은 골짜기에 고여 있는 샘물만 마시며 한나절을 지냈다.

"내려가시죠, 목사님."

"저것들이 눈에다 불을 켜고 길에 깔려 있는데 어떻게 가갔나? 여기서 또 어디로 갈 수 있겠나? 저들에게는 기독교인들이 젤 큰 원수라는 것 알지 않아? 그리구 그들은 용케두 믿는 사람들을 족집게처럼 잘 집어낸다네. 차라리 자네는 이 길루 곧장 남하하는 게 옳을는지두 모르지. 여길 정 떠나야만 한다고 생각된다면 말이디. 차라리 전선(戰線)을 뚫고 남쪽으로 가서 아군 지역에 이르기만 하면 사는 것 아니갔어?"

"전선을 뚫고…."

막막한 이야기였다. 서울을 벗어나 전선을 뚫고…. 그때, 여름 볕 한낮의 허공을 물어뜯으며 갑자기 총성이 몇 발 울렸다. 그리고 정릉 산골짜기 위로 신호탄이 터지기 시작했다.

두 사람은 반사적으로 몸을 털며 일어났다. 여름 볕에 찍어 눌려있던 숲은 진통하듯 몸을 뒤틀었다. 숲 사이로 보이는 산길에는 겨자 빛 군복의 따발총 공산군들이 오물오물 대오를 짓고 올라오며 한 무더기씩 숲 속으로 무리지어 들어가는 것이 보였다. 먼저 들어갔던 군인 중에는 숨어 있던 사람을 색출하여 끌어내는 모습도 내려다보였다.

"어떻게 할까요?"

"움직이지 말자구. 이럴 때는 거저 한자리에 꽉 틀어박혀 있어야 해."

총소리는 간헐적으로 들렸다. 악의(惡意)가 내지르는 기침 소리였다. 교활하게 반짝거리는 눈빛이었다. 자기들끼리 소리치고 지껄여 가며 연락하고 지시하는 소리가 뙤약볕을 누비고 그들이 있는 자리에까지 들렸다.

"이 산속에 많은 사람들이 숨어 있었던 모양이야. 그래서 특별히 수색을 시작한 거 같애. 국군 패잔병도 있을 꺼라구 짐작했갔디, 또 정말 미아리 근방에서 싸우던 국군이 미처 후퇴를 못하고 이 쪽으로 몸을 피했을 수도 있구 말이야."

신호탄이 골짜기 여기저기서 계속 터지고 있었다. 좀 뜸하다가는 볶아치듯 연속적으로 총탄이 쏟아지기도 했다.

"오오…."

배 목사의 신음이 들렸다. 그는 소나무 밑둥을 끌어안고 고개를 숙이고 있었다. 절망이 입을 크게 벌리고 있는데, 그는 마지막 힘을 다하여 절망의 나락으로 떨어지지 않기 위해 기도에 매달린 모양이다. 맹의순도 그 옆에 꿇어 엎드렸다. '지금 우리가 정작 구해야 할 것이 무엇입니까. 무엇을 구하는 것이 옳은 길이 되겠습니까. 내 목숨을 구하기 위한 기도입니까. 주여, 지금 정작 무엇을 구해야 할는지요. 주여, 어떠한 형편에서 우리가 무엇이 되든, 오직 주님의 뜻을 이루시옵소서.'

공산군들의 소탕전은 쉽게 끝나지 않았다. 숲 사이로 희끗희끗 끌려가는 것은 체포된 사람들의 마지막 모습들이었다. 전투에서 낙오된 군인들 뿐 아닌 듯 끌려 내려가는 사람들이 적지 않았다. 그러나 작전은 그것으로 끝나지 않은 듯 일부의 인민군들은 체포한 사람들을 하산시키고, 나머지는 산등성과 골짜기를 샅샅이 훑어가며 수색을 계속하고 있었다.

산은 포위되어 있었다. 능선 쪽에서 신호탄이 올랐다. 두 사람은 움직이지 않기로 했다. 그러나 포위망은 점점 좁혀져 오고 있었다.

수통에 담아 놓았던 물마저 바닥이 났다. 며칠째 곡기를 하지 못한 창자가 물기를 잃어 말라붙고 뒤틀리며 꼬여들었다. "목사님, 괜찮으시겠습니까. 견딜 만하신지요. 제가 가서 물을 길어 올까요?"

"지금은 안 돼. 그냥 견뎌 보세. 우리가 어찌 감히 예수님의 광야(曠野) 사십 일과 이 일을 비교하겠는가마는, 주님은 광야에서 홀로 사십 일을 금식하셨어. 우리의 목숨만을 건지기 위한 기도가 아니라 하나님의 뜻을 알기 위해 기도드리세."

끝날 것 같지 않던 낮이 끝나 주었다. 어둠의 깃이 그들 두 사람을 감싸기 시작했다. 어둠이 구원이었다. 산 위에서는 신호탄과 횃불이 계속 오르고 포위망은 점점 좁혀 들어왔다. 숲을 헤치고 지나가는 군화 소리가 바로 귓가를 스쳤다. 군화 소리에 섞여 그들이 지껄이는 소리가 바로 앞이었다.

"바위 틈서리마다 찔러 보라우! 나무 위도 놓치면 안 돼!"

탐조등처럼 밝은 전깃불을 휘둘러 가며 그들은 산을 헤치고 있었다.

"야! 손들고 나오라우!"

"움직이면 쏜다!"

지척에서 찢어지는 소리가 들렸다. 배 목사와 맹의순은 숨을 죽였다. 그들이 숨어 있는 그 근처 어디에서 누구인가가 발각된 모양이다. 탕! 탕! 귓밥을 물어뜯으며 총성이 어두운 산을 꿰뚫었다. '다음은 우리 차례입니까. 우리가 발각되는 순간, 우리는 어떻게 해야 할까요.' 총성은 어둠 이곳저곳을 찢었다. 그들이 휘두르는 불빛 앞에서 어둠이 잠깐씩 기절했다. 나무 밑둥을 끌어안고 엎드려 있던 두 사람의 목이 타 붙다 못해 달라붙었다. '이것이 최후의 순간인가? 최후, 최후, 최후라는 것이 이런 것인가.' 의순은 목이 타 붙어 끊어질 것 같은 자신의 육체를 바라보았다. 너무도 초라하고 힘없고 닿을 데 없는 허망한 존재가 갑자기 부끄러워졌다. '주여, 믿음 없는 저를 불쌍히 여기소서, 불쌍히 여기소서, 이것이 저의 실체임을 고백하나이다.' 그는 자기를 간단히 포기하고, 무너져 버린 영혼의 폐허 위에 엎드려 울었다.

얼마가 지났을까. 사위는 캄캄했고 조용했다. 총든 자들, 총을 쏘던 자들, 숨어 있는 사람들을 끌어내던 자들이 있었던 것 같지도 않게 조용했다. 어둠이었고, 산속이었고, 처음도 끝도 없는, 그저 영혼이 주님을 부르짖어 찾는 기도가 끝난 자리임을 깨달았다. '네가 찾아도 너와 싸우던 자들을 만나지 못할 것이요, 너를 치는 자들은 아무것도 아닌 것 같고 허무한 것 같이 되리니.' (이사야 41장) 눈을 부릅뜨고 수색하던 자들은 그 두 사람의 옷자락을 밟고도 사람이 있음을 알지 못하고 그곳을 지나간 것이다.

4

두 사람이 정릉 뒷산을 간신히 빠져나와 서대문에 있는 합동 집으로 일단 돌아가던 날, 서울 장안은 폭격으로 무너지고 있었다. 집에 당도하니 학생회장 박용기가 방금 다녀갔다는 소식이 기다리고 있었다.

학생회 임원으로 있는 김순구네 집, 저동에서 지하예배를 드리기 위하여 가는 길에 궁금하여 들렀더라 했다. 맹의순은 그 길로 자리를 떨치고 일어났다. 학생들이 모여 예배를 드린다. 어찌 그들끼리 예배를 드리도록 버려둘 것인가. 가다가 무슨 일을 당해도 달려가야 했다.

나 권사가 따라 일어나며 걱정했다. 아버지 맹 장로와 배 목사도 어떻겠나 걱정하는 표정이었다.

"폭격이 심할수록 거리에서 불심 검문하는 건 허술합니다."

맹의순이 결연하게 말하자 배 목사도 따라나섰다.

"어른들이 못 드리고 있는 예배를 학생들이 지켜가고 있는데…. 우리가 듣고도 그냥 있을 수야… 그래 의순이 잘 생각했네. 떨치고 가보세."

방금 공습경보가 해제된 거리는 다시 꿈틀꿈틀 살아나고 있는 것 같았지만, 포격 연기는 이곳저곳에서 구름기둥을 이루고 있었다. 배 목사와 의순은 정동 사잇길을 거쳐 덕수궁 앞에서 을지로 쪽으로 빠졌다. 영락교회 앞을 지나 저동 쪽으로 길을 건너려고 하는데, 갑자기 비행기 소리와 함께 땅을 뒤흔드는 폭음이 그 일대를 뒤덮었다. 공습경보도 없었다. 비행기는 보이지 않는 상공에서 수직으로 내리꽂히듯 하며 그대로 폭탄투하. 천지를 뒤집는 폭음에 햇빛도 잠깐씩 기절했다. 가까운 곳 건물이 계속 무너지며 불타기 시작했다.

"뛰세. 순구네 집 지하실이 그래도 안전할 테지."

통제하는 사람도 없었다. 거리에 있던 사람들은 이리 딛고 저리 치달았지만, 그들 중 참 피난처가 어디인지를 아는 사람은 아무도 없었다.

김순구네 집골목 어귀가 보이는 데까지 이르렀을 때 학생 하나가 피투성이가 되어 굴러오고 있었다.

"선생님, 저 저기 창현, 창현이가 쓰러져…."

길모퉁이가 불타고 있었다. 무너져 흙더미가 된 자리에서 연기와 함께 흙먼지가 뿌연 기둥을 이루고 있었다. 벽이 단단하여 무너지다 남은 건물은 뻥뻥 뚫린 창문으로 뻘건 불길을 뿜어냈다. 허둥거리는 사람들은 보였지만 사람의 소리는 전혀 들리지 않았다. 비행기는 할 짓을 다하고 가버린 것 같았다. 사람들은 한숨 돌린 표정을 했지만 겪고 있는 상황을 실감하지 못하는지 모두가 멍청했다. 길은 뜨겁고 숨 막혔다. 칠월 염천에 불비와 유황이 쏟아져 내렸으니 발을 디딜 곳이 보이지 않았다.

창현이는 팔 한쪽을 날려 버린 채 피범벅이 되어 잿더미 위에 쑤셔 박혀 있었다. 맹의순은 단숨에 달려들어 창현이를 들쳐 맸다. 그리고 뛰면서 등판으로 창현이의 심장에 귀를 기울였다. 심장이 뛰고 있었다. '하나님, 아버지, 이 아들, 이 아들을 구해 주소서, 구해 주소서!' 이미 그의 뒤로는 학생들 몇 명이 헐레벌떡 뒤따르고 있었다.

"저쪽 저동에 외과 병원이 있어요. 제가 알아요."

그들은 병원을 향해 달렸다. 병원은 이미 부상자들로 아수라장이었다.

"약이 없어요, 약이. 의사 선생님도 손이 모자라고요."

나이 어린 간호원은 발을 동동 구르며 안타까워했다. 학생들이 우르르 에워싸며 일제히 외쳤다.

"피는 우리가 댈 거예요. 약은 필요한 것 이름만 써주세요. 우리가 약방을 뒤져서라도 구해 올게요."

학생 하나가 의사를 납치하듯 껴안고 들어왔다. 그때 다시 하늘이 요란하게 흔들리며 폭격이 시작되었다. 맹의순은 피범벅이 된 창현이를 얼른 침대 밑으로 굴려 집어넣었다. 그리고 의자며 가구로 침대를 막아 놓았다.

"모두들 엎드려! 파편을 조심해."

맹의순은 학생들을 바닥에 엎드리게 해놓고 함께 쭈그려 앉은 의사로부터 급히 필요한 약품 이름을 받아쓰며 채혈 준비부터 시켰다.

"창현이 혈액형이 뭐였지?"

"A형이에요."

"그러면 A형과 O형 친구는 남아 있어. 나머지는 약을 구해 와야 해."

배 목사가 학생들 손을 잡고 무릎부터 꿇었다.

"기도하자, 기도하자…. 이 환란 가운데 의연하게 걸어갈 수 있게 해주십사고 기도하자."

배 목사는 창현이를 붙잡고 마룻바닥 위에 그 얼굴을 대고 기도했다. 다시 비행기가 물러가자 학생들은 약을 구하겠다고 몰려나갔다. 의사는 결심이 선 빛으로 힘있게 다짐했다.

"최선을 다하겠습니다. 여러분께서 내게 확신과 신념을 넣어 주셨습니다."

누구인가가 안도의 한숨을 쉬면서 말했다.

"창현이가 살아났어요."

*

맹의순과 박용기는 날이 저문 뒤에 합동 집을 빠져나왔다. 야밤에 인적이 없는 골목만을 찾아 자하문을 거쳐 삼각산을 향해 힘겹게 올라가 은신처를 골랐다.

날이 밝은 뒤에도 산행은 이어졌다. 산은 가팔랐다. 나무 그늘 밑은 후끈거렸고 바위로 된 맨땅은 쩔쩔 끓었다. 함께 가던 박용기가 땀을 닦으며 탄식했다.

"맹 선생님, 배 목사님께서는 왜 그렇게 부득부득 우리보고 남하하라고 성화를 하셨을까요? 이런 판국에 우리를 남쪽으로 내려가라고 떠밀었는데, 저 끔찍한 전선을 무슨 수로 뚫고 가라는 건지…."

배명준 목사는 계속해서 그들의 남하를 설득하려 했고, 맹 장로는 내키지 않는 눈치였다. 맹의순은 남하보다 우선 서울 근교 깊은 산으로 피신을 결정하고 박용기를 데리고 집을 나섰다.

"목사님께서 기도하시면서 얻게 된 결론이겠지. 하지만 일단 남하보다 산을 택했으니 꿋꿋하게 가보자."

"하지만 누울 자리를 보고 발을 뻗으랬다고, 아 이 판국에 집을 떠났으니 고생이 뻔합니다. 놈들이 핏발을 세우고 집집마다 뒤지는데, 원 길에서 총알받이나 되지 않으면 천행이겠지요."

"고생이야 되겠지만 총알받이가 되지는 않을 걸세."

"선생님께선 한편 목사님의 지시가 옳다고 생각하셨으면서도 아버님의 말씀을 따라 남쪽 길을 보류하셨잖아요?"

"아버님께서 마음 내켜 하시지 않았기 때문이야."

"그렇다면 선생님은 누구의 말씀을 따르시는 거죠?"

"사람의 말이 아니라…."

"하나님의 말씀이라 하시겠죠. 하지만 도대체 하나님의 말씀을 어디서 어떻게 들으시겠다는 겁니까?"

박용기는 극도로 불안한 상황을 불평으로 해소하려는 듯 계속 툴툴거렸다.

"우리가 올라가는 이 산에서 듣게 되는지도 모르지… 사실은 남쪽 길이 더 위험할지 우리가 찾아가는 산속이 더 위험할는지 아무도 모를 일이지만…."

박용기가 한숨을 쉬며 말했다.

"저는 정말이지 이젠 정신을 차릴 수가 없네요. 우리 교회 건물을 저놈들이 마구간으로 쓰고 있어요. 놈들이 타고 다니는 말들이 우리 교회를 맘대로 짓밟고 똥 싸고 있다는 말씀입니다. 하나님께서 어떻게 저런 놈들이 하는 짓을 그대로 두고 보시기만 하는지… 그리고 순식간에 팔 하나를 잃은 창현이… 선생님도 아시잖아요. 얼마나 착실하고 선량한 친구인지… 신앙은 또 얼마나 좋은지를… 그런데 예배드리러 가던 길에 그 지경이 되었더란 말입니다. 뭐가 뭔지 모르겠어요. 도대체 하나님은 어디서 무얼 하시고 계신지…."

"하나님께서 말씀하시지 않았나. '내 생각은 너희 생각과 다르며 내 길은 너희 길과 달라서, 하늘이 땅보다 높음같이 내 길은 너희 길보다 높으며 내 생각은 너희 생각보다 높으니라.'(이사야 55장) 하셨어. 어떻게 지금 내 생각과 일치하지 않는다고 하나님을 의심하겠나. 또 말씀하시기를 '비와 눈이 하늘에서 내려서 다시 그리로 가지 않고 토지를 적시어서 싹이 나게 하여 열매가 맺게 하며 파종(播種)하는 자에게 종자를 주며 먹는 자에게 양식을 줌과 같이, 내 입에서 나가는 말도 헛되이 내게로 돌아오지 아니하고, 나의 뜻을 이루며, 나의 명(命)하여 보낸 일에 형통(亨通)하리라.'(이사야 55장) 하시지 않았나. 주께서 뜻을 이루시며 주께서 명하여 보낸 일에 형통하실 것을 믿으라 하셨으니 믿어야지. 또 계속해서 말씀하셨네. '너희는 기쁨으로 나아가며 평안히 인도함을 받을 것이오….' 라고 -. 무슨 일에든지 기쁜 마음으로 나아가고 순종하자, 살든지 죽든지 그리스도의 이름만을 위하여…"

"모르겠어요, 선생님. 저는 그저 급해지니까 뛰기에 급하고, 위험이 닥치니까 십자가도 그리스도도 까맣게 지워져 찾을 길이 없었어요. 좀 숨 돌릴 여유나 있어야 주님을 찾고 기도라도 하지 않겠습니까. 스테반이 돌팔매로 맞아 죽을 때는 폭격당하는 것하고는 달리, 그래도 생각할 여유가 좀 있었을 거라 이거죠."

그는 몸이 굵고 부리부리한 눈에 괄괄한 성격까지 겸하여, 일할 때는 시원시원했고 평소에는 사람 대하는 일에 막히는 데가 없는 인물이었다. 만주 땅에서 평양으로, 평양에서 다시 이남으로 옮겨 다니는 동안 학령(學齡)을 놓쳐서 한두 해 손해를 본 탓도 있겠지만 학생 교복이 어울리지 않을 만큼 성숙한 학생이었다. 이제는 더구나 학생 신분을 감춰야 할 처지라 교복을 벗어 버려서 그의 모습은 훨씬 어른스러웠다.

학제가 새로 개편되면서 고등학교 3학년이 된 그는 곧 졸업을 해야 할 형편이었다. 성격이 괄괄한 한편 퍽 솔직 담백해서 감추거나 남겨 놓는 것이 없는 남성이었다.

"한숨 돌렸으니 이제 일어나지. 좀 더 올라가야 해."

서울 북쪽 상좌에 올라앉아 있는 삼각산(三角山). 두 사람은 그곳 삼각산 정상에 있는 기도원엘 들른 일이 여러 번 있어서 산세(山勢)에 대해서 비교적 소상했다.

금강이 무너지고 대전이 함락되었다는 공산군의 보도는 사실인 듯했다. 그들은 며칠 안으로 부산까지 장악할 것이라고 큰소리를 계속 치고 있었지만, 설마하니 아군이 낙동강을 그렇게 쉽게 포기할 것 같지는 않았다. 미국이 적극적으로 참여하고 있고, 유엔가입국 16개국이 모두 나서서 함께 싸우고 있는데 설마하니 그렇게 쉽게 끝내기야 하랴. 얼마 동안만 몸을 피해 있다 보면 전쟁도 끝이 나 주겠거니….

 기약 없는 하루하루가 흘러갔다. 그 어떤 전조(前兆)도 없었다. 희망에 관한 것도, 더 불길하다고 느껴질 만한 것도 없었다. 야금야금 줄어드는 것은 식량이었고 갈수록 늘어가는 것은 불안이었다. 이제쯤 공산군들도 산을 뒤지는 일 같은 것은 할 겨를이 없을 것이라는 짐작 아래 두 사람은 다시 산속으로 숨어 들어가기로 했던 것이다.
 "선생님, 해가 또 넘어갑니다. 얼마를 더 어떻게 하고 있어야 하는 건지… 양키덜두 별수 없는 모양이지요? 배 목사님 말씀대로 진작 전선을 따라서 남하했던 게 옳은 일 아니었을까요?"
 박용기는 완연하게 초조해했다.
 "작정하고 왔으니 견뎌야지. 현재 구체적인 위험이 닥친 것도 아닌데 무작정 남쪽으로 내려가기도 그렇고…."
 "이곳에서 어떤 변화를 만난다는 건 적에게 발각 당한다는 뜻뿐입니다."
 "그래도 기다려야 해."
 "뭘 기다리시는 겁니까?" 숫제 성질을 부리고 있는 박용기의 질문을 맹의순은 잠잠하게 덮어 버렸다. "선생님 내려가시죠. 그만 내려 가자고요."
 박용기가 조르기 시작했다.
 "내려가서? 이제는 어디까지 갔을지도 알 수 없는 전선을 어떻게 따라가자고?"
 "아뇨, 차라리 집 마루 밑에다 굴을 팔 테예요."
 "그러느니 여기가 나을 걸?"
 그렇게 다시 하루가 지나갔다. 아침에 냉수에다 보리 미숫가루를 한 줌씩 타먹고 해가 중천에 치솟았을 때는 허기가 져서 늘어졌다. 중천의 해는 이글거리고, 하늘은 불길 할만치 조용했다. 삼각산 이곳저곳에 숨어있는 사람들의 불안초조가 뙤약볕에 시들어가는 나무 잎새처럼 후줄근한 하루하루는 지루하기 짝이 없었다. 이야기를 하면 더 배가 고파질 것 같아서 입도 떼지 않았다. 숨을 크게 쉬면 더 허기가 질 것 같아서 호흡도 가만가만 조심스럽게 했다. 지글지글 끓는 해가 거염스러워 보여서 박용기는 눈을 감아 버렸다. 지리했다. 권태로웠다. '차라리 귀신이라두 나타나 보렴.' 그러다가 더는 참지 못하고 입을 열었다.

"선생님, 그래도 이 삼각산에 기도하던 사람들이 많이 올라와 뜨거운 기도를 드렸기에 영험한가 봅니다. 놈들이 꼼짝달싹하지 않고 이렇게 지루하도록 조용한 걸 보니…."

속으로 심술을 부리던 용기가 실실거리던 순간, 그럴싸한 맞장구라도 치듯 벽력같은 소리가 그들을 기습했다.

"손들엇!"

찌든 겨자 빛 인민군복의 군인이 둘, 그리고 민간인 복장의 젊은이 셋이 두 사람을 포위했다. 그들은 발소리도 없이 다가왔다. 그곳에 사람이 숨어 있다는 것을 확실하게 알고 온 듯했다. 두 사람은 꼼짝없이 붙들렸다. 어이가 없었다. 아니, 기다리던 결과 같기도 했다.

그들은 바위굴 쪽에서 동쪽으로 내려앉아 있는 향린원(香隣院)이라는 이름의 고아원 뜰로 끌려갔다. 가는 동안 군인들은 따발총 총구로 등줄기며 옆구리를 쿡쿡 쥐어지르며 마구 욕설을 퍼부었다.

"이 종간나아 새끼덜, 조국의 인민해방 전선을 피해설라므네 숨어 지내는 반역자덜이야 너네덜은! 너 같은 놈의 새끼는 총알이 아까워서 총으로 말고 때려죽여야 하는데!"

뜨거운 여름날이 갑자기 하얗게 바랠 만큼 총구는 선듯했다. 향린원 뜰에는 이미 붙잡혀 온 사람이 오십여 명이나 되었다. 거의가 젊은이였다. 창백한 얼굴에 이미 사색(死色)이 완연하게 물든 젊은이들이 옹기중기 서 있었다. 칠월의 뙤약볕이 정수리에 사정없이 내리꽂히고 있었으나 아무도 그것을 뜨겁다고 느끼는 사람이 없었다. 그보다 열 배, 아니 백 배 더 뜨거운 불볕, 불가마 속에서라도 살 수만 있다면… 목숨만 부지할 수 있다면….

향린원 화강암 건물은 거의 비어 있었다. 제 발로 걷지 못하는 어린애 몇 명만 눈이 퀭한 얼굴로 마루 끝에 앉아 있었다. 큰 아이들은 먹을 것을 찾아 뿔뿔이 흩어졌는지… 거리로 나간다고, 구걸하는 그들에게 나누어 줄 양식을 가진 사람이 어디에 있겠다고….

향린원 뜰 가운데에 탁자 하나와 간이의자 몇 개를 놓고 인민군이 주르르 앉아 심사(審査)를 시작했다. 하나는 한 사람 한 사람의 몸수색을 했고, 또 하나는 짐을 샅샅이 뒤졌고 나머지는 심문을 했다. 그들은 붙잡아 온 사람들을 한 줄로 세웠다. 무슨 생각에서인지 향린원 뜰로 들어서면서 맹 선생의 앞을 자꾸 막아서던 박용기가, 줄을 선 뒤에 잠깐 뒤를 돌아보았다. 얼굴이 까맣게 죽어 있었다. 부리부리한 눈이 절망과 공포로 어둡게 질려 있었다.

심사석에서는 심사 대상자를 두 종류로 갈라서 하나는 오른쪽에 하나는 왼쪽에 세웠다. 그러나 대개는 왼쪽에 세워지는 사람이어서 오른쪽 줄에는 몇 사람 안 되는 숫자가 더욱 불안해 보이는 자세로 엉거주춤 서 있었다.

박용기가 다시 뒤를 돌아보고 낮은 목소리로 재빨리 말했다.

"기도하러 왔다고만 말하세요. 죽더라두요. 꼭요!"

그때 벽력같은 소리가 용기를 향해 터졌고 그들을 움츠러들게 만들었다.

"야! 간나 새끼야! 무슨 수작이야! 저 새끼 빼 팡가치라우! 이리 끌고 나와!"

박용기는 뒤를 돌아다본 죄로 덜미를 잡혀 앞으로 끌려나갔다. 맹의순은 박용기의 얼굴이나 그 끌려가는 모습을 바라볼 수가 없어서 눈을 감았다. '주여, 힘을 주소서. 주님의 자식답게 떳떳하고 당당할 수 있는 힘과 믿음을 주소서.' 그러나 생명이 잠깐 주춤하는 순간이었다. 그는 눈을 뜨지 않을 수 없었다. 삶과 주검이 엇갈리는 자리에서 그의 역할은 계속되고 있었다. 원치 않던 역할. 다음 장면이 무엇으로 바뀔지 알 수 없는 절망적인 공간 속의 한 자리. '주여, 박용기를 붙들어주소서. 저들이 메고 있는 저 따발총의 총알 중 하나가 차라리 내 심장을 꿰게 하소서, 그 총알 하나에도 주님의 뜻이 있음을 잊지 말게 해주소서.' 그러자, 그에게는 향린원 앞뜰의 장면이 현실을 떠난 꿈속 같았다. '헛되고 헛되며 헛되고 헛되니 모든 것이 헛되도다. 사람이 해 아래서 수고하는 모든 수고가 자기에게 무엇이 유익한고. 한 세대(世代)는 가고 한 세대는 오되 땅은 영원히 있도다. 해는 떴다가 지며, 그 떴던 곳으로 빨리 돌아가고, 바람은 남(南)으로 불다가 북으로 돌이키며, 이리 돌며 저리 돌아 불던 곳으로 돌아가고, 모든 강물은 다 바다로 흐르되 바다를 채우지 못하며 어느 곳으로 흐르든지 그리로 연(連)하여 흐르느니라. 만물의 피곤함을 사람이 말로 다 할 수 없나니, 눈은 보아도 족함이 없고 귀는 들어도 차지 아니 하는도다. 이미 있었던 것이 후에 다시 있겠고, 이미 한 일을 후에 다시 할지라. 해 아래는 새 것이 없나니, 무엇을 가리켜 이르기를 보라 이것이 새 것이라 할 것이 있으랴.'(전도서 1장)

인간이 인간 나름으로 제 판단 아래 행하는 것 중 헛되지 않은 것이 없으니, 더구나 이렇게 행악(行惡)하는 이들의 이 일에서 그들이 스스로 얻을 것이 무엇이라는 말인가. 그는, 박용기가 들고 있던 짐을 빼앗기고 수색을 당하는 한편 무시무시하게 심문을 당하고 있는 뒷모습을 잠잠하게 지켜보았다. 아니 그것은 자기 자신의 모습이었다. 박용기의 운명은 이제 곧 맹의순의 운명이 될 수밖에 없다. 희망이 될 만한 것이 한 꼬투리도 없었다. 절망적으로 불리했다. 산속에 숨어 있었다는 것 한 가지만으로도 그들에게는 용서되지 않을 일임에 틀림없었다. 젊다는 것은 더 큰 죄였다.

배 목사님이 그렇게 남하(南下)을 권하실 때 그 말씀을 따랐어야 했을 것을…. 아, 이제 우리는 어떻게 되나? 저들이 여기 끌어온 이 사람들을 한 구덩이에 몰아넣고 드르륵 갈겨 버렸을 때…. 이 청청한 하늘 아래, 우리는 도무지 영문 모르고 목숨을 빼앗긴 뒤, 이 펑펑한 육체는 곧 물과 흙이 되겠지. 늙으신 아버지와 지극하신 새어머니는 하염없이 기다리실 테고…. 저 박용기…, 괄괄하고 급하고 참기 어려워하던 저 기운 펄펄한 박용기는 일시에 모든 것을 빼앗겨 버리고, 저 부리부리한 눈을 원통해 하며 부릅뜨고 흙이 되어 가겠지. 그러나… 하지만 사실 삶이란 무엇이란 말인가. 살아 있다는 것은 무엇이며 죽는다는 것은 무엇인가. 죽음은 우리가 체험한 일 없는 휴식 같은 것일는지도 모르는데 왜 사람들은 그것을 무서워할까.

그는 죽음에 겹쳐져 있는 자기의 생(生)이 지금 힘없이 깜빡이고 있는 것을 보았다. 아니 그것은 자기의 생명 위에 겹쳐져 있는 죽음이었다. 그것이 결코 새삼스러운 것이 아니라는 것을 깨달았다. 생명은 곧 죽음을 전제로 하고 존재하는 것이 아닌가. 죽음을 딛고 이어지는 것이 아니었나. 다 알 수 없기는 삶이나 죽음이나 한가지인데 왜 인간은 죽음만을 두려워할까. 왜 생명을 밝은 쪽이라 하고 죽음을 어두운 쪽이라고 단정해 버리는가. 생명은 오관(五官)과 인식(認識)을 통한 관계 형성이고, 죽음은 그 저 쪽의, 오관도 인식도 닿지 않는 세계이며 관계의 단절로 시작되는 세계라서 그런가. 죽는 것이 두려운 것은 내가 할 일이 있다고 생각되던 것을 빼앗긴다고 생각하기 때문일까. 이 생(生)이 내 것이라고 믿고 있기 때문이다. 그러나… 생(生)이란 정말 내 것일까. 나를 내가 만들지 않았는데 내가 어떻게 내 것이 될 수 있는가. 내가 태어나고자 해서 태어난 것이 아닌데, 어떻게 이 생이 내 것일 수 있을까. 그러니 공포란 나 자신을 내 것으로 집착하는 데서 생기는 욕심의 변형인 것…. 박용기, 용기야. 우리는 누구의 것이냐. 너와 나의 주인은 누구시냐. 사실은 내가 내 것이 아닌데 무엇이 걱정이냐. 걱정하실 분은 하나님이시다. 아버지이시다. 두려워 말자. 절대로 놀라지 말자.

박용기의 짐을 채어다가 짐을 뒤집고 우악스럽게 뒤져 대던 자가, 가방

바닥에서 무엇인가를 발견한 듯 한참을 들여다보더니 심문관 앞으로 가서 한동안 귓속말을 했다. 심문관은 용기를 향해 몇 마디를 더 묻는 것 같았다. 그 사이에 짐을 뒤지던 자가 맹의순에게로 다가왔다.

"이리 나와! 나와서 데켄에 가서 잠자코 서 있으라우!"

맹의순과 박용기는 몇 사람 안 되는 오른편 줄에 세워졌다. 한 사람 한 사람에 대한 심문이 다 끝나자, 오른편 줄에 세워진 사람들에게는 하산(下山)하라는 명령이 떨어졌다.

아니? 이 또한 무슨 일이? 그토록 삼엄하던, 생사여탈권을 쥐고 저승사자처럼 무섭던 저들이 자유를 허락하다니- 실감이 나지 않아 맹의순은 얼른 발길을 옮기지 못했다.

"뒤도 돌아보지 말고 빨리 걸으세요. 빨리요! 빨리 여기를 벗어나야 합니다!"

용기가 재빨리 말하며 맹의순을 잡아끌었다. 끓던 해가 한숨 돌리며 서산에서 다리를 쉬고 있었다.

풀려난 여섯 사람은 숨도 쉬지 않고 걸었다. 금방 뒷덜미를 다시 잡힐는지도 모른다. 다리가 뻣뻣하여 잘 걸을 수가 없었다. 가위에 눌린 사람들처럼 숨을 제대로 쉬지 못하고, 그래도 달아나듯 걸었다. 그렇게 간신히 향린원을 벗어났다. 향린원이 시야에서 가려질 만하다고 믿어지는 곳에서부터는 엎어질 듯 고꾸라질 듯 일제히 내닫기 시작했다. 그러나 아무리 허겁지겁 내달았어도 수십 발의 총성은 사정없이 그들의 전신을 얼어붙게 했다. 향린원 마당 왼편 줄에 세웠던 사람들을 향해 쏟아진 총 소리. 오른편 줄과 왼편 줄 차이로 목숨을 잃은 사람들. 죄목도 재판도 없이, 유언 한마디 남기지 못하고, 대명천지에 그저 까닭 없이 총알받이가 된 사람들… 그들의 피가 금방 홍수가 되어 그 골짜기로 쏟아져 내릴 것 같았다. 맹의순은 뛰다가 말고 하늘을 바라보고 땅을 둘러보았다. 전쟁이 휩쓸고 간 산천에는 짓밟힌 채 가꾸지 못하고 있는 곡식들이 잡초 속에 묻혀 있었고 길거리에 나다니는 사람들은 죽음을 얼룩처럼 묻혀 가지고 다니는 굶주린 유령들이었다.

그러나 하늘이 있었고 땅이 있었고 내가 살던 산천이 그냥 거기 있었으며 나는 살아 있는 자로서 그 모든 것을 바라보며 함께 있는 것이다.

"용기야, 우리가 살아 있구나? 응? 이렇게 이야기하며 하늘도 보고 땅도 보는구나, 함께 있던 사람들을 꿰뚫는 총소리를 낱낱이 들으면서…. 살아남았다는 것이 부끄럽고 부끄럽구나…."

"영문을 모르겠어요. 내 짐 속에 이게 들어 있었어요."

박용기는 신분증 하나를 꺼내 보였다. 만주(滿洲) ○시(市)에 있는, 만주사도 학교(滿洲師道學校) 신분증이었다. 사도 학교란 사범학교(師範學校)였고, 박용기가 월남하기 전에 다니던 학교였다. 박용기는 추억 삼아 그 신분증을 늘 지니고 다녔고, 오늘, 짐 뒤짐을 맡았던 자가 그 신분증을 알아보았다는 것이다.

"짐을 뒤지던 작자가 그 신분증을 보더니 갑자기 반색을 하는 겁니다. 그리고는 언제까지 사도 학교엘 다녔느냐, 아무개 선생을 알고 있느냐, 아무개 선생의 별명이 무어였지? 꼬치꼬치 물으면서, 내가 일일이 대답을 하자, 그가 뛸 듯이 반가워하는 거였어요. 그러더니 이 산엘 무엇하러 왔느냐는 거예요. 기도하러 왔다니까, 정말이냐고 물으면서, 심문관한테 이 산에서 내려가는 대로 '인민해방을 위한 의용군으로 나서서 조국해방 전선으로 곧 출전을 하겠다고 약속'하라고 일러주는 거였어요. 그러면서 슬쩍 귓속말 하기를, '야, 나도 그 사도학교 백돼지한테 주먹 따귀깨나 맞아가며 그 학골 나왔어야!' 하며 죽었던 조상을 다시 만난 듯한 얼굴을 하겠죠. 그리고는 심문관들에게 뭐라고 했는지, 심문관이 의용군으로 나가겠느냐고 다짐을 하고는 오른편에다 세워 준 거였어요."

박용기를 통해 기적을 안겨주신 이야기를 들으며 맹의순은 숨을 들이켰다. '주께서 저희를 죽음으로부터 건져 주셨습니다. 그것은 오직 주께서만 하실 수 있는 일이었습니다. 그러나 주님, 나는 지금 무엇을 위해 기뻐하고 있는 것인지요.' 등뒤에서 쏟아진 수십 발의 총성, 향린원 뜰에서 피를 뿜으며 쓰러졌을 오십여 명의 젊은이들. 그 총성이 아직도 전신을 휘감고 있는데, 혼자 살아남았음을 기뻐하는가. 맹의순은 길가에 주저앉았다. 걸을 수가 없었다. 수십 명의 주검을 뒤에 두고 어디로 무엇을 하기 위하여 이 걸음을 옮겨놓아야 하는 것인지 알 수가 없었다.

서울은 아득하고 멀었다.

5

서대문 합동 집 마루 밑 땅속은 숲 속보다 안락한 자리였다. 집으로 돌아와 마루 밑 땅속으로 들어간 의순은 다시는 밖으로 나갈 일이 없었으면 하고 바랐다. 이제는 붙잡히는 일이 있어도 그곳을 떠나고 싶지 않았다. 수색과 추격을 당하던 정릉 산골짜기의 일, 그리고 발각되어 붙잡혔던 삼각산에서의 일이 생각만으로도 숨막혔다.

그러나 맹의순이 집을 떠나 있던 동안에, 집에는 신학교 한 학년 윗반의 이성수(李性洙)와, 같은 반의 여학생인 배숙경(裵淑景)이 와 있었다. 이 선배의 고향은 부산이고 배숙경의 고향은 마산이었다. 전쟁으로 길은 끊기고 하숙집과 자취방에서 더는 버틸 길이 없어 맹 장로 댁으로 찾아왔다. 식량은 바닥이 났다. 나 권사가 집에 있는 옷가지며 그릇을 이고 나가서 보리쌀이나 밀가루로 바꿔 오던 일도 서울 장안에서는 바닥이 났다. 장안 전체가 굶주림으로 쪼들리고 있는 형편이었다. 나 권사는 서울을 벗어나 시골을 찾아다니기 시작했다. 대문 겉에다 자물쇠를 해달고 떠난 뒤 당일 돌아오지 못하는 날은 마루 밑 네 식구는 물만 마시고 지내야 했다. 나 권사는 바싹 마른 나뭇잎 같은 모습으로 부르튼 발을 무겁게 끌고 돌아오는 것이 예사였으나 그 손에는 옥수수, 호박, 감자 등 그것이 무엇이 되었든 식량이 될 수 있는 것을 들고서야 돌아왔다. 나 권사는 불볕 속을 걷거나 백 리 길을 헤매거나 오직 하나님께 감사했다. '하나님 아버지, 감사합니다. 나 같은 것 부르시어 이때 이 가정을 위해 이렇게 쓰시니 감사합니다. 이 날을 위해서 저를 맹 장로 댁으로 보내 주셨음을 알겠사옵고, 이 일 내게 맡겨 주심을 감사드립니다. 하나님께서 아버지의 뜻을 위하여 크게 쓰실 의순을 위해서 제가 양식을 구할 수 있게 하셨사오매 감사드립니다.' 나 권사의 감사는 눈물이었다. 늘 눈물의 감사였다.

삼각산에서 기적적으로 살아나 집으로 돌아갔던 박용기가 합동 집으로 찾아온 것은 7월 30일 밤이었다.

"장로님, 그리고 선생님 아무래도 심상치가 않아요. 우리가 죽더라도 값이나 하고 죽어야할 것 같네요. 그러려면 아무래도 배 목사님 말씀대로 전선을 뚫고 아군 있는 데로 가는 것이 옳을 것 같습니다. 아군이 자꾸 밀리고 있어서 우리도 한시 바삐 떠나는 것이 좋겠습니다. 우리가 여기서 지체하면 지체하는 만큼 전선은 점점 더 아래쪽으로 처지게 될 것 같습니다."

박용기의 결심은 이미 굳혀진 것이었으나 맹 장로 내외를 비롯하여 맹의순의 조선신학교 동기생들 네 사람은 선뜻 말을 꺼내지 않았다. 박용기가 다시 입을 열었다.

"저는 아주 떠날 준비를 하고 집을 나왔습니다. 어머니께서 집에 있던 식량을 거의 다 털어서 제게 주셨고요, 저는 날이 밝으면 출발하겠습니다."
 전황(戰況)이 계속 불리하다는 것은 맹 장로도 알고 있었다. 집은 집대로 불안한 장소였다. 내무서원, 정치보위부 등이 끈질기게 들이닥쳤고 협박 위협 수색을 계속했다.
 신학교 졸업반의 이성수나 배숙경도 그곳에 있는 동안 두 차례나 집뒤짐을 치렀었다. 그리고 그들에게는 가족을 만나야겠다는 집념이 하나 더 있었다. 이성수가 조심스럽게 입을 열었다.
 "저희도 저 학생과 함께 떠날까 합니다."
 "저도 가겠습니다."
 배숙경도 의사를 밝혔다. 가물거리는 촛불 한 줄기가 눈을 감고 있는 맹 장로의 침통한 얼굴을 비춰 주고 있었다. 아들 의순도 고개를 숙이고 있었다. 생각 같아서는 그 자리에 그냥 틀어박혀 있고만 싶었다. 그 자리를 떠날 일이 끔찍했다. 움직이고 싶지 않았다. 집을 떠나고 싶지 않았다. 집을 떠나는 순간부터 닥칠 고생이 눈에 선했다. '나는 아버지를 모시고 있을 테니 당신들끼리 떠나시오, 제발….' 그렇게 말하고 싶었다. 이제 길을 떠나면… 그것은 고난과 만나러 가는 길이다. 그 길에서 기다리고 있을 일들….
 "의순아!"
 맹관호 장로가 이윽고 눈을 뜨며 아들을 불렀다.
 "예."
 아들은 그 아버지를 바라보았다. 겹쳐 앉듯 들어앉은 다섯 사람의 숨결과 습기로 숨이 막힐 것 같은 자리였고, 촛불도 심지를 돋우기가 힘들어 가물가물했다. 아들은 눈으로 아버지께 애원했다. '아버지, 저는 떠나고 싶지 않습니다. 아버지를 모시고 집에 있고 싶습니다. 처음처럼 저를 집에 있으라고 말씀해 주십시오.'
 "배 목사님의 말씀이 옳았던 것 같구나. 떠나거라. 넷이서 서로 도우며 내려가거라. 주께서 동행하신다. 또 너에게 우리가 모를 어떤 중대한 일을 맡기실 게다."

"아버지, 아버지를 모시고 남아 있고 싶습니다."

"나를 지켜 주실 분은 주님이시다. 너는 떠나는 것이 옳아."

맹 장로는 단호했다.

"아버지."

"무슨 일이냐?"

맹 장로의 숱 많은 눈썹이 꿈틀했다. 의순에게는 할 말이 있었던 것이 아니었다. 그냥 그렇게 아버지를 불러보고 싶었을 뿐이다. 아들에게는 그 밤이 그토록 괴로웠다. 젊은이 셋은 출발을 앞두고도 정신없이 곯아떨어져 코를 골며 깊이 잠들었다. 그러나 아들은 아버지의 숨소리를 짚어보며 잠 못 이루는 아버지의 괴로움을 함께 겪어야 했고, 암흑과 혼돈뿐 꼭 떠나야 한다는 확신 같은 것을 얻을 수가 없어 고통스러웠다. 영혼이 짓눌려 있었다.

먼동이 틀 무렵 젊은이들은 집을 떠났다. 하나씩 둘씩 집을 빠져나가 약속 장소인 서대문 네거리에서 먼발치로 서로 확인하며 길을 가기로 했다. 아버지는 아들에게 당부했다.

"나는 이제 근심하지 않으란다. 하나님께서 너를 맡으셨음을 믿는다. 그러나 일러둘 말이 있다. 뒤를 돌아보지 말거라. 앞만 보고 가거라. 어떠한 일이 일어나도 후회하는 마음을 일으키지 마라. 그것이 모두 너에게 필요한 일, 네게 있어야 할 일들인 줄로 믿어라. 자 가거라, 내 아들아."

아버지는 아들의 손을 잡고 다시 한 번 기도드렸다. 그날은 길고도 무덥던 7월 한 달의 마지막 날이었다.

6

길은 있었다. 어디에고 길은 있었다. 사방팔방 방향이 있었고 마을과 마을이 손을 잡고 있어 닿는 곳이 마을이요 떠나면 길이었다. 국도도 있었고 지방도로도 있었다.

그러나 그들은 평지의 순탄한 길을 마음 놓고 걸을 수가 없었다. 그것은 그들의 길이 아니었다. 그들은 국도와 지방도로에서 멀리 떨어지지 않은 야산을 골라 가며 언제나 길을 내려다보고 안전을 확인하며 그 길을 따라서 걸었다.

폭격은 예고 없이 쏟아졌다. 하늘의 불비[火雨]였다. 순식간에 한 마을이 불바다가 되는가 하면, 병력수송 중의 한 대열이 로케트 공격, 네이팜탄, 기총소사로 아수라장 쑥밭이 되고는 했다. 불바다의 예고는 언제나 하늘로부터 왔다. 그것은 소리였다. 하늘 어느 한 귀퉁이를 찢어 내는 것 같은 불길한 소리와 함께 왔다. 그리고 공중에서 겨냥한 자리에 저주의 불길이 불붙는 것이다. 시꺼먼 연기가 뭉게뭉게 한없이 부풀기 시작하면 밑에서는 그 검은 연기를 밀어내며 버섯 모양의 불덩어리가 꾸역꾸역 치밀어 올랐다. 얕은 곳에는 더러 뽀얀 연기가 실타래 푼 듯 흔들리며 주저앉고, 일대는 간단히 불바다가 되었다. 저주였다. 산천의 초목도 금수도 사람이 따로 없이, 일시에 휩쓸어 버리는 불문곡직의 불바다였다.

이것이 누가 준 땅인데, 누가 가꾸어 오던 땅인데, 저곳에 살던 사람들이 누구이기에, 그들이 무엇을 달라하였기에….

맹의순은 불바다가 되거나 말거나 갈 길만을 재촉하는 일행에게서 뒤처져 그 불바다를 바라보며 괴로워했다. 그러면 되돌아와서 갈 길을 재촉하던 박용기가 탄식했다.

"도무지 이 전쟁은 알 수가 없군요. 저렇게 속 시원하게 신나게 퍼부어 대면서 무엇 때문에 계속 후퇴를 하고 있다는 건지… 뭐, 유엔에서 열 몇 나라가 함께 싸우겠다고 덤벼들었다면서, 이북 공산군 하나 못 밀어붙이고 우리를 이 고생을 시키니 참 한심한 일이지 뭡니까."

몸집도 장대하고 나이로 친다면 벌써 대학생이 되어 있어야 했을 사람이지만 박용기는 그들 중 막내였고 또 그 괄괄한 성미에 언제나 직선적인 말을 시원시원하게 해대는 편이어서, 그들의 기약 없는 행군에다 조금씩 활기를 넣어 주었다.

그들은 서강을 배로 건너 오류동을 거쳐 안양 쪽을 향해서 걷고 있었다. 시흥 근처에서 수백 명의 신병(新兵)을 수송 차량에 실어 나르는 인민군을 만났다. 점령지인 서울과 그 근교에서 의용군의 강제 동원한 젊은이들이었다. 네 사람은 관목(灌木)과 소나무가 드문드문 자리 잡은 낮은 언덕 풀더미에 숨어 엎드려 전선으로 실려 가는 의용군을 바라보았다.

"맙소사! 저건 젖도 안 떨어진 아이들 아냐? 저런 죽일 놈들…. 우리처럼 숨어 있다가 붙잡힌 사람들이네… 어이구 기도 안 찬다!"

박용기가 으르렁거렸다. 배숙경도 목이 메었다.

"세상에! 저 어린 소년들을… 저 아이들이 방아쇠를 당길 줄이나 알겠어요? 저 어린 학생들을 끌어다가 총알받이를 만들다니… 오 하나님 도우소서. 도와주소서."

8월의 기나긴 여름 해가 뉘엿이 기울고 한낮에 뜨겁게 달았던 지열(地熱)이 솟아올라 땅김이 턱턱 코를 막았다. 맹의순은 잡초더미 속에 엎드려서 눈을 감았다. 돌아올 수 없는 길을 끌려가고 있는 저 소년들. 훈련이나 제대로 받았을까, 또 설사 훈련을 철저하게 받았으면 무얼 하겠는가, 무고한 목숨을 마구잡이로 죽이는 짓밖에는 할 짓이 없는 것을…. 또 총을 제대로 다룰 줄 모르는 채 끌려가고 있는 것이라면 영문도 모르면서 이름 모를 들이나 강변에서 목숨을 잃고 쓰러지겠지.

"우리들 대신 저 아이들이 끌려가는 거야. 저 아이들이 우리 몫을 겪고 있는 거지…."

맹의순의 처연한 중얼거림을 박용기가 가로막았다.

"선생님, 그건 감상(感傷)입니다. 지금 누가 누구 몫을 치어 주고 어쩌고 하는 때는 아니에요. 어차피 놈들은 이남 땅을 점령하고 사내처럼 생긴 것이란 무엇이 되었건 사그리 잡아다가 저희들 총알받이를 하겠다고 작정한 놈들인 걸 모르십니까. 우리는 저 소년들을 위해 울어 줄 시간이 없어요. 우리 자신을 위해 울어야 할 일이 이제부터 시작일 걸요."

"자, 그만 일어납시다. 우리가 할 일은 한 걸음이라도 더 남쪽으로 가는 길이니 또 걸읍시다."

이 선배가 세 사람을 일으켜 세웠다. 안양천이 내려다보이는 언덕에 이르렀을 때 박용기가 두 손을 들었다.

"오늘은 그만 가지요. 어떻게든 쌀을 익혀서 좀 먹도록 했으면 하는데요. 날이 어두워지면 불을 지필 수 없으니 아직 해가 있을 때 밥 좀 먹어 두죠."

박용기가 밥 타령을 했다. 맹 선생이 빙긋이 웃으며 달랬다.

"오늘은 미숫가루로 그냥 넘기지. 밥을 지을 만한 데도 없고…. 그리고 아직 해가 있을 때 좀 더 걸어야 두어야 해. 첫날부터 이러면 점점 어려워질 게야."

"하루에 한 끼는 밥을 먹어야 해요. 그렇지 않고는 걸을 힘이 어디서 생기게? 여기 계세요. 내가 내려가서 나무를 좀 얻거나 사서라도 가져오겠습니다."

세 사람도 미상불 밥 생각이 간절해졌다. 배낭에는 씻어서 건져낸 마른 쌀과 고추장, 깻잎 절인 것, 오이지 등이 있는 터다. 그들은 떼를 쓰는 박용기가 오히려 고마웠다. 어느 곳에다 불을 지피면 남의 눈을 피할 수가 있겠는지… 세 사람은 밥 익힐 자리를 둘러보며 막내인 용기를 기다렸다.

그러나 용기는 물통만을 들고 장작은 없이 그냥 돌아왔다. 밥 지을 나무를 가져오겠다고 호기롭게 갈 때와는 달리, 눈귀도 입귀도 축 처뜨리고 다리를 질질 끌며 돌아왔다. 적이 실망한 얼굴로 배숙경이 물었다.

"나무를 구하기가 그렇게 힘들었던가 보죠?"

박용기는 털썩 주저앉더니 푸념했다.

"저희나 우리나 언제 어떻게 될지 모르는 불쌍한 것들이… 이 지경이 되고도 욕심이 그냥 남아 가지고 장작더미를 쌓아 놓고도 안 주는 거예요. 돈도 싫다면서 겨울 땔나무도 모자란다는 거예요. 폭격 한 번이면 그냥 잿더미가 될 것들이… 겨울까지 살아남을지 어떻게 될지 모르는 것들이 욕심만 굴뚝같이 뻗쳐 가지고 원." 날라 온 물에다 미숫가루를 타면서 용기는 또 다시 화를 냈다. "밥을 먹었다면 배도 좋고 마음도 좋고 짐도 조금은 가벼워졌을 것을… 이 경을 칠 놈의 인심, 그런 게 전쟁 인심인지 원."

그들의 배낭은 하나하나의 무게가 그것 나름으로 묵직했다. 반찬이 될 만한 고추장 소금 등, 갈아입을 옷 몇 가지와 식량, 신발, 모포와 홑이불 등, 줄이고 줄인 것이지만 적잖이 무거웠다. 그들은 바위 틈서리에 있는 평지에 잠자리를 마련했다. 모포를 땅에 깔면서 용기가 익살을 떨었다.

"이 중에 누구, 하나님 몰래 담배 피우는 사람 있을 텐데요. 이럴 때 담배 좀 내놓으쇼!"

세 사람의 신학교 학생과 교회 중등부 학생회장 하나. 담배를 피울 사람이 있을 리 없었다. 숙경이 나무라는 투로 말했다.

"아닌 밤중에 생뚱스레 담배를 와 찾노?"

"아이구 누님, 하도 답답하고 기가 막혀서 내가 담배라도 한 대 피워 볼라고 하는 거 아닙니까." 용기는 킬킬 웃으며 말을 이었다. "이런 산중에는 뱀이 무섭거든요. 이렇게 끌끌한 장정 넷이 옳은 길 찾아가겠다고 나섰다가 이 야밤 산중에서 뱀한테 물려 끝장난대서야 말이 됩니까? 뱀은 담배를 질색하거든요. 오줌에다 담배를 풀어서 이 주위에다 뿌려 놓으면 그 사탄은 우리한테 접근을 못한다 이 말입니다."

"아이고 아는 거 많아서 묵고 싶은 것도 많것다!"

배숙경은 쿡쿡 웃었으나 밤하늘의 별빛을 바라보며 금방 잠잠해졌다. 이런 길이 어디까지 이어져 있는 길인지. 또 이렇게 오손도손하게만 갈 수 있는 길인지…. 그들은 각자 별빛을 등에 얹고 엎드려 기도했다.

*

지척을 분간할 수 있는 새벽이 되면 그들은 자리를 털고 일어나 길을 갔다. 야산에서 야산을 타고 길을 더듬다가 신작로가 보이지 않으면 당황해했고, 또 그렇게 걷다가 큰길과 맞닥뜨리면 질겁하고 놀라서 다시 산길을 더듬어 길을 갔다. 신작로 길이 아주 보이지 않아도 걱정이었고, 또 큰길과 맞닥뜨리면 더욱 겁을 내지 않을 수 없었다. 지도를 한 장 가지고 있었으나 마을은 그저 이름 없이 제자리를 지키고 있을 뿐 지나가는 사람에게 마을 이름을 밝혀줄 리 없어서, 어쩌다 읍이나 면사무소를 만나야 그곳이 어디쯤인지 가량을 할 뿐이었다. 지도를 들여다보면 용인, 음성, 괴산, 점촌, 상주, 무기로 빠지는 길이 그중 가까운 길 같았으나, 그 길 위에 어떤 산이 있고 어떤 마을이 있으며 어떤 적(敵)이 무슨 생각 무슨 얼굴을 하고 있을는지 알 수 없는 일이었다.

그들은 군포를 거쳐 수원을 끼고 용인 쪽으로 갔다. 아무나 붙들고 길을 묻는 것은 위험한 일이었다. 대충 해의 방향과 이따금 만나는 면사무소나 파출소의 인민위원회 간판에서 그 지역 이름을 파악해 가며 나아갈 수밖에 없었다.

날만 훤해지면 걷고 또 걸어야 했다. 도시와 가까운 농촌은 피폐해 있었고 주인이 있는지 없는지 아예 농사를 놓아 버린 듯 논도 밭도 뒤범벅이 되어 있었다. 논에는 피가 더 많이 패어 가고 있었고, 고추밭은 엉크러져서 고춧대를 찾기가 힘들었다. 옥수수며 수숫대는 잡초더미 속에서 버성겨 시들시들했다. 이따금 만나는 원두막은 쓸쓸했다. 모두들 이 겨울까지 살아남을는지 알 수 없는 일이지만, 이 땅이 이 지경이 되고서야 살아남는 사람인들 이 겨울을 어찌 지낼 것인고 싶었다.

용인군 외사면 백암리 옆을 지나면서 그들은 오이넝쿨이며 참외넝쿨을 걷어 내는 농부를 만났다. 어린아이 주먹 만한 참외 몇 개를 달게 대접받으며 농부의 탄식을 듣기도 했다.

"아, 천벌을 하늘이 내려서 천벌인가? 사람들이 저 못나서 천벌을 스스로 만들어 내고 있지. 아, 땅 있겠다, 종자 있겠다, 심어 가꾸고 거두는 대로 나눠 가며 살면 되는 일을, 무슨 수가 난다고 총을 쏘고 때리고 부수고 죽여 가며 이 난린지⋯ 벌이 따로 있소? 인간이 저 하고 있는 이 꼴이 벌이지. 그나저나 젊은이들은 이제 뭘 하러 어딜 가겠다고 이 험한 길을 나섰소?"

사십은 훨씬 넘었을, 베잠방이가 땀에 절어 쉰내를 풍기는, 깊은 주름이 파인 농부는 젊은이들을 못내 안쓰러워했다.

"서울서 공부하다가 피난길이 끊겨서 묶여 있었죠. 이제 고향으로 찾아가 볼까 해서 나섰습니다."

"조심들 허우, 이럴 때는 곯는 게 백성들뿐이지. 잘못하다가는 이편에서도 역적이요, 저편에서도 역적 되기 쉬운 게 이런 판국이지. 거 참 젊은이들 앞길이 만만찮겠구료."

밭둑에서 시작되는 다복솔 솔밭 그늘에 앉아 그들은 참으로 오랜만에 사람 냄새를 맡으며 서로 이야기를 건넸다.

"이 난리 통에 지금 참외넝쿨 오이넝쿨을 거두셔서 무얼 하시렵니까?"

이 선배가 묻자 농부는 다 떨어진 맥고모로 앞 가슴께를 훌훌 부채질하며 먼 하늘을 바라보았다.

"이른 배추라도 좀 심어 볼까 하지요. 마침 씨앗이 있어서요. 씨앗을 심다가 죽어두 그만, 가꾸다가 그 자리에 쓰러져두 그만이지. 어차피 우리네 인생 논두렁 밭두렁에서 끝나게 마련인데, 난리에 죽는다고 더 아리고 쓰릴 것두 없구…. 그저 나 살던 대로 사는 거외다. 아직은 살아 있으니…."

박용기는 말참례를 않고 돌아앉아 발을 들여다보고 있었다. 발이 부르터 터졌는지 그는 그곳에 이르기 얼마 전부터 다리를 절며 무겁게 끌었다. 박용기의 뒷모습을 보더니 이 선배도 신발을 벗었다. 양말이라고 신고 있던 것들은 발바닥이 다 삭아 없어져 발 윗등과 목만 남아 있는 형편이어서, 홑이불을 찢어 발을 동여맸다. 박용기는 운동화를 신고 있었고, 이 선배는 다 찌그러지긴 했지만 가죽 구두였다. 배숙경도 운동화, 맹의순은 헌 군화를 얻어 놓았던 게 있어서 그것이 신발이었다.

"아이구 신발을 벗으려거든 좀 물러앉아 벗지 않구…."

배숙경이 눈살을 찌푸렸다.

"아이고 누님, 이 정도 냄샐 가지고 그러깁니까. 미리 훈련 좀 해두시라구요. 무슨 꼴 무슨 냄새를 맡게 될지 모르면서…. 아이구 이거 야단났구만, 발가락들이 다 같이 놀자고 한데 붙었대요? 물러터지려는가 봐요. 뒤꿈치도 다 벗겨졌어요."

"일어나지, 너무 많이 쉬었네."

맹의순이 채근했다. 하루, 이틀, 사흘, 눈만 뜨면 백여 리씩 산길로만 걸어 온 그들이 이제는 날이 갈수록 걷는 분량이 줄어들기 시작했다. 외진 인가(人家)에서 감자라도 만나면 열 번 백 번 절을 해가며 돈을 주고 사서 쪄먹기도 하고, 고구마로 한 끼를 얻는 때는 운수가 아주 좋은 날이었다. 먹는 것은 부실했고 가문 날씨는 뜨겁게 내리쬐고 쪄댔다. 죽산(竹山)을 지나 충청북도 쪽으로 들어서면서부터 박용기는 자꾸만 뒤처지기 시작했다. 각기 제 몸 추스리기도 힘겨워 뒤돌아다볼 엄두도 나지 않는 터여서 용기가 얼마만큼 뒤떨어졌는지 살피지도 못하고 허위허위 걷다 보면, 막내는 아예 자취도 없어지고는 했다. 모두들 발이 부르텄다. 그러나 발만 부르튼 게 아니라 입도 마음도 부르터, 누구 하나 입을 열어 말을 하려고 하지 않았다. 죽산에서 금왕까지 이르는 동안은 국도도 지방도로도 만나지 못했다. 음성군으로 접어들면서부터 마을도 높아지고 산길도 힘했다. 박용기를 위해서 몇 번씩 기다리고는 하던 배숙경이 농담 반 짜증 반 섞어 용기를 나무랐다.

"아이구 세상에, 그 큰 덩치를 해 가지고 이렇게 애를 먹일 줄이야. 입에는 힘이 많던데 어째 다리는 그렇게 힘이 없어? 우리의 갈 길은 이제 시작인데 벌써부터 이러면 어떻게 할 거지? 자꾸만 이러면 떼어놓고 갈 테야."

박용기는 보기 딱할 만큼 사색이 되었다. 시커멓게 탄 얼굴에 눈의 흰자위만 유난히 희고 컸다.

"어이구 누님, 꾀병이 아니에요. 이거 좀 보시겠어요? 칼로 껍질을 벗겨내고 고춧가루를 뿌린 것만 같아요."

용기는 눈물이 글썽해져서 신발을 벗어 보이려고 했다.

"아아, 그만둬요. 내 아무 말 안 할 테니 그만둬요."

배숙경은 얼굴을 가렸고 맹의순은 용기의 신발을 손수 벗기고 짓물러 터진 자리의 진물을 수건으로 찍어내 주었다. 용기는 미안해하며 탄식했다.

"아니 어째서 내 살만 이렇게 물러터지는 게야? 모두 같이 떠났잖아? 모두 똑같이 걸었단 말이야. 그런데 이게 무슨 꼴이야… 아이구 내…."

"짐을 이리 줘."

맹의순은 용기의 짐을 끌어당겼다. 그리고 신발을 바꿔 신으려고 했으나 맹의순의 구두는 박용기에게 너무 작았다. 구두를 주려고 발을 벗은 맹의순의 발도 발가락 쪽은 짓물러 터져 있었다.

"어이구, 선생님 발도 사보타주로군요. 그런데 어떻게 그렇게 아무 말씀 없이…."

"그래두 내 발은 아직, 주인을 무서워하고 있어. 대단찮아…. 걸을 만하네. 이봐 용기, 사보타주하는 놈을 벌을 주려고만 하면 아주 퉁그러지고 말지… 달래야 해, 살살 달래 보라구. 그리고 찬송하면서 걷자, 시편을 외자. 그러면 덜 아플거야. 이 길을 네가 걸으려고 하지 말어. 주께서 가시는 길을 우리는 그저 업혀서 간다고만 생각해. 조금만 더 가세. 여기는 머물 만한 곳이 못 돼. 오늘은 일찍 쉬자구. 자, 힘을 내."

용기는 맹의순에게 손을 잡혀 일어나면서 무너지는 소리로 신음했다. 살은 살마다, 뼈는 뼈마다 쓰리고 떨렸다. 어찌하나. 그는 일어섰으나 한 발짝도 더는 내디딜 수가 없어서 끙 소리를 내어 지르면서 하늘을 올려다보았다. 8월 초순의 여름 해만 절절 끓고 있었다. 성한 살도 문드러지게 만들고야 말 더위뿐이었다. 무엇 짚을 만한 것이 아무 것도 없었다. 다시 사면을 둘러보았다. 칙칙한 푸르름이 사면을 뒤덮고 있을 뿐 산뜻한 것이라고는 단 한 가지도 눈에나 마음에 와 닿는 것이 없었다. 군데군데 있는 산은 목이 말랐다. 벗겨져 흙이 흘러내리고 있는 자리는 빨갛게 데어 벗어진 자리처럼 햇볕을 쓰라려 하고 있었고, 그나마 몇 그루 나무가 있는 부분은 나무들이 혀를 빼어 물고 늘어져 있었다.

해방 전까지도 이 땅의 사람들은 땔감을 나무에만 의존했고, 해방 전에는 일본 당국이 학생들까지 동원해 소나무 관솔을 따내느라고 산을 깎아, 산이라는 이름뿐, 깊고 늠름한 그늘은 쉽지 않았다. 해방 후에는 일제의 산림청(山林廳)마저 없어진 기회에 마구잡이로 누가 더 많이 하기 내기로 나무를 잘라다가 제 부엌에 쌓느라고 남아나는 나무가 없는 형편이었다. 땔감으로 있는 대로 잡아 뜯긴 산은 산이 아니었다. 골짜기에 옹기종기 버섯처럼 돋아 있는 초가집은 생기 없이 무력했다. 농토는 가뜩이나 윤기를 잃고 있던 지경에다 난리에 쫓겨 피난 짐을 쌌다 풀렀다 하느라고 짓밟혀 형편없이 헝클어져 있었다.

"선생님, 이 땅의 산을 보세요. 나무 비슷한 것이라고는 남아 있지 않은 이 산을. 그래도 왜놈들이 있을 때는 감시원 눈이 무서워서 나무를 못 베던 사람들이, 왜놈들이 쫓겨 가고 정작 우리가 주인이 되자 이렇게 깡그리 깎아 먹어 버렸잖아요. 이게 우리들입니다. 남들이 다 베는데 나라고 왜 못하랴. 하나라도 손해를 보지 말자고 기를 쓰고 악착같이 덤벼들어 나무란 나무는 씨를 말릴 듯이 없애버린 이 꼴을 보세요. 그리고는 이제 와서 사상(思想)이 다르다는 이유로 서로 죽이기 내기 아닙니까. 이런 땅 어디에 우리가 할 일이 있겠다고 무엇을 찾아가는 거죠. 우리는? 이 땅 어디에 우리를 기다려 줄 자리가 있다는 거죠? 이렇게 고생고생 어디로 가자는 겁니까?"

"다 옳은 얘기지. 정말 해방 후 우리 민족 살아가는 모습을 보면 암담해. 틀린 얘기는 아냐. 그러나 '내일 일을 위하여 염려하지 말라.' 고 말씀하셨네. '내일 일은 내일 염려할 것이요. 한날 괴로움은 그날에 족하니라.' 하셨어. 현재를 살 수 있는 비결(秘訣)은 그것뿐이야. 우리는 내일 일을 도무지 알 수 없지만, 이 문드러진 발로 오늘을 딛고 일어서는 것, 그것만이 우리가 할 일이야. 오늘의 짐을 지고 일어서면 내일이 다가오는 거야. 박용기의 내일도, 나의 내일도, 이 나라의 내일도, 우리들 중 누구의 뜻대로 되는 건 아니거든. 분개한다고 바로 잡아질 것도 아니고, 슬퍼한다고 갑자기 개선될 수 있는 것도 아닌 거야. 땅을 쳐도 소용없고 통곡을 한대도 어쩔 수 없지. 자, 그러니 오늘은 좀 더 걷는 걸세. 기운을 내세."

맹의순은 박용기를 달랬다. 그러나 용기는 눈물이 글썽해진 얼굴을 들이댔다.

"그러면 우린 무엇을 할 수 있다는 거예요? 지금 이 발을 끌고 무얼 하러 어디로 가고 있는 거예요?"

"귀를 기울이는 거지."

"하나님의 뜻에?"

"그럼."

"아무것도 안 들려요. 아무리 귀를 기울여도 아무것도 안 들리는 걸요."

"우리가 침묵하고 있지 않기 때문이지."

"반대예요. 하나님이 너무 잠잠하게만 계시니까 우리가 떠들 수밖에 없잖아요."

"아니, 하나님께서 침묵하실 때일수록 우리는 더 겸손히 더 조용해지지 않으면 안 되지."

"이 이상 어떻게 더 조용하게 있을 수 있겠어요?"

"고난이 극심하면…, 고통이 극에 달하면, 그때는 정말 잠잠해질 걸세. 그리고 그제야 그분 계신 곳을 향해서 우리는 눈을 들게 되지."

이성수와 배숙경은 산골 길 저쪽으로 가물가물 걸어가고 있었다. 산세(山勢)며 동리가 들어앉은 모양으로 보아 재(嶺)가 나타날 것 같았고, 그 재를 넘으면 괴산쯤에 이를 것으로 짐작되는 지점이었다. 용기는 이를 악물고 한 걸음을 내어 디뎠다.

"아이구 이글이글 타는 숯불을 밟는 것 같네요."

"자, 저쪽에서 주님이 우리를 기다리고 계신다고 믿고 걸어 보세."

박용기의 짐까지 얹어진 맹의순은 창백해진 얼굴에 비 오듯이 땀을 흘렸다. 박용기를 달래 가며 걷고 있는 그의 발도 헐어빠진 군화 속에서 맹렬하게 반란을 일으키기 시작했다. 천지(天地)가 냉담했다. 물러터진 발로 걷는 그 길은, 천지가 입을 꽉 다물고 눈을 질끈 감아 버린 듯 마음 닿는 데 없는 외로운 행군이었다. 개울을 만나 물통마다 물을 채웠다. 맹의순은 물통에다 물을 채우다 말고 순하게 흐르는 개울물을 하염없이 들여다보았다. 그 길을 누가 지나갔는지, 개울은 그저 갈 데로 가고 있었다. 북쪽의 공산군이 지나갔는지, 남쪽의 국군이 지나갔는지 말하지 않았다. 목마른 자의 목을 축여 주고 땀 흐르고 지친 사람의 땀을 씻어 주었을 뿐, 요구하는 것도 없었고 전해야 할 말도 없었다. 다만 개울은 이제 머지않아 산언덕이 있음을 가르쳐 줄 뿐이었다.

산길 입구에 인가(人家)가 있었다. 건듯 건드리면 팍삭 주저앉을 것 같은 초가집 서너 채가 옹기종기 둘러앉아 있었고, 칠십도 넘었을 노인 하나가 푸성귀 밭에서 김을 매고 있었다.

"할아버지, 이 산길은 어디로 넘어가는 길입니까?"

"게 넘어가 사담리라오. 여기는 소매리고, 예가 소수면 산골인데 젊은이들은 어디를 가는 길인데 이 산골길을 가는 게요?"

목소리가 쨍쨍한 강단 있는 노인이었다. 새까맣게 그을고 키가 아주 작은 노인이었지만 음성이 쨍쨍했다.

"예, 저희들은 서울서 공부를 하다가 전쟁을 만나서 부모님 계신 곳을 찾아가는 중입니다."

"부모님 계신 데가 어디기에?"

"대구쯤 됩니다만…, 지금쯤 인민군이 거기까지 들어가지 않았는지 모르거니와… 할아버지, 인민군이 이곳에도 들어와 있습니까?"

"허 그들이 산골이라고 그냥 지나치나? 샅샅이 훑었지. 게다가 앞잽이 날뛰는 건 더 가관이었고…. 이 산골에 무에 찾아먹을 게 있었는지 여기두 다 휩쓸구 갔어. 요 며칠 잠잠한 걸 보니 사내들은 다 잡아내다가 총을 쥐어 내보냈거나 아니면 동원해서 끌고 간 게야. 젊은이들, 이 언저리도 다 빨갛게 물들어 있어. 그런 줄 알고들 가."

노인은 풋고추 한 옴큼 하고 오이 너덧 개를 따서 짐에다 찔러 넣어 주며 손주들에게 일러 주듯 자상하게 길을 일러 주었다.

"저어기 외딴 집 한 채가 있어요! 빈 집 같애요!"

고갯마루에 쉬고 있던 배숙경이 얼굴에 생기를 띠며 좋아라 했다. 그때까지 족쇄(足鎖)를 끄는 죄수처럼 무거운 다리를 끌고 오던 박용기가 살아났다는 얼굴로 그 말을 받았다.

"오늘은 지붕 밑 잠을 자겠군요. 우리 오늘은 그 쌀 한 줌 남은 것으로 밥을 해먹기로 해요. 오이도 있고 풋고추도 있으니 잔치를 하기로 하죠."

박용기는 명절 만난 아이처럼 신명나 했다. 그리고 지금까지 천근이 되듯 질질 끌고 오던 다리를 가볍게 움직여 앞장서 걷기 시작했다. 외딴집 오두막은 비어 있었다. 흙벽이 떨어져 심지로 박았던 수숫대며 짚이 비죽비죽 드러나고, 장독대에는 깨어진 독개 그릇 몇 개와 성한 것 두어 개가 아무렇게나 널브러져 있었다. 방 둘에 부엌 한 칸. 부엌에는 다리가 부러진 작은 상이 나뒹굴어져 있고, 때에 절은 빈 병, 코를 꿰맨 까만 고무신 한 짝, 때가 낀 그릇 몇 개가 심드렁하게 널브러져 있었다. 찌그러져 기울고 있는 울타리 밑에 분꽃 두어 그루가 분홍빛과 노랑빛으로 피어 있는 것을 보니 봄까지는 그 집에 사람이 살고 있었던 모양이다.

해가 뉘엿이 기울고 있었다. 사위는 조용하고 한없이 평화스러웠다. 이제 박용기가 바라던 대로 지금까지 아껴 두었던 마지막 쌀로 밥을 짓고 고추장 찍어서 풋고추와 오이로 밥을 먹으면 오늘은 지붕 있는 방에서 잠을 잘 수 있는 운 좋은 날이 되는 것이다.

짐을 부린 맹의순은 찌그러진 툇마루에, 두 손 모으고 앉아 눈을 감았다. 산 속의 고요와 휴식 앞에서 서울에 남아 있는 가족과 교회 식구들을 떠올렸다. 무사하시기를… 모두들 무사하시기를… 부디… 몇 걸음 뒤처져서 도착한 박용기는 툇마루에 쏟아지듯 주저앉으며 이죽거렸다.

"아이구, 김일성이 덕을 톡톡히 본다. 김일성이 덕분에 개발 동무 피난 가느라고 수고하누만. 이 정도면 훈장 감이지."

그는 신을 벗고 진물과 땀에 전 발싸개를 끄르면서 이죽거렸다. 그리고 쉴 수 있다는 희망으로 힘을 얻었는지 지금까지 닫아 두었던 말문을 다시 열었다.

"아무래도 전선이 왜관쯤까지는 밀려갔을 것 같은데, 그렇다면 우리 갈 길은 아득하구만."

이성수와 배숙경은 꼼짝도 할 수 없는 듯 푸슬푸슬 부서져 내리는 흙벽에다 몸을 싣고 정신 나간 사람처럼 앉아 있었다. 생각지도 못했던 휴식이요 평화였다. 네 사람은 일시에 깜박하듯, 그들이 왜 이 길을 왔으며 또 어디로 왜 가야 하는가에 대하여 깨끗하게 잊어버렸다. 배고픔도 잊었다. 그저 그대로 모든 것이 끝나 버린다 해도 그만일 것 같다는 생각에 지친 몸을 맡기고 있었다. 그러나 그 시간과 그 공간은 그들의 것이 아니었다. 평화와 휴식은 찰나에 깨어졌다. 어디 숨어서 지켜보고 있었는지, 벼락 치는 소리가 그들 앞에서 터졌다.

"꼼짝 말아!"

벽력같은 소리와 함께 총구가 그들의 눈을 찌를 듯 들이닥쳤다. 땀에 전 군복에 따발총을 들이대고 있는 공산군이 둘, 그리고 민간인 복장의 청년 셋이 죽창과 몽둥이를 들고 둘러섰다. 맹의순은 천천히 자리에서 일어났.

이 평화롭던 산골이 저들을 숨겨주고 있었더란 말인가? 이 고요가 저들을 감춰 놓고 있었더란 말인가? 누가 우리를 배반했나? 누가 이 평화와 휴식을 파괴했나?

7

그들은 총부리에 밀리고 밀리며 이십 리 길을 걸었다. 총을 든 자들은 왜 어디로 가는지 알 수 없는 길을 무작정 그들 네 사람을 마구잡이로 끌고 갔다. 내리막길이기는 했지만 하루 종일 산길을 걸은 데다 낙담과 두려움의 짐까지 덧얹어진 그들의 걸음은 계속 총부리에 찔리고 밀릴 수밖에 없었다. 도중에 용기가 주저앉았다.

"야! 간나아 새끼! 네가 아까 개발 동무라고 말한 새끼 아니가? 야, 이 개발이 와 이레 못 걸어? 내레 지금 훈장 받으러 가는 길인데 왜 이래? 일어나! 걸으라우! 못 일어나갔어?"

"그까짓 새끼 팡 쏴 팡가치라우! 걸리적거리누만~."

다른 공산군 하나가 귀찮다는 듯이 소리쳤다. 그래도 박용기는 일어나지 못했다. 그들은 덤벼들어 발길로 걷어차고 총부리로 짓이겼다.

"이놈의 새끼레 호강하겠다누만. 총알을 먹여 달란? 엉?"

맹의순이 지고 있던 짐을 이성수와 배숙경에게 하나씩 맡기고 용기 앞에 다가 등을 들이댔다.

"누가 널 보고 업으랬나? 이 간나아새끼래 니가 무엔데 이 간나새끼를 맘대로 업겠다는기야? 건방지게 구는데?"

맹의순은 구둣발에 채여 앞으로 고꾸라졌다. 그러나 그는 흙 묻은 얼굴을 들고 일어나 공손하게 입을 열었다.

"업구 가게 해주십시오. 내 친구는 발이 몹시 상했습니다."

으르렁거리던 군인들이 잠깐 침묵했다. 그리고 땅거미가 지기 시작한 어둑스레한 허공에 떠 있는 맹의순의 얼굴을 한동안 멀거니 바라보더니, 악다

구니가 수그러들었다.

"끝까지 업구 갈 수 있겠나?"

군인 하나가 악을 썼다.

"그렇게까지는 할 수 없겠지만, 잠깐씩 업고 가다 보면 우리 친구가 기력을 회복해서 걸을 수 있을 것 같습니다."

"똥강아지 같은 새끼덜, 연극하고 자빠졌네!"

죽창을 든 사내 하나가 아니꼽다는 듯이 욕지거리를 해댔다. 용기가 울먹하는 목소리로 속삭였다.

"선생님, 저 걸을 수 있습니다."

그리고 박용기가 불끈 일어섰다. 그리고 다시 발을 끌며 걷기 시작했다. 한 발 한 걸음, 두 발 두 걸음, 짐을 다시 진 맹의순이 그를 부축하고 걸었다. 용기가 눈물을 쭈르르 흘리며 낮은 목소리로 말했다.

"저 쪽에서 주님이 우리를 기다리고 계시다고요? 이것이, 이 모양이 주님입니까? 이것이 주께서 우리에게 주시는 선물입니까? 그 깊은 산속 외딴집에 이르러 밥 한 끼 먹자던 우리의 희망이 그렇게 몹쓸 짓이었습니까? 우리가 받아야 하는 게 이것뿐이란 말씀입니까?"

"이것이 전부는 아니지, 이것은 과정의 일부일 뿐이겠지."

산길을 벗어나 괴산으로 이어진 듯한 국도를 따라 십 리도 더 걸었을 무렵, 해는 아주 넘어갔고 네 사람은 '인민 위원회'라는 간판이 붙은 양기와 집 마당으로 끌려들어갔다. 마당에서 다시 떠밀려 뒤꼍으로 가자, 누에를 치는 누에 집 같기도 하고 담뱃잎을 찌는 곳 같기도 한 흙집이 나타났다. 그들은 그곳에다 네 사람을 한꺼번에 쓸어 넣었다.

어둠이 독하게 썩고 있었다. 숨이 막혔다. 아무것도 보이지 않았지만 발 디딜 틈 없이 닿는 것마다 물큰거렸다. 모두가 사람이었다. 그러나 아무 소리가 없었다. 살아 있는 것은 물큰 거리는 살에서 내솟는 땀 냄새뿐. 눈도 없고 입도 없는 물체들이 상대방을 의심하는 기능만 최후까지 살아서 코를 벌름거리고 있었다. 얼마나 지났을까, 어둠을 무겁게 헤엄쳐 수면 위로 떠오르듯, 숨죽인 목소리 하나가 위험을 각오한 듯 말문을 열었다.

"지금 들어온 분들은 뉘시오?"

"서울서 피난 가던 사람들입니다."

이성수가 대답했다.

"그런데 피난을 왜 이제야 가며, 하필이면 이 길이었소?"

"조용한 길을 골라서 온다고 왔습니다."

"조용한 데서는 소리가 더 잘 들리고 맑은 물속에서는 잡티가 더 잘 눈에 띈다는 것을 모르셨소 그래?"

이 지역에서는 검색 검거가 철저했고, 많은 사람들이 이미 희생되었음을 뜻했다.

"여러분들은 여기 오신 지 오래되셨습니까?"

"대중 없습니다. 끌려온 지 며칠 안 되어 다시 끌려 나가 소식 없는 사람도 있고, 매일 한 차례씩 끌려 나가 매 찜질을 받는 사람도 있고…."

그때 문 밖에서 악쓰는 소리가 났다.

"그 안에서 지껄이는 자가 누구얏? 끌려 나와서 맛 좀 보겠어?"

모두들 움츠러들었다. 다시 어둠이 썩어나고 있었다. 그 어둠은 시간까지 고여 썩히고 있었다. 그저 어둠이었고 더위였고 침묵일 뿐이었다.

"선생님 기도하고 계세요? 뭐라고 기도하시는 겁니까?"

용기가 맹의순 귀에다 대고 비아냥거렸다.

"그저 내 영혼을 향해 잠잠하라 이르면서 귀를 기울이고 있어."

다시 얼마나 지났을까 문이 벌컥 열리면서 우악스러운 말투가 총알처럼 쏟아졌다.

"아까 들어왔던 여자, 이리 나와! 얼른 나와!"

배숙경을 지칭하는 소리였다. 배숙경이 끌려 나가고 얼마 안 되어 그 눅진한 어둠을 긁어 잡는 듯한 비명이 바로 지척에서 들려왔다. 배숙경의 비명, 믿어지지 않을 만큼 날카롭게 찢어져 나오는 소리, 헛되이 어둠을 긁어쥐려는 몸부림, 목숨이 찢어지는 외침, 목숨의 밑창에서 솟는 마지막 기력을 다한 비명이었다. 생명의 바닥, 더는 내려갈 자리가 없는 곳에서 마지막으로 터지는 소리였다. 동행인 세 사람은 귀를 틀어막았다. 그러나 계속되는 비명은 뼈를 뚫고 들어왔다.

무엇을 어쩌라는 것인가? 저 가녀린 여학생에게 무엇을 빼어 내자는 것인가. 아아, 오해(誤解)여, 오해여, 절망적인 오해여. 동행자들이 배숙경의 비명과 함께 깊은 신음에 빠져 있을 때, 우악스러운 군화소리와 함께 다시 문이 열렸고, 이윽고 세 사람을 부르는 소리가 났다.

"저 여자와 함께 가던 것들 세 놈 이리 나와! 다 같이 나와!"

호롱불이 켜져 있는 양기와집 안방에 숙경은 의자에 묶여 앉아있었다. 그가 입고 있던 곤색 치마가 찢어져 허벅지가 드러났고, 종아리는 터져서 피가 흘렀다. 땀에 젖은 머리카락이 얼굴에 늘어 붙어 눈을 뜨고 있는지 감고 있는지 알아볼 길이 없었다.

"옷 벗어!"

맹의순은 마루에서, 그리고 이성수와 박용기는 건넌방에서 옷을 벗기웠다. 마지막 속옷 한 장만을 남기고 홀랑 벗긴 그들의 몸은 침침한 호롱불 속에서 음울한 번쩍임으로 선연하게 드러났다.

"잘 들어, 너희들, 묻는 대로 정직하게 대답하면 살아남을 수 있지만 그렇지 않으면 어떻게 되는 줄 알지?"

엄포를 놓던 젊은이가 먼저 맹의순에게 물었다.

"너 국군 패잔병이지?"

묻는 자들은 민간인들이었다. 총기를 든 군인들은 문간 밖에 있었고 또 안에 있는 자도 직접 관여하지 않았다.

"아닙니다."

"아냐?"

"아닙니다."

"이래두 아냐?"

각목이 단번에 그의 허리를 분지를 듯 내리쳐졌다. 아닙니다. 아닙니다. 맹의순은 무수한 매질에 깔려 바닥에서 짓밟히면서도 아니라는 말 이외에 비명을 내지 않았다. 각목으로 내리치고 주먹으로 먹이고 발로 짓이겨 짓밟았다. 코피가 터진 것은 간단한 일이었고 살이 툭툭 터지면서 피가 낭자하게 흐르기 시작했다.

발가벗긴 모양으로 똑바로 세워져 맹의순의 매 맞는 모양을 지켜보던 두 사람은 숨이 턱턱 막혔다. 매질은 차례차례 착실하게 진행되었다.

"너희들 대동청년당원(大東靑年黨員)들이지? 우리가 인민 해방군한테 해방되어 고향에 와 있는 것을 보복하려고 뒤따라온 놈들이지?"

마구잡이로 들이패던 몽둥이찜질이 지루해지면 고문을 하기 시작했다. 각목을 오금에다 틀어넣어 무릎을 꿇게 하고는 넓적다리를 짓이기거나 밟고 올라섰다.

"어젯밤에 신호탄을 올린 건 너희들 짓이지? 그 즉시 밤 비행기가 이 근처를 폭격했어. 너희들이 신호탄을 올렸지? 대답해. 바른대로 말하면 정상을 참작하겠다. 어디서 지령을 받았나? 말해! 말하라구!"

각목, 가죽 띠, 그리고 거꾸로 매달아 물을 먹였다. 이성수도 박용기도 차례로 고문을 당했다. 이제 누구의 신음인지 구별도 할 수 없었다. 맹의순은 매를 맞으며 이성수 선배와 박용기의 신음소리에만 귀를 기울였다. '주여, 저들이 고통을 이기게 해주소서. 지지 않게 해주소서. 골고다로 올라가신 주님을 바라볼 수 있게 해주소서. 주께서 매 맞으시던 가죽 채찍 끝에는 못이 박혀 있어 한 번 맞으실 때마다 그 못이 주님의 살갗을 찢었었나이다. 우리는 우리의 죄로 인하여 이 일을 겪거니와 주님은 우리로 인하여 그 모든 고난을 당하셨나이다. '주가 **찔림은 나의 허물을 인함이요, 주가 상함은 나의 죄악을 인함이라. 주께서 징계(懲戒)를 받음으로 내가 평화를 누리고, 주께서 채쩍에 맞음으로 우리가 나음을 입었도다**' 말씀만을 기억하게 해주소서.'

맹의순을 때리던 자가 독살을 부려가며 소리 소리 질렀다.

"이 새끼는 이거 괴물 아녀? 이게 도대체 무슨 매질에고 찍소릴 않네! 나 원 참! 이거 어디가 잘못된 새끼 아녀? 이거 사람 미치게 하잖어?"

피를 본 맹수가 고통의 비명을 곁들여 들어야 하겠다는 것인지, 고문을 담당했던 자는 비명을 지르지 않는 맹의순을 참을 수 없어 했다. 그리고 어디 보자는 듯 손바닥에 침을 퉤 뱉어 싹싹 비벼 가며 각목을 다시 단단히 움켜쥐고 대들었다.

어깨, 허리, 등, 가리지 않고 들이팼다. 맹의순은 가물가물하는 의식 속에서 그 고통의 엄청난 깊이를 어이없어 했다. '이 육 척도 안 되는 짧은 몸, 숨이 끊어지고 흙이 되고 말 이 몸, 이 몸 어디에 이렇듯 깊고 이렇듯 무거운 고통을 다 수용하고 있었더란 말인가. 실낱같기도 한 생명 어디에 이렇듯 무지한 고통을 껴안고 있을 힘이 있었더란 말인가. 육체여, 육체여, 허무하게 여겨지던 육체여, 네가 고통을 아는 것만큼 영혼도 알고 있느냐? 영혼이 가는 길도 도와 줄 수 있느냐?'

매질하던 자들은 때리기에도 지쳤는지 몇 번 교대를 했다. 그리고 어둠이 부옇게 벗겨지는 새벽이 되자 매질을 그치고 맹의순네 네 사람을 뒤꼍 건물에다 처넣었다. 갇혀 있는 사람들은 잠들어 있었다. 고문하는 소리와 비명이 어둠을 뒤흔들었어도, 그리고 그들의 목숨 또한 경각에 달해 있음을 알고 있으면서도 그 구덕 속에서 서로 얽혀 짐짝처럼 잠들어 있었다. 네 사람은 악취가 나는 그 구덕 속에 쓰레기처럼 내던져졌다.

"선생님, 이렇게 하면서도 귀를 기울이고 계십니까. 하나님 말씀에요."

박용기는 따지듯이 맹의순에게 물었다.

"그들이 내 육체를 뭉그러뜨려도 내 안에 계신 그분을 다치지는 못해. 내 귀는 지금도 열려 있어. 더 크게."

"우리들이 바라고 기다리던 내일이라는 게 이런 거였군요."

박용기의 비꼬음이 이어졌다.

"그래……, 다행이군. 자네가 아직도 펄펄한 게 감사해. 그리고 이건 오늘이야. 오늘 일은 또 오늘로 끝이 났어."

"오, 맙소사."

담뱃잎 찌는 곳에 갇혀 있는 사람들은 그 인근 주민들이었다. 국민학교교장, 형사, 면 서기, 애국반 반장, 지서원 등 30명은 거의가 서로 서로 그 집안 숟가락 수효까지 다 알 만큼 가까운 사람들이었다. 그중 반(潘) 씨가 태반으로 그 인근은 반씨 집성촌이었다.

"때리던 사람들은 인민군이 아니었지요? 그네들도 다 우리 이웃이에요. 모두들 공부하러 간다고 마을을 떠나더니 저렇게 빨갛게 물이 들어가지고 왔습니다."

그들 중에는 국대안반대(國大案反對) 운동에 앞장을 섰다가 그 맹휴를 끝내고 학생 신분으로 돌아가자던 건설학생연맹원(建設學生聯盟員)들에게 제지당하거나 당국에 붙들려서 고생을 하고 나온 사람도 있고, 남로당원으로 날뛰다가 체포되어 옥살이를 하던 끝에 이번에 풀려나온 사람도 있다고 했다. 여순반란 사건 때 체포되어 용산 육군형무소에 수감되었다가 풀려나온 군 출신 젊은이도 있다고 했다. 그들은 북쪽에서 내려온 공산군 당사자들보다 훨씬 잔학했다.

한낮이 되자, 밀이 반 이상 섞인 주먹밥 한 덩이와 물 한 모금이 배급되었다. 간혹 묻어 있는 호렴은 모래알 같아서 녹지 않고 입안을 버지게 만들었다.

 밤이 길어지자 그들은 맹의순네 네 사람을 다시 불러냈다. 그들은 매질하는 일에 조금도 싫증을 내지 않았다.

 "고향이 마산이요 진주라면, 왜 인민 해방군인 의용군 대열에 끼여 내려가지 않고 너희들끼리 산길을 따라 가고 있었으냐 이 말이다."

 그들은 의혹의 눈을 번쩍거리며 무슨 꼬투리라도 하나 잡아야 한다는 집념으로 계속 매질과 고문을 퍼부었다.

 "우리가 너희들한테 어떻게 당했는지 알아? 우리가 당한 그대로 지금 갚는 것이니까 억울해하지 말고 그런 줄이나 알아라!"

 그곳 인민 위원회 구성 요원은 하나같이 육군 형무소나 일반 형무소를 거쳐온 사람들이라는 것이 갇혀 있던 사람들의 말이었다. 그들은 무슨 끝을 보려는지 매질을 계속했다.

 "이놈들이 쉽게 항복하지 않는 걸 보니 보통 훈련을 받은 놈들이 아니겠는데? 게다가 예수쟁이들이라고? 뭐 성경책? 찬송가? 아는 건 그것뿐이라고? 찬송가보다는 이 소리가 훨씬 더 값이 있을 게다."

 그들은 매를 휘두르면서 그 매가 어두운 허공을 갈라내는 소리를 값진 노래로 들으라고 비아냥거렸다. 그들은 어둠만을 먹고 사는 포악자(暴惡者)들이었다. 매질은 어둠 속에서 기승했다. 매 맞는 사람들의 몸에 어둠을 문신(文身)처럼 새겨 넣었다. 매를 맞는 그들의 전신은 어디라고 따로 지적할 데 없이 시꺼멓고 퍼렇고 빨갛고 누렇게 피멍이 들거나 찢어졌다.

 닷새째 되는 날, 이성수와 배숙경은 일단 놓여났다. 집이 경상도라는 진술을 받아들이기로 한 모양이다. 숙경의 얼굴은 눈에 띄지 않았지만 이성수는 후배인 맹의순과 박용기를 잠시 돌아보았다. '어떻게 하면 좋은가? 가라 한다고 우리만 선뜻 떠날 수가 없네.' 하는 뜻을 눈으로 간절히 말하고 있었다. '아닙니다. 어서 한순간이라도 빨리 이곳을 떠나십시오. 어서요. 무사히 고향까지 가실 수 있을 겁니다. 계속 기도하겠습니다.' 후배는 눈으로 재촉했다. '그래요, 서로가 상대방을 위하여 간절하게 기도하고 있으면, 우리는 어디에 있든지 함께 있는 겁니다. 무슨 일을 만나든지 믿음으로 뚫고 가십시오. 주께서 함께하십니다.' 가슴속 이야기를 눈으로만 전했다.

맹의순의 얼굴은 터지고 붓고 하여 일그러져 있었으나 눈빛은 평화스럽고 잔잔했다. 터지고 부어서 찌그러지긴 마찬가지였지만, 이성수는 그렁그렁 눈물이 고여 올라, 더는 후배를 바라볼 수가 없어 입술을 깨물고 결심한 듯 돌아섰다.

이성수와 배숙경이 놓여나 그곳을 떠난 뒤, 인민위원회 사무실은 다시 매찜질의 시합장이 되었다.

"이놈들 둘은 진짜 악질 반동이야! 얼마나 악질이면 이렇게 패도 뒈지질 않지? 입도 열지 않고! 야! 신음을 하든가 비명을 지르든가. 우리가 묻는 말에 정직하게 대답을 하라고! 아니면 매를 맞다가 죽든가 양단간에 하라구!"

날만 어두워지면 욕설과 고문을 되풀이하는 하루하루가 쌓여 열흘이 넘어갔다.

"선생님, 우리 몸둥이가. 더덕장아찌가 되어 가고 있는 거예요. 이제 얼마 안 있으면 우리 살이 더덕 피어 놓은 것처럼 되고 피에 절어서 더덕장아찌가 될 거예요." 박용기는 어느 날 새벽, 눈도 뜨지 못할 만큼 퉁퉁 부은 얼굴에 입을 씰그러뜨려 웃음을 지으면서 그렇게 말했다. "저놈들은 우리가 매맞으며 죽는 꼴을 꼭 보겠다고 작정한 것 같은데 참 목숨도 모질기도 하네요. 이건 어차피… 없는 사실을 불어 본대도 죽을 테고, 이렇게 버텨보아도 죽을 텐데, 선생님은 어떻게 하시겠어요? 십자가 위에서의 예수님처럼 '아버지여 저들을 용서해 주소서. 저들은 자기의 하는 짓을 알지 못하나이다' 하시렵니까?"

"침묵할 수밖에 없네. 그리고 지금도 생각하는 중야. 악이 인간을 어디까지 끌고 가려는 것인가를. 그리고 악도 차고 넘치면 끝이 나려는가를…. 그 악을 내가 다만 얼마라도 받아 담당함으로 어느 누구인가 내 이웃이 받게 될 악의 분량을 덜 수 있는 것이라면… 하고 바랄 뿐이야."

박용기는 신음으로 대답을 대신하며 등을 돌렸다.

며칠이 더 지나갔다. 다시 밤이 오자, 군관이라고 불리는 북군장교와 사병 몇 사람 그리고 그 동안 매를 들었던 인민위원회 젊은이 몇이 한꺼번에 들이닥쳐 두 사람을 끌어냈다. 사람이 불어나 분위기는 더욱 무시무시했다.

그날 밤은 욕설과 고문의 총 결산일이었다. 그들은 갇혀있던 사람들 중 반 이상을 끌고 어둠 속으로 사라지더니 총성이 어둠을 가볍게 누비고 다음에는 침묵이었다.

그날 밤 맹의순은 매를 맞던 중에 잠깐 정신을 잃었다. 다시 정신이 들 때에 들은 소리가 있었다.

"이놈들이 오늘 이 매질에도 살아남으면 살려 보내는 거고 아니면 이 자리가 제 무덤이지."

그 말소리를 듣던 중 맹의순은 다시 정신을 잃었다. 그 고통에는 하나님을 찾을 만한 한 치의 틈도 없었다. 이렇게 죽는 것이라면…, 이것이 무엇으로 이어지며 무엇으로 남겨질 것인가. 그의 의식이 잠깐 그렇게 눈을 떴다. 그리고 다시 의식을 찾은 것은 밝은 날 아침이었다. 여한 없이 때리고 짓밟다가, 흐느적거리는 두 사람을 메어다가 구금 장소에 처넣고도 얼마가 지나서였다.

"선생님, 이렇게 죽는 것도 순교가 될까요. 이제부터는 주 예수를 믿고 구원을 얻으라고 계속 소리치다가 얻어맞아 죽는 것이 옳지 않을까요. 오오 주님, 순교할 수 있는 기회를 허락해 주소서. 순교의 기회를…."

"우리가 죽기를 작정한다고 죽어지는 것도 아닐세. 그저 잠잠하게 더 기다려 보세."

해가 떠오르자 총을 든 군인과 인민위원회 사나이 셋이 들이닥쳤다.

"너희들 둘, 일어서 봐! 일어나! 못 일어나겠어?"

두 사람 다 일어나지 못했다. 차라리 매를 더 맞는 편이 쉬운 일일 것 같았다. 두 사람은 눈으로 서로를 격려해 가며 비척비척 일어섰다. 머리칼은 짚북데기 같이 엉켰고 얼굴은 찢기고 부어서 제 모습이 아니었다. 몸 여기저기가 터져 그 피가 옷을 적시고 피에 물든 옷이 말라붙어서 피가죽 옷이 되었다.

"걸어라!"

총을 들이대며 군인이 소리쳤다. 이제 걸어서 무얼 하겠다는 건가. 맹의순은 그런 생각을 하며 다리를 들어 옮기려 했으나 발을 떼어 놓을 수가 없었다.

"살기 싫어? 살고 싶지 않으냐구! 살려거든 걸어라!"

맹의순은 골고다의 언덕을 떠올렸다. 십자가와 함께 가던 언덕길을 바라보았다. '나는 지금 맨몸이다. 그리고 누구 대신에 이 지경이 된 게 아니다. 내 삶을 살다가 만난 재앙이다.' 죽을 힘을 다해 발을 떼어놓을 수 있었다. 걸음을 걷기 시작했다. 그러나 박용기는 우뚝 선 채 꼼짝도 하지 않았다. 아니 그것은 꼼짝도 할 수 없는 상태였을 것이다. 그는 걷기 위해 다리를 움적거리다가 더는 지탱하지 못하고 그 자리에 쓰러졌다. 그러자 총을 들고 섰던 군인이 총을 거꾸로 잡더니 개머리판으로 용기의 머리를 짓이겨 댔다.

"간나아새끼레 누굴 놀리는 거야?"

박용기는 기절했다. 그러자 용기를 발로 툭툭 걷어차 보던 군인과 인민위원들이 투덜거리면서 돌아갔다. 그들은 물 한 대야를 가져다주었다.

"끼얹어 주라우!"

그러나 갇혀있던 사람들이 그 물로 목을 축이기 위해 달려들었다. 조금 남은 물을 용기의 머리에 끼얹고 입술 사이로 흘려 넣어 주자 깨어났다. 박용기가 깨어난 얼마 후, 정치 보위부에서 기세도 당당한 사내 하나가 두 사람을 찾아왔다.

"걸을 수 있겠나? 그러면 걸어서 조사실까지 와."

맹의순은 박용기를 끌어안고 걸어서 안채까지 갔다. 밝은 낮에 안채를 보는 것은 처음이었다. 누구 하나 매를 들었던 자 같지 않게 조용하게 앉아 바쁜 듯이 서류를 들여다보고 있었다.

"우선 몸을 좀 씻지."

몸을 씻으라고? 갑자기 무슨 칙사 대접? 잘못 들었는가 싶었다. 십여 일을 두고 끈질기게 매질에 고문을 일삼던 그들에게서, 고양이가 쥐 생각하는 일이 생기다니- 다음 순서에는 또 무슨 일을 벌이려고… 그들은 놀랍게도 물통을 가득 채운 물과 대야 둘을 가져다주었다. 물… 물… 우선 얼굴을 씻는 척하면서 물을 마셨다. 아, 물이라는 것, 생명수였다. 잘 움직이지 못하는 박용기가 씻는 것을 도와주면서, 씻기보다 계속 물을 마시게 했다. 머리를 적시고 얼굴이며 피에 젖은 팔이며 손을 차근차근 씻으면서, 이건 또 무슨 변덕일까 불안하면서도 궁금했다. 그들이 물을 다 쓰고 씻는 일을 끝내자 집안으로 불러들였다. 마루 가운데 놓인 탁자 위에는 쌀밥과 고기가 섞인 감자국이 놓여 있었다. 꿈인가 생시인가? 밥그릇에 그대로 엎어지고 싶었다. 매 맞고 고문당하던 끔찍하던 일들이 순식간에 지워졌다. 밥, 밥… 마치 그 한 그릇의 밥을 만나기 위해 지금까지 살아온 것처럼 밥 한 그릇은 온 세상이었다. 인간은 이렇듯 밥 한 그릇 앞에 무너지는 나약하고 비겁한 존재였던가. 혀를 깨물고 죽고만 싶었다.

"그 동안 고생 많았어. 우리 인민해방군이나 또 남조선해방을 위해 김일성 원수님의 명령을 받고 내려온 우리들은 양민을 때리거나 괴롭히는 일이 절대로 없었는데, 남한에서 합류한 동지들이 그만 충성을 지나치게 했던 게 탈이었다. 그러니 다 씻어 버리구… 진주가 집이라고 했던가? 하여간에 집에까지 가서 며칠 간 푹 쉬었다가 인민전사(人民戰士)로 나와야디, 안 그래? 자, 밥 먹으라우, 밥 먹고 떠나라우. 증명서를 만들어 줄 테니까."

무슨 영문일까? 담배건조실에는 아직 수십 명이 처박혀 한 모금의 물도 마시지 못하고 있는데, 갑자기 쌀밥에 고깃국을 주면서 떠나라니. 그리고 통행증까지 만들어 주겠다니. 맹의순과 박용기가 허겁지겁 밥을 떠 넣는 동안, 그들은 이들 두 사람이 20일 간 인민교육을 충실하게 잘 받아 충실한 인민이 될 것이고, 앞으로 인민전사로 나올 사람들임을 증명한다는 증명서를 작성했다. 피 묻고 터져 얼굴은 일그러지고 몸통은 붓고 사지를 움직이기 힘든 상태에서, 그래도 부지런히 밥숟가락을 입으로 가져가다가 맹의순은 문득 수치스러워 목이 메었다. 매를 때리고 고문을 일삼던 자들 앞에서 그들이 차려준 밥을 떠 넣다니… 목이 찢어지듯 아팠다. 그렇게 찢어지는 목으로 밥을 삼키면서 수치와 함께 남은 밥을 마저 먹었다.

"자, 여기 당신들을 보증하는 증명서를 만들었어, 이걸 가지고 떠나라고. 그리고 집에 가서 쉬었다가 인민해방과 남조선 해방을 위한 인민전사로 꼭 참가하라고! 알갔나?"

증명서를 받아들었으나 얼른 움직여지지 않았다. 그 자리를 떠난다는 것이 무엇을 의미하는 것인지, 그리고 자유가 무엇인지 실감할 길이 없었다. 증명서까지 만들어주며 떠나라는 이들의 속셈을 도저히 짐작할 수가 없었다. 이게 무어야? 이십 일 동안이나 그렇게 지독하게 그렇게 죽어라고 고문을 해가며, 김일성 원수께 이적행위(利敵行爲)한 것을 자백하라고 을러대던 그들이 왜 이렇게 갑자기 태도를 표변한 것일까? 이게 뭐야? 이게 무어야? 자유가 낯설었다. 자유와 손을 잡는 것이 오히려 두려웠다.

8

두 사람은 사과나무 그늘에 누워 있었다. 나뭇잎 사이의 하늘은 작열(灼熱)하는 태양, 눈부심이었다. 전쟁 포화(砲火)가 비구름을 쫓아 버리기 때문일까, 날씨는 계속 가물었다. 하늘은 계속 타고 있었고 땅은 끝없이 목말랐다. 그러나 사과나무 잎은 푸르렀고 열매도 조롱조롱 열려 제 빛을 내기 시작했다.

아무 소리도 들리지 않았다. 여름을 살고 있는 끓는 하늘도 잠잠했고 땅은 더욱 잠잠하게 침묵하고 있었다. 전쟁은 어디쯤일까. 전쟁은 정말 있는 것일까? 살육과 파괴와 고문이 정말 있었던가. 팔월도 이십 일을 넘어 하순(下旬)으로 기울고 있는데 전황(戰況)은 어떻게 되고 있는지 알 길이 없었다.

그러나 그들 두 사람이 누워 있는 사과밭 나무그늘은 고요하고 편안했다. 지난 일들과 앞으로 나아갈 일만 생각하지 않는다면 그 자리는 그대로 낙원이었다.

"선생님, 여기가 어디죠? 우리는 왜 이러고 여기에 있는 거죠?"

박용기는 눈을 감은 채 알 수가 없다는 듯 그렇게 물었다.

"하나님께서 낙원의 맛을 우리에게 맛보이시며 천사를 만나게 하셨고, 다음 일을 위하여 우리를 쉬게 하시는 거지."

"또 떠나야 할까요, 또…."

"떠나야지."

"어디로 어떻게?"

"처음 목적을 세웠던 대로."

"이곳에는 전쟁이 없어요. 조용하지 않습니까. 여기서 기다리고 있으면 안 될까요."

박용기는 눈을 떴다. 커다란 두 눈에 피곤해 하는 빛과 두려워하는 빛이 얽혀 있었다. 맹의순은 손아래 친구의 그 눈을 안쓰럽게 들여다보며 대답했다.

"이곳은 우리에게 약속된 자리가 아닐세. 어떻든 떠나는 거야."

그리고 두 사람은 다시 침묵에 잠겼다. 다시 하얗게 타고 있는 하늘과 미동도 하지 않는 사과나무 잎 그늘과 후끈거리는 땅김에 싸여 눈을 감았다.

"두 분 시장하시겠구먼."

거의 발소리도 없이 다가온, 과수원 집 부인의 부드러운 말에 두 사람은 벌떡 일어나 앉았다. 부인은 오십을 바라보는 중년이었으나 막된 일에 시달리지는 않은 듯 아직도 고운 티가 남아있었다. 과수원의 규모로 보아 대농에 속하는 집 아낙답게 품위와 틀거지가 시골부인네 같지 않았다. 그저께 두 사람이 이 집을 찾아 들어섰을 때 부인은 눈물을 흘리며 반겼고, 국군 소위로 출전한 아들 이야기를 하며 계속 눈물을 흘렸다. 남편은 마을 인민위원회로 끌려간 지 열흘이 넘는데 소식이 없다는 것이었고, 서울서 대학엘 다니고 있던 딸은 어떻게 되었는지 알 길이 없는 채, 집에는 과수원지기 가족만 있을 뿐이라 했다. 부인이 들고 온 채반에는 아직도 김이 오르는 찐 감자와 호박풀떼기 그릇이 먹음직한 모양으로 받쳐져 있었다.

"물 먼저 마시고 어서 들어요. 도무지 무엇 속을 채워 드릴 만한 게 있어야지 원…, 닭이라도 남았다면 이런 때 오죽 좋았을까."

아들을 바라보는 어머니의 눈으로 두 사람을 바라보며 부인은 안타까워 했다.

"저희가 안채로 들어갈 걸… 여기까지 들고 오시게 해서 죄송합니다."

맹의순이 송구해 하자 부인은 울상을 했다.

"내가 할 수 있는 일이라면 무언들 못하겠소. 그저 어서 몸 추스르고 안전한 데로 가서 뒷날을 보아야지…. 어서 들어요."

감자 맛이 이런 것이었던가. 호박풀떼기 맛이 이렇게도 기가 막힌 것이었던가. 사람의 입맛처럼 그리고 식욕처럼 염치없는 게 또 있을까. 그들은 먹는 동안에 만단 시름을 다 잊었다. 그저 먹는 것이 좋고 또 좋았다. 다 먹고 나니 부끄러운 생각이 들 만큼 그들은 허겁지겁 먹어댔다.

자리를 잠깐 떠났던 부인은 참기름 병과 생강즙 같은 것을 들고 돌아왔다.

"두 분 다 참 하늘이 돕고 있는 분들 같네요. 이렇게까지 매를 맞고도 태독(胎毒)으로 쓰러지지 않고 여기까지 걸어 온 것을 보니 참 천행이고말고요. 어떻게 뼈 한군데 상하지 않았고 피하출혈(皮下出血)도 심하지 않으니, 참 놀랍고 고맙네요. 자 이렇게 돌아 엎드려요."

부인은 두 사람의 오금이며 장판지에다 참기름을 골고루 발라 주고 조금씩 터져서 피가 배어 나온 자리에는 생강즙을 발랐다. 등판도 양쪽 팔도 성한 데가 없었는지 부인은 계속해서 혀를 끌끌 찼다. 오던 날부터 부인의 지극한 손길이 계속 두 사람을 치료했다. 참기름의 고소한 냄새는 식욕을 다시 자극했고, 생강즙 냄새도 시원하게 콧속으로 스며들어와 가지가지 음식 생각을 불러일으켰다. 과수원지기 아낙은 주인이 참기름 병을 들고 나서자 '에그 그 참기름 이제 마지막 남은 것이라면서, 도련님 주신다고 감춰 두시더니….' 하고 질겁하던 것이었는데, 부인은 두 사람을 치료하는 데에 조금도 아까워하는 기색 없이 그것을 썼다.

괴산 근처에서 스무 날 간 매찜질을 받는 동안에 박용기의 짓무른 발은 멀쩡하게 아물었다. 이제 과수원에서 머물던 사흘 동안 매 맞아 터졌던 자리도 제 피와 제 살을 거의 다시 찾았다.

이튿날 새벽, 그들은 잠시 머물러 쉬던 낙원을 등졌다. 한 천사의 전송을 받으면서, 전장(戰場)으로 내어보낸 아들 생각으로 눈물짓는 슬픈 천사의 전송을 받으면서.

*

"재[嶺]는 넘을수록 험하고, 내[川]는 건널수록 깊다는 속담이 있는데 이제 이 재를 넘으면 무엇이 또 우리 앞에 닥칠까요?"

박용기는 산길을 오르면서 땀이 줄줄 흐르는 얼굴로 중얼거렸다. 그들은 문경(聞慶)의 새재[鳥嶺]를 넘어가기 위해 산길을 타고 있었다. 새재를 넘어 마성으로 들어가면 점촌까지는 험한 산이 없을 터였고 점촌에서부터 상주까지 가는 길은 지금까지 오던 길보다는 훨씬 수월하리라는 계산이었다.

맹의순에게서 대꾸가 없자 박용기가 짜증을 냈다.

"먹는 것도 없는데 이놈의 땀은 왜 이리 끊임없이 쏟아지는지… 에이구 이 몸뚱어리 하나, 참 기막히게 짐스럽군."

과수원에서 싸준 밀떡은 한나절 만에 바닥이 났다. 배고픔이 걸음을 방해했다. 재는 높고 험했다. 허기짐이 깊을수록 몸은 무거웠고 걸음을 옮길수록 재는 아득해 보였다.

"선생님, 죄송합니다. 정말이지 이런 길이 되리라고는 상상도 할 수 없었죠. 이것을 반만 미리 예상할 수 있었어도 길을 떠나자고 서둘지 않았을 거예요."

"길은 길일세. 우리가 가고 있는 이 길만이 우리 길이지. 아무 말 말고 묵묵히 걸어가세."

세 군데 재의 그중 높은 관문인 셋째 관문을 넘어선 계곡에서 그들은 말쑥한 인상의 젊은이를 하나 만났다. 행색을 허름하게 꾸미기는 했지만 신분을 감추고 피해 가는 사람임을 금방 알 수 있었다. 그도 한눈에 두 사람을 믿었던지 자기의 신분이며 이름을 선선히 소개했다. 명형철(明亨哲). 이름이 알려진 관리의 아들이었다.

동행이 하나 늘었다.

굶주림이 계속되었다. 하늘을 보아도 배가 고팠고 땅을 둘러보아도 배가 고팠다. 빈창자를 움켜쥐고 걷는 것은 형벌이었다. 옥수숫대를 분질러 씹어 보아도 단물이라고는 입 안에 축일 만큼도 나오지 않았다. 뿌리를 내렸어도 극심한 가뭄이 물기를 허락하지 않았다.

피아(彼我)의 군대가 몇 차례를 휩쓸고 갔겠으며, 또 맹의순 일행처럼 피해 내려가는 사람들이 몇 번을 거쳐갔겠으며, 굶주린 피난민들이 얼마를 더듬어 갔겠는가. 들판에 살아 있는 것이라고는 얼마 없었다. 곡식은 더 말할 나위가 없었다.

점촌을 거쳐 상주를 지나 놓고 낙동면을 가까이 한 성하동 산기슭에 이르렀을 때다. 박용기는 무너지듯 주저앉아 일어나지 못했다.

"선생님, 저를 버려두고 가세요. 제발 저를 그냥 두고 가세요. 우리에게 약속된 땅을 나는 믿을 수가 없어요. 나는 그냥 여기에 있을래요."

하늘은 허옇게 바랜 빛으로 타고 있었고 땅은 치치한 푸르름으로 무겁게 입을 다물고 있거나 희뿌연 갈색으로 메마른 빛 천지였다.

"일어나, 저쪽에 마을이 보여. 그곳에 무엇이 있든 들어가 보자고. 뭔가 먹을 게 있을 걸세. 자, 조금만 더 힘을 내, 어서."

의순은 용기를 달랬다. 명형철은 입도 열 기력이 없는 듯 박용기의 옆에 모로 쓰러져 눈을 감고 있었다. 그들은 걷는 것이 아니라 기듯이 마을 가까이로 갔다. 마을은 텅 비어 있었다. 살아 있는 것이라고는 아무것도 없었다. 시간(時間)이 멈춘 마을이었다. 과거도 미래도 없는 잠잠하고 초라한 죽음이었다. 어디로들 갔을까. 이 작은 땅덩이 어디에 숨을 자리가 있겠다고 몰려들 간 것일까. 살인자들은 이들을 앞질러 먼저 자리차지를 하고 이들을 기다렸다가 몰살을 시켰을는지도 모른다. 그 너무도 깊은 적막을 어디부터 뚫고 들어가야 하는지, 그것이 두려워서 세 사람은 동구 앞에서 더는 나아가지 못했다. 눈을 빠안히 뜨고 있는 것 같은 이 냉혹한 죽음의 마을 어느 구석에 무엇이 숨어 있는지 알 수 없는 일이었다.

"혹시 빈 집에 먹을 것이라도 흘려 놓고 간 게 있을지도 모르지요."

명형철이 소리를 죽여 말하고는 조심스럽게 앞장을 섰다. 어느 집 울타리 옆에 해바라기와 백일홍이 활짝 피어 있었다. 그것은 살아있는 꽃이 아니라 조화(弔花)처럼 죽음을 애도하는 꽃이었다. 꽃이 섬뜩하고 무서웠다. 마을 길은 어지러웠다. 반쯤 찢어진 거적, 새끼오래기, 깨어진 독개 그릇조각, 꿰어진 이불, 누더기 등이 아무렇게나 널려 있었다.

그곳에 살던 사람들의 정령(精靈)조차 다시는 돌아오고 싶어하지 않을 만큼 그 마을은 죽어 있었다. 문이 꼭꼭 닫혀 있는 집은 닫혀 있는 대로 다시는 살아날 가망이 없어보였고 문이 휑하게 열려 있는 집은 열려 있는 집대로 완전히 끝장이 난 모습이었다.

"아! 저기! 저기!"

명형철이 숨죽인 목소리를 자지러뜨리며 달려가기 시작했다. 죽어 쓰러져 있는 말 한 마리! 허옇게 타고 있는 햇빛 아래 한 마리의 말이 주검이 되어 누워 있었다. 명형철과 박용기는 짐 속에서 칼부터 찾아들고 그 앞으로 달려갔다. 그들에게는 이미 공포도 남아 있지 않았다. 식욕만이 그 목숨의 전부였다. 말고기를 장만하던 동안, 맹의순은 짐승들끼리 뜯어먹는 포식자와 다름없는 인간을 보았다.

*

강폭(江幅)이 넓어지면서 치열했던 전쟁의 흔적들이 완연하게 드러나기 시작했다. 상주를 떠나면서 낙동면에 이르러 처음 만난 강은, 그들이 선산을 지나 인동(仁同)에 닿을 때까지 줄곧 그들의 길을 안내했다. 강폭이 더 넓어지기 전에 일찌감치 강을 건넌 그들은 왜관을 거쳐 대구로 내려갈 작정을 했다.

그러나 그들은 인동 근처 야산에서, 공산군의 어마어마한 보급수송 병력이 밤을 기다리고 있는 것을 발견했다. 탱크, 중포(重砲), 탄약을 실은 트럭, 소에게 달아맨 달구지까지 동원되어 있는 것을 보았다. 군인들도 꽤 많이 집결해 있는 눈치였다.

"우리도 이제 낮에 움직이는 것은 안 되겠는데."

명형철이 근심했다.

"어디 숨을 만한 곳을 찾아봅시다."

그들은 공동묘지를 발견하고 묘지 깊숙이 숨어들어 갔다. 세 사람은 무덤을 의지하고 쓰러져 누웠다. 걷는 일을 중지하자 더 견딜 수 없이 배가 고팠다. 걸을 때보다 더 허기가 졌고 생각나느니 먹는 것뿐이었다. 말고기를 실컷 먹은 것도 아득한 일이 되었다. 먹던 끝에, 말고기를 불에 익힐 만큼 익혀서 욕심껏 끌어안고 그 자리를 떠났으나, 말고기는 무더운 날씨를 오래 견디지 못했다. 말고기 식량이 떨어진 것도 사흘 전 일. 수통을 채운 미적지근한 물만 계속 마시면서 왔다. 두 팔로 얼굴을 가리고 웅크려 엎드려 있던 박용기가 힘없이 중얼거렸다.

"아까 오다가 보았는데 우리가 들어서던 길 건너 쪽으로 사과나무 밭이 있었어요. 가서 사과라도 따올까요?"

명형철이 질겁했다.

"그쪽으로는 맨 괴뢰군이야. 여긴 그들의 점령지구야. 무슨 정신 나간 소릴 하구 있는 거지?"

"알아요. 하지만 이따가 날이 어두우면 난 갈 겁니다. 내가 따온 사과를 달라고나 하지 마시오."

어두워지면서 빗방울이 듣기 시작했다. 그들은 셋이 한꺼번에 움직여 군인들이 오락가락하는 사과밭으로 들어가기로 합의를 보았다. 발소리를 내지 않을 것은 물론이려니와 사과나무 가지가 꺾이거나 사과를 떨어뜨리지 않아야 된다는 주의와 약속을 단단히 했다.

"여기까지 잘 와서, 아니 그 고생을 하면서 와 가지고, 사과 한 알 때문에 붙잡히게 된다면 너무 억울하잖느냐 말야."

명형철은 끝내 자신 없어 하다가 따라나섰다. 그러나 그들에게 남아있는 것은 먹고자 하는 본능뿐이었다. 그것은 염치도 간단히 때려눕히고 위험도 아랑곳하지 않게 만들었다. 어둠도 유리했고 빗방울도 그들을 도왔다. 그들은 각자 가지고 올 수 있는 한 마음껏 사과를 따가지고 돌아왔다. 어둠 속에 아무것도 보이지 않는데 제각기 허겁지겁 사과를 베어 무는 소리가 왁살스러웠다. 와삭 베어 무는 소리와 으석으석 깨무는 소리는 요란했지만, 사과는 여간해서 삼켜지지 않았다. 아직 맛이 들기 전의 떫고 시고 쓴맛에다가 물기가 도무지 없어 삼킬 수가 없었다. 어찌어찌 빌듯이 몇 입 삼킨 사과는, 빈 창자 속에서 창자만을 뒤틀어 공복의 쓰라림만 더욱 눈을 부릅뜨게 만들었다.

"선생님, 하나님께서 우리에게 주신 약속의 땅은 어디쯤이 될까요? 얼마나 더 가야 할까요?"

박용기는 훌쩍거리기 시작했다. 빗발이 조금씩 굵어지더니 급기야는 마구 쏟아지기 시작했다. 비를 피할 곳은 없었다. 땀에 절었던 옷에서 처음에는 후끈한 비린내가 솟더니 몇 겹을 쪼르륵 적시고 나자 으슬으슬 한기가 들기 시작했다.

"오늘이 며칠이더라? 구월은 구월인데…."

매일매일 날짜와 요일을 정확히 따져 두던 명형철도 요 며칠 사이 허기진 동안에 혼란에 빠진 모양이다. 맹의순이 고개를 젖혀 빗물을 받아 마시다

말고 대답했다.

"오늘이 구월 삼일이요. 주일이고."

그는 주일을 잊지 않기 위해 날짜를 꼽고 있었다.

"어어, 성찬(聖餐)이 사과와 빗물이었구나. 우리가 풋사과로 성례전을 치렀네. 풋사과는 주님의 살이고 빗물은 주님의 피였네…." 박용기가 한숨 섞어 말했다. 그러다가 못 견디겠다는 듯 후다닥 일어났다. "마을로 내려가 봅시다. 아마 군인들도 전선 쪽으로 이동하기 시작했을 거예요. 이러다가는 뼛속까지 젖고 이 굵은 빗속에까지 빗물이 스며들어 공동묘지에서 세 사람이 빗물에 빠져 죽는 꼴이 될 걸요. 마을은 비어 있을 꺼고 어느 빈 집에서 이 비라도 피하고 나면 살 것 같아요. 그리고 선생님 우리한테는 저 영명(榮名)한 인민전사들이 발급해 준 증명서가 있잖습니까. 20일 간 교육을 톡톡히 받고 고향에만 돌아가면 충실한 인민전사가 될 것이라고 증명해준 증명서 말입니다."

비는 지척을 분간할 수 없을 만큼 내리퍼부었다. 그들은 빗물에 쓸려 떠내려가듯 공동묘지에서 내려갈 수밖에 없었다.

마을은 물속에 가라앉은 듯 빗소리에 파묻혀 조용했다. 한밤중이 폭우는 장중했다. 마을은 그 장중한 폭우 속에 무릎을 꿇고 있는 저승이었다. 그들은, 한밤중 폭우 속에서 마을에 틈입한 틈입자(闖入者)였다. 그러나 빗발은 그들을 아예 무시하고 마구 쏟아졌다.

그들은 문이 열려 있는 한 집으로 들어갔다. 비에 젖은 어둠으로 눈앞이 캄캄하여 아무것도 보이지 않아, 초가집인지 부잣집인지 가난뱅이 집인지 알 수 없었으나 집은 집이었다. 부엌으로 들어가니 나뭇단이 얼마만큼 남아 있었다. 비가 오면서 제일 먼저 간수를 했던 성냥을 꺼냈으나 이미 못쓰게 되어 있었다. 손으로 불빛을 가려가며 전지를 밝히고 성냥을 찾았다. 부뚜막에도 없었고 살강 위를 쓸어 보아도 성냥은 없었다. 더듬거리며 나뭇단

밑을 들추는데 미끈하고 손에 닿는 것이 있었다. 나뭇단 아래 흙을 파고 묻어 놓은 항아리가 몇 개 드러났다. 찹쌀하고 참깨가 조금씩 남아 있었다. 그리고 작은 성냥곽 하나도 그 근처에 묻혀있었다. 물독에 물도 있었다. 그들은 일제히 살아났다! 싶어 신명나게 서둘렀다. 솥에다 물을 붓고 찹쌀과 참깨를 쓸어 붓고 불을 지폈다. 아궁이 앞에서 옷도 말리고 짐도 말렸다. 그러나 젖은 것들을 말릴 겸, 죽인지 밥인지 모를 찹쌀 참깨를 익히는 동안 맹의순은 우울한 얼굴로 앉아있었다.

"왜 그러세요, 선생님. 무어 잘못된 게 있어서 그러세요?"

"이 집 주인이 돌아와서 항아리를 열어 보고 얼마나 실망을 하겠어…. 돌아와서 식구들 연명할 것이 고작 남은 것인데… 우리가 몽땅 쓸었으니… 그 표정과 그 심경을 생각하고 있는 거야…. 우린 결국 계속해서 남의 것을 훔쳐 먹어 가며 이 길을 가고 있는 것 아닌가."

"맹 형, 그건 감상요, 이 아찔아찔한 전쟁판에… 목숨이 추풍낙엽처럼 날아가고, 네 것 내 것 없이 짓밟히고 있는 판에 이 몇 주먹 찹쌀쯤 가지고…."

명형철이 짜증을 냈다. 그러자 박용기가 어른스럽게 두 사람 사이를 다독거리고 나섰다.

"명 형, 우리 맹 선생님 심정은 내가 잘 알아요. 명 형이 우리 선생님을 잘 모르셔서 그러는데… 그냥 그런 줄이나 알고 계십쇼. 그리고 선생님, 이렇게 하세요. 이 항아리에다가, '우리가 피란 가던 중에 너무 배가 고파서 이것을 꺼내 먹습니다.' 라고 쓰고 주소하고 이름을 적어 놓고, '우리가 살아남으면 몇 배로 갚아 드리러 오겠습니다' 라고 써놓으면 안 되겠습니까?"

박용기는 서둘러서 종이와 연필을 찾아 꺼내더니 이름을 쓰고 종이를 접으면서 코를 벌름거렸다.

"아, 이 쌀 익는 냄새, 이거 사람 못 참게 하누만. 세상에 이렇게 좋은 냄새가 또 있나…."

밥인지 죽인지 떡인지 알 수 없는 것이 솥 안에서 부글거리며 익는 김을 올리고 있었다. 세 젊은이는 가난한 부엌을 뒤져 그릇이며 숟가락을 찾아내어 솥 안의 것을 정신없이 퍼먹었다. 빗줄기가 불빛을 감춰 주기는 할 일이었지만 그들은 아궁이 속에 남아 있는 불빛을 의지하고 뜨겁게 퍼진 낟알을 삼키기에 정신이 없었다. 솥 안을 부신 듯이 깨끗하게 입맛을 다시고 나니 노곤해졌다. 몸이 풀어지고 눈이 저절로 감겼다. 말라붙었던 창자가 곡기 구경을 했고 젖었던 옷은 말랐다. 천 근 무게로 끌고 온 다리는 늘어져 있고, 지붕 밑에서 듣는 빗소리는 아늑했다. 세 사람은 약속이나 한 듯 불 땐 방으로 들어가자 널브러졌다.

"야! 이 정신 빠진 새끼들아! 쏜다! 일어나!"

총부리가 옆구리를 여러 차례 찔러댔을 때에야 그들은 간신히 눈을 떴다. 날은 희끄무레하게 벗겨져 있었고, 방 안에는 따발총의 군인들 다섯이 우뚝우뚝 둘러서 있었다.

"웬 놈들이냐! 손 들엇!"

잠에서 깨어난 세 사람은 손을 들어 뒤통수에 얹고 수색을 당했다. 오래간만에 곡기 구경을 하고 하룻밤 지붕 아래서 편안하게 잠을 잔 값이 이렇게 치러지는 건가.

"너희들 어디서 오는 놈들이냐?"

세 젊은이는 총부리 앞에서 심문 당했다. 심문당하는 동안 민간인 복장을 한 젊은이 둘이 더 들어왔다.

새벽이 열리면서 비는 그쳤다. 박용기가 앞장을 서서 호소력 있게 대답에다 설명을 덧붙였다.

"여기 증명서두 있습니다. 우리는 인민전사로 나갈 기회를 놓친 사람들이지요. 고향이 진준데 고향까지만 가면 인민해방을 위한 일에 이 몸을 바쳐야 한다는 것두 알고 있습니다. 자, 여기 증명서가 있습니다. 보십시오."

그들의 검문(檢問)은 으스스했지만 그렇게 오래 끌지는 않았다. 그들도 무엇인가에 쫓기면서 서둘고 있는 기색이 완연했다. 증명서 덕분에 세 젊은이는 마을길로 놓여났다. 아직 미명(未明)이었으나 구름은 깨끗하게 걷힌 날씨였다. 마을 길 건너편에서 고막을 찢어 낼 듯한 소리로 탱크가 전진하고 있었다. 디젤 탱크의 엔진이 사정없이 공기를 쥐어뜯고 찢으며 하늘을 흔들었다. 크고 기다란 포를 날카로운 주둥이처럼 뽑은 전차(戰車)가, 밤새 깊이 젖은 진흙을 이겨 뒤로 걷어차 던지며 전진, 전진, 전진하고 있었다. 땅딸막한 곡사포(曲射砲)의 포구는 벗겨지고 중포(重砲)를 싣고 가는 자동차는 괴물이었다. 밤새워 이동수송을 하고도 아직 잔여분이 움직이고 있는 것인지… 어떻던 그것들은 싸움터에서 벗어나 어디로인가 가고 있었다. 전선은 그곳에서 좀 떨어져 있는 성싶은데 맞붙은 기미는 나타나지 않았다.

마을을 벗어나 야산의 좁은 골짜기를 찾아들어간 그들 앞을 가로막는 사람이 있었다. 방금 전 그들이 검문을 당할 때 함께 있던 민간인 중 하나였다. 맹의순은 아뿔싸! 모든 게 끝났구나 하고 멈추어 섰다.

"보시오, 젊은이들. 아까 그 증명서를 꺼내시오."

삼십을 조금 넘겼을 그 민간인은 숨이 턱에 차서 헐떡거리며 채근을 했다.

"왜, 왜요… 무슨…."

박용기가 더듬거리며 겁먹은 얼굴로 물었다. 이거, 또 뭔가 영 틀어지는가 보다…. 하얗게 핏기를 잃기 시작한 용기의 얼굴을 보며 달려온 사람이 서둘러 말했다.

"그 증명서 어서 찢어 버려요. 그건 저희들끼리 주고받는 암호예요. 이것을 가지고 가는 자는 수상한 놈이니, 적당히 알아서 죽여 없애도 좋다는 표란 말이오. 아까 그 작자들이 일선으로만 떠돌던 군인들이어서 못 알아본 게요. 하늘이 도왔소. 그러니 가더라도 어서 그것부터 없애고 가시오! 그리고 지금 왜관 근처, 낙동강 전투가 눈을 뜰 수 없을 지경이랍디다. 살펴서들 가시오. 이 말을 일러주려고 여기까지 달려오는 동안 나는 숨이 끊어질 뻔 했소. 자, 행운을 비오. 내 말을 믿으시오!"

그는 그 말을 남겨 놓고 다시 마을 쪽으로 달려갔다.

"맙소사. 죽음의 사령장을 껴안고 온 셈이군."

박용기는 지금까지 소중하게 깊이 간직했던 증명서를 북북 찢으며 한숨을 쉬었다. "아, 어떻던 우리에게는 호위 천사들이 있어, 이렇게 도움을 받고 있으니 하나님은 멀리 계시지 않네요. 우리를 살려 주려고 죽을 둥 살 둥 달려 온 그이도 제발 무사하기를… 죽지 않고 살아있기를….'

그들은 포화(砲火)의 열기가 아직 가시지 않은 지역을 지나갔다. 부서진 북군 탱크며 망가진 박격포 옆에 겨자빛 군복을 피로 적신 채 쓰러져 있는 공산군의 시체들을 건너갔다. 폭삭 주저앉은 천막은 지휘 본부였던 곳 같았다. 그들의 진로(進路)에도 혼란이 생기기 시작했음이 역력했다. 전선은 머지않은 곳에서 계속 불붙고 있음에 틀림없었다. 그러나 어느 길을 어떻게 뚫고 가야 그 전선을 넘어 아군 쪽으로 갈 수 있을 것인지 짐작을 할 수가 없었다.

그들이 다시 붙잡힌 곳은 왜관 가까운 어느 마을이었다. 인민군과 민간인이 마구 뒤섞여 보급물자(補給物資)를 다루느라고 정신이 없는 곳으로 끌려갔다. 검문도 심문도 대강 대강이었다. 일손이 모자라 검문하는 시간조차 쫓기는 눈치였다. 적(敵)이고 수상한 놈이고 없이 사람이면 일꾼으로 모셔야 할 판이었던 듯, 세 젊은이는 곧 밥 짓는 자리로 배치되었다.

쌀을 산처럼 많이 씻고 있었다. 그것은 씻는 것도 아니었다. 씻을 사이도 없이 물에다 쏟아 붓고 욱여넣었다. 옆에는 계곡의 도랑물이 흐르고 숲이 있어 그늘도 있고 경치도 있었다. 낮에는 계속 불을 때 밥을 짓고, 밤이면 대강 익힌 밥을 절구에다 찧어 가며 소금물을 적당히 뿌려 주먹밥을 만들었다. 밥을 가지러 오는 군인들의 입에서는 '팔공산 공방전' '영산 전투' 라는 말들이 불쑥불쑥 튀어나왔다. '대구(大邱)전방' 이라는 말도 섞여 있었다. '대구마저 함락인가? 이제 남한사람들은 어디로 갈 것이며, 싸워주러 왔던 우방의 군인들은 어찌될 것인가.'

"이제 이러다가 우린 밥 귀신이 되고 말겠네요. 인민군이 처먹을 밥을 지으면서 우리 배도 채우기는 했지만 이렇게 밥만 짓다가 폭탄 한방에 날아가고 말지도 모르겠네요."

박용기는 절구질을 하면서 절구속의 밥을 걷어내려고 일어선 맹의순의 귀에다 대고 속삭였다.

"이 일도 끝날 때가 있겠지."

맹의순은 빙긋 웃었다. 그리고 정성을 다하여 주먹밥을 계속 만들어냈다. 여름 내내 뜨겁게만 내리쪼이던 날씨가 한번 비를 뿌리더니 연이어 비를 내렸다. 주먹밥 짓는 자리에는 천막을 쳤지만 빗발이 스며들고 으스스했다. 맹의순은 주먹밥 한 덩이 한 덩이를 뭉치면서 두 손에 힘을 줄 때마다 굽혀 절하듯이 꾸벅거리고 있었다. 전짓불을 상자 곽 속에 넣어 불빛을 감추고 있는 자리에서, 그의 옆모습은 은은하게 부조(浮彫)되어 부드럽게 드러났다. 용기는 절구질을 하면서 그에게 물었다.

"선생님, 잠이 와서 그러세요? 아니면 힘이 들어서 장단을 맞추시는 거예요?"

맹의순은 한동안 잠자코 하던 일만 계속하더니 나직하게 대답했다.

"기도하고 있어."

"아니, 누구한테 누굴 위해서 기돌해요? 밥덩이에다가요?"

"이 밥 먹는 사람들을 지켜주시어 이 전쟁의 악덕과 뜻없음을 깨닫게 해주시고 사랑에 눈뜨게 해주십사고 기도드리고 있어."

박용기는 맥이 빠졌다. 맹의순의 하는 짓이 슬프고 덧없었다. 박용기는 갑자기 주먹을 휘두르는 심경으로 절구질을 하면서 허리를 굽힐 때, 발밑에 있던 모래 흙 한 줌을 얼른 움켜 절구 속의 밥에다 처넣었다. 그는 맹의순의 하는 짓이 무력해 보였다. 울화가 치밀었다. 맘껏 갈겨 주고 싶은 것을 절구질로 대신했다. 갑자기 이 모든 불운(不運)과 귀찮은 일들이 맹의순의 무력함 때문에 겪게 된 것이라는 생각이 들었다. 불행이라는 놈은 무력(無力)을 틈타고 불쑥불쑥 오는 놈이 아니던가.

그러나 맹의순의 말대로 밥 짓는 일도 그리 오래 끌지는 않았다. 전선(戰線)이 이동하는 모양인지 한밤중에 취사장도 이동을 서둘렀다.

"이것들은 올빼미 부엉이 띤가 원, 꼭 한밤중에 꿈틀대자고 야단이니."

그들 세 젊은이는 밥 짓던 자리에서 포탄 나르는 자리로 끌려갔다. 비가 부슬거리는 깜깜한 한밤중. 강물이 허옇게 맨살을 드러내고 누워 있는 강벌에서 그들은 포탄상자를 어깨에 메어 날랐다. 더러 지게도 있었고, 무슨 멜빵 같은 것으로 져 나르는 자도 있었지만, 태반은 맨 어깨에 포탄 상자를 메어 날랐다. 한 번 터질 때마다 몇 사람씩은 죽게 되는 포탄을 그들은 상전 모시듯 나를 수밖에 없었다. 누구인가 떼죽음 만들 포탄을 지고 걷다가 멈추는 맹의순은 몇 번이나 총 개머리판으로 등짝을 얻어맞았다.

"뭘 꾸물거렷? 빨랑빨랑 충성을 해야만 전쟁완수를 보는 거닷! 이 반동놈으새끼! 뛰지 못하겠나?"

얇은 여름 옷 한 겹 밑의 어깨는 얼마 가지 않아 으깨어졌다. 그것은 또 한 차례의 고문이었다. 박용기와 명형철이 맹의순에게 접근하면서 재빨리 속삭였다.

"우리들한테서 멀리 떠나지 마세요. 어두우니까 놓치기 쉬워요. 몇 대 얻어맞더라도 가까이 계세요. 틈을 보아서 여길 빠져 나가야 합니다. 달라빼야 한다고요!"

자정을 넘기자 조명탄이 터지면서 어둠을 쓸어냈다. 그리고는 폭격이었다. 그 소란한 틈을 타 박용기와 명형철이 맹의순을 이끌고 포복으로 그 자리를 빠져 나왔다. 성공이었다.

"빨갱이들의 전선이 지리멸렬이 되고 있는 게 분명해요."

박용기가 확신에 찬 목소리로 말했다. 그러자 명형철도 거들었다.

"어쨌거나 전선은 이 근처 어디일 거야. 우린 이제 그 선만을 넘어가면 되는 거야. 마지막 고비니까 조심들 하자구. 공연히 유탄 같은 것에라도 걸려들면 끝장이니까. 용의주도 주도면밀한 작전이 필요할 거야, 이제부터 더 정신 차리자!"

박용기가 의기양양하게 그 말을 받았다.

"우리에겐 할 만한 일이지. 우린 이만하면 역전의 용사나 다름없거든. 2일분의 식량도 확보되어 있겠다. 아까 놈들이 주먹밥을 나누어 줄 때, 내가 수단을 부려서 넉넉하게 받아 싸가지고 왔거든요."

그러나 다음날 새벽 그들이 그 밥덩이를 입에 물었을 때, 그것은 도저히 씹을 수 없는 모래알 밥이었다. 그중에 단 한 개도 성한 것이 없었다. 박용기가 심술로 쳐 넣은 모래 섞인 주먹밥이었다.

9

결전(決戰)과 격전이 계속되고 있었다. 그들이 발을 내딛는 곳에서는 앞도 뒤도 옆도 따로 없이 어느 곳에서나 포화(砲火)가 터졌다.

남한 땅에서 동남(東南) 쪽 한 자락이 되는 대구와 부산만을 남겨 놓고 전 지역을 휩쓴 공산군이, 마지막 기력을 다하여 그 땅을 마저 빼앗으려하고 있고, 한국군과 유엔군은 또 그들대로 이제 마지막 남은 발판을 딛고 사력(死力)을 다하여 전세를 만회하려고 하는 것이다.

그들은 포 소리가 잠잠해지면 길을 뚫고 기어서 전진했고, 포 소리가 다시 터지면 몸을 파묻고 기다렸다. 폭격기는 쉴 사이 없이 하늘을 흔들며 땅을 짓이겼다. 폭탄 세례를 끝낸 뒤에도 기총 소사로 촘촘하게 길을 누볐다. 공중은 공중대로 포화의 연기로 뿌옇게 되었고 땅은 땅대로 뒤집혀서 연기와 흙먼지로 앞뒤를 분간할 수가 없었다.

그들이 왜관 근처 강가, 이름 모를 다리에 이른 것은 아침나절이었다. 피난민이 휩쓸려 간 것이 어제 저녁이었는지 길바닥에는 아직도 사람의 숨결과 체온이 그냥 남아 있었다. 길에는 쌀도 쏟아져 있었고 이불도 풀어져 널브러져 있었다. 바가지, 숟가락, 냄비, 외짝 신발 등 주인과 함께 미처 따라가지 못한 물건들이 즐비하게 널려 있었다. 아비규환의 흔적이었다. 그들은 쌀을 쓸어담고 냄비를 주워들었다. 지금 당장은 아니더라도 틈을 보아 밥을 해먹을 심산에서였다.

강가 절벽을 끼고 이어진 길에는 공산군의 것으로 보이는 오토바이 이십여 대가 엉망으로 꾸겨져 널브러져 있었고, 나무가 드문드문 자라고 있는 절벽 바위에는 붉은 피를 흘리고 있는 살점들이 빨래처럼 널려 있었다. 그들은 얼굴을 감싸 쥐고 뒤 돌아보는 일 없이 달리고 달렸다. 이제는 숨어있을 만한 곳도 없었고 또 숨어있을 시간도 없어 계속 달리고 또 달렸다. 인간 세상이 이런 지옥도(地獄圖)가 되다니- 그들은 살기 위하여 달리면서 지옥의 밑바닥에 던져진 것이 아닌가 싶었다.

마을 전체가 불붙고 있는 곳에 이르렀다. 아군도 적군도 보이지 않았다. 아군들이 진을 치고 있었던 자리였던 듯, 레이션 박스가 산처럼 쌓인 채 지글지글 타들어 가고 있었고, 미처 끌고가지 못한 소와 돼지들이 우리를 벗어나 이리 뛰고 저리 뛰며 뒤뚱거리고 있었다. 마당 한 옆에 걸려 있는 솥에서는 아직도 다 사위지 않은 불 위에서 김을 올리며 밥이 잦고 있었다.
…….

"아이구, 어느 고마운 손이 우릴 위해 밥을 지어 놓고 떠났구만." 박용기는 꿰어 차고 왔던 냄비를 끌러 밥을 퍼 담을 태세로 침부터 삼켰다. 그리고 두 사람에게도 재촉했다. "어서 각자 자기 먹을 것을 챙기라우요. 싸가지고 갈 수 있는 대로 퍼 담아야 합니다. 정말이지 이제 굶는 일엔 넌더리지, 넌더리야!"

명형철도 눈을 크게 뜨며 밥솥으로 달려들었다.

"아이구 이게 웬 밥인고, 이건 정말이지 우리 천사 같은 맹 형을 보아서 주는 하나님 아버지의 선물이로구만. 자 어서 오시오, 어서 와서 먼저 뜨시오." 그러나 맹의순은 그들로부터 등을 지고 서서 고개를 숙이고 있었다. "아, 무얼 그러고 섰어요? 보아 하니 아군이 방금 이곳을 버리고 후퇴한 것 같은데 우리도 서둘러 따라가야 할 거요."

밭고랑에 아이 시체 하나 넘어져 있었다. 여섯 살이나 되었을까. 사내아이였다. 눈을 감고 있는 얼굴이 단정했다. 명치 끝에서 솟은 피가 아직도 따스해 보였다.

"왜 그러세요?"

박용기가 눈을 크게 뜨고 다가왔다.

"묻어 주고 가자."

"안 됩니다. 그럴 시간이 어딨어요? 위험해요. 우린 지금 적의 진중에 있는 겁니다."

명형철도 펄쩍 뛰었다. 중천에 오른 해는 뜨겁게 타기 시작했고, 여기저기서 타오르고 있는 건물과 물건 더미에서 뿜는 냄새와 열기가 숨을 막았다.

"그러면 먼저들 가, 곧 뒤따라 갈 테니 마을 끝 산모퉁이쯤에서 만나지."

맹의순은 삽을 찾으러 비어 있는 집으로 들어갔다. 두 사람은 차마 그 자리를 떠나지 못하고 속을 태우며 기다렸다. 삽을 찾아 들고 나온 맹의순이 밭고랑 옆의 땅을 파기 시작했다.

"됐어요. 그만하면 되겠어요."

박용기가 발을 구르며 재촉했다. 그래도 맹의순은 묵묵히 삽질을 더했다. 땅은 깊숙이 패였다. 아이가 눕고 흙을 덮기에 충분했다. 박용기와 명형철이 아이를 들어 올리자 맹의순이 두 팔에다 아이를 받아 안았다. 의순의 볼에 눈물이 흘렀다. 아, 하나님, 하나님은 어디서 이 모습을 보고 계실까. 이 아이를 잃은 부모는 어디쯤에서 발을 구르고 있을까. 이런 환란 가운데 살아있는 것은 무슨 뜻일까. 의순은 품에서 아이를 놓으려 하지 않았다.

두 사람은 아이를 빼앗아 흙 속에 넣었다. 그리고 미친 듯한 삽질로 흙을 덮었다. 그들이 마악 손을 털고 돌아서는데, 대한민국 국군의 군복을 입은 병사들 셋이 불쑥 나타났다. 세 젊은이는 반색을 했다. 박용기는 만면에 웃음을 띠며 팔을 벌리고 그들 앞으로 다가갔다.

"아아, 살았습니다. 이제 우린 살았습니다. 이건 정말 대한민국 만만세입니다. 우린 서울에서 내려온 학생들입니다."

"잔말 말라우! 손들엇!"

군인들은 앙칼지게 소리를 지르며 총구를 일제히 들이댔다.

"아니 이럴 수가…."

박용기는 휘둥그레진 눈으로 뒷걸음질 치며 중얼거렸다.

"간나아새끼덜, 너희들은 미제국주의 첩자들이지?"

그들은 다시 총구에 밀려 어딘지 모를 곳으로 가야 하는 신세가 되었다. 남한의 국군이 아니었다. 국군의 군복을 입고 있던 그들은 국군으로 가장한 북한의 탐색선발대원(探索先發隊員)들이었다. 세 사람은 강가에 있는 초가

집 뜰아랫방으로 끌려가 감금이 되었다. 박용기가 허탈해 하며 맹의순을 원망했다.

"이건… 자빠져도 코가 깨진다고… 그러기에 내가 무어랬어요? 어차피 죽은 아이, 묻어준다고 무어가 달라진다고, 그때 그 길로 밥만 챙겨들고 곧장 마을을 빠져 나왔으면 이 꼴을 당하진 않았을텐데… 이젠, 어떻게 할 겁니까?"

밤이 되자 국군복장으로 설쳐대던 인민군들은 보초 하나만을 남겨 놓고 수색대로 흩어졌다. 보초 하나뿐. 초가집은 허술했다. 어둠은 보초에게 약점이지만 탈출할 사람들에게는 유리했다. 흙벽에 창문 하나에, 엉성한 문짝 하나 달랑 달린 방은 허술했다. 세 사람은 눈짓으로 뒷문을 소리 나지 않게 밀어내고 울타리를 뚫고 나섰다. 어디가 되었든 달리고 볼 일이었다. 숨이 끊어질 만큼 달리고 달리다 보니 날이 훤하게 밝았다. 방향을 알 길이 없었다. 강의 흐름만을 보며 아래쪽이라고 생각되는 곳으로 줄곧 달렸고 산이나 언덕이 나타나면 무조건 나무를 찾아 숨어 가며 걸었다.

오후 두 시경.

그들은 다시 텅 빈 마을에 이르렀다. 마을은 초가을 햇살 속에서 옷을 벗고 있는 듯 따뜻했다. 한편, 다 털리고 다 빼앗기고 남은 것이 없는 허탈한 마을이었다. 세 젊은이는 인적 없는 마을을 거쳐 가며 한편 두려웠다. 마치 강간당한 시체를 밟고 가듯 떨리고 조심스러웠다. 마을 안으로 들어갔다. 아무것도 저항하는 것이 없었다. 마을은 낯을 가리는 것 같기도 했고 두려워서 숨을 죽이고 있는 것 같기도 했다. 그들도 숨을 죽이고 걸었다. 그때, 몇 걸음 앞서 가던 박용기가 갑자기 큰소리로 외쳤다.

"아, 태극기다, 태극기!"

네거리 지서(支署)에 태극기가 꽂혀 있었다. 태극기는 초가을 오후의 햇살을 선명하게 받으며 그들을 반기듯 흔들거렸다. 누렁이 한 마리가 코를 끌며 느릿느릿 지나갔다.

"아! 전선을 돌파했다! 넘어섰어! 이곳은 우리 쪽 땅이야. 틀림없어!" 명형철이 정정정정 뛰며 소리쳤다. "이젠 살았어요. 아아, 살았어요, 하나님, 감사합니다. 우린 살았어요!"

박용기와 명형철을 제지하며 맹의순이 목소리를 낮추고 조심스럽게 입을 열었다.

"그런데 모두들 어디로 간 거야. 왜 이렇게 사람이 하나도 보이질 않지?"
전선을 돌파했다는 명형철의 말도, 이젠 살았다는 박용기의 말도 다 그럴듯했으나, 태극기가 펄럭이며 살아 있는 마을에 사람의 그림자는 없었다. 적막을 흔들어 주고 있는 태극기가 오히려 으스스했다.

"가만있어 보자. 이 상황은 좀 이상하잖아? 이 마을에는 지금 우리 세 사람뿐이야. 이렇게 무방비로 노출을 해도 괜찮은 것인지… 무작정 내달을 것이 아니라 어디에 좀 머물러서 동정을 알아보는 게 좋겠는데."

맹의순이 두 사람의 흥분을 달랬다. 그들은 파출소 건너편에 있는 양기와 집 마루에 걸터앉았다. 그 집은 담배 가게를 겸한 주막이었는지 길가 쪽으로 난 마루에는 찌든 놋재떨이 위해 담배꽁초가 소복한 채였고, 개다리소반 하나가 말라비틀어진 김치보시기를 얹은 그대로 구석에 밀려 먼지를 뽀얗게 뒤집어쓰고 있었다.

"그렇다면 일단 방으로 들어갑시다. 여기 이렇게 있으면 노출되기 쉬우니 들어가서 다리 좀 쉬면서 형편을 살피도록 합시다."

명형철의 제의에 그들은 방으로 들어갔다. 세 사람은 마을의 상황이 이상하기는 했지만 태극기가 날리고 있는데, 어떻던 인민군이 쫓겨 갔을 것이라 믿고 다리를 뻗었다. 그리고 마을 저쪽 언덕만 넘어가면 그곳에는 틀림없이 국군이나 미군이 있으리라 믿고 이제 언덕을 넘는 일은 문제가 될 것이 없다고 안심했다.

그렇게 마음 놓고 벽에 기대어 있는데 느닷없이 방문을 걷어차며 시꺼먼 총자루가 둘씩이나 들이닥쳤다.

"핸즈 업!"

이번에는 영어였다. 덩치 큰 미군 두 사람이 벌컥 들어섰다.

"아아니? 이건 또 뭐야?"

박용기가 투덜거리며 손을 번쩍 들었다. 그때 맹의순이 손을 치켜들고 침착하게 미군 앞으로 나섰다. 그리고 비교적 정확하고 차근차근한 영어로 자기네들은 민간인 피난민임을 설명했다. 그러자 미국군인은 우선 영어를 할 줄 아는 한국인을 만난 것을 신기해하며 반가워하는 듯했으나, 세 사람을 세워둔 채, 메고 있던 통신기로 어디엔가에다 연락을 취했다.

무전기로 한동안 이야기를 주고받았는가 싶었는데 그들이 방을 나서자 비행기가 그 마을을 훑듯이 스쳐가며 계속 기총 소사를 퍼부어 댔다. 비어 있는 마을에 웬 기총소사인가. 무엇이 의심스러워 폭격기까지 떴을까. 그들은 방안에 우두망찰 앉아있었다. 얼마 후 언덕으로부터 미국군인 지프차가 한 대 굴러 내려왔다. 군인들은 그들을 차에 타라고 일렀다. 비어있는 마을이 위험하니 아군(我軍) 진지(陣地)까지 후송해 줄 모양인가? 차는 언덕 위에 있는 미국 군인 진지를 향했다.

"우리가 너무 고생했다고 이제는 자동차로 모셔 가누만. 이젠 살았다, 살았어! 암 이만하면 우리는 역전(歷戰)의 용사지. 상이라도 받아야 하지!"

박용기는 희희낙락 소곤대며 이죽거렸다. 차가 굴러가는 동안, 운전병 옆에 탄 군인은 맹의순에게 이것저것 생각나는 대로 물어댔고 맹의순은 별로 더듬지 않고 쉬운 단어로 침착하게 대답했다.

언덕 위 초소에 이르렀다. 진지(陣地) 구축작업이 진행되고 있었다. 민간인들이 군인과 함께 참호(塹壕)를 파고 있었다. 작업하고 있는 민간인을 감시하고 있는 감시병이 있는 것을 보니, 적진(敵陣)에서 잡아 온 이적자(利敵者)로 의심되는 사람들 같았다. 그들은 맹의순네 일행이 인민군 진지에서 주먹밥을 짓고 탄약 상자를 져 나르듯, 이번에는 미군참호를 파고 있는 것이다. 부역(賦役)이 아니라 강제노역이었다.

그들이 언덕 위 미군초소에 도착한 직후, 그 마을 상공에 폭격기 뜨는 것을 신호로 총진군 총진격이 개시되었다. 선발대가 화염방사기를 앞세워 마을이고 들판이고 구별 없이 일제히 불을 질렀고, 산야와 마을은 삽시간에 불바다가 되었다. 그 뒤를 따라 탱크부대가 서서히 진군하기 시작했다.

세 사람은 언덕 밑을 굽어보며 가슴을 쓸어내렸다. 만일 미군들에게 발견되지 않고 지금까지 파출소 건너편 그 가게 방에 앉아 있었다면 그들은 소리 한번 제대로 질러 보지 못하고 한 줌 재가 되고 말 뻔하지 않았던가.

"아이구, 선생님. 정말이지 우리는 약속의 땅으로 당도해 있군요. 하나님께서는 우리들을 저 불지옥에서 벗어나게 해주셨어요. 저 북쪽 괴뢰들이 무엇 때문에 이 불집을 건드려서 천지가 불바다가 되게 만들었는지…. 저게, 저게 웬일입니까, 세상에…."

산천초목, 흙 파먹고 살던 사람들의 마을이 지옥불에 파묻혔다. 그들은 불바다를 내려다보며 전율했다. 명형철도 옆에서 벌벌 떨며 중얼거렸다.

"그 미군들은 정말이지 하나님이 보내 주신 천사였군. 우리를 불지옥에 빠지지 않도록 인도하신 하나님의 사자들이었군. 맹 형과 박용기의 하나님은 정말 사랑의 하나님이시군."

"명 형의 하나님이시기도 합니다. 지금 하고 있는 명 형의 그 말을 하나님께서 듣고 미소 짓고 계십니다." 맹의순은 불바다의 마을을 바라보며 나직하게 말을 이었다. "하지만…. 우리를 불지옥에서 건져주신 뜻이 무엇인지… 저 불바다를 거쳐 가면 무엇이 우리를 기다리고 있을는지… 그곳에서 우리가 할 일이 무엇인지, 하나님께서 듣고 계신 명령서를 우리는 읽을 수는 있을는지….”

 어쩐지 맹의순의 표정은 불안을 감추고 있는 막막함이었다. 얼마 만에 일본인 2세로 보이는 미군 상사가 취조관이 되어 그들 앞에 나타났다. 미군들은 세 젊은이를 공산군정보원으로 의심했다. 취조관은 같은 빛깔의 노란 얼굴인 아시아계임에도 불구하고, 전혀 다른 세계의 인종을 다루는 듯한 태도로 세 젊은이를 본격적으로 취조했다.

 맹의순은 일본말과 영어로 그 간의 경위를 상세하게 진술했다. 우리들은 학생들이다. 나는 신학교 학생이고, 이 두 친구도 각각 대학생과 고등학교 졸업반 학생이다. 서울서부터 줄곧 아군진지를 찾아 내려오는 길이다. 인민군에게 체포되고 고문당하고, 다시 붙잡혀 갇히고 강제노역을 치르면서도 성경책과 찬송가를 잃지 않고 여기까지 간직해왔다. 이래도 우리를 믿을 수 없다는 말인가.

 일본인 2세는 눈썹이 새까맣고 노르끼한 얼굴이 단단하게 생긴 키가 작은 군인이었다. 그는 일본말도 유창하게 하고 영어도 잘하는 맹의순을 오히려 점점 더 이상한 눈으로 보기 시작했다. 그는 철제(鐵製) 인형같이 차갑고 굳은 얼굴로 세 사람이 거쳐 왔다는 경로에 대해 계속해 되풀이 질문을 퍼부었다. 그리고 작은 눈을 치뜨며 감정이 조금도 묻어있지 않은, 지극히 사무적인 어투로 잘라 말했다.

 "우리는 실제로 성경책을 가지고 있는 간첩을 체포한 일이 여러 번 있다. 그는 성경을 잘 알고 있었지만 정말 첩자였다. 그리고 첩자 중에는 영어를 잘하는 사람도 있었다. 너희들은 신분증이 없지 않느냐. 또 신분증 정도는 저들도 얼마든지 만들어내고 있다는 것을 우리는 알고 있다."

 몇 사람의 장교가 더 모여들었다. 그들은 주로 일본인 2세 상사의 설명을 듣고는 상사가 제시하는 서류에 사인을 간단히 했다. 무슨 사인일까. 세 사람은 설마… 눈치만 살폈다. 곧 지프차 한 대가 당도했다. 상사는 형식적으로 서류를 내어 보이며 결론을 빠른 말로 설명했다. 석방 여부는 대구에 가서 결정될 것이라 했다. 상사는 세 사람을 의심하고 있는 것이 아니라 첩자로 믿고 있었다. 처음부터 마음을 열고 세 사람의 이야기에 귀를 기울일 뜻이 없었다. 그 상사 앞에서는 처음부터 사실(事實)도 진실(眞實)도 먹혀들지 않았다.

"아니, 원 이럴 수가… 이게… 이런 법이 어딨어? 아니 상은 못 줄망정 이게 뭐하는 짓들이야?"

박용기가 그 큰 눈에 핏발을 세우고 펄펄 뛰었다. 명형철도 당황해 하며 맹의순에게 들이댔다.

"아니, 이 자들이 우릴 빨갱이 첩자로 보고 있는 거 아뇨? 아니…, 원 이게 도무지, 아니 맹 형, 그래 이대로 끌려가겠다는 거요?"

"조금 기다려 봅시다. 여긴 전방이고 어쨌거나 우리는 대구 쪽으로 가려던 사람들 아니었소. 그러니 일단 가고 보는 겁니다. 가서 우리네 동족끼리 부딪쳐 사실대로 이야기하면 납득이 되겠지요. 외국사람들하고 얘기하는 것 같기야 하겠소? 잠자코 따라가도록 하지요. 여기서 항의를 해보아야 별 도움이 될 것 같지 않아요."

의순이 먼저 지프차에 올랐다. 마을 일대와 멀리 보이는 강변은 하늘도 불이고 땅도 불이었다.

대구 시내에 있는 한국경찰서로 후송되어 간 것은 해가 떨어진 뒤였다. 경찰은 경찰대로 전투복에 완전 무장을 하고, 더러는 참호를 파며 전투에 직접 돌입한 듯 민간 업무를 보는 사람은 없었다. 군인들이 경찰서 건물 내에 자리 잡고 있었고, 군인들은 군인들대로 가만히 섰거나 앉아 있는 사람이 없이 동분서주였다. 말은 외마디요 고함이었고 움직임은 치닫고 뛰는 것뿐이었다. 세 사람을 부린 미군 지프차는 몇 장의 서류를 내던지고는 먼지를 뿌옇게 일으키며 달아났다. 유치장은 이미 붙잡혀 와 있는 사람들로

2. 어느 때까지니이까 255

빈틈이 없었다. 어두워서 아무것도 보이질 않는데 칭얼거리는 아이 소리와 아이를 달래는 여자의 목소리가 들리는 걸 보니 남녀 불문곡직으로 그저 한꺼번에 모조리 쓸어 넣은 모양이었다.

"당신들은 이 밤중에 어디서 오는 거요?"

누구인가 점잖은 말투의 사내 목소리가 그들을 향해 물었다.

"글쎄요, 아마 왜관 근처였을 겁니다. 피난 오던 길이었는데 미국군인을 만났어요. 그랬더니 한 차례 조사를 하고는 여기다가 데려다 준 겁니다."

"그러면 당신네들은 포로요. 미국군인은 최전선 2마일 안에서 잡힌 사람들은 피난민이건 무어건 모두 일괄적으로 그렇게 처리하고 있어요."

"설마…."

박용기와 명형철이 킬킬 웃었다. 포로라니? 포로라고? 아무리 전쟁터지만 무작정 포로취급이라니, 그럴 리가!

하지만 아침이 되니 상황은 심각했다. 갇힌 사람들 중에는 어린애, 할머니, 할아버지 등 피난 가던 일가족이 다 들어와 있기도 했고, 젊은이, 장년하며 마구잡이로 처넣었음이 분명했지만 그들을 풀어 줄 기미는 없이 삼엄했다.

물 한 모금 없이 한나절이 되니 경찰 몇 사람과 군인들이 와서 아기 어머니와 할머니, 그리고 어린애들은 풀어주었다. 그러나 거의 남자뿐인 나머지에 대해서는 아무 지시도 없이 등을 돌렸다. 그러자 유치장 속은 일제히 악머구리 끓듯 시끄러워졌다.

"아니, 이거 보시오! 이거 이럴 수가 있소? 우린 신분이 뚜렷한 사람들이오. 우리를 어떻게 하려고 이대로 가두어 두는 거요? 내보내주시오!"

제각기 소리치고 항의하고 악을 써댔으나 우리 경찰도 미군도 냉담하게 돌아섰다. 맹의순의 일행은 더 이상 심문도 받지 않았다. 한낮이 되자 밥 덩어리를 넣어 주러 온 전투복의 순경에게 사정사정해 보았으나 자기는 모른다는 외마디 대답뿐 거들떠보려고도 하지 않았다.

오후에 유치장에 갇혔던 그들은 일제히 불려나갔다. 조사를 하려는 것인가 희망을 가졌으나, 마당에서 그들을 기다리고 있는 것은 스리쿼터 군용차였다.

"어디로 가는 겁니까?"

맹의순은 서류 뭉치를 들고 있는 국군 무장군인에게 물었다.

"부산이다."

"왜 부산까지 가야 합니까? 우린 서울에서 내려오는 민간인 피난민입니다. 학생들입니다. 왜 이 자리에서 심사를 해주지 않는 겁니까. 왜 계속해서 감시당하고 끌려다녀야 합니까?"

"말이 많다!"

핏발 선 눈으로 군인은 악을 썼다. 그러나 맹의순은 수그러들지 않고 계속해서 따졌다.

"이 급박한 전쟁 통에 왜 인력과 시간을 이렇게 낭비하는 겁니까. 우린 정말 학생들입니다. 여기서도 간단히 처리될 문제를 왜 부산까지 이송을 하려는 것인지 알 수가 없어서 그럽니다. 재량권이 있는 분께 건의해 주십시오. 우리는 정말 너무 지독한 고생을 겪으면서 조국의 품이라고 믿고 여기까지 온 학생들입니다."

"떠들지 말엇! 너희들은 빨갱이야! 빨갱이 부역자가 아니면 간첩들이야! 연극은 필요 없어! 어서 올라타!"

"아닙니다, 아닙니다. 결코 아닙니다. 그렇지 않습니다. 다시 재고해 주십시오!"

"여기 서류가 증명해! 서류가 있어!"

그때 박용기가 성난 맹수처럼 튀어나왔다.

"왜 사람 말을 못 믿죠? 서류가 무슨 소용입니까? 그건 미국 사람들이

2. 어느 때까지니이까

제멋대로 만든 거예요. 우린 대한민국 국민이에요. 나라를 사랑하는 학생이에요! 미군이 만든 서류 따위가 뭐라는 거죠? 서류 따위가! 왜 말이 통하는 우리끼리 해결이 안 됩니까?"

군인은 총자루로 박용기의 등판을 후려갈겼다.

"차에 안 타겠나?"

군인은 총부리를 용기의 가슴팍에 들이댔다. 그 상황에서 모두들 입을 다물고 이십여 명 남자들이 스리쿼터에 올랐다.

*

대구 역 구내를 조금 벗어난 선로 위에 시꺼먼 화물차가 몇 량(輛) 연결되어 그들을 기다리고 있었다. 끌려 간 사람들은 그 상황에 대해 희망과 체념을 가져 보려고 애를 썼다. 일단 부산까지 내려가면 그곳에서는 정밀심사를 거쳐 자유시민의 권리를 다시 찾을 수 있으리라는 희망을 가졌다. 희망은 현재의 부당한 처사나 처우를 참을 수 있게 만들었다.

한반도 전국토가 불바다고 시체더미고, 한국전쟁이 세계전쟁이 되어, 백성도 외국군인도 무차별로 죽어가는 전쟁 중에, 이제 남은 땅은 대한민국 지도에서 꼬리 부분인 대구와 부산만 남겨진 상황. 까딱하다가는 전투고 무어고 부산 바다로 쓸려 들어갈 판에, 신중한 심사고 무어고 바랄 것이 못되지만 그래도 부산까지 이르렀으니 조금은 정신 차려 무고한 사람들을 풀어 주겠지… 스스로를 달래기도 했다.

그러나 전투태세 그대로 대오가 정리되고 인원 파악이 끝난 뒤 화물차량의 문이 덜커덕 열렸을 때, 늘어서 있던 사람들은 경악, 숨 막혀 쓰러질 뻔 했다.

화물차 칸의 문이 철꺽 열렸을 때, 컴컴한 화물칸에는 인민군 병사들이 넝마 뭉치 걸레 뭉치처럼 촘촘하게 앉아 멍한 눈으로 문밖을 내다보고 있었다. 썩는 내가 시궁창을 뒤집어 놓은 것처럼 쏟아져 나왔다. 또 하나의 지옥도(地獄圖)였다.

"어서 타! 뭣들 꾸물거리는 거얏!"

객차와 달리 화물칸은 높다. 뒤에서 밀어주고 위에서 끌어주지 않으면 올라타기가 쉽지 않다. 등 떠밀리고 곤봉으로 얻어맞으며 서로 받쳐 주고 잡아끌어가며 승강대 없는 화물차로 올라가지 않을 수 없었다.

모두가 인민군 포로였다. 그들이 걸치고 있는 군복은 군복이 아니라 누더기였다. 빡빡 밀고 나왔을 머리는 덥수룩하게 자라 있었고, 얼굴은 얼굴이 아니라 얼룩진 가죽이었다. 전선에서 전선으로 밀려 밀려다니면서도 죽지 않고 살아남은 그들에게 남은 것은 피로와 굶주림뿐이었다. 3개월 가까이 끌어온 전투에서, 더구나 낙동강가의 치열한 공방전에서 그들은 어떻게 살아남았는지 스스로도 알 수 없는 존재들이다. 극도의 피로와 공포에 몰려 쓰러져 있기는 했지만, 그들은 격전지에서 벗어났다는 안도감에 모든 것을 될 대로 되라는 듯 내맡긴 표정이었다. 변명도 탄원도 없는, 멍청한 살덩어리들이었다. 차 칸으로 들어간 박용기는 쓰러져 누워 있는 인민군포로들을 넋 나간 얼굴로 둘러보더니 갑자기 미친 듯이 소리치기 시작했다.

"안 돼! 안 돼! 이게 무슨 짓이야? 이 도둑놈들아! 우리를 빨갱이 포로하고 함께 끌고 가다니? 이건 안 돼! 이 천벌을 받을 놈들아, 이건 안 돼!"

그는 제정신이 아니었다.

"야! 잠자코 들어앉지 못해!"

차 칸 문 앞에 짝지어 보초로 서 있던 무장군인 하나가 용기를 향해 무섭게 소리를 질렀다.

"아이구, 차라리 날 죽여라! 이게 조국이냐, 조국이란 게 나한테 주는 게 이거란 말이냐?"

박용기는 맹수가 포효하듯 소리쳐 울기 시작했다. 그러자 컴컴한 차 칸

구석에서 앙칼진 북쪽 사투리가 화살처럼 날아왔다.

"야! 이놈으 간나아새끼야! 인민을 배신하는 더러운 새끼야! 붙잽혔음 붙잽혔디 와 테 울고 지랄이가? 붙잽힌 것도 부끄러운데 너레 이제 와서 인민 전사가 아니라구? 조선인민 공화국 동무가 아니라는 게야? 야! 콱 뒈져 뻬레! 우리가 다 너 같은 놈 취급 받게 되는 거 싫으니끼니 콱 뒈져 뻬레!"

맹의순은 발광하는 박용기를 끌어안았다. '오오 우리가 설 자리가 없구나. 정녕 우리가 설 자리가 없구나. 오오 아버지. 주님, 이것이 고난입니까. 이것이 고난의 길이라면 무엇을 위한 고난이 되겠습니까.' 명형철도 주저앉아 두 팔에다 얼굴을 파묻어 버렸다. 그의 어깨가 격렬하게 경련했다. 맹의순은 박용기를 끌어안고 눈을 감았다. '주여 의연할 수 있게 도와주소서. 주께서 우리를 붙잡아 주소서. 이것이 전부가 아니옵고 이것 또한 우리가 가는 길 몫의 일부이오니, 우리는 오직 주님의 뜻에 귀를 기울이는 겸손한 자, 잠잠히 기다리는 자가 되게 해주소서.' 그리고 박용기의 귀에다 대고 목소리를 죽여 속삭였다.

"부산에 가면 우리가 학생이라는 것을 증명할 만한 게 있을 거야. 낙심하지 말게. 전쟁이란 이런 거겠지. 모두들 당황해서 우왕좌왕이고 손은 모자라고 질서는 뒤집히고. 그래서 이런 일이 생기는 걸 거야. 이런 게 전쟁이지. 영문 모르고 죽는 사람도 부지기수, 우리가 오다가 묻어준 사내아이를 생각하자, 이게 전쟁이야. 아직 살아있는 우리가 하게 될 어떤 일이 있겠지. 그저 잠잠하게 참고 기다려 보세. 어디에서 길이 열려도 열릴 테니까… 사실은 우리들보다도 여기 붙잡혀 와 있는 포로들은 더 막막하지. 우리는 이들을 위로해 주고 이들에게 생명의 의미를 가르쳐야 해. 전도, 전도할 일이 우리 일이야. 그리고 이 기차 속은 우리나라가 아니야. 우리나라의 지배를 받고 있는 인민공화국이라는 걸 알아야 해. 우리가 곧이곧대로 이들과 대치하다가는 외려 저네들한테 해를 당하게 될는지도 모르거든. 자, 자중하세.

여기 있는 이 사람들을 자극하지 말고 신중하게 행동해야 하네. 조국이 우릴 의심해서 이곳에다 밀어붙였고, 이곳에 있는 저 사람들은 우리를 또 적으로 삼고 있어."

"이 기차가 우릴 약속의 땅으로 데려다 주겠군요. 우리는 겨우 이걸 얻어 타고… 원수들과 함께 약속의 땅으로 가겠군요… 약속의 땅으로…."

박용기는 목이 메어 흐느꼈다.

"됐어, 이제 조용히 하세. 환란을 조용히 견디며 끊임없이 하나님의 뜻에 귀를 기울이다 보면 우리가 갈 길도 열리고 우리가 해야 할 일도 생기겠지."

"하늘나라의 상급이겠죠. 이게 하늘나라의 상을 받는 길이겠지요."

화물 차 칸의 통 문짝이 철커덕 닫혔다. 차 칸은 갑자기 어두워졌다. 어둠과 함께 악취가 다시 더욱 진해졌다.

3. 내 잔(盞)이 넘치나이다

1

친구 맹의순의 소식을 들은 것은 1951년 3월 부산에서였다. 제주도까지 흘러갔던 나의 피난길을 돌이켜 부산으로 상륙한 지 며칠, 그가 포로수용소에 갇혀 있다는 소식은 마치도 그때까지 기다리고 있었던 것처럼 즉각 내게로 전해졌다.

그 소식을 듣던 날은 3월의 먼지바람이 항구도시와 바다를 뿌우옇게 뒤집어 놓던 날이었다. 미친바람이 모든 것을 헤집어 흩어가며 광란(狂亂)의 역사와, 그 역사에 눌려 숨 한 번 내쉬지 못하고 스러져 갈는지도 모르는 한 개인의 소식을 미친 소리 내지르듯 전해주었다.

면회는 불가능하다고 했다.

백방으로 수소문하여 소식을 되짚어 가니 부산 3육군 병원에서 근무하는 유정인 대위가 있었다. 그는 맹의순과 우리를 이어주는 가교(架橋)였다. 현역군인 신분인 유 대위도 면회가 자유로운 것은 아니었으나 중간에 인편을 넣기도 하며 책이나 편지를 주고받는다고 했다.

친구 맹의순의 편지를 받아 본 것은 4월의 어느 날. 어느 때인가는 편지를 내어보낼 수 있다고 믿었던지, 편지는 한 대목 한 대목 차분하게 기록되어 있었다. 종이와 연필이 얼마나 귀했던지 환자진찰용지 뒷면에 씌어진 것도 있고, 껄끄러운 포장지를 이어서 그 뒷면에 기록한 것도 있었다. 나는 친구의 편지를 받아들고 얼른 펼쳐 읽지 못하고 눈물부터 흘렸다.

그러나 역사에 희롱당하는 개인의 운명 속에서도 그 편지는 사랑의 기적이 열매 맺게 해주는 기적의 나비와 같이 나에게 날아온 것이다.

친구의 편지뭉치는 유정인 대위가 인편을 통해 보내 주었다. 자기의 근무처와 주소를 곁들인 짤막한 편지와 함께. 유정인 대위의 편지를 읽으면서 문득 일 년 전쯤에 부평에 있는 육군 병원에서 그를 처음 보았을 때 내 마음을 흔들던 기이한 느낌이 다시 떠올랐다. 무거운 운명의 짐을 외롭게 지고 있는 듯하던 모습이ㅡ.

2

친구 형진에게.

살아 있다는 것과 죽어 떠났다는 것은 참으로 그렇게도 크게 다른 것일까를 생각해 보고 있네. 참으로 살아 있음은 빛이요, 죽음은 어둠이고, 살아남

있다는 것은 기쁨이요, 죽음은 슬픔일까. 자네는 살아 있을까. 지금 어느 곳에서 어떻게 지내고 있을까. 불현듯 그립고 궁금한 마음은 이따금 아픈 이랑이 되어 내 가슴을 에이고 지나가네.

그러나 이 그리움과 이 궁금함은 내가 살아 있기 때문에 오는 갑갑함이기도 한 것 아니겠나. 나는 이 편지를 쓰기 위해 종이와 연필을 구하느라 얼마나 쓰라린 고심(苦心)과 비겁함마저 저질렀는지 알 수 없네. 그런 일을 겪으면서 절실하게 생각했네. 삶이란 한정(限定)된 수단이고 죽음은 그런 의미에서는 일방적인 자유가 아닐까를.

형진이, 자네가 살아서 이땅 위 어디에 있는지, 아니면 하늘나라에 가 있든지, 자네는 내 가슴에 살아 있는 친구일세. 내게는 그 사실만이 신기하고 소중하네. 이 글은 그 소중한 우정을 가꾸는 기록일세.

나는 현재 포로 신세일세. 총 한 번 쥐어 본 일이 없이. 그리고 적(敵)을 적으로 대면해 본 일도 없이 포로가 되었네. 나를 포로로 묶어 놓은 것은 누구의 힘이며 누가 붙여준 이름인지, 왜 나는 포로로 묶여 있어야 하는지 도무지 알 수가 없네.

내가 입고 있는 옷에는 어디에나 PW라는 낙인(烙印)이 찍혀 있네. 겉옷에는 물론 속옷에까지, 그 진한 도장이 찍혀 있지. 그 약자(略字)를 풀어 쓰면 '프리즈너 오브 워' 곧 전쟁 범죄자(戰爭犯罪者), 전쟁죄수(戰爭罪囚)라는 뜻이 되네. 나는 PW라는 도장이 찍힌 그 수많은 전범자(戰犯者) 중 하나가 되어 우글거리는 전범자들을 그저 슬픈 눈으로 무력하게 바라볼 수밖에 없네. 과연 저들, 저렇게도 많은 PW 중에 총 잡기를 스스로 원하여 총을 들고 쏘았을 사람이 몇이나 있었을까, 나는 내가 너무도 엉뚱한 취급을 받고 있기 때문에 오히려 거만하달 만큼 침착해져 있네. 나는 전범자가 아니라고 지금도 굳게 믿기 때문이지. 나는 이 일에 한해서는 죄 없는 자라고 스스로에게 다짐하고 있는 거네. 그러나 과연 이 일과 내가 전혀 무관한 것인지. 내 양심에는 전쟁의 불씨가 될 만한 것이 전혀 없었는지, 신앙으로 자문(自問)할 때에 나는 선뜻 대답을 할 수가 없는 존재가 되고 마는군. 내게 불의(不義)는 없었는가? 탐욕(貪慾)은 없었는가. 악의(惡意)나 시기(猜忌)는 없었는가. 교만과 자랑과 이기(利己)는 없었는가. 자기 합리화(自己合理化), 자기중심은 없었는가 등 물음 앞에 내가 한 점 티 없이 설 수 있는 자가 못 된다면, 나 또한 전쟁 도발자(戰爭挑發者)가 아니라고 어떻게 우길 수가 있겠나.

나는 나 스스로를 포로로 길들여 갈 참이네. 전범자임을 자인하고 전범자답게 살아갈 수 있기를 바라고 있네. 이 처지에다 나를 똑바로 세워놓으니, 지금까지 내게 있었던 모든 것, 내가 바라볼 수 있었던 내 이웃, 내가 살던 곳의 사물(事物)이 이렇게 소중하고 이렇게 아름답고 이렇게 생생하게 살아나는 것이 신비하네. 무심하게 흘려보냈던 것들까지가 다시금 나의 내면에서 생기를 띠고 빛나기 시작했네. 내가 받은 은혜의 그 막중함을 볼 수 있는 눈이, 이 자리에 이르러 비로소 확연하게 뜨였네. 그 눈으로 나는 자네를 새롭게 바라보고 있는 거지.

나에게 친구가 있다는 사실이 기적처럼 여겨지네. 그 사실이 별빛이 되어 내 영혼의 눈을 다시 한 번 씻겨주고 이제 마악 피어나는 한 송이 꽃처럼 내 가슴이 향기로 열리고 있네. 이 편지가 언제 자네 손에 닿을는지, 그리고 자네는 지금 전화(戰火)로 뒤집힌 이 산하(山河) 어디에서 무엇을 하고 있는지 알 길이 없으나, 그동안 공포와 불안으로 각기 흩어져 떠돌던 우리의 마음 마음이 이제는 한데 이어져 자네의 소리를 내가 듣고, 내 말을 자네가 듣고 있다는 것을 믿으며 이 글을 쓰고 있네.

사람들은 이곳 수용소 마을을 부산 거제(巨濟里)라고 하네. 바다는 보이지 않고 겹겹이 둘러선 산으로 벌판 양편이 막혀 있는 곳인데 어디에 제방

(堤防)이 있다는 것인지 알 수 없네. 제방이 있으면 바다가 있겠고, 바다 근처면 갯내음과 파도 소리라도 들을 수 있으련만, 그런 것은 깊은 꿈속 저쪽이네.

창파(滄波)의 바다 대신, 이 벌판을 메운 것은 군용천막(天幕)뿐이네. 미군들의 작업복 빛깔인 풀빛천막이 백 개도, 천 개도 아니 만 개도 더 되는 듯 계속 세워지고 있네.

우리가 이곳에 닿던 날, 우리는 미군이 인천 상륙 작전을 개시했다는 소식을 들었고, 그 소식을 들으면서 부지불식간에 만세를 외치지 않을 수 없었는데, 만세를 외치다 보니, 우리는 아군(我軍)에게 붙잡혀서 끌려 온, 이쪽 나라의 포로들이었던 거야.

부산 역 근처에서, 공산군 포로와 함께 실려 왔던 화물차를 내려 이곳까지 실려 오는 동안, 우리는 청맹과니처럼 아무 것도 볼 수가 없었어. 오직 억울하고 답답하고 분한 마음뿐, 그리고 불안과 두려움이 캄캄하게 우리를 묶고 있었기 때문에 우리는 눈을 뜨고 있으되 아무것도 볼 수 없었고 귀를 열어 놓고 있었으되 아무것도 들을 수가 없었네.

우리는 다시 심사(審査)받을 수 있기만을 간절히 고대했었네. 심사를 받기만 하면 그것으로 모든 오해를 후련하게 벗고 자유의 날개를 달 수 있으리라 믿었기 때문이지. 재림(再臨)하실 예수님을 기다리는 일도 그렇게 떳떳하게 기다릴 수 있게만 된다면 얼마나 좋을까 하는 생각이 들 만큼 그렇게 자신 있게 심사 차례를 목 늘여 기다렸네.

그런데 우리가 당도한 거제리 일대는 목불인견, 인간 세상이라고는 할 수 없는 아비규환 아수라장 지옥의 한 모형(模型)이었네. 피투성이가 된 공산군 전상자(戰傷者)가 나뒹굴고 있는가 하면, 벌신벌신 살을 드러낸 남루한 인민군복의 소년, 눈 코 입이 잘 보이지 않을 만큼 더러워진 포로들이 뒤죽박죽이었네. 인민군 포로에 중공군, 민간인까지 뒤죽박죽으로 섞여 질서(秩序)라는 것이 실종된 암담한 현장이었네. 잡혀간 우리들만이 아니라, 그 많은 사람들을 몰아다 놓은 미군과 우리나라 당국에서도 역력히 황망(慌忙)해 하는 눈치였네. 어디가 시작이고 어디가 끝인지 알 수 없는 혼란이었네.

심사는 'G2'라는 미군 기관에서 맡고 있었는데, 미군 심문관 하나마다 한국인 통역이 짝이 있어, 주로 붙잡히기 직전까지의 행적에 대해서 샅샅이 묻는 거였네. 우리 차례가 왔을 때, 우리는 박용기, 명형철 셋을 한데 묶어 심문을 시작했어.
우리가 미국군인의 눈에 띄기 전에 탄약 상자를 져 나르고 주먹밥을 만들었다는 대목에 이르자 심문관과 통역이 오히려 한시름 놓은 것 같은 얼굴로 우리에게 다시 그 대목을 되풀이 진술하라는 거야. 우리는 무슨 수라도 생기는가 하여 제가끔 신명나게 그 장면을 다시 진술했지.
"그건 부역(附逆)이오. 국가에 반역하는 일에 가담한 거 아니오? 당신들은 이적(利敵)행위를 했소."
통역이 눈을 똑바로 뜨고 우리 셋을 노려보자 명형철이 얼굴을 붉히며 대들었어.
"그것이 어째서 부역이오. 강제로 붙잡혀 가서 총으로 떠밀려 목숨을 보전키 위해 억지로 한 일이 어째서 부역입니까? 당신 같으면 그런 경우에 그 일을 거역할 수 있었겠다고 생각합니까?"
통역은 우리보다 한두 살이 위일까, 우리 또래의 젊은이였는데 당당한 체구에 훤한 얼굴을 하고 있는 사람이었네. 자기 나름으로 퍽 신중을 기하겠다는 결의가 있어 보이는 표정을 하고 있었지만 그가 어떻게 거기까지 끌려간 우리들의 노정(路程)을 상상이나마 할 수 있었겠나. 그는 잠깐 미간을 찌푸리더니 위압적인 표정과 말투로 대답했네.

"이 젊은이들이 도무지 생각 없는 사람들이로군. 어때? 당신들이 어깨가 벗어지도록 짊어지고 날라다 준 그 총알이 누구를 향해 발사됐었겠나? 응? 그리고 자네들이 만들어서 보급한 그 밥덩이를 먹은 괴뢰군들이 그 밥 먹은 힘으로 누구를 쏘고 죽였겠나? 결과를 가지고 말해야지, 결과를!"

그는 노골적으로 우리들 세 사람을 귀찮아했어. 사실은 그 자리가 우리들의 사활(死活)을 좌우하는 자리였는데 말일세. 박용기도 가만히 있질 않았지. 그는 요란하달 정도로 화를 내기도 했다가 애원을 하기도 하면서 학생 신분임을 강조했네.

옆줄에서는 인민군 포로를 간단간단히 넘기면서, 심문이 끝난 포로의 머리를 빡빡 깎아 처리하고 있었네. 포로라고 잡혀 온 그들 대부분은 이북군인의 옷을 입었달 뿐이지, 적의(敵意)도 분노도 상대방을 의심할 줄도 모르는, 그저 아무것도 모르겠다는 얼굴들이었네. 두뇌구조가 어떻게 달리 되어 있는 것 같은, 광적(狂的)인 상사나 장교 몇몇 외에는 거의 신병(新兵)인 듯했고, 그들은 자기 개인의 감정을 나타내는 것조차 두려워, 가면과 같은 무표정 뒤에다 자신을 완강하게 숨겨버린, 외롭기 짝이 없는 개인들이었네. 알겠나? 그들의 얼굴을? 그들은 모두 이 땅의 아들들이었네. 그저 순직하고 미련하달 만큼 명령의 손끝밖에는 바라볼 줄 모르는 순박한 시골사람들이지. 그들이 아는 건 부모의 얼굴과 정(情)과 형제와 이웃과 고향이 전부인 거야. 그들은 즉결처형(卽決處刑)의 죽음을 피하여 총부리에 밀려온 아들일 뿐, 이념(理念)도 사상(思想)과도 상관없는 개인들이었어. 심문이 끝나 머리를 빡빡 깎이고 앉아 있는 모양은, 잠잠히 털을 깎이는 양(羊)과 같았어. 단두형(短頭型)의 머리통에 불거진 광대뼈와 직상(直狀)의 눈, 그리고 코허리가 없는 낮은 코의 그 표정 없고 순한 얼굴들. 그중에는 열다섯 살이나 되었겠나 싶은 소년들도 섞여 있었네. 어쩌자고 저 어린 것이… 이 군상(群像)이 적국의 군인으로 전쟁 포로가 되어 있더라는 말이네.

우리 셋이 심사 받는 일은 이튿날 오후까지 계속되었네. 아니 계속된 것이 아니라 진력이 난 듯 밀어 두었다가는 다시 부르고, 다시 밀어 냈다가는 생각난 듯 다시 시작하기를 몇 차례, 우리들의 충정 어린 말을 그들은 믿으려고 하지 않는 거야. 다음날 오후, 통역관은 우리들을 달래기 시작했네.

"여기다 서명하시오. 순순히 서명만 하면 당장 지금부터 안정된 생활을 할 수 있어요."

나는 그가 내미는 서류를 자세히 들여다보았네. 미(美)8군 정보국에서 발송된 서류였는데, 북쪽의 정보원이었다는 것을 시인하라는 서류였네.

"이건 아닌데요. 우린 그렇게 할 수가 없습니다. 죽기가 두려워서가 아니라, 이 기막힌 오해를 시인할 수가 없어서 그럽니다. 우리는 서명 못합니다."

"그렇게 버텨 보시오. 그건 총살감이지!"

통역은 몸 달아 하며 우리에게 서명을 시키고야 말겠다는 듯이 달려들었네. 그가 거의 결사적으로 그렇게 하는 이유를 나는 알만도 했어. 신분이 확실치 않은 우리들을 내어 보냈다가 나중에 책임질 일을 만나기보다는 다소 미심쩍은 대로 그냥 묶어 두는 것이 자기의 안전을 위해서는 훨씬 든든하리라는 계산이 확고했던 거였어.

성질이 퍽 급한 박용기는, 그 서류에 서명을 하느니 차라리 죽는 것이 나을 거라고 허탈하게 중얼거리는 것이었네.

시간이 흐를수록 분명해지는 사실은, 그 자리가 진실을 내어 놓아도 그것을 따져서 가려 낼 수가 없는 자리라는 거였네. 이쪽의 진실(眞實)의 깊이나 그 질(質)이 무엇에도 도움이 되지 않는 상황이었던 거네. 애당초 그 자리가 사실(事實)을 사실대로 가려낼 수 있는 토대 위에 세워진 자리가 아니었던 거네.

나는 우리에게 내려지는 이 잔(盞)을 면할 길이 없다는 것을 알았어. 피할 수 없다는 것을. 그래서 몰수당한 소지품 중에서 성경과 찬송가책을 돌려받을 수 없겠느냐고 물었더니, 그들은 아무 말 없이 그 두 가지를 내어 주고는 PW라는 글자가 무자비하게 찍혀 있는 옷들을 내어 주는 것이었네. 우리는 잠잠하게 지금까지 입고 있던 옷들을 벗어 버리고 포로가 입는 옷 일습을 갈아입을 수밖에 없었네.

1950년 9월

서울을 탈환(奪還)했다는 소식을 들었네. 친구는 그동안 어느 곳에서 어떻게 이 전쟁을 치렀는지…. 우리가 다시 만나면 편지로는 다 못한 이야기가 태산 같아서 두고두고 이 이야기를 해야 할 것 같네.

나는 이곳 제4 수용소에 배치가 되었어. 악몽 같았지만 깨어날 길 없는 기이한 악몽 속에서 끌려 다니고 있네. 박용기와 명형철도 바로 옆에 있는 제5 수용소에 배치를 받아 틈틈이 만날 수 있는 기회가 있고, 그렇게 만나면 피차가 언제 끝날는지 알 수 없는 이 상황을 눈으로 묻고는 했지.

이곳 수용소는 주로 전상자(戰傷者)와 일반 환자를 수용하는 포로병동(病棟)으로 지정되었는지, 이곳에 실려 오는 사람들은 대개가 성치 못한 사람들이야. 거제도(巨濟島) 포로 수용소에서 이곳으로 실려 오는 사람들은 전부가 환자였고, 이곳 병동에서 완치된 사람은 세밀하게 추려져서 다시 거제도로 보내는 눈치였네.

나는 제4수용소에 배치가 되면서 4수용소 쪽에 있는 병원에서 일할 사람으로 뽑혀 병원 일을 돕기 시작했네. 병원에는 미국인 대령(大領)의 원장 밑에 군의관이 십여 명 있었고, 군의관 중에는 여의사도 섞여 있어서 비록 풀빛군복 속에서 오가는 움직임이기는 하나 무언가 부드러운 분위기가 이루어져서 살벌하지 않은 일터였네. 간호원도 대개가 미국 여군들이어서 제

일 급한 것이 통역(通譯)의 문제였네. 내가 그나마 영어 문장 얼마쯤과 영어 몇마디를 표현하고 알아듣는다는 것이 도움이 되었는지 그들은 쉴사이 없이 나를 찾고 불러내고 했어.

제4수용소에는 주로 내과병동의 천막들이었고, 제5수용소에는 폐결핵으로 진단된 환자들이 수용되어 있어서, 나는 주로 제4수용소와 5수용소 사이를 오가며 의사들이 요구하는 대로 이리 뛰고 저리 뛰다보면 하루해가 정신없이 흘러가고는 했어. 미국인 의사가 환자를 진찰할 때, 나는 미국인 의사와 환자 사이에서 통역을 맡았고, 의사가 환자 카드에 기입하는 것들을 도와주고 있네. 친구여, 내가 매일 겪는 이 일들을 어떻게 글이나 말을 빌려다 표현할 수 있겠나.

비참(悲慘), 인간의 비참, 인간이 겪는 비참 중에 육체의 찢김을 어떻게 빼어 놓을 수가 있을까? 우리는 흔히 육체적인 고통보다 정신적인 고통에 대하여 더 비중을 두고, 극단적인 정신적 고통에 비하여 육체적 고통은 나름대로 가벼운 것인 듯 말해 버리는 경우가 많으나, 이 포로수용소에 끌려온, 이 꿰어지고 상해 가는 무수한 육체에 대하여 내가 어떻게 그 고통을 말로 표현할 수가 있겠나. 이곳에서는 총상(銃傷)을 입었거나 관통상을 당했거나 파편이 살 속에 박힌 것 정도는 경상으로 다루고 있네. 다리가 잘리고 팔을 잘리고 눈을 잃은 환자들의 단말마적인 비명을 들어야 하는 고통은, 내가 혐의 없이 포로가 된 것 정도는 가벼운 고통이었어.

다리 하나를 절단당하고 누워 있는 이북장교인 군관 하나는 그 잃어버린 다리의 통증(痛症)을 끊임없이 호소하며 소리쳐 대고 있었네. 이미 잘려져 없어진 다리가 아프다고 아우성을 치는 거야. 이따금 종아리가 가렵다고 호소하는 거야. 오금이 쑤신다고 소리쳐대는 거야. 인간의 감각이라는 것이 무엇인지 기이한 느낌이 들기도 했고, 내 또래의 그 군관은 이북 땅에 태어났다는 그것 한가지로 적군(敵軍)이 되고 전장에서 다리를 잃고 또 포로가 되어 끌려 왔으니 그 운명은 누군가 준 배역(配役)인지 그의 운명이 가엾어서 그의 등 뒤에서 몰래 눈물도 흘렸어.

고통보다 더 진하고 진실한 실존(實存)이 있을까. 고통은 인간 존재를 뚜렷하게 부조(浮調)시켜 주는 가장 뚜렷한 생명력이 아닐까. 고통은 존재의 눈뜸이야. 더러는 고통의 뜻을 치욕으로 받아들일 때, 생명의 의미도 실종되는 것 아닐까. 고통에 묶여 고통의 노예가 되어 있을 때의 인간의 모습은 비참 중에 비참이고. 다리가 끊기고 팔이 잘리고 눈을 잃어버린 그들이 끌려 온 곳이 포로수용소라는 울타리 속이라니, 무슨 이중고(二重苦)일까. 두 팔을 절단당한 북군의 어느 병사는 눈이 뒤집힌 무서운 얼굴로 계속 소리쳐댔어.

"이놈들아! 이 죽을 놈들아! 나와! 나와! 너 죽고 나 죽자! 내 팔 내놔! 내 팔!" 그는 입 거품을 뿜으며 발광했네. "난 고향에 돌아가서 농사를 지어야 해! 내 팔 내놔! 이 능지처참을 할 놈들아! 내 팔 내놓아! 내 팔을!" 그는 악을 쓰다가 기진하면 엉엉 울면서 애원했어. "난 늙으신 부모와 수격수격 일만 하는 마누라와 두 어린것이 있는 사람이야. 내가 일을 못하면 그 사람들은 굶게 돼. 내 손 내놓으라우. 내 팔을 이리 주라우."

그들은 누구를 위해 그들의 다리와 팔을 내어 놓았을까. 누구에게 그 다리를 바쳤을까. 누가 그것을 받았나? 그리고 이제 누가 그들과 함께 있을 것인가. 팔이 없고 다리가 없으며 눈을 잃어버린 그들과 함께 있어 줄 자가 누구인가. 그들은 전쟁 포로가 아니라 고통에 묶여 있는 포로였고, 공포에 갇혀 있는 포로였으며 슬픔과 외로움에 감금당한 포로였네. 이곳은 그러한 고통으로 들어찬 무간지옥(無間地獄)이라네.

전상자(戰傷者)들만이 아니라 내과질환자는 왜 또 그리 많던지. 외상(外傷) 말고 속으로 곪고 상해가는 환자 수효도 엄청난 것이었네. 폐를 앓고 있는 사람의 그 놀라운 숫자라니… 간디스토마 환자와 장기능이 깨끗지 못한 사람들. 기생충 검사를 하던 미국인 의사들은 졸도하는 것이 아닌가 싶게 충격을 받으며 놀라 쓰러지려 했어. 처음에는 충격을 받던 그들이 다음에는 '도대체 이게 정말 사람인가? 아니 이렇게 많은 기생충과 병균을 몸에 지니고도 어떻게 살아 움직일 수 있단 말인가?' 하고 경이롭게 바라보더니 이제는 '이렇게까지 불결하게 살고 있는 종족이 또 있는가. 이건…, 짐승보다도 더 불결한… 문제덩어리로군…' 하는 기색이 완연했어. 다소 불쾌하고 아니꼬웠지만… 저희들이 언제 적부터 위생적인 삶을 살았다는 것인지. 속이 뒤틀렸지만 미군의사들 수발을 공손하게 받들지 않으면 안 될 처지였네.

그들에게서 연민만을 기대하기는 어려운 일이었어. 그것은 그들 미국인들 탓만이 아니고, 매일매일 끊임없이 꾸역꾸역 밀려드는 환자와 그 환자들의 오래되고 깊은 병력(病歷)에 질리고 지친 그들만 비정하다고 할 수가 없었어. 대개의 내과환자들은 병을 껴안고 함께 살아왔고 그렇게 병을 키워왔던 사람들일세.

이곳의 그 수많은 환자들에 비하여 미국 군의관의 숫자는 어림도 없는 거였네. 진료반은 새로 밀려드는 환자를 다루는 일만으로도 늘 허덕였기 때문에, 의사의 손길만을 목마르게 기다리며 누워 있는 환자들을 돌볼 시간이란 좀처럼 얻어 낼 수가 없었네. 어쩌다가 치료진행 중인 환자의 천막에 들어서면, 기동할 수 있는 환자들은 싸매고 구부린 채 벌벌 기어서 의사 앞으로 제각기 먼저 나가겠다고 달려드는 거야. 구세주를 만난 듯이…. 그들의 눈빛은 간절하게 흔들렸고, 마지막 힘을 다하여 생명 줄을 붙잡겠다고 매달리는 거였네.

"왜 이 사람들은 순서를 기다리지 않는가?"

미국인 군의관 대위는 청결하고 반듯한 얼굴에 불쾌한 빛을 드러내며 내게 자주 화를 냈네.

"너무 오래 기다렸고, 오늘도 차례를 못 받고 또 넘어갈까 보아 두려워서 그러는 것 같습니다."

"차례를 못 받아도 할 수 없는 것 아니오. 이 천막환자는 전상자(戰傷者)가 아니잖소? 그들은 전쟁 전부터 자기 집에 살 때부터 끼고 있던 병을 가지고 여기까지 온 것이오. 이것은 특혜(特惠)일 뿐인데 왜 고마워하며 조용히 기다리지 못한단 말이오?"

나는 그 순간 심한 모멸감에 목이 막혔어. '누구에게 고마워하라는 말입니까?' 너무 분명한 반문(反問) 한마디를 차마 입 밖으로 내지 못하고 고개를 숙이고 있었을 뿐이네. 그들이 누구 때문에 전쟁터로 끌려나왔고 무엇 때문에 포로가 되어 기한 없이 억류되어 있는데, 어째서 이 군의관은 이렇게도 거만하게 이 사람들을 멸시한다는 말인가. 미국 군의관들, 이들은 누구인가? 포로들의 불결함에 눈살 찌푸리고, 포로들을 돌보고 치료한다는 명목으로 포로들을 동등한 인격으로 대하려고 하지 않으며, 자기들은 은혜를 베푸는 자의 입장이라고 자처하는 이들은 도대체 누구인가?

미국, 미국…. 지금도 구원자가 되어 목숨을 걸고 우리와 함께 전쟁을 치르고 있는 나라이지만, 미국은 과연 불순물이 조금도 섞이지 않은 양심의 구원자인가. 2차 대전 후에 한국을 전쟁 습득물쯤으로 여겨, 거저 생긴 고깃덩이처럼 앞뒤 생각 없이, 한 국가를 두 동강내어, 굶주려 온 호랑이 아가리 같은 소련에게 넘겨 준 것은 누구였던가. 이 땅, 이 민족 중에 누가 미국을 향하여 손을 내밀었으며 누가 소련의 힘이 필요하다며 그들을 불렀던가.

하지만 미국 군의관들이 몸을 아끼지 않고 포로들을 치료하는 모습은 거룩하다네. 2차 대전 때, 일본이 미국군 포로들을 짐승 다루듯 잔학(殘虐)하게 굴었던 기록을 읽은 일이 있었어. 세계사(世界史)에 유례가 없는 잔학이었어. 그런 일본에 비해, 미국의 인도주의인지, 기독교 영향인지, 군복을 입었지만 포로들을 치료하는 군의관들은 때로 천사들로 보여. 걱정이 되는 것은, 유엔군에게만 포로가 있는 것은 아니겠지, 북한 소련에 잡혀간 유엔 군포로들은 오죽 많겠나? 그곳에 포로들을 위해 이만한 의료시설을 갖춘 병원이 있을는지.

미군의관들에게 치료를 받는 포로환자들은 안심이 되는 듯 불평하는 사람이 없어. 등 따뜻하고 배부르면 누구하고 시비 붙을 일 없는 이 사람들에게 이념이며 사상이 무엇을 더 얹어줄 수 있다는 말인가.

전쟁에 이긴 미국 정부는 으쓱한 인도주의를 내세워, 전범자인 일본을 기껏 뒷받침하면서 바로 옆에서 일본에게 짓밟히던 한국이라는 나라는 안중에 둘 겨를도 없어 하다가, 엉뚱하게 소련개입 전쟁이 터지고서야 그것이 발등의 불이라는 것을 알고 부랴부랴 수습하려고 달려온 것이 아니었겠나.

영문도 모르고 꺼들려 나온 이들이 왜 포로가 되어야 했는지. 어느 가정의 누구의 아들이, 누구의 남편이, 어느 연인의 애인이, 어느 소녀의 오빠가, 정부가 안겨주는 총자루를 들고 전선에 나섰다가 포로가 되어 낯선 땅에 끌려왔으니… 나는 그들의 침상 뒤에서 아무도 모르게 이를 악물었네.

친구여,

일과가 끝나면 나는 배치된 내 자리, 제4 수용소의 천막으로 돌아와야 하네. 환자들이 고통하는 자리에 남아서 시중을 들고 싶어도, 그것이 규칙에 어긋나는 일이기 때문에 천막의 내 자리로 돌아가지 않을 수 없는 것이네. 천막 속은 거적자리뿐이었고, 제각기 끌어안고 있는 올망졸망한 사물(私物)보따리를 사이사이에 쌓아 경계를 삼고 웅크려 자야 하는 밤을 만나지. 미국이 아무리 부유한 나라면 무엇하겠나. 바다 건너의 이야기인데다 전쟁의 양상(樣相)도 그들이 상상할 수 없었던 것이어서 이래저래 당황해하고 있는 형편에, 포로들에게까지 완전한 인도주의(人道主義)를 행사하기에는 여건도 어렵고 여념도 가질 형편이 아닌 듯했네.

포로가 되어 끌려 온 사람들은 거적자리에 누워, 전기 구경을 할 수 없는 깜깜한 속에서 먹는 이야기 아니면 음담(淫談)으로 시간을 보내는 거네. 앞이 보이지 않는 절망적인 상황 속에서 음식 이야기만 나오면 너나 할 것 없이 침을 삼켜가며 자기가 먹어본 음식이 제일이라는 것처럼 열을 올리는 이 철부지들이 포로라니- 그들이 설왕설래 뒤얽혀 주고받는 음식이야기를 들으며 나도 침을 삼켰지만 곧 너무도 처량해서 귀를 막았어. 이 상황에서 분노라든지 절망이라는 것은 오히려 사치에 속하는 것일는지도 모르지.

포로들의 천막에는 전등이 없어. 밤이면 천막 입구에 보초를 서는 자리에만 전지(電池)가 지급되지. 그 불빛이 얼마나 그리운지, 그 건전지라도 빌려 책을 읽거나 글을 쓰고 싶은 마음 간절하지만 아득해, 속닥속닥 음식이야기며 음담에 열을 올리던 그들마저 잠이 들면, 나는 그때 거적데기 위에서 일어나 꿇어 엎드리는 거야.

팔다리가 잘려 나가고, 눈알을 빼앗긴 고통의 아비규환(阿鼻叫喚)을 바라보며, 나는 성한 몸을 가누며 일단은 꿇어 엎드리네. 굶주림과 수모와 그리움, 그리고 희망이 보이지 않는 일반 포로들의 고달픈 꿈을 옆에 두고. 사지(四肢)가 잘린 사람들과 눈을 잃은 사람, 피고름에 떠 있는 사람들의 신음과, 죽음의 휴식조차 허락되지 않는 처절한 고함소리를 들으며 그들을 위하여 기도하려는 것일세. 이 고통만의 험곡(險谷)인 포로 수용소 안에서 포로된 자가 포로를 위하여 기도하려는 거였어. 그러나 그렇게 꿇어 엎드린 나는 언제나 그 행위 직후에 그만 캄캄해지고 마는 것이네. 내가 간구(懇求)해야 하는 것이 무엇인지 캄캄해지는 것이네. 성한 몸으로, 앓는 데 없이, 내 어찌 그들 앓는 사람들의 고통을 다 알아서 그를 위해 기도할 수 있겠는가. 그 끝닿는 데 없는 절망을, 영겁의 형벌처럼 앓고 있는 그들을 내 어찌 대신하여 간구할 수 있겠는가. 성한 몸으로, 성한 몸으로. 그리고 그 고통의 양상이 너무 다양해서, 내 기도는 그저 무력해지고 그리고 나는 기도할 바를 잃고 무너지는 것이네.

　내 성한 몸 잠깐 무릎 꿇게 하고서 그들의 쾌유를 빌겠나? 아니면 그들의 고통을 줄여 주기 위해 그들의 영혼을 거두어 가 주십사고 빌겠나? '내 갈 길 멀고 밤은 깊은데 빛 되신 주, 저 본향 집을 행해 가는 길 비추소서. 내 가는 길 다 알지 못하나 한 걸음씩 늘 인도하소서' 찬송을 암송하다가 눈물만 흘리는 거야. 그 엄청난 주검들을 딛고 살아남은 사람들. 그리고 살아남았으되 찢기고 잘려나가고 썩어가며 피와 고름을 쏟아내는 이 참담 속에서, 사랑의 하나님을 찾는 일이 내게는 이렇게도 고통이 되고 있네. '하나님은 사랑이시다' 라는 믿음의 끈은 흔들리고 그 사랑의 의미를 받아들일 힘도 없어지는 것일세. 이 집단 살육(殺戮). 세계가 한 덩어리가 되어 죽이고 또 죽이는 이 참상은 누가 일으킨 범죄인지, 언제 어떻게 끝날 것인지. 카인이 동생 아벨을 죽인 첫 번 살인이 전쟁이라는 집단 살인을 불러왔을까. 살점이 수천 갈래로 날아가고 목숨이 난도질당하고 있는 이 살육의 현장에서 그분의 뜻을 알아 볼 길이 없어 눈물만 흘리네.

　밭고랑에 뉘어져 있던 한 아이의 주검에서도, 강가 절벽에 살점이 흩어져 널브러져 있던 이북 군인들의 주검에서도, 인간악(人間惡)이 저지른 결과뿐, 인류에게 남는 것이 절망뿐임을 보았네. 어떻게, 어떻게 사람으로 태어난 자들이 이런 일을 저지를 수 있는지. 인간이 인간에게 어떻게, 어떻게!

　'너희가 돌이켜 안연(晏然)히 처하여야 구원(救援)을 얻을 것이요, 잠잠하고 신뢰(信賴)하여야 힘을 얻을 것이다.'(이사야 30장 15절) 말씀을 기억하고 있으나, 주검의 골짜기로 내리쏟아지는 살육을 일삼는 전쟁, 그 골짜기에서 살아남은 자가, 피와 신음을 물 쏟듯이 쏟고 있는 이 현장에서, 내 어찌 나의 살아남았음과 성한 몸을 감사하며 잠잠히 있을 수가 있겠소. 잠잠해진다는 것이 이렇게 무섭고 어려운 일인 줄은 몰랐네.

차라리 나도 그중의 한 주검이 되어 버려졌거나, 한 환자가 되어 나란히 누어있다면 이렇도록 고통스럽지는 않았겠지. 어쩐지, 이 상황이 계시록의 한 대목 같기만 해. 인류의 종말은 전쟁에서 끝나는 것 아닐까.

친구여, 자네는 지금 어디서 무엇을 바라보고 있는지 알 수 없으나, 우리들이 살던 땅은 백 번 천 번 찢어져 황폐해졌고, 우리들의 영혼은 증오와 원망과 회의로 갈래갈래 찢어져 멍들고 한없는 외로움에 빠져 있네. 고통과 회의(懷疑)가 첩첩인 이 밤에, 어제 가까스로 얻어 놓았던 촛불도 거의 녹아 가고, 내 영혼은 주님을 피맺힌 목소리로 부르다가 지쳐 친구인 자네를 낮고 낮은 목소리로 불러 볼 뿐이네.

1950년 10월

3

이곳 철조망은 이중으로 따갑게 가설되어 있네. 사방(四方) 길이가 얼마나 되는지는 알 수 없지만, 몇 간 간격으로 콘크리트 지주(支柱)를 든든하게 박아 놓고, 지주와 지주를 칭칭 감아, 가시 철망으로 둘러져 있는 울타리 속에 포로들의 세계가 또 하나의 인간 사회를 형성하고 있어.

포로들은 이따금 외부사역(使役)을 나가기도 하지. 부두하역(荷役)을 맡아 군수물자 수송을 돕기도 하고, 부산 근처 산간(山間)에다 방벽(防壁)을 쌓거나 참호를 파는 일을 며칠씩 계속해서 하는 수도 있네. 그러나 무엇보다도 어이없는 풍경은 그들이 그들 스스로를 가두는 철조망 가설작업을 하는 경우지. 그들은 감시를 받으며, 더 단단히 더 철저하게 철조망을 치기 위해 땀을 흘리고 있네.

하늘은 언제 보아도 가슴 저리도록 푸르고, 땅은 경계 없이 한 덩어리이건만, 두 줄의 철조망은 험악한 표정으로 냉혹하게 이곳 사람들을 격리시키고 있다네.

그런데 어찌 된 일인지 포로는 매일 꾸역꾸역 밀려들고 있네. 도대체 이 많은 사람들을 어디서 잡아, 어떻게 끌고 오는 것인지. 이들이 만일 이북정부가 이번 전쟁에 투입시킨 숫자라면, 이제쯤은 전투병력이 떨어져 전쟁이 끝났어야 할 일이 아닌가 생각될 만큼 이곳 식구는 나날이 불어 가고 있네.

이곳에 처음 떨어지는 포로들은 여기가 어딘가, 어리둥절한 얼굴로 두리번거리며 불안해 하지만, 며칠 견디다 보면 별로 변화 없는 이곳 질서와 풍경에 익숙해지고는 하지.

포로수용소 정문 앞으로는 길이 하나 있어, 왼편으로 개구리산(山) 동네를 끼고 오른편으로 약간 휘어진 길을 따라가면, 부산시청 앞에서 출발하여 동래(東來)온천장 종점까지 운행되는 전차정거장이 있지. 정거장은 역사(驛舍)처럼 제법 큼직했고, 그 정거장을 중심으로 거제리의 변화가 있다는 말을 들었지만 나는 아직 한 번도 눈여겨 볼 기회가 없었어. 그 전찻길을 넘어가면 동해남부선 철도가 지나가고 그 철길 건너 평지에는 감나무 밭이 푸른 수해(樹海)를 이루고 있네. 내가 이따금 건너다볼 수 있는 곳은 그 짙푸른 감나무 밭뿐이야. 그 감나무 밭은 비스듬한 평지로 언덕을 이루며 산 하나를 받치고 있고, 그 산은 꽤 가파르게 솟아 수용소를 내려다 보고 있다네. '저 산 이름이 무엇일까…' 그저 실없이 늘 궁금했는데, 어느 날

외부에서 진료봉사를 위해 들어온 어느 민간인 의사 한 분이, "저 산 이름말입니까? 글쎄요오, 금정산(金井山)줄기로 소쿠리같이 생긴 산이라고들 하면서 동래 정씨(鄭氏)네가 시제(時祭)를 드리는 종묘산(宗廟山)이라고들 하지요 아마⋯ 한자로 어떻게 쓰는지는 나도 모르겠는데요."

종묘산. 그 산은 늘 무심하게 푸른 하늘을 이고 있는 거야. 어제도 푸르고 오늘도 푸르며 내일도 푸를 수밖에 없는 하늘을 이고 긴 허리를 걸치고 앉아서 이곳을 내려다보고 있는 산일세.

수용소 정문 앞으로는 거제천이라는 이름의 개울이 하나 흐르고 있었고, 철조망 사방 밖으로 갈대밭과 논이 이어져 있어. 내가 이곳에 도착한 그 얼마 뒤까지도 모기들의 등쌀이 지독했지. 갈밭이 훠이훠이 아득한 것을 보니 이 자리는 늪과 습지의 빈터가 아니었나 싶네. 갈대밭 그 어디쯤엔가 물이 고여 있는 늪지가 있는지, 이따금 새떼가 하늘을 휘저으며 날아 내려앉고는 하는 것이 보이네. 저 새떼들은 땅과 하늘이 천 번 만 번 찢어지는 이 전쟁을 어떻게들 치르고 있는지.

서울이 수복되고 국군이 북진하고 있다는 소식을 듣고는 있네만, 이 전쟁이 어디쯤에서 어떤 조건으로 끝나 줄 것인지⋯. 이 땅, 이 나라 사람도 하나님께서 한 생명, 한 생명에게 뜻을 두시고 지으셨을 터인데, 이 좁은 땅에 이렇게 몇 겹씩 피칠 하는 것을 보시고, 그 피가 말라붙을 겨를 없이 남의 나라 젊은이들의 피까지 덧없이 쏟아지는 것을 아직도 그냥 보고만 계시다니, 이 땅이 장차 하나님께 어떻게 쓰일 땅인지 감감할 뿐이네.

가을인가 봐⋯. 하늘빛이 달라졌어. 가을 노래와 함께 내 마음을 자네에게 띄워 보내니 받아 주게.

1950년 10월

종묘산 발치에다 검푸른 수해(樹海)를 이루고 있던 감나무밭이 가을빛으로 물들기 시작했네.

아군이 북진(北進) 공격개시를 했다는 소식을 들은 것도 몇 주일 전. 한 줄기는 영월로 진격하고, 다른 한 줄기는 안동을 거쳐 풍기를 점령했고, 미군은 영동을 탈환하고 대전으로 올라갔다 하고, 호남평야 쪽에서는 작전 치밀하게 전진만리(前進萬里)로 내딛고 있다는 숨 가쁜 소식을 함께 듣고 있네. 아군이 삼팔선을 뚫고 올라가 원산과 평양으로 진군했고, 시월 중순을 고비로 북청, 영변을 사슬에서 풀어놓으며 한만국경(韓滿國境)을 눈앞에 두고 있다는 보도를 듣기도 했어.

감나무 잎은 검푸른 빛을 잃고 따뜻한 주황빛깔로 물이 들어가며 열매가 익어 가는 빛이 멀리서도 잡힐 만큼 선연해지는데, 푸른 하늘을 이고 있던 산들은 검누렇게 시드는 빛으로 겨울옷을 입기 시작했어. 기도를 잃은, 아니 기도가 불가능해진 나의 일상이 계속되고 있어. 가을로 변색되어 가는 이 계절이 내 영혼을 더욱 시리게 만들고, 추위에 떨고 있는 마음을 기댈 곳 없게 만드는 것만 같네.

낮이면 고통을 끓는 물처럼 쏟아내는 환자들 틈에서, 포로들의 포로 심부름꾼인 나는 그 엄청난 고통의 깊이에 묻혀 정신을 잃을 정도로 지쳐버리고, 밤이면 끓어 엎드리는 즉시로 '왜? 왜? 무엇 때문에?' 라는 무수하게 끝도 없이 쏟아지는 자리에 혼자 버려진 듯 밤을 밝히기를 몇 날 며칠. 내 입에서는 찬송이 끊어져 입술은 얼어붙고, 옛날에 위로가 되던 그 찬송이 지금은 빛을 잃고 싸늘해져서 도무지 곡조를 찾을 수 없거니와 가사는 가사 대로 너무도 생소하게만 느껴지는 것일세. '주 예수는 인간을 구원하신 참 놀라운 구주시라. 내 영혼을 안전한 바위틈에 늘 숨기어주시나니 참 안전한 땅 복된 그늘 속에 내 영혼을 숨기시고, 그 깊고 깊은 주의 사랑 안에 내 생명을 감싸시며 그 손으로 덮으신다.' 주께서 참 안전한 땅 복된 그늘 속에 내 영혼을 숨기시고, 내 생명을 감싸시며 그 손으로 덮으시는 것일까.

찬송은 언제 어디서나 내게 위로가 되고 힘이 되었고, 내 생명이 새로워 지던 노래였다는 것을 자네도 기억하고 있겠지. 우리는 얼마나 자주 이 찬송을 불렀었나. 죄 짐을 벗겨 주시는 주님, 참 평안을 주시는 주님, 큰 위로를 주시는 주님…, 내 영혼을 안전한 바위틈에 늘 숨겨 주시는 주님임을 믿고 믿던 찬송이었건만. 그런데 내 영혼은 지금 헐벗고 숨을 곳을 잃어 홀로 방황하며 떨고 있다네. 이렇게 춥고, 이렇게 외로워서 일찍이 그 무엇 그 누구와도 만나 본 일 없는 자처럼 참담하게 떨고 있다네.

내가 그 험곡을 거쳐 안전한 땅이라고 믿었던 우리 땅에서 붙들려 포로가 되었기 때문이 아니라네. 이 이중 철조망, 높직높직이 솟아 있는 감시탑이 싫고 갑갑해서도 아니라는 것을 자네만은 알아줄 것일세.

이 절망의 마지막 집결지와도 같은 포로수용소에, 앓는 사람은 계속 늘어나고 손이 일일이 닿지 않는 환자들은 의약품과 의사의 손길을 목 늘여 기다리고…. 계속 아귀다툼은 벌어지는데, 이들 하나하나에게 궁극적으로 필요한 것이 식량이나 일용품, 약이나 의사의 손길만이 아니라는 것을 나는 알고 있지. 그들의 육체도 시들고 있었지만, 헐벗고 굶주린 영혼이 끝내 그늘에 웅크리고 쭈그러들고 있는 것을 지켜보면서, 그들에게 주어야 할 위로가 무엇인가를 알고는 있으면서도 그 위로를 건넬 능력과 방법이 없는 것을 고통스러워 하고 있는 것일세.

나는 기도하려고 꿇어 엎드리는 순간, 내가 얼마나 무력한가 하는 사실 앞에 숨이 막히고, 그들을 위하여 기도하려고 할 때에 그 숫자의 엄청남이 나를 낙담에 빠지게 만들어. 이 비극의 깊이를 나 하나의 기도가 어찌 감당할까를 두려워하지 않을 수 없는 것일세.

이 철망 속에는 절망이라는 자존심조차 딛고 설 자리가 없는 거야. 인품,

인격, 경력, 학력, 가문 그 어떻게 출중한 외모를 지녔다 할지라도 그런 것들이 눈여겨질 틈이 주어지지 않는 거지. 모든 것을 깡그리 빼앗기고 본능만이 원색적으로 남겨져, 국 국물 한 숟가락, 밥알 몇 개 때문에 친구고 이웃이고 없이 아귀다툼이 벌어지는 이 바다에서 내가 무엇을 어떻게 들고 일어설 수 있으며, 그들 중 누구에게 하늘나라를 전할 수 있으며, 그들은 과연 그것을 받겠다고 할 것인지 막막하고 막막해지기만 하네.

어둠 속에 꿇어 엎드려 있으면, 지금까지 어느 구석 보이지 않던 어둠 속에 숨어 있던 자가 먼저 날름 나와서 내게 일러 주는 것이야. "야! 틀렸다 틀렸어. 너를 절대적으로 사랑한다던 하나님, 그래서 너도 사랑한다던 그 하나님은 너무 피를 좋아하지. 만물을 지으신 분이라면, 전쟁 도발자도 그가 지어 냈을 것이고 사람을 파리 잡듯 죽이는 자의 심보와 손도 그가 지은 것임에는 틀림없겠지. 그는 피를 계속 보겠다는데? 지금쯤은 이 땅 위에서 터진 핏발들이 튀고 튀어서 네 하나님의 옷자락도 피로 듬뿍 얼룩져 있을 게야. 그가 네게 평강을 준다고? 그가 네게 영생을 약속했다고? 아니지, 아닐 걸? 그가 너를 구원하기 위해서 당신의 아들을 십자가에 못 박았다고? 골고다의 십자가로 인간의 죄가 깨끗하게 탕감되고 그분의 사랑이 완성되었다면 이 땅의 이 살육은 이제 무엇을 위한 거란 말인가? 사랑…, 아직도 그분이 사랑이라고 하겠나? 이제 그는 무엇을 더 원하기에, 태어남과 맺어짐과 자식이라는 열매까지 주어 놓고 이렇게 찢어지고 갈라지고 끊어지는 지옥문을 열어 아비규환의 비명 속에서 목숨 짓밟히는 이 비극을 연출하고 있단 말인가? 틀렸어. 틀렸다고! 더구나 너는 무력해. 기도를 한다고? 누구를 향해서? 무엇을 달랄 거야? 그만두지, 꿇어 엎드리는 겸연쩍은 짓은 그만두지 그래. 이제 그이는 이 땅을 아주 외면해 버렸는지도 몰라. 당신의 아들 예수까지 내어 놓았는데도, 인간은 제 버릇을 개 못 주고 있거든. 참다 참다 못해서 에라 모르겠다. 네놈들끼리 할 대로 해봐라 하고 내던져 버렸는지도 모르는 일이란 말야. 그래…, 이런 판국에 너 하나의 기도가 그를 움직이게 할 수 있겠나? 어림없지, 어림없다고!" 꿇어 엎드린 채 귀를 틀어막고 눈을 꼭 감아 도리질을 해도, 그 말들은 낱낱이 살아서 내 귀를 뚫고 들어와 내 영혼을 받치고 있는 기둥을 마구 흔드는 것일세.

이런 일이 며칠 계속되면서 나 자신을 두려워하지 않을 수 없게 되었어. 내가 어디로 갈 것인가. 나는 지금 어디에 있는가? 나는 급식을 받지 않기로 했어. 금식(禁食)을 작정한 것은 아니었네만 어쩐지 매끼 때가 되면 밥을 우적우적 먹는다는 것이 내면적인 갈등과 너무도 동떨어진 것 같아서, 이 상태에서 이대로 계속해서 밥을 먹는다는 일이 부끄럽고 괴로워졌어. 한 끼, 두 끼, 세 끼를 넘기면서 나는 심한 공복감에 시달리기 시작했네. 배고픔 속에서 눈에 그려지는 것은 밥뿐이었고 그 밥의 고마움이 절실해지는 거였어. 감사(感謝)가 갈등의 벽을 깨뜨리고 새싹과 새살처럼 돋아나기 시작하는 거야. 나는 그동안 하나님께서 먹여 주신 그 음식에 대하여 깊이 감사하지 않았던 내 영혼의 상태를 돌이켜 볼 수 있게 되었네. 그로부터 배가 고프면 고플수록 그동안 굳은살이 박혔던 내 영성생활(靈性生活)의 부끄러움을 스스로 보게 되었고 참으로 한 끼 밥조차 당연하게 먹을 권리가 내게 없었음을 알겠고 그것이 내 것이 아니었음도 알게 되었지.

허기져서 오직 생각하느니 음식뿐인 이 뱃속의 단순성에 놀라면서, 나의 심령이 참으로 이만큼 가난해져서 하나님만을 오직 그리워한 일이 있었던 가를 돌이켜 보게 되었네. 아아, 아니었어. 아니었어…. 자아(自我)가 너무도 시퍼렇게 살아 있었어.

나는 내로라하며 눈을 똑바로 뜨고 세상을 내 자(尺)로 재고 판단하며 절망했던 거야. 절망은 하나님께 대한 월권(越權)이었어. 나의 절망이 기도를 가로막고 있었다는 것을 깨달았네. 절망이 내 속을 가득 메우고 있어서 하나님께서 말씀하시도록 할 만한 자리가 없었던 거지. 나를 비우려고 하지 않았던 거야. 믿음이란 내가 나를 믿는 것이 아니라, 나를 그분께 맡기는 것이라는 걸 배웠으면서도 실제의 나는 그 자리에까지 나아가지 못했던 것이었어. 하나님께서 하나님 되시도록 해드리지 않고 내 판단과 내 절망이 하나님께서 하나님 되시는 일을 가로막고 있었던 거야. 오직 내 생각으로 세상일을 헤아리고 탄식하고 근심했던 걸세. '내 생각은 너희 생각과 다르며 내 길은 너희 길과 달라서 하늘이 땅보다 높음같이 내 길은 너희 길보다 높으며 내 생각은 너희 생각보다 높으니라.'(이사야 55장 8절)

뜻 없이 시작했던 금식은 회개(悔改)의 금식으로 바뀌었고 회개는 내 절망의 두꺼운 껍질을 깨뜨리기 시작했네.

'네가 보는 것, 이것이 인생의 전부이겠느냐. 네가 듣고 네가 아는 것, 이것이 피조물(被造物)이 존재하는 모습의 전부라고 생각하느냐. 네가 눈을 떴으되 보지 못하는 것이 얼마나 많겠으며 네가 귀를 열었으되 듣지 못하는 것이 얼마겠느냐. 너는 너무 큰 것도 보지 못하고 너무 작은 것도 보지 못하느니라. 너는 우주를 한눈으로 볼 수 없거니와 알지도 못하느니라. 하나님은 극대(極大)의 극대와 극소(極小)의 극소를 다 지니신 만물의 주인이심을 몰랐더냐.'

나는 그동안 내 주, 내 하나님 앞에서 침묵하기를 거부하고 있었어. 내가 겪은 참상(慘狀)과 이 온갖 사태를 두고 내 영혼은 끊임없이 들이대듯 왜, 왜, 왜냐고 묻고 또 묻기만 했어. 침묵의 시작은 그분 앞에서 나를 비우는 것의 시작인 동시에 내 안에 그분 말씀이 가득 채워지는 일의 시작이기도 하다는 것을 새롭게 깨달은 것일세. 침묵은 침묵 나름으로 기도이며 그분의 현존하심 속으로 들어가는 첫걸음이기도 한 것이지.

내가 무력(無力)함을 통탄한 것이 얼마나 큰 교만이었으며, 내가 나서서 무엇을 해내지 못하는 것을 안타까워한 것은 인간의 조건(條件)을 우선순위로 내세웠던 교만이었어.

　인간의 삶의 기초는 환경이나 조건이 아니고 하나님 말씀으로 주신 약속이라는 것을 뒤로 미루었던 소행이었지.

　통회(通悔)는 눈물의 둑을 터놓았고, 눈물로 다져지던 기도의 제단 위에 목숨을 내어 드린 기도가 열렸어.

　드디어 나는 미군의관 포로병동, 당국의 허가를 얻어냈네. 일과(日課) 후에는 자유롭게 병사(病舍)천막을 다니며 전도하고 예배를 드려도 된다는 허가를!

　해가 짧아지며 겨울로 다가가는 날은 쉬 저물고 있네. 나는 일과를 끝마치면 천막그늘에서 간절히 기도드렸네. 당국은 기다렸다는 듯 허가를 해주었고 허가만 내어 준 것이 아니라 필요한 물품들을 요청하라는 후의(厚意)까지 보여, 오히려 송구할 지경이었거든. 이것이 사람의 계획이며 사람 스스로가 지어먹은 마음이었겠나. 하나님께서는 모든 것을 준비해 놓고 기다리셨던 거야. 신비였어!

　나는 외과병동부터 들렀어. 취침 전까지 한동안의 시간이 비어 있는 그런 때였지. 그들은 대개가 내 얼굴을 알고 있는 환자들이었네. 이북 군관 출신의 장교가 셋, 그리고 나머지 이십여 명은 이북 출신의 보충병, 그리고 남한에서 징집된 의용군이 너덧 섞여 있는 천막이었어. 군관들을 제외한 나머지 환자들은 아직도 소년의 티를 벗지 못한, 차라리 어린 아해들이라고 불러 줄 수밖에 없는 병사들이었네. 앙상하게 마르고 누렇게 뜬 얼굴들이었지만 눈은 맑고 총총한 그런 소년들이었어.

　친구여,

　자네도 지금 눈만 감으면 곧 떠오를 우리 아우들의 얼굴들이라는 말일세. 이 땅에서, 일본 사람들에게 치욕스레 짓눌려 살던 어버이에게서 태어나, 이제 해방인가 하고 꿈을 키우며 학교 뜰에서 배우고 뛰놀고 있어야 할 소년들이었다네. 그중에는 예지(叡智)로 다져진 반듯한 이마에 총기(聰氣) 있는 눈과 고난을 넉넉하게 이길 의지(意志)의 단단한 입매를 가진 소년도 있었어. 대개는 아직 어리광이 벗겨지지 않은 애티를 그대로 지니고 있었고 육체의 성숙도 이제 시작되려는 그런 아이들이었지. 이들을 불러 포로라 하겠는가. 이들에게 전쟁 범죄자라는 낙인을 찍겠는가. 아직 다 자라지도 않은, 연한 순(荀)과도 같은 팔과 다리를 이들은 잃었어. 아직 풋내가 나는 이들의 살점이 도려내어졌고, 아직 꿈과 희망으로 채워져 있어야 할 이들의 영혼은 공포와 원망으로 시꺼멓게 닫혀졌다는 말일세.

"약입니까, 아저씨?"

"선생님, 진통제를 주세요."

그들은 일과 후에 나타난 나를 반기며 제각기 필요한 약을 달라고 웅성거리는 거야. 나는 조심스럽게 서 있다가 입을 열었지.

"먹거나 바르는 약이 아니라, 마음의 평안을 주는 예수님이라는 약을 안고 왔습니다. 하지만 나는 말을 하지 않겠습니다. 찬송 불러드리고 성경 말씀만 읽어드릴 테니 그냥 누운 채 들어만 주시면 됩니다."

잠깐 묵상으로 성령께 도움을 청하고 찬송을 부르기 시작했다네. '나의 갈 길 다 가도록 예수 인도하시니, 내 주 안에 있는 긍휼 어찌 의심하리요. 믿음으로 사는 자는 하늘 위로 받겠네… 무슨 일을 만나든지 만사형통하리라. 무슨 일을 만나든지 만사형통하리라.' 찬송 한 절이 미처 끝나기도 전에 누구인가가 벽력같은 소리로 고함을 치기 시작했어.

"시끄러워! 집어치워! 집어치우란 말야!"

소스라칠 만큼 큰 소리였네. 육 척이 채 안 되는 인간의 이 작은 몸뚱이 어디에서 그렇게도 크고 그렇게도 증오로 다져진 목소리가 단번에 터져 나올 수 있는 것인지. 그것은 단순히 찬송가가 듣기 싫다거나 나의 출현을 못마땅해 하는 그런 거절의 뜻이 아닌, 보다 절실하고 비통한 울부짖음이었어. 분노의 소리가 아닌 단말마였네.
 그 소리의 임자가 누구라는 것을 알았을 때, 나는 또 한 번 놀랐어. 그는 오른팔 하나를 잘린 수려하게 생긴 군관이었어. 도무지 말도 없고 표정도 없던 성(性)이 정이었다는 것을 기억할 수 있게 하던 장교였지. 표정이 없다는 표현은 잘못된 것인지도 모르겠네. 그의 전신(全身)은 우수(憂愁)의 샘이 되어 끝없이 슬픔을 분출하고 있었다고 해야 할까. 그러나 그것은 너무도 투명한 것이어서 아무나 선뜻 다가갈 수 없는, 그렇게 차갑고 투명한 것으로 느껴지던 그런 것이었다네. 내가 그의 성을 따로 기억하고 있는 것은, 도무지 말이 없던 그에게서 정확하고 유창한 영어를 듣게 된 그때였네.
 언제인가 미국 군의관들이 회진을 할 때였어. 바로 그의 옆 침상 환자가 너무 소란스럽게 고통을 호소하고 말을 듣지 않자, 군의관은 자기네들끼리 좀 불평을 하면서 도무지 이 사람들이 왜 이렇게 하라는 대로 하질 않고 말을 안 듣는지 모르겠다는 이야기를 하고 있었어. 그러자 바로 그 군관이 한마디 하는 거였네.
 "당신네들에게 사랑이 없기 때문에 당신들을 믿을 수가 없어서다."라고 정면으로 말을 던지는 거였어. 그에게는 적의(敵意)도 없었지만 그렇다고 무엇을 기대하는 빛도 전혀 없었어. 미군 군의관들은 일순 아연한 낯빛으로 서로 바라보기만 하더군. 그의 유창한 영어에도 놀란 듯했고, 어쩌면 정곡(正鵠)을 찔린 듯 멍한 표정이기도 했네.
 군의관들이 그의 침상으로 돌아서서 그의 치료 진행에 관한 것을 살피고 있을 때 그는 한마디 덧붙여 말했어.
 "당신네들은 우월한 자의 입장에서 우리들에게 동정을 베풀고 있는데, 그러한 동정은 치료에 별 도움이 되지 않는다."라는 것이었어. 그리고는 그는 다시는 입을 열지 않았어. 그 후에도 그가 입을 열어 말하는 것을 본 일이 없었네. 늘 조용했어. 그는 그의 침상을 떠나는 일도 없었네. 그러나 조용하다는 것은 겉으로 그랬다는 것뿐이지, 그의 얼굴은 늘 누구와 싸우고 있는, 아니 결정적인 어떤 일을 획책하고 있는 사람의 갈등과 고뇌와 마지막 한순간을 포착하기 위해서 숨을 가다듬고 있는 것과 같은 긴장으로 터질 것만 같은 그런 얼굴이 아니었던가 싶어. 그 천막에 들어갈 때마다 나는 나도 모르는 사이에 그가 누워 있는 자리부터 살피고는 했어. 나는, 그가 그의 나머지 생명 전부를 걸어 맞붙잡고 있는 것이 무엇일까를 궁금해 했어. 전쟁을 치르면서 정면으로 부딪쳤던 인간악(人間惡)일까, 아니면 불구가 되고 만 자기의 미래일까. 나는 그것이 무엇일까를 늘 궁금해 했네.

그날, 그가 그렇게 큰 소리로 외치자, 천막 속은 시간(時間)이라는 것이 뚝 끊어진 듯 그리고 진공 상태가 되어 시간이 멈추어 버린 듯 조용해졌어. 다음 순간, 나는 나를 노려보고 있는 그의 눈과 마주쳤어. 그의 눈과 부딪치는 순간, 나는 지금까지 가까스로 버텨오던 내 내면의 지주(支柱)가 순식간에 무너져 버리는 것 같았어. 그가 노려보고 있던 것은 내가 아니라 자기 자신이었고, 그는 자신의 존재를 용납할 수 없는 것 때문에 고통하고 있었던 것일세. 그런데 나는 그의 눈에서 나를 보았던 거야. 무엇으로도 지워 버릴 수 없는 존재(存在)라는 것, 그러면서도 그 존재가 안고 있는 것은 모든 것이 불합리하고 고통스럽고 슬픔뿐인 생(生)이라는 것을. 그리고 삶이란 곧 소멸만을 의미할 뿐이고, 인간들은 그러한 상실과 소멸만을 각자가 껴안고 있는 것이라는, 인식의 시퍼런 단두대에 그 자신의 목을 내려 놓고 있는 모습을 보게 된 것일세. 너무도 엄청나서 들여다볼 수 없었던 심연(深淵)을 나는 어쩔 수 없이 마주치게 된 것일세. 나는 얼어붙은 것처럼 서 있었어. 남아 있는 것은 아무것도 걸친 것 없는 나 자신뿐이었어.

둘러보니 광야(曠野)였어. 내 존재의 시야(視野)를 가로막는 것은 아무 것도 없었어. 길도 방향도 없는.

나는 그렇게 단독자(單獨者)로서 서 있었네.

나는 누구인가. 어디로부터 온 것인가. 어디로 갈 것인가.

무엇을 하려고 그 자리에 서 있는가.

눈을 둘 곳이 없었어. 붙잡을 것도 없었어. 그리고 다시 의문의 의문만이 끊임없이 밀려나왔어. 분명한 것은 내가 해답자(解答者)가 아니라는 거였어. 나는 답변(答辯)의 존재가 아니라 의문의 존재라는 거였어.

광야(曠野), 단독자, 의문과 의문, 그리고…, 이 의문은 어디로부터 온 것일까. 그런데 의문이란 스스로 존재할 수 없는 것이 아닌가. 그것은 누구인가가 던져 준 것일 수밖에 없는 것이었어.

그가 누구인가.

왜 보이지 않는가.

왜 들리지 않는가.

왜 잡히지 않는가.

그러나 의문은 정녕 스스로 존재하는 것이 아니었네. 보이지 않고 들리지 않고 잡히지 않는 그분 앞에서 나는 무릎을 꿇을 수밖에 없는 존재가 아닌가.

그러나 언제나 먼저 속삭이는 자가 있었어. '너? 너는 힘이야. 이 광야를 네 힘으로 벗어나기만 하면, 네 앞에 주어지는 것은 얼마든지 있다! 광야 저쪽은 세상(世上)이라는 곳이다. 세상이 너를 기다린다. 너는 돈도 벌고, 사랑하는 여자와 결혼도 할 수 있다. 명예도 있지, 자식을 얻을 수도 있다. 세상이 너를 기다리고 있어. 너는 세상을 누리기 위해서 태어난 거야. 너는 세상을 가질 수 있어. 세상을 네 마음대로 운전할 수 있는 거야.'

하지만 분명, 그것은 내가 원하고 있던 해답은 아니었어. 그것은 내가 지닌 의문을 막아버리는 것이었지 의문을 풀어 주는 것은 아니었던 거야. 나는 내 의문의 소용돌이 앞에 침묵하고 있는 침묵자를 향해 무릎을 꿇을 수밖에 없었어.

얼어붙은 듯이 서 있던 나는 그 자리에 무너지듯이 주저앉아 버렸네. 나는 눈을 감고 있었어. 그것은 광야에서 내가 보아야 할 것을 보기 원했기 때문이야.

누구인가 나를 붙들어 일으켜 세우면서 부드러운 목소리로 말했네.

"선생님, 일어나세요. 저분은 외로운 거예요. 외로워서 그러는 거예요. 제가 같이 부를게요, 찬송하세요. 지금 하나님도 우리와 함께 울고 계실 거예요."

소년의 볼이 눈물에 젖어있었어. 찬송을… 눈물의 찬송을 소년과 함께 부르면서 너무도 부끄러워 숨고만 싶었어.

내 주여 뜻대로 행하시옵소서.
이 몸과 영혼을 다 주께 드리니
이 세상 고락 간 주 인도하시고
날 주관하셔서 뜻대로 하소서.
주님도 때로는 울기도 하셨네.
내 모든 일들을 다 주께 맡기고
저 천성 향하여 고요히 가리니
날 주관하셔서 뜻대로 하소서.

다리 하나를 잃은 소년병이었어. 빡빡 깎였던 머리가 덥수룩하게 자라 있었으나 얼굴이 단정한 소년병이었네. 그는 눈물로 계속 얼굴을 적시면서도 그 찬송을 끝까지 불렀어. 아! 너는 어느 가정 누구의 아들이었니? 아니, 어느 분이 나에게 보내주신 천사로구나, 너를 내 품에 안는 것이 아니라, 내가 네 품에 안기고 싶구나.

처절하게 소리치던 이북장교는 등을 돌리고 누워 있었어. 그런데 그의 어깨가 떨리고 있는 것을 나는 보았네. 다리 하나를 잃은 소년병의 하나님이 군관동무를 찾아가신 거였어. 나는 얼굴을 들었네, 보이지 않는 해답자, 그러나 계신 분, 너무 커서 우리의 눈으로 볼 수 없고, 또 너무 작은 것에까지 함께 계셔서 우리의 눈으로 볼 수 없지만, 스스로 계신 그분을 향하여 새로운 걸음을 떼어놓기 위하여 고개를 든 것이네.

'여호와는 나의 빛이요 나의 구원이시니 내가 누구를 두려워하리오. 여호와는 내 생명의 능력이시니 내가 누구를 무서워하리오. 나의 대적(對敵), 나의 원수(怨讐)된 행악자가 내 살을 먹으려고 내게로 왔다가 실족(失足)하여 넘어졌도다. 군대(軍隊)가 나를 대적하여 진(陳) 칠지라도 내 마음이 두렵지 아니하며 전쟁이 일어나 나를 치려할지라도 내가 오히려 안연(晏然)하리로다. 내가 여호와께 청(請)하였던 한 가지 일 곧 그것을 구하리니, 곧 나로 내 생전에 여호와의 집에 거(居)하여 여호와의 아름다움을 앙망(仰望)하며 그 전(殿)에서 사모하게 하실 것이라. 여호와께서 환란(患難) 날에 나를 그 초막(草幕) 속에 비밀히 지키시고 그 장막(帳幕) 은밀한 곳에 나를 숨기시며 바위 위에 높이 두시리로다.

이제 내 머리가 나를 두른 내 원수 위에 들리리니 내가 그 장막에서 즐거운 제사를 드리겠고 노래하여 여호와를 찬송하리로다.

주의 얼굴을 내게서 숨기지 마시고 주의 종을 노(怒)하여 버리지 마소서. 주는 나의 도움이 되셨나이다. 나의 구원의 하나님이시여 나를 버리지 말고 떠나지 마옵소서.

내가 산 자(者)의 땅에 있음이여 여호와의 은혜 볼 것을 믿었도다. 너는 여호와를 바랄지어다. 강하고 담대하며 여호와를 바랄지어다. 강하고 담대하며 여호와를 바랄지어다.'(시편 27편)

그날 이래로 일과 후의 병동천막 심방은 매일 계속되었네.

"야, 야, 예수 천당? 그 헛소리 좀 작작하라우. 듣기 싫으니끼니 그 좋은 천당 너나 혼자 가란 말이야!"

강한 반발이 있는가 하면, 등지고 떠났던 포로 중 한 사람이 눈물을 흘리는 역사(役事)가 일어나고는 했네.

그 무렵, 고려신학교 교수로 계셨던, 우리 성(性)으로 마(馬)씨로 불리던 선교사 내외분이 가시철망 속의 세계를 찾아 오셨네. 우리가 '쪽복음'이라고 부르던 마태복음, 누가복음, 요한복음, 마가복음 등 한 편 한 편으로 나뉘어 작은 책자로 된 복음서를 한 아름씩 안고 오셔서 나누어 주시고는 했네.

병원본부에서는 천막 하나를 지정하고 매주일 예배를 드릴 수 있도록 주선을 해주었네. 드디어 주께서 길을 열어주시기 시작하신 것이지.

그러나 너도 나도 다투어 쪽복음을 받아 가던 그 많은 숫자에 비하면 주일에 모이는 숫자는 너무 적었어. 왜 그들이 그렇게 다투어 그 복음서를 받아갔는지, 마 목사님 내외분은 그들이 열광적으로 복음서를 받아가는 일을 두고 기적이 일어났다고 기뻐했지만, 그것은 엉뚱한 오해였어. 나중에 알게 된 일이지만, 종이가 극도로 귀했던 그 세계에서, 그 쪽복음은 변소에서 뒤를 닦아 내는 종이로 쓰여진 거였어. 세상에! 너무 끔찍해서 눈치보아 가며 예배참석 안 하는 사람들에게서 쪽복음서를 거두려고 했지만 완강했어, 이런 일도….

전쟁이 벌어져 있는 마당에, 포로의 존재란 사실 싸우는 일과는 전혀 상관없는 가외의 일들이라고 하지 않을 수 없지만-. 먹이고 입히고 잠자리를 만들어주고, 그리고 또 그들을 감시해야만 하는, 이 인력(人力)과 시간과 물자의 소모란 정말 무의미한 엄청난 소비가 아닐까 하는 느낌도 들었어.

더구나 이 전쟁의 경우, 일체의 전쟁 장비와 물자보급이 미국으로부터 수송되는 것이었기 때문에 미처 날짜를 맞추지 못하거나 예상하지 못했던 포로의 숫자가 급증하는 경우는 철조망 속 질서에 잠깐씩 혼란이 일어나고는 했어.

'그까짓 포로들….'이라 하여 아무리 닥치는 대로 해준다 하여도 먹이고 입히는 것을 중단할 수는 없는 일이었거든.

날씨는 추워지기 시작하는데, 이 철조망 속의 포로들 중에 더러 맨발로 돌아다니는 사람들이 있었어. 날씨가 그만한 때는 시원해서 좋다는 듯이 활보했지만, 날씨가 차차 추워지자 양말과 신발이 없는 맨발들은 되도록 땅을 밟지 않으려고 깡충거렸고 신발을 빌리자고 직신거리는 일로 싸움이 벌어지고는 하는 판이었네.

미국군당국이 이들에게 신발을 주지 않았겠나? 미국인들은 옆에서 보기가 민망할 만큼 부지런히, 참으로 많은 물자를 실어다가 일일이 지급하는 일에 거의 결사적이다시피 했네. 처음에는 질서가 잡히지 않아 먹는 거며 입는 거며 잠자리가 혹독한 것일 수밖에 없었지만, 차츰 나름대로의 틀이 잡혀지면서 원활한 보급과 후한 인심으로 먹고 입고 잠자는 일에 부족할 것이 없을 만큼 되었네. 먹는 것뿐 아니라 담배까지도 일정량이 지급되고 있을 만큼. 그런데도 맨발로 다닐 수밖에 없는 사람들은 그 신발이나 양말을 어떻게 했을까 궁금했는데, 어느 날 그 현장을 목도하게 되었어.

철조망은 이상한 자력(磁力)을 가지고 포로들이며 철조망 밖의 사람들까지 끌어다 놓고 있었어. 아득한 갈대밭 길을 따라 철조망으로 모여드는 장사꾼들은 김밥, 깨엿, 소주가 담긴 작은 술병, 떡, 고구마 찐 것 등 우리들이 일상적으로 먹고 살던 음식을 들고 다가왔고, 철조망 안에서 그쪽으로 다가가는 사람들은 주로 양말, 신발, PW가 어쩌다 찍히지 않은 내복 등을 들고 군침을 삼켜 가며 먹을 것과 바꾸려고 접근하는 포로들이었네. 신발 한 켤레와 깨엿 몇 가락, 그렇게 그는 당분간 신어야 할 신발을 삽시간에 입 안에서 녹여버리는 거지. '뭐 어떻게 되겠지….' 지급은 계속되고 반납하라는 법은 없는 후한 놈들이, 내 맨발을 보면 또 한 켤레 던져 주겠지?' 그러면서 엿을 야금야금 먹어치우고 마는 것이었어. 더러는 신발 한 켤레가 김밥 덩이로 바뀌고, 더러는 떡덩이로 바뀌는 그런 풍속도(風俗圖)가 벌어지고 있었어.

외형적 자유의 제한이, 내면의 자유마저 시들게 만드는 현장이 그곳이었네. 그들은 철조망을 사이에 두고 매일 아우성을 쳐대는 거였어.

"하나만 더 얹어 주시우."

"그렇게는 안 돼요!"

"너무하잖아?"

"싫으면 그만둬요!"

피차의 눈들이 벌겋게 되어 있었네. 그들이 얻을 수 있는 것이란 고작 몇 순간 누리는 미각(味覺)의 쾌감이나 배부름, 그리고 철조망 밖의 그 사람들이라야 손 안에 남는 몇 푼의 돈이 전부일 텐데. 나는 그들의 아귀다툼을 바라보며 넋을 잃고 서 있었네. 그들과 섞여 발돋움을 하고 밀고 밀리며 손을 내어 뻗치는 내 자신의 모습도 그 속에 있었어.

광야를 건너다가 주저앉은 인간들, 자유를 주신 여호와를 원망하며, 애굽의 마늘과 고기가 있던 솥 언저리를 그리워하는 인간들의 현장이었소. '너희가 무엇을 보려고 광야에 나갔더냐. 바람에 흔들리는 갈대냐. 부드러운 옷을 입은 사람이냐. 보라. 화려한 옷 입고 사치하게 지내는 자는 왕궁에 있느니라. 그러면 너희가 무엇을 보려고 나갔더냐.'(누가 복음 7장)

광야에서 내가 보아야 하는 것, 광야에서 만나야만 하는 것, 그것은 무엇인가. 이 철조망 속은 광야다. 나는 지금 광야에 서 있다. 이곳에 내가 왜 세워져 있는가를 알아야 한다. 그것을 깨닫기 전에 나는 여호와 하나님 앞으로 나설 수가 없다. 저들이 신발과 내복을 엿이나 김밥 한 덩이로 한입에 먹어치우지 않게 하는 길은 오직 한 길뿐이다. 나는 하늘을 우러러 고개를 들었네. '환란 날에 나를 그 초막(草幕) 속에 비밀히 지키시고… 여호와의 아름다움을 앙망하며 그 전(殿)에서 사모하게 하소서.'

1950년 11월

4

친구여, 오늘은 놀라운 소식을 전함세.

세상에, 이곳에서, 이 포로수용소에서 이희진(李熙眞)을 만났어! 자네도 우리 교회중등부에서 자주 만났던 그 친구 말야. 그 친구는 우리와 함께 성가(聖歌)를 자주 불렀지. 좀 가녀린 몸매에 미소년의 얼굴을 하고 있던 그가, 놀라운 성량(聲量)의 바리톤을 불러내고는 해서 우리를 놀래켜 주기도 하고 즐겁게도 만들어 주었던 그 친구 말일세!

그 친구가 포로라고 찍힌 헐렁한 옷을 입고 병원본부가 있는 곳으로 나를 찾아왔다고! 꿈인가 했어!

"선생님." 그는 나를 한 아름으로 끌어안더니 크크크크 상체를 떨었는데, 이건 우는 것이 아니라 웃고 있는 거였네. 눈물은 글썽해 있었지만. 계속 경련하듯이 웃고 있었어. 내가 놀라서 입을 다물지 못하자, 그는 나를 풀어놓으며 신난다는 듯 입을 열었네.

"이젠 됐어요. 이젠 된 거예요. 내…, 이럴 줄 알았거든요. 아아, 선생님을 예서 만나다니…, 하지만 내 정말 이럴 줄 알았어요. 하나님께서 양(羊)의 우리에다 우리를 몰아넣으시듯 그렇게 몰아오신 거예요. 아시겠어요? 하나님의 각본을 아시겠느냐고요?" 확신에 차 있는 그의 얼굴은 눈물과 웃음으로 눈부시게 빛났어. 미소년은 해맑은 얼굴에다 약간은 메뚜기처럼 껑충해 보일만큼 마른 몸매를 그대로 드러내고 있었지만, 교회학교에서 만날 때보다는 놀랍게 성숙한 청년이 되었어.

"아니, 정말 이게 웬일이지? 아니 도대체 어쩌다가 여기까지 온 거야?" 반갑기도 하고 포로로 억류되어 있는 그의 처지가 어이없기도 해서 하나마나한 소리를 해대자, 그는 껄껄 웃으면서 말하는 거였어.

"글쎄, 우리들 양의 무리를 양의 우리로 몰아넣으신 거라니까요. 여기 모인 이 사람들이 다 양떼거든요. 하나님께는… 양의 무리지요."

그는 고등학교를 졸업하는 길로 직장생활을 시작했거든. 한국에 들어와 있는 미국의 국제전화 회사에 취직이 되어 일을 하다가 6·25를 만났고 '우리 노(老)대통령이 미국에다 전화를 할 일이 있을 때는 우리가 꼭 필요할 테니, 우리는 절대로 이 자리를 뜨지 말고 끝까지 지키자' 며 사수하고 있다가 이북 군인들에게 붙잡힌 거지, 그러다가 대전 폭격으로 전화국이 다 무너져 수리할 사람이 필요하다고 해서 자원(自願)해서 대전으로 가던 길에 의용군으로 붙잡힌 것이라네. 호남 어딘가에서 UN군에게 투항을 했다는데, 곧장 이곳으로 데려오더라는군. 그가 이곳에 처음 도착했을 때는 말만 수용소지 설비나 시설이랄 게 엉성하기 짝이 없는 벌판이었고, 보급도 제대로 되지 않아 포로들의 정황(情況)이란 차마 눈 뜨고 볼 수 없는 것이었지만, 지금은 이게 천당이 된 격이라면서 오히려 즐거워하고 있었네. 게다가 자기는 운이 좋아서, 그 영어 좀 할 줄 안다는 게 큰 힘이 되어 G2 심사 반에서 기록을 맡아보고 있다면서 밝은 얼굴 힘찬 어조로 이렇게 말했어. "제가 여기서 이 모양으로 붙잡혀 있기는 하지만, 여기에는 필시 무슨 뜻이 있을 것이다 생각하고 있었거든요. 그런데 아까 5수용소 식당에서 일을 하고 있는 박용기를 만났어요. 그에게 선생님 이야기를 들었을 때, 나는 번쩍 빛을 발하시는 하나님의 어떤 계획을 보았어요. 그리고 이렇게 직접 찾아 만나게 하시니, 아하…, 하나님은 참 재미있으신 분이로구나 하는 생각이 드는 거예요. 선생님, 이렇게 만나 뵈니까 무언가가 익어가는 것 같은 생각이 듭니다. 무언가가 틀림없이 익어가고 있어요, 정말!"

그는 그렇게 대학 진학(進學)을 원했으면서도 형편이 닿지 않자 선선히 포기하고 취직을 했던 사람이었어. 그의 확신에 찬 말을 듣는 동안, 성령께서 우리를 향해 미소 짓고 계신 듯했네. 그분의 미소 안에 우리가 함께 있었어. 기쁨이 출렁거렸어. 말할 수 없는 기쁨이 내 혈관을 힘차게 돌기 시작했어. 지나간 날, 사랑했던 이웃들이, 밤하늘에서 별이 돋아나듯 하나 둘 나타나기 시작했어.

이희진 군을 만난 후 연이어, 조선신학교 선배 한 분이 포로대대 본부에서 일하고 있는 것을 발견했고, 연줄 연줄로 아하, 아하, 놀랄 사람들이 포로 신세가 되어 포로수용소에 와 있는 것을 알 수 있었어. 억울해 하며 펄펄 뛰던 우리만이 아니라 참말로 영문 모르게 붙들려 포로 수용소에 갇혀있는 남한 사람들이 적지 않았어. 우리가 이제 서로 알아보는 일이 기이하고 신비했어.

처음에 붙잡혀 이 곳에 이르렀을 때는 아니… 세상에… 이럴 수가…. 그저 어이가 없고 억울하고 분해 무엇이라도 때려부수고 싶은 심정이었는데, 이제 이희진 그 친구의 말대로, 조금씩 윤곽을 드러내시는 하나님의 뜻을 알 수 있을 것만 같아지는 것이네. 이희진 군을 내게로 보내주신 성령께서 잔잔한 미소를 띠고 계셨네.

1950년 11월 서리 내린 날

인간의 삶이 무엇이겠나. 태어나는 순간부터 관계가 형성되고, 그 관계속에서 사건이 빚어지며, 그 사건의 연속선(連續線) 위를 걸어가는 것이 아니겠나. 다만 인간에게 조건이 있다면, 한 사건 한 사건과 만날 때마다 각자가 그 사건에서 무엇을 추출(抽出)하여 자기 삶을 꽃 피우는가 하는 결단을 하는 일이 아닐까 싶네. 인간의 삶 속에 주어진 한 사건 한 사건은 시험과 구원의 뜻을 함께 지니고 있다고 누구인가 말했어. 우리는 그 두 가지 중 하나를 선택하는 결단을 하지 않으면 안 되는 것이겠지. 이제 나는, 내일 나에게 닥칠 일이 무엇인가에 대해 궁금해 하지 않기로 했고, 근심하지도 않을 걸세. 내가 근심한다는 것은, 주님을 앞질러 그 권세를 의심하는 것이니까 말일세. 다만 오늘 이 자리에 서서 더 귀중한 것이 무엇인가만을 생각하고 결단하기로 했다네. 그 일의 크고 작은 것에 대하여 나는 크다고 하지도 않을 것이며, 작다 하지도 않을 것일세. 오직 순종할 일뿐.

친구야! 이 광야(曠野)에 교회가 섰어. 아, 엄위하시고 사랑이신 여호와 하나님 아버지의 계획이 이것이었어! 환자들이 수용되어 있는 천막막사 한 옆에 십자가가 올라갔어! 하나님의 비밀 십자가! 주께서 인간 영혼의 영원한 고향인 십자가를 세워주셨어. 교회에 무슨 이름이 필요하겠는가마는, 이곳이 광야임을 잊지 않기 위해 광야교회로 부르기로 했다네.

초막(草幕)이 아닌 야전용 천막을 세웠으나 그것이 하나님의 전(殿)이라 생각하니 감사하고 기쁘고 떨릴 뿐이었네.

박용기, 이희진, 그리고 조선신학교 선배인 구(具)전도사 등 우리는 널조각을 얻어다가 강대상을 만들고 각목 몇 개로 받친 의자를 만들어 들여놓았어. 그리고 첫 예배를 드렸어.

생명의 충일이 뜨거운 눈물 되어 흐르고, 우리는 왜 포로수용소에 갇혔는지, 하나님의 뜻에 한없이 감사드렸어.

그리고 이 민족의 앞길에 열린 광야를 바라보았네. 가나안 땅, 복지를 찾아가는 길. 이 광야를 거쳐 가지 않고서는 이를 수 없는 곳. 우리가 떠난 이 길이 분명 광야에의 길이라면 그것은 아무리 고난이 계속 닥치는 길이라 할지라도 축복으로 향해 가는 길 아니겠나.

8·15해방은 조국과 민족을 묶어 놓고 있던 온갖 어둠이 완전히 풀리는 열쇠라고 믿었지. 그러나 8·15 해방은 출애굽의 출발이었어. 광야를 향한 출발의 새로운 기점이었어. 노예 생활을 벗어났으니 그때부터 내게 부여된 자유를 자유로 행사하기 위한 자신의 길을 가지 않으면 안 될 노정(路程)이 시작된 것이었어. 그러나 출애굽한 우리 민족은, 광야 저쪽에서 기다리고 있는 가나안 땅을 향하여 박차를 가하지 않고 우리끼리 할퀴고 쥐어뜯고 싸움질을 시작했어. 출애굽한 사실에 대한 감사도 감격도 걷어차 버리고, 제각기 금송아지를 차지하겠다고 눈에 핏발을 세우고, 손에는 살인한 피를 바르고 날뛰었네. 이 전쟁은 우리 민족이 광야에서 저지른 불순종의 결과 요, 원망의 그림자요, 다음 단계로 전진하는 회개의 디딤돌이 되게 할 수도 있는 축복의 전기(轉機)가 아닌가 싶기도 하네.

결코, 뻔뻔스러운 족속이 아니라 슬기로운 민족이 되어, 광야 길을 40년씩 걸려 가지 않고, 4년 혹은 40일로 단축하여 통일의 가나안, 새 나라를 세우는 가나안으로 들어갈 수 있는 계기로 삼을 수도 있을, 광야 길이 열린 것이라 믿고 싶네.

이 교회가 광야로 나선 우리 민족의 장막성전(帳幕聖殿)이 되기를 간절히 기도할 뿐이라네.

우리가 광야교회를 세우는 동안, 주위에서 날리는 날카로운 비난의 화살은 계속해서 날아왔네.

"지랄들 하고 있네, 포로인 주제에 무슨 교회? 왜? 양키 놈의 귀신을 붙잡으면 내어보내 준다던?"

"차라리 고사(告祀)나 지내지, 떡이라도 얻어먹게."

그들은 떼거리가 되어 비웃기도 하고 화를 내기도 했어. 나는 교회 일을 하면서 '노아'를 생각했어. 노아가 방주(方舟)를 지을 때, 그 주위에 있던 사람들은 먹고 마시고 짝짓고 재물을 쌓으며 희희낙락했을 것이 아닌가. 청청 마른 날에 배를 만들고 있는 그를 두고 얼마나 비웃었겠으며, 심지어는 미쳤다고 손가락질을 하지 않았을까. 노아는 쨍쨍한 마른 날에 방주로 들어갔지. 사람들은 미친 사람의 미친 짓이라고 구경거리로 삼았거나 비웃고 지나갔거나 무시해버렸겠지. 홍수가 땅을 덮은 것은 한 이레 뒤의 일이었어. 그 7일이 무엇을 의미하는 것일까. 하나님께서는 한 이레를 두고 기다리신 것이 아닐까. 강포(强暴)가 가득한 땅에서 그래도 돌이키는 자 있기를 기다리신 것이 아닐까. 당장 멸하시기 전에 한 이레의 여유를 마지막으로 건네 주셨던 것이 아닐까. '노아'가 방주를 만들 듯 그런 마음으로 예배당 짓는 일을 도왔네.

이 포로수용소인 철조망 속은, 어쩌면 노아가 방주로 들어가 있던 마지막 한 이레를 뜻하는 것은 아닐까. 우리들에게 주어진 마지막 기회는 아닐까.

그렇다고 이 예배당을 세운 우리가 의인(義人) '노아'라고는 생각지 않네. 이 방주는 원하는 사람마다 누구나 들어갈 수 있는 은혜의 방주이기에, 우리는 다만 이 은혜의 방주가 당신들을 기다리고 있다는 것을 목청껏 외쳐 전해야 할 임무를 띠고 있는 자들임을 알고 있을 뿐이지.

이 야전천막의 크기는 삼십여 평 남짓한 것이지만, 우리가 기도와 말씀과 찬양으로 하나 될 때에, 이 수용소 안의 몇 천 명과 철조망 밖 세상에 살고 있는 모든 사람이 이 천막 안에 다 들어오고도 남을 것을 난 믿고 있네.

1950년 11월 달빛 있는 날

*

압록강까지 진격했다던 아군이 어찌된 셈인지 정신없이 후퇴에 후퇴를 거듭하고 있다는 소식이 들려오네. 이 곳 진료봉사에 나선 민간인 의사 한 분이 오늘 수심에 찬 얼굴로 이야기하는 것을 들었어.

"중공군이 개입했답니다. 하기야 이번 남침 때에 처음부터 요소요소 중공군이 배치되었다는 소리가 있었고, 이곳 수용소 한 옆에도 중공군 환자 병동이 있습니다만, 이번엔 좀 단순치가 않은 모양이에요. 저렇게 밀고 내려오다가는 또 지난 번 같은 사태가 벌어지지 않는다고 누가 장담을 하겠소? 이번에야말로 대구고 부산이고 없이 휩쓸려 버린다면 우린 바다 속으로나 들어갈 수밖에 없는 게지요. 그러나 저러나 이 땅의 운명이 이게 도대체 어떻게 되어가는 건지…. 왜 툭하면 남의 나라 군대들이 버적버적 들어와서 대신 싸워 주며, 우린 또 그 그늘에 숨어서 숨도 크게 쉬지 못하고 있어야 하는 건지…. 이 되놈들이 처음에는 이북 군인인 체 인민군복으로 가장(假裝)을 하고 조심조심 합세를 하더니, 이제는 드러내 놓고 무더기로 밀려온답니다."

전세는 확실히 심상찮은 것 같네. 이렇게도 빨리 전세가 뒤집힐 일이었으면 차라리 그렇게 파죽지세(破竹之勢)로 북진할 일도 아니었는데… 하는 생각이 들었네. 공산주의에 완전히 동화(同和)되고 그 세력을 업고 날뛰던 몇몇 사람들을 제외하고는 남한의 국군이 올라갔을 때, 얼마나 많은 북쪽 사람들이, '이젠 살았다!' 하며 마음껏 만세를 외쳤을 텐데… 이제 그 많은 사람들을 어떻게 하고 아군이 후퇴를 하고 있다는 말인지. 이렇게 밀고 밀리는 싸움 마당에서 얼마나 많은 사람들이 생각 없이 서로를 상케 하며 원한에 원한을 덧칠하게 될 것인지. 공산당이 쳐들어간 지역에서는 인민위원회라는 이름으로 얼마나 많은 사람들이 처단되었으며, 국군이 밀고 들어간 자리에서는 치안대의 사람들이 '빨갱이 잡기'에 얼마나 혈안이 되었겠나. 양민(良民) 중에는 그저 생각이 모자라 얼렁덜렁하다가 빨갱이가 된 사람들도 적지 않을 것 아니겠나. 정작 '낫과 해머'의 사상으로 뇌수까지 빨갛게

되어 있는 자들을 멋모르고 얼싸절싸 쫓아다니다가, 골수분자들이 색출해
낸 게 망나니짓을 하며 그 자리에서 얼씬거리던 끝에 빨갱이로 낙인찍히고
원한을 사고, 그런 뒤에는 다시 국군의 색출의 대상이 되고… 그러다가 다
시 공산당이 득세를 하면, 이번에는 지난번에 당했던 일을 정작 본때 있게
분풀이를 하게 되고… 미움이 미움을 끝없이 부르고, 죽음이 죽음을 끝없이
부르는 일이 벌어지고 있는 것 아니겠나.

*

눈과 추위가 별로 없다는 부산에 이 무슨 반갑잖은 부조(扶助)인지, 추위
가 한몫을 거들기 시작했네. 늪지대에 얼음이 얼었는지 아이들이 썰매를
메고 와서 쨍쨍한 목소리로 외쳐 가며 썰매 타는 것이 멀찍이 바라보여.
그들의 목소리는 겨울 햇살 속에서 금실 은실로 얼크러져 공중에다 환상적
인 수를 놓고 있네.
  우리가 우리의 삶 속에서 극단적인 비극의 쓰라림을 알게 되는 것은, 이
러한 아름다운 환상이 우리들 삶의 한 옆을 또한 차지하고 있기 때문이 아
닌가 하네.
  수용소 정문 오른쪽 끝으로는 이곳 사람들이 '샘산'이라고 부르는 꽤 높은
산이 있고, 그 앞으로 펼쳐진 거벌 벌판에서 겨울바람은 대군(大軍)이 되어
몰려오고 있네. 아마 샘산 앞의 거벌, 넓고 큰 벌판이라는 뜻이 아닌가 싶은
데, 그 거벌 저쪽 동래(東萊)에도 수용소가 있고 그곳에도 수많은 포로들이
모여 있다는 소식이야. 겨울 하늘은 손톱으로 튀기면 쇳소리를 낼 듯이 푸
르고, 투명한 얼음처럼 차갑게 열려 있는데 이 전쟁의 끝을 어디 가서 찾아
야 할 것인지.
  선지자 예레미야가 본 것처럼 끓는 가마가 북에서부터 기울어 그 재앙이
남쪽으로 쏟아져 내린 것인지.

나는 내일 일을 근심하지 않겠다 하였으나, 이 민족의 이 험로(險路)를 바꾸기 위하여 내가 할 수 있는 일이 무엇인가를 생각하며 막막해 하고 있다네.

크리스마스가 다가오고 있네.

그러나 광야교회는 아무런 행사도 갖지 않기로 했어. 아기 예수 탄생은 고난의 예표, 그 출발인데, 사람들이 기뻐 뛰며 먹고 마시는 것이…. 우리는 침묵으로 예수님의 고난(苦難)만을 묵상하며 지내기로 했네. '기쁘다 구주 오셨네.' '주 믿는 자들아 크게 기뻐하라.' 실상 구주 이 땅에 오심은, 마침내 시작되는 희생 길의 첫걸음이라는 것을 우리는 알아야 하네. 지금도 이 땅은 그분의 희생의 뜻을 알려고 하지 않기 때문에 이 비극이 이어지고 있는 것 아니겠나. 그분이 주신 새 계명(誡命) '서로 사랑하라'는 말씀이 외면당하고 있기 때문에 이런 참상이 계속 불붙고 있는 것 아니겠나.

이번 크리스마스에는 인간으로 오실 수밖에 없었던, 하나님께서 그 아들을 사람으로 내려보내실 수밖에 없었던 뜻만을 묵상하기로 했어. 친구여, 우리 주님의 사랑 안에서 새롭게 만나세.

1950년 12월

5

혹한이 밀어닥치는 세모(歲暮)의 어느 날, 우리가 머물고 있는 4수용소 근방은 갑자기 바다 물 파랑(波浪)이 닥친 것처럼 술렁거리기 시작하는 거였네.

수십 대의 트럭에 실려 꾸역꾸역 밀려닥치는 피란민의 파랑이었어. 트럭은 포로수용소 철조망 밖에 그들을 부려놓기가 무섭게 어디에서 또 기다리고 있을 나머지 사람들을 실으러 가는지 기가 나서 돌쳐 섰고, 차에서 풀려나온 사람들은 갑자기 어마어마한 군중이 되어 철조망 밖을 점령하기 시작했어. 어마어마한 무리의 사람들이었어. 대개는 옷만을 겹겹으로 껴입은 홀몸이었지만, 개중에는 봇짐을 지고 있거나 이고 있는 사람도 있어서, 그들이 얼마만큼 황황하게 살던 집을 떠나왔는지 한눈에 알아볼 만하였네.

처음에는 수용소 철망 속의 사람이나, 철조망 밖의 사람들이 이 서로 돌연한 풍경에 그저 어안이 벙벙해 하더니, 그래도 수용소 철조망 속의 사람들이 먼저 자리를 잡고 있는 사람답게 입을 열어 묻는 것이었네.

"모두들 어데서 오는 거요?"

"흥남에서 미국 배르 탓지비. 그런데 여겐 어드메요?"

철조망에 매달리며 강한 함경도 사투리로 묻는 이는 중년을 넘긴 아주머니였어. 그러자 그 한마디가 무슨 신호 역할을 한 듯 몇 마디가 오고가던 끝에,

"아이구, 그러면 혹시 예서 김창마안이란 젊은이를 못 보았음등?"

애가 타 붙는 안부가 날아들기 시작했어. 그 한마디를 신호로 그 애끓는 열병은 삽시간에 전염이 되었고, 철조망 안과 철조망 밖의 사람들은 아우성을 치며 손을 흔들고 목소리를 돋워 사람을 찾기 시작하는 거였어.

"장진서 왔음메?"

"신흥이라고?"

"아이고오 정평 사람, 길씨 성 가진 사람 못 보았음메?"

"나는 길주요."

"나는 성진이요."

"단천! 단천! 단천이라고! 알아보겠소?"

그들이 흥남(興南)에서 배를 타고 내려온 함경도 사람들임을 알자, 그 일대는 갑자기 함경도 사투리로 사태가 난 듯 요란했네. 옷은 있는 대로 껴입었고, 개털 모자나 토끼털로 된 방한모를 뒤집어쓰고 있었지만 그 얼굴이 물 구경을 한 지 얼마나 되었는지, 피부 색깔을 알아볼 수 없을 만큼 검은 때로 반들반들했고, 추위와 굶주림에 얼마나 시달렸을 텐데도 아직 살아있다는 안도감만으로 그들의 눈은 슬프리만큼 초롱초롱하게 빛나고 있었어. 그것은 어찌 보면 두렵기까지 한 살벌한 빛이었어. 이상한 것은 방한모 외에도 낯익은 미군 철모(鐵帽)를 쓰고 있는 사람들이 많았네. 몸집이 작은 사람들은 머리에 쓴 것이 아니라 머리를 덮어 눈을 거의 다 가려 덜렁거리는 모양이 우습기도 했어. 그 아우성 중에도 철조망 속 사람 중에 미군 철모를 궁금해 했던 사람이 있었는지, 남들은 혈육의 안부에 피를 쏟듯 목청을 돋구는데 철모에 대해서 묻는 친구가 있었네.

"철모가 어디서 났소? 그건 미군 것 아니오? 도대체 그 많은 미군철모가 어디서 났소? 미군이 줍디까? 어디서 났소?"

그는 지치지 않고 그것만 되풀이해서 묻는 거였네. 그러자 철모 중 하나가 드디어 시원시원하게 대답했어.

"피난길에서 주웠소, 길바닥에 얼마든지 널려있는 게 미군철모였소. 이게 얼마나 요긴한 그릇인지 아시오? 밥그릇도 되고 오줌 그릇도 되어 주는 고마운 물건이라오. 내 여기서 살아 돌아만 가면 우리 집 가보로 모실 참이오."

피난길에서…, 피난길에서…. 그것은 곧 미국 군인의 죽음을 뜻하는 소리였네. 살아있는 군인이 철모를 벗어버렸을 리는 만무한 일이지. 국적을 달리한 그들 젊은이, 언어도 다르고 살 색깔도 다른 사람들, 그들이 태어나서 자라며 살던 동안 이름도 불러 본 일이 없던 코리아의 어느 들녘, 아니면 길섶이나 산에서 그들은 자기가 쓰고 있던 철모가 벗겨지는 것도 모르며 숨을 거두었겠지. '어머니, 어머니.' 혹은 사랑하는 아내의 이름을 부르면서…. 총에 맞아 쓰러지고, 포탄에 날아가고, 더러는 추위에 얼어서 죽고…. 중공군이 파죽지세로 몰려드는 산속이나 길섶에서 눈을 감았을 그들의 철모였어. 왜, 그들이 이 낯선 땅, 황량한 겨울들에서 그렇게 죽어가야 했는가? 그들이 꿈꾸던 미래가, 누가 왜 쏘았는지도 모르는 총알 하나에 끊어지고, 그들이 계획했던 장래가, 포탄에 산화(散華)하고 말다니….

그들은 남의 땅 낯선 골짜기에서 뜻 모를 억울한 죽음을 당하면서, 한국의 역사, 한국의 고통, 억울함, 한국이라는 나라의 처지에 관해서, 무엇 하나 알 수 없는 상태에서 눈을 감았어. 2차 대전 후, 미군부의 한 장군에 의하여 이 땅이 속절없이 두 동강이 난 것을 생각하면, 그들이 목숨을 잃은 것은 딱히 우리 때문만은 아니라고 자위(自慰)할 수 있지 않을까. 그러나 어찌 되었건 이 땅의 산하(山河), 얼어붙은 길 위에서 목숨을 잃은 미국 군인의 철모가 피난민의 머리에 얹혀 있는 것은 기이한 아이러니였어.

주인을 잃은 철모가 피난민의 머리에 얹혀 아슬아슬한 뱃길을 거쳐 오면서 밥그릇도 되고 오줌을 받는 일도 했다니. 그리고 그것을 가보(家寶)로 남기겠다 하나…, 그들 중 그 누구도 그 철모의 주인에 대한 생각을 해본 일이 없는 얼굴이었어. 목숨을 걸고 나선 길에서 이미 끝난 사람의 생각을 해본다 한들 무슨 도움이 되겠는가 만은, 또 그럴 겨를이 있을 리도 없었겠지만, 그들은 죽은 사람에 대해서 간단한 체념으로 밀어낸 그런 표정들이었어. '지금 죽은 자를 돌아볼 겨를이 어디 있느냐? 꿈같은 수작 집어치워라.' 그중의 누구를 붙들고 물어도 그들은 그렇게 말하면서 뿌리칠 사람들이었네. '다음 순간에는 내가 당할는지도 모르는 일이다. 또 그렇게 당하면 당했지 어쩌겠는가? 그것으로 깨끗하게 끝나는 거니까. 누가 나를 돌아보아 준대서 그게 무슨 소용이 되겠으며, 누가 날 위해 눈물을 흘린다 한들 무슨 도움이 되겠는가. 뭐… 죽고 사는 거 그렇게 심각할 것도 없고, 그렇게 대견스러울 것도 없는 거야… 살아 있으니 살아 있는 것인가 보다 하는 거야. 살아 있는 동안에 골치 아프게 굴 것 없어. 심각한 건 질색이니까 집어 치워.' 그들의 얼굴은 그렇게 말하고 있었어. 인간이 어쩌다가 이렇게까지 무자비해졌는지, 섬뜩해지기도 했지만, 그들은 정말 살아있다는 것조차 실감하기 귀찮아하는 것 같았어. 누가, 무엇 때문에 그들을 이렇게 만들었을까. '끓는 가마 그 면(面)이 북(北)에서부터 기울어졌나이다.'(예레미야 1장) '내 눈이 눈물에 상(傷)하며 내 창자가 끊어지며 내 간(肝)이 땅에 쏟아졌으니 이는 내 백성이 패망하여 어린 자녀와 젖먹는 아이들이 성읍(城邑) 길거리에 혼미(昏迷)함이로다.'(예레미야 애가(哀歌) 2장)

*

북쪽에서 내리닫는 삭풍(朔風)은, 서울이 다시 적군의 수중에 떨어졌다는 소식과 함께 우리들을 더욱 추위에 떨게 만들었어. 아군이 북쪽에서 그렇게 속절없이 밀리지만 않았더라도, 나는 어쩌면 아버지와 어머니의 소식을 들을 수도 있었겠고 자네와 또 다른 친구의 소식을 들을 기회가 허락되었을 텐데, 안타까운 일이지. 그러나 소식이 두절된 이 상태에서 우리 집이나 자네는 또 나에 대해서 얼마나 애끓게 궁금해 하고 있을까. 지난 9월 아군이 서울을 탈환할 때는 공산군의 저항이 심했었다니, 서울에 남아있던 사람들이 얼마나 시달리고 얼마나 많이 파괴되었으며 얼마나 많은 사람들이 목숨을 잃었겠는지. 이제 뼈만 남았을 서울이 이 겨울에 다시 적의 수중에 떨어졌다니, 서울은 어떤 얼굴로 남겨져 있을까. 마음이 너무 시리고 춥네.

G2에서 아직 일하고 있는 이희진 군이, 적잖이 충격을 받은 얼굴로 오늘 저녁 찾아왔네.

"아이고, 이건 못 막아요! 물밀듯이 막 붙들려오고 있어요. 중공군요, 중공군 포로가요, 한도 끝도 없이 계속 수송되어 오고 있단 말씀입니다. 미군들은, 실려 오는 그들이 인민군인지 중국군인지 영 구별이 안 되어 애를 먹지만, 우린 금방 알 수 있잖아요. 하기야 그들이나 우리나 몽고계의 넙데데한 얼굴에 쭉 째진 눈하며 납작한 코에, 광대뼈 불거진 게 별다를 거야 없겠지만 미국 사람들은 좀처럼 중국인과 우리를 가려내지 못하더군요. 하여간, 한국말도 아닌 말로 쑹얼거리는 누비옷부대가 마구 붙잡혀 오고 있어요. 누비옷 빛깔이 갈색도 있고 흰 것도 있고 또 풀 빛깔도 있는 게 달랐지만, 대개는 뚱한 표정이거나 어리둥절해하고 있는 그런 중국군인들이에요."

중공군의 개입은 사실로 드러났어. 인해전술(人海戰術), 인해전술로 해일(海溢)처럼 밀려온 모양이야. 전화(戰火)로 몇 번을 불타서 오그라든 이 땅에, 겨울까지 겹친 때에 그들은 무얼 하겠다고 그렇게 쏟아져 내려온 것인지. 중공의 개입은 미국의 낙관적인 예상에다 철퇴를 내리친 거야. 대규모 공세라기보다, 중공군은 메뚜기 떼처럼 압록강을 건너온 모양이고, 현재까지의 전략(戰略)으로는 감당이 안 되는, 황당한 상황이 이어졌다고 하네. 그 전투에서 부상당해 후방병원으로 실려 온 연합군장교의 술회는 믿어지지 않을 정도였어. 총을 쏘아도 대포를 쏘아대도 파도처럼 밀려오는 중국병사는 악몽이었다네. 개인 참호 속에서 총검이나 맨손으로 대항하다가 죽고, 한반도의 겨울 혹한에 쓰러지는 유엔군 병사들이 부지기수였다네. 밀물처럼 떼 지어 공격해 오는 중공군은 무전기나 워키토키 같은 것으로 교신(交信)하는 것이 아니라 나팔로 신호를 주고받더라는군. 하늘도 땅도 얼어붙은 칠흑 같은 어둠 속에서 들리는 나팔 소리는 지옥의 손짓보다 더 무서웠다는 거야. 얼어붙은 밤하늘을 흔들며 나팔 소리가 길게 꼬리치고 나면, 소리도 없이 아군진지에 침투, 지친 유엔군 병사들을 향해 폭포처럼 총을 쏘아댔다고 하네.

중공군 포로들 대부분은 글을 읽을 줄도 모르고 쓸 줄도 모르는 사람들이라네. 미군정보당국자들은 그들과 의사소통을 하지 못해 미칠 듯 답답해 한다는 이야기였어. 개중에 영어를 해독하는 사람 하나를 기적처럼 찾아내어 그가 돕고 있다는 것인데 중국인인 자기네들끼리도 광동어다, 사천어다 하며 의사소통이 안 되는 경우가 허다하다는군. 기이한 전쟁양상이지. 그들은 만주의 봉천(奉天)으로부터 안동(安東)을 거쳐 신의주(新義州)로 건너온 패와, 만주 치안(致安)에서 만포진(滿浦鎭)으로 건너온 패가 각각 달리 포진을 했던 모양인데 그 숫자가 12만이랬다 18만이랬다가 30만이라는 말이 떠돌더니, 실제 투입된 숫자가 120만이 넘을지도 모른다는 이야기에는 모두들 입을 딱 벌리고 다음 말을 이을 수가 없었네.

공군력(空軍力)도 있을 리 없었고 통신장비 하나 변변히 갖추지 못한 군대라는 거야. 포병도 엉성했고, 바퀴 달린 자동차나 기동력도 없이 멀고 먼 길을 행군 또 행군, 오직 걷고 걷는 것을 밤으로만 계속하면서 쏟아져 들어온 군대였다네. 병정마다 지니고 있던 소화기(小火器)라는 것도 미국 것, 러시아 것, 일본의 구식 총으로 아무렇게나 무장한 잡동사니 군대였던 모양이더군. 식량과 탄약도 등짐을 져서 날랐다고 하는데, 그들은 험한 산 험준한 지형을 별 군소리도 없이 잘도 건너온 메뚜기 떼 같았다네. 그들의 통신 수단이라는 게 나팔과 피리와 북이었던 모양인데, 한밤중 피리 불고 나팔 불다가 귀신같이 눈에 띄지 않고 감쪽같이 이동(移動) 침투하고 있어, 아군을 공포에 떨게 했다는군. 그들은 소나 말을 빌려 보급품을 수송하고, 마소가 모자라면 소총 박격포 기관총을 머리에 이고 가는데도 훌훌 나는 듯 했다니…. 끌고 갈 수 없는 중포(重砲)는 남겨두고 그렇게들 밤길을 가면서 해만 뜨면 모든 것을 엄폐(掩蔽)하고, 어두워지면 다시 움직이는 거대한 집단이었지만 귀신같았다는 거야. 그 얼어붙은 겨울밤에 들리는 피리 소리와 나팔 소리는 이 세상에서 다시없이 스산하고 소름끼치는 소리였다고 하네.

　거의 매일 북한 전역을 살피던 미공군이 눈치챌 수 없을 만큼 그들은 감쪽같이 압록강을 건넜다네. 한국전쟁에 개입한 중공군, 무엇을 뜻하는 것일까. 이념만을 위한 싸움이었을까. 이데올로기 전쟁에서 이기려던 것뿐이었을까. 그들은 이 전쟁에서 반드시 이기리라는 승산을 안고 달려들었을까. 남한까지 완전히 적화(赤化)시킬 수 있다고 믿었을까. 전쟁장비도 거의 없이, 어마어마한 인원을 인해(人海) 삼아 야전축성(野戰築城)으로 달려든 것 아닌가. 그들은 지금 남한 군대만을 상대로 싸우고 있는 것은 아닐 거야. 그들은 적어도 유엔군, 아니 미국인을 상대로 전쟁을 하고 있다는 어떤 긍지를 가지고 있는지도 모를 일이야. 그들은 백여 년 전까지, 세계강대국의 온갖 세력 앞에서 당했던 굴욕과 고통을 잇사이에 깨물고 있는 사람들이지. 중국지도자로 자처하는 몇몇 사람들의 생각일지라도. 그 동안 강대국으로 군림했던 서양 쪽의 나라들을 상대로 제 땅 아닌, 조선이라는 남의 땅에서 한바탕 해보아도 크게 손해날 것 없다는 두둑한 뱃심으로 시작한 전쟁 놀음일지도 모르겠네. 그들에게는 '그까짓… 사람…, 중국 우리 땅에는 세계 인구의 사분의 일이 우글거리고 있는데…, 무기가 아무리 발달했다는 유엔군? 우리는 인해(人海)로 겨뤄 볼 일이다.' 맨손의 자기 백성을 엮어 꾸역꾸역 압록강을 건넌 것 같아.

　이 나라 이 땅은 또다시 제 삼국의 국력이 판가름되는 무력(武力)의 씨름판이 되고 있는 것은 아닐까. 우리나라의 운명이 어떻게 되려는지… 이리 쫓기고 저리 쫓기며 피 흘리고 굶주리고 죽어 가는 이 민족의 앞길에 무엇이 도사리고 있는 것인지, 앞장서서 돕는다던 강대국들이, 무책임하게 남의 나라 허리를 동강냈던 것 같은 짓을 또다시 저지르는 것이나 아닌지… 이 전쟁을 두고 자기네들 처지만을 이리 재고 저리 재는 모습이 보이는 것만 같아서 마음이 편안치가 않네.

*

　미국인 병원장(病院長)과 미국인 의사들, 그리고 동족인 연대장이나 대대장들의 신뢰가 내게는 오히려 송구할 정도라네.
　나는 감히 광야교회 강단에서 하나님의 말씀을 선포하고 있고, 일과(日課) 시간에는 의사들을 따라 진찰과 회진하는 일 외에는 교회에서 지낼 수 있게 되었네. 일과 시간 후에 환자 천막이나 일반수용소 천막엘 드나들 수 있는 통행증도 발부받았고, 또 이곳의 보초들은 서로 익히 아는 사이여서 내가 행동의 제약을 받을 일이란 거의 없게 되었네.
　일과 시간 후에 천막 전도를 다니면서 나는 많은 형제들을 만나고 있어. 전도(傳道)를 방해 받는 일도 많았지만, 그리스도의 형제가 나타나기를 목마르게 기다리던 형제들도 있어서 교회의 가족은 놀랍도록 계속 불어나고 있어.
　그중에도 부모형제를 다 잃고, 평양에서 체포되어 이곳까지 와 있는 강희동(姜喜東) 형제는 목사님의 자제였어. 북에서 살 때는 기독교인이었다는 이유 한 가지로 말할 수 없이 박해를 받다가 가족들이 모두 살해되는 비극을 겪었고, 강제로 끌려가 인민군복을 입고 전투에 투입되었다가 포로가 된 것일세. 인민군복을 입었다는 이유 한 가지만으로 전범자(戰犯者)가 되어 철조망 안에 갇혀 있는 것이라네. 그는 부상을 입었던 것은 아니나, 워낙 병약한 체질이어서 온갖 기능이 못 쓰게 되다시피 한 상태의 환자였어.
　그런데 무너져가고 있는 육신 속에서 그의 눈은 어찌 그리 영롱하게 빛나고 그의 가슴 깊이에 숨겨진 신앙은 어찌 그리 돈독하던지. 그 위에, 부모와 형제가 공산당원들에게 참살당하는 현장을 목격한 슬픔과 고통이 무슨 표적처럼 이마에 서려 있던 젊은이였어….
　우리는 마주친 첫 순간에 전율하듯 서로를 알아보았네. 성령께서 이어주신 영혼의 교감으로 서로 기쁨과 감격에 떨면서 바라보았어. 그의 오성(悟性)은 어찌나 맑고 투명하던지, 그가 개인이 겪은 비극과 이 전쟁을 어떻게 지금까지 견디며 이곳까지 이르렀는지, 기적이었어.

교회의 활력이 되고 있는 문명철(文明哲) 형제에 관해서도 보고하지 않을 수가 없네. '야고보'를 연상케 하는 그런 사람으로 '믿음 실천', '사랑 실천' 제1주의자로 맡은 일을 묵묵하게 끝까지 감당하고 실천해 내는 친구라네. **'영혼 없는 몸이 죽은 것같이 행함이 없는 믿음은 죽은 것이니라.'(야고보서 2장)** 는 말씀의 본보기로 보내주신 형제라네.

이원식(李元植), 한종준, 6·25 중 서울서 순교하신 황 목사의 자제인 황서균(黃瑞均) 형제 등, 교회의 일꾼은 차고 넘쳤고, 우리가 모두 그리스도의 지체(肢體)라는 말씀을 이렇게 절실하도록 체험하게 해주시는 아바 하나님의 예수님 사랑을 떨고 떨면서 확인하는 행군일세.

그들 한 사람 한 사람을 지으시면서 그에게 심으신 하나님의 뜻이 얼마나 오묘하신 사랑인가를 확인하는 나날이고, 또 신앙인들인 그들이 인민군 혹은 첩자로 오인되어 이곳 포로수용소까지 끌려오던 길에서 겪은 억울한 일이 왜 그들에게 일어났는가를 깨닫게 하시는 예배는 늘 눈물의 강을 이룬다네. 포로가 된 것을 감사드리고 포로의 신분으로 교회를 설립한 일이 아바하나님의 어떤 사랑인가를 눈물로 감사드리는 예배라네. 우리는 바빌론으로 끌려가 노예가 된 유대민족보다 얼마나 행복한 포로들인지 울고 웃으며 예배를 드리고 있다네. 우리는 하나님께 포로가 된 행복한 자녀들이었어! 앞으로 우리가 할 일은 '하늘나라에 침노(侵擄)해 들어갈' 하나님의 자녀들을 모으는 일이 아닐까 싶어. 예수께서 말씀하셨어. **'세례 요한 때부터 지금까지 천국은 침노를 당하나니 침노하는 자는 빼앗느니라.'(마태복음 11:12)** 천국을 침노하라… 쳐들어가라 하셨네. 그렇게 쳐들어가 천국을 사로잡으라, 그렇게 천국을 빼앗으라 하셨어. 얼마나 떨리는 말씀인지. 천국에 들어갈

자, 그렇게 열렬하게 자기와 싸워 이겨 천국을 빼앗으라 하셨네.

나는 이곳 철조망 수용소안에 있는 어떤 사람보다도 자유롭네. 먹는 것도 그들보다는 언제나 나은 급식을 받고, 입고 쓰는 것도 그들보다는 먼저 지급을 받고 있네. 이렇게 많은 것을 누리면서 이것을 다 그들을 위하여 아낌없이 쓰고 있는 것인지 돌이켜보지 않을 수가 없어. 그래서 얼마 전부터는 병원실무자들과 함께하는 식사를 그만두고 일반급식을 받기 시작했네. 그리고 일과 시간 후, 환자천막과 일반 포로수용자 천막을 심방하는 일은 취침시간까지가 너무 짧아서 무슨 다른 방법이 없을까 궁리 중이라네.

G2에서 일을 보던 이희진 형제가 '교회지기'가 되어 교회의 일만을 맡아볼 수 있게 되었어. 우리는 대개 강희동과 함께 셋이서 환자천막기도를 다녔고, 취침점호가 시작되면 교회로 돌아와 그때부터 기도를 시작하는 것이 우리의 정작 일과가 되고 있네. '깨어 있어 기도하라.' '깨어 있어 기도하라.' 나는 끊임없이 주님의 음성을 듣고 있네.

지난밤에 두 사람의 환자가 세상을 떠났어. 의사들이 성의와 기술을 다하고 약품도 모자라는 일없이 아끼지 않고 쓰고 있지만, 그들은 깊은 지병(持病)을 끌고 들어온 사람들이라 어쩔 수가 없었어. 그들은 아무것도 남긴 것이 없어. 유언(遺言)도 유품(遺品)도 없이 수용소 안에서 지니고 있던 포로수인번호와 이름 석 자만이 기록으로 남겨지네. 그들이 세상을 떠나는 순간 임종을 지켜주는 사람도 있을 리 없고…. 그들은 이웃 병상에 누워있는 다른 환자에게 죽음의 공포만을 안겨 주고 떠나간다네. 천막 속 이웃에 누워 치료받던 동료들은 먼저 세상을 떠난 그를 슬퍼하거나 그의 영혼을 위해 기도하는 대신, 사신(死神)의 손길과 냄새를 끌어들인 그를 원망할 뿐이야. '재수 없다'고 밀어버리며, 그 사신의 손길이 나에게 뻗치지 않게 하기 위해서라면, 무슨 짓이라도 할 듯이 냉담해.

환자의 죽음이 보고되면 시체처리반 임원들은 기다렸다는 듯이 기계처럼 달려들어. 흰 마스크로 얼굴을 반 이상 가린 그들의 눈은 차갑게 움직일 뿐, 단 한마디도 없이 기계가 작동하듯 손발이 척척 맞게 움직여지고, 마지막에는 넓은 비닐 포장지에 시신을 얹어, 간단히 둘둘 말아 끈으로 몇 마디 묶으면 그것으로 그 자리를 떠나는 거야. 그리고 군용 앰뷸런스에 실려 해운대 근처 유엔군 묘지가 있는 근방에다 구덩이를 파고 묻는 것이 끝이야. 유엔군 묘지하고는 달리 마련된 포로들만의 무덤에 간단히 묻히는 것으로 끝나는 것이지.

그가 아들로 태어났을 때, 그 출생을 두고 가족과 이웃들이 흐뭇해하며 기뻐했던 기쁨도, 그가 성장하며 부모와 형제와 이웃들 사이에서 이루려던 소박한 애환(哀歡)도, 소멸되고- 지금쯤 그의 가족들이 애타게 그를 그리워하며 찾아 헤매고 있을 안타까움이나 슬픔도, 낯선 땅 얼어붙은 흙무덤에 몇 삽 마른 흙과 함께 덮어 버리면 모든 것이 끝나는 것이었어. 어젯밤에 세상을 떠난 그 두 사람이 내 기억 속에 남아 있어. 두 사람 다 끝까지 복음을 거절하며 세상을 원망하다가 떠난 사람들이야. 무슨 투철한 주의사상(主義思想) 때문도 아니었네. 하나는 완전히 공포에 묶여 있었고, 하나는 허탈과 허무감에서 헤어나지 못한 젊은이였네.

"예수를 만나시오. 그분이 달리신 십자가를 바라보시오. 그가 내 대신 십자가에 못 박혀 내 대신 죽었으므로 나는 죄에서 놓여났어요. 나의 죄 값을 그분이 그의 목숨으로 깨끗하게 치렀으므로 나는 깨끗해졌고 깨끗하므로 하나님께서 나를 사랑하시는 사랑이 완전하게 회복되었어요. 하나님께서는 십자가로 죄 값을 받으시고 이제 사랑으로 나를 다시 품으셨어요. 나는 하나님께서 사랑하시는 존재요. 예수 그분이 나를 위해 이 땅에 오셨고 내 죗값을 치러주시기 위해 십자가에 못 박혀 죽으셨고, 내 죄가 십자가 위에 못 박힘으로 완전히 죽어, 나는 죄로부터 해방된 것이오. 예수는 그렇게 그 일을 끝내시고 사망(死亡)을 이기시고 다시 살아나셨어요. 죄에서 해방된 우리가 사랑으로 영원한 생명되게 해주시기 위하여 부활하신 것이오. 그가 하나님의 아들이라는 것과, 그가 내 죄를 대신하여 십자가에서 죽으셨다는 것과, 죄 값과 사랑의 완전한 공식(公式)을 치르신 뒤 부활하신 사건을 믿으면 그것이 구원입니다. 그것이 지금까지 나 중심으로 살던 삶으로부터 나를 돌이켜 세워 하나님을 향해서 돌아서는 회개(悔改)입니다. 회개하여 예수의 이름으로 세례(洗禮)를 받고 죄 사함을 받으면, 예수 그분이 약속해 주신 성령(聖靈)을 선물로 받게 되고 우리가 성령 안에 있으면, 그때부터 내가 나를 살게 하는 것이 아니고 내 안의 그리스도가 사시는 것이라, 이전의 근심이나 슬픔은 다 씻기고 오직 평강으로 이 땅의 남은 날을 살아낸 뒤 영원한 나라로 들어가는 것이에요."

그들 옆을 지키며 계속 기도하며 그렇게 말씀을 전했으나 그들은 막무가내였어.

"소용없어요. 소용없다고요! 하나님이 계시다면 왜 이런 끔찍한 일이 일어났겠어? 전도사는 당신들은 사기꾼이야! 하나님? 하나님이 사랑이라고? 벌레 한 마리도 죽일 줄 모르던 순임이가 피난길에서 폭격으로 갈가리 찢기는걸 보았다면 하나님이 사랑이라는 말 못했을 걸? 식구마다 땀 흘려 거둬들인 곡식이 삽시간에 불에 타 숯이 되었다고! 대대로 정성들여 지켰던 농토와 집은 쑥밭이 되었어. 이젠 살아남는다 해도 이 목숨 부지하고 살 길이 막연해! 누가 날 살려 줘? 누가?"

생명줄이 가녀리게 흔들리고 있던 그들이, 그 목숨의 등불이 아주 꺼져버리기 전에, 구주를 영접하게 해주십사고 밤새워 기도했으나, 그들은 내가 기도를 드리던 그 시간에 떠나 버렸어. '믿음'이란 어디서 오는 것일까. 믿음을 갖는 일이 왜 그리 힘이 드는 것일까. 끝끝내 그렇게 외롭게 그렇게 비참하게 세상을 떠나면서도 어찌하여 그 구원의 영원한 줄을 붙잡으려고 하지 않는 것일까. '**너희는 온 천하에 다니며 만민에게 복음을 전파하라(마가복음 16장).**' '**성령이 너희에게 임하시면 너희가 권능을 받고 예루살렘과 온 유대와 사마리아와 땅 끝까지 이르러 내 증인이 되리라.**'(사도행전 1장) 하신 예수님의 말씀은 부활하신 후 승천하시기 직전에 주신 마지막 당부, 곧 유언의 말씀이었고, 우리는 그 부탁하신 말씀대로 어디서나 누구에게나 구세주의 기쁜 소식을 전파하고 있지만, 이런 경우 끝까지 그것을 거절하고 떠나가는 사람에 대하여 우리는 어찌해야 하는 것일까 막막할 뿐이네.

구원이 예정(豫定)된 것이라면 우리는 순종하는 자로 앵무새처럼 전하기만 하고, 받아들이지 않는 이에 대해서는 나의 일 아니라고 간단히 돌아서도 된다는 말인가. '**우리가 전하는 기쁜 소식(福音)이 그들에게 심겨지지 않고 가려졌다면 그것은 멸망하는 자들에 의하여 가려진 것이라. 이 세상의 악령(惡靈)이 그들의 마음을 어둡게 했기 때문에 믿지않는 것이라. 그래서 그들은 하나님의 형상이신 그리스도의 영광스러운 기쁜 소식의 빛을 보지 못하게 되었도다.**'(고린도 후서 4장) 하는 말씀만을 의지하고 멸망할 수밖에 없는 그들, 믿으려 하지 않아 세상신(世上神)에게 매여 혼미(昏迷)하게 된 그들 자신의 탓으로 돌리고 그들에 대해 포기해도 된다는 말인지.

두 젊은이의 시체를 실은 앰뷸런스가 포로수용소 철조망 밖으로 빠져나갈 때에, 나는, 그토록 외로움에 떨며 두려움에 질려있던 두 영혼을 위하여 눈물로 주께 간구하지 않을 수가 없었네. '주여, 당신의 아들들입니다. 그들이 육신에 있을 때에 당신을 시인하지 않았다 하여 외면하시겠나이까. 그들의 영혼을 거두어 받아 주소서. 받아 주소서.'

*

그날 밤부터 나는 자정이 지난 새벽 한 시, 두 시에 환자 천막을 하나하나

점검하며 돌아다니기로 했네. 천막마다 야간 당번 위생병이 있지만, 환자들 자신도 그들을 찾는 일이 없었고, 또 실제로 그들이 환자의 어려운 경우를 차분하게 돕는다는 일도 없어, 위생 담당인 그들은 그저 그 천막 한자리에서 잠을 자는 것으로 그들의 역할을 끝내는 것일세.

밖에서 봉사하려고 들어오는 일반의사나 간호원들이라야 수술실이나 병원본부 일만으로도 손이 달리는 형편이었고, 밤이면 그들마저 돌아가, 병원 일손이 제한되고 마니까 환자 천막에 배치될 간호원이 있을 수가 없었네.

중환자들에게는 밤이 어렵네.

나는 환자천막을 외과, 내과, 결핵 환자, 순서로 정하고, 병원에서 타낸 거즈나 탈지면, 소독약 등을 들고 들어가지. 얕은 촉수의 전등이 밝혀지고 석유를 때는 기름 난로는 적당하게 달아올라 난로 옆을 지키는 위생당번이 정신없이 곯아 떨어져 잠들기 좋은 거야. 난로 위에 얹어놓은 물통의 물은 여유롭게 김을 올리며 끓고 한 고비를 넘긴 환자들은 그런 대로 잠이 들어 한겨울 춥고 어두운 밤을 잘 건너가는 듯 평화로워 보일 때도 있어. 그런데 중환자들은 달라. 아직 고비를 넘기지 못한 환자는 고통의 단단한 이빨 사이에 끼여 흘깃흘깃 죽음의 냄새를 맡아가며 생명의 안간힘을 다하고 있는 거야. 그들은 정신이 드는 것을 오히려 두려워하듯 혼도(昏倒)의 커튼 뒤에 숨어 있으려고 줄곧 진통제! 몰핀!만을 소리쳐 요구하는 거야. 고통, 통증은 무엇일까. 그 주검의 냄새에 절은 늪지를 건너가고 있는 환자들의 단말마 앞에서 나는 그저 무력해져 망연히 서 있을 뿐이네.

하지만 더러 나를 찾는 환자가 있으면 나는 주님께 매달려 기도하며 손을 쓰는 거야. 더러는 두꺼운 패드를 갈아대고, 피고름이 흐른 것을 닦아내며, 저리고 아프다고 낑낑대는 부위를 주무르지. 그것은 내가 하는 것이 아니라 성령께서 하시도록 손을 빌려드리고 내 몸을 쓰시도록 내어놓는 일이야.

한 사람 한 사람 순서가 바뀔 때마다, 소독약으로 정성껏 손을 닦아 내고, 어느 때는 따뜻한 물로 그들의 낯을 씻어 주고 손도 닦아 주며 소리 내어 기도하면, 주르르 눈물을 흘리다가 혼곤히 잠이 들기도 해. 그들 잠든 모습을 보고 있으면 저절로 눈물이 나와. 이 참혹한 고통의 현실에, 주께서 우리와 함께 하시며 우리의 비참을 당신의 눈물로 씻기고 계시는 것을 알겠어.

난로 위에서 끓는 물에 타야 할 냉수가 모자라서 물을 길러 밖으로 나가면 아, 그 겨울 얼어붙은 하늘의 총총한 별들…. 내 영혼이 눈물 씻고 귀를 기울이면, 그 하늘의 깊고 깊은 이야기가 들려오고, 감추어져 있던 대지(大地)의 언어가 내 앞에 열리는 것일세. 하나님 지으신 세상은 어떤 비극 어떤 비참 속에서도 정말 아름답지 않은 것이 없어. 사람이 겪는 비참, 그 비참의 깊은 수렁 속에서도 그분의 세미(細微)한 음성을 들을 수 있는, 성령께서 함께 하시는 신비를 영혼이 받아들이는 은혜가 있기에 삶은 무한한 신비지. 서울을 떠나 이곳에 이르기까지 중간에 붙잡혀 몇 번이나 고문당하고, 부역(附逆)으로 끌려가 포탄상자를 나르고, 인민군이 먹을 밥을 짓다가 막판에는 포로가 된 이 현장이, 하나님 나라를 향해 뚫린 천국의 길이라는 것을 깨닫게 해주신 은혜에 감격할 뿐이야. 몇 광년(光年)씩 걸려 지금 내 눈에 비치는 저 별들의 신비를 헤아리며 하늘나라를 향해 미소를 보내드리고 있네.

친구여,

나는 이 별빛 속에서 자네를 만나고 있어. 자네가 어디에 있든 그 곳에 나도 함께 있다고 믿고, 그 신비한 힘이 또 내 옆에 자네를 세워 놓는군. 우리 외로워하지 말고 열심히 일하세.

1951년 1월 맹의순 씀.

6

오늘, 처음으로 중공군 환자들을 수용한 천막엘 갔었네. 중공군 포로는 매일 엄청나게 실려 오고 있어. 그중에 환자의 수도 적지 않아 포로수용소의 일은 갑자기 몇 배로 늘어났어. 일손이 대폭 부족하여 당국은 황황해하며 돌아가고 있었네. 보급품이 달렸는지, 아니면 그들의 계급이나 신분을 확인하는 일이 덜 끝났는지, 그들은 입고 온 그대로 넝마뭉치처럼 우선 수용이 되어 있었네.

중공군 포로수용소 천막으로 들어서는 순간, 그저 소박하고 아무 영문도 모르며, 눈치도 없는 중국시골 청년들을 발견했어. 그들은 툭 불거져 나온 광대뼈 위로 별로 크지 않은 눈을 번하게 뜨고 '이게 도대체 어떻게 돌아가는 판국이 되려나?' 멀거니 바라볼 뿐이었네. 별반 두려워하는 것 같지도 않았고 그렇다고 반감을 품은 것 같지도 않았네. 그저 별다른 감정의 기복 없이 낯선 나라 낯선 풍토의 낯선 사람들을 기이해하며 그렇게 바라보는 것이었어. 누가 이들을 공산주의자라고 하겠나. 누가 이들을 군복 입고 전쟁하던 군인이라고 하겠나.

그들은 자기 고향에서도 가난과 고통만을 밥 먹듯 하며 견뎠고 전쟁터를 향하여 등을 밀려가면서도 군인다운 훈련 한번 변변히 받아 본 일 없이, 구닥다리 잘 듣지도 않는 총 몇 자루 얻어 가지고, 더러는 말에다 대포를 싣고, 더러는 소를 끌고 몇 천 리씩 걸어 걸어서 전쟁터에 이르렀던, 영문 모르고 소집된 시골 사내들이었어. 밥 한 덩어리나 밀가루 떡 한 쪽만 먹고도 잘 견디는 체질 덕분에 말없는 소처럼 묵묵히 걷고 싸우던 불평 모르는 사람들이었네.

그들 중 누구 하나도 제 나라 수뇌부(首腦部)에서 왜 이 전쟁 결정을 내렸는가에 대하여 생각해 본 사람이 있을 것 같지 않았어. 그들은 서양이 동양과 다르다는 것을 알 필요가 없는 사람들 같았어. 국가의식(國家意識)에 대한 열등감도 자만심도 전혀 개의할 일이 없는 사람들이었어. 중국이라는 나라가 열등하다거나 또 오래된 역사나 문명이 어떻다거나 세계무대의 각축전이 어떻다거나, 어떤 것도 상관할 일이 없는 그런 사람들이었네. 그저 나라가 나오라 하니 나갔고, 모이라 하니 모였고, 가라 하니 떠났던 죄 없는 사람들이었네. 포로로 잡혀와 있지만 그저 굶지 않고 몸 편하니 다행이기는 한데, 이 낯선 사람들이 무슨 호통이나 치지 않으려나 하는 약간의 불안이 서려 있을 뿐, 그들은 하나같이 무덤덤한 표정으로 잠잠하게 있는 조용한 사람들이었네.

그들과의 첫 대면에서 나는 기이한 전율에 사로잡혔어. 그들이 남 같지 않았어. 어디선가 함께 있었던 낯설지 않은 사람들을 만난 것 같았어. 이승이 아닌, 어디였을까? 남루하고 무지해 보이고 무뚝뚝해 보이는 이국(異國)의 적병(敵兵)이었는데, 그들 앞에서 가슴이 따뜻하게 풀어지는 거였어. 문득 그들 앞에 무릎을 꿇고 수종(隨從)드는 내가 보였어, 환상이었어.

무슨 당치않은 망상일까, 떨쳐 버리려했으나 환상이 지워지지 않았어. '주여 무슨 일이오니이까' 뒷걸음질치려고 했는데 움직일 수가 없었네. 누구인가 나를 붙들고 그 자리에서 떠나지 못하게 하는, 강력한 손에 붙들려 있는 느낌이었네.

*

영어를 좀 한다는 중공군 포로를 찾아냈지만 좀처럼 의사소통은 되지 않았어. 통역관이라고 나선 팽(彭)씨는 어떻게든 통역의 역할을 잘 해보려고 무진 애를 썼지만, 어느 때는 자기네들끼리도 말이 잘 안 통하는지 몇 마디씩 계속해서 헛돌아가는 게 예사였고, 서로 갑갑해서 손짓 발짓 해가며 떠들다가 옆자리에 있던 사람들까지 거들고 일어나면 잠깐 사이에 한바탕씩 이 말 저 말이 뒤섞여 엄청난 소란이 벌어지는 거야. 중국 그 넓은 땅에서 지방 따라 말이 전혀 달라 자기네들끼리도 종잡을 수 없는 일들이 벌어지는 거였네. 입고 있는 누비옷은 언제 보급을 받은 것인지 너덜너덜해져 걸레가 되어 있었고, 그 옷에다 무자비하달 만큼 DDT 소독약을 드리 뿜어서 그들은 하나같이 허옇고 뿌우연 모습으로 제각기 떠들어 댈 때면 비참한 희극이라는 느낌이 들고는 했네.

동상(凍傷) 환자가 많았어. 총탄 하나 스친 일 없이, 발이 잘려야 하고 손이 잘려야 하는 사람들이 적지 않았네. 보급품이 지급되고 환자천막 이동이 있을 때에, 새로 옷이 지급되자 그들은 새 옷을 입고 어린애처럼 좋아하는 거였어. 자기네들이 입고 있던 넝마 옷을 태우는 것을 보자 그 불에 손을 쪼이며 히죽히죽 웃었어. 배부르니 좋고, 따뜻하니 좋고, 총 쏠 일, 걸을 일 없으니 그저 좋다는 얼굴들이었네.

처음 대면했을 때 느꼈던 대로 나는 그들이 도무지 낯설지가 않았어. 오래 전 어디선가 함께 살던 사람들 같았어. 그들이 쓰고 있는 말을 내가 잊어버렸던지, 내가 쓰고 있는 말을 그들이 잊어버려서 말이 통하지 않을 뿐, 남 같지 않았어. 혹시 그들과 나는 바벨탑을 쌓을 때 함께 일을 하던 자들이 아니었을까. 우리는 어느 높이까지 그 탑을 쌓았었던가.

나는 그들하고 말을 통하고 싶어 견딜 수가 없었네. 그들도 무언가 말을 하고 싶어 하는 눈치였지만 아무리 끙끙거리고 애를 써도 피차 공기를 소란하게 하는 것일 뿐 소동(騷動) 이외에 아무 소득이 없었네.

말이 통하지 않는 중공군 막사에서 미군군의관들은 훨씬 일하기 힘들어 했어. 말, 언어(言語). 그 기능의 놀랍고 신비한 힘에 대하여 내 영혼이 새롭게 눈을 뜨는 것 같았어. 인간과 인간이 맺어지는 길이 오직 말 이외에 방법이 없었을까.

　중공군 포로수용소 병사(病舍)에서 군의관들 일을 돕고 돌아온 날 밤. 기도하던 중 소스라쳤네. 죽(竹)의 장막(帳幕) 중국, 영적(靈的)인 불모지대(不毛地帶)인 저 넓은 대륙 중국의 그 많은 인구, 하나님께서 이 포로수용소에서 그들에게 구원의 역사(役事)를 시작하시겠다고 하셨어. 혹시 그것이 내가 지어먹은 내 생각이 아니었을까? 성령께서 들려주신 아바의 말씀이 아니라, 내 생각이 아니었을까? 하지만 계속 가슴이 뜨거웠어. 내 발로 갈 수 없는 나라, 중국. 인간악(惡)이 쳐놓은 죽(竹)의 장막. 하나님께서 그 안에 갇혀있던 사람들을 이 땅으로 이끌어 오셨다네. 이제 우리가 할 일은 그들에게 복음(福音)의 씨를 뿌리는 것일세. 얼마나 놀라운 일인가. 친구여! 포로수용소에서 일어나는 하나님의 역사(役事)! 나 같은 것에게 이 일을 맡겨 주시다니! 두렵고 떨릴 뿐이네.

　생각해보세, 서양의 선교사들이 아프리카 오지(奧地)나 남아메리카 등지에서 어떤 고난을 겪으며 복음을 전했는가를. 더 먼 곳의 예를 들 것 없이 우리나라나 일본에서 얼마나 많은 박해가 있었는가를 우리는 알고 있지 않은가. 그분들이 거쳐 간 선교의 길에 비하면 바로 내 코앞까지 다가와 있는 이들에게 복음을 전하게 된 일이 얼마나 놀라운 일이겠는가.

　소망의 빛이 해 무리처럼 떠올랐어. 이 기막힌 전쟁을 통해 우리가 겪는 이 고난이 축복의 통로로 열리다니! 내 영혼이 춤을 추기 시작했네.

1951년 1월

*

　여성포로들을 분리수용한 수용소 철조망에 새로운 통로가 하나 생겼네. 우리가 살고 있는 제4 수용소에서 비스듬히 올라앉은 언덕 위에 여성포로들이 수용된 것은 얼마 전의 일이었어. 포로들 중에 그 아랫길로 어슬렁거리며, 객쩍은 소리를 내질러 혹시 여자들이 내려다보아 주지 않을까 목을 늘여 올려다보기도 하지만, 한 겹 철조망은 보기보다 엄격했어. 그런데 그곳에 교회가 세워져 예배를 드릴 수 있게 되었어. 놀랍지 않은가? 참으로 오묘하신 하나님의 섭리가!

이북 인민군여군들을 수용하기 위한 포로수용소였지만, 그중에 피난도중 끌려온 민간인 여성들도 적지 않았고, 놀랍게도 간호원이며 여의사까지 섞여 있었네. 그들은 서로 도움을 주고받는 듯했지만 사상적으로 일치할 수 없는 데다 생활환경이나 감성이 판이해서, 뜻 맞지 않는 경우가 많은 듯했고 여자끼리 수용되어 있다는 사실이 늘 긴장을 불러일으키는 듯했네.

요즘, 주일마다 광야예배를 끝내고, 이희진 군과 함께 헌병의 호송을 받아가며 그곳까지 건너가 예배를 주관하고 있어. 나는 신학교 학생으로 한 교회의 중고등학교 학생을 맡았던 전도사였을 뿐, 그리고 부평 국군병원 주일예배를 인도한 정도의 전도사였는데, 이곳에서는 목회자의 역할을 맡으라 하니 겁나는 일이었지. 하지만 오직 성령께서 함께 하시는 믿음으로 그곳 예배를 인도 하던 중, 그곳 여성교회에는 성가대를 이룰 만한 사람이 적지 않았어. 우선 소프라노와 알토를 짝 맞추어 사중창의 특송 몇 곡 부르게 했더니 예배가 훨씬 은혜로웠어. 우리는 여성교회 회중과 함께 오래오래 찬송을 함께 부르다가 돌아오고는 한다네.

바로 이웃 마을 동래(東萊)에도 포로수용소가 있는데 그곳에도 교회가 세워졌다는 소식을 들었네. 헤럴드 보켈 목사님이 끊임없이 애써 전도하신 열매라고들 하네. 그분은 옥호열(玉浩熱)이라는 우리나라 이름을 가진 목사님이지. 부인과 함께 이 철조망 안의 양떼에게 참 생명의 먹이를 주시기 위하여 당신들 개인의 생활을 다 버린 분들이라네. '한국 전쟁포로의 아버지'라고들 하지. 교회를 세우는 일뿐 아니라 성경 말씀을 가르치고 참 신앙을 심어 주고, 그 내외분과 함께 지내던 사람들이 수용소에서 나간 뒤에 생활할 수 있는 문제까지도 미리 준비해 주시는 분이라고들 하더군.

*

아, 형극(荊棘)의 천로역정을 거쳐, 포로로 만드시어 포로수용소에 가두어 주신 하나님의 섭리! 이 곳에서 이렇게 많은 역할을 맡겨 주신 주님. 미군군의관을 도와 포로들의 수발을 들게 하시고, 광야교회를 세워주신 하나님. 그 성전에 놀랍도록 신실한 형제들을 모아 주신 하나님. 이 철조망 안에다 순수한 복음 밭을 우리가 기경(起耕)하게 해주신 하나님. 눈을 감으면, 무릎을 꿇으면 전신이 불붙듯 뜨겁게 감사로 떨리게 만드시는 아버지 하나님…. 매 순간이 기적이던 걸음걸음이 은혜요 신비였음을, 내 영혼이 다 감당할 수 없어 터질 것만 같은 때도 있다네.

'우리가 사방으로 욱여쌈을 당하여도 싸이지 아니하며, 답답한 일을 당하여도 낙심하지 아니하며, 핍박을 받아도 버린 바 되지 아니하며, 거꾸러뜨림을 당하여도 망하지 아니하고, 우리가 항상 예수 죽인 것을 몸에 짊어짐은 예수의 생명도 우리 몸에 나타나게 하려 함이라.'(고린도후서 4장)

예수 죽인 것을 몸에 짊어진 나에게, 이제 예수 다시 사신 영원한 생명이 내 몸에 나타나게 하시기 위하여 이 모든 일이 주어진 것을 믿게 만드신 사랑의 주님. 하나님께서는 철조망 속의 이 포로수용소가 내게는 축복과 약속의 땅이 되게 만들어 주셨네.

*

1·4 후퇴 때는 서울 시민이 완전히 철수하여 대구와 부산으로 몰렸다는 소문인데, 나는 가족 중 그 누구의 소식도 듣지 못하고 궁금함만 산처럼 높이 쌓였네. 누구라도 좋으니 만날 수 있었으면 하는 마음이 불쑥불쑥 솟아나네. 아버지는 어찌 되셨는지. 9·28 수복 때까지 어떻게 잘 견뎌 내셨

는지. 그리고 어머니는 또 어찌 되셨는지. 우선 소식만이라도 들었으면 싶어, 이따금, 그저 망연한 눈을 들어 철조망 밖의 거리를 하염없이 바라보고는 하네.

이 안에 있는 사람 중, 우리처럼 어이없는 오해로 묶여 있는 사람들일지라도 외부접촉에 관한 한 엄격한 통제를 받고 있어, 누구도 자기 어디 있는지 위치를 알리지 못하고 마음만 동동거리는 사람들이 부지기수라네.

전쟁이 이렇게 혼전(混戰)이니 당국인들 어느 하가에 우리의 처지까지 돌아보아 억울한 사정 골라내고 추려 주기를 바라겠는가만, 이 세상 전쟁사(戰爭史)에, 아군에게 붙잡혀 무고하게 포로가 된 민간인의 경우가 또 있을까.

이 모든 상황이 하나님의 각본으로 믿어져 두말 할 일은 아니지, 구조적인 사회일각의 사건으로 짚어 볼 때, 세상에 이보다 더 어이없는 일이 어디 있겠나.

그저 이따금 부모님 안부며 서울 교회에 대한 궁금증이 철없이 칭얼거릴 때도 있다네. 그리움은 신앙위로와 상관없이 보채고 또 보채는 어린애 같다네. 자네도 그중 하나라네.

*

오늘 오후, 보안과(保安課)에 불려갔었네. 그저 사무적인 일이려니 하고 들렸어. 그런데 보안과 사무실로 들어서는 순간 그만 얼어붙었어. 꿈인가 했어. 내 앞에 서 있는 사람이 누구인지 알겠나? 대위계급장의 단정한 군복을 입은 유정인 선생이었어. 숨이 막혔어. 그의 맑은 눈은 차갑게 빛나고 있었지만 입술과 뺨이 떨리고 있었네. 살아 있었다니…. 내가 알고 있는 사람 중에 살아서 만난 첫 사람이었네.

"아, 이렇게 무사하셨군요. 감사… 감사합니다."

눈물이 어린 눈으로 그는 떨고 있었네. 그의 앞에 서 있던 나는 가슴만 떨리고 입이 얼어붙었어. 다만 떨리는 가슴으로

'주여 감사합니다. 주님 감사합니다. 우리가 이렇게 살아서 만났습니다.'
주님을 바라보았을 뿐. 우리가 서로 바라만 볼 뿐 그대로 서 있자, 사무실 장교 한 분이 유 대위에게 의자를 권했어. 숨도 제대로 쉬지 못할 정도로 긴장하고 있던 그의 몸이 부서지고 말 것처럼 보였네.

"아니 세상에 이럴 수가…. 맹 선생을 포로로 묶어 놓다니 이럴 수가…."
한동안이 지나서 그는 벌벌 떨면서 입을 열었네. 분노로 떨고 있는 그를 달래느라고 그제야 나도 간신히 말문을 열었어.

"너무 놀라지도 흥분하지도 마세요. 이곳도 그런대로 견딜만합니다. 저는… 전쟁 포로가 되어 묶여있는 것이 아니라 하나님의 포로가 되어 기꺼이 머물러 있는 겁니다."

"맹 선생님은 여전히… 신앙을 잃지 않고… 하지만 이럴 수가 있습니까? 세상에 이럴 수가…. 아니 어떻게 우리 편의 손으로 사람을 포로로 끌어다 놓고…."

"유 선생님, 이제는 조금도 불편하지 않습니다. 처음에는 무슨 이런 질곡(桎梏)… 이런 오해에 묶여 포로가 되다니…, 정부도 군부(軍府)도 원망스러웠고 어떻게든 이곳을 벗어날 집념에 매달려 있었어요. 그런데 하나님께서 이 어둠을 한 겹 한 겹 벗겨주시면서, 포로수용소 안에서 성령께서 하시는 일을 보여주셨어요. 글쎄 이 포로수용에서 저하고 같은 처지의 신앙의 형제들이 툭툭 튀어나오질 않겠어요? 이 살벌한 수용소 언덕에다 십자가를 세워주시고 예배를 받으셨습니다. 무엇을 더 바라겠습니까. 하나님께서는 언제나 더하지도 덜하지도 않으시는 분이신 줄 아시잖습니까. 꼭 그가 있어야 할 자리에 그를 보내신다는 것을. 저는 지금 아쉬울 것이 아무것도 없습니다. 다만 부모님 안부와 서울 소식이 궁금합니다."

그가 이 면회(面會)를 위하여 얼마나 오랫동안 고생을 했는지 이곳 대대장과 보안과 사람들의 이야기를 듣고 알 수 있었지만, 사실은 면회보다 더 어려운 임무를 가지고 나를 찾아온 것이라네. 그는 아버지의 납북(拉北) 소식을 내게 전해야 할 고통스러운 일을 맡아가지고 있었던 거야. 나와 면대(面對)해서 차마 전할 수가 없었던지, 면회가 끝난 뒤 몇 자 편지를 적어서 보안과에 맡겨 놓고 돌아갔더군. 그렇게 돌아서던 발걸음이 어떠했을까, 그의 뒷모습이 그렇게 애련할 수가 없었네.

내가 서울을 떠난 며칠 뒤, 내무서원이 또 집뒤짐을 할 때 더 이상 비겁하게 굴 것 없이 차라리 맞부딪쳐 보겠노라고 내무서원을 따라 나서신 것이 마지막이었다네.

공산군이 남침하면서 남한에서 반동(反動)이라고 검거하거나 인민재판 혹은 집단학살과 행방불명으로 희생된 숫자 30여만 명이라네. 그리고 납치한 숫자도 몇 만 명에 이르고. 아버지께서도 그중 한 분. 평양으로 끌려 가셨으리라고는 하나 고향인 평양에까지 이르지도 못하고 도중에 세상을 떠나셨으리라는 소식이더군.

1·4후퇴 때 유정인 선생이 우리 집으로 어머니를 찾아가 뵈었더라네. 함께 떠나시자고 여러 번 권했으나, 언제고 맹 장로님도 의순이도 집으로 돌아올 텐데 내가 어찌 한시인들 집을 비우겠느냐 하시며 막무가내로 남으셨다는 거야. 지난 겨울, 중공군은 쏟아져 들고 식량은 아무것도 없었을 텐데 어찌 견디셨을는지 기가 막힐 노릇이네. 그런데 이번에 다시 국군이 서울로 들어가는 길을 뒤따라 들어갔다가 집엘 들르니, 오직 기도로 견디시던 어머니께서 눈물을 흘리시며 탄식을 하시더라네.

"내가 복 없는 사람인 게야. 내가 이 집에 들어오자마자 장로님도 끌려가시고 아들도 소식 없으니, 내가 이 집을 홀딱 망하게 한 사람이오. 내 탓이오, 내 탓이오, 오직 나 한 사람 박복한 탓이외다."

유 선생이 식량을 구해다 드리고 왔다고는 하지만, 내가 여기에 살아있다는 소식이나마 전해드릴 일이 우선 급선무야.

유 선생은 부산에 있는 3육군병원(三陸軍病院)에서 근무를 하고 계시다네. 서울 가는 인편을 찾는 대로 어머니께 내 소식을 전하겠다고 편지를 적어 놓고 떠났네.

이렇게…, 우리들의 실마리는 풀려 나가는 것 아니겠나. 오늘 면회의 흥분이 아직도 가시지 않아, 먹먹한 가슴으로 이 편지를 썼네.

1951년 3월

얼음이 풀리고 있네. 이제 얼음을 지치러 몰려오던 아이들의 재잘거리는 소리가 거의 들리지 않네.

봄이 오려는가. 전쟁으로 폐허가 되었던 땅을 다시 동토(凍土)가 되게 만들었던 겨울이 무엇을 남겨 놓고 떠나려는지. 유난히 춥던 겨울, 먹을 것도 입을 것도 잠잘 곳도 없는 전쟁 난민들을 속속들이 얼어들게 만들고, 흘린 피를 얼어붙게 만들었던 겨울. 그 얼음이 풀리면서 우리에게 무엇을 보여 줄 것인가. 내가 무릎 꿇고 기도하는 자리는 아직도 얼어붙어 있는 얼음자리. 슬픔의 심연을 가슴에 안고, 절망에 묶인 채 죽어가는 젊은이들의 영혼을 하나님은 어찌하시려는 것인지.

그들의 영혼을 구원해 주십사고, 해산(解産)하는 아픔, 초산(初産)하는 자의 고통으로 외치고 있으나 이 언 땅을 두드리는 내 손이 터져서 피가 흐르고 있을 뿐이네.

평강(平康)은 나 하나의 영혼을 온전히 그분께 의탁했다는 것 뿐, 살아 있는 내가 맞닥뜨리는, 나날이 단말마의 고통 중에 목숨을 잃는 참상과, 언제 끝날지 알 수 없는 전쟁의 참화를 두고 때로 기도의 허리가 끊기기도

하네.

하지만 주께서는 지금도 십자가에 못 박히셨던 그 못자국 난 손으로 나를 위해, 또 자네를 위해 기도하고 계시다는 것을 잊어서는 안 되겠지. 그리고 어디에 있든, 자네도 계속해서 나를 위해 기도하고 있다는 것을 믿으며 내 영혼이 위로를 받고 있네.

나는 이따금 꿈속에서 한 마리의 새가 되는 꿈을 꾸고 있어. 이름 모를 작은 새가 된 나는 철망을 벗어나 자네를 찾아 멀리멀리 날아간다네.

1951년 3월

*

이 편지가 언제 자네에게 전달이 될는지 알 수 없으나 나는 자네에게 이야기하지 않을 수 없는 몇 가지를 또 기록해 놓아야 할 것 같네. 3월 18일, 우리는 다시 서울을 되찾았다고 했지? 그 추위 속에서 얼마나 많은 사람들이 목숨을 잃었을까. 사람들이 살아가는 데 필요한 것들은 얼마나 많이 파괴되었을까. 피아(彼我) 간에 얼마나 많은 목숨이 뜻 없이 스러졌을까. 그런데 근래 미국 군인들로부터 이상한 소문을 전해 들었네. 그것을 자원봉사로 출근하고 있는 의사선생님 한 분이 모아다 준 신문기사로 확인을 하였네. 지난해 11월 21일에 선포된 국민방위군 설치법(國民防衛軍設置法)이 얼마나 엉뚱한 결과를 가져왔는가를. 우리는 제2국민병에 해당하는 만 17세 이상 40세 미만의 장정 50만 명을 끌어모았다지. 그들을 방위군으로 훈련을 시키다가 1·4 후퇴라는 사태에 직면하자 편성된 지 얼마 안 되는 그들도 집단후퇴를 하게 되었다는 것을. 그러나 그들은 후퇴를 시작하면서, 당국이, 나라가 방치하여, 2할이 넘는 태반이 길에서 굶어죽고 추위에 쓰러졌다며? 나머지 중에도 회생 불가능한 환자가 되거나 목불인견의 걸인(乞人)이 되어 피난지에 도착했다는 기사를 읽었어. 그들은 국가가 부른다고 부모처자를 떠나 전선(戰線)을 향해 떠났던 장정들이라지. 정책수립자중 누구, 군부(軍府)의 어느 인간이 제2국민병에게 지급된 국고금(國庫金)을 한 입에 삼켰다는 기사였어. 식량, 피복, 의료기기, 기타 보급품이 골고루 돌아갈 만큼 원조를 받았다는데 그 물자와 돈의 향방은, 행군 도중, 그리고 후방에 도착한 뒤에까지 방위군간부들이 착복(着服)했다니…. 자네도 환하게 알고 있겠지. 방위군간부들이라는 인간들의 부정, 유용(流用), 착복한 내용이라니…. 차라리 전쟁 중에 적(敵)의 총탄에 쓰러졌다면 명분이라도 섰을 일, 세상에, 우리에게 어떻게 이런 인간이 섞여 있었는지, 그렇게 착복한 돈을 다시 국회의원 중 몇몇이 수뢰(收賂)했다는 사실이 드러나지 않았는가. 수십만 명 장정들의 목숨값을 갉아먹은 이들이 우리하고 똑같은 사람 껍데기를 쓰고 있는 것들이라니. 나라가 동강나고 남과 북이 갈라져, 세계 16개국의 젊은이들까지 끌어다가 총알받이를 만들고 있는 나라에서, 이런 천벌 받을 일이 버젓하게 벌어지고 있다니. 이 민족이 앞으로 무엇을 얼마나 더 저지르고 지옥 같은 행군을 이어가게 될 민족인지, 무릎을 꿇고도 차마 하나님을 입에 올려 기도를 드릴 수도 없었네. 이 나라에는 의인(義人) 열 사람도 없는 것일까. 단 열 사람, 아니 단 한 사람의 의인도 없이 이 나라가 이렇게 멸망지경에 이른 것은 아닐까. 이 땅에서 벌어진 이 전쟁이 분명 징계라는 것을 우리는 모르고 있는 것일까 '**네 하나님 여호와가 너를 길로 인도할 때에 네가 나를 떠남으로 이를 자취(自取)함이 아니냐…. 네 악(惡)이 너를 징계하겠고, 네 패역(悖逆)이 너를 책(責)할 것이라. 그런즉 네 하나님 여호와를 버림과 네 속에 나를 경외(敬畏)함이 없는 것이 악이요, 고통인 줄 알라.'**(예레미야 2장) 이 말씀대로 우리는 우리 자신의 악과 패역으로 이러한 징계와 고통을 자취한 것이라고 믿어야겠네.

'**네 길과 행사(行事)가 이 일들을 부르게 하였나니 이는 너의 악함이라. 그 고통이 네 마음에까지 미치느니라.**'(예레미야 4장) 이번 방위군사건을 보면 이 민족은 아직도 징계를 징계로 받아들이지도 않는, 패역에 패역을 얼마든지 저지를 백성이지 싶어. '내가 너희 자녀를 때리는 것도 무익(無益)함은 그들도 징계를 받아들이지 아니함이라(예레미야 2장).' '주께서 그들을 치셨을지라도 그들이 아픈 줄 알지 못하며, 그들을 거진 멸(滅)하셨을지라도 그들이 징계를 받아들이지 아니하고 그 얼굴을 반석(磐石)보다 굳게 하여 돌아오기를 싫어하므로….'(예레미야 5장) 이 민족이, 징계를 징계로도 받을 줄 모르는 패역의 민족이 되었더라는 말인가. 나의 악함이 나 자신을 징계하고 나의 패역이나 나 스스로를 아프게 하고 있건만 그 고통과 징계의 뜻을 아직도 깨닫지 못하고 있는 민족이더라는 말인가.

북쪽에서 끓는 가마솥이 뒤집혀 쏟아지는 것 같은 침략의 나팔소리와 전쟁의 경보(警報)로도 나의 악과 나의 패역을 보고 들을 수 있는 눈과 귀가 아직 열리지 않았더라는 말인가. 오오 하나님, 이제부터라도, 정녕 이제부터라도, 우리 모두가 눈을 씻고 의인을 찾아내어 열 사람의 의인을 모으는 길은 없겠나이까. 이 민족을 불쌍히 여겨 주소서. 불쌍히 여겨 주소서. 아바께서 주시는 징계의 매를 달게 받고 용서받는 민족이 되게 해 주소서.

친구여 나를 위해 기도해 주게. 내가 드리는 자신의 기도를 무력하다고 여기지 않도록 부디 기도로 받쳐주게. 이 땅에서 벌어지는 어떠한 악이라도 외면하지 않고 그것과 싸울 수 있는 기도의 용사가 되고 싶으니 부디 나를 도와주게.

1951년 3월 맹의순 씀

7

　내가 친구 맹의순과 면회를 했던 유정인 대위를 만난 것은, 미국의 트루만 대통령이 맥아더 장군의 사령관직을 해임한 다음 날이었다. 중국이 개입하면서 미국이 이끄는 연합군이 연거푸 많은 사상자를 내면서, 남한의 수도 서울이 네 번이나 주인이 바뀌었고, 전세(戰勢)는 갈팡질팡이었다. 이에 맥아더 장군이 중국을 폭격 봉쇄하겠다고 결정하자 트루만 대통령이 맥아더를 사령관직에서 해임하고 후임자로 리지웨이 장군을 임명한 것이다. 4월 11일의 일이었다. 부산 전체가 들썩거렸다. 8군 사령관에는 벤 플리트 장군이 새로 임명되고, 뒤숭숭한 소문은 검은 연기가 되어 흘러 다녔다. 지난겨울, 중공군과 인민군 80여만 명이 대규모공세를 퍼붓고 달려든 뒤, 전선은 한반도를 아래위로 오르내리며 미군 사상자(死傷者)가 십만 명이 넘었고 북한군에게 포로가 된 숫자는 확인할 길도 없었다. 이제 미국은 상상할 수 없었던 이 전쟁을 두고 두려워하는 기색이 역력했다. 삼키지도 뱉지도 못하는 상태에서 황당해 하고 있는 눈치였다. 그보다 이십여 일 전, 아군은 서울을 다시 찾기는 했으나 중공군의 역습과 공격이 다음날을 예측할 수 없을 정도여서 피난민의 하루하루 생활이 곡예처럼 아슬아슬할 뿐 무엇 한 가닥 붙잡고 기대어 볼 만한 것이 없었다.
　나는 영도 바닷가에 있는 작은 찻집에서 유정인 대위를 만났다. 군복을 단정하게 입은 유 대위가 조용하게 기다리고 있었다. 우리는 마주 앉았으나 입이 열리지 않았다. 그저 서로를 바라보며 꿈인 듯 생시인 듯 가슴 벅차했다. 피차가 맹의순에 대한 생각으로 터질 것 같은 가슴을 가까스로 진정하고 있었을 뿐, 간단한 인사조차 나눌 수가 없었다. 얼마 만에 가까스로 내가 먼저 입을 열었다.

"의순을 만나셨다지요."

"네."

그러나 그것은 대답이 아니었다. 참고 참았던 눈물의 시작이었다. 그때까지 그 눈물을 어떻게 참고 있었는가 싶을 만큼 그는 눈물을 하염없이 흘렸다. 나는 아무 말도 할 수 없었다. 얼굴을 돌려 오후의 봄 바다를 무연하게 바라보고 있었으나 나 또한 내 가슴 깊은 곳에 감추고 있었던 눈물의 샘이 터졌다. 슬픔이 아니라 무너짐이었다. 하루가 천년 같고 천년이 하루 같은 슬픔과 고통이 만난자리였다. 우리는 왜, 이때, 이 땅에서 태어나, 하늘 무너지고 땅이 꺼지는, 살육의 현장에서 참화를 겪고 사랑하는 사람을 잃어야 하는지. 사랑하는 사람을 마음 놓고 만날 수 없는지, 전쟁은 오해의 이빨에다 친구 맹의순을 사려 물고 놓아주지를 않는지. 희망의 순(荀)이 잘려 보이지 않는 자리에서 우리는 마주보고 있었다.

전쟁은 유착상태(癒着狀態)에 빠져 세월을 잊었고, 국내에서는 장정들을 몰아다가 겨울 피난길에서 굶어 쓰러지게 만든 국민방위군 사건이 터지고, 공비와 내통했다는 이유로 여섯 마을을 불태우고 수백 명을 집단 사살시킨 거창(居昌)사건에, 행정부의 부패와 무능에다 추잡한 정권욕을 에워싼 갖가지 행패가 계속 벌어지는 판이었다.

우리들 젊음은 갈 곳이 없었다. 바라볼 곳도 없었다. 어느 방향을 향해서 어떻게 서야 할지도 알 수 없었다. 누구를 붙들고 이 억울함을 호소할 수 있는지, 누구 앞에서 이 눈물로 울어야 할지 알 수 없었다. 하지만 이제 우리는 이 눈물을 서로 알아볼 만한 사람끼리 만난 것이다. 이제 서로 알아보았으니 이대로 울면서 헤어져도 좋을 만큼 울 수 있는 이유를 찾아냈고, 또 그래서 얼마든지 울어도 좋을 기회를 얻었으니 그것으로 족했다.

그래도 먼저 운을 뗀 것은 유정인 대위였다.

"남들이 보면 무슨 깊은 사연이 있는 남녀라고 하겠군요."

그는 눈물을 닦아내면서 잠깐 웃었다.

"그 친구 건강은 어때 보였습니까?"

"겉보기에는 그다지 나빠 보이지 않았지만, 면회 시간이 짧아 무얼 더 알아 볼 수도 없었어요. 세상에…. 그렇게 황량한 곳을 자기 집처럼 편안해 하고, 그렇게 잘 어울릴 수가 없었어요. 이상한 일이지요. PW라는 흰 페인트 도장이 찍힌 옷을 입고 있는 그의 얼굴이 그렇게 평화스러워 보일 수가 없었어요. 그것이 오히려 저에게는 참을 수 없는 슬픔이었는데… 그런데 무슨 일인지 좀 피로해 하는 것 같더군요."

"가족이나 일반적 면회가 언제쯤이나 가능할까요. 편지는 어떻습니까?"

"편지는 검열을 받게 되어 있지만, 저는 마침 보안과에 아는 분이 있어서 사신(私信)도 적당히 허락을 받고 있거든요. 극히 제한을 받고 있긴 하지만, 군복(軍服)의 힘을 빌릴 수가 있거든요. 그래도 면회 한 번을 하려면 얼마나 어렵게 몇 번을 헛걸음치고 대기하다가 다시 틀어졌다가, 또 와 보라하고…. 보통 일이 아니죠."

"제가 만날 수 있는 길이란 아득하겠군요."

"글쎄요, 극적으로 전쟁이라도 끝나 준다면…."

그의 말에 나는 깜짝 놀라 펄쩍 뛰었다.

"아닙니다. 전쟁이 이런 식으로 여기에서 끝난다면 그것도 큰일입니다. 지금 포로수용소에 갇혀있는 사람들 중 태반은 남한사람들로 남한으로 돌아와야 할 사람들이거든요, 미국 군인들이 피아(彼我)를 구별하지 못하고, 공산당이 싫다고 빠져나온 사람이거나 피난민이거나 학생이거나 농사꾼이거나를 막론하고 마구잡이로 끌어다 놓은 사람의 숫자도 엄청나거니와, 북한인민군으로 정식포로가 된 사람들 중에도 북한으로 돌아가기를 원치 않는 사람들이 허다하다는 겁니다. 이들을 강제송환하지 않고, 그들의 의사를 존중해 줄 수 있는 뒷받침 없이 전쟁이 끝나면, 맹의순도 북한어디로 끌려 갈는지 알 수 없는 일 아니겠습니까."

다소곳이 듣고만 있던 그는 나의 말이 끝나자 생기를 띠고 눈을 빛냈다.

"그렇습니다. 장 선생님. 우린 전쟁이 끝나 주기를 기원하기도 해야 하겠고, 맹 선생님의 석방을 위해 지금부터 뛰지 않으면 안 되겠지요. 당장 만나고 싶으시겠지만 그 문제는 제가 계속해서 그곳 보안과에 접촉해 보겠습니다. 장 선생님은 이제부터 교회와 학교, 그리고 미8군(美八軍) 정보과에서 맹 선생의 석방 문제를 알아보아 주셨으면 합니다. 저는 제가 할 수 있는 일이 무엇인지를 찾아보겠습니다."

우리의 대화와 희망은 칠흑어둠 속에 밝혀진 작은 등대였다. 캄캄한 현실을 딛고 올려다 본 별빛이었다. 우리는 서로 그 빛을 확인하며 희망의 싹을 간직했다. 우리에게는 맹의순의 석방을 위해 뛰어야 할 목표가 생겼다. 그는 북한 땅 고향을 등지고 남하한 젊은이가 아닌가. 그 가족은 크리스천이고 그들은 공산주의를 피해서 남하해 온 가족이었다. 그는 신학교 학생이고 남대문 교회 중등부 교사였고, 부평 육군병원 교회를 맡고 있던 전도사였다. 그리고 적군을 피해 서울을 떠나 아군 지역을 찾아가던 민간 피난민이었다. 이 모든 것을 증명해 보인다면 포로수용소의 철조망인들 끊어지지 않으랴.

*

유엔이 한국동란을 평화적 방법으로 끝내자고 결의했던 것은 2월 1일 (1951년)의 일이었다. 그러나 북한은 그동안 공세를 쉬지 않았고 중공군을 계속 투입해 대더니, 이제 지칠 때쯤 되어서야 말리크 소련 대표를 유엔에 내세워 휴전을 제의해 왔다. 6월 23일의 일이다.

그들 공산군의 일방적인 처사에 대해 유엔군 사령관 매튜 리지웨이 장군은 기다렸다는 듯이 휴전회담을 열 뜻이 있다고 발표했다. 6월 30일의 일이다. 전쟁은 정말 끝나주려나…. 순진하기만한 사람들은 북녘을 바라보면서 일루의 기대와 희망을 가지고 서성거렸다. '그저 이만한 데서 끝나 주어도, … 이제는 통일도 그만두고 그저 전쟁 전처럼만 살 수 있어도…'
하는 것만이 희망의 절정이었다.

인류는 20세기로 접어들면서, 고도의 진보와 발전을 이룩한 인류 스스로에게 큰 기대를 걸었음에도, 1, 2차 세계대전으로 1억이 넘는 인간이 인간의 손에 목숨을 잃었다는 보고서가 등장했다. 더구나 이념전쟁이라는 이름의 한반도 전쟁에서 벌어지는 전쟁 양상은 인간이 어디까지 사악해질 수 있는가를 증명하는 전쟁기록으로 남을 것이다.

이미 양민을 비롯해 수백만 명의 희생이 이어지고 있는 가운데, 전국토가 잿더미 폐허가 되었고, 미국을 위시하여 열여섯 나라의 젊은이들을 끌어다가 목숨을 잃게 했고, 어마어마한 분량의 물자가 소모되고, 악(惡)의 축(軸)이 된 침략자와 탐욕스러운 자들의 사악함은 얼마를 어떤 희생으로 그 뱃속을 채우게 되는지 알 길이 없다. 남은 것이란 폐허위의 산더미처럼 쌓인 시체뿐.

남한을 돕던 미국을 위시한 유엔 가입국들은 어마어마한 대가를 치르면서 두 동강 났던 땅덩어리를 그저 반 동강으로 남겼을 뿐이다. 발해(渤海) 고구려 이래 줄어들고 줄어들던 한반도가 두 동강이 난 지 5년 만에, 대구 부산으로까지 줄어들다가 주춤거리고 있다.

2차 대전에서 헌병군(憲兵國)이 된 미국은, 한국이라는 나라를 거저 생긴 떡을 인심 후하게 떼어주듯, 소련에게 척 베어 준 것이 화근이 되었다. 떼어주고 남은 남한을 마저 먹겠다고 쳐들어온 전쟁을 모른 체할 수 없어 참견했지만, 막심한 대가를 계속 치르게 되는 상황에 신물을 내고 있는 정황이다. 미국의 정세판단(情勢判斷)이라는 것이, 엉클 톰의 엉성한, 잽싸지도 단단하지도 못한 길다란 다리만큼이나 엉성하고 느슨한 것이어서, 악착스러운 배수(背水)의 진(陣)을 넘겨다볼 줄도 모르면서 휴전회담에 고개를 들이 밀고 있으니, 휴전이 무엇을 몰고 올는지 알 수 없는 일이다. 어쩌면 공산당의 휴전회담 제의가 저들의 새로운 전략일는지도 모른다는 것을 미국은 짐작도 하지 못하고 있을 것이다.

나는 맹의순을 만나 보아야겠다는 일념을 일단은 접어두기로 했다. 면회 절차를 위해 필요한 시간을 석방을 위해 쓰기로 작정한 것이다. 부산에 내려와 있는 남대문교회를 우선 찾아냈다. 교회와 함께 내려와 있던 배명준 목사는 나를 만나자 눈시울을 붉히며 내 손을 잡고 맹의순을 위한 기도부터 시작했다. 우리의 기도는 눈물이었다.

"모두가 하나님께서 무슨 뜻을 두시고 있다고들 말하고 있기는 하디요. 맹 선생이 서울에 남아 있었으면 이북 공산당들한테 붙잽혀서 목숨을 잃었을꺼라구들 하디요. 더구나 맹 선생은 지금 수용소 안에서 하나님의 일을 열심히 하고 있으니 하나님께서 그를 그곳으로 인도하신 게라고들 합니다. 하지만 그를 남쪽으로 내리 몬게 나였거든요. 그저 맹 선생을 위해 끊임없이 기도하고 있디만서도 자꾸 후회도 되고, 가슴이 아파서리… 납치된 맹관호 장로께서는 끝내 소식이 없구…. 나창석 권사님은 두 분을 기다리시느라 서울의 합동 집을 떠나질 않습니다. 이거…. 무슨 길이 없을까. 맹 선생을 나오게 할 무슨 방법이…."

그로부터 배명준 목사와 유정인 대위 그리고 아직 신학교 학생인 나 세 사람은 맹의순이 맹의순이라는 것을 증명하기 위해 온갖 증명서를 작성하고 증명 받을 서류를 만들기 위하여 뛰어다녔다. 교회에서는 그가 맹관호 장로의 아들임을 증명했다. 그리고 교회학교 중등부 선생이었음을 증명했다. 물론 교회 교인임을 증명하기도 했다. 피난 나온 백여 명의 교인들이

구명운동 연판장에 빠짐없이 서명 날인했다. 그리고 맹관호 장로가 북쪽 공산당원들에게 납치당했다는 증언도 덧붙였다. 신학교에서는 그의 학생증을 발급했고 재적 증명서를 만들었다. 유정인 대위는 맹의순이 부평 육군병원의 전도사라는 것을 관계 요로를 찾아다니며 증명 받았다. 그리고 포로수용소 전도를 전담하고 있는 미국인 목사님을 찾아가 만나기도 했다. 우리들 사이에서 싹튼 희망은 연한 순이 돋고 줄기가 자라며 잎이 트고 대가 굵어져 드디어 꽃을 피우기에 이르렀다고 믿어졌다.

*

  8군 정보과와 접촉이 어려울 듯했으나 유정인 대위가 백방으로 알아보던 끝에 국방부에 근무하고 있는 친지를 통하여 드디어 연결이 되었다. 어디에서 저런 힘이 솟으며 어디에 그렇듯 지극한 정성이 담겨져 있을까 싶을 만큼 유정인은 친구 맹의순의 일에 지극하고 정성스러웠다.
  해방 후 평양을 빠져나와 서울에 이르고 보니 모녀만 남게 되었고, 간호장교로 군문에 든 덕으로 어머니를 모시고 부산까지 피난을 와 있으나, 그의 주위는 적적했다. 백모란과 목련을 연상케 하는 미모였지만, 자칫 다치기 쉬운 마음을 군복으로 감싼 것뿐, 세파에 부딪칠 때마다 신앙의 성벽을 든든하게 쌓고 사는 여성이었다.
  그는 맹의순을 위한 그 어떤 문제에 대해서도 말을 내지 않았다. 묵묵하게 그저 묵묵하게 온갖 일을 해나갔다. 의순이 필요로 할 만한 책을 구하기 위하여 어디든지 찾아갔고, 수용소 안에 있는 교회교인들이 필요로 할 찬송가를 쓰기 위하여 화선지며 태지를 구하러 다니기도 했다. 붓글씨 쓸 만한 사람을 찾아 몇 날 며칠 걸려 찬송 옮겨 쓰는 작업에 밤을 밝히다시피 했다. 그리고 현역 군인이었음에도 한번 만나 보기가 그토록 어려운 면회를 위하여 거제리 수용소를 몇 행보라도 되풀이해 다녔다. 그는 순례자였다. 맹의순이 있는 거제리 포로수용소가 그에게는 성지(聖地)였다. 그 순례의 길은 멀고 뜨겁고 메마른 길이었다. 그리고 위험한 길이기도 했다. 목마름이 목을 태울 듯한 길, 제물(祭物)을 안고 가야 하는 길이다. 그러나 근심을 안고 떠났어도 일단 떠나기만 하면 그 길에서 샘물도 만나고 새 힘도 얻으며 기도 안에서 영혼의 기쁨을 새롭게 만나는 길이었다.

"부끄럽습니다. 모든 일을 혼자 도맡아 하시고…."

내가 그런 말을 하면 그는 조용히 웃었다.

"아닙니다, 장 선생님. 내가 이런 일을 하는 것은 맹 선생님을 위해서가 아니라 나 자신을 위해서예요. 맹 선생님은 내가 이 험하고 어려운 세상을 살아 갈 수 있다는 자신감을 갖게 해주시는 분입니다. 나는 그분을 통해서 내가 살고 있다는 것을 거듭 확인하고 있고, 또 앞으로도 이렇게 살아나갈 수 있다는 희망과 자신감을 다질 수 있게 하시는 분이에요. 그분은 내게 긍정(肯定)의 렌즈예요. 그분을 통해서 보는 이 세상은 살 만한 세상인 걸요. 의미도 있고 가치도 있어요. 나는 나에게 힘을 주기 위해서 그분을 만나러 다닙니다."

그랬다. 유정인 대위의 그 렌즈는 내게도 있는 렌즈였다. 나에게도 그 친구는 절실한 친구였다. 피난생활의 갖가지 고통과, 전쟁이 계속되고 있는 상황 속에서라도 그와 함께 있을 수만 있다면, 잃었다고 생각했던 많은 것들을 되찾을 수 있을 것 같았다. 그를 빨리 만나고 싶은 욕망은 나를 뛰게 만드는 원동력이 되었다. 우리는 온갖 지혜와 정성을 다 기울여 작성한 서류를 8군 정보과에 제출할 수 있었다.

*

그 무렵, 개성(開城)에서 휴전회담이 시작되었다. 그리고 내게는 면회의 기회가 허락되었다. 날씨는 아침부터 절절 끓었다. 유 대위가 병원 일 마치는 것을 기다려야 했기 때문에 우리는 점심을 시내에서 먹고 길을 떠났다. 거제리까지 가는 동안 내 가슴은 터질 듯했다.

맹의순이 그곳 포로수용소에 있다는 소문을 들었던 직후, 무작정 그곳까지 달려가 보았던 일도 있었다. 면회가 불가능하다는 것을 알고 있었기에 산언덕 나무 그늘에 앉아 철조망 속의 무수한 천막을 굽어보며 그 어딘가에 있을 친구를 그려보며 한나절을 눈물로 보낸 일도 있었다. 그리고 그가 나에게 얼마나 소중한 사람인가를 확인했었다.

거제리 정거장에서 전차를 타고 수용소 근처에서 전차를 내려 걷는 동안, 그곳의 하늘과 산과 마을과 들을 몇 번이고 둘러보았다. 내 친구의 눈이 닿았을 곳, 내 친구의 마음이 서성거렸을 마을, 그곳은 늘 보던 곳처럼 낯설지 않았다. 전찻길에서 수용소로 내려가는 길 오른편 언덕으로는 판잣집하며 미군용품 포장지며 상자 곽으로 지붕을 이어 덮은 집들이 닥지닥지 붙어 있었고, 지분 냄새를 진하게 풍기며 사지(四肢)를 흔들어 밤을 부르고 있는 여자들이 길가에 나앉아 있었다.

정문에서 보안과가 있는 곳까지, 또 보안과에서 수속을 하고 나서도 짜증이 날 만큼 오래 기다려야 했다. 거의 탈진이 되어 갈 무렵 친구가 우리들 앞으로 나타났다.

그는 나를 보자 빙그레 웃었다. 마치 어제까지 함께 있다가 잠깐 헤어져 있었던 사람을 대하듯 조용하고 푸근했다. 내 가슴은 터질 것만 같았다. 그리움, 슬픔, 반가움, 기쁨, 모두가 얼크러져 내 영혼이 그것을 감당할 수 없었다. 아아, 우리는 그동안 왜 헤어져 있었는가. 왜 만날 수가 없었는가. 얼마나 지루한 근심과 고달픔이 폭(幅) 넓은 강이 되어 우리들 사이를 흘러 갔던가.

그러나 지금 우리는 천상(天上)의 빛 가운데 서 있었다. 전쟁도 굶주림도, 헤어짐의 슬픔도 공포도 위험도 없는 기쁨의 천상에 있었다. 생명의 함성이 우리들 젊은 육체를 풍선처럼 부풀리고 있었다. 오, 친구여! 사랑이여! 생명이여! 우리는 말을 빌리지 않았다. 그의 영혼과 나의 영혼이 생명줄에 하나가 되어 있었다. 우리는 헤어져 있었던 것이 아니었다.

"건강한가?"

나는 그저 그의 손만 잡고 흔들다가 싱겁게 물었다.

"그럼 건강하고 말고! 또 혹여 병이 난다 해도 내 주위에는 맨 의사고 간호사고 약이 지천이지. 이곳에서는 모든 환자들이 나 앓을 것을 나 대신 앓아 주고 있는 것 같아. 여긴 아픈 사람들이 너무 많거든."

"일이 많겠군. 이 일을 위해서 하나님께서는 자넬 일찍부터 훈련을 시키셨던 게야. 세브란스병원 일하며 부평의 육군병원 일까지, 그분은 참 빈틈없으신 분이시지, 정말…."

"그러셨던가 보아. 그런데 내가 너무 둔해서 착실한 훈련생은 아녔던 것 같아."

이야기는 거기서 끊겼다. 그리고 잠시 후, 이번에는 그쪽에서 바깥 사정을 걱정하며 이것저것 묻기 시작했다.

"할 일이 많지? 전쟁은 엉겁결에 치렀다지만, 아직 갈 길은 멀고 뒷수습이 큰일이지."

"지독한 고행은 사람들에게서 힘을 빼. 잿더미 폐허 위에서 무엇부터 어떻게 해야 할는지 알 수가 없어, 아직까지는."

"이 전쟁이 왜 우리에게 쏟아졌는지 그것부터 깨달아야 할 것 같아. 이 전쟁에서 우리가 볼 것과 들을 것을 제대로 보고 제대로 들어야 할 거야. 나야 핑계가 좋지. 이 안에 들어앉았다는 핑계로 이 근심 저 근심 다 내맡기고 있으니…."

나는 입회자의 눈치를 보며 낮고 빠른 소리로 말했다.

"자네가 그렇게 지낼 날도 얼마 남지 않았어. 거짓말처럼 이 철조망을 훌쩍 뛰어넘을 날이 금방 올 거야."

그러자 그 말의 뜻을 금방 알아들은 그는 유정인과 나를 번갈아 바라보았고, 밝고 환해진 얼굴에 눈이 빛났다.

"그럴 수 있을까? 그런 일이 과연 있을 수 있을까?"

그는 어린애처럼 좋아했다. 천진하기 이를 데 없었다. 나는 신념을 가지고 다짐하듯 말했다.

"그럼! 그건 약속이잖아. 하나님께서 하시는 일이라고 믿네!"

우리는 그가 궁금해 하는 서울소식을 상세하게 전했다. 그의 어머니께 계속 연락을 드리고 있다는 것과 주변 친구의 소식과, 그가 필요로 하는 책 이야기, 수용소 교회에 있는 친구들의 안부를 두루 주고받는 동안 친구의 눈은 별처럼 빛났다.

*

8군 정보과는 맹의순의 석방문제에 대해 고무적이었다. 몇 가지 보충해야 할 서류를 요구하며 그것만 갖추면 석방이 가능하다고 했다. 우리는 의순이 석방되는 대로 기거할 곳에 대하여 의논했고, 학교복학 문제를 알아보았다. 그리고 8군에서 발행하는 도강증명서(渡江證明書)를 얻어, 서울집에 홀로 계신 나 권사를 찾아뵙고, 아들과 함께 지낼 수 있는 방법까지 의논이 되었다. 우리들의 7월은 친구를 맞이할 준비로 매일매일 축일(祝日)과 같은 날이 이어졌다.

보충서류를 접수한 정보과에서 서류심사가 거의 끝났다고 했다. 그리고 정보과직원이 몸소 수용소에까지 들어가 당사자에 관한 상황을 점검한 뒤, 이제 며칠 후 석방 통보가 있을 것이니 준비하라는 연락이 왔다. 어느 장군의 금의환향이 이랬을까. 모두들 들떠있는 가운데 수용소에서 의순을 면회하고 돌아온 유정인 대위가 창백한 얼굴로 나를 찾아왔다.

"오늘 제가 간 것은 며칠 후 석방에 관한 준비를 하시라고 일러드리러 갔어요. 그런데 벌써 다 알고 계시더라고요. 8군정보과 직원을 몇 차례 만났다는군요…. 그런데….."

말을 잇지 못하는 유 대위는 눈이 붉게 충혈되었다. 심상치 않았다.

"왜요? 무엇이 잘못 되었던가요? 네? 왜? …."

내가 다그치자 유 대위는 숨막혀하며 입을 열었다.

"글쎄… 우리가 다녀간 뒤 며칠, 그리고 정보과직원을 만나던 동안, 당사자가 석방을 보류하기로 했다고… 그곳을 도저히 떠나 나올 수가 없다고… 얼마나 담담하고 조용한 어조로 정확하게 의사표시를 하는지, 저는 입도 열지 못하다가 돌아섰어요."

그 말을 전하는 유 대위는 일찍이 볼 수 없었던 흐트러진 모습의 넋 나간 사람이었다.

"아니, 석방을 거절했다니, 의순이가 정말 그랬습니까? 사실입니까?"

옆에서 그 말을 듣던 배 목사도 무엇을 잘못 들은 것이 아닌가 하는 얼굴로 재차 물었다. 석방을 거절했다니… 그일을 위해 얼마나 많은 친구들이 얼마나 이리 뛰고 저리 뛰어가며 만들어낸 석방이었는데. 이럴 수가… 도대체 그 친구가 무슨 생각으로… 배명준 목사가 낙담을 털 듯 입을 열었다.

"그래도 그렇지 않아. 모든 서류가 다 갖추어졌고, 정보과에서 등 떠밀어 나가라고 하는 데야 어쩌겠어? 좀 기다려 봅시다."

*

8군 정보과에서 최종적으로 맹의순의 석방탄원서에 자필 서명을 요구했다. 예비심사는 이미 끝났고 석방 결정이 내려질 순서였다. 배명준 목사는 서식(書式)을 갖춘 서류를 들고 유 대위와 함께 수용소로 들어갔다. 두 사람 이상 입회가 불가하여 나는 수용소 근처 찻집에서 기다리기로 했다.

덥고 우중충한 찻집이 답답하여 길거리로 나서서 나무그늘로 오락가락하던 나는 깜짝 놀랐다. 배 목사와 유정인이 되돌아 나오는 것이 아닌가. 무슨 사고가 생겼나? 오늘은 면회를 할 수 없다는 것인가? 두 사람은 축 늘어져 있었다. 필시 의순을 만나지도 못하고 나오는 것 같았다. 나는 수용소 정문을 벗어나 힘없이 걸어오는 그들을 향해 달려갔다.

"못 만나셨군요?" 내가 헐떡이며 물었으나 두 사람 다 아무 말도 없었다. "오늘은 면회가 안 됩니까? 정보과 쪽에서 오라고 지정해 준 날 아니었던가요?"

"만났네. 만나긴 했네." 배 목사가 탄식하듯 대답했다. 그러면서 무슨 대책이 따로 없을까 하는 얼굴로 걸음을 멈추면서 말을 이었다. "글쎄 맹의순이 그곳에 그냥 남아 있겠다는 거야. 그곳을 떠날 수가 없다는 게야."

"아니… 그 친구가…." 밖에서 얼마나 애를 태워가며 오직 이 한 가지 일을 위해서 뛰고 또 뛰었던 세 사람은 배신감 비슷한 쓰라린 감정에 빠졌다. "아니 저 하나를 위해서 얼마나 많은 사람들이 목숨 걸고 이 일만을 해왔는데…. 그래 목사님은 아무 말씀도 못하셨다는 말씀입니까?"

나는 배 목사를 향해 화를 냈다.

"화를 냈지. 공치사도 했고. 몇 달을 두고 이 일 한 가지를 위해서 친구와 유 대위와 내가 셋뿐 아니라 교회 교우들, 신학교 교수들이 뛰고 또 뛰었다고 말했네. 이럴 수가 있느냐고 들이댔네. 그는 용서해 주십사 머리를 조아렸어. 진정 용서를 구했어. 하지만 아무리 생각해 보아도 도저히 그곳을 떠날 수가 없다는 게야. 이유를 말하라고 다그쳤지만 맹의순은 그저 죄인처럼 고개를 숙이고 말이 없었어. 우리가 그 사람의 속내를 왜 모르겠나. 수용소 안의 교회와 교회 식구들, 환자들, 그리고 나머지 고통 받는 사람들 곁을 떠날 수가 없는 거였네."

"아니…."

착잡함이 내 가슴을 짓눌렀다. 그때까지 고개를 숙이고 서 있던 유 정인이 입을 열었다.

"석방 문제를 그분이 부탁한 것은 아니었잖아요. 그분이 원한 것도 아니었어요. 우린 그분의 뜻을 묻지도 않고 이 일을 시작했지요. 우리 생각, 우리 판단대로 우리의 뜻만 따라서…. 그동안 목사님과 장 선생님께서 너무 고생하시게 한 건 오직 제 탓이었어요. 용서해 주세요. 저는 맹 선생님을 조금도 이해하지 못했던 어설픈 이웃이었어요. 정말이지 너무 생각이 얕은… 어리석고…."

그는 말끝을 맺지도 않고 정거장 쪽을 향해서 걸어갔다. 결연한 태도였으나 그의 어깨가 눈에 띄게 떨리고 있었다. 그는 이제 분명히 알고 있는 듯했다. 맹의순 그의 심중을, 맹의순이 가고 있는 길을, 뜻을. 배 목사와 나는 유정인 대위의 뒷모습을 바라보며 이 일은 이것으로 끝났다는 것을 알았다.

*

그 무렵 거제도 포로수용소와 거제리 수용소에서 연일 흉흉한 사건이 터졌다. 전쟁은 일선에만 벌어진 것이 아니었다. 완전격리를 목적으로, 그러나 비상조치로 지정한 거제도(巨濟島)를 택하여 일월 초부터 이송하기 시작한 중공군과 북한 공산군의 포로 숫자는 8만 명에 이르렀다. 그 무렵은 유엔군이 전면 후퇴하면서 유엔군 전군(全軍)이 한국에서 철수할는지도 모른다는 소문이 떠돌 때였다. 일선에서는 중공군들이 무더기로 투항을 했다. 후방은 후방대로 포로들 문제에까지 치밀한 계획을 세울 수 있을 만큼 정돈되어 있지 않았다. 무더기로 쏟아져드는 포로를 마구잡이로 쓸어 넣은 포로수용소 내의 규율은 엉망이었다. 정확한 숫자 파악이 안 되는 정도의 무질서 속에 거의 방치되어 있던 지대가 거제도 수용소였다.

포로수용소의 변소에서 시체가 발견되는 것은 예사였고, 맞아 죽은 사람을 처박아 하수도가 막히는 일이 발생했다. 점호를 하면서 인원이 모자라는 경우는 간단히 도망병으로 명부에 기입되는 것으로 끝났다.

　포로수용소 안에 공산당정치조직체가 형성되고 있다는 소문이 흘러나오던 것도 그 무렵이었다. 북한포로 13만, 중공군 포로 2만 명 중, 중공군의 경우 1만 5천 명이 귀환을 거부하고 '공산 정권 아래로 송환되느니 차라리 죽음을….' 하고 외쳐댔고, 북한포로의 경우 5만 명 이상이 송환을 거부하고 있는 터여서, 북한은 이 문제로 타격을 받고 신경을 곤두세웠다. 그들은 포로수용소 내의 세력형성을 위하여 수단과 방법을 가리지 않았다. 1951년으로 접어들면서 포로가 급증한 데에는 전략적인 의미가 숨겨져 있었다. 그들 태반은 고의(故意)로 포로가 되었다. 포로가 된 그들은 인민군 일선부대에 배치되었던 공작대원(工作隊員)들이었다. 목적은 여러 가지였겠지만, 포로감시를 위한 수용소병력 투입으로 한국 측의 일선 전투 병력을 감소시킬 계획이었고, 그 위에 수용소 안에서 폭동을 일으킬 계략을 치밀하게 획책한 침투방법이었다. 그리고 송환을 원치 않는 우익청년들을 색출하여 없애버리겠다는 사악한 계획에다 수용소를 폭력으로 장악할 목적도 함께 가지고 있었다. 어느 때고 휴전협상(休戰協商)이 열릴 경우 트집거리를 만들어 저희들에게 유리한 조건을 만들어 낼 심산도 있었다.

　거제도 포로수용소로 용의주도하게 침투해 들어간 공작원(工作員)들은 캠프 안의 적화(赤化)를 치밀하게 이루어 가면서 우익청년들을 끊임없이 살해했다. 그리고 수용소 안에서 선전 삐라를 만들었다. 미군은 포로들을, 독가스, 세균무기, 원자탄 실험에 이용하고 있다든지, 포로들을 일본의 규슈나 대마도 또는 태평양 섬 가운데로 끌고 가 강제 노동을 시키거나 화학무기 실험용으로 쓸 것이라는 선동을 일삼았다.

　국제적십자위원회(國際赤十字委員會) 대표들과 중립국감시단(中立國監視團)대표들은 수용소 안에서 흘러나오는 공산주의자들의 선전에 의혹의 눈을 번쩍거리면서 정기적으로 거제도 순시를 했다. 그러나 북한포로 수용 지역에는 한 번도 들어가지를 못했다. 포로수용소 안에서 공산주의자들에게 억류되어 있는 유엔군이나 한국군이 어떻게 죽어 가는지 어떤 상황이 벌어지고 있는지 알아보려고 하지 않았다.

국적(國赤)위원들이나 중립국감시단 대표들이 거제도 포로들의 권리와 이익옹호를 위하여 거의 신경질적으로 예민했던 것은, 북한형편을 알아볼 수 없는 것의 분풀이도 섞여 있었다. 자유진영 신문기자들은 때 없이 마음대로 수용소 출입을 하면서 포로들의 생활을 사진으로 기사로 전 세계를 향해 보도했다.

공산 진영은 치밀했고 자유진영은 허술했다. 공산당측이 휴전회담에 동의한 것은 그들이 새롭게 채택한 전략이었을 뿐이다. 그것은 전쟁의 종식을 의미하는 것이 아니었다. 그들은 휴전 회담이라는 방패 뒤에서, 허술한 자유 진영 측에서는 도저히 알아낼 수 없는 음모를 획책하고 있었다.

*

북한 공작원들의 침투는 거제도에만 국한된 것은 아니었다. 동래수용소, 거제리수용소에도 골고루 침투했다. 정치장교들은 포로수용소 안의 공산군대(共産軍隊) 병사들을 용의주도하게 규합했다. 수용소 안에 있는 포로병원은 북한여자공작대원의 활동 무대였다. 첩자들과 정보원들은 피난민으로 가장하여 수용소 부근 마을에서 취업도 하고, 민간인과 섞여 살았다. 마을은 그들이 마음 놓고 활약하는 온상이었다.

극동군과 미8군 당국에서도 이러한 사태를 대강 알고 있었는지, 송환을 거부하고 남한에 남기를 원하는 사람들을 보호하겠다는 뜻을 간추려, 점차 격리수용을 시도하고 있다는 소문이 들려오기도 했지만 어쩐지 엉성하게만 느껴져서 불안하기 짝이 없었다.

친구 맹의순의 편지가 내 손에 들어온 것은 그 무렵의 어느 날이었다.

8

친구 형진에게.
 부디 용서해주게. 무릎 꿇고 두 손 모아 비는 마음으로 이 편지를 쓰기 시작하네. 배 목사님과 유정인 선생께도 눈물로 용서를 빌고 있네. 이 불안한 정세 속에서 그리고 이 뜨거운 여름 날, 세 분이 몇 달을 두고 준비했을 그 여러 가지 서류와, 얼마나 많은 사람들을 만나 머리를 조아리며 가슴 졸여 만들어 냈을 석방 문서들에 대하여 내가 무슨 염치로 사죄나마 올바로 할 수 있겠나.
 부디 용서해주게. 그저 용서를 빌 뿐이네. 나는 세 분의 은혜를 짓밟은 자요, 철저한 이기주의자가 되었네. 부끄럽고 미안할 뿐일세. 이 편지를 쓰고 있는 나 자신이 그렇게 뻔뻔스럽게 느껴질 수가 없네. 만에 하나 혹시라도 내가 여기 남아 있는 명분을, 내가 이곳 형제들과 교회 가족들을 위한 사랑의 결단만이었다고 한다면 나는 더욱 부끄러워 몸둘 곳을 찾지 못할 처지가 되고 말 것일세.
 혹시라도 내가 이곳에 남는 명분이 희생이라거나 그 밖의 다른 말을 빌려서 미화시킨다면 이제부터 그것이 나의 족쇄(足鎖)가 된다는 것을 기억해주기 바라네. 이곳은 내가 마음도 몸도 편하게 숨어 있을 수 있는, 어쩌면 도피성(逃避城)이라네. 나는 든든한 산성(山城)에 숨어 있는 자처럼 편한 거야. 오히려 나 같은 자에게 이러한 자리를 허락해 주셔서 이토록 순량한 친구들과 함께 살게 해주신 주님께 감사할 일뿐이라네. 내가 밖에 나가서 할 일이 무엇이겠나? 이곳에 있는 형제들 중 나 같은 것이나마 필요로 하는 이들이 적잖이 있으니 내게는 그것만이 감사라네.

이따금 '아시시'의 '프란치스코의 기도'를 떠올리네. 내 어찌 프란치스코의 반열(班列)을 바라볼 수 있겠는가 만은, '**주여, 지옥이 존재한다는 사실을 알면서 제가 어찌 천국을 즐기겠습니까. 주여, 저주받을 자들을 불쌍히 여기시어 천국으로 들여보내시든지 아니면 저를 지옥으로 보내 고통 받는 자들을 위로하게 하소서. 나는 지옥으로 내려가 저주받을 자들을 위로할 질서를 세우겠나이다. 그리고 만일 그들의 고통을 덜어 줄 수가 없다면 나는 지옥에 남아 그들과 고통을 나누겠습니다.**' 아, 프란치스코! 나는 그분의 기도에 나를 의탁하며 이곳에 남기로 한 것일세. 그러나 이곳은 지옥이 아니라네. 철조망이 있어서 지옥이 되는 것은 아니지 않은가. 지옥이 있다면 철조망 밖이나 안이나 간에 사람이 사랑을 등졌을 때의 그 자리가 지옥이 아니겠나. 차라리 이 속에는 그나마 엄하게 세워 놓은 규율이라도 있어 지옥의 열기(熱氣)가 덜 새어 들어온다고 믿어지네. 이 현장, 그나마 나를 필요로 하는 곳, 정신 차릴 겨를 없이 몰아쳐대는 이곳에서 견디는 것이 내게는 오히려 수월한 일이라는 것을 나는 계산하고 있는지도 모를 일이지. 철조망 밖의, 보다 더 교묘하고 훨씬 사악한 풍속이나 그 밖의 사태들에 대해서 나는 내심 떨고 있는지도 모를 일이네.

철조망 밖 그곳은 보다 더 용기 있고 정직한 사람, 견딜 수 있는 사람들이 이겨내어야 하는 수련장인지도 모르지. 나를 이제 다시 그 속에 던져 넣는 다고 가정할 때…. 새롭게 부딪칠 고뇌와 갈등을 어떻게 처리할 수 있겠는지. 나는 사실 자신 없어하는 비겁자인지도 모르지. 이 제한된 자유, 그리고 그 제한된 공간이 가져다주는 의무의 단순성을 나는 재빠르게 흡수해 버린 인간일는지도 모르는 걸세.

　이곳 생활의 하루하루는 내 사유(思惟)의 세계에서나 내 삶의 의무 속에서 불필요한 잔가지들을 말끔히 쳐주고 있네. 단조로운 듯 단순한 생활이지만 자기정리(自己整理)가 되어 가고 있는 과정이 보이는 것 같기도 하다네.

　몇 가지 부탁이 있네. 첫째는 서울서 외롭게 지내고 계실 내 어머니께 이따금 편지로 내 소식을 알려 드렸으면 하는 것이고, 유정인 선생이 이곳에 면회를 오실 때마다 고생도 고생이려니와 이따금 뜻하지 않은 오해나 봉변 등 곤욕을 치르는 일까지 있는 모양이던데, 면회 오시는 일은 정말 송구하다 못해 괴로운 일이니 자네가 잘 말씀 드려 주었으면 하네. 이제 망하다 남은 나라에서 모두들 할 일이 얼마나 많을 터인데, 나름대로 곧잘 지내는 날 위해서 그렇게 많은 시간과 정력을 들인다는 것은 오히려 부담이 되는 일이라는 것을 이해해 주기 바라네.

　이제 우리는 눈으로 확인하고 손으로 만지면서만 서로를 알아볼 사이는 아니지 않은가. 나는 늘 자네와 함께 있어. 유정인 선생과도 함께야. 북쪽 어느 하늘 아래 아니면, 하늘나라에 가 계실지도 모를 나의 아버지와, 이 전쟁의 북새통을 미리 슬쩍 피하여 이 땅을 적당한 때에 떠나신 어머니와 누나, 형, 동생들과 함께 있다네.

　지난 번 자네가 구해서 보내 준 마틴 부버의 책은 내 영의 양식이 되고 있네. 노트를 해가며 읽고 있어서 좀 날짜가 걸릴 것 같네만 다 읽는 대로 인편에 돌려보내겠네. 자네나 유 선생이 마음을 얹어서 구해 보내는 책을 받을 때마다, 내가 누리는 이 사랑과 행복이 얼마나 눈물겨운지-.

　우리… 기도 가운데서 만나세.

1951년 8월 맹의순

그 편지를 받은 지 며칠 되지 않았는데, 이번에는 그곳을 출입하는 민간인 의사로부터 그의 편지를 받았다.

형진에게.

여름이 막바지에 이르는 것을 보니 벌써 가을이 손을 내밀고 있는 느낌이 드네. 그곳 세상은 어떻게 돌아가고 있나? 이곳은 흉흉하기 이를 바 없어. 어제, 제3수용소 마당에서 백주에 살인이 일어났어. 누구인가 하나가 수용소 관헌(收容所 官憲)의 밀고자로 지목되어, 대낮, 중인 환시리에 포로들이 그를 때려서 죽인 것이라네.

공산군공작대원이 수용소에 침투했다는 것은 자명한 일이 되었어. 그들은 세포조직위원회(細胞組織委員會)를 두고 조직을 확대하여 수용소 안에서 세력을 굳혀 항의와 시위, 내지는 폭동을 일으킬 사전준비를 만반 갖추고 있다는 걸세. 그중에 누가 공작원인지를 우리는 알 수 없으나, 그들은 지금도 교활한 눈으로 포로들 하나, 하나를 감시하고 누가 이탈자(離脫者)며 누가 변절자(變節者)인지, 북한공산당을 반대하는 자가 누구인지를 낱낱이 기록 보고한 뒤에 죽여 없앨 계획이라네.

인류역사 어느 페이지에도 포로들이 모여 있는 한 철조망 속에 나라(國家)가 둘이 있다는 예는 들어본 일이 없네. 포로 수용소 속에서 다시 패와 당을 지어 제 뜻을 따르지 않는 사람들을 짓밟고 죽이는 이런 사악한 일이 어째서 이 땅에서 일어나고 있다는 말인지.

그들이 통신 연락을 취하기 위해, 통신문을 돌에 매어 수용소와 수용소 사이에 팔매질로 전달하는 것쯤은 우리 눈에도 예사로 띄는 일이고, 더러는 수신호(手信號), 휘파람, 노래, 신호기(信號旗) 등을 사용하고 있으나, 국제 신사로 자처하는 미국 사람들은 온 세계의 이목과 국제적십자위원 그리고 중립국감시단이 감시하는 그 눈초리를 피하는 일에만 급급하여 포로수용소 안에서 일어나는 살해사건을 수색하거나, 규율강화, 뱀 같은 자들의 계략을 눈치챌 겨를이 없는 것처럼… 이런 상태를 이 이상 방치했다가는 필시 비극 중에도 엄청난 비극이 일어날 것 같은 예감이 들어.

이곳 미국군인들 앞으로 오는 잡지들이 굴러다니거나 눈에 띄어 들춰 볼 기회가 있었어. 화려무비(華麗無比), 물론 미국 사람 전부가 그렇게 사는 것은 아니겠지만, 음식, 의복, 물건이 지천이고, 달러의 위력으로 전 세계를 휩쓸며 하늘도 땅도 그 금력(金力)으로 휩쓸 기세인데…. 이 극동(極東)의 작은 나라에서 발생한 뜻밖의 전쟁 때문에 골머리를 앓게 된 것이 못내 마땅찮고, 그래서 진격도 후퇴도 할 수 없는 형편을 억울해 하던 차에, 휴전협정 소리에 눈과 귀가 번쩍 띈 모양이네. 미국인, 그들은 대한민국의 땅을 별 생각 없이 뚝 잘라서 소련 측에다 내어 줄 때처럼, 소련이 휴전협정 어쩌구 하니까 반색을 하며 매달렸겠지만, 미국이 무슨 재주 무슨 수로 공산당의 계략이나 속셈을 한 치인들 알아낼 수 있겠어. 어림없는 소리지.

현재는 이 곳 포로들을 감찰하는 감찰들이 오히려 공산권패거리의 눈치를 슬슬 보며 전전긍긍, 임무를 기권할 지경에 이르러 있다네. 그런가 하면 거의 자포자기에 빠진 감찰 몇몇은 '이에는 이, 눈에는 눈' 식으로, 피로써 끝장을 보겠다고 빨갱이들한테 달려들고 있으니, 이 난폭(亂暴)을 제재해야 할 보다 강력한 힘이 필요한데 미국의 힘이 딸리는 눈치야.

우리가 자위대(自衛隊)를 결성해야 할 판이라네. 바른 생각 바른 뜻을 가진 애국젊은이들을 찾아내, 일반포로를 안정시키고 안심시키고, 수용소 내 공산군폭동을 미연에 방지할 수 있는 힘을 키워야만 하겠는데, 그 일이 왜 그렇게 어려운지. 저 교활한 계략을 대충 눈치로 알고 있으면서도 그것을 막아낼 일이 왜 이렇게 어려운지. 양심(良心)이란 그렇게도 무능한 것인가. 자기 자신을 지키려는 선(善)이 악의 폭력 앞에 이렇게도 무력하기만 한 것인가.

수용소 안의 우익청년인 우리는 딛고 설 땅이 없는 존재들이라네. 조국이 우리를 오해하고 있고, 또 이 안에서는 공산당들에게 감시를 받아야 하는 이중죄인(二重罪人)들이지. 저들의 치열한 살의(殺意)는 끝이 없어. 이 긴장 상태가 숨을 틀어막네. 포로수용소 안에서 또다시 고도(孤島)에 갇힌 듯이 이 우익(右翼)의 수많은 젊은이들에게는 이제 미국 쪽을 더 바라볼 기력이 없어졌어. 우리나라 국군 경비과와 긴밀한 연락이 있어야겠고, 무장 국군의 경비와 감시가 따로 필요한데, 8군 정보과에서 그것을 허락할는지.

밖에서는 반공포로 석방 운운 소문이 돌고 있는 것 같은데, 만일 이런 상태에서 석방이 이루어진다면 적군(敵軍) 몇 개 사단(師團)을 부산에 상륙시켜 놓는 것과 다를 것 없는 폭동이 발생하고 말 걸세.

참으로 이상한 일은, 서울에서 대학을 다니던 대학 재학생들의 태반이 적색(赤色)을 공공연하게 드러내며 그들에게 동조하고 있는 일이야. 오히려 북한 출신의 포로 중에 건전한 사상을 지닌 젊은이들이 보호와 협력을 요청하는 형편이네. 도대체 마르크스나 레닌의 머리에서 나온 그 괴물은 어떻게 이렇게 집요하게 인간을 변질시키는지 모르겠네.

유정인 선생께도 따로 부탁 편지를 띄워 놓았네만, 국군 경비과와 긴밀한 연락이 있어야 하겠고, 그보다 더 빨리 한시 바삐 이곳 수용소 사정과 형편을 당국에 알리는 일을 서둘러 주었으면 하네. 우리나라의 운명이라 생각하고 이 일을 도와 주게. 불안에 떨고 있는 이 많은 형제에게 평화의 소식을 전해 줄 수 있는 사랑과 능력의 팔은 기도뿐이야. 우리를 위하여 기도해 주게나.

1951년 9월 의순

*

급하게 쓴 편지였으나 글자 하나 하나가 꽃잎 피어 나듯한 달필은 여전했다. 그러나 그가 이렇게 쫓기듯 당황해 하는 것을 지금까지 본 일이 없었다. 수용소 안의 사태가 얼마나 험악하고 급한 것인가를 짐작할 만했다.

유정인 대위를 만났을 때 그는 맹의순의 편지에서 내가 느끼게 된 급박한 사태보다 더 긴장하고 있었다.

"관계 요로마다 찾아다니고 있어요. 사태설명에 열을 올리며 눈물로 호소하고 있지만, 모두가 넋이 나간 사람들 같거나 아니면 전혀 관심 없이 다른 일만을 골똘하게 생각하는 사람들 같았어요."

그는 고개를 설레설레 저었다.

그 얼마 전에 우리나라 대통령이, 한반도평화에 대한 조건을 성명발표 했다. 실현성이 희박한 일방적인 내용이었다. 중공군이 압록강 이북으로 철수해야 한다는 주장은 그럴 수 있는 내용이었지만, 북한은 무장을 완전해제 하라, 어떠한 문제 해결에도 한국이 주관하며, 한국의 주권과 영토가 침략을 받지 않겠다는 기염(氣焰)은 이상(理想)이지 현실은 아니었다. 국제적인 현실을 조금도 고려하지 않은 독단적인 역설일 뿐. 한국은 유엔회원국도 아니었고, 맨몸 맨손으로 6·25를 만났다. 미국이 개입해 준 것이 책임감 때문이었건 우의(友誼)에서였건, 아니면 국제적인 세력균형의 유지를 위해 어쩔 수 없는 선택이었건, 한국은 그들 없이는 그나마 버틸 길이 없었던 나라다. 그런데 우리 대통령이라는 노인은 이제 와서 독자 노선을 내세우며 거창한 이론만을 내세우고 있다. 고통당하는 민중이나 전쟁 피해, 수용소문제 같은 것에 대하여 눈을 돌릴 겨를이 있을 것 같지 않았다.

포로수용소 안의 수상한 움직임은 가열되어 가고 있는데 혹시나 했던 휴전 회담은 장소를 개성에서 판문점으로 옮겼을 뿐 아무런 진전이 없었다. 어떠한 상황이든 전쟁이 끝나 주기만을 원하던 민족 측과는 달리, 공산당대표들은 회담을 지연시키는 일에만 온갖 계략을 다 쓰고 있었다. 전쟁의 일부를 휴전회담 탁상(卓上) 위로 끌어올려 놓고 시간을 벌며, 한숨 돌려 다시

달려들겠다는 심보였다.

　유정인 대위는 조금도 지치지 않고 백방으로 뛰어다니며 수용소사정을 알리는 일에 고군분투했다. 그리고 의순의 편에서는 그렇게 마다 하는 면회를 꾸준히 다니는 것이 그의 일이었다. 그 친구에게 도움이 될 만한 책을 구하기 위해 대학교수 친구의 집을 멀다 하지 않고 찾아다니며 책을 빌려다 주고, 그가 다 읽은 책을 다시 주인에게 돌려주는 일을 여일하게 해내고 있었다.

　유정인 대위가 병석에 눕게 된 것은, 깊어진 가을이 겨울로 넘어가던 11월의 일이었다.

　의순으로부터 편지를 받은 것도 그 무렵의 일이다.

　친구에게.

　수용소가 다시 평온해졌네. 금방 폭동이 터질 듯하던 먹구름도 씻겼고, 폭발물 같던 극좌(極左)의 극렬분자들도 일단은 그 기세가 꺾인 듯하네. 그런데 어찌된 일인지 갑자기 포로 이동이네. 광야교회의 식구들이 흩어질 일이 생겼어. 우리 신학교동창들도 거제도로 이송되었고, 찬양대원들도 그쪽으로 끌려가서, 이제 광야교회에는 이북출신 교인들만 남아 있게 되었네. 무슨 정책이 어떻게 반영된 것인지 알 수 없으나 이리 떼보다 무서운 공산군이 수용소마다 배치되어있는 거제도 수용소에, 우리 형제들이 잘못 배치되는 일이 없어야 할 텐데, 밤새 마음 놓고 잠을 이룰 수가 없네.

　그들, 지령에 따라 움직이는 이북공작대원들과 그들의 손발이 되고 있는 공산당원들은 남한에 남겠다는 사람, 국군, 교회에 관련된 사람들을 샅샅이 가려내어 때려죽이자는 것이 첫째 목표고, 교회를 때려 부수자는 약속이 암암리에 다져져 살벌한 분위기를 연출하고 있다네.

　나도 불문곡직 거제도로 끌려가 거제도 구경을 할 뻔했는데, 이곳 이북출신 교우(教友)들과 그 밖의 사람들이 수용소장 앞으로 진정서를 제출하여 일단 유보가 된 것이네. 하지만 그것도 얼마 동안이 될는지 알 수 없는 일이고, 내가 다음에 가게 될 곳이 거제도가 아니라 그보다 더한 곳일지라도 나는 내 주님만 바라보며 나아갈 일뿐이지.

자네가 구해다 준 《좌옹선생전(佐翁先生傳)》은 재미있는 책이었어. 한말사(韓末史)를 익히는데 좋은 길잡이가 되어 주었어. 그리고 영어로 된 '힐티'의 《잠 못 이루는 밤을 위하여》는 한 주일에 이틀씩 번역을 하고 있는데 일부가 거의 끝나 가고 있네. 다른 책들도 번역을 하면서 미국 군인들이 볼 수 있도록 일부러 병원 사무실에 놓아두는데, 누구도 관심을 가지고 선뜻 집어 들고 읽는 사람이 없더군.

그리고 한 벌 더 써다 준, 화선지의 붓글씨 찬송은 찬송의 은혜를 더 깊게 해주고 있네. 여성수용소 측과 나누어 보느라고 어느 때는 한 번에 수십 장씩 손으로 베껴서 두세 사람이 한 장씩 들고 찬송을 하던 때도 있었는데, 이제는 비록 전깃불을 다시 빼앗긴 처지지만 일요일 밤과 수요일 밤에 예배를 드릴 때에 화선지찬송가를 걸어 놓은 그곳에만 등불을 밝혀 놓으면 모두가 잘 볼 수 있어 더 힘차게 찬송할 수가 있다네.

물자가 귀한 바깥세상이 얼마나 시달림을 받고 있는지 짐작이 가는 터에 이런 큰 선물을 계속 받고만 앉아 있는 것이 송구하기 그지없는 일이네.

그리고 유정인 선생이 병석에 누워 계시다는 소식을 들었어. 그분이 나에게 무슨 사명을 안고 온 천사이기에 내 일에 그토록 깊은 사랑을 쏟아 부어, 나로 몸 둘 바를 모르게 만드는지. 그리스도의 사랑이라는 이름만으로 그분의 수고를 다 받기에는 너무도 벅차고, 갚을 길 없는 사랑의 빚이야. 그 빚이 계속 쌓여가는 것을 나는 그저 망연자실 지켜볼 뿐이지. 너무 무겁네. 사랑은 갚아지지 않는 것이고 갚을 수도 없는 것이요, 갚는다는 것이 있을 수도 없는 일이지만, 그분이 내게 주신 그 많은 위로와 수고의 값을 무엇으로 대신할 수 있을까. 그분이 앓고 계시다니 고통스럽네. 자네라도 틈을 내어 찾아뵈어 주게나. 나는 지난여름에 말라리아로 여러 차례 고생을 했었는데 그분도 말라리아로 진단이 내려졌다는군. 혼자 계신 노모께서 따님의 병환 때문에 많이 근심하며 혼자서 쩔쩔매실 일이 안쓰럽네.

이곳 병원에서 미국인 의사가 조제해 준 약을 보내니 전해 주게. 흰 약은 키니네인데 하루에 세 알, 작은 것은 아침에 한 알, 낮과 저녁에는 반 알씩 복용하기를 반드시 14일 간 지켜야 한다는 것 당부 드리게. 따로 편지를 썼네만, 자네가 다시 한 번 일러 드리게.

1951년 11월

*

그 다음 편지는 11월도 다 저물 무렵에 내게 도착했다.

친구에게.

눈발이 날리더니 기온이 급강하하면서 늪지에 얼음이 얼었어. 아이들의 밝은 목소리가 목청을 돋우어 재잘거리는 것을 보니 얼음 지치는 재미가 굉장해 보여.

지난번 거제도로 이송된 남한청년들은 PW를 벗어나서 CIVILIAN대우를 받는다는 소식이 왔는데, PW가 아니라는 것을 확인했으면서, 무엇이 모자라 시빌리안 대우를 하면서도 못 풀어 주는지 내막을 알 수가 없네.

유정인 선생께서 인편으로 편지를 보내셨네. 자네의 우정 어린 병문안을 거듭거듭 고마워하셨네. 각별한 뜻으로 군복을 입은 분이지만, 그분의 나라 사랑이나 민족에 대한 지극함은 웬만한 남성이 따라가기 어려울 정도고, 신앙 또한 그분을 따를 사람이 쉽지 않다는 것, 자네도 잘 알고 있는 일 아닌가.

그러나 한편, 그분의 그 순결한 젊음과 아름다운 성품이 과연 이 세파(世波)를 무사히 헤쳐 갈 수 있을는지…. 옆에서 전혀 모르는 체할 수도 없는 일 아니겠나.

내 어머니인들 포로가 된 아들에게 그만큼 지극하겠는가. 어느 누님이 이런 처지의 동생에게 그렇게 정성을 다할 수가 있겠는가. 나는 오직 감격과 감사를 가슴에 품고 그분께 받은 사랑과 정성을 다시 내 이웃에게 전하려 하고는 있지만, 그분의 앞날에 평강만이 드려지기를 기도로 대신할 뿐이네. 주께서 이미 예비하셨을 일이나, 오직 평탄하고 안락하게 아름다움을 누리는 위로자가 되기만을 기도하고 있네.

*

이 작은 나라의 최남단 항구도시가 왜 이렇게 추운지 모르겠네. 지난겨울이야 목숨 내어 건 피난길이었으니 웬만한 추위쯤 추운 줄 모르고 넘어갔지만, 하루살이 같은 피난생활에 땔감도 구하기 어려울 텐데 모두들 이 겨울을 어떻게 견딜 것인지 안타까운 일이 아닐 수 없네.

이곳 수용소에는 한 천막에 기름 난로가 두 개나 설치되어 있고, 병원이나 교회에 땔감이 넉넉하여 추위의 어려움은 조금도 없다네. 자원 많고 물자 흔한 미국 사람들 옆에서 우리도 그럭저럭 덕을 보는 셈이지만, 이런 형편에서 덕이라야 물자를 통한 것뿐이지, 막상 그들의 영혼이나 정신, 그리고 그 밖의 본질적인 내면과 통하기란 막연한 일이야. 상황과 형편도 형편이거니와 생활감정, 사고방식이 전혀 다른 그들이 굳이 우리에게 고생고생 맞춰가며, 그들이 사는 법을 전수(傳授)해 줄 리 만무하고, 또 현실적으로 전수받기 어렵게 되어 있으니 우리는 그저 입 딱 벌리고 놀랍고 신기한 것을 구경할 정도겠으나, 이들이 이룩해 놓은 문명(文明)이라는 것이 종국에는 무엇을 불러 올 것인지 내게는 다분히 부정적인 느낌만이 앞서는 거야.

 오늘날 세계 제일의 강대국이라 할 미국이라는 나라의 국력은 무엇을 기반으로 한 것이겠나. 그들이 허기진 배를 졸라매고 이민선 '메이플라워' 호에 오를 때, 그들의 손에 쥐어진 것이라고는 성경 한 가지뿐이었거든. 허기진 배는 겸손이었고 그들이 도착한 신천지 아메리카라는 땅은 감사였으며, 하루하루의 생활은 기도와 찬송과 양심과 성실의 밭갈이뿐이었지. 그러나 그들은 그토록 기름지고 넓은 낙토(樂土) 앞에서 욕심을 잉태하기 시작했고 그 욕심이 흑인노예 사냥의 죄를 키웠으며, 그 죄는 인디언 사냥을 하면서 극에 달했고…. 그래도 아직 완전하게 마비되지 않은 신앙의 한 자락이 남아, 세계적으로 발발하는 국제간의 불법(不法)을 도맡아 해결하고자 하는 노력으로 비쳐지고 있으나, 그들이 희망하고 이상(理想)으로 바라보는 평화는 어디에 있는 것일까.

 굶주려 도착했던 메이플라워 호에서 들고 내린 성경은 이제 선반 위에서 먼지에 덮여있고, 아메리카에서 이룩해냈던 성취와 성취의 과정에서 스스로 확인했던 능력에 대한 자부심으로, 다른 것을 볼 수 없게 된 아메리카가 아닐까 싶네.

 이제 그들은 프로테스탄트의 정신으로 사랑으로 이웃과 손을 잡으려는 선진국이 아니라, 물질만능, 기능우선의 겉껍데기만 보여주어, 이웃나라들이 생각 없는 소비(消費)만을 꿈꾸게 만들어주는 타락한 종주국이 아닌지 모르겠네.

 산업혁명이 인간의 배를 채워주고 등을 덜 시리게 만들어주었는지는 모르지만, 산업혁명 과학문명이 인간의 영혼을 눈멀게 만들 날이 멀지 않은 것 같네.

 자본주의를 표방한 우익 진영의 나라들(대개 선진국이라는 서구의 몇 나라가 되겠지만)은 미국의 물질지향, 물질만능의 막다른 골목을 만나게 될 것이고, 자유와 평등을 외치며 증오를 무기(武器)로 삼고 혁명을 부르짖어 가며 피를 계속 보겠다는 공산주의는, 서구문명과 그 자리에 희미하게나마 남아있는 본질적 가능성을 완전히 파괴하고, 스스로 파멸하고야 끝날 세력이 되겠지.

내가 지금 누리는 물질문명이라야 이곳에 흘러들어오는 잡지와 이곳에서 만나는 몇몇 미국군인이나 군의관과 그들의 생활양식과 생활감정 정도지만, 나는 그들을 바라보면서 예레미야 선지자를 통해서 주신 하나님의 말씀에 숙연해지네.

'그들은 가장 작은 자로부터 큰 자까지 다 탐람하며, 선지자로부터 제사장까지 다 거짓을 행함이라.'(예레미야 6장)

탐람이란 먹고 마시는 것을 지나치게 한다는 뜻이거든. 너무한다는 뜻이라고. 너무 먹고 마신다는 이야기지. 로마의 부패가 절정에 달했을 때, 그들은 미식(美食)을 탐하면서 혀를 즐겁게 하기 위해 위장을 잔뜩 채우고는 먹은 것을 다 토해내고 또 새것을 먹고 다시 토해내고 했다는 것 아닌가. 예레미야서에는 그 탐람을 경고한 곳이 또 한 군데 있었네. 6장에서 했던 말씀이 자구(字句) 하나 틀리는 곳 없이 8장에서 또 되풀이되었어.

물질문명의 현장에서 인간이 하는 일이란 결국 마시고 먹고 짝짓고 흥청거리는 그 짓밖에 다른 것이 없을 것만 같네.

탐람하는 가족. 탐람하는 자들만 모인 마을. 질탕지게 먹고 마시는 자들의 나라. '무너졌도다, 무너졌도다. 큰 성(城) 바벨론이여, 모든 나라를 그 음행(淫行)으로 인하여 진노(震怒)의 포도주로 먹이던 자로다.'(계시록 14장) 말씀이 다가올 날을 향하여 물질이라는 우상을 받들고 있는 나라들이 치닫고 있는 것이 눈에 보이는 듯하네.

묘한 일이지만 불교가 전파된 나라가, 대개는 가난한 나라로 큰 분쟁 없이 있는 듯 없는 듯 살고 있는 것에 비하여, 기독교가 전파되었거나 자리

잡고 있는 나라와 나라 사이에서는 거의 끊임없이 피를 흘리고 싸우는 역사를 이어가고 있는 일이 너무 이상해.

불교가 대오(大悟)를 위하여 일체의 현실적인 것을 버리고 참 자아(自我)를 찾아가는 길이라면…. 그래서 현세 속에서 마주쳐 울릴 것이 아무 것도 없고, 욕심이나 애착이나 경쟁심을 털어 버리고, 내적 심연(深淵)으로만 눈을 돌려 외적조건을 외면하기 때문에 더 먹을 일도 더 지닐 일도 없어서, 있는 듯이 없는 듯이 가난을 불편해 하지 않고 견딜 수 있는 것이라면, 크리스천의 긍정(肯定), 사랑 그리고 그 사랑의 능력이 낳는 창조란, 현세라는 질서를 넘어 그분의 영원한 나라, 불멸의 생명을 향해 현세를 극복해가는 새로운 삶이어야 하지 않을까. 하나님 아버지와 그 아들 예수그리스도, 그리고 십자가에서 시작되는 삶이어야 하지 않을까.

하지만 이 세상과 세상 사람들이 무엇을 생각하며 어떤 형태로 살아가든, 우리가 목숨이 다하는 날까지 해야 할 일은 주께서 거듭 부탁하신 그 일뿐이잖은가. 땅 끝까지 이르러 예수 그리스도의 증인이 되어야 하는 그 일 한가지 말일세.

친구여,

오직 바라건대 이 포로수용소가 내게 지정된 땅 끝이라면 얼마나 복된 일이겠나. 이곳은 나에게 고난의 자리가 아니라네. 내가 핍박받는 자리도 아니야. 오히려 편하게 살 만한 자리여서 내 신앙이 이따금 허영(虛榮)을 부리려고 하지.

이곳은 고난의 땅이 아니다. 주를 증거 하기 위해 당하는 핍박도 없다. 너무 편해서 나는 주님을 위해 죽을 일도 없구나 하고 탄식하고는 한다네. 내가 사랑과 능력을 키울 수 있도록 비료를 주게. 기도가 깊어질 놀라운 비료를.

그리고 부탁 한 가지가 있어. 혹시라도 내가 이곳에서 느닷없이 이송(移

送)이 되는 경우에는, 그 동안 나에게 넣어 준 책을 어떻게든지 자네에게 전해지도록 할 테니, 책의 임자 되시는 분들께 잘 전해 드리기를 바라네. 부탁하겠네.

1951년 12월 맹의순 씀.

9

그의 편지를 다시 받은 것은 1952년 정월의 일이었다. 새해 첫날밤에 쓴 편지가 한 주일쯤 뒤에야 내 손에 들어왔다.

친구 형진에게.
겨울밤 초롱초롱한 별들을 바라보며 내 막사로 돌아왔네.
앓는 사람들의 신음이 내 혈관마다 알알이 얽혀 내 영혼까지 퍼렇게 멍이 든 것 같은데도, 저 영롱한 별들의 도란거리는 맑은 빛은 내 영혼에다 신기한 새 힘을 불어넣고 있네.
그러나 이 땅 이 나라의 어둠을 걷어갈 빛은 어디에 있을까. 자신(自信) 없이 호젓하게 떨고 서 있는 우리 민족. 끝없는 환란의 길을 정처 없이 떠나서 맨발로 순례(巡禮)하는 이 수난의 민족. 1950년 반 년 동안에 유혈과 사망과 파괴와, 포로로 끌려간 한 해의 마무리. 다음해에 만난 것은 갈수록 깊어 가던 밤이요, 굶주림이요, 수모요, 낙담이 아니었던가. 이제 전쟁 3년차, 새롭게 시작되는 한 해가 이 민족에게는 무엇을 가져다 줄 것이며 내게는 또 어떤 것이 될는지.

고난에 짓눌린 창백한 내 조국아! 언제 네 기백이 다시 살아 핏기가 들 것이며, 깊이 병든 땅이 소생할 것이냐.

나는 조국의 운명을 생각하며 눈물짓고 있네. 조국, 나라, 조국…. 나라는 무엇일까. 민족, 동족(同族), 내 겨레란 무엇일까. 이 조국이나 민족이라는 구분이 하늘나라에서는 어떤 의미를 갖게 되는 것일까. 하지만 지금 나는 조국의 아픔을 전신으로 다시 아로새기며 눈물짓고 있네.

친구여, 우리… 조국을 위해 뜨겁게 울어 보세. 그리고 쓰러지지 말아야겠네. 이 환란과 고난이 우리에게 약이 되어 나라를 지키는 힘이 되게 만드세.

내게는 아직 CI 번호가 나오지 않았네. CI란 남한(南韓) 사람으로서 포로된 자에게만 나오는 표지라는데 웬일인지 내게만 나오지를 않는 거야. 하지만 CI 번호가 나오면 거제도로 옮겨가야 할 것 같고, 만일 종내 나오지를 않으면 이곳에 있는 이북 출신 청년과 반공교회 식구들 모두가 어쩔 수 없이 이북으로 송환이 될 것이라는 이야기들이 떠돌고 있네. CI 번호가 나와도 반가울 것이 없고, 나오지 않는다면 북송될 것이 뻔하니 그것도 마음 놓을 일이 아니고… CI를 받지 못하는 사람들은 곧 포로 교환이 되면서 북송이 불가피할 것 같은 정황이야.

그렇게 된다면 광야교회의 저 형제들을 따라 나도 북한으로 가게 될 걸세. 저들이 강제로 송환되어 북녘땅에서 신앙을 지키다가 희생될 사람들인데, 내가 그들을 보내고 어떻게 이곳에 처져있겠는가. 그들과 함께 고난을 겪고 쓰러지는 것이 내게 주어진 축복인 것을. 나에게 순교의 영광이 허락된다면 오직 그 한 길뿐이 아닐까 싶어.

광야교회의 형제들이 점점 불어나고 있네. 우리는 틈틈이 함께 모여 기도하며 한없이 넓고 푸른 초장(草場)의 꼴을 평화롭게 먹고 있네. 자네가 구해

다 준 성경 주석 책은 우리가 좀 더 좋은 양식을 먹는 일에 크게 도움이 되고 있다네.

'여호와는 나의 목자시니 내가 부족함이 없으리로다. 그가 나를 푸른 초장(草場)에 누이시며 쉴 만한 물가로 인도하시는도다…. 주께서 내 원수의 목전(目前)에서 내게 상을 베푸시고 기름으로 내 머리에 바르셨으니 내 잔(盞)이 넘치나이다.'(시편 23편)

내 잔이 넘치나이다. 여호와께서 나의 목자 되시니 내가 부족함이 없으리로다. 친구여, 고난의 끝은 고난이 아니니 이 민족의 고난을 성실하고 값지게 치르세.

주님 안에서 자네를 만나는 일이 기쁘고 감사하네.

1952년 1월

그 후, 두 달 가까이 지나서 다시 짤막한 편지가 왔다.

CI 번호가 나왔어. 거제도로 이송될지 모르지만, 내 일신을 생각해서 반가워해야 할 일인지, 아니면 나를 바라보고 있는 광야교회의 수백 명 북쪽고향 형제들을 돌아보며 탄식을 하는 것이 옳은 일인지 알 수가 없네. 하여간 CI 번호만 받으면 영락없이 거제도로 일단 가야 한다니, 미구에 이 광야교회와 형제들을 떠나야 하는 줄 알고 있었는데, 미국 군의사(軍醫師) 몇몇이서 의논을 한 끝에, 나에게 디센트리(Dysentery)로 병명을 붙여 입원시켜, 거제도를 면하게 해 주었어. 미군의관들도 광야교회 일이 걱정스러웠는지 나를 그렇게 붙들어 놓았어. 매 순간이 기적이요 은혜가 아닌가. 그런 방법으로라도 교회와 형제들과 함께 있게 되었으니 눈시울과 함께 가슴이 뜨거웠어.

임병주(林炳柱) 군의 병세가 어떤지 궁금하네. 이희진 군이 임 군에게 간절한 문안을 하니 전해 주게. 아마 3월 말까지는 면회가 중지되는 것 같으니 유정인 선생을 통하여 띄우던 편지도 못 보내게 될 걸세. 유 선생께도 그런 내용의 편지를 보냈으나 자네도 말씀드려서 헛걸음하시지 않도록 해 주게.

1952년 2월 맹의순

*

1952년 5월 7일. 거제도 포로수용소장 프랜시스 T. 돗드 준장(准將)이 포로들에 의해 수용소 안으로 납치되었다. 극렬 공산분자 포로일당에게 납치되어, 인질로 억류된 사건이 터졌다. 친구 맹의순이 우려하던 일이 드디어 구체적인 사태로 발생한 것이다.

공산당 게릴라 반란포로들의 요구조건은 포로들에 대한 폭행, 고문, 감금, 대량 학살 등을 철회하라는 것이었으나, 그것은 저들이 날마다 저지르는 포학이었다. 그들의 요구조건은 미국을 곤경에 빠뜨리려는 선전술책이었다. 린치 살인을 밥 먹듯이 해치우는 것은 오히려 그들 자신이면서. 그들은 수용소 안에서 인민재판(人民裁判)을 열고, 송환을 거부하는 반공포로들에게 자아비판(自我批判)을 강요, 불법재판으로 사형 언도, 돌과 몽둥이로 타살하는 것이 예사였다. 그들은 천막 지주(天幕支柱)로 두드려 만든 창(槍)과 휘두르기 좋게 자른 철관(鐵管), 칼, 몽둥이, 곤봉들로 무장하고 있었다. 나중에 폭도들을 분리 이동시킨 뒤 찾아낸 무기는 창(槍) 3,000개, 가솔린 수류탄 1,000개, 칼 4,500개, 도끼, 망치, 철봉 등 어마어마한 숫자였다. 그것은 수용소 감동(監棟)이 아니었다. 적으로 하여금 이쪽에서 주는 옷과 밥으로 시간을 얻게 만들고 재정비하여 새 전략으로 습격당한 결과였다.

공산주의를 반대하던 반공포로들, 특히 송환을 거부하던 반공포로들의 권익을 위해 앞장을 섰던 젊은이들은 그들 극렬한 공산당원들에게 무수하게 무참히 희생되었다. 당국은 뒤늦게야 반공포로들을 공산조직의 마수에서 건져내어야겠다고 분리수용 했으나, 반공포로를 가장하고 침투해 들어오는 공산당공작대원을 막아낼 지략이 없어, 또다시 살육이 이어졌다.

거제도수용소의 수용소장 납치사건 소용돌이가 가라앉아 갈 무렵의 어느 날, 유정인 대위는, 광야교회를 지키는 이희진 군과 그 친구들이 보낸 편지 한 묶음을 내게 내어놓았다.

유정인 선생님께, 하나님 우리 아버지와 주 예수 그리스도 안에서 은혜와 평강이 함께하실 것을 기도드립니다.

선생님, 이곳에 있던 그리스도의 형제들이 CI 번호를 받고, 혹은 다른 이유로 썰물 빠지듯 이곳을 떠난 뒤, 우리는 허전하고 쓸쓸한 가운데 오직 전도에만 전념하고 있습니다. 그 열매를 하나님께서 보게 해주시어 교회의 형제들이 다시 불어난 가운데 은혜롭게 지내고 있습니다.

그러나 사탄의 계략은 어디에고 뻗쳐 있습니다. 특히 이곳 생활은 아직도 매순간이 살얼음 딛는 위험투성이입니다.

이미 지나간 일이고 또 그런 위험 속에서도 우리를 산성(山城)으로 감싸시는 주님의 은혜이었음을 간증할 겸 말씀드리는 일이오니 너무 놀라시지는 마십시오.

우리 광야교회 교우로 교회 일에 열심이던 나 선생(羅先生)이라는 분이 있었습니다. 서울에 있는 모 고등학교 국어교사였다는 분인데, 글 쓰시는 일이며 말씀하는 일이며, 분명하고 능력이 있어 우리 모두가 의지하고 퍽 따르던 분이었습니다.

그가 맹 선생님과 저, 그리고 교회 중심이 될 만한 일꾼 몇을 암살할 목적으로 교묘하게 숨어든 것이 발각되었습니다.

새벽 다섯 시. 우리가 새벽기도로 모이는 그 시간에, 우리를 한꺼번에 처치할 계획을 치밀하게 짜놓고 그 시간을 기다리고 있던 일당이, 거사 일곱 시간 전인 밤 열 시에 붙잡힌 것입니다. 국군경비원이 그들을 체포하고 보니 천막지주(支柱)를 갈아서 만든 창(槍)과 칼, 철봉 등 끔찍한 무기들이 쏟아져 나오더랍니다. 그들이 작성한 명단을 압수해 보니 맹 선생님과 우리들, 그리고 반공청년 다섯 명이 포함되어 있더랍니다. 죽음 일보 직전에 살아남은 우리들은 다시 한 번 손에 손을 잡고 서로를 확인하며 눈물에 젖은 기도를 올렸습니다.

아무 말씀 없으신 분은 맹 선생님 한 분뿐이고, 우리들은 경비과의 경비원들과 함께 흥분 분개하여 한동안 소란을 떨지 않을 수 없었지요. 떠들다가 맹 선생님이 보이지 않기에 찾아 나섰더니 교회에서 혼자 기도하고 계신 것이었습니다. 그 뒷모습을 뵙는 순간 우리는 그만 입이 얼어붙어 버렸습니다. 맨바닥에 무릎을 꿇고 엎드려 기도하고 있는 그 뒷모습만으로도 그것은 완벽한 설교였습니다. 그리고 그분의 기도는 우리가 살아난 일만을 주님께 감사드리는 것이 아니라 끝까지 돌이키지 못하고 악의 편에 서게 된 나 선생이라는 사람의 영혼을 위하여 기도하고 계신 것도 알 수 있었습니다.

저는 교회를 지키는 역할을 맡고 있으면서도 늘 잠이 그리워 그저 틈만 나면 잠을 자는 것이 즐거움 중의 즐거움인데, 사실 맹 선생님 때문에 그 잠을 늘 방해 받고 있습니다.

도대체 선생님은 언제 잠을 주무시는지, 일과가 끝나면 천막전도요, 병동 위문이요, 그리고 자정이 지나면 중환자 병동에서 밤을 지내시고, 어느 때는 새벽 두 시고 세 시고 교회로 오셔서 그때부터 기도하시는 분입니다. 저희는 기도의 용사(勇士) 맹 선생님의 기도의 산성(山城) 안에 살고 있습니다.

이곳까지 깊숙하게 침투해 들어와 있는 반란지령이 언제 또 폭발할는지 알 수 없는 가운데 저희는 그저 교회의 머리이신 그리스도와 그 앞의 제단(祭壇)이신 맹 선생님을 바라보며, 수리매를 피하여 어미닭 품으로 파고드는 병아리 떼처럼 살고 있습니다.

그러나 한 가지 선생님의 건강이 염려가 됩니다. 선생님이 밤을 새워가며 하시는 일을 우리는 낱낱이 알 길이 없습니다. 중환자의 침상 머리에서 기도하시고, 밤에 운명하는 사람의 손을 붙잡아 주시며 예배하시고 중공군 환자 감동(監棟)에서 그들과 함께 지내신다는 이야기를 듣고는 있지만, 그곳에 무시로 자유롭게 드나드실 수 있는 분은 선생님뿐이고 우리에게는 출입증이 없으니 모시고 따라다닐 수도 없는 형편입니다. 우리는 그저 그러려니 하면서 먹을 때 먹고 잠자야 할 시간에 에누리 없이 자야만 견딜 수 있는 자들이라, 설사 출입이 허용된다 해도 선생님을 따라다닐 수 없는 자들이라는 걸 스스로 잘 알고 있습니다.

미국 군의관들이 CI 번호를 받은 맹 선생님을 입원까지 시켜가며 이곳 수용소에 붙잡아 두는 것은, 맹 선생님이나 광야교회를 위해서가 아니라 자기네들을 위한 처사입니다. 그들은 이제 맹 선생님이 아니 계시면, 자기네 일을 제대로 보아 낼 수 없을 만큼 선생님의 도움을 점점 더 크게 기대하고 있는 겁니다.

그러나 눈 비비고 우리가 처해 있는 이 처지와 형편을 곰곰 들여다보노라면 너무도 기가 막히고 암담해서 오늘 하루도 무사히 넘기기가 어려울 것 같은 생각이 듭니다. 금방 무엇이 어찌 될 듯 부리나케 시작한 휴전 회담은, 시작된 지 일 년이 되어 오고, 맹 선생님처럼 총 한번 잡아 본 일 없는 신학생을 끌어다가 포로라는 도장을 찍어 놓고, 빨갱이들 칼날 앞에 목숨을 내어놓은 것을 버려두고 있으니 한심합니다. 풀려 나갈 날은 어느 하 세월이며 미국사람들은 이 땅에서 무얼 하고 있는 건지, 아무리 난리 통이라지만 우리나라 어르신네들은 도대체 무슨 일에 열중하고 계시기에 해가 두 번을 넘고도 우리가 이렇게 묶여있는 것을 버려두는지 그저 구슬플 뿐입니다.

유정인 선생님, 이런 편지 받으신 것 맹 선생님께는 알리시지 말아 주십시오. 맹 선생님께서는 도무지 당신에 관한 이야기는 단 한 가지도 발설하는 일이 없는 분이어서 몇 가지 알려드릴 겸, 저의 하소연도 하고 싶어서 적어 본 글입니다.

그러나 맹 선생님께서 인도하시는 대로 우리는 늘 그리스도이신 반석과 영원한 샘물 곁에 있으므로 목마르지 않습니다. 맹 선생님과 같은 목자를 우리에게 허락하신 하나님 아버지께 감사 찬송을 드릴 뿐입니다.

맹 선생님의 기도의 동지이신 유정인 선생님께 늘 충만하신 은혜 있으시기를 기도합니다.

1952년 5월 26일 이희진 올림

유정인 선생님께 올립니다.

선생님께서는 저를 한 번밖에 만나 보시지 못하셨지만, 저는 선생님께서 저희들에게 베풀어 주시는 그 지극하신 사랑 속에서 늘 선생님을 뵙는 사람 중 한 사람입니다. 이원식(李元植)을 기억하시겠는지요.

저는 그늘 한 폭 없고 물 한 모금 없었던 광야에서 맹의순이라는 목자를 만나 그의 품에 안긴 한 마리 양(羊)입니다. 그는 지쳐서 쓰러지게 된 나를 안고 이 광야를 걸어가시는 분입니다. 아니 나뿐만이 아니고 이 포로수용소에 있는 수많은 어린 양을 그렇게 안고, 지고 걸어가시는 분입니다.

나는 단 하루도 맹 선생님을 뵙지 않고는 편안하게 잠들 수가 없는 사람입니다. 선생님이 막사에 계시거나 교회에 계시거나 그저 찾아가서 얼굴 한번 뵙는 것으로 그것이 내 평안의 전부일 수 있는 그런 양 한 마리입니다.

선생님은 나를 보시면 그저 빙긋이 웃으시거나 내게 읽을 책을 건네어 주시거나, 안색을 살펴 건강상태를 물으시는 외에 말씀이 없는 분이지만 나는 선생님을 뵈올 때마다 뵙는 그 시간에 선생님께서 나를 위하여 기도한다는 것을 알 수 있습니다.

며칠 전 늦은 밤이었습니다. 일을 하러 갔다가 늦게 돌아온 나는 엄마 찾는 아이처럼 막사 사무실로 교회로 선생님을 찾아 헤매었습니다. 취침 시간이 지나서 모두들 첫 잠이 깊이 든 시각이어서 사방은 섬뜩할 만큼 조용했습니다. 그런데 어디에도 선생님은 계시질 않았습니다.

달빛이 깊은 물속 같았습니다. 나는 나의 그림자를 딛고 문득 맹 선생님 안 계신 이곳 생활을 상상해 보았습니다. 가슴이 찢어졌습니다. 금방 눈물이 쏟아질 것 같았습니다. 있을 수도 없는 일, 있어서는 안 될 일이었습니다. 나는 그런 쓸데없는 생각에 빠졌던 자신을 채찍질하듯 발길을 옮겼습니다. 불을 켜놓은 막사 하나가 저만큼 보였습니다. 결핵 중환자들만 들어 있는 천막이었습니다. 그 불빛에 이끌려 다가서서 문을 열어 보니 선생님은 어느 환자의 발을 씻기시는 중이었습니다. 그 환자의 얼굴과 손을 다 씻어 주신 뒤인 듯 그 환자의 얼굴은 맑고 깨끗했습니다. '선생님!' 조심스러운 목소리로 그렇게 부르며 안으로 들어가려던 나는 멈칫 뒷걸음치지 않을 수 없었습니다.

결핵 환자. 모두가 가망 없는 중환자들이 있는 방이라는 것이 두려웠습니다. 결핵균이 그 방 가득히 차고 넘쳐서 우글거리는 것 같았습니다. '그런데 맹 선생님이 저 속에서 숨이 거의 넘어가는 환자들을 씻기고 계시다…. 결핵 환자는 죽어 갈 때 몸에 지니고 있던 결핵균을 다 뿜어 놓는다던데' 그 자리에서 도망치려던 나는 발이 얼어붙었습니다. 나는 다음 순간 적진 속으로 돌격해 들어가는 병사처럼 그 속으로 달려 들어갔습니다. 선생님을 끌어 내려는 생각에서였습니다. 그러나 내 발짝 소리에 고개를 돌리시는 선생님의 모습은 너무도 지극하고 평화스러워서 나의 몸과 입은 다시 얼어붙고 말았습니다. 선생님은 늘 미소 지으시는 그 웃음으로 나직하게 말씀하셨습니다.

"무슨 일이지? 이 깊은 밤에…피곤할 텐데." "선생님을 모시러 왔어요. 선생님도 좀 주무셔야지…." "먼저 가시오, 내 뒤따라갈 테니…."

그날 밤 선생님은 돌아오시지 않았고, 그 환자는 세상을 떠났습니다. 선생님은 그 환자가 세상 떠날 것을 아시고 임종의 자리를 지켜주셨던 것입니다.

유정인 선생님, 선생님께서 어떻게 맹 선생님의 이런 일들을 좀 조절해 주실 길이 없으시겠습니까. 보다 많은 양떼에게 맹 선생님은 절대적으로 필요한 분입니다. 그분이 건강하셔야 우리도 살아남습니다. 유 선생님께서 어떻게 좋은 방법을 쓰셔서 맹 선생님께 스스로의 건강을 지키실 수 있도록 도와주셨으면 합니다. 낮에는 병원 일, 저녁에는 교회와 교우들의 일, 오밤중에는 중환자 돌보기, 새벽이면 기도와 예배로 하루를 사시는 분입니다.

하나님께서 그 사랑하시는 자녀에게 잠을 주신다 하셨는데 우리 맹 선생님도 밤잠 좀 주무시게 해주십시오. 우리들 모두에게 얼마나 큰 근심거리인지 알 수 없습니다.

유 선생님, 기도해 주시고 이 일을 도와주십시오.

1952년 5월 이원식 올림

존경하는 유정인 선생님 전.

선생님 제가 강희동(姜喜東)입니다. 얼굴은 기억하실 수 없으시겠지만 지난 해 여름에 맹 선생님 석방 문제가 무르익어 갈 때 간곡하게 선생님께 매달렸던 인물이라는 것을 기억하시고 계시리라 생각됩니다. CI 석방이 정식으로 공표되지는 않았지만, 맹 선생님은 비공식적으로라도 이 곳을 떠나실 수 있었던 분이라는 것을 저는 잘 알고 있었습니다. 그런데도 제가 무분별하다 할 만큼 펄펄 뛰며 반대만류를 했던 것은 맹 선생님과 헤어져서 내가 살아나갈 것 같지 않았기 때문이었습니다. 맹 선생님은, 제가 목사의 아들이면서도 참 신앙이 무엇인지 알지 못했던 저에게 믿음을 심어주신 분입니다. 육체적으로는 중병을 앓고 있던 저를 돌보시어 생명을 다시 찾아주신 분입니다. 영적으로도 육체적으로도 새 생명을 갖게 해주신 분이십니다. 그러한 맹 선생님과 헤어진다는 것은 제게는 하늘이 무너지는 슬픔이요, 암담함이었습니다. 막상 선생님께서 나가시는 것을 포기하신 뒤 저는 너무도 죄스러워서 며칠 동안 맹 선생님을 피해 다녔었습니다.

그랬던 제가 이제는 철이 좀 들었는지 어떻게 해서든 맹 선생님이 이곳을 한시라도 빨리 나가실 수 있는 길이 없겠는가 고심하고 있습니다.

이 철조망 속 광야에 세워진 교회는 날로 자라며 뿌리를 든든히 내리고 있습니다. 맹 선생님은 이제 철조망 밖, 저 할 일 많은 세상으로 한시 바삐 나가셔야 할 분입니다. 흠 없고 티 없이 깨끗하기만 한 맹 선생님이 저 험한 탁류를 어떻게 건너가실 건가 안타까운 생각도 들기는 하지만, 선생님의 비장한 결의는, 시들고 썩어가는 이 나라 청년들에게 회개(悔改)와 성령의 불을 붙이고도 남을 만큼 성령 충만하신 분입니다.

유 선생님, 염치없는 청이오나 맹 선생님의 석방 문제를 다시 한 번 알아보아 주십시오. 그리고 우리가 유 선생님께 드리는 돈의 액수에 비하여, 보내주시는 종이며 필기구 등이 너무 많은 것 같습니다. 그 돈은, 우리들 각자에게 지급되는 담배를 헌금 대신 재단에 드린 것을 모아서 비공식적으로 판 돈입니다. 저희들의 헌금은 돈이 아니라 담배 몇 개비 혹은 담배 한두 갑의 값입니다. 우리는 처음에 그렇게 할 수밖에 없는 일을 두고 어이없어 웃었지만 이제는 그 일도 틀이 잡혀서 교회 일하는 데에 적잖은 도움이 되어 주고 있습니다. 저희들의 청을 들어주시는 것만도 넘치도록 감사한 일입니다. 드리는 액수 안에서 물품을 구입해 주시면 저희들이 조금은 덜 송구스럽겠습니다.

유 선생님, 선생님께서는 맹 선생님을 누구보다도 잘 아시는 분입니다. 맹 선생님은 하나님의 사람입니다. 그분은 주님의 일을 위하여 태어나신 분입니다. 하나님께서 맹 선생님과 함께 하시는 줄 알지만, 우리는 우리가 사람답게 살며 신앙을 지키기 위해서 맹 선생님을 길이 모시고 싶습니다.

유 선생님, 저희들의 간청을 들어주시옵소서.

1952년 5월 강희동 올림

유정인 선생님,

우리들의 목자, 맹 선생님을 통하여 우리들의 천사로 오신 선생님 감사합니다. 우리는 유 선생님의 사랑을 통하여 주님을 뵈옵니다. 주님의 사랑이 이런 방법으로 이렇게 오시는 것이라는 것을 새삼 깨달을 때마다, 한 사건 한 사건이 기적임을 확인합니다.

저는 이곳 광야교회의 문명철(文明哲)입니다. 참 목자이신 맹 선생님 품에서 신앙으로 자라고, 나라를 사랑하는 한 청년으로 크고 있는 포로입니다.

맹 선생님은 포로들을 섬기는 한 포로입니다. 바벨론으로 끌려가 남왕국 유다동족을 섬기던 에스겔과도 같은 분입니다. 하나님의 사람인 맹 선생님은 이곳에 끌려올 수밖에 없었던 우리들 젊은이들을 위하여 하나님께서 보내신 하나님의 사자(使者)입니다.

'의(義)는 나라를 영화롭게 하고 죄(罪)는 백성을 욕되게 하느니라.'(잠언 15장) 성경 말씀을 들어, 선생님은 우리나라가 회개해야 한다는 것을 늘 외치고 계십니다. 축복에 대하여 겸손하지도 않고 감사할 줄도 모르는 백성에게 필연적으로 쏟아지는, 정치를 빌린 재앙을 우리가 바로 볼 수 있어야 한다고 외치고 계십니다. 8·15의 해방을 선물로 받은 우리가 한 일은 무엇이었습니까. 동족끼리 찌르고 죽이고 짓밟은 피 흘림뿐이었습니다. 이스라엘의 방랑(放浪)과 그 박해 받음이 죄의 결과였듯이, 맹 선생님은, 우리나라가 겪는 고난이 죄의 결과임을 깨닫고 회개할 것을 웅변하고 계십니다. 한 민족이 받는 수난이나 고통은 하나님을 등진 국가적 배신의 결과라는 것을 우리에게 가르치고 계십니다. 물론 우리나라의 정치적 역사를 그르치고 있는 몇몇 정치가들을 우리 눈으로 보고 있지만, '**너는 어느 도(道)에서든지 빈민(貧民)을 학대하는 것과 공의(公義)를 박멸(撲滅)하는 것을 볼지라도 그것을 이상히 여기지 말라. 높은 자보다 더 높은 자가 감찰하고 그들보다 더 높은 자들이 있음이라.**'(전도서 5장) 하신 성경 말씀을 들어 맹 선생님은 오직 우리 각자가 하나님 말씀 안에 온전해지는 길만이 개인은 물론이요, 이 나라가 살아남는 길이라고 가르치십니다.

기도의 용사요, 찬양의 천사요, 무릎 꿇음으로 몇 시간씩이고 성경말씀을 묵상하시는 맹 선생님은 묵상의 인도자이십니다. 사람을 대하시거나 책을 읽으시거나 일을 시작하실 때에도 그 영혼이 고요한 묵상으로 들어가시는 것이 보입니다. 읽던 책을 손에 든 채 명상에 깊이 잠겨 있는 것을 보고, 잠시 들러 놀러왔던 어느 친구가 '무척 고단하신 게야. 책을 든 채 잠이 드셨네.' 나직이 말하자, 선생님은 그냥 눈을 감으신 채 빙그레 웃는 그런 분입니다.

선생님은 선지자요, 예언자이십니다. 선생님은 확신을 가지고 말씀하십니다. 6·25로 인하여 우리나라가 망하지는 않는다. 그러나 이 전쟁의 의미를 우리가 스스로 지워버리는 날, 우리나라는 또 어떤 일을 겪게 되는지 모른다. 6·25의 뜻을 잊어버리고 태만해질 때 하나님께서는 다시 이 나라를 징계하실 것이다. 죄는 징계의 철퇴가 아니고는 깨어지지 않기 때문이다. 그러나 죄를 스스로 뉘우쳐 하나님 앞에 회개를 할 때면 징계를 면할 수도 있다. 그리고 징계를 축복으로 바꾸는 길 또한 회개하는 일뿐이라고 계속 말씀하고 계십니다.

맹 선생님의 철야기도는 겟세마네 동산에서 피땀을 흘리시며 기도하신 예수님의 모습과 흡사한 기도와의 싸움입니다. 눈물과 땀으로 다져진 기도의 밤샘입니다.

우리가 뵙기에는 저분에게도 무슨 회개해야 할 죄가 있을까 싶은데, 맹 선생님의 회개기도는 참으로 가슴을 찢고 마음 가죽을 베는 통회의 기도입니다. 나라를 위한 기도와 우리들을 위한 기도, 그리고 특정인들 특히 정치한다는 사람들이 일을 그르쳤을 때는 자신의 죄인 양 눈물로 구슬을 꿰는 철야 기도를 끊이지 않고 하시는 분입니다.

유 선생님, 저희들 모두의 뜻입니다. 맹 선생님께서 이곳을 나가실 길이 없겠습니까. 다만 며칠이라도 쉬어야 할 것 같습니다. 선생님은 초능력으로 견디고 계시는 것 같지만, 이따금 저희들은 불안합니다. 기도로 간구하고는 있사오나 유정인 선생님의 도움을 바라고 있겠습니다.

1952년 5월 문명철 올림

10

유엔군이 포로들의 송환(送還)의사를 심문(審問)하기 시작한 4월 2일 이

후, 거제도 포로수용소 안의 공산당공작대원과 극렬분자들은 계속 폭동을 일으켰다. 그러나 심사분리작업이 계속되어 반공포로만 따로 수용하는 일이 느리게나마 진행되고 있었다.

거제리 수용소에서도, 쉬지 않고 폭력을 휘두르는 공산당 극렬분자들을 추려 내어 거제도로 이송했다. 환자로 가장하고 잠입했던 자들까지 색출하여 모두 보냈다는 소식이 들렸다. 그리고 곧 거제리는 민간인 억류수용소로 개칭되었다. 병원이 남아 있었기 때문에 환자들은 계속 치료를 받고 있었고 동래며 거제도 쪽에서 민간인으로 되돌아온 사람들이 있어 수용 인원이 크게 줄어든 것은 아니었다. 이제 거제리 철조망 속의 사람들은 전범자(PW)가 아니었다.

한편 휴전 회담탁상 위에서 아군은 계속해서 우롱만 당하고 있었다. 공산군은 휴전회담 제의에 동의하는 듯 가장해 가며 유착상태(癒着狀態)에 빠져 있던 전선에서 충분한 여유를 되찾고 다시 공격하기 시작했다. 고지(高地)마다 새로운 전투가 불을 뿜어댔다. 전투가 다시 시작되었다는 것은 억울한 억류자들에게는 암담한 소식이었다.

거제리 수용소가 민간인 억류 수용소로 개칭이 되었어도 전쟁의 열기가 식지 않는 한 그들이 풀려날 길은 아득한 것이었기 때문이다.

영도(影島) 영선동에 있는 Y피난 대학으로 김영주가 나타난 것은 그 무렵이었다. 학교라야 영선동 언덕 위에 미군천막 네 개로 시작된 초라한 것이었다. 해양풍의 영향 탓이었는지 서향받이의 그 언덕은 늘 변화 많은 구름이 지나가는 곳이었다. 그 언덕에서 내려다보이는 바다는 시시각각으로 바다 빛을 달리했다. 포구를 떠난 배가 망망대해를 향해 표표하게 혹은 숨을 들이 킨 듯 떠가는 것이 내려다보였다. 충무남해로 가는 연락선도 있었고 제주도 훈련소로 훈련을 받으러 가는 장정을 싣고 가는 배도 있었다. 더러는 고깃배도 있었고 제주도에서 훈련을 마치고 일선으로 배치되어 떠나는 군복의 젊은이를 싣고 들어오는 배도 있었다.

해가 떨어질 무렵이면 영선동 언덕은 숨을 곳이 없어진다. 지는 해 앞에 전신을 드러난다. 자갈치시장이 내려다보이는 곳이어서 해 뜰 녘과 해 질 녘에 고조되는 삶의 아우성 소리가 들리는 곳이기도 했다. 어둠이 내리 덮이면, 시장바닥에서 눈뜨기 시작하는 불빛과 그 불빛을 찾아 하루살이처럼 모여드는 노동자들과 피난민들의 지친 숨결이 가까워지기도 했다.

송도해수욕장 탈의실을 교사(校舍)로 삼고 들어앉은 대학도 있었고, 그 탈의실 위쪽에 판잣집으로 세운 대학도 있었지만 천막 네 개로 피난 대학을 연 Y대학도 대학의 학교 간판을 내걸었다.

영도의 피난대학이 시작된 후에도 영주의 소식은 풍문으로만 이따금씩 스쳐갔다. 대구에 있다느니 누군가와 결혼을 했다느니, 아버지 김 장로가 납치된 뒤에 생계가 막막하여 어디에선가 일을 하고 있다느니 하는 막연한 이야기들이었다.

영선동 언덕배기가, 지는 해를 받으며 눈부셔 하던 오후에 영주는 홀연히 내 앞에 나타났다.

"장형진 씨…."

여위고 핏기 없는 얼굴이었지만 눈은 더욱 커지고 눈빛에만은 의기가 더한 듯 힘 있어 보였다. 그는 내 앞에 서 있었다. 그 큰 눈 가득하게 금방 눈물이 고였다.

"맹의순 씨를 만나게 해주실 수 없겠어요? 좀 도와주세요. 형진 씨는 의순 씨를 면회하셨다면서요?"

그는 오직 몇 년을 두고 그 말만을 연습한 듯 불문곡직 그렇게 애원했다. 애련했다. 한 영혼과 영혼이 시간과 공간을 건너 저렇도록 애절하게 이어져 있구나… 어떻게든 영주의 소원을 들어주고 싶었지만, 지금은 달래는 수밖에 없었다.

"면회를, 면회를 알아보겠지만 지금은 아무래도 어렵겠네요. 어쩌면 곧 석방이 될 것도 같은데…."

"석방? 석방이 된다고요? 하지만 한시가 급해요. 기다리고 있을 수가 없어요. 꼭 만나고 싶어요. 도와주세요. 소원이에요."

영주는 무엇에 쫓기듯 이상하게 애원했다.

"글쎄… 지금 그렇게 서두른다고 될 일이 아니라서…."

"어떻게 해서라도 만나겠어요. 그리고 나도 내일부터 등교하기로 했어요. 일하는 데서 졸업장이 필요하다고 하는군요. 그러니까 내일부터는 매일 학교에 나와서 졸라댈 거니까 그렇게 아시고 도와주세요."

그는 갑자기 두 손에다 얼굴을 묻고 흐느끼기 시작했다. 아까시나무 그늘이 우리들 머리 위에서 향기로 흔들리고 있었지만 김영주는 내처 흐느껴 울었다.

"왜 그리 급한지… 우선 편지라도 써요. 편지는 주고받을 수가 있어요. 그렇게 하면서 차차 길을 터보도록 할게요."

말없이 오래오래 울고만 있던 영주가 고개를 들고 물었다.

"그 간호 장교… 유정인 씨라는 분은 그곳엘 자주 간다면서요.?"

"그분은 현역이니까…. 그리고 그곳에 있는 포로들을 위해서 누구도 흉내낼 수 없는 헌신을 하시는 분이에요."

"나는… 의순 씨를 만나야 해요. 만나야 해요. 나는 지금 힘이 필요해요. 살아남을 힘이 필요해요. 나는 그이를 만나야겠어요."

영주에게는 의순을 만나는 일만이 유일한 희망인 듯했다.

그러나 영주는 뜻을 이루지 못하고 한여름이 되었다. 여름의 열기가 막바지로 치닫던 팔월 초순, 나는 뜻밖의 반가운 편지를 받았다.

맹의순이 오래간만에 수용소에서 쓴 편지였다. 곧 석방된다는 소식이었다. 이제는 더 머물고 싶어도 더는 머물 수가 없게 되어 어쩔 수 없이 그곳을 떠나게 되었다는 내용이었다.

형진.
이제 어쩔 수 없이 이곳을 떠나게 되었네.
내 앞에 있던 철조망이 끊어지고, 나는 새로운 대지(大地)로 나서게 되었네. 이제 이곳을 떠나지 않으려 해도 억지로 떠밀려 그 대지를 밟지 않을 수 없게 된 걸세. 내가 아무리 더 남아 있겠다고 발버둥질을 쳐도 그것이 허용되지 않는 걸세.
심사(審査)라는 것과 도장 찍힌 서류가 나를 이 자리에서 밀어내고 있네. 그런데 이제는 그게 기뻐. 내가 원한 것이 아니라 하나님께서 나를 데리고 나가시는 것 같아서… 내 양쪽 어깨에 날개가 활짝 달린 것 같아. 이 곳 광야교회의 형제들 중 아직 귀추를 알 수 없는 식구가 있는데도, 왜 이렇게 후련하고 기쁜지…. 다른 것은 말고 오직 보고 싶은 사람 마음껏 볼 수 있다는 것 한 가지만으로 이렇게 설레는 것일세.
어쩌면 이북으로 끌려가게 될지도 모를 그리스도의 형제들을 남겨 놓고, 내 마음이 이렇듯 들뜰 수 있다니 어이가 없는 일이네만…. 끝까지 그들과 동행하면서 함께 신앙을 지킬 결심까지 했었던 내가….
뜻으로야 석방되어 나가는 대로 이곳에 남겨진 형제들을 위해 몸이 가루가 되더라도 그들이 자유롭게 남한에서 살 길을 찾아낼 것이고, 나는 자유인이 되어 자유롭게 거제리를 드나들며 교회 일을 돕겠다는 결심이지만, 내게 열린 이 자유의 기쁨을 음미하고 있네. 석방 날짜가 정해졌어. 8월 12일.
만 2년 동안의 이곳 생활이 내게는 은혜 중의 은혜였네. 오늘부터는 내가 자유롭게 된 후에도 다시 이 곳에 돌아올 준비를 해야겠네. 포로의 신분으로 포로를 섬기는 일과, 자유인의 신분으로 그들과 함께 하는 의미가 또 다를 것이야.

'참 아름다워라 주님의 세계는. 저 아침 해와 저녁놀, 밤하늘 빛난 별, 망망한 바다와 늘 푸른 봉우리. 다 주 하나님 영광을 잘 드러내도다.' 그러나 무엇보다도 아름다운 것은 그리스도 안에서 만나는 우리들의 영혼일세. 내게 허락된 한 사람 한 사람이 내게는 놀랍고 아름다운 기적의 열매들이야. 자네의 눈, 목소리, 미소, 그리고 언어, 침묵, 글씨, 그 모든 것이 너무 사랑스럽고 너무도 소중하고 그 기적의 의미가 너무 벅차서 심장이 터질 것만 같네.

주께서 그 자녀에게 주신 이 비밀한 아름다움과 창조의 능력인 사랑만은 '사방으로 욱여쌈을 당하여도 싸이지 아니하며 핍박을 받아도 버린 바 되지 아니하며 거꾸러드림을 당하여도 망하지 아니하는 것.'(고린도 후서 4장)이라는 말씀 앞에서 내 영혼이 주님을 찬양하네.

친구여, 우리의 재회, 그 첫 장면을 고스란히 주께 드리세.

1952년 7월 맹의순 씀

8월 12일! 8월 12일! 우리는 기쁨과 흥분으로 들떠 하루가 어떻게 가는지 알 수가 없기도 했고, 또 하루가 왜 그렇게 길고 지루한지 숨이 막힐 지경이기도 했다.

그의 석방 소식은 그를 사랑하고 기다리는 우리들 한 사람 한 사람에게는 열병(熱病)과 같은 흥분이었다. 그를 맞이할 준비를 해야겠는데 무엇을 어떻게 시작해야 할는지 도무지 일손이 잡히질 않았다. 유정인 대위는 '오 주님 감사합니다. 감사합니다.' 하며 손을 비비며 눈물을 글썽거릴 뿐 목이 메어 아무 말도 하지 못했다. '그가 풀려 나온다. 맹의순 그를 만난다. 이제 아무 때고 그를 볼 수 있다. 그가 우리 앞으로 돌아온다.' 오래오래 견디고 있던 영혼의 갈증 앞에 샘물 충만한 쉴 곳이 열린 듯, 나는 그저 벅차서 경정거리기만 했다.

피난지 부산에서 모인 남대문 교회교우들도, 신학교로 모여 다시 공부하던 그의 친구들도, 8월 12일만 손꼽아 기다리고 있었다. 드디어 8월 11일. 남아 있는 하루를 벅차게 안고 있는 날이 되었다. 이제 하루만 지나면 의순을 만난다! 나는 보수동에 있는 보수(寶水) 감리교회에서 예배를 드리고 내일 만날 친구를 위해 무엇을 더 준비해야 할까를 점검하며 서성거렸다.

내게 있어 그 친구는, 내 젊음의 사명을 구체화시켜 줄 힘의 원천(源泉)이었다. 나에게 분명한 방향을 제시해 줄 사람이었고 신념을 다져 줄 친구였다. 이제 그는 한 표상(表象), 이데아(IDEA)로 우리 앞에 오는 것이다.

저녁 일곱 시.

친구를 맞이할 준비예배로 모였던 교우들이 거의 흩어져 가고 몇 사람만 남아서 교회 내부를 정리하고 있었다. 어슴푸레하게 어둠이 덮이기 시작하는 교회 앞뜰 화단가에 앉아서 나는 하늘을 올려다보고 있었다. 어둠이 물들기 전 회청색 하늘에 별들이 하나 둘 몸을 비벼 대며 깜박이고 있었다. 그것은 이상한 안타까움이었다. 완전히 어둡기 전 밤하늘은 산고(産苦)를 치르듯 어딘가 애련한 아픔이 깃들어 있었다. 별은 그 빛을 드러내기 위하여 진통하고 있었다. 어둠도 어둠 되기 위해 겪게 되는 진통이 있다는 것을 그 하늘이 내게 가르쳐 주고 있었다. 별 하나의 빛이 별의 빛으로 빛나기까지, 그리고 완전히 어둠을 맞이하기까지 그 무변대한 하늘이 겪는 하늘의 진통이 있었다. 나는 가물거리는 별 하나를 지켜보고 있었다. 스러질 듯 스러지고 말 듯 가물거리다가 내 가슴 깊은 자리에까지 빛으로 와 닿는 별 하나.

그때 교회문 안으로 시커먼 그림자 하나가 들어섰다. 이상하게 가슴이 철렁 내려앉았다.

"여기 장형진 선생님 계십니까?"

불빛 없는 마당이어서, 그 목소리는 시커먼 그림자 속에서 눅눅하게 우러나오는 불길함이었다.

"네…접니다. 바로 접니다만…."

화단가에서 몸을 일으켰지만 그 그림자는 한순간 얼어붙은 것처럼 미동도 하지 않았다.

"무슨 일이신지요?"

머리카락이 일시에 주뼛해져서 내 목소리는 안으로 기어들었다. 잠자코 서 있던 그림자는 갑자기 나를 향해 쓰러지듯 내 가슴팍으로 쏟아졌다.

"선생님, 저 박용깁니다. 저 박용기예요!" 내 머리는 하얗게 비어 있었다. 가물거리던 별빛이 깜박 숨어 버린 듯 모든 것이 감감해졌다. "아이고, 선생님, 저 남대문 교회 학생회장이었던 박용깁니다. 맹의순 선생님의 제자 박용깁니다."

그는 내 가슴팍에 얼굴을 묻고 울음을 터뜨렸다. 아니, 왜? 아니 갑자기 박용기가 왜? 산이 무너지는 것 같았다. 아니 하늘이 무너지고 있었다.

"선생님, 선생님… 맹 선생님이 떠나셨어요. 맹 선생님이 세상을 떠나셨어요."

아무것도 이해할 수가 없었다. 흐느끼며 무너진 산 하나를 껴안고 나는 그냥 하늘을 올려다보고 있었다. 하늘이 청남빛으로 완전히 어두워졌고, 가물거리던 별 하나가 이제는 영롱하게 내 영혼을 찌르듯이 빛나고 있었다.

흐느끼는 박용기를 교회사무실에까지 안아 들이다시피 하여 들어갔다. 박용기의 부르짖음을 안에서도 들은 듯 모두가 넋이 나가 멍청하게 둘러서 있었다. 얼마가 지났을까, 그래도 보수교회 당회장인 박재봉(朴在奉) 목사가 고개를 숙였다. 기도였다. 북쪽 고향땅에서부터 맹관호 장로 댁과 세

3. 내 잔이 넘치나이다 383

교(世交)가 있었고 맹의순의 일로 거제리를 자주 드나들던 분이어서 기도로 열린 그의 목소리도 걷잡을 수 없이 떨렸다.

  나는 눈을 감을 수도 없었고 고개를 숙일 수도 없었다. 규칙적으로 숨을 쉬고 있는 자신이 오히려 이상하기만 했다. 흐느껴 울고 있는 박용기가 외계인(外界人)처럼 신기해 보였다. 마음 놓고 울고 있는 그가 그저 신기했다. 박재봉 목사가 한참을 기다려 달래자 박용기는 계속 흐느끼며 입을 열었다.

  "어젯밤, 아니 오늘 새벽 세 시에 중공군 병동 안에서 쓰러지셨어요. 어제 하루 종일 예배를 인도하시고 밤에는 또 중공군병동으로 가셨던 겁니다. 고통으로 잠 못 이루는 환자들 얼굴 씻기고 발 씻기던 물 대야를 놓친 그 자리에 쓰러져 계셨어요. 그 새벽에 보초 서던 전령(傳令)이 광야교회로 달려와서 이희진 군부터 깨웠고, 희진 군이 저한테까지 알려서 우리 모두가 중공군 중환자병동으로 달려갔습니다. 선생님은 이미 의식이 없었습니다. 쏟아진 대야 물에 상반신이 젖어 있었습니다. 중공군 환자들도 놀라 깨어서 '선생! 맹 선생!' 부르며 당황해 하고 있었어요. 움직일 수 있는 환자들은 침상을 떠나 선생님 곁으로 달려와서는 제멋대로 왈왈 떠들고 울면서 애처롭게 선생님을 목메어 부르는 거였어요. 한참만에야 미국인 의사들이 달려왔어요. 대개가 퍽 냉철한 사람들이었는데, 현장에 달려온 두 군의관은 몹시 당황해 했고, 그중 한 사람은 어쩔 수가 없었는지 잠깐 눈을 감았어요. 그리고 떨고 서 있는 희진 군과 저의 등을 쓸어 주면서 '우리가 최선을 다할테니 너무 근심하지 말고 기도하며 기다리라'고 이르고는 선생님을 앰뷸런스에 싣고 그곳을 떠났습니다. 앰뷸런스는 제7수용소 아래쪽에 있는 병원본동(本棟)으로 급히 달려갔습니다. 그 건물은 저희들에게는 저세상 같은 곳이에요. 포로 중에 성한 사람이 거길 가본 사람은 없어요. 이쪽 병동에서 도저히 손쓸 수 없는 사람들이나 그곳으로 옮겨질 뿐이니까요. 그러나 거기로 간 사람은 대개 돌아오지 못했어요. 우린 아침도 거르고 교회에 모여 목자 없는 양 떼처럼 훌쩍거리면서 예배를 드렸어요. 맹 선생님 아니 계신 예배를…. 예배를 마치고 나니까 열두 시였는데, 사람이 왔어요. 아침 10시 57분에 운명하셨다는 전갈이 온 겁니다. 거제리 수용소 병원에 있던 미군의관들이 거의 다 모여 의논해 가며 뇌수술도 하고 전심전력 세밀한 진찰, 투약, 수술을 했지만 끝이 났다는 거였어요. 미국인의사들도 허탈해하며 더러는 눈물짓더라네요. 광야교회에 모여 있던 저희들은 그냥 그 자리에 쓰러져 울고 또 울었을 뿐, 무엇을 어떻게 해야 할는지, 하나님께서 도대체 왜 이러시는지, 하나님은 어디에 계셨는지, 왜 이렇게 갑자기 맹 선생님을 데려가셨는지 모든 것이 그저 캄캄했어요. 그런데 오후에 수용소본부에서 저를 부르는 거였어요. 갑자기 하루 앞당겨서 저에게 석방서를 내주네요. 어쩌라는 것인지, 한참만에야, 수용소본부에서도 제가 맹 선생님과 가장 가까운 제자라는 것을 알고 수용소 밖에서 기다리고 있을 맹 선생님 가족에게 이 사실을 알리고 조치를 취하라는 뜻인가 싶었어요. 하지만 황당했어요, 맹 선생님하고 함께 석방되면 저는 모든 것을 선생님께 의탁할 처지인데, 당장 어떻게 해야 하는지… 누구 마중 나올 사람도 없이 갑자기 이 넓디넓은 부산 바닥에 떠밀려 나왔으니, 그런데 문득 보수동 교회가 떠오르데요. 선생님께서 석방결정이 난 얼마 후부터, 우선 보수동 교회로 가시게 될 거라면서 자주 말씀하셨던 게 기억났어요. 장형진 선생님이 여기서 기다리고 계신다는 말씀도 여러 번 들었었기에 곧장 이곳으로 찾아온 겁니다."

11

친구 맹의순을 위한 관이 마련된 것은 다음날 낮이었다. 우리는 맹의순을 맞이할 관을 손수레에 싣고 거제리 머나먼 길을 뙤약볕 속으로 걸어서갔다. 팔월의 해는 절절 끓으며, 우리 비통한 행렬을 언제까지 지켜 주려는 듯 우리를 따라왔다.

그가 포로가 되어 거쳐 갔던 길. 이 길을 돌이켜 친구들이 있는 세상으로 나가고 싶어 하루에도 몇 차례씩 바라보았을 길. 이제 우리는 눈을 감고 말이 없는 그를 싣고 나올 빈 관 하나를 끌고 그 길을 걸어서 갔다.

그러나 수용소 본부에서는 손을 털 듯 대답이 간단했다.

"벌써 매장했지 여태 둡니까? 이 염천에! 오늘 아침에 떠나갔습니다. 여기선 스물네 시간 안에 다 해치워야 해요. 뭐 우리네 장례 치르듯 삼일장이다, 오일장이다, 해줄 손들이 어딨겠어요?"

"아니, 세상에! 그러면 어디다가…"

"어딘 어디겠어요? 포로무덤이지요. 여기서 나가지 못한 채 철조망 안에서 죽었으니 포로 신세 면할 수 없잖아요? 저어기 해운대에 있는 유엔군 묘지 근처에 있다는 말만 들었어요, 한국 측도, 미국의사들도 발만 동동 굴렀지 어떻게 해볼 도리가 없었던가 봅디다. 아, 이 안에서는 산 사람 일도 무엇 하나 쉽게 되는 게 없는데, 세상 떠난 사람 거 뭐 간단히 비닐에다 둘둘 말아서 싣고 떠나더니, 그렇게 떠났던 차가 금방 되돌아옵디다. 쓰레기 버리듯 했겠죠 뭐."

비닐봉지, 숨이 끊긴 포로. 목숨이 다한 포로를 둘둘 말아서 간단하게 담는다는 두꺼운 비닐봉지, 의순의 편지 중에도 그 이야기가 있었지. 그는 눈물로 임종을 지켜 준 그들이 먼저 떠나간 그 길을 따라서 갔다. 아, 이럴 수가…. 우리는 모두가 얼어붙었다. 도저히 그냥은 돌아설 수가 없어서 한국군연대장을 찾아갔다. 연대장은 우리를 보더니 우리가 입을 열어 말을 하기도 전에 눈물부터 흘렸다.

"용서해주십시오. 드릴 말씀이 없습니다. 어제 저녁 추도 예배는 맹 선생을 알고 있는 모든 사람들이 눈물로 하나 되었던 그런 예배였지만, 이 곳의 규칙을 우리 힘으로 바꿀 수가 없었습니다. 추도예배가 아니라 눈물 바다였습니다. 움직일 수 있는 사람이면 모두가 자진해서 참석했습니다. 중공군 포로들까지 모두 울면서 찾아왔어요. 추도사가 무슨 필요가 있겠습니까. 추도사를 하려고 올라섰던 나도, 또 다른 사람들도 통곡밖에는 할 말이 아무 것도 없었습니다. 오늘 아침 영구차가 떠나갈 때, 이 수용소에서는 극히 이례적인 사례가 허용되어, 우리는 모두 모여서 영구차를 전송했습니다. 그분은 포로를 섬기기 위하여 포로로 오셨다가 포로로 죽어 간 사람들의 길을 따라 가신 분입니다. 그분 생전에 이 곳에서 죽어 떠나간 사람들을 두고 그렇게 가슴 아파하더니 끝내 그 길까지 함께 가신 분입니다. 나는 신앙인이 아니었습니다만 이제는 떠나가신 그분을 그리면서 마음을 돌이켜야 한다는 결심을 했습니다. 용서하십시오. 맹 선생님을 포로묘지에 모실 수밖에 없었던 우리들도 못내 통한의 가슴을 치고 있습니다."

연대장은 설명보다는 눈물을 더 많이 흘렸다. 할 말이 없었다. 지글지글 끓는 하늘 한번 쳐다보고 눈물 얼룩진 동행자들을 한번 바라보며 돌아설 수밖에 없었다. 그때까지 한마디의 말도 없던 유정인 대위가 수용소 밖 큰 길 위에서 혼절하여 쓰러졌다. 우리는 빈 관을 얹은 수레를 길 가운데 버려두고 유정인 대위 때문에 황망해하며 냉수를 얻어오고 의사를 찾느라고 분주를 떨었지만, 얼마가 지나자 그는 눈을 떴다. 그리고 슬픔을 억박지르듯 스스로 털고 일어났다.

"먼저들 가세요. 저는 이 곳까지 온 김에 해운대 근처에 있다는 포로묘지를 찾아가겠어요. 오늘 매장한 곳이니 찾기 쉽겠지요."

우리와 반대 방향으로 길을 떠나는 그를 아무도 말리지 못했다.

*

보수동교회로 돌아 온 우리는 추도예배 준비를 했다. 사람들마다 마음의 상복을 입었다. 모두들 여름의 막바지를 추위하며 일을 했다. 영혼이 헐벗긴 듯, 소중한 것을 빼앗긴 자가 되어 모두가 추위를 탔다.

예배날짜는 8월 22일 금요일 저녁 7시로 정했다. 해군정훈 음악대합창단 친구들의 도움을 받아 평소에 맹의순이 자주 부르던 찬송가며 가곡으로 준비했다. 반주를 맡은 나는 피아노 건반을 두드리다 말고 눈물에 휩쓸려 몇 번씩 반주를 중단하지 않을 수 없었다. 그의 목소리는 어디로 갔는가. 언제 어디서나 영혼의 상처를 씻겨 주고, 흐느끼던 영혼을 잠재워 평안케 해주던 그 노래 소리는 어디로 갔는가. 그의 노래는 얼었던 마음의 문이 열리게 하고, 우리가 영혼을 가진 존재라는 것을 알려주는 손길이요, 품이었다. 그의 열손가락은 피아노 건반 위에서 영혼의 율동이었다. 그것은 혼(魂)의 언어였다. 그는 언제나 기도하듯이 피아노 건반을 만지던 사람. 피아노에 대한 그의 사랑은 열화 같은 열정이었으나, 비밀 속에서 겸손했다. 그의 미소는 어디로 갔는가. 급한 사람에게 여유를 주고, 각박한 사람의 마음에서 매듭을 풀어 주던 그 따뜻한 미소는 어디로 갔는가. '하나님 아버지, 이 메마른 땅 위에서 우리들 목말라 하는 자들의 목을 축여 주던 그를 불러 가셨습니다. 푸른 초장이 어느 곳에 있는지를 알고 있고 잔잔하고 맑은 시내에 이르는 길을 알고 있던 우리의 길잡이를 불러 가셨습니다. 그가 할 일은 태산보다 더 크고 많다는 것을 주께서도 아시련만 그를 이 땅에서 끌어내셨습니다. 왜? 무엇 때문입니까? 이 간절한 심경을 주께서 아시리이다.'

*

그의 추도 예배를 준비하던 금요일 하루, 우리는 예수의 십자가 수난(受難)과, 친구의 짧은 생애를 묵상하며 묵언(默言) 금식(禁食)의 한나절을 보냈다. 추도 예배 한 시간쯤 전, 교회로 낯선 사람 하나가 나를 찾아왔다.
"무슨 일이신지요?"
"맹의순 선생 추도예배가 이곳에서 있을 것이라고 들었습니다."
"예, 이제 일곱 시면 시작이 됩니다."
"이것을 선생님의 영전에 드리려고 찾아왔습니다."
그는 화선지로 만든 큼직한 봉투 둘을 내놓았다.
"누구시기에…."
삼십 전의 젊은이였으나 표정도 없고 말소리도 겨우 들릴 정도로 입속말을 할 뿐, 이쪽에서 궁금해 하자 잠깐 눈을 치뜨더니 입을 열었다.
"나도 맹 선생님을 잘 압니다. 그분은 성자(聖者)예요. 그런 성자를 만날 수 있었던 이승은 좋은 곳이에요. 맹 선생님이 나한테 예수를 주셨지요. 이제는 예수 그분이 나한테 맹 선생님을 주십니다. 나는 예수 안에서 맹 선생님과 함께 사는 사람이지요. 여기 가져온 이것은 내 친구들의 마음입니다. 그들도 이 시간에 모여서 예배드릴 겁니다. 펴 보시면 알 수 있을 것입니다."

그는 가라앉은 목소리로 조용하게 말하던 태도와는 달리 결연하게 돌아서더니 문 밖으로 사라졌다. 봉투 하나는 화선지에 먹 글씨로 쓴 중국어 편지였고, 나머지 하나는 그 중국어 편지를 우리말로 옮겨 붓글씨로 정성껏 쓴 번역문이었다. 거제리 수용소 중공군병동에 있던 중공군환자들의 서명(署名)이 촘촘하게 기록되어 있는 추도문이 추도예배의 날짜와 시간을 맞추어 당도한 것이다.

맹의순 선생 영전에 드립니다.

평화의 왕자, 화평의 사도(使徒), 인애(仁愛)의 왕, 우리에게 사랑의 주인이셨던 맹의순 선생이 가시다니.

오늘 밤, 귀 교회에서, 우리의 위로자였고 사랑과 존경의 표상이었던 맹 선생의 추도 예배를 드린다기에 우리 모든 사람의 뜻을 모아 서둘러서 이 글월을 드립니다.

우리는 서로 말이 통하지 않던 이방인들이었습니다. 우리처럼 포로의 옷을 입은 맹 선생이 미국군인 의사들을 도우며 우리의 병동을 찾아오던 초기에 우리는 그를 경멸했고 무시했습니다. 포로인 주제에… 그러나 그의 얼굴은 늘 온화했고 우리를 돕는 그의 행동은 언제나 꾸밈없이 여일했습니다. 그래도 우리는 별로 관심하지 않았습니다.

영문모르고 떠밀려, 남의 나라 전쟁에서 포로가 된 우리는 대개 몹시 화가 난 사람들이었습니다. 적(敵)이 따로 없었습니다. 나라(國家)에 대해서도 특별한 생각이 없었습니다. 그저 전쟁이라는 것에 대해서 화가 났고 우리를 전장(戰場)에 보낸 사람들이 누구인지 모르지만 그들을 죽도록 원망했습니다.

그러나 우리들에게 맹 선생님은 십자가의 도(道)를 가르치기 시작하셨습니다. 우리 동료 중에 글씨를 전혀 모르는 사람들에게까지 일일이 글씨를 가르쳐가며 선생은 찬미가(讚美歌)를 불러주셨고 나무십자가를 안고 다니며 그 뜻을 성심껏 전해 주셨습니다.

선생은 새벽 한 시 두 시, 세상이 모두 잠든 시간에 늘 병동으로 오셨습니다. 초저녁에 치료와 간병을 맡았던 사람들도 모두 물러가고, 중환자들이 더욱 심한 통증에 시달리는 그 시간에 선생은 고통을 다스려 주시는 천사

(天使)로 우리들 앞에 오시는 것이었습니다. 선생은 하늘이 보낸 천사였습니다.

깊은 밤 신음소리가 낙수처럼 쏟아질 때 선생은 인자(仁慈)의 큰 그릇이 되어 우리들의 온갖 고통과 신음을 당신의 영혼으로 다 받아 안고 고통과 신음을 덜어주셨습니다. 그렇게 하나하나 편안히 잠들도록 잠재워주는 천사로 오셨습니다.

선생은 한 손에는 성경책을, 다른 한 손에는 물통을 늘 들고 오셨습니다. 선생은 움직이지 못하는 환자를 골고루 만져 주고 주물러 주면서 간절하게, 간절하게 기도하셨습니다. 우리는 그 말을 알아들을 수 없었지만 그의 기도를 듣고 있으면 심하던 고통이 스러지고, 신음과 함께 목이 타서 잠 못 이루던 육체가 편안한 잠의 품에 안기게 되고는 하였습니다.

겨울이면 따뜻한 물로, 여름이면 시원한 물로 우리들의 얼굴을 씻겨주고 손을 닦아주셨습니다. 때로는 발도 씻겨 주셨습니다. 넉넉지 않은 수건을 정성껏 깨끗하게 빨아가며 한 사람 한 사람 골고루 씻겨주셨습니다.

선생의 손에는 신비한 힘이 분명 있었습니다. 그분의 손이 얼굴에 닿으면 시원하고 가벼워졌습니다. 선생이 발을 씻겨 주시면 천상(天上)에나 오른 것처럼 평화로워지고 마음에 걸리는 것이 없어졌습니다.

우리는 염치없이 한 번만 더, 한 번만 더, 그분의 손에 씻기기를 바랐습니다. 선생은 우리의 더러워진 육체를 구석구석 닦아주시면서 그 부드러운 음성으로 나직하게 노래하고는 하셨습니다. 눈을 감고 들으면 그 노래는 천사의 옷깃 스치는 소리 같기도 했고, 천사가 안고 있는 하늘나라의 악기가 울리는 것 같은 소리이기도 했습니다.

우리는 선생에게서 사랑의 신(神)이 계시다는 것을 깨닫고 알기 시작했습니다. 우리는 말이 필요 없었습니다. 말이 통하지 않는 것에 대하여 별로 불편해 한 일이 없었습니다.

우리가 지금까지 배워 온 것은, 잘사는 몇몇이 우리들의 기회를 다 빼앗아 저들만 기름지게 살고, 그래서 우리는 가난할 수밖에 없었다는 사실이었습니다. 이제까지 우리도 모택동(毛澤東)의 깃발 아래 모여 공산주의만 잘 되면 잘살 수 있다고 믿었습니다. 그렇게 되려면 미국이나 구라파에 있는 몇몇 나라들과 싸워서 이겨야 한다고 배웠습니다. 그러다가 우리는 포로가 되었고 그렇게 되고 보니 쓰레기 같은 낡은 무기로 무장한 총받이가 되었다는 것을 알았고 너무나 많은 친구들이 무더기 무더기로 죽어가는 것을 옆에서 보았습니다. 그러던 가운데 우리는 붙잡혀 포로가 되고, 팔 잘린 자, 다리 잘린 자, 눈 잃은 자, 살점 달아난 자, 동상(凍傷)으로 살이 문드러진 자가 되어, 적군이던 미군군의관의 손으로 치료를 받는 신세가 된 것입니다. 될 대로 되라는 심사와 끝없는 원망과 증오가 굳어져, 우리의 마음은 캄캄하기 이를 데 없었습니다.

  그런 자리에 맹 선생이 오셨습니다.

  맹 선생의 숨결은 우리의 그 두꺼운 껍데기를 녹여주셨습니다. 얼음장처럼 차고 두껍고 어둡던 그 마음의 문을 기도와 찬미와, 그 사랑의 손을 대어 만져 주던 그 사랑으로 녹게 해주셨습니다. 그 사랑의 따뜻함이, 철문(鐵門)이 되어 단단하게 빗장 질러졌던 우리의 마음을 따뜻하게 덥혀 주시고 빗장이 풀리게 해주셨습니다.

  십자가의 도(道)가 사랑이라는 것을 알았습니다. 그 사랑의 시작이 예수 그분임을 알았습니다. 십자가는 나의 죄의 모양이고 내 죄로 해서 예수가 그 위에서 죽을 수밖에 없었다는 것도 알았습니다. 나의 죄가 죽고 사랑이 살아남으로 승리했고 그 승리가 영원이라는 것도 알았습니다. 한국말을 알고 있는 동료가 그분의 말씀을 통역하거나 옮겨 베껴서 우리가 성경을 배우게 했고 찬미가도 부르게 해주었습니다 .

  맹 선생이 지켜 주시는 밤은 어둠이 아니었습니다. 맹 선생이 함께 하시는 밤은 고통이 아니었습니다. 선생은 우리를 공격하려는 고통을 막아주시는 기도의 용사였습니다. 우리를 낙담케 하는 외로움을 쫓아 주시던 파수꾼이었습니다.

우리는 포로의 신세가 되었을 때 이게 도대체 무슨 일인가 통탄했습니다. 이 낯선 땅 엉뚱한 곳에서 우리가 왜 포로로 묶여 있어야 하는 것인지 기가 막힐 뿐이었습니다.

그런데 맹 선생과 함께 지내면서 그분께 가르침을 받은 후에, 우리들 몇 사람은 기쁘고 신기한 놀라움에 이따금 혼자서 고개를 끄덕이고는 했습니다.

중공땅에서 복음이 없어지고, 그 담장이 하늘 끝까지 닿을 만큼 높고 두꺼워지자, 하나님께서는 복음을 받아들일 몇 사람을 위해서 우리를 이 땅으로 밀어내신 것입니다. 우리는 전쟁의 총부리를 한국 사람에게 들이대기 위해서 온 사람들이 아니라 이 땅에서 복음의 생명수를 받아 마시기 위해서 보내어진 사람들이었다는 것을, 누가 무어라 하여도 믿을 수밖에 없습니다.

지난 8월 11일 새벽에도 맹 선생은 우리에게 오셨습니다. 몇몇 사람은 잠이 들어 있었지만 우리들은 거의 다 선생께서 석방되시리라는 소문을 듣고 있었기에, 그분 안 계신 삶을 어떻게 해야 할는지 잠을 이루지 못하고 선생을 기다리고 있었습니다. 그날은 좀 일찍, 자정이 넘은 시각에 오셨습니다. 물통과 성경책 그리고 번역한 찬송가를 베껴 쓴 종이 한 묶음을 들고 오셨습니다. 깨어 있는 사람들에게 그 종이를 나누어 주시고 종이 말미에는 내일은 이 곳을 떠나게 된다는 인사를 쓰셨습니다. 한 사람 한 사람 침대머리맡에 꿇어 앉아, 그 손을 붙잡고 간절히 기도하셨습니다. 잠들어있는 사람에게도 그렇게 하셨습니다. 중환자들한테 가서는 얼굴 씻기는 일을 다른 날과 다름없이 더욱 정성껏 하셨습니다. 선생은 환자들을 씻겨 주시면서 베껴서 나누어 주신 찬송가를 나직하게 부르셨습니다. '우리 다시 만날 때까지 하나님이 함께 계셔 훈계로써 인도하며 도와주시기를 바라네… 위태한 일 면케 하고 품어 주시기를 바라네. 사망권세 이기도록 지켜 주시기를 바라네… 다시 만날 때 다시 만날 때, 그때까지 우리 서로 만날 때, 다시 만날 때 그때까지 주님 함께 계심 바라네.' 그 곡조와 가사를 익혀가며 조금씩 따라 부르다가 모두가 눈물을 흘렸습니다.

선생님은 한 사람 한 사람 중환자를 씻기시며 울고 계셨습니다. 우리도 따라 울었습니다.

전쟁이 나던 해 그해 초겨울부터 오늘에 이르기까지, 거의 빠지는 일 없이, 이 낯설고 말 안 통하는 이국인들의 병실을 찾아주신 분, 이제 우리가 그분을 잃는다 생각하니 하늘이 무너지는 것만 같았습니다. 선생은 석방이 되셔서도 이곳에서 일할 수 있는 길을 찾아본다고 하셨지만 우리는 그저 암담했습니다.

마지막 환자를 다 씻기고 일어난 선생은 눈물을 씻을 생각도 하지 않고 시편 23편을 우리말로 더듬더듬 읽어 주셨습니다. 선생은 그 성경 말씀을 중국어로 번역해서 베껴 가지고 계셨고 틈틈이 우리에게 읽어 주셨습니다.

'여호와는 나의 목자시니 내가 부족함이 없으리로다. 나를 푸른 초장에 누이시며 쉴 만한 물가로 인도하시는도다. 내 영혼을 소생시키시고 자기 이름을 위하여 의의 길로 인도하시는도다. 내가 사망의 음침한 골짜기로 다닐지라도 해(害)를 두려워하지 않는 것은 주께서 나와 함께 하심이라. 주의 지팡이와 막대기가 나를 안위하시나이다. 주께서 내 원수의 목전에서 내게 상(床)을 베푸시고 기름으로 내 머리에 바르셨으니 내 잔(盞)이 넘치나이다. 나의 평생에 선하심과 인자하심이 정녕 나를 따르리니 내가 여호와의 집에 영원히 거하리로다.'

천천히 봉독하신 뒤 높은 곳을 바라보시며 다시 한 번 말씀하셨습니다. '내 잔이 넘치나이다. 내 잔이 넘치나이다….' 거룩하고 아름다운 얼굴, 그 얼굴을 바라보며 그의 말씀을 따라 우리도 외었습니다. '내 잔이 넘치나이다. 내 잔이 넘치나이다.' 신음과 단말마로 살아남기 위해, 필사적으로 부르짖던 중환자들도 잠잠해졌습니다. 그들의 머리맡에 천사가 앉아 하늘위로를 전해주는 말씀을 듣는 듯 모두가 잠잠해졌습니다.

선생은 마지막 환자를 씻겨 낸 물통과 대야를 들고 조용히 일어나셨습니다. 그 순간 어딘지 먼 곳을 향해, 높고 높은 그곳을 바라보며, 남겨 두고 가시는 우리들을 부탁하시듯, 비애 어린 눈으로 높은 곳을 바라보시던 그대로 갑자기 그 자리에 쓰러지셨습니다. 우리가 달려들었지만 무엇을 할 수 있었겠습니까. 미국인 의사들이 달려오고, 앰뷸런스가 선생을 실어 간 뒤 우리는 자책하며 울부짖었습니다. "염치없는 우리가 선생의 생명을 빼앗았다! 우리가 선생을 돌아가시게 했다!"

그 아침이 다 밝아 일과가 시작되었을 때, 우리는 선생께서 우리에게 전해주신 사랑의 신(神) 예수께 간절하게 눈물로 기도했지만, 우리에게 전해진 것은 운명하셨다는 소식이었습니다.

우리는 모두 통곡합니다. 우리는 모두 언제까지, 언제까지나 통곡합니다. 그러나 우리는 맹 선생을 만나기 위해서라도 예수 안에 있어야 한다는 것을 깨닫고 있습니다. 어쩌면 맹 선생은 우리와 함께 계시기 위해, 세상이라는 철조망 밖으로 가시지 않고 하늘나라로 떠나셨는지도 모르겠습니다.

십자가의 길 위에서만 우리는 맹 선생과 함께 된다는 것을 알고 있습니다. 이제 우리는 어디에 있든지 어디로 가든지, 맹 선생이 주신 그 사랑을 키워 꽃을 피우고 열매를 맺어 그 씨앗을 뿌리지 않으면 안 된다는 것도 알고 있습니다.

우리는 모두 통곡합니다. 우리는 모두 다시 통곡합니다.

그러나 우리는 버려진 것이 아니라는 것을 알고 있습니다. 우리는 맹 선생과 함께 주님 안에 있습니다.

그러나 우리는 모두 통곡합니다. 언제까지, 언제까지나 통곡합니다.
거제리 포로수용소 중공군병동환자일동

추도예배시간에 맞춰 친구들이 모여들었다. 합창단원들은 친구가 평소에 즐겨 부르던 '그 어디나 하늘나라'를 낮게 노래하고 있었다.

"내 영혼이 은총 입어 중한 죄 짐 벗고 보니 슬픔 많은 이 세상도 천국으로 화하도다. 높은 산이 거친 들이 초막이나 궁궐이나 내 주 예수 모신 곳이 그 어디나 하늘나라."

맹의순의 찬송이 그를 사랑하는 친구들을 불러 모으고 있었다. 유정인 대위가 들어오고 있었다. 이제 순례의 길을 떠나는 한 여인. 검은 치마에 하얀 모시적삼을 받쳐 입었다. 검은 옷차림의 창백한 얼굴 하나가 그 뒤를 이어 조용하게 들어섰다. 그렇게도 간절하게 맹의순을 만나려고 몸부림치던 김영주가 끝내 의순을 만나지 못한 아픔을 안고 찾아오는 길이었다. 배명준 목사, 남대문교회 중등부출신 청년들과 교우들, 그리고 조선신학교 친구들이 모여들었다.

나는 그들 한 사람 한 사람의 영혼에 스며들어 있는 맹의순을 보았다. 맹의순은 떠난 것이 아니었다. 우리와 헤어진 것이 아니었다. 친구들 한 사람 한 사람의 영혼과 교감하고 있는 맹의순의 눈물을 보았다. 맹의순을 알고 그를 사랑하는 사람에게는, 맹의순의 이마에 새겨 주셨던 여호와의 표적이 함께 있음을 보았다.

'내 잔이 넘치나이다.' 맹의순은 내 옆에서 웃고 있었다. '내 잔이 넘치나이다.' 그의 영혼이 그윽한 목소리로 내게 말하고 있었다. 유언이 아니라 천국을 향해 열린 천국 문이었다. 나는 고개를 끄덕였다. 그리고 내 영혼이 그와 똑같은 표적을 지니고 있음을 그 순간 확인했다. '내 잔이 넘치나이다.'

나는 내 삶을 차고 넘치게 만들 친구의 사랑을 향하여 눈물의 미소를 건넸다. 우리만이 알 수 있는 비밀한 미소로.

정연희 전작장편소설 7
내 잔이 넘치나이다

인쇄 2017년 06월 26일
발행 2017년 07월 01일

지은이 정연희
발행인 서정환
펴낸곳 신아출판사
주소 전북 전주시 완산구 공북 1길 16(태평동 251-30)
전화 (063) 275-4000 · 0484 · 6374
팩스 (063) 274-3131
이메일 sina321@hanmail.net　shina2347@naver.com
출판등록 제465-1984-000004호
인쇄·제본 신아출판사

저작권자 ⓒ 2017, 정연희
이 책의 저작권은 저자에게 있습니다. 서면에 의한 저자의 허락없이 내용의 일부를 인용하거나
발췌하는 것을 금합니다.
COPYRIGHT ⓒ 2017, by Jeong yeonhee
All right reserved including the rights of reproduction in whole or in part in any form.
저자와 협의, 인지는 생략합니다.
잘못된 책은 바꿔 드립니다.

ISBN 979-11-5605-428-3　03810
ISBN 979-11-5605-375-0 (세트)
값 15,000원

이 도서의 국립중앙도서관 출판시도서목록(CIP)은 서지정보유통지원시스템 홈페이지
(http://seoji.nl.go.kr)와 국가자료공동목록시스템(http://www.nl.go.kr/kolisnet)에
서 이용하실 수 있습니다.(CIP제어번호: CIP2017010869)

Printed in KOREA